**Çoğu zaman
bizi aldatan,
kendi gururumuzdan
başka bir şey
değildir.**

ESKİMEYEN
AŞK
KLASİKLERİ

AŞK VE GURUR

Jane Austen

Çeviri
Erdener Tunalı

Eskimeyen Aşk Klasikleri: 1

ISBN: 978-605-297-025-6

Yayıncı Sertifika No: 16238

AŞK
VE
GURUR
Jane Austen

Yazar: Jane Austen

Çeviri: Erdener Tunalı

Yayın Yönetmeni: Ender Haluk Derince

Kapak ve İç Tasarım: Faruk Derince

Yayın Koordinatörü: Begüm Öztürk

BASKI

Melisa Matbaacılık

Matbaa Sertifika No: 12088 Çifte Havuzlar Yolu Acar Sitesi No: 4

Davutpaşa/İSTANBUL

YAKAMOZ KİTAP / SONSUZ KİTAP

Gürsel Mah. Alaybey Sk. No: 7/1 Kağıthane/İSTANBUL

Tel: 0212 222 72 25 Faks: 0212 222 72 35

www.yakamoz.com.tr / info@yakamoz.com.tr

www.facebook.com/yakamozkitap

www.twitter.com/yakamozkitap www.instagram/yakamozkitap

ESKİMEYEN

AŞK

KLASİKLERİ

AŞK VE GURUR

Jane Austen

Jane Austen, 16 Aralık 1775'te İngiltere'de doğmuş, 18 Haziran 1817'de hayatını kaybetmiştir.

Yazdığı romanlarla yalnızca İngiliz edebiyatında değil, tüm dünyada adından söz ettirmeyi başarmış yazarın başlıca eserleri *Akıl ve Tutku*, *Aşk ve Gurur*, *Emma*, *Northanger Manastırı* ve *İkna*'dır.

Northanger Manastırı ve *İkna* romanları, ölümünden sonra yayınlanmıştır.

I

Bekâr ve zengin bir adamın bir eşe ihtiyacı olduğu, herkesin kabul edeceği bir gerçektir.

Bu gerçek de çevredeki ailelerin kafasına öyle bir yerleşmiştir ki böyle bir adam bir semte taşındığı vakit, adamın duygu ve görüşleri hakkında ne kadar az şey bilinirse bilinsin, ona kızların eş adayı gibi bakılır.

Bayan Bennet bir gün kocasına, "Sevgili Bay Bennet, Netherfield Köşkü'nün nihayet kiralandığını duydunuz mu?" diye sordu.

Bay Bennet duymadığını söyledi.

Karısı karşılık verdi: "Sizin haberiniz yok ama kiralanmış. Biraz önce Bayan Long buradaydı. Bana bundan söz etti uzun uzun."

Bay Bennet karşılık vermedi.

Karısı sabırsızlanarak bağırdı: "Köşkü kimin kiraladığını öğrenmek istemiyor musunuz?"

"Sizin söylemek istediğinize eminim. Benim de dinlemeye bir itirazım yok."

Bu kadar yüz bulma karısına yetmişti. "Bayan Long'un dediğine göre, Netherfieldlı, Kuzey İngiltereli zengin, genç bir adam kiralamış, pazartesi günü dört atlı bir araba ile gelip köşkü gezmiş ve o kadar beğenmiş ki, Bay Morris ile hemen anlaşma yapmış; Saint Michael Yortusu'ndan önce taşınacakmış, önümüzdeki hafta içinde de hizmetçilerinden bir kısmı gelecekmiş."

"Adı neymiş?"

"Bingley."

"Evli mi, bekâr mı?"

"Ah, şekerim, bekârmış; hem bekâr hem de zengin bir adam! Yılda dört beş bin sterlin geliri varmış. Kızlarımıza gün doğdu!"

"Anlamadım, bunun kızlarımızla ne ilgisi olabilir?"

"Bay Bennet..." diye yanıtladı karısı, "ne kadar da can sıkıcısınız. Anlamayacak ne var? Kızlarımızdan biriyle evlenir diye düşünüyorum."

"Buraya yerleşmekteki niyeti bu mu?"

"Niyet mi! Saçma, siz ne diyorsunuz!.. Niyetini bilmiyorum ama kızlarımızdan birine âşık olması hiç de uzak bir olasılık sayılmaz ve bu nedenle gelir gelmez ziyaretine gitmelisiniz."

"Bence bu yakışık almaz. Kızlarla siz gidebilirsiniz ya da onları yalnız gönderebilirsiniz, hatta bu daha da iyi olur. Çünkü siz de en az kızlarınız kadar güzel olduğunuza göre, bir de bakmışsınız Bay Bingley en çok sizi beğenivermiş!"

"Kuzum beni şımartıyorsunuz. Şüphesiz güzellikten ben de nasibimi aldım ama artık kendime eşsiz bir kadın süsü veremem. Beş tane yetişkin kızı olan bir kadının, artık kendi güzelliğini bir yana bırakması gerekir."

"Zaten böyle bir durumda, çoğu zaman bir kadının, bir yana bırakılacak güzelliği de pek kalmaz ya..."

"Ama canım, çok ciddi söylüyorum, Bay Bingley taşındığı zaman muhakkak gidip onu görmelisiniz."

"Sizi temin ederim, bu hiç de benim yapabileceğim bir iş değil."

"Ama kızlarınızı düşünün. Onlardan birinin Bingley ile evlenmesi ne şans olur, öyle değil mi? Sör William'la Leydi Lucas sırf bu nedenle ona gitmeye karar verdiler. Yoksa biliyorsunuz, yeni gelenleri ziyarete gitmek genelde âdetleri değildir. Gitmeniz şart.

Çünkü siz gitmedikçe bizim onu ziyaret etmemize imkân yok."

"Gereğinden fazla titiz davrandığınıza şüphe yok. Oysa Bay Bingley'in sizin ziyaretinizden çok memnun kalacağından eminim. Ben de sizinle bir iki satırlık bir not göndererek kızlarımdan hangisini seçerse onunla evlenmesine bütün kalbimle razı olacağımı bildiririm ama küçük Lizzyciğimi öven bir iki kelime de eklemeden edemem."

"Böyle bir şey yapmanızı hiç istemem. Lizzy'nin ötekilerden ne üstünlüğü var ki... Jane'in yarısı kadar bile güzel değil, iyi huylulukta da Lydia ile kıyaslanamaz. Ama siz her zaman onu üstün tutarsınız."

"Ötekilerde övülecek bir şey yok ki..." diye yanıtladı Bay Bennet. "Bütün genç kızlar gibi aptal ve cahiller ama Lizzy'de kardeşlerinden daha üstün bir anlayış ve kavrama yeteneği var."

"Bay Bennet kendi çocuklarınızı böyle kötülemeye nasıl da diliniz varıyor? Beni üzmekten zevk alıyorsunuz. Zavallı sinirlerime hiç acımıyorsunuz."

"Beni yanlış anlıyorsunuz, yavrucuğum. Sinirlerinize karşı sonsuz bir saygım var. Onlar benim eski dostlarım. En azından yirmi yıldır sinirlerinizden söz ettiğinizi duyuyorum."

"Ah! Benim neler çektiğimi bilmiyorsunuz."

"Umarım bunu da atlatırsınız ve yılda dört bin sterlin geliri olan birçok bekârın bu semte taşındığını görecek kadar çok yaşarsınız."

"Siz ziyaretlerine gitmedikten sonra böyle yirmi tanesi daha gelse bize bir yararı olmaz."

"İnanınız canım, hele sayıları yirmiyi bulsun, hepsini ziyaret edeceğim."

Bay Bennet; hazırcevaplık, alaycılık, çekingenlik ve kapris gibi huyların o kadar tuhaf bir karışımıydı ki yirmi üç yıllık deneyim bile karısının onun karakterini anlayabilmesine yetmemişti. Bayan Bennet'ın kendini anlamasıysa daha kolaydı. Anlayışı kıt, bilgisi az, dakikası dakikasına uymayan bir kadındı. Canı bir şeye sıkıldı mı, sinirli olduğunu zannederdi. Yaşamının bütün amacı kızlarını evlendirmek, avuntusu ise gezmek, dostluk ve dedikodulardı.

II

Bay Bingley'e hoş geldin ziyaretine ilk gidenlerden biri Bay Bennet oldu. Son dakikaya kadar karısına gitmeyeceğini söylemesine rağmen, Bay Bennet onu ziyaret etmeye en başından niyetliydi ve ziyaretin gerçekleştiği günün akşamına kadar karısının da bundan haberi olmadı. Ziyaret şöyle ortaya çıktı: Bay Bennet bir şapkayı süslemekle uğraşan ikinci kızına şöyle seslendi: "Umarım şapkan Bay Bingley'in hoşuna gider, Lizzy."

"Ziyaretine gidemeyeceğimize göre..." diye kırgınlıkla karşılık verdi kızın annesi, "Bay Bingley'in nelerden hoşlandığını bilecek durumda değiliz."

"Fakat anneciğim..." dedi Elizabeth, "onunla davetlerde karşılaşacağımızı ve Bayan Long'un da bizi tanıştırmaya söz verdiğini unutuyorsunuz."

"Bayan Long'un böyle bir şey yapacağını hiç sanmam. Onun da genç kızlık çağında iki yeğeni var. Bencil, ikiyüzlü kadının tekidir, ona hiç güvenim yok."

"Al benden de o kadar..." dedi Bay Bennet. "Bayan Long'un yardımına bel bağlamadığınıza sevindim."

Bayan Bennet cevap vermeye tenezzül bile etmedi ama artık kendini tutamayarak kızlarından birini azarlamaya başladı:

"Tanrı aşkına, böyle öksürüp durma Kitty. Acı biraz, sinirlerimi mahvediyorsun."

"Kitty de öksürmek için hiç uygun bir zaman seçmez ki..." dedi babası, "hep olmadık zamanlarda öksürür."

"Keyfim için öksürmüyorum ya!" diye terslendi Kitty. "Lizzy, balo ne zaman?"

"On beş gün sonra."

"Öyle ya!" diye haykırdı annesi, "Bayan Long da ancak balodan bir gün önce gelecek, yani Bay Bingley'i bize tanıştırması imkânsız; çünkü o zaman kendisi de henüz tanışmamış olacak."

"Şu hâlde, canım, siz arkadaşlarınızdan daha avantajlı durumdasınız. Bay Bingley'i ona siz tanıştırırsınız."

"İmkânı yok, Bay Bennet, imkânı yok. Ben kendim tanışmamışken nasıl olur? Nasıl bu kadar alaycı olabiliyorsunuz?"

"Tedbirli oluşunuzu takdir ediyorum. On beş günlük tanışıklık kuşkusuz yeterli değil. İnsan, bir adamın gerçekte ne olduğunu on beş günde anlayamaz. Ancak bu tanıştırma işini biz yapmazsak bir başkası yapacak. Hem zaten Bayan Long ile yeğenlerine de şanslarını denemeleri için bir fırsat tanımak gerekiyor. Bayan Long böyle bir tanıştırmayı kibarlık sayacağına göre, siz reddederseniz bu işi ben üzerime alırım."

Kızlar gözlerini babalarına diktiler. Bayan Bennet sadece, "Saçma, saçmalık..." dedi.

"Bu sert çıkışınızın anlamı ne olabilir?" diye haykırdı Bay Bennet. "Tanıştırma yöntemini ve bunlara verilen önemi saçma mı buluyorsunuz? Bu noktada size pek de hak veremeyeceğim. Sen ne diyorsun Mary? Sen ki bildiğim kadarıyla derin düşünceli bir genç kızsın ve büyük eserler okuyup bunlardan alıntılar yaparsın."

Mary çok çarpıcı bir şey söylemek istedi ama bunu nasıl yapacağını bilemiyordu.

"Mary fikirlerini sıraya koyadursun..." diye devam etti Bay Bennet, "biz Bay Bingley'e dönelim."

"Bıktım şu Bay Bingley'den!" diye bağırdı karısı.

"İşte buna pek üzüldüm. Bana bunu neden daha önce söylemediniz? Böyle bir şeyden sabah haberim olsaydı onu ziyaret etmezdim. Çok yazık, artık ziyaretine gittiğime göre şimdi ister istemez tanışacaksınız."

Hanımlar tam da Bay Bennet'ın istediği gibi şaşırdılar. Bayan Bennet'ın şaşkınlığı belki de hepsinden fazlaydı. Ne var ki sevincin ilk coşkusu geçtiğinde, kendisinin başından beri bu işi beklediğini belirtti.

"Ne iyi ettiniz sevgili Bay Bennet. Fakat eninde sonunda sizi kandıracağımı biliyordum. Kızlarınızı bu tanışmayı ihmal edemeyecek kadar çok sevdiğinizden emindim. Ah, ne mutluyum! Bu sabah ziyaretine gittiğiniz hâlde bu konuda şimdiye kadar tek kelime bile söylememeniz de ne hoş bir şaka."

"Artık canının istediği kadar öksürebilirsin, Kitty..." dedi Bay Bennet. Ve bunları söylerken de karısının taşkın sevincinden usanmış bir hâlde odadan çıktı.

Kapı kapandıktan sonra Bayan Bennet kızlarına, "Ne mükemmel bir babanız var kızlar..." dedi. "İyiliklerini nasıl ödeyeceksiniz, bilemiyorum. Hoş, bu konuda benim hakkımı da ödeyemezsiniz ya. Bizim yaşımızdaki insanlar için her gün yeni birisiyle tanışmak, inanın, hoş bir şey değildir ama sizin hatırınız için her şeyi yaparız. Lydia, hayatım, gerçi sen ailenin en küçüğüsün ama bana öyle geliyor ki baloda Bay Bingley seninle dans edecek."

Lydia kendine güvenerek, "Olabilir, kardeşlerimin en küçüğü olsam da boyum hepsinden uzun..." dedi.

Artık o gece sabaha kadar kızlar, gecenin geri kalanını Bay Bingley'in ziyarete ne zaman karşılık vereceğine dair tahminler yürütmek ve onu yemeğe ne zaman çağıracaklarını düşünmekle geçirdiler.

III

Bayan Bennet beş kızının yardımıyla bile kocasından Bay Bingley hakkında doyurucu bir fikir edinemedi. Onu çeşitli şekillerde sıkıştırdılar... Açık sorular, kurnazca tahminler ve uzak şüphelerle. Ama Bay Bennet tüm bu kurnazlıklardan yakasını kurtarınca, komşuları Leydi Lucas'ın elden düşme bilgisiyle yetinmek zorunda kaldılar. Leydi Lucas'ın açıklamaları son derece memnun ediciydi. Sör William Lucas, Bay Bingley'den çok hoşlanmıştı, Bingley adamakıllı genç, son derece yakışıklı, aşırı kibar ve hoş bir adammış ve tüm bunlara ek olarak bundan sonraki ilk baloya büyük bir grupla katılmak niyetindeymiş. Bundan daha sevindirici bir haber olamazdı! Hem dansa düşkün olmak demek âşık olmaya doğru atılmış kesin bir adım demekti. Kızlar, Bay Bingley'in gönlünü çalma konusunda oldukça umutlandılar.

Bayan Bennet kocasına, "Kızlarımızdan birinin mutlu bir şekilde Netherfield'a yerleştiğini, ötekilerin de aynı derecede iyi birer evlilik yapabildiğini bir göreyim, başka bir şey istemem!" diyordu.

Bay Bingley birkaç gün içinde Bay Bennet'ın ziyaretine karşılık verdi ve onunla çalışma odasında on dakika kadar oturdu. Güzellikleri çok övülen genç bayanları görebileceğini ummuştu ama yalnız babalarını görebildi. Kızlar bu konuda ondan biraz daha şanslıydılar; çünkü Bay Bingley'in ceketinin mavi ve atının siyah olduğunu üst kattaki pencereden görme fırsatını bulmuşlardı.

Çok geçmeden Bay Bingley akşam yemeği için davet edildi. Ancak Bayan Bennet ne kadar iyi ev hanımı olduğunu göstermek amacıyla yemek listesini hazırlamaya koyulmuşken, her şeyi erteleyen bir cevap geldi. Bay Bingley ertesi gün Londra'ya gitmek zorundaymış, bu nedenle davetlerini kabul etme şerefinden mahrum olacakmış, falan filan...

Bayan Bennet âdeta altüst oldu! Bay Bingley'in Hertfordshire'a gelişinden hemen sonra şehirde ne işi olabileceğini bir türlü kestiremiyordu; bu gencin Netherfield'a yerleşmeyeceğinden ve sürekli oradan oraya gezeceğinden endişe duymaya başlamıştı. Leydi Lucas, Bay Bingley'in Londra'ya, baloya büyük bir arkadaş grubu getirmek üzere gittiğini söyleyerek Bayan Bennet'ın endişelerini biraz olsun yatıştırdı. Gerçekten de çok geçmeden Bay Bingley'in baloya beraberinde on iki bayan ve yedi erkek arkadaşını getireceği konusunda söylenti duyuldu. Kızlar önce bu kadar çok kız geleceği haberine üzüldüler ama balodan önceki gün Bay Bingley'in Londra'dan on iki yerine beş kız kardeşi ile bir yeğenini getirdiğini duyunca içleri rahatladı. Oysa grup, balo salonuna girdiği zaman beş kişiydi: Bay Bingley, iki kız kardeşi, büyük kız kardeşinin kocası ve başka bir genç adam.

Bay Bingley yakışıklı ve kibardı; hoş bir yüz ifadesi, rahat ve doğal tavırları vardı. Kız kardeşleri de hoş hanımlardı ve çok şık giyinmişlerdi. Bingley'in eniştesi Bay Hurst de kibar biri gibi görünüyordu, fakat dostu Bay Darcy uzun boyu, yakışıklılığı ve soylu davranışları ile bütün salonun dikkatini hemen üzerine çekti; o içeri girdikten beş dakika sonra herkesin ağzında bu gencin yılda on bin sterlin geliri olduğu söylentisi dolaşıyordu. Beyler, Bay Darcy'nin tam bir erkek olduğunu ileri sürüyor, kadınlar ise Bay Bingley'den çok daha yakışıklı olduğunu belirtiyorlardı. Kısacası, gecenin neredeyse yarısında insanların büyük hayranlığını topladı.

Ne yazık ki sonunda tavır ve hareketlerinin uyandırdığı nefret, kendisine karşı duyulan sevgiyi söndürdü. Çünkü kibirli, kendisini arkadaşlarından üstün gören, her şeye burun kıvıran bir adam olduğu anlaşılmıştı. Artık bu genci, kimse arkadaşı Bay Bingley ile kıyaslamaya değer görmüyor, bu suratsızlığını ve sevimsizliğini Derbyshire'daki muazzam serveti bile örtemiyordu.

Bay Bingley çok geçmeden salondaki bütün ileri gelenlerle tanıştı. Hayat dolu ve girişken bir adamdı; her dansa kalkıyor, balonun erken bitecek olmasına üzülüyor, Netherfield'da bir balo vermekten söz ediyordu. Bu dostluk gösterileri onun karakteri hakkında fazla söze gerek bırakmıyordu. Arkadaşı Bay Darcy ile ne kadar zıttılar! Bay Darcy topu topu bir defa Bayan Hurst ile bir defa da Bayan Bingley ile dans etti. Başka kadınlarla tanışmak istemedi; bütün geceyi salonda dolaşıp arada bir kendi grubundan birileriyle konuşarak geçirdi. Artık karakteri iyice anlaşılmıştı. Bu adam dünyanın en kibirli, en sevimsiz insanıydı ve herkes onun kasabaya bir daha hiç gelmemesini diliyordu. Bay Darcy'ye diş bileyenler arasında, Bay Dorey kızlarından birini küçümsediği için nefreti büsbütün artmıştı, Bayan Bennet de vardı.

Elizabeth Bennet, kavalyeler az olduğu için üst üste iki dansta oturmak zorunda kalmıştı. Bu sırada Bay Darcy ona yakın bir yerde duruyordu. Arkadaşını dansa katılmaya zorlamak için dansı bırakıp gelen Bingley ile Darcy arasında geçen konuşmayı işitebiliyordu genç kız.

"Haydi bakalım, Darcy..." dedi Bay Bingley, "dans et, böyle aptal gibi tek başına durduğunu görmekten nefret ediyorum. Dans etsen çok daha iyi olacak..." dedikçe Darcy bu teklifi reddediyordu. "Kesinlikle edemem. Dans ettiğim kadınla aramızda bir tanışıklık olmadıkça danstan nefret ettiğimi bilirsin. Doğrusu, böyle bir toplantı da çekilir şey değil. Kız kardeşlerin başkaları ile dansa kalktılar ve salonda başka tek bir kadın yok ki onunla dansa kalkmak benim için bir ceza olmasın."

"Dünyayı verseler..." dedi Bingley, "senin gibi mızmızlık edemem. Bu akşamki kadar hoş kızları daha önce bir arada görmedim. Hatta gördüklerimin arasında birçoğu olağanüstü güzel..."

Bay Darcy, Bennet kardeşlerin en büyüğüne bakarak, "Salondaki tek güzel kızla sen dans ediyorsun..." dedi.

"Evet, ömrümde gördüğüm en güzel yaratık. Kardeşlerinden biri hemen arkanda oturuyor. Çok hoş, çok canayakın bir kız. İzin ver, ablası sizi tanıştırsın."

Darcy, "Hangisinden söz ediyorsun?" diye sordu ve sonra arkasına dönerek bir an Elizabeth'i süzdü. Bakışları karşılaşınca, gözlerini kaçırıp soğuk bir tavırla, "Fena değil ama beni heveslendirecek kadar güzel değil ve inan başka erkeklerden yüz bulamamış kızlarla uğraşacak havada değilim. Sen damının yanına dönüp onun gülümsemesinin tadını çıkartsan daha iyi edersin. Çünkü benimle boş yere zaman kaybediyorsun..." dedi.

Bay Bingley, Darcy'nin öğüdünü dinleyip dansa döndü. Bay Darcy yürüdü gitti ve geride ona karşı hiç de hoş olmayan duygular hisseden Elizabeth kaldı. Yine de gülünç şeylerden tat alan neşeli ve şakacı yaradılışlı bir kız olduğu için bu olayı arkadaşlarına büyük bir keyifle anlattı.

O gece bütün Bennet ailesi için fena geçmemişti. Bayan Bennet büyük kızının Netherfieldlılarca çok beğenildiğine tanık olmuştu. Bay Bingley Jane ile iki defa dans etmişti, ayrıca Bingley'in kız kardeşleri de ona epey yakınlık göstermişlerdi. Daha serinkanlı olsa da bundan Jane de annesi kadar memnundu. Elizabeth de Jane'in sevincini paylaşmaktaydı. Mary de kendisinin Bayan Bingley'e, "Bu çevrenin en iyi yetişmiş kızı..." diye tanıtıldığını kulağıyla duymuştu. Catherine ile Lydia da kavalyesiz kalmayacak kadar şanslıydılar ki bir balodan bundan başka herhangi bir şey beklemeyi daha öğrenmemişlerdi.

Böylece yaşadıkları ve ileri gelenlerinden sayıldıkları Longbourn Köyü'ne keyifli döndüler. Evde kalan Bay Bennet henüz yatmamıştı; eline bir kitap aldı mı zamanın nasıl geçtiğini fark etmezdi. Hele bu akşam pek büyük umutlar uyandıran baloyla ilgili dedikoduları da merak ediyordu. Biraz da karısının beslediği ümitlerin boşa çıkmasını ummuştu ama durumun bambaşka olduğunu anlamakta gecikmedi.

Bayan Bennet daha odaya girerken, "Ah Bay Bennet!" diye söze başladı. "Çok, çok güzel bir gece geçirdik. Şahane bir baloydu. Keşke siz de orada olsaydınız. Jane öyle beğenildi ki böylesi görülmemiştir. Herkes onun güzelliğini konuşuyordu. Bay Bingley de kızımızdan hoşlandı, onu tam iki kere dansa kaldırdı. Düşünün Bay Bennet, Jane'i iki kere dansa kaldırdı! Hem salonda ikinci kez dansa kaldırdığı tek kız oydu. Önce Lucasların kızını kaldırmıştı. Onu o kızla yan yana görmek çok canımı sıktı ama neyse ki onu hiç beğenmedi. Zaten beğenilecek mahluk değil ya... Ha, ne diyordum, şey... O sırada dansa kalkan Bay Bingley, Jane'i süzüyordu. Jane'in kim olduğunu sordu, birini bulup tanışmalarını sağladı, sonra da üst üste iki dansı onunla yaptı. Ardından Kinglerin kızıyla, daha sonra küçük Maria Lucas'la, sonrakilerde gene Jane'le, en sonraki iki dansı da Lizzy ve Boulanger ile yaptı..."

Kocası sabırsızlanarak sözünü kesti: "Bana karşı biraz acıması olsaydı, daha az dans ederdi. Tanrı aşkına, kimlerle dans ettiğini sayıp dökmeyi bırak. Bu adamın ne dansa kaldırdığı kızlar ne de daha ilk dansta ayağını burkması beni ilgilendirir!"

"Ah, Bay Bennet..." diye sözlerini sürdürdü Bayan Bennet, "bu genç çok hoşuma gitti. O kadar yakışıklı ki! Kız kardeşleri de alımlı kadınlar. Ömrümde onlarınki kadar şık elbiseler görmedim. Bayan Hurst'ün elbisesindeki dantel..."

Bayan Bennet'ın sözü gene yarıda kaldı. Bay Bennet kesin bir dille giyim kuşam sözü dinlemeyeceğini belirtti. Bunun üzerine konuya girmek için başka bir yol aramak zorunda kalan Bayan Bennet, acı içinde ve biraz da abartarak Bay Darcy'nin müthiş kabalığını anlattı.

"Ama sizi temin ederim ki onun hoşuna gitmemekle Lizzy büyük bir şey kaybetmez. Çünkü bu adam herhâlde dünyanın en kötü, en kibirli adamı... Ona yakın davranmaya değmez. Öyle burnu havada, öyle kibirli ki katlanılır şey değil. Sadece gezindi durdu; aklınca kendinden büyük adam yok. Kızlardan hiçbiri dans edilecek kadar güzel değilmiş! Keşke orada olsaydınız da ona haddini bildirseydiniz. İyice tiksindim bu adamdan, ne yalan söyleyeyim!"

IV

Jane ile Elizabeth baş başa kaldıklarında, önce Bay Bingley'i övmekte ölçülü davranan Jane, kız kardeşine genç adamı ne kadar çok beğendiğini açıkça anlatmaya başladı.

"Genç bir adamda aranan her şey var onda..." dedi. "Akıllı, iyi huylu, hayat dolu... Sonra ben ömrümde bu kadar kibar bir insan görmedim. Ne kadar mükemmel yetişmiş, ne kadar rahat!"

"Yakışıklı da..." diye karşılık verdi Elizabeth, "genç bir adamın olması gerektiği gibi. Demek ki kusursuz bir adam."

"Beni ikinci defa dansa kaldırması gururumu okşadı. Böyle üstüme düşmesini beklemiyordum."

"Öyle mi? Senin adına ben bekliyordum. Aramızdaki büyük farklardan biri de bu zaten. İltifatlar senin için her zaman sürpriz olur, benim içinse tam tersi. Onun seni ikinci kez dansa kaldırmasından daha doğal ne olabilirdi? Salondaki kadınların en güzelinden en az beş kat daha güzel olduğun gözünden kaçmadı. Kısacası, bundan onun kibarlığına pay çıkarmaya gerek yok. Evet, şüphesiz çok hoş bir adam ve onu beğenmene izin veriyorum. Ondan daha aptallarını da beğendiğin olmuştu."

"Ah Lizzy!"

"Senin çoğunlukla bütün insanları sevip beğenmeye karşı aşırı bir eğilimin vardır. Kimsede kusur görmezsin. Senin gözünde bütün dünya iyi ve hoştur. Bir kişi hakkında bile kötü söz söylediğini ömrümde duymadım."

"İnsanlara kusur bulmakta aceleci davranmak istemem, gene de her zaman düşündüğümü söylerim."

"Biliyorum, zaten şaşılacak nokta da bu ya. Senin gibi zeki bir kızın, başkalarının aptallıklarına, saçmalıklarına gözlerinin kapalı olması. İçten görünmeye özenenler çoktur, bunlara her yerde rastlanır. Ama böyle gösterişsiz, art niyetsiz içtenlik; herkesin karakterinin iyi taraflarını abartmak, sonra da kötü taraflarından hiç söz etmemek yalnız sana özgü bir davranış. Demek bu adamın kız kardeşlerinden de hoşlandın, öyle mi? Oysa tavırları Bingley'inkiler gibi değil."

"Tabii ilk bakışta öyle görünüyor fakat konuşunca çok hoş kadınlar olduklarını anlıyorsun. Bekâr kız kardeşi de Bay Bingley'yle oturup evi çekip çevirecekmiş. Çok cana yakın bir komşu olacağından eminim."

Elizabeth ses çıkarmadan dinledi ama ablasının dediklerine aklı yatmadı. Bingley'in kız kardeşleri baloda genel olarak, hiç de kendilerini sevdirecek davranışlarda bulunmamışlardı. Kız kardeşinden daha iyi bir gözlemci ve daha az yumuşak başlı olan Elizabeth, yargısını etkileyecek herhangi bir övgü de duymadığından, bu kadınları beğenmek eğiliminde değildi. Aslında oldukça güzel kadınlardı. Keyifleri yerindeyken sevimli olma, hoş görünme yeteneklerine diyecek yoktu ama burnu büyük ve kibirliydiler. Londra'nın ilk özel okullarından birinde eğitim görmüşlerdi. Yirmi bin sterlinlik drahoma sahibiydiler; gereğinden çok para harcamaya, mevki sahibi kimselerle görüşme alışkanlığına sahiptiler. Bu nedenle kendilerini beğenip başkalarını küçük görmeye hakları olduğunu düşünüyorlardı. Kuzey İngiltere'de servetini ticaretle kazanmış, saygın bir aileden geldiklerini de hiçbir koşulda unutmuyorlardı.

Bay Bingley'e bir malikâne satın almak isteyen ama ömrü buna yetmeyen babasından yüz bin sterline yakın bir servet kalmıştı. Bay Bingley'in de zaten böyle bir niyeti vardı ve bazen hangi bölgeye yerleşeceğini bile seçtiği olurdu ama Bingley'in ne kadar avare olduğunu, onun şu sırada geniş, güzel bir eve yerleştiğini bilenler artık ömrünü Netherfield'da geçirip mülk edinme işini kendinden sonrakilere bırakmasını daha akla yatkın buluyorlardı.

Kız kardeşleri Bingley'in bir malikâne sahibi olması için can atıyorlardı. Gene de şu sırada yalnızca kiracı olmalarına rağmen, Bayan Bingley ağabeyinin evinin hanımı olmaya hiç de gönülsüz değildi. Paradan çok, gösterişi olan bir adamla evli olan Bayan Hurst de işine geldiği zaman ağabeyinin evini kendi evi sayma konusunda hiç nazlanmazdı.

Bay Bingley rüştünü kanıtlayalı daha iki yıl bile olmadan adını duyduğu Netherfield Köşkü'nü görmeye gitti. Yarım saat kadar içini gezdi, yerini ve belli başlı odalarını beğendi; ev sahibinin övgü dolu sözlerinden hoşnut kaldı ve köşkü hemen kiraladı.

Bingley ile Darcy'nin karakterleri birbirine çok zıt olmasına rağmen, gene de aralarında çok güçlü bir arkadaşlık vardı. Kendi huyundan hiç şikâyetçi olmadığı ve kendisiyle taban tabana zıt olduğu hâlde Darcy, Bingley'i doğallığı, içtenliği ve uysallığı yüzünden seviyordu. Bingley, Darcy'nin görüşlerine çok büyük bir güven duyar, yargılarına da büyük değer verirdi. Anlayış açısından Darcy daha üstündü; Bingley de anlayışsız biri değildi ama Darcy daha zekiydi. Aynı zamanda kibirli, duygularını açığa vurmayan, titiz bir adamdı; iyi eğitim görmüş olmasına rağmen insanlara sokulmazdı. Bu açıdan da arkadaşı ondan çok üstündü. Bingley gittiği her yerde kendini sevdirir, Darcy ise çevresindekileri her zaman gücendirirdi.

Meryton'daki balo hakkındaki konuşmaları bu iki arkadaşın karakterlerini ortaya koyuyordu: Bingley, hayatında bu kadar güzel insanlara, bu kadar hoş kızlara rastlamamıştı; herkes kendisine çok iyi, çok kibar davranmış; herhangi bir resmiyet, soğukluk olmamış, kısa sürede salondaki herkesle kaynaşmıştı. Bennetların kızına gelince, Bingley ondan daha güzel bir melek düşünemiyordu. Darcy ise arkadaşının tersine, güzellikten, kibarlıktan nasipsiz bir insan kalabalığı görmüş, hiçbirine karşı en ufak bir ilgi duymamış, hiçbirinden de en ufak bir yakınlık görmemişti. Evet, Bennetların kızı hoştu ama fazla sırıtıyordu.

Bayan Hurst ile kız kardeşi, Darcy'ye hatır için hak vermekle beraber, Bennetların kızını beğenmiş ve ondan hoşlanmışlar; tatlı bir kız olduğunu, onu daha yakından tanımakta sakınca görmediklerini söylemişlerdi. Böylece Bayan Jane Bennet'ın tatlı bir kız olduğu kabul edildi; kız kardeşlerinin bu övgüsü üzerine Bingley bu kızı istediği kadar düşünebileceğini anlamış oldu.

V

Longbourn'a yakın bir mesafede Bennetların içli dışlı olduğu bir aile oturuyordu. Sör William Lucas, geçmişte Meryton'da tüccarlık yaparak ciddi bir servet sahibi olmuş, belediye başkanlığı yaptığı sırada krala hitaben verdiği bir nutuk üzerine şövalyelik unvanı almıştı. Galiba bu ayrıcalığı biraz aşırı ciddiye almıştı. Sör William işinden ve küçük bir ticaret kasabasındaki evinden tiksinmiş, her ikisini de bırakarak ailesiyle birlikte Meryton'dan bir mil uzaklıkta bir eve taşınmış ve içinde kendisinin çok önemli bir kimse olduğunu keyifle düşünebildiği, iş güçle bağı bulunmadığı için herkese kibar davranmayı iş edindiği bu eve Lucas Köşkü adını vermişti. Çünkü unvanı onu iyice sevindirmiş olmakla birlikte, burnu büyümemişti; aksine, herkese karşı yakınlık gösteriyordu. Doğuştan uysal, dost canlısı ve kibar bir insan olan Sör Lucas, St. James'te kralın huzuruna kabul edildikten sonra tam anlamıyla bir "soylu" olup çıkmıştı.

Leydi Lucas, Bayan Bennet için değerli bir komşu olacak kadar zeki olmasa da iyi bir kadındı. Lucasların birkaç çocuğu vardı. En büyükleri Charlotte yirmi yedi yaşlarında, aklı başında, zeki bir kızdı ve Elizabeth'in yakın arkadaşıydı.

Lucaslarla Bennetların her balodan sonra bir araya gelerek konuşmaları, kesinlikle kaçınılmaz bir şeydi. Nitekim balonun ertesi sabahı Lucaslar haber alıp vermek amacıyla Longbourn'a geldiler.

Bayan Bennet bütün terbiyesini takınarak, "Başlangıçta sizin işiniz işti, Charlotte. Bay Bingley ilk önce sizi seçti..." dedi. "Ama ikinci olarak seçtiği kızı daha çok beğenmişe benziyordu."

"Sanırım, onunla iki kez dans etti diye Jane'i kastediyorsunuz. Gerçekten de buna bakılırsa, Jane'i beğenmişe benziyordu, beğenmiştir de. Bununla ilgili kulağıma bir şeyler çalındı ama neydi unuttum. Bay Robinson'la ilgili bir şey."

Elizabeth, "Herhâlde Bay Bingley'le Bay Robinson arasında benim kulağıma çalınan konuşmadan bahsediyorsunuz. Size bundan söz etmedim mi? Bay Robinson, Bay Bingley'e Meryton balolarını nasıl bulduğunu, salondaki kızları beğenip beğenmediğini, en çok kimden hoşlandığını sordu. Bay Bingley bu son soruya hemen, 'Kuşkusuz Bennetların en büyük kızı. Bu konuda hiçbir görüş ayrılığı olamaz...' diye cevap verdi" dedi.

"Tanrı aşkına! Gerçekten de kesin konuşmuş, sanki gözüne kestir... Ama belli olmaz, belki de sonunda hiçbir şey çıkmaz."

"Görüyorsun ya, Eliza, benim kulak misafiri olduğum konuşma seninkinden çok daha farklı..." dedi Charlotte. "Bay Darcy'nin dili arkadaşınınki kadar tatlı sayılmaz, değil mi? Zavallı Eliza..."

"Kötü sayılmazmışsın!"

"Rica ederim, bu adamın kaba davranışını hatırlatarak Lizzy'nin canını sıkmayın. Çünkü o kadar sevimsiz bir mahluk ki, onun tarafından beğenilmek bir talihsizlik olur. Bayan Long dün bana adamın yarım saat yanında oturmuş olduğu hâlde bir defa bile ağzını açmadığını söyledi."

"Bundan emin misiniz, anne? Sakın bir yanlışlık olmasın?" diye sordu Jane. "Bay Darcy'nin Bayan Long'la konuştuğunu gördüm ben."

"Evet, çünkü sonunda kadın, 'Netherfield'ı beğendiniz mi?' diye sormuş. Ve adam ona cevap vermezlik edememiş ama Bayan Long'un söylediğine göre, adam kendisiyle konuşuldu diye çok öfkelenmiş."

"Bayan Bingley..." dedi Jane, "bana Bay Darcy'nin yakın dostları arasında olmadıkça fazla konuşmadığını söyledi. Ama yakınlarının arasındayken çok hoşsohbetmiş."

"Tek kelimesine bile inanmam, yavrum. O kadar hoşsohbet olsaydı, Bayan Long ile iki çift söz ederdi. Ama nasıl olduğunu tahmin edebiliyorum; çok kibirli olduğunu herkes söylüyor. Bayan Long'un arabası olmadığını, baloya kiralık arabayla geldiğini öğrenmiş olsa gerek."

"Onun Bayan Long ile konuşmamasına aldırmıyorum..." dedi Charlotte, "ama Eliza ile dans etmeliydi."

"Senin yerinde olsam..." dedi Bayan Bennet, "bir dahaki sefere onunla dans etmezdim, Lizzy."

"Onunla asla dans etmeyeceğime size söz verebilirim, anne."

"Bu adamın gururu..." dedi Charlotte Lucas, "pek çok kişinin aksine beni o kadar rahatsız etmiyor. Çünkü bir özrü var: Bu kadar yakışıklı, asil, zengin ve her bakımdan eksiksiz bir gencin kendini yüksek görmesine insan şaşmamalı. Bana kalırsa, gururlanmaya hakkı var bile diyebilirim."

"Çok doğru..." dedi Elizabeth, "benim gururumu çiğnemeseydi, onun gururunu kolaylıkla bağışlardım."

Eşsiz görüşlere sahip olmakla övünen Mary, "Benim düşünceme göre gurur, zayıflıktır..." diye fikir yürüttü. "Bütün okuduklarımdan bunun çok yaygın olduğuna karar kıldım. İnsan doğası gurura özellikle yatkın... Aramızda, gerçek ya da değil, meziyetlerinden dolayı kibir duygusu beslemeyen pek az kimse bulunur. Gurur ve kibir kelimeleri çok kere birbirine karıştırılırsa da gerçekte başka şeylerdir. Bir insan kibirli olmadan da gururlu olabilir. Gurur daha çok kendi nefsimize karşı duyduğumuz saygıyla ilgilidir; kibirse başkalarının bize duymasını istediğimiz saygıyla ilgilidir."

Kız kardeşleriyle birlikte gelen genç Lucas, "Ben Bay Darcy kadar zengin olsaydım, ne kadar gururlu olduğuma hiç aldırmazdım..." dedi. "Bir sürü tazı besler, her gün de bir şişe şarap içerdim."

"O zaman gereğinden çok içmiş olurdun..." dedi Bayan Bennet. "Ben de seni öyle görseydim şişeyi hemen elinden alırdım."

Çocuk, Bayan Bennet'ın şişeyi alması fikrine karşı çıktı; Bayan Bennet da alacağını söylemeye devam etti ve bu çekişme Lucaslar gidinceye kadar sürdü.

VI

Longbournlu hanımlar çok geçmeden Netherfieldlı hanımları ziyaret ettiler. Bu ziyarete de usulünce karşılık verildi. Jane'in hoş tavırları, Bayan Hurst ile Bayan Bingley'in gitgide daha hoşlarına gitmekteydi, annelerini çekilmez, küçük kardeşlerini de konuşmaya değmez bulmuş olsalar da Jane ve Elizabeth'le arkadaşlık etmeyi arzu ettiklerini söylediler. Jane bu ilgiden büyük sevinç duydu ama Elizabeth, herkese karşı, hatta Jane'e karşı bile davranışlarında hâlâ kibirlilik sezdiği için bu kadınlara bir türlü ısınamıyordu. Gerçi Jane'den hoşlanmalarının başlı başına bir değeri vardı; çünkü bunda Bay Bingley'in hayranlığının büyük etkisi olması mümkündü. Bingley'in Jane'i beğendiği, her karşılaşmalarında açıkça görülüyordu. Elizabeth için aynı derecede belli olan bir şey varsa o da, Jane'de de Bay Bingley'i ilk gördüğü zaman duyduğu hoşlanma hissinin gitgide arttığı ve aşk yolunu tuttuğuydu. Neyse ki Jane, güçlü duygularına rağmen ölçülü davranmayı bilen bir kızdı. Ayrıca her zaman neşeliydi. Elizabeth'e göre bunlar, Jane'i meraklı insanların kuşkularından koruyabilirdi. Elizabeth, arkadaşı Charlotte'a bu konudan bahsetti.

Charlotte, "Böyle durumlarda herkesi aldatabilmek hoş bir şey olabilir..." dedi. "Ama duygularını bu kadar saklamak bazen insanın zararınadır. Bir kadın duygularını hoşlandığı adamdan da aynı beceriyle gizlerse, onu kendine bağlama fırsatını kaçırabilir; o zaman hiç kimsenin bir şey sezmediğini düşünmek pek acıklı bir avuntu olur. Her sevgide minnetin veya kibrin o kadar büyük rolü vardır ki yeni doğmuş bir sevgiyi başıboş bırakmaya gelmez. Başta hepimiz özgürüzdür. Ufak bir gönül kayması kadar doğal ne olabilir ki? Ancak karşısındakinden cesaret almadan gerçekten âşık olabilecek kadar pişkinlik gösterebilen azdır. Bingley, kardeşinden kuşkusuz hoşlanıyor ama Jane ona cesaret vermezse duyguları hoşlanmadan ileri gidemez."

"Ama Jane, doğasının izin verdiği kadar cesaret veriyor ona. Bingley'e ilgi duyduğunu ben bile hissettikten sonra, Bingley'in bunun farkına varmaması için aptal olması gerekir."

"Şunu unutma, Eliza. Bingley, Jane'in huyunu senin kadar bilmiyor."

"Ama bir kadının bir erkeğe eğilimi varsa ve bunu gizlemeye çalışmazsa o adamın bunu anlaması gerekir."

"Kızı yeterince görürse, belki bu dediğin doğru olabilir. Ama Bingley ile Jane oldukça sık karşılaştıkları hâlde bir arada uzun süre vakit geçirmiyorlar. Ayrıca birbirlerini sürekli büyük, kalabalık toplantılarda görüyorlar, her anı baş başa konuşarak geçiremezler ya. İşte bunun için Jane onun ilgisini çekebildiği her süreden olabildiğince yararlanmalıdır. Onu elde ettiğinden emin olduktan sonra âşık olmak için yeterince vakti olacaktır."

"Söz konusu olan sadece iyi bir evlilik yapmaksa..." yanıtını verdi Elizabeth, "sen haklı sayılırsın. Zengin bir koca bulmak, daha doğrusu bir koca bulma kaygısında olsaydım, diyebilirim ki, senin dediğin gibi yapardım. Ama Jane'in düşüncesi ve duyguları böyle değil; Jane peşin hesapla hareket etmiyor. Bırak akılcı olup olmamasını, henüz Bingley'e karşı duyduğu ilginin derecesini bile kestiremiyor. Tanışalı sadece on beş gün oldu. Meryton balosunda iki defa dans ettiler. Bir sabah onu kendi evinde gördü, daha sonra dört defa onunla aynı sofrada bulundu. Adamın karakterini anlaması için yeterli değil."

"Senin deyişine göre değil elbette. Jane sadece onunla yemek yemekle kalsaydı, ancak Bingley'in iştahının yerinde olup olmadığını anlamış olurdu ama unutma ki dört akşam yemeği demek, birlikte geçirilen dört akşam demektir. Dört akşam da az bir şey değil."

"Evet, birlikte geçen bu dört akşam, her ikisinin de aynı kâğıt oyunlarından hoşlandıklarını göstermiş olabilir. Ama diğer başlıca huylarına gelince, pek bir şeyi ortaya çıkardığını sanmam."

"Her neyse, Jane'e bütün kalbimle başarılar dilerim. Bence ha yarın evlenmişler, ha Jane adamın karakterini bir yıl incelemiş de ondan sonra evlenmişler, hepsi bir. Mutlu olma şansı her iki durumda da yüksek. Evlilikte mutluluk tamamıyla şans işidir. Taraflar birbirlerinin huyunu suyunu ne kadar iyi bilirlerse bilsinler ya da ne kadar benzer olurlarsa olsunlar, bunun mutluluklarına zerre kadar katkısı yoktur. Sonraları huyları birbirinden nasıl olsa ayrılır, nasıl olsa birbirlerinin sinirine dokunurlar. Ömrünü beraber geçireceğin insanın kusurlarını ne kadar az bilirsen o kadar iyi..." dedi Charlotte.

"Beni güldürüyorsun, Charlotte ama düşündüklerin mantıklı değil. Mantıklı olmadığını ve senin başına gelse kendinin de bu şekilde hareket etmeyeceğini biliyorsun."

Kafası Bay Bingley'in Jane'e duyduğu ilgiyle meşgul olan Elizabeth, kendisinin Bay Darcy'nin ilgisini çekmeye başladığının farkında bile değildi.

Bay Darcy başta Elizabeth'i sevimli bile bulmamıştı; onu baloda beğenmemiş ve bir sonraki karşılaşmalarında kusur bulmak için kıza dikkatle bakmıştı. Ancak çok geçmeden Elizabeth'in yüzünün güzelliğinden çok, siyah gözlerinin güzel ifadesinin onun yüzüne eşsiz bir zekâ kattığını, kendi kendine ve arkadaşlarına itiraf etti. Bunu aynı derecede sarsıcı başka keşifler izledi. Elizabeth'in vücudundaki kusursuz simetriye ters düşen birkaç hata bulduğu hâlde, bu vücudun kıvrak ve hoş olduğunu itiraf etmek zorunda kalmıştı. Genç kızın tavrı sosyete dünyasındakilere uymamakla beraber, bu tavırlardaki rahatlık ve alaycılık, genç adamı çekiyordu. Elizabeth ise bütün bunların farkında değildi. Ona göre

Darcy kendini her yerde istenmeyen biri hâline getirmiş ve kendisini dansa kaldıracak kadar güzel bulmamış olan bir adamdı.

Darcy, Elizabeth'i daha yakından tanıma isteği duymaya başladı. Onunla baş başa konuşmaya doğru bir adım atmak için Elizabeth başkaları ile konuşurken kulak kabartmaya başladı. Onun bu tutumu da genç kızın dikkatini çekti. Bu olay Lucaslarda düzenlenen, kalabalık bir partide oldu.

Elizabeth bir ara, "Bay Darcy ne diye gelip Albay Foster'la konuştuklarımı dinliyor?" diye sordu Charlotte'a.

"Bu ancak Bay Darcy'nin cevap verebileceği bir soru."

"Ama bunu bir daha yaparsa ona yapmaya çalıştığı şeyin gözümden kaçmadığını söyleyeceğim. Alay eder gibi bir bakışı var ve ben küstahlığı ele almazsam, çok geçmeden ondan korkmaya başlayacağım."

Biraz sonra Bay Darcy'nin, konuşma niyetinde değilmiş gibi bir edayla onlara doğru gelmesi üzerine Charlotte, arkadaşına bu konudan adama söz açmaya cesaret edemeyeceğini söyledi. Bu sözler Elizabeth'i âdeta kamçıladı ve genç kız Darcy'ye dönerek, "Biraz önce Albay Foster'a, Meryton'da bize bir balo vermesi için takılırken kendimi çok güzel ifade ettim, değil mi Bay Darcy?" dedi.

"Büyük bir heyecanla konuşuyordunuz ama bu, kadınları her zaman heyecanlandıran bir konudur."

"Bizlere karşı çok acımasızsınız!"

"Şimdi alay edilme sırası Elizabeth'te. Piyanoyu açıyorum. Eliza, bunun ardından ne gelir biliyorsun..." dedi Charlotte.

"Sen de ne tuhaf arkadaşsın! Her zaman, herkesin önünde piyano çalıp şarkı söylememi istiyorsun! Müzik yeteneğimle övünen bir insan olsaydım, benim için paha biçilmez biri olurdun ama doğrusu ülkenin en iyi sanatçılarını dinlemeye alışık olanların karşısına çıkmamayı tercih ederim."

Ama Charlotte'un ısrarlarına dayanamayarak, "Pekâlâ, boyun eğmekten başka çare yok..." diye ekledi. Sonra ciddi ciddi Darcy'ye baktı. "Elbette buradaki herkesin bildiği güzel bir atasözü vardır: 'Nefesini çorbanı üflemeye sakla.' Ben de nefesimi şarkıma saklayacağım."

Elizabeth, mükemmel olmasa da çok hoş söyledi. Bir iki şarkıdan sonra yeniden söylemesi için yapılan tezahüratlara cevap vermeye zaman bulamadan ailenin tek çirkin kızı olup bilgi ve hüner edinmeye çalışan ve kendini göstermek için her zaman sabırsızlanan kız kardeşi Mary hevesle piyanonun başına geçti.

Mary'nin müzik alanında ne büyük bir yeteneği ne de zevki vardı. Gösteriş kaygısı kendine sadece gayret değil, aynı zamanda ukalalık ve kibirli bir hava da verdiğinden, bu kibri daha üstün olabilecek herhangi bir yeteneğe hep zarar verirdi. Rahat ve doğal olan Elizabeth'i, Mary kadar iyi çalmadığı hâlde, daha büyük bir zevkle dinlemişlerdi. Mary ise uzun bir konçertodan sonra küçük kardeşlerinin isteği üzerine çaldığı İskoç ve İrlanda havalarıyla övgü ve teşekkür topladığına seviniyordu. O çalarken küçük kardeşleri de odanın bir ucunda Lucaslardan birkaç kişi ve bir iki subayla hevesli hevesli dans etmeye koyulmuşlardı.

Onlara yakın bir köşede duran Bay Darcy, gecenin bu şekilde geçmesini sessiz bir öfke içinde seyrediyor, hiçbir konuşmaya karışmıyordu. Kendi düşüncelerine o kadar gömülmüştü ki, Sör William Lucas'ın kendisiyle konuşuncaya kadar yanında olduğunu fark etmemişti.

"Gençler için ne hoş bir eğlence, değil mi Bay Darcy? Dans etmek gibisi var mı? Bence dans, kibar sosyetelerin birinci inceliğidir."

"Kesinlikle, efendim, dünyanın alt sınıflarında da geçerli olmak gibi bir ayrıcalığı vardır, vahşiler de dans edebilir."

Sir William yalnızca gülümsedi. Bir süre sustuktan sonra

Bingley'in de dans edenlerin arasına katıldığını görünce, "Arkadaşınız çok hoş dans ediyor..." dedi. "Bu sanata sizin de yabancı olmadığınıza kuşkum yok, Bay Darcy."

"Herhâlde beni Meryton'da dans ederken gördünüz, beyefendi."

"Evet, öyle, hem de büyük bir zevkle seyrettim. St. James'te sık dans eder misiniz?"

"Asla, efendim. Ben zorda kalmadıkça dans etmem."

"Dans etmekle oraya büyük bir şeref vereceğinizi düşünmüyor musunuz?"

"Bu şerefi mümkün olduğu kadar hiçbir yere vermemeye çalışırım."

"Sanırım Londra'da bir eviniz vardır."

Bay Darcy "evet" dercesine başını eğdi.

"Yüksek sosyeteye düşkün olduğumdan ben de bir zamanlar büyük kente yerleşmeye karar vermiştim. Ama Londra'nın havasının Leydi Lucas'a yaramayacağından korktum."

Bu sözleri söyledikten sonra Sör William Lucas cevap bekleyerek sustu ama diğeri hiç de oralı değildi. Bu sırada Elizabeth'in onlara doğru geldiğini görünce aklına bir incelik yapmak geldi ve Elizabeth'e seslendi:

"Sevgili Bayan Eliza, niye dans etmiyorsunuz? Bay Darcy, izin verin de sizi bu genç bayanla tanıştırayım. Böyle bir güzellik karşısında eminim dans etmeyi reddetmezsiniz."

Sir Lucas, Elizabeth'in elini alıp çok şaşırmış olmasına rağmen bu eli kabule isteksiz olmayan Darcy'ye uzatmak istedi ama genç kız geriledi ve Sör William'a biraz sinirli bir tavırla, "Dans etmeye hiç niyetim yok, efendim..." dedi. "Rica ederim, bu tarafa bir eş dilenmek için geldiğimi sanmayın."

Bay Darcy büyük bir nezaketle genç kızdan kendisi ile dans etme şerefini bahşetmesini rica etti ama boşuna. Elizabeth kararlıydı. Sör William'ın ikna çabaları da kararını değiştirmedi.

"O kadar olağanüstü güzel dans ediyorsunuz ki Bayan Eliza, sizi seyretme zevkini bana çok görmeniz bir zulümdür. Bu bay da genelde dans etmekten hoşlanmazmış ama eminim, yarım saatini bizi minnettar etmeye harcamakta bir sakınca görmez."

"Bay Darcy tepeden tırnağa inceliktir!" dedi Elizabeth gülümseyerek.

"Gerçekten de öyle. Ama nedenini düşününce inceliğine şaşmamak gerekir sevgili Bayan Eliza. Çünkü senin gibi bir eşe kim hayır diyebilir ki?"

Elizabeth alaycı bir bakışla uzaklaştı. Genç kızın olumsuz yanıtı Bay Darcy'yi gücendirmemişti; aksine, onunla ilgili çok tatlı düşüncelere dalmıştı. Bu sırada Bay Bingley'in kız kardeşi yanına geldi:

"Aklınızdan neler geçtiğini tahmin edebiliyorum..." diye gülümsedi.

"Pek sanmıyorum."

"Her geceyi bu şekilde, bu insanlar arasında geçirmenin ne kadar çekilmez olacağını düşünüyorsunuz. Hakkınız var, ben de sizinle aynı fikirdeyim. Ömrümde hiç bu kadar sıkıldığımı hatırlamıyorum. Bu yavanlık ve bu gürültü, bu insanların bir hiç oldukları hâlde kendilerini bir şey sanmaları!.. Onlar hakkındaki fikirlerinizi duymak için neler vermezdim!"

"İnanın bana, tahmininizde tamamıyla yanılıyorsunuz. Zihnim daha hoş şeylerle meşguldü. Güzel bir kadının yüzündeki bir çift güzel gözün insana ne kadar büyük bir zevk verebileceğini düşünüyordum."

Bay Bingley'in kız kardeşi, genç adamdan bu düşüncelerin esin kaynağı olma şerefini hangi kadının kazandığını söylemesini isteyerek gözlerini hemen onun gözlerine dikti. Bay Darcy büyük bir pervasızlıkla cevap verdi:

"Bayan Elizabeth Bennet."

"Bayan Elizabeth Bennet!" diye tekrar etti Bayan Bingley. "Buna çok şaştım doğrusu. Ne zamandan beri gözdenizmiş bakayım! Tanrı aşkına söyleyin, sizlere ne zaman mutluluk dileyebileceğiz?"

"Ben de sizden tam bu soruyu bekliyordum. Kadınların düş gücü pek hızlı işler; bir anda beğenmekten aşka, aşktan evliliğe sıçrar. Bana hemen mutluluk dileyeceğinizi biliyordum zaten."

"Hayır, eğer ciddiyseniz bu konuya oldubitti gözüyle bakacağım. Doğrusu, pek sevimli bir kaynananız olacak. Onun iki günde bir Pemberley'e, yanınıza geleceğinden hiç kuşkum yok."

Genç adam Bay Bingley'in kız kardeşinin her istediğini söyleyerek eğlenmesine izin verdi, ancak sözlerini tam bir aldırmazlıkla dinliyordu. Genç kız, Bay Darcy'nin serinkanlı tavırları karşısında korkulacak bir şey olmadığını düşünerek iğneli şakalarını uzattıkça uzattı.

VII

Bay Bennet'ın yılda iki bin sterlin getiren bir mülkten başka hiçbir serveti yoktu. Kızlarının talihsizliğine bakın ki, bu mülk de erkek varis olmadığından uzak bir akrabaya kalacaktı. Annelerinin serveti ise hayattaki konumu için yeterli olmakla birlikte, babalarınınkinden yoksun kalmanın doğuracağı boşluğu dolduramayacaktı. Meryton'da noter olan babası, Bayan Bennet'a dört bin sterlin miras bırakmıştı.

Bayan Bennet'ın babalarının yazmanlığını yapmış, daha sonra da onun yerine geçmiş olan Bay Philips'le evli bir kız kardeşi, bir de Londra'da ticaretle uğraşan bir erkek kardeşi vardı.

Longbourn Köyü ile Meryton'un arası ancak bir mildi. Yolun kısalığı, haftada üç dört defa hem teyzelerini ziyaret etme hem de yol üstündeki bir şapkacıya uğrama ihtiyacını duyan genç kızların işine geliyordu. Ailenin en küçükleri olan Catherine ile Lydia, teyzelerini daha sık ziyaret ediyorlardı. Kafaları kız kardeşlerininkinden daha boş olduğu için yapacak daha iyi bir şey bulamayınca, sabah saatlerini boş geçirmemek ve akşama konuşacak bir konu bulmak üzere Meryton'a kadar bir yürüyüş yaparlardı. Genellikle buralarda haberler ne kadar kıt olursa olsun, genç kızlar her seferinde teyzelerinden ilginç haberler toplamayı başarıyorlardı. Gerçekten de bugünlerde bu civara askerî bir alayın yerleşeceğini haber aldıklarından mutlulukla doluydular. ---shire Alayı bütün kış burada kalacak ve karargâhı da Meryton olacaktı.

Artık teyzeleri Bayan Philips'e yaptıkları ziyaretler ilginç dedikodular edinmeleri açısından oldukça verimli geçiyordu. Her geçen gün subayların adları ve aileleri konusundaki bilgilerini arttırıyorlardı. Askerlerin nerelerde oturduklarını öğrenmekte gecikmedikleri gibi en sonunda subaylarla şahsen tanışmaya da başladılar. Enişteleri Bay Philips subayların hepsiyle dosttu. Bu yüzden kızların önünde şimdiye kadar bilmedikleri bir mutluluk dünyası açılmıştı. Artık subaylardan başka bir şey konuşmaz olmuşlardı ve Bay Bingley'in lafı bile annelerini heyecanlandırmaya yeten serveti, bir asteğmenin kırmızı ceketli üniforması ile kıyaslandığında kızların gözünde değersiz kalıyordu.

Bir sabah Bay Bennet kızlarının bu konu hakkındaki keyifli konuşmalarını dinledikten sonra, soğuk bir tavırla, "Konuşmalarınızdan anladığım kadarıyla siz ülkenin en kaz kafalı kızlarısınız. Zaten bundan epeydir şüpheleniyordum ama artık eminim..." dedi.

Catherine alınmıştı ve cevap vermedi ama Lydia hiç aldırış etmeyerek Yüzbaşı Carter'a duyduğu hayranlığı anlatmayı sürdürdü ve ertesi sabah Londra'ya gidecek olan yüzbaşıyla o gün görüşmeyi umduğunu ekledi.

"Kendi çocuklarınızın birer aptal olduğunu düşünmeye bu kadar hazır oluşunuza şaşıyorum..." dedi Bayan Bennet. "Ben birinin çocuklarını küçük görmek istesem, bunun için herhâlde kendi çocuklarımı seçmem."

"Çocuklarım aptalsa, bunun her zaman farkında olmayı isterim."

"Evet, ama aslında hepsi de çok akıllı."

"Anlaşamadığımız için kendimi kutladığım tek nokta budur. Duygularımızın her bakımdan birbirine benzemesini dilemiştim ama iki küçük kızımın görülmemiş aptallardan oldukları noktasında görüşlerimiz kesin olarak ayrılıyor."

"Sevgili Bay Bennet, bu yaştaki kızlardan anne babaları kadar mantıklı olmalarını beklememelisiniz. Bizim yaşımıza geldikleri zaman eminim ki onlar da bizim gibi, subayları zerre kadar düşünmeyecekler. Bir kırmızı ceketliyi çok şık bulduğum günleri unutmuş değilim. Doğrusu, hâlâ da beğenirim. Yılda beş altı bin sterlin geliri olan zeki, genç bir albay, kızlarımdan birisini istese red cevabı vermem ve doğrusu Albay Foster geçen akşam üniformasıyla Sör Williamlarda pek hoştu."

"Anne!" diye bağırdı Lydia, "Teyzem diyor ki Albay Foster ile Yüzbaşı Carter, Bayan Watsonlara artık ilk geldikleri zamanki kadar sık gitmiyorlarmış. Teyzem şimdilerde onları daha çok Clarke'ın kitapçı dükkânında görüyormuş."

Elinde Bayan Jane Bennet'a bir mektupla içeri giren uşak, Bayan Bennet'ın karşılık vermesine engel oldu. Mektup Netherfield'dan geliyordu ve uşak bir cevap bekliyordu. Bayan Bennet'ın gözleri sevinçle parladı. Kızı mektubu okurken de heyecanla soruyordu:

"Evet, Jane, kimden? Ne yazıyor, ne diyor? Hadi Jane, acele et de söyle. Çabuk ol güzelim."

Jane, "Caroline Bingley'den..." dedikten sonra mektubu yüksek sesle okudu:

"Sevgili arkadaşım,

Eğer bize acıyıp bu akşam yemeği bizimle yemezseniz, ömrümüz oldukça Louisa ile birbirimizden nefret etme tehlikesi baş gösterecek; çünkü iki kızın baş başa geçirdiği bütün bir gün kavgasız sona ermez. Bu mektubu alınca elinizden geldiğince çabuk geliniz. Kardeşim ve diğer baylar yemeği subaylarla yiyecekler. Her zaman sizin...

Caroline Bingley."

"Subaylarla ha!" diye bağırdı Lydia. "Acaba teyzem bize bundan niye bahsetmedi?"

"Demek yemeği dışarıda yiyecek, çok yazık..." dedi Bayan Bennet.

"Arabayı alabilir miyim?" diye sordu Jane.

"Hayır, şekerim, atla gitsen daha iyi. Yağmur boşandığı zaman araban olmazsa, bütün geceyi orada geçirmek zorunda kalırsın."

"Parlak bir buluş! Ama ya Bingleyler Jane'i kendi arabalarıyla göndermeye kalkışırlarsa?" dedi Elizabeth.

"Olacak iş değil! Çünkü sanırım baylar Meryton'a, Bay Bingley'in arabasıyla giderler; Hurstlerin de arabaları var ama atları yok."

"Araba ile gitmeyi tercih ederdim."

"Ama şekerim, eminim ki baban atları arabaya koşamaz. Onlara çiftlikte ihtiyaç var, öyle değil mi Bay Bennet?"

"Atlara çiftlikte her zaman ihtiyaç var, fakat sizden fırsat kalmıyor ki."

"Ama eğer bugün atlar size gerekiyorsa, annemin istediği olacak..." dedi Elizabeth.

Genç kız nihayet atlara çiftlikte ihtiyaç olduğunu bizzat babasının ağzından duydu ve binek atının sırtında gitmek zorunda kaldı. Annesi havanın bozacağını gösteren birçok belirtiyi sevinçle sayarak onu kapıya kadar geçirdi. Gerçekten de duası kabul oldu ve Jane yola çıktıktan biraz sonra bardaktan boşanırcasına bir yağmur yağmaya başladı. Kız kardeşleri Jane ıslanacak diye endişeliydiler ama annesinin sevincine diyecek yoktu. Yağmur bütün gece hiç durmadan yağdı. Jane'in o gece eve dönemeyeceği kesin gibiydi.

Bayan Bennet yağmuru sanki kendi yağdırmış gibi durup durup, "Gerçekten ne iyi düşünmüşüm!" diyordu.

Yine de hilesinin mutlu sonuçlarından ertesi sabaha kadar haberi olmadı. Kahvaltı henüz bitmemişti ki Netherfield'dan bir uşak Elizabeth'e şu pusulayı getirdi.

"Çok sevgili Lizzyciğim;

Dün yağmurda sırılsıklam ıslandığım için olacak, bu sabah kendimi çok rahatsız hissediyorum. Nazik dostlarım, iyileşmeden eve dönmenin sözünü bile ettirmiyorlar. Eczacı Bay Jones'a görünmemde de ısrar ediyorlar. Onun beni muayene ettiğini duyarsanız, telaşlanmayın. Biraz boğazım, biraz da başım ağrıyor, başka bir şeyim yok, sevgiler."

Elizabeth pusulayı yüksek sesle okuduktan sonra Bay Bennet, "Eh, şekerim..." dedi, "eğer kızım tehlikeli bir hastalığa yakalanırsa, eğer ölürse, bunun senin emirlerin doğrultusunda Bay Bingley'in peşinden koşarken olduğunu bilmek, benim için bir teselli olacak."

"Ah, ölecek diye bir korkum yok. İnsan ufak, önemsiz soğuk algınlıklarından ölmez. Ona iyi bakacaklardır. Orada kaldığı sürece her şey yolunda... Arabayı alabilirsem gidip kendisini görürüm."

Ablasını gerçekten merak eden Elizabeth arabayı almak mümkün olmadığı hâlde kardeşine gitmeye karar verdi; ata binmeyi bilmediği için çaresiz yürüyecekti. Kararını bildirince, annesi:

"Aptallık etme!" diye bağırdı. "Bu pis havada böyle bir şeyi nasıl aklından geçiriyorsun? Oraya gittiğin zaman insan içine çıkacak hâlin kalmaz; üstün başın rezil olur."

"Jane'in yanına girecek hâlim kalır ya... Benim istediğim de bu."

"Bu sözlerle bana mı taş atıyorsun yoksa, Lizzy?" dedi babası. "Atları isteteyim diye?"

"Hayır, hayır, yürümekten çekinmiyorum. İnsanın bir amacı olduktan sonra yol yürümenin hiçbir önemi yok. Zaten topu topu üç millik yol... Akşam yemeğine dönerim."

"Özverinin gücüne hayranım..." diye görüşünü bildirdi Mary.

"Ama duyguya, akıl rehberlik etmelidir ve bence katlanılan güçlükle amaç her zaman orantılı olmalıdır."

Catherine ile Lydia, "Biz de Meryton'a kadar seninle gelelim..." dediler. Elizabeth onların yol arkadaşlığını kabul etti. Üç kız kardeş birlikte yola çıktılar.

Yola koyulduklarında Lydia, "Biraz acele edersek belki Yüzbaşı Carter'ı Londra'ya gitmeden bir daha görebiliriz..." dedi.

Meryton'da ayrıldılar. İki küçük kardeş subaylardan birinin eşini görmeye gitti. Elizabeth de yoluna yalnız başına devam etti. Tarlaları aşarak, çitlerden sabırsızlıkla atlayarak ve su birikintilerinin üzerinden sıçrayarak hızlı hızlı yürüyordu. Nihayet karşıda Bingleylerin evi göründüğünde Elizabeth'in ayak bilekleri ağrıyordu; çorapları da kir içindeydi; yüzü hızlı yürüyüşün etkisiyle alev alev yanıyordu.

Onu kahvaltı salonuna aldılar. Jane'den başka herkesin toplanmış olduğu salonda Elizabeth'in kılığı bir hayli hayret uyandırdı. Günün bu kadar erken bir saatinde, bu kadar kötü bir havada tek başına yürüyerek üç millik yolu gelmesine Bayan Hurst ile Caroline Bingley inanamıyorlardı. Elizabeth bu yüzden bayanların gözünde küçülmesine rağmen, büyük bir nezaketle karşılandı; erkek kardeşlerinin tavrında nezaketten fazlası, tatlılık ve şefkat vardı. Bay Darcy pek az konuştu. Bay Hurst ise neredeyse hiç. Darcy bir yandan bu hızlı yürüyüşün genç kızın cildine verdiği parlaklığa hayran hayran bakıyor, bir yandan da bu kadar uzak bir yoldan yalnız başına gelmesinin doğru olup olmadığını düşünüyordu. Bay Hurst ise sadece kahvaltısını düşünmekteydi.

Elizabeth, kardeşinin sağlığıyla ilgili sorularına pek de olumlu cevaplar alamadı. Bayan Jane Bennet geceyi kötü geçirmiş, şimdi uyandığı hâlde ateşi olduğundan, odasından çıkacak durumda değilmiş. Elizabeth hemen ablasının yanına götürüldüğüne sevindi. Böyle bir ziyareti ne kadar istediğini, sırf ailesini telaşa ve sıkıntıya sokmak istemediği için mektupta belirtmemiş olan Jane de Elizabeth içeri girince sevinçle gülümsedi. Ama uzun uzadıya konuşacak hâlde değildi. Caroline Bingley iki kardeşi yalnız bıraktığında, Jane, kendisine bu kadar iyi baktıkları için duyduğu minneti dile getirmekten başka bir şeye kalkışmadı. Elizabeth de sessizce onu dinledi.

Kahvaltıdan sonra Bayan Caroline Bingley ile ablası da onlara katıldı. Jane'e karşı ne kadar şefkat ve ilgi gösterdiklerini görünce Elizabeth de onlara biraz ısınmaya başladı.

Eczacı geldi; hastasını muayene ettikten sonra beklendiği gibi şiddetli bir soğuk algınlığı geçirdiğini, bunu olabildiğince hafif atlatması için ellerinden ne gelirse yapmalarını söyledi ve Jane'e de yatmasını önererek bazı ilaçlar göndereceğine söz verdi.

Öneriler hemen yerine getirildi, çünkü Jane'in ateşi yükselmiş, başının ağrısı da çok şiddetlenmişti. Elizabeth, Jane'in odasından bir dakika bile çıkmadı. Ev sahibi bayanlar da odadan ayrılmıyorlardı. Aslında baylar dışarıda olduğu için yapacak başka bir işleri de yoktu.

Saat üçü vurduğu zaman, Elizabeth istemeye istemeye de olsa, artık eve dönme zamanının geldiğini anladı. Bayan Caroline Bingley arabasını teklif etti. Elizabeth biraz ısrar ederlerse, bu teklifi kabul etmeye hazırdı ama bu sırada Jane, kardeşinden ayrılacağı için çok mahzunlaştığından Bayan Caroline Bingley araba teklifini, Elizabeth'i birkaç gün için Netherfield'da konuk etme davetine çevirmek zorunda kaldı. Elizabeth büyük bir minnettarlıkla kabul etti. Orada kalacağını ailesine bildirmek ve kendisine elbise getirtmek üzere Longbourn'a hemen bir uşak gönderildi.

VIII

Saat beşte evin iki ev sahibesi elbiselerini değiştirmek üzere odalarına çekildiler ve saat altı buçukta Elizabeth yemeğe çağrıldı. Kendisine yağdırılan, özellikle Bay Bingley'in yönelttiği ve çok daha fazla ilgi gösterdiğini sezmekten mutluluk duyduğu sorulara çok da tatmin edici cevaplar veremedi. Ama Jane hiç de iyi değildi. Bunu duyan Louise ve Caroline kardeşler ne kadar üzüldüklerini, soğuk algınlığının ne kötü bir şey olduğunu, hastalanmaktan ne kadar nefret ettiklerini üç dört defa tekrarladıktan sonra bu konuyu unutuverdiler; Jane yanlarında olmadığı zaman bu kadınların ona gösterdikleri ilgisizlik Elizabeth'in başlangıçta onlara duyduğu nefreti yeniden canlandırmıştı.

Kısacası, salondakilerin arasında Elizabeth'in tek hoşlanabildiği kimse Bay Bingley'di. Onun, Jane'in hastalığından endişe duyduğu açıkça görülüyor ve kendisiyle ilgilenmesi de Elizabeth'in çok hoşuna gidiyordu. Diğerlerinin gözünde istenmeyen bir konuk olduğunu sezen Elizabeth, bu ilgi de olmasa bu fikre inanacaktı. Başka kimsenin ona aldırış ettiği yoktu. Bayan Caroline Bingley hep Bay Darcy ile ilgileniyordu. Ablası Louisa da öyle. Elizabeth'in yanında oturan Bay Hurst'e gelince, sadece yiyip içmek ve kâğıt oynamak için yaşayan, uyuşuk bir adamdı ve Elizabeth'in sade et yahnisini baharatlı yahniye tercih ettiğini görünce, onunla konuşma zahmetine katlanmadı.

Yemekten kalkınca Elizabeth hemen Jane'in yanına gitti ve genç kız odadan çıkar çıkmaz Bayan Caroline Bingley onu çekiştirmeye başladı. Tavır ve hareketleri için verilen hüküm gerçekten çok kötüydü. Küstahlıkla karışık bir gururu vardı; sohbetten, stilden, zevkten ve güzellikten yoksundu. Bayan Hurst de kız kardeşiyle aynı fikirde olduğunu söyleyerek:

"Sözün kısası, mükemmel bir yürüyüşçü olmaktan başka övülecek bir tarafı yok..." dedi. "Bu sabahki görünüşünü ömrüm boyunca unutamayacağım. Tam bir yabani gibiydi."

"Gerçekten de öyle, Louisa. Gülmemek için kendimi zor tuttum. Aslında buraya gelmesi çok saçma! Ablası soğuk aldı diye o kılıkta sokaklara düşmesi mi gerekirdi? Saçları da ne perişan, ne karmakarışıktı!"

"Evet. Ya iç eteğine ne demeli! İç eteğini gördün umarım, ucu en az bir karış çamura batmıştı. Elbisesiyle örtmeye çalışmış ama becerememiş."

"Dediklerin baştan aşağı doğru olabilir, Louisa..." dedi Bingley, "ama bunların hepsi şimdi gözümden silindi. Bence Elizabeth Bennet bu sabah odaya girdiği zaman şaşılacak kadar güzel görünüyordu. İç eteğinin çamuruna hiç dikkat etmemiştim."

Bayan Caroline Bingley, Darcy'ye dönerek, "Bay Darcy, eminim siz dikkat etmişsinizdir. Kardeşinizin bu şekilde kendini sergilemesini herhâlde istemezsiniz..." dedi.

"Kuşkusuz hayır."

"Üç mil, dört mil, beş mil veya ne kadarsa ayak bileklerine kadar çamur içinde yürümek, hem de yapayalnız! Ne demeye çalışıyor bu kız? Bana öyle geliyor ki mağrur bir bağımsızlık taslama ve görgü kurallarına karşı tam bir taşralı kayıtsızlığı göstermek!"

"Kız kardeşini çok sevdiğinin göstergesi ki bu da çok beğenilecek bir şey..." dedi Bingley.

"Korkarım, Bay Darcy..." dedi Bayan Caroline Bingley neredeyse fısıltıyla, "Elizabeth'in güzel gözlerine karşı duyduğunuz hayranlık bu maceradan sonra biraz sarsılmıştır."

"Hiç de değil!" diye yanıtladı Darcy. "Sabahki yürüyüşün etkisiyle gözleri daha da parlaklaşmıştı."

Bu sözleri kısa bir sessizlik izledi. Derken Bayan Hurst tekrar söze başladı:

"Jane Bennet'ı çok takdir ediyorum, gerçekten çok tatlı bir kız ve iyi bir kısmeti çıkmasını bütün kalbimle isterim. Ama öyle bir ana-baba ve öyle bayağı akrabaları oldukça korkarım ki bu mümkün değil."

"Galiba eniştelerinin Meryton'da noterlik yaptığını söylemiştin."

"Evet, Cheapside'a yakın bir yerde oturan bir de dayıları var."

"İşte bu mükemmel..." diye ekledi kız ve iki kardeş içten kahkahalar attılar.

Bingley, "Bütün Cheapside'ı dolduracak kadar çok dayıları olsa da, bu onların sevimliliklerinden hiçbir şey eksiltmez..." dedi.

Darcy, "Ama seçkin birileriyle evlenme şanslarını bir hayli azaltır..." yanıtını verdi.

Bingley'in cevapsız bıraktığı bu sözleri, kız kardeşleri yürekten onayladılar ve sevgili arkadaşlarının kaba akrabaları onları bir süre daha eğlendirdi.

Yemek salonundan çıkınca kız kardeşler, şefkat duyguları uyanarak Jane'in odasına gittiler; kahve içmek için aşağıya çağırılıncaya kadar orada kaldılar. Jane hâlâ çok hâlsizdi ve Elizabeth gece geç vakte kadar ablasının yanından ayrılmadı. O uyuduktan sonra içi rahatladı ve hiç istemediği hâlde ayıp olmasın diye aşağı indi.

Salonda herkesi kâğıt oyununa oturmuş buldu. Hemen oyuna katılmaya davet edildi. Ama Elizabeth, yüksek parayla oynamalarından kuşkulandığı için, kız kardeşini bahane ederek bu daveti reddetti, aşağıda çok kalamayacağını ve bu süre içinde kitap okuyarak oyalanacağını söyledi. Bay Hurst ona hayretle baktı.

"Okumayı oyuna tercih mi ediyorsunuz?" diye sordu. "Çok tuhaf bir şey..."

"Bayan Eliza Bennet kâğıt oyununu küçümser..." dedi Caroline Bingley. "Kendisi okumaya çok meraklıdır ve başka hiçbir şeyden zevk almaz."

Elizabeth, "Ne bu kadar övgüyü ne de eleştiriyi hak ediyorum. Ben okumaya çok meraklı değilim. Zevk aldığım başka şeyler de vardır..." yanıtını verdi.

Bingley, "Kardeşinize bakmaktan büyük bir zevk duyduğunuzdan eminim..." dedi. "Umarım bu zevk onun tamamen iyileştiğini görmekle artar."

Elizabeth ona yürekten teşekkür ederek üzerinde birkaç kitap bulunan masaya doğru yürüdü. Bingley ona hemen başka kitaplar getirmeyi önerdi kütüphanesinde ne var ne yoksa getirecekti.

"Keşke daha geniş bir kitap koleksiyonum olsaydı, hem siz yararlanırdınız hem de benim saygınlığım artardı..." dedi, "ama ne yazık ki ben tembel bir adamım. Çok kitabım olmadığı hâlde içlerinde hâlâ okumadıklarım var."

Elizabeth oradaki kitaplarla pekâlâ oyalanabileceğini söyledi.

Bayan Caroline Bingley, "Babamın bu kadar az kitap bırakmış olmasına şaşıyorum..." dedi. "Oysa Pemberley'de sizin ne kadar olağanüstü bir kütüphaneniz var, Bay Darcy!"

Darcy, "Öyle olması gerekir..." yanıtını verdi. "Çünkü birçok neslin ürünü..."

"Sonra siz de buna bir o kadar yenilerini kattınız... Durmadan yeni yeni kitaplar satın alıyorsunuz."

"Böyle bir çağda insanın aile kütüphanesini ihmal etmesini benim aklım almaz."

"İhmal mi! O soylu malikânenin güzelliğine güzellik katacak hiçbir şeyi ihmal etmediğinizden eminim. Charles, umarım senin yaptıracağın ev de en az Pemberley'in yarısı kadar güzel olur."

"Umarım olur."

"Fakat sana gerçekten o civarda bir yer almanı ve Pemberley'i de örnek tutmanı tavsiye ederim. Zaten İngiltere'de Derbyshire'dan daha güzel bir yer de yoktur."

"Bütün kalbimle katılıyorum. Hatta Darcy satarsa Pemberley'i alırım."

"Ben senin yapabileceğin şeylerden söz ediyorum, Charles."

"Doğrusu Caroline, bence taklit etmektense Pemberley'i satın almak akla daha yatkın."

Çevresinde olup bitenler Elizabeth'in zihnini meşgul ediyor, dikkatini kitaba vermesine engel oluyordu. Çok geçmeden kitabı büsbütün bir tarafa bırakarak oyun masasına yaklaştı. Bingley ile büyük kız kardeşinin arasına oturarak oyunu seyretmeye başladı.

Bayan Caroline Bingley, Darcy'ye, "Küçük kız kardeşiniz ilkbaharda görüştüğümüzden bu yana boy attı mı? Acaba boyu benimki gibi uzun olacak mı?" diye sordu.

"Sanırım olacak. Şimdi yaklaşık Bayan Elizabeth Bennet'ın boyunda, belki biraz daha uzun."

"Onu öyle özledim ki! Öylesine cici bir kıza ömrümde rastlamadım. O ne yüz, o ne kibar tavırlar! Sonra o yaşta o yetenek. Piyano çalışı da mükemmel..."

Bingley, "Genç hanımlar bu kadar yetenekli olacak sabrı nereden buluyorlar, hayret ediyorum..." dedi.

"Bütün genç bayanlar yetenekli mi? Charles ne demek istiyorsun?"

"Evet. Sanırım hepsi öyle. Hepsi de resim yapıyor, gergef işliyor, tığla çanta örüyorlar. Bütün bunları yapmayan bir kız tanımıyorum diyebilirim. Herhangi bir genç bayandan ilk defa bahsedildiğinde becerileri söylenmeden geçildiğini hiç görmedim."

Darcy, "Şu listesini yaptığın becerilere bir diyeceğim yok..." dedi, "gergef işleyip çanta örmekten başka becerisi olmayan birçok bayana da yetenekli dendiği oluyor. Fakat ben herkesi yetenekli kabul etmekten çok uzağım. Bütün tanıdıklarım arasında gerçekten yetenekli denebileceklerin sayısının yarım düzineyi aştığını söyleyemem."

"Ben de öyle..." dedi Bayan Caroline Bingley.

Elizabeth, Darcy'ye dönerek, "Öyleyse, siz bir hanımı becerikli sayabilmek için ondan çok şey bekliyorsunuz demektir..." diye düşüncesini belirtti.

"Evet, gerçekten de çok şey beklerim."

"A, tabii..." diye bağırdı, Darcy'nin gönüllü yardımcısı Caroline. "Genellikle rastlananların üstünde yetenekli olmayanlar tam yetenekli sayılamaz. Bir kadın bu tanıma layık olmak için müziği, notayı, resmi, dansı, modern dilleri çok iyi bilmeli ve her şeyden önce hâlinde ve yürüyüşünde, sesinin tonunda, konuşmasında ve ifadesinde de bir başkalık olmalıdır, yoksa bu deyimi ancak yarı yarıya hak etmiş sayılır."

"Bütün bunları kendinde topladıktan sonra da, bu özelliklere çok okuyarak daha önemli bir şey, yani kültürünü artırmayı katmalı..." dedi Darcy.

Elizabeth, 'Tanıdığınız yetenekli bayanların yarım düzineyi geçmemesine artık şaşmıyorum..." dedi. "Aksine, bütün bu özelliklere sahip bir kadın tanımanıza hayret ediyorum."

"Hemcinslerinize karşı bu kadar insafsız mısınız?"

"Ben böyle bir kadın görmedim. Tarif ettiğiniz gibi bir yetenek, zevk, ifade ve zarifliğin tek bir kişide birleştiğine doğrusu hiç rastlamadım."

Elizabeth'in kuşkusundaki haksızlığa hem Bayan Hurst hem de Bayan Caroline Bingley isyan ettiler. Her ikisi de bu tarife uyan birçok kadın tanıdıklarını ileri sürdüler. Bu sırada Bay Hurst oyunu takip etmediklerinden şikâyet ederek onları sessizliğe davet etti. Böylelikle konuşma sona erdi ve çok geçmeden Elizabeth odadan çıktı.

Kapı Elizabeth'in arkasından kapanır kapanmaz Bayan Caroline Bingley, "Eliza Bennet da kendi cinslerini kötüleyerek erkeklerin gözüne girmeye çalışan genç kızlardan biri!" dedi. "Diyebilirim ki bu plan birçok erkekte başarılı olur ama bence saçma bir yöntem ve çok bayağı bir hile."

"Kuşkusuz..." dedi bu sözlerin başlıca muhatabı olan Darcy. "Bayanların erkekleri avlamak için tenezzül ettikleri bütün çareler bayağıdır. Kurnazlık içeren her şey bayağıdır."

Bu cevap Bayan Caroline Bingley'de bu konuya devam etme hevesi bırakmadı.

Elizabeth kız kardeşinin durumunun daha da kötüleştiğini ve onu yalnız bırakamayacağını söylemek için tekrar yanlarına geldi. Bingley, Bay Jones'un derhâl çağırılmasında ısrar etti. Kız kardeşleri ise köy hekimlerinin önerilerinin pek etkili olmayacağını ileri sürerek Londra'dan tanınmış bir doktorun olabildiğince çabuk getirilmesini önerdiler. Elizabeth buna gerek görmedi ama Bingley'in teklifini reddetmedi. Bayan Jane Bennet'ın durumunda iyileşme görülmezse, Bay Jones'un sabah erkenden çağırılması kararlaştırıldı. Bingley oldukça endişelenmişti. Kız kardeşleri de son derece üzgün olduklarını söylüyorlardı. Yine de akşam yemeğinden sonra üzüntülerini düet yaparak gidermeye çalıştılar. Bingley ise hastaya ve kız kardeşine olabildiğince özen gösterilmesi için kâhya kadına emirler vermekten başka üzüntüsünü hafifletecek çare bulamadı.

IX

Elizabeth gecenin büyük bir kısmını ablasının odasında geçirdi. Ertesi sabah erkenden hizmetçi kızla, Jane'in sağlığını sorduran Bay Bingley'e ve az sonra da Bingley'in kardeşlerinin misafiri olan iki zarif bayana iyi sayılabilecek haberler gönderebildiği için memnundu. Ama gene de annesinin gelip Jane'i görmesi ve durumu hakkında karar vermesi için Longbourn'a bir mektup gönderilmesini rica etti.

Mektup derhâl gönderildi ve içerdiği istek de hemen yerine getirildi. Bayan Bennet, yanında iki küçük kızıyla kahvaltıdan az sonra Netherfield'a vardı.

Jane'i belirgin bir tehlike içinde görseydi, Bayan Bennet kederlenecekti ama hastalığın telaş edilecek kadar ağır olmadığını görerek memnun olduktan sonra, iyileşmesi Netherfield'dan ayrılması demek olduğundan kızının çabuk iyileşmesini istemedi. Bu nedenle kızının eve dönme isteğini bile dinlemedi. Bayan Bennet ile hemen hemen aynı anda gelen eczacı da eve dönme isteğine sıcak bakmıyordu. Jane ile biraz oturduktan sonra Bayan Caroline Bingley'in gelip kendilerini davet etmesi üzerine anne ile üç kızı kahvaltı salonuna indiler. Bingley, onları karşılarken Bayan Bennet'ın büyük kızını tahmin ettiğinden de kötü bir durumda bulmamış olmasını umduğunu söyledi.

"Doğrusunu isterseniz, ağır buldum..." diye yanıtladı Bayan Bennet. "Bay Jones şimdilik onu yerinden kıpırdatmamanızı söylüyor. Nezaketinizden bir süre daha yararlanmak zorunda kalacağız."

Bingley, "Eve götürmek mi?" dedi. "Aklınıza bile getirmeyin. Eminim kız kardeşim de bunun sözünü ettirmeyecektir."

"Bayan Jane Bennet bizde kaldığı sürece olabildiğince özen görecektir..." dedi Caroline Bingley soğuk bir nezaketle, "bundan emin olabilirsiniz, efendim."

Bayan Bennet bol keseden teşekkür etti.

"Böyle iyi dostlarımız olmasaydı, Jane'in hâli ne olurdu, bilemiyorum. Çünkü çok hasta olduğu ve acı çektiği hâlde, her zaman olduğu gibi, gerçekten büyük bir dayanma gücü gösteriyor. Tartışmasız, dünyanın en iyi huylu kızıdır. Öbür kızlarıma hep söylerim, Jane'in tırnağının ucu bile olamazsınız diye. Bu salon çok şirin Bay Bingley, şu çakıllı yolun manzarası da çok güzel. Sanırım ülkede Netherfield'ın bir eşi daha yoktur. Burasını kısa bir süre için kiraladınız ama umarım hemencecik bırakıp gitmeye kalkışmazsınız."

"Ben her işimi hemencecik yaparım..." diye yanıtladı Bingley. "Onun için eğer Netherfield'ı terk etmeye karar verirsem beş dakikada çıkıp giderim. Ama şimdilik kendimi buraya tamamen yerleşmiş sayıyorum."

"Ben de öyle tahmin ediyordum..." dedi Elizabeth.

Bingley ona dönerek, merakla, "Demek beni anlamaya başlıyorsunuz, öyle mi?" diye sordu.

"Ya, evet. Sizi çok iyi anlıyorum."

"Bunu bir iltifat olarak kabul etmek isterdim ama korkarım bu kadar kolay anlaşılır olmak hiç hoş bir şey değil."

"Sizce böyle olabilir. Ama bundan, sizinkinden daha derin ve anlaşılması güç bir kişinin, daha az veya daha çok saygın olduğu anlamı çıkarılamaz."

"Lizzy!" diye bağırdı annesi. "Nerede olduğunu unutma; burada da evdeki gibi ileri geri konuşma."

Bingley, "Sizin karakter okuma merakınız olduğunu bilmiyordum. Çok eğlenceli bir iş olsa gerek..." diye devam etti.

"Evet. Ama insanı en çok eğlendiren de, anlaşılması güç karakterleri analiz etmektir. Hiç değilse böyle bir üstünlükleri var."

Darcy, "Genellikle taşrada pek az analiz edilecek konu bulunabilir..." dedi. "Taşrada insan çok dar ve tekdüze bir topluluk içindedir."

"Gelgelelim insanlar zamanla o kadar çok değişiyorlar ki her zaman gözlemlenecek yeni bir şey bulunuyor."

Darcy'nin taşradan böyle söz etmesine alınan Bayan Bennet, "Gerçekten de öyle..." diyerek kızının sözünü onayladı. "Taşrada da şehirde rastlanan olayların olduğuna inanabilirsiniz."

Herkes şaşırmıştı. Darcy bir an Bayan Bennet'ın yüzüne baktıktan sonra sessizce başını çevirdi. Ona karşı tam bir zafer kazandığını sanan Bayan Bennet zaferin tadını daha da çıkartmak için, "Bana sorarsanız, mağazalarıyla eğlence yerleri bir yana, Londra'nın taşradan üstün olan bir yanını göremiyorum. Taşra çok daha hoştur. Öyle değil mi, Bay Bingley?" diye devam etti.

Bingley, "Taşrada olduğum zaman kente dönmek istemiyorum..." diye yanıtladı. "Şehirde bulunduğum zaman da hemen hemen aynı şey oluyor. İkisinin de iyi yönleri var. Ben hangisinde yaşarsam yaşayayım mutlu olabilirim."

Bayan Bennet, "İyi huylusunuz da onun için..." dedikten sonra Darcy'ye bakarak, "Ama bana öyle geliyor ki, bu bayın gözünde taşranın değeri yok..." diye ekledi.

Annesinin sözleri üzerine kıpkırmızı kesilen Elizabeth, "Kesinlikle yanılıyorsunuz, anneciğim..." dedi. "Bay Darcy'yi tamamıyla yanlış anladınız. Taşrada şehirdeki kadar değişik kimselere rastlanmaz dedi ki bunun doğru olduğunu siz de kabul edersiniz."

"Tabii, şekerim, rastlanır diyen yok ki. Ama buralarda çok insanla tanışılamadığı konusuna gelince, bu saçmalık! Bizimkinden daha geniş bir çevre çok az bulunur. Yirmi dört aile bir araya geldiğimizi bilirim."

Bingley'in gülmesine, ancak Elizabeth'e duyduğu saygı engel oldu. Ama kız kardeşi, onun kadar ince değildi ve anlamlı bir gülümseme ile gözlerini Darcy'ye çevirdi. Elizabeth, sırf annesinin düşüncelerini konudan uzaklaştırmak için kendisi ayrıldığından beri Charlotte Lucas'ın Longbourn'a gelip gelmediğini sordu.

Annesi, "Evet..." dedi. "Dün babası ile uğradı. Şu Sör William ne hoş bir adam, değil mi Bay Bingley? O kadar modern, o kadar kibar, o kadar doğal ki! Her zaman herkesle konuşacak bir konu bulur. Ben görgü diye buna derim. Kendilerini bir şey sanıp da ağızlarını hiç açmayanlar görgü konusunda tamamen yanılıyorlar."

"Charlotte yemeği sizinle mi yedi?"

"Hayır, eve dönmekte ısrar etti. Galiba elmalı turta yapacaklarmış da, onun başında durması gerekiyormuş. Bay Bingley, kendi hesabıma, ben her zaman üzerlerine düşen işleri yapmasını bilen hizmetçiler kullanırım; benim kızlarım bambaşka yetişmiştir. Ama kuşkusuz herkes kendi işini kendi bilir. İnanın Lucasların kızları çok iyidir. Ama yazık ki güzel değiller! Hoş ben Charlotte'u çok çirkin bulmuyorum. Ama belki de çok iyi dostuz da ondan."

Bingley, "Çok hoş bir genç bayana benziyor..." dedi.

"A, tabii ama çok güzel olduğu söylenemez. Leydi Lucas'ın kendisi bunu kaç kere söylemiş ve Jane gibi güzel bir kızım var diye beni kıskandığını bile itiraf etmiştir. Kendi çocuğumu övmek hoşuma gitmez ama doğrusu, Jane kadar güzel bir kıza da pek az rastlanır. Ben belki biraz duygularıma kapılıyorum ama herkes öyle diyor. Daha on beş yaşındayken Londra'da kardeşim Gardinerların evinde oturan bir bay, Jane'e öyle âşık olmuştu ki eşim, bu bayın biz oradan ayrılmadan önce ona evlenme teklif edeceğinden emindi. Ama nedense böyle bir teklif yapmadı. Belki de Jane'in çok genç olduğunu düşündü. Yine de Jane için şiirler yazdı, hem de güzel şeyler."

"Bir aşk da böyle bitti!" diye mırıldandı Elizabeth sinirleri biraz gerilmiş olarak. "Bana kalırsa aynı şekilde sönüp giden çok aşk vardır. Şiirin aşkı kaçırdığını acaba ilk önce kim keşfetti?"

Darcy, "Ben öteden beri şiiri aşkın gıdası sayarım..." dedi.

"Saf, derin, sağlıklı bir aşk için belki. Zaten güçlü olan bir şeyi, her şey besler. Ama eğer bu hafif, zayıf bir tür eğilimse benim görüşüme göre, güzel bir sone onu açlıktan öldürür."

Darcy ses çıkarmadan gülümsedi. Bunu izleyen genel sessizlik, annesi gene bir pot kıracak korkusuyla Elizabeth'i titretti. Konuşmak istiyor ama söyleyecek söz bulamıyordu. Kısa bir sessizlikten sonra Bayan Bennet, Jane'den başka bir de Lizzy'nin verdiği rahatsızlık için özür dileyerek Jane'e gösterdiği nezaketten dolayı Bay Bingley'e tekrar teşekkür etti. Bay Bingley içten bir nezaketle cevap verdi ve kız kardeşini de nazik olmaya ve duruma uygun sözler söylemeye zorladı. Bayan Caroline Bingley rolünü yapma konusunda doğrusu hiç de gönüllü değildi ama Bayan Bennet durumdan hoşnuttu ve biraz sonra da arabasını çağırttı. Bu işaret üzerine en küçük kızı hemen ortaya atıldı. İki kardeş geldiklerinden beri hep birbirleriyle fısıldaşmışlar ve sonunda en küçük kızın Bay Bingley'e, Netherfield'a ilk geldiği zamanlarda bir balo düzenlemeye söz vermiş olduğunu hatırlatmaya karar vermişlerdi.

Lydia on beş yaşında, gürbüz, teni güzel, yüz hatları yumuşak bir kızdı; annesinin en sevgili kızıydı. Bu sevgi yüzünden çok küçük yaşta sosyeteye karışmıştı. Genç bir vahşi hayvan gibi neşe ve hayat doluydu ve kendine güvenirdi. Güzel ziyafetleri ve kendisinin cesaret verici tavırları sayesinde subayların ona gösterdikleri ilgi, özgüvenini arttırmıştı. Sonuçta kendini Bay Bingley ile balo konusunu konuşacak düzeyde görüyordu. Bu nedenle damdan düşer gibi ona sözünü hatırlattı ve bu sözünü yerine getirmezse dünyanın en büyük ayıbını işlemiş olacağını söyledi.

Bu ani saldırıya Bay Bingley'in verdiği cevap Bayan Bennet'ın kulağını müzik gibi okşadı:

"Sizi temin ederim, sözümde durmaya hazırım; ablanız iyileşir iyileşmez lütfedip gününü de siz belirlersiniz. Ama herhâlde o hastayken baloya gidip dans etmek istemezsiniz."

Lydia bu yanıttan hoşnut kaldığını bildirdi. "A, tabii, Jane'in iyileşmesini beklemek çok daha iyi olur; hem o zamana kadar Yüzbaşı Carter da Meryton'a dönmüş olur. Sizin balonuzdan sonra onların da bir balo vermelerinde ısrar edeceğim. Eğer yapmazsa çok ayıp olacağını söyleyeceğim Albay Foster'a."

Böylece Bayan Bennet ile kızları gittiler.

X

Elizabeth, evin hanımlarıyla Bay Darcy'yi, kendisi ve yakınlarının tavır ve hareketleri hakkında rahat rahat fikir yürütebilsinler diye baş başa bırakarak hemen Jane'in yanına döndü. Ne var ki Bayan Caroline Bingley'in güzel gözler hakkındaki bütün imalarına rağmen iki kız kardeş Darcy'yi, Elizabeth'i çekiştirme konusunda kendileriyle birlik olması için ikna edemediler.

O gün de aşağı yukarı bir önceki gün gibi geçti. Bayan Hurst ile Bayan Caroline Bingley sabahın birkaç saatini, yavaş olmakla beraber gitgide iyileşen hastanın yanında geçirdiler; akşam üzeri salonda Elizabeth onlara katıldı.

Nedense akşam oyun masası kurulmamıştı. Bay Darcy mektup yazıyor, Bayan Caroline Bingley de yanına oturmuş onu seyrediyor ve kız kardeşine selam yollama bahanesiyle sık sık genç adamın dikkatini dağıtıyordu. Bay Hurst ile Bay Bingley piket oynuyor, Bayan Hurst de onları seyrediyordu.

Elizabeth eline bir nakış almıştı ve Darcy ile Bayan Caroline Bingley'in arasında geçenlerle eğleniyordu. Genç kızın genç adamın el yazısı, satırlarının düzgünlüğü ve mektubunun uzunluğu hakkındaki övgülü sözleri ve bu takdirlerin tam bir kayıtsızlıkla karşılanışı, Elizabeth'in Bayan Caroline Bingley ve Darcy hakkındaki görüşleriyle uygun düşen tuhaf bir manzara oluşturuyordu.

"Böyle bir mektup almak kim bilir Bayan Darcy'yi ne kadar sevindirecek."

Genç adam cevap vermedi.

"Görülmedik derecede çabuk yazıyorsunuz."

"Yanılıyorsunuz; oldukça yavaş yazarım."

"Kim bilir bir yılda kaç mektup yazmak zorunda kalıyorsunuz! İş mektupları dâhil! İş mektuplarından da öyle nefret ederim ki!"

"Şu hâlde, o çeşit mektuplar yazmanın sizin yerinize benim payıma düşmüş olması büyük şans."

"Kız kardeşinizi çok özlediğimi yazın lütfen."

"İsteğiniz üzerine bunu daha önce yazmıştım."

"Sanırım kaleminizden memnun değilsiniz. İzin verin de ucunu düzelteyim. Kalem düzeltmekte pek becerikliyimdir."

"Teşekkür ederim ama ben kalemimi her zaman kendim düzeltirim."

"Nasıl bu kadar düzgün yazabiliyorsunuz?"

Darcy sesini çıkarmadı.

"Kardeşinize arp çalmayı ilerlettiği için çok sevindiğimi söyleyiniz. Çizdiği küçük, güzel masa örtüsü desenine de hayran olduğumu yazmayı sakın unutmayın. Bence Bayan Grantley'ninkinden kat kat üstün bir örnck."

"Hayranlıklarınızı gelecek mektubuma bırakmama izin verir misiniz? Onları yazacak yerim kalmadı."

"A... Önemi yok. Nasılsa ocak ayında onu göreceğim. Ama siz ona hep böyle uzun, güzel mektuplar mı yazarsınız, Bay Darcy?"

"Mektuplarım genellikle uzundur. Ama hep güzel olup olmadıklarını takdir etmek bana düşmez."

"Kolaylıkla uzun mektup yazabilen bir insanın kötü yazamayacağına inanmışımdır."

Bingley, "Bu sözler Darcy için bir iltifat olamaz, Caroline..." diye atıldı. "Çünkü pek o kadar da kolay yazamaz. Tumturaklı kelimeler bulmak için uğraşır durur. Öyle değil mi Darcy?"

"Benim yazış tarzım seninkinden oldukça farklı."

Bayan Caroline Bingley, "A, Charles mı?" diye atıldı. "O düşünemeyeceğiniz kadar üstünkörü yazar. Kelimeleri yarım bırakır, yazdıklarını da kurutma kâğıdı ile kurutacağım derken siler."

"Düşüncelerim o kadar hızla akar ki, onları ifade etmeye kalemim yetişemez. Bu yüzden bazen mektup yazdıklarım hiçbir şey anlayamaz."

Elizabeth, "Bu alçakgönüllülüğün karşısında size takılanlar söyleyecek söz bulamayacaklar, Bay Bingley..." dedi.

Darcy, "Alçakgönüllü görünmek kadar yanıltıcı bir şey olamaz..." dedi. "Bu, çoğu zaman, başkalarının görüşlerine aldırış etmemek ya da gizli bir böbürlenmedir."

"Benim şimdi yaptığım küçük alçakgönüllülük sence bunlardan hangisi?"

"Gizli böbürlenmek. Çünkü yazıdaki kusurlarının fikir hızından ve bu fikirleri şekillendirmeye dikkat etmemekten doğduğu görüşündesin. Bunun saygıya değer değilse bile, hiç olmazsa çok ilginç olduğuna inanıyorsun. Herhangi bir şeyi çabucak yapmak, kişi tarafından her zaman değerli sayılır ve çoğu zaman yapılan işin kusurlu olmasına aldırış edilmez. Bu sabah Bayan Bennet'a Netherfield'dan ayrılmaya karar verirsen, beş dakika içinde çıkıp gideceğini söylerken bunu övülmeye değer bir şey gibi, bir tür meziyet gibi göstermek istedin. Oysa ister istemez birçok gerekli işin yüzüstü bırakılmasıyla sonuçlanacak ve ne kendin ne de bir başkası için gerçek bir yarar sağlamayacak olan körü körüne bir acelecilikte böbürlenecek ne var?"

Bingley, "Hayır!" dedi. "Sabah söylenen bütün saçmalıkları akşam kafama kakman da fazla oluyor! Ama şerefim üzerine söylüyorum, kendime dair ne dedimse, doğru olduğuna inanarak söyledim ve hâlâ da inanıyorum. Gereksiz yere aceleci olduğumu, sırf hanımlara gösterişli olsun diye söylemiş değilim."

"İnanarak konuştuğundan şüphem yok. Ama gidecek olsan öyle apar topar gidebileceğini hiç sanmıyorum. Herkes gibi senin de hareketin rastlantıya bağlı olacaktır. Ne bileyim tam atına binerken bir dostun, 'Bingley, gelecek haftaya kadar kalsan iyi olur,' dese, belki de onu dinler, gitmezsin. Üstelik bir başka söz üzerine gidişini bir ay geciktirmen bile akla gelebilir."

Elizabeth, "Bu sözlerinizle yalnızca, Bay Bingley'in kendisini yeterince övmediğini kanıtlamış oldunuz..." dedi. "Onun uysal biri olduğunu siz kendisinden çok daha iyi belirttiniz."

Bingley, Elizabeth'e dönerek, "Arkadaşımın sözlerini, huyumun güzelliği şeklinde yorumladığınız için size çok minnettarım..." diye gülümsedi. "Ama korkarım konuşmaya arkadaşımın hiç istemediği bir anlam veriyorsunuz. Çünkü ortaya attığı durum karşısında karşıma çıkan dosta hemen olumsuz bir cevap verip son hızla atımı sürsem, Darcy'nin gözünde kuşkusuz daha iyi bir adam olurum."

"O zaman Bay Darcy, gitme kararını vermekte gösterdiğiniz aceleciliğin kefaretini bu duyguya kapılmamak için gösterdiğiniz inadınızla ödediğinizi mi düşünecekti acaba?"

"Doğrusu, bunu ben açıklayamam. Darcy anlatsın."

"Benimle ilişkilendirmenize rağmen kendime mal etmediğim fikirlerin hesabını vermemi istiyorsunuz galiba. Konuyu sizin ileri sürdüğünüz şekilde ele alsak bile, şunu hatırlamalısınız ki Bayan Bennet, Bay Bingley'in bir hafta daha kalmasını teklif eden kimse, bunu yalnızca dilemekle kalmış; isteğinin yerinde olduğuyla ilgili herhangi bir gerekçe ileri sürmemiş, bir neden göstermemiştir."

"Bir arkadaşın dileğine hemen -kolayca- boyun eğmek sizce bir meziyet değil, öyle mi?"

"Bir şeye inanmadan razı olmak ne teklif eden ne de kabul eden için bir meziyettir."

"Bana öyle geliyor ki Bay Darcy, dostluk ve sevginin etkisini hesaba katmıyorsunuz. Böyle bir teklifte bulunan kimseye karşı duyulan saygı, çoğu zaman insana nedenini sormadan o isteği hemen kabul ettirebilir. Bay Bingley için verdiğiniz örnek üzerinde özellikle durmuyorum. Bay Bingley'in doğru hareket edip etmediğine karar vermek için böyle bir hareketin olmasını beklesek, belki de daha yerinde olur. Ama genel ve gündelik ilişkilerde, bir kişi herhangi bir arkadaşından, önemli olmayan bir kararı değiştirmesini ister de arkadaşı bu konuda tartışmalarla ikna edilmeyi beklemeden bu isteği kabul ederse onun hakkında kötü bir hüküm mü verirsiniz?"

"Bu konuda daha derinlemesine ilerlemeden önce, bu teklifin önemi ve söz konusu iki kişi arasındaki dostluğun derecesi hakkında biraz daha kesin bir fikir edinmemiz daha iyi olmaz mı?"

Bingley, "Hay hay..." dedi. "Bütün ayrıntıları öğrenelim. Boylarını poslarını tarif etmeyi de unutmamalı. Çünkü Bayan Bennet, tartışmada, sandığınızdan daha etkili olabilir. İnanın, Darcy bana göre bu kadar iri yarı, uzun boylu olmasaydı, ona şimdikinin yarısı kadar saygı göstermezdim. İnanın, kimi yerlerde ve kimi anlarda Darcy'den daha ürkütücü bir şey düşünemiyorum. Özellikle kendi evinde ve hiçbir işi olmadığı pazar akşamlarında..."

Bay Darcy gülümsedi. Ama Elizabeth onun biraz gücendiğini düşündüğü için kendini tuttu, gülmedi. Bayan Caroline Bingley ise Bay Darcy'ye böyle münasebetsizce davranılmasına kızmış, saçma sapan şeyler söylediği için ağabeyini azarlamaya başlamıştı.

Darcy arkadaşına, "Senin amacını anlıyorum, Bingley..." dedi, "tartışmadan nefret ediyorsun ve onun için de bizi susturmak istiyorsun."

"Belki de haklısın. Tartışmalar kavgaya benzer. Eğer Bayan Elizabeth Bennet ile tartışmanıza ben odadan çıkıncaya kadar ara verirseniz çok minnettar olurum. O zaman arkamdan istediğinizi söyleyebilirsiniz."

Elizabeth, "Bu isteğiniz benim için büyük bir özveri sayılmaz..." dedi. "Hem Bay Darcy de mektubunu bitirse iyi olur."

Bay Darcy bu öneriye uydu ve mektubunu bitirdi.

Bu iş sona erince genç adam, Bayan Caroline Bingley ve Elizabeth'ten biraz piyano çalmalarını istedi. Bayan Caroline Bingley hemen sevinçle piyanoya doğru koştu ve önce Elizabeth'in başlaması için yaptığı nazik rica aynı nezaketle reddedilince piyanonun başına oturdu.

Bayan Hurst de kız kardeşiyle birlikte şarkı söyledi. O sırada piyanonun üzerindeki notaları karıştırmakta olan Elizabeth, Bay Darcy'nin gözlerini ne kadar sık kendisine çevirdiğinin ister istemez farkına vardı. Bu derece burnu yüksekte olan bir adamın kendisini beğenebileceğini hiç sanmıyordu ama erkeğin ona hoşlanmadığı için bakıp durması da aynı derecede tuhaf kaçardı... Orada bulunanlar arasında Bay Darcy'nin gözünde en kusurlu ve küçümsenmeyi en çok hak eden kişi olduğu için onun dikkatini çektiği sonucuna vardı. Bu olasılık genç kıza hiç de üzüntü vermedi. Bay Darcy'den kendisine değer verip vermediğine aldırış edecek kadar hoşlanmıyordu ki!

Birkaç İtalyanca şarkı çaldıktan sonra, Bayan Caroline Bingley oynak bir İskoç havasına geçti. Ve az sonra Bay Darcy, Elizabeth'e yaklaşarak:

"Bu fırsattan yararlanıp İskoç dansı etmek istemez misiniz, sevgili Elizabeth?" dedi.

Elizabeth gülümsedi ama yanıt vermedi. Darcy onun sessizliği karşısında biraz şaşırarak sorusunu tekrarlayınca, genç kız:

"Ah, sizi ilk sorduğunuzda da duydum..." dedi. "Ama ne cevap vereceğimi hemen kestiremedim. Biliyorum, 'Evet' dediğimi duymak, böylece zevkimi küçümsemenin keyfini tatmak istiyorsunuz. Ama ben bu tür planları altüst ederek benimle alay etmeyi tasarlayanları yaya bırakmaktan hep hoşlanmışımdır. Bunun için size, İskoç dansı etmeye niyetim olmadığını söylemeye karar verdim. Şimdi elinizden gelirse beni küçümseyin bakalım!"

"Doğrusu, niyetim bu değildi."

Elizabeth onu gücendirmeyi beklediği için bu nezaket karşısında şaşırmıştı. Ama alayla karışık tatlı tavırları, Elizabeth'in karşısındakileri gücendirmesini zorlaştırıyordu. Darcy hayatında hiçbir kadın tarafından bu kadar büyülenmemişti. Kızın ailesi aşağı seviyede olmasa, Darcy gönlünü kaptırma tehlikesiyle karşılaşabileceğine inanıyordu.

Bayan Caroline Bingley'in gördükleri veya sezdikleri onu kıskandırmaya yetti. Sevgili arkadaşı Jane'in bir an önce iyileşmesi için duyduğu sabırsızlıkta Elizabeth'ten kurtulmak isteğinin payı büyüktü.

Sık sık Elizabeth ile Darcy'nin olası evliliklerinden söz edip böyle bir birleşmenin genç adamı ne kadar mutlu edeceğini alaycı bir tavırla anlatarak onu Elizabeth'ten soğutmayı umut ediyordu.

Ertesi gün birlikte fidanlıkta dolaşırken, Caroline Bingley, Darcy'ye:

"Umarım şu iş olduğu zaman..." dedi, "kayınvalidenize dilini tutmanın yararlarını üstü kapalı birkaç kelime ile olsun anlatır, sonra da -eğer elinizden gelirse- şu küçük kızların subayların peşinden koşma hastalıklarını tedavi edersiniz. Ayrıca, izninizle çok nazik bir konuya daha değineceğim, göz koyduğunuz genç hanımın yapısındaki saygısızlığa ve kendini beğenmişliğe benzeyen yönünü de baskı altında tutmaya çalışacağınızı umarım."

"Aile hayatımın mutluluğu için başka bir tavsiyeniz var mı?"

"A, tabii. Enişteniz ve teyzeniz olacak Bay ve Bayan Philips'in portrelerini Pemberley'deki galeriye asın, tamam mı? Meşhur hâkim amcanızın yanına. Ne de olsa meslektaş sayılırlar, biliyorsunuz, yalnızca yolları ayrı. Elizabeth'in resmine gelince, onu yaptırmaya hiç kalkışmayın; çünkü o güzel gözlerin hakkını hangi ressam verebilir?"

"Gerçekten de bu gözlerin ifadesini resmetmek kolay olmayacaktır ama çok güzel olan rengini, biçimini ve kirpikleri çizmek pek güç olmasa gerek."

Tam o sırada, başka bir yoldan gelmekte olan Bayan Hurst ile Elizabeth karşılarına çıktı.

Bayan Caroline Bingley, konuştuklarının duyulmuş olması korkusundan doğan bir şaşkınlıkla, "Yürüyüş yapmak istediğinizi bilmiyordum..." dedi.

Bayan Hurst, "Dışarı çıkacağınızı haber vermeden kaçmakla çok ayıp ettiniz..." diye cevap verdi.

Bu sözlerden sonra Bayan Hurst, Bay Darcy'nin serbest olan koluna girerek Elizabeth'i kendi başına bıraktı. Yol, yan yana ancak üç kişinin yürüyebileceği genişlikteydi. Bay Darcy onların bu kabalığının farkına vararak, "Bu yol dar..." dedi. "Hepimizi almıyor. Ana yola çıksak daha iyi olur."

Fakat onlarla kalmaya niyeti olmayan Elizabeth gülerek, "Hayır, hayır, siz rahatınızı bozmayın. Çok hoş bir grup oldunuz. Çok güzel bir tablo yaratıyorsunuz. Aranıza dördüncü biri katılırsa bu güzel tablo bozulur. Hoşça kalın."

Genç kız bu sözleri söyledikten sonra neşeyle koşarak uzaklaştı. Kendi başına dolaşırken, bir iki güne kadar evine döneceğini düşünerek seviniyordu. Jane de o akşam bir iki saat için odasından çıkmaya niyetlenecek kadar iyileşmişti.

XI

Akşam yemeğinden sonra ev sahibi kadınlar salona geçince, Elizabeth hemen ablasının yanına koştu. Ve onu üşümesin diye sarıp sarmalayarak aşağı indirdi. İki arkadaşı Jane'i sevinçlerini belirten sözlerle karşıladılar. Erkekler gelinceye kadar geçen süre içinde o kadar iyi davrandılar ki Elizabeth şimdiye kadar onları hiç bu kadar sevimli görmemişti. İstedikleri zaman pek de güzel ve yerinde konuşuyorlardı. Katıldıkları bir eğlenceyi eksiksiz veya komik bir fıkrayı nükteyle anlatabiliyorlar, tanıdıkları ile çekinmeden alay edebiliyorlardı.

Fakat erkekler içeri girince Jane'e ilgi göstermeyi bıraktılar. Gözlerini derhâl Darcy'ye çeviren Caroline Bingley, genç adam daha bir adım bile atmadan ona söyleyecek bir şeyler buldu. Bay Darcy doğrudan doğruya Jane Bennet'a dönerek nazikçe "Geçmiş olsun..." dedi; Bay Hurst de Jane'e hafif bir reverans yaparak çok memnun olduğunu söyledi ama onunla asıl uzun uzun ve hararetle ilgilenen Bay Bingley olmuştu. Bingley ona büyük bir neşeyle ilgi gösteriyordu. İlk yarım saati Jane bir odadan başka bir odaya geçtiğinden üşümesin diye şömineye odun atmakla geçirdi ve Bay Bingley'in isteği üzerine Jane'in kapıdan olabildiğince uzakta oturması için şöminenin öbür tarafına, Bingley de genç kızın yanı başına geçti ve hemen hemen başka kimse ile konuşmadı. Karşı köşede nakış işlemekte olan Elizabeth, bütün bunları büyük bir zevkle izliyordu.

Çaylar içildikten sonra Bay Hurst, baldızına oyun masasını hatırlattı ama boşuna. Caroline, Darcy'nin kâğıt oynamak istemediğini öğrenmişti. Bay Hurst'ün açık açık istemesi bile bir sonuç vermedi. Bayan Caroline Bingley eniştesini, kimsenin kâğıt oynamak niyetinde olmadığı konusunda ikna etti. Odadakilerin bu konuda ses çıkarmayışı da onun sözlerini onaylamış gibi oldu. Bunun üzerine Bay Hurst için kanepelerden birine uzanıp uyumaktan başka yapacak iş kalmadı.

Darcy eline bir kitap aldı, Bayan Caroline Bingley de öyle yaptı. Bilezikleri ve yüzükleriyle oynamakla meşgul olan Bayan Hurst de arada sırada ağabeyiyle Jane Bennet'ın sohbetine katılıyordu.

Caroline Bingley kendi elindeki kitapla olduğu kadar Bay Darcy'nin kitabından kaç sayfa okuduğuyla da ilgileniyordu. Hiç durmadan ya bir şey soruyor ya da uzanıp genç adamın kitabına bakıyordu. Ama onu konuşturmayı başaramadı. Darcy yalnızca sorularına cevap veriyor, sonra gene kitabına dönüyordu. Nihayet, sırf Darcy'nin elindeki kitabın ikinci cildini seçti diye eserle eğlenmeye çalışmaktan sabrı tükenen Caroline Bingley uzun uzun esnedi ve "Geceyi bu şekilde geçirmek ne kadar hoş!" dedi. "Ne derlerse desinler, okumak kadar zevkli bir şey olamaz! İnsan kitaptan başka her şeyden o kadar çabuk bıkıyor ki! Evim olduğu zaman mükemmel bir kütüphanem olmazsa kendimi çok kötü hissedeceğim."

Karşılık veren olmadı. Caroline Bingley yine esnedi, kitabı elinden bir tarafa attı ve gözleriyle odada kendini eğlendirecek bir şey aramaya başladı. Bu sırada ağabeyinin Bayan Jane Bennet'a bir balodan söz ettiğini duyunca ansızın ona dönerek, "Charles, sırası gelmişken Netherfield'da balo düzenleme konusunda gerçekten ciddi misin?" diye sordu. "Sana tavsiyem, böyle bir karar vermeden önce buradakilerin de fikrini alman. Yanılmıyorsam bazılarımız için balo zevkten çok ceza olacak."

Kardeşi, "Darcy'yi kastediyorsun..." dedi. "İsterse balo başlamadan çıkıp yatabilir. Baloya gelince, kararlaştırıldı bile ve Nicholas mutfak hazırlığını tamamlar tamamlamaz davetiyeleri göndereceğim."

Caroline Bingley, "Balolar başka türlü yapılsa çok daha fazla hoşuma gidecek..." diye karşılık verdi. "Ama alışılmış âdetlere göre verilen balolar dayanılmayacak kadar sıkıcı oluyor! Böyle toplantılarda eğlencenin temeli dans etmek değil de düşünceleri tartışmak olsaydı, bence daha mantıklı bir şey olurdu."

"Çok daha mantıklı olacağını kabul ediyorum, Carolineciğim ama o zaman baloya benzer tarafı kalmaz."

Caroline Bingley cevap vermedi ve az sonra ayağa kalkıp salonda gezinmeye başladı. Vücudu zarifti, uyumlu bir yürüyüşü vardı; bütün bunları Darcy için yapıyor ama o da inadına kitaptan başını kaldırmıyordu. Genç kız umutsuzluk içinde bir gayret daha sarf etti ve Elizabeth'e dönerek, "Bayan Eliza Bennet..." dedi, "size de benim gibi kalkıp odada bir tur atmanızı tavsiye ederim. İnanın aynı durumda bu kadar uzun zaman oturduktan sonra çok iyi geliyor."

Elizabeth şaşırmıştı ama hemen kabul etti. Caroline Bingley'in bu nezaket gösterisindeki amaç asıl hedefine ulaştı ve Bay Darcy başını kitaptan kaldırıp baktı. Caroline'in böyle bir dostluk davranışı yapmış olması Darcy'yi en az Elizabeth kadar şaşırtmıştı. Darcy farkında olmadan elindeki kitabı kapattı. O da yürüyüş yapmaya davet edildi ama bayanların yürümek istemelerinde iki amaç olabileceğini ve her iki durumda da kendisinin aralarına katılmamasının daha yerinde olacağını söyleyerek reddetti.

Ne demek istemişti? Caroline Bingley bu sözlerin ne anlama geldiğini öğrenmeye can atıyordu. Elizabeth'e sözlerinden bir anlam çıkarıp çıkaramadığını sordu:

Elizabeth, "Hayır, hiçbir anlam çıkaramıyorum..." diye cevap verdi, "ama inanın, bize karşı kinci olmaya çalışıyor. Onu hayal kırıklığına uğratmanın en kestirme yolu da kendisine hiçbir şey sormamamız olacaktır."

Ama Bay Darcy'yi hiçbir konuda hayal kırıklığına uğratmak elinden gelmediği için Caroline Bingley ısrarla bu iki amacın açıklanmasını istedi.

Caroline Bingley, Bay Darcy'nin ağzını açmasına fırsat verince genç adam, "Açıklamakta en küçük bir sakınca görmüyorum..." dedi. "Salonda böyle dolaşmak istemeniz ya sırdaş olduğunuz ve birbirinizle görülecek gizli şeyleriniz olduğu içindir ya da vücudunuzun en çok yürürken güzel göründüğünü bildiğinizdendir. Birinci şıkta yanınıza gelirsem konuşmanızı engellemiş olurum. İkinci şıkta ise şöminenin yanında oturarak güzelliğinizi daha iyi seyrederim."

"A! Ne yaramazsınız!" dedi Caroline Bingley. "Hayatımda bu kadar hınzırca bir söz işitmedim. Bayan Eliza, bu sözleri için onu nasıl cezalandıralım?"

Elizabeth, "Siz istedikten sonra, bundan kolay bir şey olamaz..." cevabını verdi. "Hepimiz birbirimizi cezalandırıp canından bezdirebiliriz. Onunla alay edin, gülün. Kendisi ile bu kadar samimi olduğunuza göre, bunu nasıl yapacağınızı biliyorsunuzdur."

"Yemin ederim bilmiyorum. Yakın arkadaşlığımın bana henüz bunu öğretmediğinden emin olabilirsiniz. Böyle serinkanlı, laf altında kalmayan biriyle alay etmek! Hayır, hayır. Bu konuda o bizi aşar. Gülmeye gelince, izninizle nedensiz yere gülerek kendimizi gülünç duruma düşürmeyelim, Bay Darcy varsın böbürlensin."

"Bay Darcy'ye gülünmez, öyle mi! İşte bu az rastlanan bir üstünlük ve bu üstünlüğün bir eşi daha bulunmamasını dilerim çünkü böyle birçok tanıdığımın olması benim zararıma olacaktır. Ben gülmeyi severim."

"Bayan Caroline Bingley..." dedi Darcy, "bana akla sığmayacak bir üstünlük yüklüyor. En aklı başında ve en olgun kimseler bile, becerikli ve çok iyi adamlar bile, daha doğrusu onların çok yerinde olan en olgun hareketleri bile hayatta başlıca amacı alay etmek ve şaka yapmak olan biri tarafından gülünç bulunabilir."

Elizabeth, "Kuşkusuz..." cevabını verdi, "böyle insanlar var ama umarım ben onlardan biri değilimdir. Kusursuz ve olgun davranışları alaya almayı dünyada istemem. Aptallık ve saçmalıkların, safsata ve dengesizliklerin beni eğlendirdiğini ve bunlara her fırsatta güldüğümü itiraf ediyorum. Ama sanırım, bunlar size çok uzak şeyler."

"Bunlardan kaçınmak belki de hiç kimsenin elinde değildir. Ama ben sağlam bir akıl yürütmeyi çoğu zaman gülünçleştiren bu kusurlardan bütün ömrümce kaçınmaya çalıştım."

"Bu kusurların arasında kibir ve gurur da vardır sanırım."

"Evet, kibir gerçekten bir kusurdur. Ama gurur... Kişi gerçekten zekiyse, gururunu her zaman iyiye kullanabilir."

Elizabeth güldüğünü belli etmemek için başını öteye çevirdi.

"Bay Darcy'yi sorguya çekmemiz bittiğine göre..." dedi Caroline Bingley, "lütfen sonucu açıklar mısınız?"

"Bu incelemeden sonra Bay Darcy'nin kesinlikle kusursuz bir insan olduğu sonucuna vardım. Nitekim kendileri de bunu açıkça kabul ediyor."

"Hayır..." dedi Darcy, "ben böyle bir iddiada bulunmadım. Yeterince kusurum var ama bunların kavrayışla ilgili olmadığını umarım. İyi huylu bir insan olduğuma kalıbımı basamam. Aşırı dikkatliyim. Oysa biraz daha yumuşak olabilmek gerekiyor. Çevremdekilerin saçmalıklarını ve kötülüklerini gerektiği kadar çabuk unutmuyorum, beni inciten hareketlerini de öyle. Duygularım, başkalarının keyfine göre değişmez, hatta biraz kinci olduğum söylenebilir. Kanaatim bir kez sarsıldı mı, sonsuza kadar bitti demektir."

Elizabeth, "Bu, gerçekten bir kusur!" diye araya girdi. "Dargınlığı unutmamak, karakter için bir kusurdur. Gene de kusurunuzu iyi seçmişsiniz. Çünkü bu benim alaya alabileceğim bir kusur değil, gene elimden kurtuldunuz."

"Bence her benlikte kötülüğe eğilim, en iyi eğitimin bile yenemediği doğal bir kusur vardır."

"Sizin kusurunuz da herkesten nefret etme eğiliminde olmanız."

"Sizinki de..." diye gülümseyerek yanıtladı Darcy, "beni inadına yanlış anlamak."

Caroline Bingley kendisinin katılmadığı bu konuşmadan sıkılarak söylendi:

"Haydi azıcık piyano çalalım, Louisa, Bay Hurst'ü uyandırırsak kızmazsın, değil mi?"

Kardeşi buna en küçük bir itirazda bulunmadı. Piyano açıldı. Bir anda kendini toparlayan Darcy birkaç dakika düşündükten sonra buna üzülmedi. Elizabeth'e fazla ilgi göstermenin tehlikeli olduğunu hissetmeye başlamıştı.

XII

İki kız kardeşin kendi aralarında verdikleri karar doğrultusunda Elizabeth annesine mektup yazarak, o gün kendilerini almak üzere arabayı göndermesini istedi. Ama kızların ertesi salıya kadar Netherfield'da kalacaklarını, böylece Jane'in misafirliğinin bütün bir hafta süreceğini kurmuş olan Bayan Bennet bu haberi sevinçle karşılayamadı. Bu nedenle, verdiği cevap özellikle eve dönmek için sabırsızlanan Elizabeth'in hoşuna gitmedi. Bayan Bennet arabayı perşembeden önce göndermesine imkân olmadığını haber veriyor, ayrıca Bay Bingley ile kız kardeşleri salıdan sonraya kalmalarında ısrar ederlerse, buna izni olduğunu da ekliyordu.

Fakat Elizabeth bir haftadan fazla kalmamakta kararlıydı, zaten Caroline Bingley'in böyle bir ricada bulunacağını da pek sanmıyordu. Tersine, kendilerine misafirliklerini gereksiz yere uzatıyor gözüyle bakılmasından korktuğu için, Jane'e bir an önce Bay Bingley'in arabasını istemesi için üsteledi. Nihayet başlangıçta tasarladıkları gibi, o sabah Netherfield'dan ayrılacaklarını söylemeye ve arabayı istemeye karar verdiler.

Onların bu kararına herkes karşı çıktı. Hiç olmazsa ertesi güne kadar kalmaları isteği, Jane'i yumuşatacak kadar tekrarlandı ve Netherfield'dan ayrılmaları ertesi sabaha bırakıldı. Bunun üzerine Caroline Bingley böyle bir öneride bulunduğuna pişman oldu. Çünkü bu kardeşlerden birine karşı duyduğu kıskançlık ve nefret, öbürüne karşı duyduğu sevgiyi geride bırakıyordu.

Bay Bingley bu kadar erken gideceklerini işitince gerçekten üzüldü ve Jane Bennet'ı bunun kendisi için tehlikeli olduğuna, hâlâ yeterince iyileşmediğine inandırmaya çalıştı. Haklı olduğunu bildiği zaman kararlı davranırdı.

Bay Darcy için bu sevinçli bir haberdi. Elizabeth, Netherfield'da yeterince uzun kalmıştı. Bu kız onu gereğinden fazla çekiyordu. Sonra Caroline Bingley, Elizabeth'e karşı nezaketsiz davranıyor, kendisini de her zamankinden daha fazla iğneliyordu.

Elizabeth'i beğendiğini gösteren bir harekette bulunmamaya şimdi özellikle dikkat etmek gibi akıllıca bir karara vardı. Genç kızda mutluluğunu etkileyecek bir konumda olduğu umudunu uyandırabilecek her şeyden sakınacaktı. Eğer böyle bir fikir uyandırdıysa, son günkü davranışının bunun kuvvetlenmesinde veya yok edilmesinde büyük etkisi olacağını biliyordu. Bu kararına bağlı kalarak cumartesi günü sabahtan akşama kadar Elizabeth'e on kelime ya söyledi, ya söylemedi. Bir aralık yarım saat kadar yalnız kaldıkları hâlde, Darcy başını kitabından kaldırmadı, hatta kıza bakmadı bile.

Pazar günü, sabah ayininden sonra, hemen hemen herkesin dört gözle beklediği veda töreni yapıldı. Caroline Bingley'in de bir yandan Jane'e karşı sevgisi, öte yandan Elizabeth'e karşı nezaketi hızla arttı. Gerek Longbourn'da, gerek Netherfield'da Jane ile görüşmenin kendisi için büyük bir zevk olacağını söyledikten ve onu büyük bir sevgiyle kucakladıktan sonra Elizabeth'in elini bile sıktı. Elizabeth de herkesle büyük bir neşe içinde vedalaştı.

Evde anneleri onları pek de güleryüzle karşılamadı. Gelmelerine çok şaşırmıştı. Bingleylerin arabasını istemekle çok ayıp ettiklerini düşünüyordu ve Jane'in tekrar üşütmüş olabileceğini söyleyip duruyordu. Babaları memnuniyetini kısaca ifade ettiyse de onları gördüğüne gerçekten sevinmişti. Evin içinde onların boşluğunu iyice hissetmişti. Akşamları bütün aile toplandığı zaman yaptıkları konuşmalar Jane ile Elizabeth'in yokluğu yüzünden canlılığından çok şey kaybetmiş, âdeta tadı kalmamıştı.

İki kız, Mary'i her zamanki gibi insan doğası üzerine incelemeler yaparken buldular. Genç kız hayran olunacak birkaç yeni yazı bulmuş ve ahlak konusunda bayatlamış birtakım söylemler dinlemişti. Catherine ile Lydia onlara başka haberler verdiler. Geçen çarşambadan beri alayla ilgili birçok dedikodu birikmişti. Subaylardan birçoğu son zamanlarda enişteleriyle yemek yemişler, bir ere sopa çekilmiş ve Albay Foster'ın evleneceği söylentileri yayılmıştı.

XIII

Ertesi sabah kahvaltı ederlerken Bay Bennet karısına, "Umarım bugün iyi bir yemek listesi yapmışsınızdır..." dedi. "Çünkü yemekte misafirimiz olacağını sanıyorum."

"Kimi kastediyorsunuz? Doğrusu yemeğe misafir beklemiyorum. Elbette Charlotte Lucas uğramazsa. Sanırım benim yemeklerim onun için yeterince iyidir. Kendi evinde böyle yemekleri pek sık yediğini sanmıyorum."

"Söz ettiğim kimse bir beyefendi, hem de tanımadığımız biri."

Bayan Bennet'ın gözleri parladı: "Bir beyefendi, hem de yabancı biri ha! Olsa olsa Bay Bingley'dir. Jane, bana hiçbir şey söylemedin, seni kurnaz seni! Bay Bingley'i görmekten çok memnun olacağıma eminim. Aman tanrım! Ne talihsizlik! Bugün hiçbir yerde balık yok. Lydia, canım, çal şu çıngırağı, Hill'e hemen bir liste vermem gerekiyor."

Kocası, "Gelecek olan kişi Bay Bingley değil, ömrümde hiç görmediğim bir adam..." dedi.

Bu sözler herkeste bir şaşkınlık uyandırdı ve Bay Bennet karısıyla beş kızının aynı anda yağdırdıkları meraklı soruların tadını çıkarttı.

Onların meraklarıyla bir süre eğlendikten sonra, "Bir ay kadar önce gördüğünüz şu mektubu aldım..." dedi. "On beş gün kadar önce de cevap yazdım. Çünkü bunu biraz nazik ve acele cevap verilmesi gereken bir sorun olarak gördüm. Mektup, ben öldüğümde, canı istediği an hepinizi bu evden kapı dışarı edebilecek olan kuzenim Bay Collins'ten."

Karısı, "Ah, bunun lafının edilmesine bile dayanamıyorum!" diye bağırdı. "Yalvarırım bu iğrenç adamın sözünü etmeyin. Malınızın kendi çocuklarınızdan başkasına kalması bence çok büyük haksızlık... Sizin yerinizde olsaydım, çoktan bunun bir çaresini bulmaya çalışırdım."

Jane ile Elizabeth annelerine mirasla ilgili yasaları anlatmaya çalıştılar. Daha önceleri de defalarca anlatmaya çalışmışlardı. Ama bu konuyu Bayan Bennet'ın mantığı bir türlü almıyordu. Bir mülkü beş kızı olan bir ailenin elinden alarak kimsenin metelik vermediği bir adama vermenin ne büyük bir zulüm olduğundan acı acı şikâyet etmeyi sürdürdü.

"Kuşkusuz çok yanlış bir iş!" dedi Bay Bennet. "Longbourn'un mirasçısı olmak öyle bir günah ki, bunun damgasını Bay Collins'in alnından hiçbir şey silemez. Ama mektubunu okursanız, kendisini ifade ediş tarzı belki de sizi biraz olsun yumuşatır."

"Hiç sanmıyorum. Bence size mektup yazması büyük bir kendini bilmezlik ve büyük bir ikiyüzlülük... Ben böyle sahte dostlardan nefret ederim. Babası gibi o da size kin beslese daha uygun olmaz mıydı?"

"Hakkınız var. Bu noktada bir oğula yakışır şekilde kararsız kaldığı anlaşılıyor. Dinleyin:

Hunsford, Westerham yakınında, Kent,
15 Ekim

Sayın bayım,

Rahmetli değerli babamla aranızdaki geçimsizlik beni her zaman üzmüştü. Babamı kaybetmek talihsizliğine uğradığımdan beri, çoğu zaman aramızdaki soğukluğu gidermeyi istedim ama ne var ki bazı düşüncelerim buna bir süre engel oldu. Babamın uyuşmadığı bir kimseyle iyi ilişkiler kurmanın, onun anısına saygısızlık olmasından korkuyordum.

Bay Bennet burada karısına dönerek, "İşitiyor musunuz, Bayan Bennet?" dedikten sonra mektuba devam etti:

Ama artık bu konuda kararımı vermiş bulunuyorum. Paskalya'a papazlık payesine eriştiğim için bana, Sör Lewis de Bourgh'un dul eşi Sayın Leydi Catherine de Bourgh'un korumalarına alınmak gibi üstün bir şeref bağışlandı. Bu çok sayın leydinin iyilikleri ve himayesi sayesinde değerli bir konuma, bu mahallenin papazlığına terfi ettim. Burada leydi hazretlerine karşı minnet ve saygıyla hareket etmek ve Anglikan Kilisesi tarafından vaaz olunan ayin ve törenleri yapmaya her zaman hazır bulunmak en büyük amacım olacaktır. Bundan başka, bir papaz sıfatıyla barışı, sözümün geçtiği bütün ailelere ulaştırmayı ve geliştirmeyi görev sayarım. Bu nedenle iyi niyetten doğan tekliflerimi hoş karşılamanızı ve Longbourn Malikânesi'nin sizden sonra varisi olduğuma göz yumarak bunun sizi, uzattığım zeytin dalını reddetmeye sürüklemesine izin vermemenizi dilerim. Sevimli kızlarınızın zarara uğramalarına neden olmaktan ancak üzüntü duyarım. Bundan dolayı özür dilememe ve kızlarınızın zararını mümkün olan her konuda gidermeye hazır bulunduğumu belirtmeme izin verin. Fakat bu son konunun henüz sırası değil. Beni evinize kabul etmekte bir sakınca görmezseniz, 18 Kasım pazartesi günü öğleden sonra saat dörde doğru sizi ve ailenizi ziyaret etme şerefine ermek niyetindeyim. Belki de konukseverliğinizi ertesi cumartesi akşamına kadar kötüye kullanırım. Görevimi benim yerime yapacak bir papaz bulunursa, Leydi Catherine'in benim bir pazar günü buradan ayrılmama asla karşı çıkmayacağı kanısıyla cumartesiye kadar kalmak benim için uygundur. Eşiniz ile kızlarınıza saygı ve selamlarımı sunarım.

Size karşı iyi niyetler besleyen dostunuz, William Collins."

Bay Bennet mektubu katlayarak, "Demek ki bugün saat dörtte bu barışçı misafiri bekleyebiliriz..." dedi, "bana kalırsa, çok insaflı, terbiyeli bir gence benziyor. Hele Leydi Catherine bizi tekrar ziyaret etmesine izin verirse, kuşkusuz değerli bir dost kazanacağız."

"Kızlar hakkında söyledikleri akla yakın, yine de çocuklarımızın zararını gidermeye niyeti varsa, elbette ona engel olacak değilim."

Jane, "Gerçi bizim zararınızı nasıl giderebileceğini kestirmek biraz güç. Ama hiç değilse bunu dilemesi onun için olumlu bir not..." dedi.

Elizabeth'i en çok etkileyen şey ise Collins'in Leydi Catherine'e duyduğu eşsiz saygı ile mahalleliyi gerektiği zaman vaftiz etmek, evlendirmek ve gömmek konusundaki iyi niyetiydi.

"Tuhaf bir adam olsa gerek..." dedi. "Nasıl biri olduğunu pek kestiremiyorum. Yazıdaki ifadede kendini beğenmişlik var. Mirasçı olduğu için özür dilemekle ne demeye çalışıyor? Bu, onun elinde olan bir şey değil ki... Aklı başında bir adam olabilir mi, efendim?"

"Hayır, hayatım, sanmam. Karşımda bunun tam tersi bir adam bulacağım yönündeki kanım çok güçlü. Mektubunda bir taraftan saygı, bir taraftan da kendini beğendiğini gösteren bir ifade var. Onunla tanışmak için sabırsızlanıyorum..."

"Mektubu..." dedi Mary, "kompozisyon açısından kusurlu görünmüyor. Barış için zeytin dalı buluşu belki tümüyle özgün değil ama bence iyi ifade edilmiş."

Catherine ile Lydia ise ne mektuba ne de onu yazana karşı en ufak bir ilgi bile duymuyorlardı. Kuzenlerinin kırmızı ceketli üniformayla gelmesi olasılığı hiç yok gibiydi! Oysa haftalardan beri başka renkte giyinen bir adamın arkadaşlığından hoşlanmıyorlardı. Bay Collins'in mektubu ona olan kinlerini epey azaltmıştı ve Bayan Bennet misafirini, kocasını ve kızlarını şaşırtacak bir serinkanlılıkla karşılamaya hazırlanıyordu.

Bay Collins tam dediği saatte geldi ve bütün aile kendisini nezaketle karşıladı. Bay Bennet her zamanki gibi az konuştu ama bayanlar öyle yapmadılar ve Bay Collins'in de bu yolda ne teşvik beklediği ne de susmaya niyeti olduğu görülüyordu. Yirmi beş yaşlarında, iri yarı bir adamdı. Davranışları oldukça ciddi ve ağır, son derece resmîydi.

Oturur oturmaz Bayan Bennet'ı bu kadar güzel kızları olduğu için kutladı, genç kızların güzelliklerinin övgüsünü işittiğini ama bu övgülerin gerçeğe ulaşamadığını söyledikten sonra, yakında bütün kızların iyi birer evlilik yaptığını göreceğinden kuşkusu olmadığını ekledi. Bu tatlı diller, Collins'in bazı dinleyicilerinin zevkine uymuyordu ama hiçbir övgüye karşı çıkmayan Bayan Bennet hemen:

"Çok naziksiniz, efendim, dediğiniz gibi olmasını bütün kalbimle dilerim çünkü aksi takdirde yoksulluk çekecekler. Durumları o kadar garip ki..." cevabını verdi.

"Sanırım bu mülkün bana kalacağını ima ediyorsunuz."

"Doğrusu, öyle efendim, itiraf etmelisiniz ki, bu zavallı kızlarım için çok acıklı bir şey. Size suç bulduğumu sanmayın sakın. Çünkü biliyorum ki bu dünyada böyle şeyler kısmet işi. Mirasın kime kalacağı da belli olmuyor."

"Sevimli kuzenlerimin durumunun güçlüğünü kavrıyorum, sayın bayan. Bu konuda çok şeyler söyleyebilirim ama küstah ve aceleci görünmekten çekiniyorum. Ancak genç bayanların, kendilerini beğenmeye hazır olarak geldiğime inanmalarını isterim. Şimdilik daha fazla bir şey söylemeyeceğim ama belki birbirimizi daha yakından tanıyınca..."

Yemek zili çaldığı için sözleri yarıda kesildi. Kızlar birbirlerine bakarak gülümsediler. Bay Collins'in kızlardan başka şeylere de hayran kalmış olduğu belliydi. Salona, yemek odasına, odadaki bütün eşyalara inceden inceye bakmış ve hepsini övmüştü. Bay Collins'in her şeye gelecekte kendinin olacak bir mal gözüyle baktığı kuşkusu keyfini kaçırmasa, bu övgüler Bayan Bennet'ın kalbini fethedecekti.

Sırası gelince yemeği de bol bol övdü ve bu mükemmel yemeği sevimli kuzenlerinden hangisine borçlu olduğunu öğrenmek istedi. Bayan Bennet durumlarının bir aşçıyı tutmaya yeterli olduğunu ve kızlarının mutfağa girmediklerini sert bir tavırla belirtti. Bay Collins, Bayan Bennet'ın canını sıktığı için özür diledi. Bayan Bennet yumuşamış bir dille hiç alınmadığını söyledi ama misafir özür dilemeyi yarım saat kadar daha sürdürdü.

XIV

Bay Bennet yemekte hemen hemen hiç konuşmadı ama hizmetçiler çekildiğinde, misafiriyle biraz sohbet etme zamanının geldiğini düşünerek onun oldukça ilgisini çekecek bir konudan, koruyucusu konusundaki talihinden söz açtı. Leydi Catherine de Bourgh'un, Bay Collins'in isteklerinin yerine getirilmesi ve rahatlığının sağlanması için göze çarpacak bir ilgi gösterdiğinden söz etti.

Bay Bennet daha iyi bir konu seçemezdi. Bay Collins'in hemen çenesi açıldı. Leydisini öve öve göklere çıkarıyor, kendisi de onunla birlikte yükseliyormuş gibi tavırlarına eskisinden daha fazla bir ciddiyet veriyordu. Soylu insanlar arasında bu kadar kibarını, bu kadar başkalarının hatırını sayanını, bu kadar misafirperverini ömründe görmemişti. Huzurunda verme şerefini kazandığı iki vaazı önceden okuyup onaylama iyiliğini göstermişti, Rosings Köşkü'nde onu iki defa yemeğe çağırmış, daha geçen cumartesi de kadril karesini tamamlamak üzere davet etmişti. Birçok kimsenin Leydi Catherine'i mağrur olarak tanıdığını biliyordu. Ama kendisi ondan ancak güleryüz görmüştü. Başka herhangi bir beyefendiye karşı nasıl davranıyorsa, Collins'e de öyle davranmıştı. Ne bulundukları bölgenin sosyetesine karışmasına ne de arada sırada bir iki hafta için bölgesinden ayrılarak akrabalarını ziyarete gitmesine ses çıkarmıştı. Hatta ona doğru eşi seçerek bir an önce evlenmesini önerme alçakgönüllülüğünde bulunmuştu. Bir keresinde de fakirhanesinde ziyarete gelmiş ve evde yapmakta olduğu bütün değişiklikleri tamamıyla beğenmiş, hatta kendisi de bazı fikirler verme lütfunda bulunarak üst kattaki dolaplardan bazı rafların kaldırılmasını söylemişti.

Bayan Bennet, "Bütün bunlardan bu leydinin dürüst, ince bir insan olduğu anlaşılıyor..." dedi. "Herhâlde hoş bir hanımdır. Ne yazık ki bütün leydiler onun gibi olmuyor. Size yakın mı oturuyor, efendim?"

"Fakirhanemin bulunduğu bahçeyi, leydi hazretlerinin oturdukları Rosings Köşkü'nden sadece bir patika ayırır."

"Sanırım dul olduğunu söylemiştiniz. Çoluğu çocuğu var mı?"

"Sadece bir kızı var. Rosings Köşkü'nün ve büyük bir mülkün mirasçısı."

Bayan Bennet başını iki yana sallayarak:

"Ah! Öyleyse birçok kızdan daha iyi bir durumda..." dedi. "Acaba nasıl bir kız? Güzel mi?"

"Gerçekten çok alımlı genç bir bayan... Leydi Catherine'in kendisi de böyle söylüyor. Doğrusu, gerçek güzellik bakımından Bayan de Bourgh, genç kızların en güzellerinden bile üstündür. Çünkü yüz hatları soylu bir aileden geldiğini göstermektedir. Ama ne yazık ki hastalıklı bir bünyesi var. Eğitimiyle görevlendirilen ve hâlâ onlarla birlikte yaşayan bayandan öğrendiğime bu durumu, birçok alanda kendisini bekleyen kesin başarılar elde etmesine engel olmuş. Ama çok naziktir ve küçük faytonu ve midillisiyle fakirhanemin yanından sık sık geçme alçakgönüllülüğünü gösterir."

"Kraliçe'ye takdim edilmiş mi? Adına, saraylı hanımların adları arasında rastladığımı hatırlamıyorum."

"Sağlık durumu ne yazık ki şehirde yaşamasına elverişli değil. Bir gün Leydi Catherine'e de söylediğim gibi, bu yüzden İngiliz sarayı en parlak süsünden yoksun kalmıştır. Bu sözler leydinin hoşuna gitti sanıyorum ve sizin de tahmin edebileceğiniz gibi daima bayanların gönlünü alacak böyle küçük, ince iltifatlar yapabiliyor olmaktan çok memnunum. Sayın leydiye güzel kızlarının düşes olmak için doğduklarının yüzlerinden okunduğunu birkaç defa söyledim. En yüksek makamlar bile kendilerinin yüksek saygınlığını artırabilmekten çok uzaktır. Sevimli kızlarına bir şey kazandırmaktan âciz olan bu makamlar, kızlarından cazibe kazanacaklardır. Bu gibi küçük şeylerden memnun olan sayın leydiye karşı böyle sözlerle ilgimi göstermeyi bir ödev sayarım."

Bayan Bennet, "Çok iyi yapıyorsunuz..." dedi, "böyle ince iltifatlar yapabilme becerisine sahip olmak sizin için mutluluk olsa gerek. Bu hoş iltifatlarınızı içinizden gelerek mi söylüyorsunuz, yoksa bunlar önceden yapılan çalışmaların ürünü mü?"

"Aslında olaylar, o an yaşananlardan ortaya çıkarlar. Sıradan durumlarda söylenmesi için uygun güzel iltifatlar hazırlasam da, bunlara yeni bulmuşum gibi bir hava vermek isterim."

Bay Bennet'ın beklentileri doğru çıkmıştı. Kuzeni tahmin ettiği kadar gülünç bir adamdı. Onu çok büyük bir zevkle dinliyor, yüzündeki ciddi ifadeyi, arada tesadüfen Elizabeth'e bakması sayılmazsa, hiç bozmuyor, keyfine ortak aramıyordu. Ama çay vaktine kadar tam kıvamını buldu, misafirini tekrar misafir odasına götürmekten memnuniyet duydu. Çay bittikten sonra da onu, bayanlara bir şey okuması için davet etti.

Hemen razı olan Bay Collins'e bir kitap getirildi. Collins kitabı görünce irkildi; hiç roman okumadığını söyleyerek mazur görülmesini diledi. Kitty bakakalmış, Lydia da hafif bir çığlık koparmaktan kendini alamamıştı.

Bu kez başka kitaplar getirildi ve genç adam bir hayli düşündükten sonra "Fordyce'nin Vaazları"nı seçti. O daha kitabı açarken Lydia esnedi ve çok ciddi ve hiç değişmeyen bir ahenkle daha üç sayfa okumamıştı ki genç kız şu sözlerle araya girdi:

"Philips eniştemin Richard'ı kovacağından bahsettiğini biliyor musunuz, anne? Eğer böyle bir şey yaparsa onu Albay Forster alacakmış. Cumartesi günü bizzat teyzem söyledi. Yarın daha fazla haber almak için Meryton'a kadar yürüyeceğim. Hem Bay Denny'nin Londra'dan ne zaman döneceğini de öğrenirim."

İki büyük ablası, Lydia'ya çenesini kapatmasını söyledilerse de çok alınmış olan Collins kitabı bir yana bıraktı: "Genç bayanların, tamamen onların iyiliği için yazılsa da, ciddi kitaplarla ilgilenmediklerini çok gördüm. İtiraf edeyim ki bu davranışlarına şaşıyorum. Çünkü genç bayanlar için eğitimden daha yararlı ne olabilir? Fakat genç kuzenimi daha fazla sıkmayacağım."

Bu sözleri söyledikten sonra Bay Bennet'a dönerek tavla oynamayı önerdi. Bay Bennet misafirinin, kızları eğlenceleriyle baş başa bırakmakla akıllılık ettiğini görerek bu öneriyi kabul etti. Bayan Bennet ile diğer kızlar, Lydia'nın kabalığı için özür dilediler ve kitabı tekrar okumaya başlarsa, böyle bir şeyin bir daha olmayacağına söz verdiler. Ama Bay Collins genç kuzenine hiç alınmadığına, onun kusuruna bakmadığına kadınları ikna ettikten sonra, Bay Bennet ile başka bir masaya geçerek tavla oynamaya hazırlandı.

XV

Bay Collins ince düşünceli ve duyarlı bir adam değildi; eğitim ve yetiştirilme biçimi, yaradılışındaki kusurların pek azını giderebilmişti. Ömrünün büyük bir kısmı cahil, cimri bir adam olan babasının yanında geçmişti. Gerçi üniversiteye yazılmıştı ama yalnızca derslere düzenli girip çıkmakla kalmış, ne işe yarar bir bilgi edinmiş ne de yararlı olabilecek arkadaşlıklar kurmuştu. Babasının söz hakkı tanımayan sıkı denetiminde yetişmek, onun köle gibi tavırlar edinmesine neden olmuştu ama şimdi kalabalıktan uzakta yaşayan zayıf bir insanın kendini beğenmişliği ve ummadık bir zamanda paraya konmanın yarattığı baş döndürücülük, bu aşırı alçakgönüllülüğü biraz olsun gidermişti. Hunsford papazlığı boşalınca, şansı onu, Leydi Catherine de Bourgh'un karşısına çıkarmıştı. Bu leydinin unvanı başını döndürmüş, koruyucusu sıfatıyla ona karşı derin bir saygı duymuş, papazlık otoritesine ve din adamı yetkilerine kavuşması kendini beğenmesine neden olmuş ve bütün bunlar onu gururla boyun eğmenin, kibirle alçakgönüllülüğün karışımı tuhaf bir hâle getirmişti.

Artık güzel bir evi ve epeyce geliri olduğu için evlenmeye niyetlenmişti. Longbourn Ailesi'yle barışmaya kalkışmasının nedenlerinden biri de buydu. Ailenin kızları herkesin söylediği gibi güzel ve cana yakın ise onlardan birini kendine eş olarak seçmeye karar vermişti. Babalarının mülkünün mirasçısı olmasına karşılık, kızlara bu şekilde bir yardımda bulunmayı, zararlarını böylece gidermeyi tasarlamıştı. Bu planını çok yerinde ve uygun, hatta tam anlamıyla mükemmel buluyor; büyüklük ve özveri gösterdiğine inanıyordu.

Genç kızları gördükten sonra planı değişmedi. Büyük kızın sevimli yüzü, tersine bu düşüncelerini pekiştirdi. Kendince ablalığa yakışan her şeyi onda bulmuş ve geldiğinin ilk gecesi kendine eş olarak Jane'i seçmişti. Ama ertesi sabah Bayan Bennet ile kahvaltıdan önce baş başa yaptığı konuşmadan sonra niyeti değişti. Collins kendine verilen evden söz açmış ve doğal olarak konuyu Longbourn'da bir eş bulma ümidine getirmişti. Bayan Bennet pek iltifatlı gülümsemeler ve teşvikler arasında ona Jane konusunda ümitlenmemesini ima etmişti. Öbür kızlar için bir şey diyemez, kesin olarak bir şey söyleyemezdi çünkü verilmiş bir sözleri olduğundan haberi yoktu. Ancak büyük kızının çok yakında nişanlanma olasılığının kuvvetli olduğunu anlatmayı kendine borç biliyordu.

Bay Collins'e, Jane'i bırakıp Elizabeth'e dönmek düşüyordu. Çok geçmeden, Bayan Bennet şömineyi karıştırırken bu da oldu. Yaşta ve güzellikte Jane'den sonra o geliyordu; sıranın onda olması doğaldı.

Bayan Bennet bunu sezince hemfikir olduğunu hissettirdi. Yakında belki de iki kızını birden evlendireceğini hayal ediyordu. Adının anılmasına bile dayanamadığı adam şimdi gözüne girmişti.

Lydia, Meryton'a kadar yürüme kararından vazgeçmemişti. Mary'den başka bütün kardeşleri onunla birlikte gitmeyi kabul ettiler. Bay Bennet misafirinden kurtulmak ve kitaplığında yalnız kalmak için sabırsızlandığından, Collins'ten kızlarına yoldaşlık etmesini rica etti. Haksız da sayılmazdı; Bay Collins kahvaltıdan sonra kendisinin peşi sıra kütüphaneye gelmiş ve kütüphanedeki en büyük kitaplardan birine sözde dalmış ama aslında hiç durmadan Bay Bennet'a Hunsford'daki evinden ve bahçesinden söz etmişti. Bay Bennet ise her zaman kütüphanesinde başını dinler ve huzura kavuşurdu. Şimdiye kadar da bu hep böyle olmuştu. Elizabeth'e söylediği gibi evin öbür odalarında saçmalıklara ve kibre dayanabilirdi ama kütüphanesinde bunlardan kurtulmaya alışıktı. Bu nedenle Bay Collins'i, kızlarına arkadaşlık etmesi için gerçekten samimi bir nezaketle davet etmişti. Aslında kendisi de okumaktan çok yürümeyi sevdiğinden, Collins kocaman kitabı büyük bir sevinçle kapayıp gitti.

Bay Collins kendini beğenmişlikle palavralar atarak, kuzenleri de nezaketle onu onaylayarak Meryton'a vardılar. Küçük kızlar hemen onu unutmuş, gözleri caddede, subayları aramaya başlamışlardı. Vitrinlerde gerçekten çok şık bir şapka veya yepyeni bir muslin kumaş bile dikkatlerini sadece bir an çekebiliyordu.

Ama çok geçmeden hepsinin gözleri yolun karşı tarafında bir subayla yürüyen, daha önce hiç görmedikleri, çok kibar bir gence takıldı. Subay, Lydia'nın Londra'dan dönüp dönmediğini merak ettiği ve bunu öğrenmek için buraya kadar geldiği Denny'den başkası değildi. Karşıdan eğilerek kızları selamladı.

Hepsi birden bu yabancı erkeğin görünüşüne ve duruşuna hayran kaldılar, kim olabileceğini merak ettiler. Kitty ile Lydia mümkünse bunu öğrenmeye karar vererek karşı dükkândan bir şey almak istiyormuş gibi yolun öbür kaldırımına geçtiler. Ablaları ile Collins de arkalarından geliyordu. Güzel bir rastlantı sonucu, onlar tam kaldırıma çıktıklarında köşeyi dönen iki genç de aynı noktaya gelmişlerdi.

Bay Denny hemen kızları selamladı, arkadaşı Bay Wickham'ı tanıştırmak için izin istedi. Bay Wickham'ın bir gün önce kendisi ile birlikte Londra'dan geldiğini ve alaya katılarak subay olmak istediğini söyledi. Bunu söylemekten mutluluk duyuyordu. Kızlar, çok uygun olduğunu düşündüler. Çünkü bu genç adamın çekiciliğinin tamamlanması için tek eksik üniformaydı. Kendisi pek alımlıydı. Bütün güzellikler onda toplanmıştı: Hoş bir yüzü, güzel bir endamı ve çok tatlı bir sesi vardı. Tanışmalarından az sonra, bu genç hemen neşeyle konuşmaya başladı. Ama bunda ne bir aykırılık ne de kendini beğenmişlik vardı. Böyle bir arada durmuş konuşurlarken at sesleri duyarak döndüler.

Darcy ile Bingley atla geliyorlardı. Beyler kızları fark ederek hemen yanlarına geldiler ve her zamanki gibi nezaket gösterdiler. Hep Bingley konuşuyor, konu da Jane'in etrafında dönüyordu. Meğer genç adam da Longbourn'a Jane'in hatırını sormaya gidiyormuş. Bir reveransla bu sözleri doğrulayan Bay Darcy bakışlarını Elizabeth'e çevirmemeye karar vermek üzereydi ki ansızın yabancıyı gördü. Rastlantı eseri iki genci birbirlerine bakarken gören Elizabeth, bu karşılaşmanın yarattığı etkiye şaşırıp kaldı. Her ikisinin de rengi değişmiş, birisi bembeyaz, öbürü kıpkırmızı olmuştu. Bay Wickham birkaç dakika sonra şapkasına elinin ucu ile dokundu. Bu selama Bay Darcy de alçakgönüllülükle karşılık verdi. Bunun anlamı ne olabilirdi? Tahmin etmek güçtü ve öğrenmek için sabırsızlanmamak imkânsızdı.

Biraz sonra olup bitenlerin farkına varmamışa benzeyen Bay Bingley izin isteyip arkadaşıyla birlikte ata binip gitti.

Bay Denny ile Bay Wickham, Bay Philips'in kapısına kadar genç kızlarla birlikte yürüdüler. Lydia içeri girmelerinde ısrar ettiği ve Bayan Philips salonun penceresini açarak yüksek sesle bu daveti desteklediği hâlde selam verip ayrıldılar.

Bayan Philips yeğenlerini görmekten her zaman memnun olurdu. Hele son günlerde göremediği iki büyük kızı daha büyük bir sevinçle karşıladı. Jane, Bay Collins'i tanıştırıp da iltifatlar ona yağmaya başlayıncaya kadar, teyzeleri Jane ile Elizabeth'in ansızın eve dönmelerine nasıl şaştığını, kendi arabalarıyla da gitmedikleri için Bayan Philips'in bundan hiç haberi olmadığını, Bay Jones'un çırağına yolda rastlayıp da artık Netherfield'a ilaç yollamadıklarını, çünkü genç Bennetların evlerine döndüklerini öğrenmese gene de haberi olmayacağını hararetle anlatıp durdu. Kendini çok büyük bir nezaketle karşılayan ev sahibinin kibarlığına Collins fazlasıyla karşılık verdi. Önceden tanışmadıkları hâlde, böyle rahatsız edişinin mazur görülmesini, kendisini tanıştıran genç bayanların akrabası olması dolayısıyla bu hareketinin bağışlanacağını umduğunu söyledi. Bayan Philips bu kadar büyük nezaket karşısında şaşırmıştı ama öbür yabancı genç hakkındaki heyecanlı sözler ve sorular karşısında, bu yabancıyı daha çok düşünmesine fırsat bırakmadı. Bununla birlikte, bahsi geçen yabancı hakkında yeğenlerine, onların bildiklerinden fazla bir şey söyleyemiyordu. Bay Denny onu beraberinde Londra'dan getirmişti, yakında teğmen olacaktı. Bir saatten beri caddede aşağı yukarı dolaştığını pencereden seyretmişti. Bay Wickham tekrar göründüğü takdirde Kitty ile Lydia'nın da pencereden onları gözleyecekleri kuşkusuzdu ama ne yazık ki pencerenin önünden bu yakışıklı yabancıyla kıyaslanınca "aptal, soğuk" diye nitelenebilecek birkaç subaydan başka kimse geçmiyordu. Bunlardan kimileri ertesi akşam Philips'lerde yemek yiyeceklerdi ve teyzeleri, Longbournlu bayanlar gelecek olurlarsa, kocasını Bay Wickham'ın ziyaretine göndereceğine ve onu da yemeğe davet edeceğine söz veriyordu. Kızlar razı oldular; Bayan Philips güzel, gürültülü bir piyango oyunu oynayacaklarını, ardından da sıcak bir akşam yemeği yiyeceklerini söylüyordu. Bu güzel şeyleri düşünmek bile onları keyiflendirdi ve neşeyle ayrıldılar. Bay Collins çıkarken tekrar özür diledi; fakat nezakette ondan geri kalmayan ev sahibi, bağışlanacak bir şey olmadığını ısrarla belirtti.

Eve dönerlerken Elizabeth iki beyefendi arasında geçtiğini gördüğü şeyi Jane'e anlattı ama haksız gibi görünseler de ikisini birden veya her birini ayrı ayrı savunacağı kuşkusuz olan Jane de bu harekete kardeşinden fazla bir anlam veremedi.

Eve döndüklerinde Bay Collins, Bayan Philips'in davranışını ve nezaketini Bayan Bennet'a uzun uzun övdü. Leydi Catherine ile kızı dışında, hayatında Bayan Philips'ten daha kibar bir kadın görmediğini çünkü bu bayanın kendisini yalnız büyük bir nezaket göstererek kabul etmekle kalmadığını, önceden hiç tanışmadıkları hâlde ertesi akşamki davete de ısrarla çağırdığını söyledi. Belki de onlarla akrabalığı olduğu için ona böyle davranmıştı ama ne olursa olsun ömründe kimse ona bu kadar özenli davranmamıştı.

XVI

Genç kızların ertesi akşam için teyzeleriyle sözleşmelerine karşı çıkılmadığı ve Bay Collins'in misafirliği sırasında Bay ve Bayan Bennet'ı tek bir gece olsun yalnız bırakmamakta gösterdiği inceliğin de yeri olmadığı kuvvetle belirtildiğinden, araba hazırlandı ve misafir ile beş kuzeni tam zamanında Meryton'a vardılar. Kızlar salona girdiklerinde Bay Wickham'ın eniştelerinin davetini kabul ettiğini ve erkenden geldiğini öğrenerek sevindiler.

Bu bilgiyi alıp yerlerine oturduktan sonra Bay Collins çevresine bakıp eşyaları beğenecek zaman buldu. Salonun büyüklüğü ve eşyalar, onu öylesine etkiledi ki kendini sanki Rosings'in kahvaltı salonunda zannettiğini söyledi. Bu benzetme önce büyük bir anlam ifade etmedi. Ama Bayan Philips, Rosings'in neresi ve sahibinin kim olduğunu anladıktan, Leydi Catherine'in salonlarından birinin tarifini dinledikten ve yalnızca bir şöminenin sekiz yüz sterline mal olduğunu öğrendikten sonra bu iltifatın büyüklüğünü kavradı. Bundan böyle kendi salonunun Rosings'teki kâhya kadının odası ile bile kıyaslansa, gücüne gitmeyecekti.

Bay Collins, Leydi Catherine'in köşkünün görkemini Bayan Philips'e anlatırken, arada bir de konudan biraz uzaklaşarak kendi fakirhanesini övüp şu günlerde evinde yapılan yeniliklerden bahsederek baylar salona girinceye kadar hoş vakit geçirdi. Bayan Philips söylediklerini büyük bir ilgiyle dinliyordu. Duyduğu şeyler onun gözünde Bay Collins'in önemini gitgide arttırmıştı ve öğrendiklerini en kısa zamanda bütün komşularına ayrıntılı olarak anlatmaya can atıyordu.

Kuzenlerini dinlemeye dayanamayan ve çalgı olmadığı için sızlanarak şöminenin üstündeki porselen heykellerin pozlarını taklit etmekten başka yapacak bir iş bulamayan genç kızlara bu bekleme süresi çok uzun geldi. Ama sonunda bekleyiş sona erdi; baylar göründüler. Bay Wickham odaya girdiğinde Elizabeth bu genci ilk gördüğü andan beri onu düşünmekte hiç de haksız olmadığını hissetti. Hemen hepsi de çok ağırbaşlı ve kibar olan alayın subaylarının en seçmeleri buradaydı ama bu subaylar, nefesi şarap kokarak arkalarından odaya giren ablak yüzlü, şişman Philips eniştelerinden ne kadar üstünseler, Bay Wickham da kişiliği, yüzü, tavırları ve yürüyüşüyle bu subayların hepsini o kadar geride bırakıyordu.

Salonun en şanslı adamı, bütün kızların gözlerini üzerine çeken Bay Wickham'dı. Salonun en şanslı kızı da Bay Wickham'ın yanına oturmayı tercih ettiği Elizabeth oldu. Hemen onunla konuşmaya başladı; her ne kadar sadece gecenin rutubetli olduğundan ve yağmurlu bir mevsim olasılığından söz etse de bu konuşma Elizabeth'te; en bayağı, en sıkıcı ve en gereksiz bir konunun bile güzel konuşan bir kişinin ağzında ilgi çekici olabildiği kanısını uyandırdı.

Bay Wickham ve diğer subaylar gibi kızların dikkatini çeken rakipler karşısında Bay Collins unutulmuş gibiydi ve genç kızlar için bir hiç olduğu şüphesizdi fakat arada sırada onun sözlerini büyük bir nezaketle dinleyen Bayan Philips'in ikramları sayesinde en çok kahve içen ve en çok çörek yiyen de o oldu.

Oyun masaları kurulduğunda Collins de oyuna katılarak onun ikramlarına karşılık verme fırsatını buldu.

"Bu oyunu çok az biliyorum..." dedi, "ama biraz ilerletirsem çok sevineceğim. Çünkü benim durumumda..."

Bayan Philips misafirinin iltifatından pek memnun olmasına rağmen, ileri süreceği nedenleri dinleyecek vakti yoktu.

Bay Wickham iskambil oynamıyordu. Böylece Lydia ile Elizabeth sevinçle onu aralarına aldılar. Israrla konuşma huyu olduğundan başlangıçta Lydia'nın onu tamamıyla kendi tekeli altına alma tehlikesi baş göstermişti ama piyango oyununa da aynı derecede düşkün olduğu için kısa zamanda kendini oyuna kaptırdı. Heyecanla bahis tutmaktan, ödüller çıktıkça bağırmaktan kimseye özel ilgi gösterecek hâli kalmamıştı. Bu nedenle Wickham sırası gelinceye kadar Elizabeth ile konuşmaya zaman buluyordu. Elizabeth, Wickham'ın asıl öğrenmek istediği şeyden, Darcy ile olan ilişkisinden söz edeceğini hiç ummasa da onu dinlemeye hazırdı. Kendisi Darcy'nin adını bile anmaya cesaret edemiyordu. Ama hiç beklemediği bir anda merakı gideriliverdi. Bay Wickham konuya kendisi değindi. Netherfield'ın Meryton'dan ne kadar uzakta olduğunu sordu ve genç kızın cevabının ardından çekingen bir tavırla Bay Darcy'nin ne kadar zamandan beri orada bulunduğunu sordu.

Elizabeth, "Bir ay kadar..." diye cevap verdi. Sonra sözün kapanmasını istemediği için, "Anladığıma göre, Bay Darcy, Derbyshire'da büyük bir mülk sahibiymiş..." diye ekledi.

"Evet..." diye karşılık verdi Wickham, "orada gerçekten baş döndürücü bir malikânesi var. Yılda net on bin sterlin geliri vardır. Bu adam hakkında size bazı konularda benden daha iyi bilgi verebilecek birini bulamazsınız. Çünkü çocukluğumdan beri onun ailesiyle yakın bir ilişkim vardır."

Elizabeth şaşırıp kaldı.

Wickham sözlerine devam etti: "Dünkü karşılaşmamızda birbirimize ne kadar soğuk davrandığımıza tanık olduktan sonra, bu sözlerime şaşmakta haklısınız, Bayan Elizabeth. Bay Darcy ile uzun bir süredir mi tanışıyorsunuz?"

Elizabeth sıcak bir tavırla cevap verdi: "Tanıdığımdan daha fazla tanımak istemem. Onunla aynı evde dört gün geçirdim ve kendisi son derece sevimsiz buldum."

"Darcy'nin sevimli mi, sevimsiz mi olduğu konusunda fikir yürütmek bana düşmez. Onu çok uzun zamandır tanıdığım için hakkında tarafsız bir hüküm veremem. Benim için tarafsız olmak mümkün değil ama bu fikrinizin, duyanları şaşırtacağını sanıyorum. Belki de başka yerlerde bu fikrinizi bu kadar açığa vurmazsınız. Ne de olsa burada kendi ailenizin arasındasınız."

"İnanın, burada söylediklerimi, Netherfield'dan başka her evde, hiç eksiksiz tekrarlayabilirim. Bay Darcy, Hertfordshire'da hiç sevilmiyor. Gururu herkesi iğrendiriyor. Buralarda onun hakkında kimsenin benden daha olumlu söz ettiğini duyamazsınız."

Bir ara çevredekiler konuşmalarını kesti. Ama bu kısa sürdü, Wickham tekrar söze başladı:

"Ne ona ne de başka bir kimseye..." dedi Wickham kısa bir aradan sonra, "genellikle hak ettiğinden fazla değer verilmediğini gördüğüm zaman üzülürüm dersem yalan olur ama Darcy söz konusu olduğunda her zaman böyle olmuyor. İsterseniz 'zenginliği ve önemli konumu gözleri boyamış,' isterseniz 'ağır ve otoriter tavırları dünyayı korkutmuş' deyin, fakat gerçek olan bir şey varsa, o da herkesin Darcy'yi onun istediği gibi gördüğüdür."

"Çok az tanımama rağmen, ona 'huysuz bir adam' diyebilirim."

Wickham başını salladı. Tekrar konuşmaya fırsat bulunca, "Acaba burada daha kalacak mı?" dedi.

"Hiç bilmiyorum. Netherfield'da kaldığım sürece gideceğine dair bir şey duymadım. Umarım, onun burada bulunması, ---shire Alayı ile ilgili düşüncelerinizi etkilemeyecektir."

"Hayır, asla! Bay Darcy'den kaçacak olan ben değilim. Eğer beni görmekten sıkılırsa o gitsin. Aramız iyi değildir ve kendisi ile karşılaşmak bana her zaman üzüntü verir. Ondan çekinmem için bir neden yok, ancak uğradığım büyük haksızlığı ve Darcy'nin böyle olmasından duyduğum derin üzüntüyü herkese yaymakta bir sakınca yok. Rahmetli babası Doktor Darcy insanların en iyisi ve benim de gerçek dostumdu. Darcy'yi her görüşümde babasına ait binbir ince anı da ruhumda canlanarak bana keder verir. Darcy bana karşı çok rezilce davranmıştır ama gene her şeyini, her yaptığını bağışlamaya hazırım. Ancak babasının umutlarını boşa çıkarmış ve onun anısına leke sürmüş olmasını hiç bağışlamıyorum."

Elizabeth konunun gittikçe daha ilgi çekici bir hâl aldığını görüyor, can kulağı ile dinliyor ama konunun hassaslığı, soru sormasına engel oluyordu.

Bay Wickham daha genel konulardan, Meryton'dan, Meryton'un civarından, aile çevresinden söz etti. Şimdiye kadar gördüklerinden hoşnut olduğu anlaşılıyordu. Özellikle Meryton'un aile çevresinden büyük bir övgüyle söz etti:

"Bu alaya girmeye beni heveslendiren başlıca neden, hareketli ve iyi bir çevre edinme isteğim oldu. Alayın çok sayıldığını ve sevildiğini biliyordum. Dostum Denny de şimdiki karargâhlarını ve Merytonluların onlara gösterdiği konukseverliği anlatarak büsbütün aklımı çeldi. Ne yalan söylcycyim, bcn hareketli bir yaşantı olmayan yerde yapamam. Hayatta büyük darbeler yemiş bir adam olduğum için yalnızlığa tahammülüm yok. Hiç durmadan bir şeyle uğraşmalı ve bir toplulukta bulunmalıyım. Gerçi askerliğe hiç niyetlenmemiştim ama koşullar öyle gerektirdi. Ben asıl kiliseye girecektim. Papaz olmak üzere eğitim gördüm. Az önce sözünü ettiğimiz beyefendinin canları isteseydi, şimdi çok gözde bir kiliseye yerleşmiş bulunacaktım."

"Yapmayın!"

"Evet, Darcy'nin babası bana kendi yönetimi altındaki köy kiliselerinden en iyisini söz vermişti. Kendisi hem vaftiz babamdı hem de beni çok severdi. İyiliklerini hiç unutamam. Bana büyük bir gelir sağlamayı istemiş, bunu yaptığını sanmıştı. Üstelik bu konuda vasiyeti de vardı. Ama beklediğim kilise boşalınca, oğlu oraya başkasını getirdi."

Elizabeth hayretle bağırdı: "Aman tanrım! Bu nasıl olur? Baba vasiyeti nasıl hiçe sayılabilir? Niye hakkınızı yasal yollardan aramadınız?"

"Vasiyetnamenin hükümlerinde yasalara başvurmamı engelleyen, yasal olmayan bir madde vardı. Şerefli bir insan babasının isteğini kuşkuyla karşılamazdı ancak bu vasiyeti kuşkuyla karşılamak, Bay Darcy'nin daha çok işine geldi. Bunun vasiyet değil, bir öğüt olduğunu söyledi. Benim de çok para harcamakla ve ölçüsüz davranışımla hakkımı yitirdiğimi ileri sürdü. İki yıl önce, tam bu konumu dolduracak yaşa geldiğim zaman papazlık bir başkasına verildi. Bunu kaybetmeyi hak edecek herhangi bir şey de yapmadım. Biraz çabuk parlayan, pervasız bir yapım var. Onun hakkındaki düşüncelerimi, yüzüne karşı çok açık söyledim. Bundan öte bir kötülük yaptığımı hatırlayamıyorum. Ama gerçek şu ki birbirimize hiç benzemiyoruz ve o benden nefret ediyor."

"Çok korkunç bir şey! Bu adam, herkesin gözü önünde ayıbının yüzüne vurulmasını hak ediyor."

"Er geç olacak bu ama onu kepaze eden ben olmayacağım. Babasını unutmadığım sürece, ona ne meydan okuyabilirim ne de ipliğini pazara çıkarabilirim."

Elizabeth bu duygularından ötürü ona daha çok saygı duydu. Bu sözleri söylerken genç adam gözünde bir kat daha güzelleşti.

Kısa bir sessizlikten sonra sordu: "Peki ama neden böyle davrandı? Onu bu kadar zalim davranmaya yönelten nedir?"

"Bana karşı derin ve kökleşmiş bir nefret. Bu nefrette kıskançlığın da bir parça rolü olduğunu düşünmekten kendimi alamıyorum. Rahmetli babası beni biraz daha az sevseydi, oğlu da belki bana biraz olsun tahammül edebilirdi. Fakat babasının bana beslediği büyük sevgi, onu sanıyorum çocukluğunda çok incitmişti. Aramızdaki rekabeti ve her zaman benim üstün tutulmamı sindirebilecek yapıda değildi."

"Bay Darcy'nin bu kadar kötü olabileceğini aklımdan geçirmezdim. Gerçi ondan hiç hoşlanmamıştım ama bu kadar alçak biri olduğunu da bilmiyordum. Başkalarını genellikle küçük gördüğünü tahmin etmiştim fakat bu kadar kötü intikam alabileceğini, bu kadar haksızlık yapabileceğini, bu kadar taş yürekli olabileceğini düşünmemiştim."

Genç kız bir dakika düşündükten sonra devam etti: "Ama bir gün Netherfield'da söz etmişti. Bir defa gücendi mi, hiç barışmadığını, hiç bağışlamayan bir yapısı olduğunu söylüyordu. Çok huysuz ve ters bir adam olmalı. Bu konuda tarafsız olacağıma güvenemiyorum. Ona hak veren bir davranış içinde olmayacakmışım gibime geliyor."

Elizabeth tekrar derin düşüncelere daldı. Bir süre geçtikten sonra âdeta bağırarak, "Babasının vaftiz babalık yaptığı bir kişiye, bir dosta, babasının göz bebeği bir insana böyle davranmak!" dedi.

İçinden, "Hem de yüzünden iyilik akan sizin gibi bir genç adama!" demek geldi ama yalnız şunları söylemekle yetindi: "Hem de belki çocukluğundan beri kendisine arkadaşlık etmiş, anlattığınıza göre kendisine en sıkı bağlarla bağlı olan birine!"

"Biz aynı yerde, aynı bahçenin içinde doğduk, çocukluğumuzun büyük bir kısmı bir arada geçti. Aynı evde, aynı oyunları oynayarak, aynı ebeveyn şefkatini paylaşarak büyüdük. Babam, eniştеniz Philips'in katılarak şeref verdiği meslekle hayata atıldı ama rahmetli Bay Darcy'ye yararlı olabilmek için her şeyi bırakarak bütün zamanını Pemberley mülküne bakmaya harcadı. Bay Darcy babama karşı büyük bir saygı besliyordu. Birbirlerinden hiçbir gizli saklısı olmayan iki yakın dosttular. Bay Darcy babama, bütün işlere fiilen baktığı için çok şey borçlu olduğunu tekrar tekrar belirtmişti ve babamın ölümünden kısa bir süre önce, Bay Darcy'nin benim geleceğimi sağlama alacağına dair kendi isteği ile söz vermesi, eminim, bana karşı beslediği sevgiden çok, babama karşı duyduğu gönül borcunun etkisiyle olmuştur."

"Ne tuhaf şey!" dedi Elizabeth. "Ne ayıp bir şey! Darcy'nin hiç olmazsa gururu yüzünden size karşı daha adil davranması gerekirdi gibime geliyor. Hiçbir iyi yanı olmasa bile, onu namussuzluk edemeyecek kadar gururlu sanıyordum. Evet, bu davranışına namussuzluktan başka bir ad bulamıyorum."

Wickham, "Çok güzel bir sıfat..." cevabını verdi. "Hemen hemen bütün yaptıklarının altından gurur çıkar. Gurur onun en iyi dostu olmuştur. Onu erdeme her şeyden fazla yaklaştıran duygu budur. Ama hepimizin yaradılışında çelişkili yönler vardır. Darcy de benimle olan ilişkilerinde, gururundan daha güçlü olan, içgüdülerinin etkisine kapılmış olsa gerek."

"Bu kadar iğrenç bir gururun acaba ona yararı olmuş mudur?"

"Kuşkusuz. Çok defa gururu, onu eli açık ve cömert davranmaya, parasını özgürce harcamaya, konukseverlik göstermeye, kiracılarına ve yoksullara yardım etmeye yöneltmiştir. Bunları yapmasında aile ve evlatlık gururunun payı da vardır çünkü babasının oğlu olmaktan çok gurur duyar. Ailesinin şerefini alçaltmış görünmemek, genel ölçülerden ayrılmamak, Pemberley Köşkü'nün nüfuzunun kaybolmaması düşüncesi hareketlerinde her zaman etkisini göstermektedir. Darcy'de ağabeylik gururu da vardır ki buna biraz da kardeşlik sevgisi karıştığı için kız kardeşinin çok iyi, çok titiz bir koruyucusudur. Kız kardeşinin üstüne ağabeylerin en iyisinden bile daha fazla titreyen bir ağabey olarak tanınır."

"Bayan Darcy nasıl bir kız?"

Bay Wickham başını salladı. "Ona sevimli bir kız diyebilmeyi çok isterdim. Darcylerden herhangi birini yermek bana acı veriyor. Ama ne yazık ki gururlu, tıpkı ağabeyine çekmiş. O da onun gibi çok gururlu. Çocukken sevgi doluydu ve hoştu, bana da çok düşkündü. Onunla saatlerce oynardım. Ama şimdi benim için varlığıyla yokluğu bir. On beş on altı yaşlarında, güzel ve anladığıma göre çok yetenekli bir kız. Babası öldüğünden beri Londra'da oturuyor, bir leydi de onun eğitimiyle ilgileniyor."

Arada susmayı ve başka konulardan söz etmeyi denediler ama sonunda Elizabeth kendini tutamayarak sözü gene o konuya getirdi: "Bay Bingley ile yakınlığına şaşıyorum! İyi niyet timsali diye gösterilebilecek, gerçekten cana yakın bir adam olduğuna inandığım Bay Bingley ile böyle bir adam arasında nasıl bir dostluk olabilir? Birbirleriyle nasıl uyuşurlar? Bay Bingley'i tanır mısınız?"

"Hiç tanımıyorum."

"Bingley uysal, sokulgan, şeker gibi bir adam. Herhâlde Bay Darcy'nin iç yüzünü bilmiyor!"

"Olabilir. Ama Bay Darcy istediği zaman karşısındakinin gönlünü kazanmasını bilir. Becerikli olmaya ihtiyacı yoktur. Etrafındakileri beğenirse, konuşkan bir arkadaş olabilir. Kendi düzeyindekiler ve aynı derecede mevki sahibi olanlar arasında, daha az zenginler arasında olduğundan çok farklı bir adamdır. Gururu onu hiç bırakmaz ama yüksek tabakadakilerle beraberken hoşgörülü, adil, samimi, anlayışlı, dürüst, hatta -karşısındakinin zenginliği ve parası oranında- hoştur."

İskambil partisi çok geçmeden dağıldığı için oyuncular öbür masanın çevresine toplandılar ve Bay Collins, kuzeni Elizabeth ile Bayan Philips'in arasına yerleşti. Ev sahibi, misafirinin oyunda şansının nasıl gittiğini sordu. Collins'in pek de şanslı olmadığı anlaşılıyordu; her oyunu kaybetmişti. Bayan Philips üzüldüğünü söyleyince, Collins bunun hiç de önemi olmadığını, kendisinin paraya hiç değer vermediğini ciddiyetle ve telaşla belirterek Bayan Philips'ten üzülmemesini rica etti.

"Çok iyi biliyorum ki sayın bayan, insan oyun masasına oturduğu zaman yenilmeyi de göze almak zorundadır. Sonra, çok şükür, beş şilini dert edecek bir durumda değilim. Aynı şeyi söyleyemeyecek birçok kimse olduğuna şüphe yok. Fakat Leydi

Catherine de Bourgh sayesinde önemsiz konulara önem verme zorunluluğundan çoktan kurtulmuş bulunuyorum."

Bu sözler Bay Wickham'ın dikkatini çekti ve Bay Collins'i bir dakika süzdükten sonra alçak bir sesle Elizabeth'e Bourghlarla samimiyetlerinin olup olmadığını sordu.

Elizabeth, "Leydi Catherine de Bourgh geçenlerde Bay Collins'i şimdiki görevine atadı. Bay Collins'i ona kim önerdi bilmiyorum ama herhâlde tanışıklıkları çok eski değil..." diye cevap verdi.

"Leydi Catherine de Bourgh ile Leydi Anne Darcy'nin kardeş olduklarını biliyorsunuzdur herhâlde. Yani Leydi Catherine de Bourgh şimdi sözünü ettiğimiz Bay Darcy'nin teyzesi olur."

"Ya, öyle mi? Bilmiyordum. Leydi Catherine'in akrabaları hakkında hiçbir bilgim yok. Önceki güne kadar Leydi Catherine diye birinin varlığından bile habersizdim."

"Leydi Catherine'in kızı Bayan de Bourgh büyük bir servete konacak ve bu iki kardeş çocuklarının sonunda mülklerini birleştirmelerine herkes kuvvetli bir olasılık gözüyle bakıyor."

Bu sözler üzerine Elizabeth'in aklına zavallı Caroline Bingley gelince hafifçe gülümsedi. Eğer Bay Darcy bir başkasıyla sözlü ise Caroline Bingley'in bütün ikramları, kız kardeşine karşı gösterdiği sevgi, genç adamı pohpohlamaları hep boşa gidecekti.

Elizabeth, Wickham'a dönerek, "Bay Collins hem Leydi Catherine'den hem de kızından övgüyle söz ediyor. Ama bu sayın leydi hakkında anlattıklarından edindiğim kanıya göre, kuzenimin minnet duyguları doğru hüküm verebilmesine engel olmakta. Bence, Bay Collins'in koruyucusu olmakla beraber bu leydi kendini beğenmişin teki..." dedi.

"Evet, bence de öyle. Kendisini yıllardır görmedim ama ondan hiç hoşlanmadığımı, tavırlarının diktatörce ve kaba olduğunu hatırlıyorum. Dikkati çekecek kadar becerikli ve zeki olmakla ün kazanmıştır. Fakat bence yeteneklerinin çoğunu biraz konumuna ve zenginliğine, biraz da emir vermeye alışık tavırlarına, geri kalanını ise yeğeninin kendisiyle ilgisi olan herkesin birinci sınıf bir anlayış yeteneğine sahip olmasında ısrar eden gururuna borçludur."

Elizabeth, Bay Wickham'ın sözlerini akla yatkın buldu. Kâğıt oyunlarına akşam yemeği için son verilinceye kadar büyük bir memnuniyetle karşılıklı konuşmaya devam ettiler ama oyun bittikten sonra öbür kızlar da Bay Wickham'ın arkadaşlığından paylarını almaya başladılar. Gerçi Bayan Philips'in bu akşamki partisinde gürültüden hiç konuşulamıyordu ama genç subay, tavırlarıyla kendini herkese sevdirmişti. Ne söylese ne yapsa beğeniliyordu.

Elizabeth oradan kafası onunla dolu olarak ayrıldı. Yol boyunca Bay Wickham'dan, onun kendine anlattıklarından başka hiçbir şey düşünemedi. Fakat yolda ne Lydia ne de Collins bir dakika bile susmadıkları için Elizabeth, Wickham'ın adını bile anmaya fırsat bulamadı. Lydia hiç durmadan piyango oyunundan, kaybettiği ve kazandığı fişlerden söz ediyor; Bay Collins de Bay ve Bayan Philips'in nezaketini anlatıyor, iskambildeki zararına hiç aldırmadığına yemin ediyor, yemekteki yiyecekleri sayıyor, kuzenlerini rahatsız ettiğinden endişelendiğini tekrarlayıp duruyordu. Öyle ki araba Longbourn'da durduğu zaman Bay Collins'in söyleyecekleri hâlâ bitmemişti.

XVII

Elizabeth, Bay Wickham ile arasında geçen konuşmayı ertesi gün Jane'e anlattı. Jane şaşkınlık ve üzüntüyle dinledi. Bay Darcy'nin Bay Bingley'in saygısına layık olmadığına inanamıyordu. Ama Wickham gibi cana yakın ve sevimli bir gencin doğru söylediğinden kuşkulanmak da elinden gelmiyordu. Onun gerçekten bu kadar büyük haksızlığa uğramış olma olasılığı, genç kızın bütün şefkat duygularını uyandırmaya yetmişti. Bu nedenle her iki genç hakkında da iyi düşünmekten, her birinin davranışını ayrı ayrı savunmaktan, başka türlü anlatılması ve anlaşılması mümkün olmayan şeyleri kazaya veya yanılgıya yüklemekten başka yapılacak şey kalmamıştı.

Jane, "Bence ikisi de bizim aklımıza gelmeyecek bir şekilde aldanmışlar..." dedi. "Belki de ilgili kişiler birinin söylediklerini öbürüne yanlış anlatmıştır. Sözün kısası, kabahatin asıl hangi tarafta olduğunu bilmeden bu iki genci birbirinden soğutan nedenleri veya durumları tahmin edemeyiz."

"Çok doğru. Şu hâlde, Janeciğim, bu işte ilgisi olabilecek kimseleri savunmak için neler söyleyeceksin bakalım? Onları da temize çıkar bari, yoksa birinden biri için kötü şeyler düşünmek zorunda kalacağız."

"Sen istediğin kadar alay et ama beni fikrimden vazgeçiremezsin. Canım Lizzyciğim, babasının sevdiği ve geçimi için para bırakmak istediği bir gence böyle davranmanın Bay Darcy'yi ne kadar tahkir ettiğini düşünsene! Olacak iş değil! Biraz insanlığı olan, biraz karakter sahibi bir kişinin elinden böyle bir şey yapmak gelmez. Hem sonra en yakın arkadaşı Bingley onun hakkında bu kadar yanılmış olabilir mi? Yo! Hayır!"

"Bay Bingley'in aldatılmış olması, Bay Wickham'ın bana dün akşam isimlere ve gerçeklere değinerek anlattığı şeyleri uydurmuş olmasından çok daha akla yakın. Eğer öyle değilse, Bay Darcy bunun aksini kanıtlasın. Ayrıca gerçek, Bay Wickham'ın gözlerinden okunuyordu."

"Sahiden çok zor, çok üzücü bir durum... İnsan ne düşüneceğini bilemiyor."

"Beni bağışla ama insan ne düşüneceğini çok iyi biliyor."

Ama Jane kesin olarak yalnızca bir noktaya odaklanmıştı: Eğer Bay Bingley aldatılmış ise bu iş duyulunca çok üzülecek, çok acı çekecekti.

Genç kızlar, Bingleylerin gelişi üzerine baş başa konuşmakta oldukları fidanlıktan içeri çağırıldılar. Bay Bingley ile kız kardeşleri onları uzun süredir beklenen Netherfield balosuna çağırmak için gelmişlerdi. Balo gelecek perşembe yapılacaktı.

Caroline ile ablası sevgili arkadaşları Jane'i tekrar gördüklerine çok sevindiler. Son buluşmalarından bu yana geçen zamanın onlara bir asır kadar uzun geldiğini söylediler. O geceden beri nelerle uğraştığını sordular. Bayan Bennet ile konuşmaktan mümkün olduğunca uzak durup Elizabeth ile çok az konuştular; diğer kızlara da hiçbir söz söylemediler, ağabeylerini şaşırtan ve bir şey söylemesine fırsat bırakmayan bir acelelikle yerlerinden kalkıp Bayan Bennet'ın nezaketinden kurtulmaya can atıyorlarmış gibi hemen çıkıp gidiverdiler.

Netherfield balosunun yapılacağını öğrenmek, ailenin bütün kadınlarını son derece sevindirmişti. Bayan Bennet bu balonun, en büyük kızı onuruna verildiğine inanıyordu. Hele baloya resmî bir davetiye ile değil de bizzat Bingley tarafından çağrılmak, gururunu okşamıştı. Jane iki arkadaşının eşliğinde, Bingley'in de ilgisiyle hoş bir gece geçireceğini, Elizabeth de zevkle, Bay Wickham ile bol bol dans edeceğini ve Bay Darcy'nin bakışları ve hareketlerinin bütün öğrendiklerini doğrulayacağını düşünmeye başladı. Catherine ile Lydia'nın balodan bekledikleri mutluluk, tek bir olaya veya belirli bir insana bağlı değildi. Gerçi her ikisi de Elizabeth gibi gecenin yarısını onları tatmin edecek tek kavalye olan Wickham ile dans ederek geçirmeye kararlı olmakla beraber, nihayetinde balo, sadece bir balo idi. Mary bile baloya gitme konusunda isteksiz olmadığını söylüyordu:

"Sabahları kendime ayırabilmek bana yeter. Arada sırada gece eğlencelerine katılmak özveri sayılmaz. Toplumun hepimizin üzerinde hakkı var ve ben, değişiklik ve eğlencenin herkes için gerekli olduğuna inananlardanım."

Elizabeth o kadar neşeliydi ki Bay Collins ile gerekmedikçe konuşmadığı hâlde ona Bay Bingley'in davetini kabul edip etmeyeceğini ve eğer kabul ederse eğlenceye katılmayı doğru bulup bulmadığını sormaktan kendini alamadı. Genç adamın bu konuda hiç duraksamadığını, başpiskopostan veya Leydi Catherine de Bourgh'dan azar işitmekten korkmayarak dans etmeye heveslendiğini şaşırarak gördü.

Collins, "Emin olun..." dedi, "ben böyle karakterli bir genç tarafından saygın kimselere verilen bir balonun herhangi bir kötü amaca hizmet edeceğini hiç aklıma getirmem. Dansa karşı olmaktan o kadar uzağım ki, o gece güzel kuzenlerimin hepsinin benimle dans etme şerefini bana bağışlayacaklarını umuyorum. Bu fırsattan yararlanarak, Bayan Elizabeth, sizden özellikle ilk iki dansı rica edeceğim. Kuzenim Jane'in ilk iki dansı bir başkasına bağışlayacağına eminim, kendisine hak veriyorum."

Elizabeth afallamıştı. İlk danslara Wickham ile kalkmayı kafasına koymuştu. Şimdi onun yerine Collins'in geçmesi! Keyfi hiç bu kadar kaçmamıştı ama yapacak bir şey yoktu artık. Wickham'ın ve kendisinin mutluluğu, biraz ertelenecekti. Bay Collins'in teklifini Elizabeth elinden geldiği kadar kibarca kabul etti. Bu teklifte daha başka şeyler de sezdiği için kuzeninin nezaketinden hiç de memnun olmadı. Hunsford papazının eşi olmak ve daha çok hoşa giden misafirler bulunmadığı zaman Rosings Köşkü'nde kadril masasını tamamlamak için kız kardeşleri arasından kendisinin seçildiğini hissetti. Çok geçmeden bu duygu kanıya dönüştü. Çünkü Collins'in gittikçe artan bir nezaket gösterdiği, zekâsını ve canlılığını sık sık övmeye çalıştığı dikkatini çekmişti. Cazibesinin bu etkisi ona sevinçten çok şaşkınlık veriyordu ki bu sırada annesi böyle bir evlenme olasılığını çok iyi karşıladığını belirtmekte gecikmedi. Ama Elizabeth vereceği cevabın adamakıllı bir tartışmaya yol açacağını bildiği için bunu anlamazlıktan geldi. Bay Collins hiçbir teklifte bulunmayabilirdi ve teklif edene kadar da kavga etmenin bir faydası yoktu.

Neyse ki üstünde konuşulup hazırlanılması gereken Netherfield balosu vardı. Yoksa Bennet kardeşlerin bu sıradaki durumları çok acıklı olurdu; çünkü davetin yapıldığı günden balo akşamına kadar hiç durmadan yağan şiddetli yağmur, Meryton'a gitmeye bir kez bile fırsat vermemişti. Kızlar ne teyzelerini ne subayları görmüşler ne de bir haber alabilmişlerdi. Netherfield balosunda ayakkabılara takılacak gülleri bile başkalarına ısmarlanmıştı. Elizabeth bile Bay Wickham ile dostluğunu ilerletmesine engel olan bu havaya sabretmekte zorlanıyordu. Bu yağmurlu cuma, cumartesi, pazar ve pazartesi günlerine, Kitty ve Lydia da perşembe gecesi verilecek baloda dans etme düşüncesiyle katlanmışlardı.

XVIII

Elizabeth Netherfield'daki salona girdiğinde orada bulunan kırmızı ceketliler arasında Bay Wickham'ı boş yere arayıp da bulamayıncaya kadar, onun geleceğinden kuşkulanmak hiç aklına gelmemişti. Gerçi dehşetle hatırladığı birçok şey öğrenmişti ama bunların hiçbiri onunla buluşacağına olan güvenini sarsmamıştı. Her zamankinden daha büyük bir özenle giyinip kuşanmış, genç subayın kalbinin fethedilmemiş bir yeri kalmışsa, onu da o gece rahat rahat fethedeceğini hesaplamıştı.

Bir anda Bingley'in subaylara yolladığı davete Wickham'ın kasten, Bay Darcy'nin keyfi için çağırılmadığı gibi müthiş bir kuşkuya kapıldı. Lydia'nın merakla başvurduğu Bay Denny'nin sözlerinden anlaşıldığı kadarıyla, durum tam böyle olmamakla beraber, Wickham'ın gelmeyeceği kesindi. Bir gün önce bir iş için şehre inmek zorunda kaldığını ve henüz dönmediğini bildiren bu subay, anlamlı bir gülümsemeyle şunları ekledi:

"Burada adı gerekli olmayan bir bayla karşılaşmaktan kaçınmasaydı, sanırım şu sırada onu hiçbir iş buradan uzaklaştıramazdı!" Lydia'nın duymadığı bu son sözler Elizabeth'in kulağına çarpmıştı. Wickham'ın burada olmayışından, ilk aklına gelen nedenle değilse bile, gene Darcy'nin sorumlu olduğundan emin oldu. Genç kızın ansızın uğradığı hayal kırıklığı, Darcy'ye olan hoşnutsuzluğunu o kadar kuvvetlendirmişti ki sonra genç adam yanına gelip de nezaketle hatır sorduğunda cevap verirken kabalık etmemekte zorlandı. Darcy'ye ilgi göstermek, ona tahammül etmek, sabır göstermek Wickham'ı incitmek demekti. Onunla hiç konuşmamaya karar vererek hırçın denebilecek bir hareketle başını çevirdi. Hatta körü körüne taraf tuttuğu için Bingley'e de kızıyor, onunla konuşurken de hırçınlığını tamamıyla yenemiyordu.

Ne var ki huysuz bir yaradılışı olmadığı için o gece eğlenme olasılığı bütünüyle yok olduğu hâlde uzun zaman asık yüzlü kalamazdı. Bir haftadan beri görmediği arkadaşı Charlotte Lucas'a derdini döktükten sonra sözü hemen kuzeninin acayipliklerine getirdi ve arkadaşının dikkatini Collins'e çekti. Ama ilk iki dans işkenceden farksız oldu. Hantal, ciddi, iltifat edecek yerde özür dileyen, farkında olmadan yanlış adımlar atan Bay Collins, bu iki dansta genç kıza bıktırıcı bir kavalyenin çektirebileceği bütün sıkıntıyı çektirmiş, onu utandırmıştı. Ondan kurtulunca Elizabeth kendini kuş gibi hafif hissetti.

Sonra bir subayla dansa kalktı, Wickham'dan söz etti ve onun herkes tarafından sevildiğini öğrenerek ferahladı. Bu danslar da bitince, gene Charlotte Lucas'ın yanına gitti ve onunla konuşurken Darcy'nin ani dans etme teklifine o kadar şaşırdı ki ne yaptığını anlayamadan kabul etti. Darcy, kızın evet yanıtını alır almaz hemen uzaklaşmış, Elizabeth de boş bulunduğu için kendi kendine öfkelenmeye başlamıştı. Charlotte arkadaşını avutmaya çalışıyordu:

"Belki de ondan hoşlanırsın, Elizabeth."

"Tanrı korusun! İşte bu çok büyük bir talihsizlik olur! İnsanın nefret etmeye karar verdiği birisinden hoşlanması mı?.. Bana böyle kötülük dileme."

Dans başlayıp da Darcy, Elizabeth'i almak için onlara doğru gelirken Charlotte arkadaşının kulağına, Wickham'a meyli var diye aptallık edip de ondan on kat daha önemli bir insana kötü görünme aptallığına düşmemesi öğüdünü fısıldadı.

Elizabeth karşılık vermedi ve dansa kalkanlar arasına katıldı. Darcy'nin karşısında durmak ayrıcalığının nasıl olup da kendisine verildiğine şaşıyor, yanındakilerin gözlerinde de bunu görmekten doğan şaşkınlığı okuyordu. Bir süre tek bir kelime bile konuşmadılar. Elizabeth iki dans bitinceye kadar aralarındaki sessizliğin sürüp gideceğini düşünmeye başlamış, bunu bozmamaya karar vermişti. Sonra kavalyesini konuşmaya zorlamanın onun için daha büyük bir ceza olacağını düşünerek dans hakkında düşündüklerini söyledi. Darcy cevap verdi ve sonra gene sustu. Birkaç dakika süren bir sessizlikten sonra genç kız kavalyesine ikinci defa, "Şimdi bir şey söyleme sırası sizde, Bay Darcy..." dedi. "Ben danstan söz ettim. Siz de odanın genişliği veya dansa kalkan çiftlerin sayısı hakkında bir şey söylemelisiniz."

Genç adam gülümsedi ve onun söylemesini istediği her şeyi söylemeye hazır olduğunu bildirdi.

Elizabeth, "Pekâlâ..." dedi, "şimdilik bu cevap yeter. Belki daha sonra ben de özel baloların, genellerden çok daha hoş olduğuna dair bir şeyler söylerim ama şu an sussak da olur."

"Dans ederken konuşmak âdetiniz midir?"

"Ara sıra... İnsan biraz konuşmalı. Birlikte yarım saat tam bir sessizlik içinde durmamız tuhaf görünecektir. Ama yine de, bazılarının hatırı için, konuşma, mümkün olduğu kadar az söz söyleme zahmetine katlanacakları şekilde ayarlanmalıdır."

"Bu taş kendinize mi yoksa bana mı?"

Elizabeth alaycı bir tavırla cevap verdi: "İkimize de. Çünkü çoğu zaman kafalarımızın işleyişinde büyük bir benzerlik görüyorum. Siz de, ben de sokulgan değiliz, sessiz duruyoruz. Odadaki herkesi şaşırtacağını ve bir atasözü gibi kuşaktan kuşağa geçeceğini ummadıkça ağzımızı açıp bir şey söylemek istemiyoruz."

"Eminim bu sizin karakterinize hiç uymuyor..." dedi Darcy. "Benimkine ise ne derece uygun olduğunu söylemeye kalkışmayacağım. Ama kuşkusuz, siz bana yakıştırmış olmalısınız."

"Kendi başarımı kendim ölçemem."

Darcy cevap vermedi ve dans edenler arasında kayboluncaya kadar sessiz kaldılar. Sonra Darcy, Elizabeth'le kız kardeşlerinin Meryton'a çok sık gidip gitmediklerini sordu. Genç kız çok sık gittiklerini söyledi, sonra kendini tutamayarak, "Geçen gün bize rastladığınız zaman yeni bir dost kazanıyorduk..." diye ekledi.

Bu sözler etkisini hemen gösterdi. Darcy'nin yüzünü daha derin bir kibir dalgası kapladı ama tek bir söz söylemedi. Elizabeth de zayıf davrandığı için kendi kendine kızmakla beraber, bu konuda konuşmaya devam edemedi. Sonunda Darcy kendini zorlar bir tavırla konuştu.

"Kuşkusuz hoş biri olma becerisine erişmiş olan Bay Wickham kolayca dost kazanabilir. Ama bu dostlukları sürdürüp sürdüremeyeceği pek kestirilemez."

Elizabeth kelimelerin üzerine bastırarak, "Sizin dostluğunuzu kaybetme mutsuzluğuna uğramış. Hem de belki bütün ömrünce acı çekeceği bir şekilde..." dedi.

Darcy cevap vermedi. Konuyu değiştirmek için can atıyormuş gibi görünüyordu. O sırada Sör William Lucas yanlarında belirdi. Dans edenlerin arasından karşıya geçmek isterken, Darcy'yi görünce büyük bir saygı ile eğilip onun dans edişini ve damının güzelliğini övmeye başladı:

"İnanın, beyefendi, bizleri sevindirdiniz. Böyle harika dans edenlere her zaman rastlanmaz. Birinci sınıf çevrelerden olduğunuz belli. Ancak güzel damınızın da sizi utandırmadığını ve birlikte dans edişinizi seyretme zevkini bana sık sık tattıracağınızı umduğumu izninizle ekleyeyim." Sonra Jane ile Bingley'e baktı: "Değil mi, sevgili Eliza? Ah, bu olay nasıl kutlanacak, her yandan nasıl mutluluk dilekleri yağacak kim bilir! Bay Darcy'den dileğim... Ama size engel olmayayım, beyefendi, sizi bu genç bayanın büyüleyici konuşmasından alıkoyduğum için bana herhâlde teşekkür etmezsiniz. Zaten küçük hanımın parlayan gözleri beni azarlıyor."

Darcy, Sör William'ın son sözlerini duymamıştı bile. Bingley ile Jane konusunda yapılan dokundurmanın etkisi altında kaldığı belliydi. Ciddi bir anlam taşıyan bakışları, birlikte dans etmekte olan Bingley ile Jane'e çevrildi. Fakat kısa bir süre içinde kendini toparlayarak Elizabeth'e döndü ve "Sör William gelince ne konuştuğumuzu unuttum..." dedi.

"Sanırım, hiç konuşmuyorduk. Bana öyle geliyor ki Sör William şu koskoca salonda birbirlerine söyleyecek daha az şeyi olan başka bir çift bulamazdı. İki üç konuyu konuşmak için boş yere denemiş bulunuyoruz. Bundan sonra neden söz açacağımızı da bilemiyorum."

Darcy gülümseyerek, "Kitaplardan söz etmek nasıl olur dersiniz?" diye sordu.

"Kitaplar mı? Hayır, hayır! Eminim hiçbir zaman aynı kitapları okumuyoruz ya da aynı kitapları okusak bile aynı şeyleri hissetmiyoruz."

"Böyle düşünmenize üzüldüm. Ama öyle olsa bile en azından konu bulamamış olmaktan kurtuluruz. Kitaplar konusundaki zıt fikirlerimizi kıyaslarız."

"Hayır, bir baloda kitaplardan bahsedemem, kafamda hep başka bir şey olur."

Darcy endişeli bir bakışla sordu: "Böyle yerlerde kafanız hep şu anda olup bitenle doludur, değil mi?"

"Evet, hep öyledir..." diye ne söylediğini bilmeden cevap verdi çünkü düşünceleri konudan uzaklarda dolaşıyordu. Ansızın yüksek sesle söylediği şu sözler de bunu gösteriyordu: "Bay Darcy, çok nadiren bağışladığınızı... Bir kere darıldınız mı, artık bir daha barışmadığınızı söylediğinizi hatırlıyorum. Acaba bu yüzden mi herhangi bir kimseye kin tutma konusunda titiz davranıyorsunuz?"

"Evet, öyle..." dedi Darcy sert bir ses tonuyla.

"Demek ön yargının sizi körleştirmesine izin veriyorsunuz?"

"Evet."

"Fikirlerini hiç değiştirmeyen kişiler için başlarda doğru düşündüğünden emin olmak şarttır."

"Bu sorularınızın amacının ne olduğunu öğrenebilir miyim?"

Elizabeth üzerine çökmüş olan ciddi tavrını silkip atmaya çalışarak cevap verdi: "Yalnız ve yalnız karakterinizi anlamaya çalışıyorum."

"Ne dereceye kadar başarılı oldunuz?"

Genç kız başını olumsuz anlamda iki yana salladı: "Hiçbir şey elde edemiyorum. Sizin için birbirinden farklı o kadar şey duyuyorum ki son derece kararsızım."

Darcy ciddi bir tavırla cevap verdi: "Benim için söylenenlerin birbirini hiç tutmadığına kolaylıkla inanabilirim. Hele şu sırada benim karakterimi çizmeye kalkışmanızı hiç istemem, Bayan Bennet çünkü bu portrenin ikimize de yakışmayacak bir şey olmasından korkarım."

"Ama bunu şimdi yapmazsam, belki de böyle bir fırsat bir daha elime geçmez."

Genç adam buz gibi bir ses tonuyla, "Bu da sizi çok büyük bir zevkten yoksun bırakmaz sanırım..." diye karşılık verdi. Elizabeth de sesini çıkarmadı. Bir dans daha ettiler ve sessizce ayrıldılar. İki taraf da memnun değildi ama aynı derecede değil. Darcy'nin kalbinde genç kıza karşı uyanan oldukça kuvvetli bir duygu onu hemen bağışlatmış, öfkesini bir başkasına çevirmişti.

Aradan çok geçmemişti ki, Caroline Bingley, Elizabeth'in yanına geldi ve nazik bir alayla, "Bayan Eliza..." dedi, "George Wickham'dan hoşlandığınızı duydum. Kardeşiniz bana durmadan ondan söz edip hakkında yüzlerce soru sordu. Anladığıma göre bu genç, size verdiği bir sürü bilgi arasında kendisinin rahmetli Bay Darcy'nin kâhyasının oğlu olduğunu söylemeyi unutmuş. Yine de, bir dost olarak size, bütün söylediklerine kuşkuya kapılmadan inanmamanızı öneririm. Çünkü Bay Darcy'nin ona haksızlık ettiği tamamıyla yalandır. George Wickham, Bay Darcy'ye karşı yüz kızartıcı hareketlerde bulunduğu hâlde, Bay Darcy ona şaşılacak kadar çok iyilik etmiştir. Konunun ayrıntılarını bilmiyorum ama Bay Darcy'nin en küçük bir suçu bile olmadığını, George Wickham'ın adının anılmasına bile dayanamadığını çok iyi biliyorum. Kardeşim, subaylara yolladığı davet listesinden onun adını çıkaramayacağını düşünüyordu ama Wickham'ın kendiliğinden çıktığını görünce çok sevindi. Onun buralara gelmesi bile büyük bir küstahlık. Gerçekten bunu yapmaya nasıl cüret etti, aklım almıyor. Pek beğendiğiniz birinin suçunun ortaya çıkmasından ötürü size acıyorum, Bayan Eliza ama nasıl bir soydan geldiği düşünülürse, gerçekten daha fazlası beklenemezdi."

Elizabeth öfkeyle, "Sizin gözünüzde soyla sopun aynı şey olduğu anlaşılıyor..." dedi. "Öyle ya, Bay Darcy'nin kâhyasının oğlu olmanın dışında herhangi bir suçundan söz ettiğinizi işitmedim. Onu da bana kendisinin söylediğinden emin olabilirsiniz."

Caroline Bingley dudak büküp başını çevirerek, "Özür dilerim, karıştığım için bağışlayın..." dedi, "ama sizin iyiliğinizi düşünmüştüm."

Elizabeth kendi kendine, "Kaba kız!" diye söylendi. "Böyle saçma bir saldırıyla beni etkileyebileceğini sanıyorsan çok yanılıyorsun. Bu saldırıda senin taraf tutan cehaletinden ve Bay Darcy'nin kötülüğünden başka bir şey göremiyorum."

Bundan sonra bu konuda Bingley'den bir şeyler öğrenmeye söz vermiş olan ablasını aradı. Jane kardeşini karşılarken yüzünde öyle tatlı ve rahat bir gülümseyiş, öyle mutlu bir aydınlık vardı ki geceden ne kadar memnun olduğu yeterince ortadaydı. Elizabeth onun duygularını derhâl anladı ve Wickham hakkındaki endişeleri, onun düşmanlarına karşı olan kini ve diğer her şey o anda, Jane'in mutluluğa giden en güzel yola girdiği ümidi karşısında dağılıverdi.

En az ablasınınki kadar gülümseyen bir yüzle, "Wickham hakkında neler öğrendiğini bilmek istiyorum..." dedi. "Ama belli ki üçüncü bir kişiyi düşünmeye zaman bulamayacak kadar hoş vakit geçiriyorsun; eğer öyle ise seni bağışlayacağımdan emin olabilirsin."

Jane, "Hayır, Wickham'ı unutmadım..." dedi. "Ama sana söyleyecek doğru dürüst bir şeyim yok. Bay Bingley, Wickham'ın geçmişini pek bilmiyor. Aralarında geçen olaylardan da habersiz... Ancak arkadaşının ahlakı iyi, dürüst ve şerefli bir insan olduğuna yemin edebileceğini; Bay Wickham'ın, Darcy'den gördüğü kadar ilgiyi bile hak etmediğine inandığını söylüyor. Ne yazık ki hem onun hem de kız kardeşinin anlattıklarına göre Bay Wickham hiç de saygıdeğer bir genç değil. Korkarım çok düşüncesiz davranarak Bay Darcy'nin dostluğunu kaybetmeyi hak etmiş."

"Bay Bingley, Bay Wickham'ı yakından tanımıyor, öyle mi?"

"Hayır, geçen gün Meryton'da karşılaştığı zamana kadar onu hiç görmemiş."

"Demek ki yalnızca Bay Darcy'den öğrendiklerini söylüyor. Tam düşündüğüm gibi... Papazlığı konusunda ne diyor?"

"Bay Darcy'den birkaç kez dinlediği hâlde tam olarak hatırlamıyor. Yalnız, bu papazlığın Bay Wickham'a koşullu olarak bırakıldığını sanıyor."

Elizabeth içtenlikle, "Bay Bingley'in bunlara inandığından kuşku duymuyorum..." dedi. "Ama yalnızca kanılar ve inançlarla yetinmezsem, siz de benim kusuruma bakmayın. Bay Bingley belki de arkadaşını çok iyi savundu. Fakat konunun birçok tarafını bilmediği, kalanını da arkadaşının ağzından dinlediği için ben, bu iki beyefendi hakkında eskisi gibi düşünmeyi sürdürme cüretini göstereceğim."

Bundan sonra sözü değiştirerek her ikisi için de daha hoş olan ve fikir ayrılığına yol açmayan bir konuya geçti. Elizabeth, Bingley'in ilgisine karşı Jane'in beslediği mutlu ama alçakgönüllü ümitleri sevinçle dinledi, ablasının güvenini artırmak için ona destek olacak sözler söyledi. Tam o sırada Bay Bingley onlara katılınca, Elizabeth gene Catherine Lucas'ın yanına gitti. Son kavalyesinin hoş olup olmadığı sorusuna doğru dürüst cevap veremeden Bay Collins çıkageldi ve büyük bir neşe içinde çok önemli bir şey keşfetme mutluluğuna erdiğini söyledi:

"Çok tuhaf bir rastlantı sonucu, şimdi bu odada koruyucumun çok yakın bir akrabasının bulunduğunu öğrendim. Rastlantı sonucu bu beyefendinin, ev sahibi genç bayana bu kişinin yeğeni Bayan de Bourgh ile annesi Leydi Catherine'den söz ettiğini duydum. Bazen dünyada ne inanılmaz rastlantılar oluyor! Benim bu toplantıda Leydi Catherine de Bourgh'un -belki de- bir yeğenine rastlayacağım kimin aklına gelirdi! Bu keşfi tam zamanında yaptığıma çok memnunum. Böylelikle bu kişiye saygılarımı sunabileceğim. Şimdi hemen gidiyorum ve bunu daha önce yapmadığım için beni hoş göreceğine inanıyorum. Aralarındaki akrabalıktan haberim olmaması gecikmemi herhâlde bağışlatır."

"Kendinizi Bay Darcy'ye takdim etmeyeceksiniz herhâlde."

"Kesinlikle edeceğim. Bunu daha önce yapmadığım için de özür dileyeceğim. Bu gencin, Leydi Catherine'in yeğeni olduğunu sanıyorum. Sayın leydinin bir hafta önce sağlığının iyi olduğunu kendisine söylemekle onur duyacağım."

Elizabeth onu böyle bir şey yapmaktan vazgeçirmek için çok uğraştı. Kendisiyle tanıştırılmadan Bay Darcy'le gidip görüşmeye kalkışmasını, Bay Darcy'nin bunu, teyzesine gösterilen bir saygı belirtisinden çok, kesinlikle kendisine karşı yapılmış bir saygısızlık sayacağını, gerekli olsa bile tanışma isteğini daha yüksek mevkide bir kişi olan Darcy'nin göstermesi gerektiğini belirtti. Bay Collins kendi bildiğini okumakta kararlı bir tavırla bu sözleri dinledi ve Elizabeth konuşmasını bitirince, "Sevgili Bayan Elizabeth, aklınızın alabileceği bütün konular hakkında bir yargı gücünüz var bence. Ama şunu söylememe izin verin, halk arasında uygulanan törenin şekilleriyle papaz sınıfının törenleri, birbirlerinden çok farklıdır..." dedi. "Papazın, alçakgönüllülükten ayrılmaması koşuluyla papazlık makamını, şeref bakımından krallığın içinde en yüksek düzey ile aynı ayarda saydığımı affınıza sığınarak arz ederim. Bu nedenle, şimdiki durumda da vicdanımın emirlerine uyarak bence bir görev olan bu töreni yerine getirmeme izin vermelisiniz. Bütün diğer konularda değişmez bir önder olarak değerlendireceğim öğütlerinizden bu konuda yararlanmadığım için beni hoş görün. Karar vermek için gerek eğitim, gerek görgü bakımından kendimi sizin gibi genç bir bayandan daha uygun bir durumda görüyorum."

Bu sözleri söyledikten sonra yerlere kadar eğilerek Elizabeth'e selam verdi ve Bay Darcy'ye doğru yürüdü. Genç kız Bay Darcy'nin bu durumu nasıl karşılayacağını merakla izliyordu. Bay Darcy'nin, kendisiyle böyle konuşulmasına şaşırdığı ortadaydı. Bay Collins söze başlamadan önce çok ciddi bir tavırla yerlere kadar eğildi. Elizabeth bir kelime bile duyamadığı hâlde sanki bütün söylenenleri işitiyormuş gibiydi. Onun dudaklarını oynatışından "özür", "Hunsford", "Leydi Catherine de Bourgh" sözcüklerini okuyabiliyordu. Kuzeninin kendini Darcy gibi bir erkeğin karşısında gülünç bir duruma düşürmesi çok canını sıktı. Bay Darcy, adamı gizleyemediği bir şaşkınlıkla süzüyordu; sonunda Bay Collins konuşmasına fırsat verince Bay Darcy nezaketten uzak, gururlu bir havayla cevap verdi. Ama bu tavır Bay Collins'in cesaretini kıramamıştı ve tekrar konuşmaya başladı. İkinci nutuğun uzunluğu karşısında, Bay Darcy'nin küçümsemesi de sanki artıyordu. Nutuk bitince belli belirsiz eğilerek selam verdi ve Collins'ten uzaklaştı.

Bay Collins o zaman Elizabeth'in yanına döndü.

"Sizi temin ederim..." dedi, "Bay Darcy'nin davranışından memnun olmamam için hiçbir neden yok. Gösterdiğim saygı ve yakınlık da Bay Darcy'yi hoşnut bıraktı sanıyorum. Bana son derece büyük bir nezaketle karşılık verdi; hatta Leydi Catherine'in çok aklı başında olduğundan ve layık olmayan kimselere hiç yakınlık göstermediğinden dem vurması beni pohpohladı bile. Doğrusu ondan pek hoşlandım."

Artık Elizabeth'i ilgilendiren başka bir şey kalmadığı için o da hemen hemen bütün dikkatini ablasıyla Bay Bingley'e çevirdi. Gördüklerinin kafasında uyandırdığı birbirini kovalayan hoş düşünceler, onu belki de en az ablası kadar mutlu ediyordu. Hayalinde Jane'i bu evde gerçek bir sevginin verebileceği mutlulukla kuşatılmış olarak görüyor ve böyle bir durumda Bingley'in iki kız kardeşinden hoşlanmak için elinden geleni yapabileceğini düşünüyordu. Annesinin düşüncelerinin de aynı olduğu açıkça ortadaydı. Onun ağzını açtırma korkusundan yanına yaklaşmayı göze alamıyordu. Bu nedenle akşam yemeğine oturdukları zaman annesinin yanına düştüğünü görünce bu kötü rastlantıya çok üzüldü.

Annesinin Leydi Lucas'a açıldığını, onunla açıkça konuştuğunu ve Jane'in yakında Bay Bingley ile evleneceğini umduğundan başka hiçbir şeyin lafını etmediğini duyunca canı sıkıldı. Bu, iç açıcı bir konuydu ve Bayan Bennet böyle bir birleşmenin yararlarını sayarken yorulmak nedir bilmiyordu. Bingley'in çok alımlı bir genç ve çok zengin oluşu, Longbourn'dan ancak üç mil uzakta oturuşu, kendi kendini kutlaması için başlıca noktalardı. Ayrıca Bay Bingley'in iki kız kardeşinin de Jane'e çok düşkün olmaları ve böyle bir bağı, kendisi kadar onların da dilediklerinden kuşku duymaması gönlünü ferahlatıyordu. Kaldı ki bu, küçük kızları için de umut vericiydi çünkü Jane'in parlak evliliği, kardeşlerini diğer zengin bekârların çevresine sokacaktı. Ayrıca küçük kızlarını artık ablalarına emanet edebileceği için canı istemedikçe toplantılara sürüklenmekten kurtulacak olmasına da seviniyordu. Bu toplantılarda görgü kuralları eğlenir görünmeyi gerektiriyordu ama hiç kimse hayatının her döneminde evde oturmayı Bayan Bennet kadar sevemezdi. Mümkün olmadığına belirgin biçimde inandığı ve hiç olasılık vermediği davranışlarından anlaşıldığı hâlde, Leydi Lucas'a yakında aynı şansa ermesi için birçok iyi dileklerde bulunarak konuşmasını bitirdi.

Elizabeth, annesinin konuşmasını kesmek, mutluluğunu biraz daha alçak sesle anlatmasını sağlamak için boş yere uğraştı. Çünkü bu sözlerin büyük bir kısmının, karşılarında oturan Darcy tarafından duyulduğunu görmek can sıkıcıydı. Ancak annesi onu saçmaladığı için azarladı.

"Bay Darcy kim oluyor da ondan korkacağım! Konuştuklarımızı onun keyfine göre ayarlamak zorunda mıyız?"

"Tanrı aşkına, anneciğim, biraz daha alçak sesle konuşun. Bay Darcy'yi gücendirmekle elinize ne geçer? Böyle yapmakla arkadaşının gözüne giremezsiniz."

Ama genç kız ne söylese etki etmiyordu. Annesi hiç istifini bozmadan, fikirlerini çevredeki herkesin duyup anlayabileceği bir sesle söyledi durdu. Elizabeth, utançtan ve can sıkıntısından renkten renge girdi. Her bakışında korkusunun yerinde olduğu kanısı güçlense de gözlerini sık sık Darcy'ye çevirmekten kendini alamıyordu ve Bay Darcy'nin sürekli Bayan Bennet'ın tarafına bakmasa da bütün dikkatini ona verdiğini hissediyordu. Bay Darcy'nin yüzündeki öfkeli küçümseme, giderek donuk bir ciddiyete dönüştü.

Neyse ki sonunda Bayan Bennet'ın söyleyecek sözü kalmadı.

Kendisinin paylaşma olasılığı olmayan mutluluk hayallerini çoktandır esneyerek dinlemekte olan Leydi Lucas, soğuk jambon ve piliç söğüşünde avuntu aradı. Elizabeth de rahat bir soluk almıştı ama bu rahatlık çok uzun sürmedi. Yemek bitip de şarkı söylemekten söz açılınca Mary'nin fazla ısrara gerek bırakmadan insanları memnun etmeye hazırlandığını büyük bir üzüntüyle gördü. Birçok anlamlı bakış ve sessiz yakarışlarla kardeşini bu nezaketi göstermekten vazgeçirmeye çalıştı ama boşuna. Mary bunları anlamazlıktan geldi; kendini göstermek için yakaladığı bu fırsat hoşuna gitmişti ve şarkısına başladı. Elizabeth'in acı dolu bakışları kardeşine dikilmişti. Mary'nin uzun şarkısının bitmesini sabırsızlıkla bekledi ama sabırsızlığının karşılığını göremedi. Dört bir yandan yükselen bravo bağırışları arasında, yeniden şarkı söylemesi için bir rica sezer gibi olan Mary, birkaç saniye durakladıktan sonra gene ağzını açtı!

Mary'nin müzik yeteneği böyle bir gösteri için yeterli değildi: Sesi zayıf, tavırları yapmacıktı. Elizabeth yerin dibine geçiyordu. Jane'in buna nasıl dayanabildiğini anlamak için ablasına baktı ama o rahat rahat Bingley ile konuşuyordu. Elizabeth bu kez gözlerini Bingley'in kız kardeşlerine çevirdi ve birbirlerine alay dolu işaretler yaptıklarını gördü ama Bay Darcy ciddiyetini koruyordu.

Elizabeth, Mary'nin bütün gece şarkı söylemesinden korkarak araya girmesi için yalvarırcasına babasından yana baktı. Bay Bennet bu bakışın anlamını sezdi ve Mary ikinci şarkısını bitirince yüksek sesle:

"Bu kadarı yeter, yavrum..." dedi, "bize yeterince zevk verdin. Bırak da biraz başka genç kızlar kendilerini göstersin."

Mary bu sözleri duymamış gibi yaptıysa da biraz bozulmuştu. Hem kardeşine hem de babasının söylediklerine üzülen Elizabeth endişesinin yersiz olmasından korktu.

Bay Collins de söze karışarak, "Şarkı söyleyebilecek kadar şanslı olsaydım, eminim ki çevremdekileri güzel melodilerle eğlendirmekten mutluluk duyardım..." dedi. "Çünkü bence müzik çok masumca ve bir papazın mesleğine mükemmel derecede yakışacak bir eğlencedir. Yine de, müziğe çok fazla zaman harcamayabiliriz, demek istemiyorum; kuşkusuz bizi bekleyen başka işler de var. Bir köy papazının yapması gereken çok iş vardır. Öncelikle ondalık için öyle bir anlaşma yapmalıdır ki hem kendisi yararlansın hem de koruyucusu zarar görmesin. Ayrıca vaazlarını yazıp hazırlamalıdır. Geri kalan zamanda da cemaatine karşı ödevlerini yerine getirmeye, oturduğu evin bakımı ve onarımıyla uğraşmalıdır. Papazın, evini mümkün olduğunca rahat bir yer hâline getirmemesi için hiçbir özrü yoktur. Herkese ve özellikle o mevkiye gelmesine yardım edenlere karşı ilgi göstermesi ve uysal davranması da az önemli değildir... Bu görevden onu asla affedemediğim gibi, aileye yakınlığı olan herkese karşı saygılarını sunma fırsatını ihmal eden bir köy papazını hiçbir zaman bağışlayamam."

Bay Collins salondakilerin yarısının duyabileceği kadar yüksek sesle söylediği sözlerini Bay Darcy'ye bakıp eğilerek bitirdi. Salondakilerin çoğu alayla baktı, birçoğu da gülümsedi. Ama görünüşe bakılırsa kimse Bay Bennet kadar eğlenmemişti. Öte yandan Bayan Bennet bu kadar akıllı bir konuşma yaptığı için Bay Collins'i övüyor ve Leydi Lucas'a akrabasının şaşılacak kadar zeki ve iyi bir genç olduğunu fısıldıyordu.

Elizabeth'e öyle geliyordu ki ailesi o gece kendilerini gülünç bir duruma düşürmek için ellerinden geleni yapmak için söz birliği etselerdi, rollerini bundan daha mükemmel ve daha içten oynayamazlardı. Gösterinin bazı kısımlarının Bay Bingley'in gözünden kaçmasını, gördüğü saçmalıklara da aldırış edecek bir adam olmamasını gerek ablası gerekse Bay Bingley açısından şans sayıyordu. Yine de Bingley'in kız kardeşlerine ve Darcy'ye alay etme fırsatını vermeleri çok kötüydü. Elizabeth adı geçen iki kız kardeşin küstah gülümsemelerinin mi yoksa Bay Darcy'nin sessiz küçümsemesinin mi daha dayanılmaz olduğunu kestiremiyordu.

Balonun geri kalan saatleri de onun için pek eğlenceli geçmedi. Yanından hemen hemen hiç ayrılmayan Bay Collins onu çok sıkıyordu. Gerçi genç adam onu bir daha dansa kalkması için ikna edememiş ama başkası ile dans etmesini de engellemişti. Elizabeth'in bir başkasını dansa kaldırması için ona yalvarması ve hangi genç kızla isterse onunla tanıştırmaya söz vermesi boşunaydı. Bay Collins dansa hiç de meraklı olmadığını, başlıca isteğinin Elizabeth'e hoş görünmek olduğunu, bu nedenle bütün gece onun yanından ayrılmamaya çalışacağını kesin bir dille belirtti. Böyle bir adamla tartışmaya girişmek boşunaydı. Neyse ki arkadaşı Charlotte Lucas sık sık yanlarına gelerek büyük bir uysallıkla Bay Collins'le sohbet ediyor, Elizabeth de bu sayede rahat nefes alabiliyordu.

Elizabeth şimdi hiç olmazsa artık Bay Darcy ile konuşma eziyetinden kurtulmuş olduğuna şükrediyordu. Bay Darcy çoğunlukla ona pek yakın bir yerde durduğu, hiç kimseyle de ilgilenmediği hâlde, bir kez bile genç kızın yanına gelip konuşmadı. Elizabeth bu tavrın, Bay Wickham konusunda kendi atmış olduğu taşın bir sonucu olduğunu sezdi ve sevindi.

Balodan en son ayrılan Longbourn Ailesi oldu. Bayan Bennet'ın bir manevrası ile herkes dağıldıktan sonra onlar bir çeyrek saat kadar arabalarını beklemek zorunda kaldılar ve böylelikle ev sahiplerinden bazılarının kendilerinin çıkıp gittiğini görmeyi ne kadar candan istediklerine tanık oldular. Bayan Hurst ile kız kardeşi ağızlarını neredeyse sadece yorgunluktan yakınmak için açıyorlardı ve evde artık yalnız kalmak için sabırsızlandıkları gözle görülüyordu. Bayan Bennet'ın çene çalmak için gösterdiği bütün çabaları boşa çıkarmışlar ve bu yüzden herkesin üzerine bir sessizlik ve uyuşukluk çökmesine neden olmuşlardı. Bay Bingley'in ve kız kardeşlerinin misafirlerini eğlendirme konusundaki inceliklerini, konukseverliklerini, davetlilere olan davranışlarında göze çarpan nezaketlerini, toplantının güzelliğini öven Bay Collins'in uzun nutukları da havadaki ağırlığı dağıtamadı. Darcy ağzını açmıyordu. Bay Bennet da tıpkı onun gibi sessiz oturuyor, içinde bulundukları durumla eğleniyordu. Bay Bingley ile Jane herkesten biraz uzakta, baş başa durmuş, yalnız birbirleriyle konuşuyorlardı. Elizabeth de Bayan Hurst ve Bayan Caroline Bingley gibi susuyordu. Lydia bile arada sırada, "Aman tanrım, öyle yorgunum ki!" diye yüksek sesle konuşup gürültü ile esnemekten başka ses çıkarmıyordu.

En sonunda veda etmek için ayaklandıklarında Bayan Bennet bütün aileyi yakında Longbourn'da görmeyi arzu ettiğini ısrarlı bir nezaketle belirtti; özellikle Bay Bingley'e dönmüş olarak onun bir gün davet beklemeden yemeğe gelirse, kendilerine çok büyük mutluluk vereceğini söyledi. Bingley büyük bir mutlulukla teşekkür ederek ertesi gün kısa süreliğine Londra'ya gitmek zorunda olduğunu fakat döner dönmez ilk fırsatta Bayan Bennet'ı ziyaret edeceğine söz verdi.

Bayan Bennet, onun bu cevabından pek hoşnut kaldı. Oradan ayrılırken nikâh işlemlerinin, eşya ve çeyiz hazırlıklarının ne kadar süreceğini hesaplıyor ve Jane'in bilemedin üç dört ay sonra konağa gelin gitmiş olacağını düşünerek seviniyordu. İkinci kızının da Bay Collins'le evleneceğine aynı derecede inanıyor, Jane'inki kadar değilse de, bundan da hayli mutluluk duyuyordu. Kızları arasında en az beğendiği Elizabeth'ti ve Bayan Bennet, Bay Collins'i Elizabeth için oldukça parlak bir kısmet sayıyordu. Yine de Bay Bingley ile Netherfield onları gölgede bırakıyordu.

XIX

Ertesi gün Longbourn yeni bir olaya sahne oldu. Bay Collins resmen evlenme teklif etti. Ertesi cumartesiye kadar izinli olduğu için bu işi zaman kaybetmeden yapmak istemiş, hiçbir çekingenlik duymadığı için de teklifi yaparken bu işin gereği olduğuna inandığı birçok şeyi atlamıştı. Kahvaltıdan hemen sonra Bayan Bennet'ı, Elizabeth'i ve küçük kızlardan birini bir arada görünce anneye:

"Sayın bayan..." dedi, "güzel kızınız Elizabeth'e olan sevginize sığınarak onunla bu sabah özel görüşme şerefinin bana bağışlanmasını dilesem, bu dileğimin kabul edileceğini umabilir miyim?"

Elizabeth şaşkınlık içindeydi. Kızarmaktan başka bir şey yapacak zaman bulamadan Bayan Bennet cevap verdi:

"A! Evet, tabii! Eminim ki Lizzy çok mutlu olacaktır. Hiçbir sakıncası yok. Gel Kitty, yukarıda işimiz var."

Annesi el işlerini toplayarak alelacele çıkmaya davranırken Elizabeth, "Anneciğim, gitmeyin..." diye yalvardı. "Yalvarırım gitmeyin. Bay Collins beni bağışlasın. Bana başkalarının duymasında sakınca olan bir şey söyleyecek olamaz. Zaten ben de gidiyorum."

Annesi tersledi: "Hayır, hayır, Lizzy, saçmalama. Çok rica ederim, otur oturduğun yerde."

Çok bunalmış ve şaşırmış görünen Lizzy'nin gerçekten kaçmaya hazırlandığını anlayınca, "Lizzy..." diye ekledi. "Burada kalmanda ve Bay Collins'in söyleyeceklerini dinlemende ısrar ediyorum."

Elizabeth böyle bir buyruğa karşı gelemezdi. Bir an, bu işi olabildiğince çabuk sessiz sedasız atlatmanın daha iyi olacağını düşündü. Tekrar yerine oturdu. Hiç durmadan nakış işleyerek gülmekle ağlamak arasında bocalayan duygularını gizlemeye çalıştı.

Bayan Bennet ile Kitty gittiler. Onlar çıkar çıkmaz Bay Collins söze başladı:

"İnanın ki sevgili Bayan Elizabeth, alçakgönüllülüğünüz sizin için kötü bir not olmak şöyle dursun, diğer mükemmel özelliklerinize bir yenisini eklemekte. Bu küçük çekingenliği göstermeseydiniz gözümde daha az sevimli olacaktınız ama bu konuşmayı yapmak için sayın annenizden izin almış bulunduğumu söylememe izin verin. Yaradılıştan utangaç olmanızdan ötürü duygularınızı gizlemeye kalkışsanız da bu sözlerimin anlamını kavramamanıza imkân yok. Size karşı gösterdiğim ilgi hiçbir kuşkuya yer bırakmayacak kadar güçlü. Daha evinize ayak basar basmaz sizi gelecekteki hayatımın yoldaşı olarak seçmiştim. Ama bu konudaki duygularıma kapılıp kendimi unutmadan önce belki de neden evlenmek istediğimi, neden kendime bir eş bulmak için Hertfordshire'a geldiğimi anlatmak yerinde olur."

Bay Collins'in bütün ciddiyetine ve kendinden emin tavrına rağmen duygularına kapılıp kendini unutmasından söz etmesi Elizabeth'in o kadar tuhafına gitti ki gülmemeye çalışırken Collins'in verdiği bu kısa aradan yararlanıp sözlerini ağzına tıkamayı beceremedi. Genç papaz devam etti:

"Evlenmek isteyişimin ilk nedeni, bence hâli vakti benim gibi yerinde olan her papazın evlenerek cemaatine örnek olması gerektiğidir. İkincisi, evlenmenin mutluluğuma çok şey katacağına inanıyorum, üçüncüsü ise -bunu belki de ilk başta söylemem gerekirdi- koruyucum olmasından şeref duyduğum çok soylu leydinin bana özellikle evlenmemi önermesidir. Bu konuda iki defa fikirlerini belirtme alçakgönüllülüğünü gösterdi -hem de sorulmadan!- ve cumartesi akşamı Hunsford'dan ayrılmadan önce Rosings'te kadril oynadığımız sırada, Bayan Jenkinson, Bayan de Bourgh'un ayağının altına bir tabure yerleştirirken Leydi Catherine de Bourg bana şöyle dedi: 'Bay Collins, evlenmelisiniz. Sizin gibi bir papazın evlenmesi şart... Benim hatırım için eşinizi iyi seçin, kibar bir kız bulun. Kendi iyiliğiniz için çalışkan, yararlı bir insan olsun; size tavsiyem, yüksek düzeyde bir hayat içinde yetişmemiş ve az bir gelirle iyi bir geçim sağlayabilecek bir kız olsun. Size tavsiyem bu... En kısa zamanda böyle bir eş bulup onu Hunsford'a getirirseniz, ben de sizin ziyaretinize gelirim.' Güzel kuzenim, size sunabileceğim iyi şartlar arasında Leydi Catherine de Bourgh'un yakın ilgisi ve inceliğinin önemli bir yer tuttuğunu söylememe izin verin. Tavırlarının ve hareketlerinin sözlere sığmayacak kadar kibar olduğunu, onu gördüğünüz zaman siz de anlayacaksınız. Sizin zekânız ve canlılığınız da, bunlara leydinin bulunduğu mevkinin kaçınılmaz şartı olan sessizlik ve saygı da katılırsa, herhâlde onun hoşuna gidecektir. Buraya kadar evlenmek isteyişimin asıl nedenlerini saydım. Şimdi sıra kendi çevrem dururken gözlerimin neden Longbourn'a çevrildiğini söylemeye geldi çünkü emin olun, kendi çevremde de birçok sevimli genç bayan var. Ancak saygıdeğer babanızın ölümünden sonra -umarım daha uzun yıllar yaşar- mülküne ben varis olacağım için, eşimi onun kızları arasından seçmeden ve daha önce de söylediğim gibi uzun yıllar gerçekleşmeyecek bu acıklı olay üzerine uğrayacakları kaybın mümkün olduğu kadar azalmasını sağlamadan rahat edemezdim! İşte güzel kuzenim, amacımın bu olduğunu söyledikten sonra gözünüzden düşmeyeceğime inanıyorum. Şimdi artık size duyduğum sevgimin gücünü oldukça ateşli bir dille belirtmekten başka yapacağım bir şey kalmadı. Çeyize hiç önem vermem; yerine getirilemeyeceğini bildiğim için babanızdan bu konuda bir dilekte bulunmayacağım. Annenizin ölümünden sonra elinize geçecek bin sterlinin dörtte biri oranındaki gelirden başka bir servete konmayacağınızı da biliyorum. Bu nedenle, bu konudan asla söz açmayacağım ve emin olun, evlendiğimiz zaman bunu sizin başınıza kakma alçaklığında bulunmayacağım..."

Artık onun sözünü kesme sırası gelmişti.

Genç kız, "Çok acelecisiniz efendim..." diye sesini yükseltti. "Size henüz bir cevap vermediğimi unutuyorsunuz. İzin verin de daha fazla zaman kaybetmeden cevabımı vereyim. Övgüleriniz için teşekkürlerimi kabul edin. Teklifinizden şeref duydum. Ancak elimden bu öneriyi reddetmekten başka bir şey gelmez."

Bay Collins elini ciddiyetle sallayarak cevap verdi: "Genç kızların kabul etmek için gizlice niyetlendikleri hâlde taliplerinin ilk başvurusunu reddetme huyunda olduklarını yeni öğrenmiyorum. Bu reddedişin iki, hatta üç defa tekrarlandığını da biliyorum. Bu nedenle sözleriniz cesaretimi ve yakın zamanda sizi kolumda kilisenin mihrabına götürme ümidimi hiç de kırmış değil."

Elizabeth, "Aman, beyefendi, verdiğim cevaptan sonra hâlâ umutlu olmanız doğrusu gerçekten garip!" diye söylendi. "Benim, mutluluğunu ikinci bir teklifin yapılması olasılığına bağlayacak kadar cesur kızlardan -şayet böyleleri varsa- olmadığıma inanabilirsiniz. Yanıtım içten ve kesindir. Siz beni mutlu edemezsiniz; ayrıca bu dünyada sizi mutlu edebilecek en son kadının ben olduğundan eminim. Hatta ve hatta büyük dostunuz Leydi Catherine beni tanısaydı, öyle inanıyorum ki, hiçbir açıdan beni bu mevki için uygun bulmazdı."

Bay Collins ciddi ciddi, "Leydi Catherine'in gerçekten böyle düşüneceğini bilsem..." dedi. "Fakat leydinin sizi beğenmeyeceğini hiç sanmıyorum. Ayrıca emin olun onu tekrar görme şerefine eriştiğim zaman alçakgönüllülüğünüzü, tutumluluğunuzu ve diğer hoşa giden özelliklerinizi kendisine ballandıra ballandıra anlatacağım."

"Gerçekten Bay Collins, beni övmenizin hiç gereği yok. Kendi kararlarımı vermeme izin vermeli ve sözlerime inanma iyiliğini göstermelisiniz. Sizin çok mutlu ve çok varlıklı olmanızı dilerim. Teklifinizi kabul etmemekle size de bu mutluluğa ve zenginliğe ulaşmanız için elimden gelen en büyük yardımı yapmış oluyorum. Bana evlenme teklifinde bulunmakla aileme karşı beslediğiniz ince duygularınızı da belirtmiş oldunuz. Bu durumda Longbourn mülkü size kaldığı zaman artık vicdan azabı çekmeden gelip yerleşebilirsiniz. Yani bu olaya artık her yönden kapanmış gözüyle bakabiliriz."

Elizabeth bunları söylerken ayağa kalkarak odadan çıkmaya hazırlandı. Ama Bay Collins ona şöyle dedi:

"Bu konuda sizinle bir daha konuşma şerefine eriştiğim zaman şimdikinden daha olumlu bir cevap alacağımı umarım, şu anda sizi taş yürekli olmakla suçlamak aklımdan bile geçmez. Çünkü bir erkeğin ilk teklifini reddetmenin cinsinizin eski bir huyu olduğunu biliyorum. Şu anda bile beni, kadın yaradılışının gerçek inceliğine yaraşabilecek derecede yüreklendirmiş bulunuyorsunuz."

Elizabeth bir parça kızararak bağırdı: "Gerçekten Bay Collins, beni çok şaşırtıyorsunuz. Eğer şu ana kadar söylediklerimi cesaret verici olarak yorumluyorsanız ret cevabımın samimi olduğuna sizi nasıl ikna etmeliyim bilmiyorum."

"Sevgili kuzenim, teklifimi reddedişinizin yalnız sözde olduğunu düşünerek gurur duymama izin verin. Bu inancımın nedenlerini kısaca şöyle sayabilirim: Teklifimin sizce kabul etmemeye layık olmadığını ve size sağlayabileceğim hayata imrenilemeyeceğini sanmıyorum. Hayattaki mevkim, de Bourgh Ailesi ile bağlarım ve sizin ailenizle olan akrabalığım benim için olumlu noktalardır. Ayrıca, birçok çekici tarafınız bulunmakla beraber, size bir başka evlenme teklifinin daha yapılacağının kesin olmadığını da göz önünde tutun. Ne yazık ki, size düşecek miras o kadar az ki; bunun, bütün güzelliğinizin ve sevimli özelliklerinizin etkilerini sıfıra indirmesi çok kuvvetli bir olasılık. Bu nedenle, verdiğiniz ret cevabının ciddi olmadığı, kibar bayanların huyu olduğu üzere, sevgimi büsbütün alevlendirmek için beni bekletmek istediğiniz sonucuna varıyorum."

"Beyefendi, saygıdeğer bir adamı acı içinde bırakmak demek olan bu türden bir kibarlığa yeltenmediğime inanabilirsiniz. Samimi olduğuma inanmanızı daha büyük bir iltifat sayacağım. Teklifinizle bana bağışladığınız şeref için tekrar tekrar teşekkür ederim ama kabul etmeme imkân yok. Duygularım her bakımdan buna engel. Daha ne kadar açık söyleyebilirim? Artık beni, size acı çektirmeye niyetlenen kibar bir bayan olarak değil, yüreğinden geldiği gibi konuşan aklı başında bir yaratık gözüyle görün."

Bay Collins yapmacık bir nezaketle, "Eşsiz bir çekiciliğiniz var!" dedi. "Saygıdeğer ana babanızın rızaları da alındıktan sonra teklifimin kesinlikle kabul edileceğine inanıyorum."

Bay Collins'in kendi kendini aldatmakta gösterdiği ısrar karşısında Elizabeth verecek bir cevap bulamadı ve hiçbir şey söylemeden odadan çıktı. Tekrar tekrar verdiği ret cevaplarını Bay Collins yüreklendirici saymakta inat ederse babasına başvurmaya karar verdi. Herhâlde babası kuşkuya yer bırakmayacak şekilde ret cevabını verirdi. Hiç olmazsa onun tavırları kibar bir bayanın yapmacıklığı ve cilvesi sayılmazdı.

XX

Bay Collins tek başına "gelin güveyi olacak" pek zaman bulamadı; çünkü görüşmenin sonunu gözetlemek için aralıkta oyalanmakta olan Bayan Bennet, Elizabeth'in kapıyı açtığını ve acele yanından geçerek merdivenlere doğru koştuğunu görür görmez kahvaltı odasına girdi ve aralarında kurulacak daha yakın bağlar için hem kendini hem de Bay Collins'i kutladı. Bay Collins de bu sevinçli sözleri aynı mutlulukla karşılayıp Bayan Bennet'ı kutladıktan sonra Elizabeth ile yaptığı görüşmeyi ayrıntılarıyla anlattı. Bu görüşmenin sonunda memnunluk duyması için her türlü neden vardı, çünkü kuzeninin onu ısrarla reddedişi onun utangaçlıkla karışık alçakgönüllülüğünden ve karakterinin gerçek inceliğinden ötürüydü.

Ama duydukları Bayan Bennet'ı ürküttü. Kızının, teklifi Bay Collins'i cesaretlendirmek için reddettiğine inanabilse o da en az Bay Collins kadar sevinecekti ama bundan pek umutlu değildi ve bu düşüncelerini söylemekten kendini alamadı:

"Ama şuna güvenin, Bay Collins..." dedi. "Lizzy'nin aklı başına getirilecektir. Onunla bu konuyu doğrudan doğruya ben görüşeceğim. Çok dik kafalı, başına buyruk bir kızdır ve kendi çıkarının nerede olduğunu bilmez. Ama ben ona öğretmesini bilirim."

Bay Collins heyecanla atıldı: "Sözünüzü kestiğim için özür dilerim, hanımefendi ama kızınız eğer gerçekten dik kafalı ve başına buyruksa benim durumumdaki gibi evlilikten mutluluk bekleyen bir adamın isteyeceği bir eş olamaz. Bu nedenle, eğer teklifimi gerçekten reddetmekte ayak direrse onu zorlamamak belki daha yerinde olur. Çünkü bu tür huysuzlukları varsa, bana mutluluk getirmeyeceği ortadadır."

Bayan Bennet telaşla, "Beni yanlış anladınız beyefendi..." dedi. "Lizzy ancak bu gibi konularda dik başlıdır, başka her yönden ondan uysalı yoktur. Ben şimdi doğru Bay Bennet'a gideceğim ve eminim, bu işi Lizzy ile hemen halledeceğiz."

Bay Collins'in cevap vermesine fırsat bırakmadan acele kocasının yanına koştu ve daha kütüphaneye girerken konuşmaya başladı.

"Ah Bay Bennet, ocağınıza düştük. Birbirimize girdik. Gelin Lizzy'yi Bay Collins ile evlenmeye ikna edin; çünkü bir yandan o, Bay Collins'i istemem diye yemin ediyor, öte yandan eğer acele etmezseniz, Bay Collins de onunla evlenmekten vazgeçeceğe benziyor."

Bay Bennet, karısı içeri girerken başını kitabından kaldırarak, sakin bir kayıtsızlıkla gözlerini ona dikmişti. Bayan Bennet kocasının kayıtsızlığının hiç de etkilemediği sözlerini bitirince Bay Bennet:

"Sizi anlama mutluluğuna eremedim. Neden söz ediyorsunuz?" dedi.

"Bay Collins ile Lizzy'den. Lizzy, Bay Collins'le evlenmem dediği için şimdi de Bay Collins de Lizzy'yle evlenmem diyor."

"Ben ne yapabilirim ki? Durum umutsuz gibi."

"Siz konuyu Lizzy ile konuşun. Ona Bay Collins ile evlenmesinde ısrar ettiğinizi söyleyin."

"Onu buraya çağırın, düşüncemi kendisine bildireyim."

Bayan Bennet çıngırağı çaldı ve Bayan Elizabeth kütüphaneye çağrıldı.

Elizabeth içeri girince babası, "Buraya gel çocuğum..." dedi, "seni önemli bir iş için çağırttım. Anladığım kadarıyla Bay Collins sana evlenme teklif etmiş. Doğru mu?" Elizabeth öyle olduğunu söyledi. "Pekâlâ. Sen de bu teklifi reddettin, öyle mi?"

"Evet, efendim."

"Pekâlâ. Şimdi asıl konuya geliyoruz. Annen bu teklifi kabul etmende ısrar ediyor. Öyle değil mi Bayan Bennet?"

"Evet, yoksa bir daha yüzüne bakmam."

"Karşında iki acı seçenek var, Elizabeth. Şu günden başlayarak, ister istemez, ya annenle ya da babanla küsmek zorunda kalacaksın. Annen Bay Collins ile evlenmezsen yüzüne bakmayacakmış, ben de evlenirsen!"

Elizabeth babasının söze böyle başlayıp bu sonuca varmasına gülümsemekten kendini alamadı. Kocasının konuyu kendi istediği gibi düşündüğüne inanarak aldanan Bayan Bennet şaşırıp kalmıştı.

"Bu sözlerle ne demek istiyorsunuz, Bay Bennet? Bana söz vermiştiniz. Lizzy'nin Bay Collins ile evlenmesinde ısrar edeceğinize söz vermiştiniz."

"Şekerim..." diye cevap verdi kocası, "sizden iki küçük ricam var: birincisi bu konuda kendi yargıma göre davranabilmem, ikincisi de odamda rahat bırakılmam. Kütüphanemi ne kadar çabuk bana bırakırsanız o kadar memnun olurum."

Kocasından yana hayal kırıklığına uğradığı hâlde Bayan Bennet henüz ümidini kesmemişti. Elizabeth ile kâh tatlılıkla kâh tehditle tekrar tekrar konuştu. Jane'i de kendi tarafına çekmeye çalıştı ama Jane, olabildiğince yumuşak davranmakla birlikte bu işe karışmayı reddetti. Elizabeth de kimi zaman ciddi ve içten sözlerle kimi zaman da alaycı bir neşe ile annesinin saldırılarına karşılık verdi. Genç kızın cevaplarının tarzı değişmekle beraber kararı kesindi.

Öte yandan Bay Collins tek başına kalıp olup bitenleri düşünmeye dalmıştı. Kendini, kuzeninin nasıl olup da ret cevabı verdiğini anlayamayacak kadar beğeniyordu. Gerçi gururu incinmişti ama ona acı verecek herhangi bir duygu yoktu.

Aile bu karmaşa içindeyken Charlotte Lucas, o günü onlarla birlikte geçirmek üzere misafirliğe geldi. Onu Lydia karşıladı. Âdeta uçarak ona koşmuş ve heyecanla şöyle fısıldamıştı: "Gelmene sevindim, çünkü evde öyle bir eğlence var ki! Bu sabah ne oldu dersiniz? Bay Collins, Lizzy'ye evlenme teklif etti, Lizzy de ayak diriyor."

Charlotte bir şey demeye zaman bulamadan aynı haberi vermek için gelen Kitty de onlara katıldı ve kahvaltı odasına girer girmez de Bayan Bennet aynı konudan söz açıp Bayan Charlotte Lucas'a kendini acındırmaya çalışarak ondan Lizzy'yi, kendi isteğine uyması için ona yalvararak acıklı bir tavırla, gününde ikna etmesini istedi. "Lütfen ricamı yerine getirin, sevgili Charlotte..." dedi, "çünkü kimse benim tarafımı tutmuyor. Bana zulmediyorlar. Zavallı sinirlerime kimse acımıyor."

Jane ile Elizabeth'in içeri girmeleri Charlotte'u karşılık vermekten kurtardı.

"İşte geliyor..." diye sözlerine devam etti Bayan Bennet. "Dünya umurunda değil. Sanki York'ta imişiz gibi, bize artık aldırmıyor; yeter ki kendi istediği olsun. Ama şunu söyleyeyim Bayan Lizzy, eğer her evlenme teklifini böyle reddetmeyi kafana koyduysan koca bulamazsın. Baban öldükten sonra sana kim bakacak, orasını da bilmiyorum. Ben bakamam, seni şimdiden uyarıyorum. Bugünden sonra artık seninle hiçbir ilgim yok. Biliyorsun, kütüphanede de söyledim; artık seninle konuşmayacağım, sözümün eri olduğumu göreceksin. Söz dinlemeyen çocuklarla konuşup da ne yapacağım! Hoş, sanki herhangi biriyle de konuşmaktan hoşlanıyorum da! Benim gibi sinirleri bozuk insanların canı pek konuşmak istemez. Ne çektiğimi kimse bilemez! Ama bu hep böyledir. Hâlinden şikâyet etmeyenlere hiçbir zaman acımazlar."

Karşılık vermenin veya yatıştırmaya kalkışmanın annelerini büsbütün çileden çıkaracağını bilen kızlar, bu taşkınlığı ses çıkarmadan dinlediler. Bu nedenle, Bayan Bennet, Bay Collins onlara katılıncaya kadar, hiç durmadan söylenmeye devam etti. Her zamankinden daha gururlu bir havayla içeri giren Bay Collins'i görünce Bayan Bennet kızlarına dönerek:

"Onu bunu bilmem..." dedi. "Hepiniz dilinizi tutun. Bay Collins'le baş başa konuşacaklarımız var."

Elizabeth sessizce odadan çıktı, Jane ile Kitty de ardından gittiler ama dinlemeye kararlı olan Lydia yerinden bile kıpırdamadı. Başlangıçta, Collins'in hatır sormasına ve bütün ailesinin sağlığı hakkında sorduğu ayrıntılı sorulara cevap vermek için ister istemez odada kalan, sonra da merakını yenemediği için uzaklaşmak istemeyen Charlotte pencereye doğru yürüyerek sanki konuşulanları duymuyormuş gibi görünmeyi yeterli buldu. Tasarladığı konuşmaya Bayan Bennet hüzünlü bir ses tonuyla başladı:

"Ah, Bay Collins..."

"Sayın hanımefendi..." diye cevap verdi Bay Collins, "bu konudan hiç söz açmayalım." Sonra hoşnutsuzluğunu belli eden bir ses tonuyla devam etti: "Kızınızın davranışını kınamak aklımın ucundan bile geçmez. Kaçınılmaz kötülükleri tevekkül ile karşılamak hepimizin, özellikle de benim gibi genç yaşta papaz olma şansına erişen birinin ödevidir. Ben bunu sabırla karşılıyorum. Güzel kuzenimin beni zaten mutlu edemeyeceğini düşünmek de belki bana bu durumda yardımcı oluyor çünkü elimizden kaçırdığımız nimetlerin çok da değerli olmadığını görmeye başladığımızda yazgımıza daha kolay boyun eğebiliriz ve Bay Bennet'ın benim için aracılık etmenize fırsat vermeksizin teklifimi geri alıyorsam bunu ailenize karşı yapılan bir saygısızlık saymayacağınızı umarım. 'Hayır' cevabını sizin ağzınızdan değil de sadece kızınızın ağzından işittiğim hâlde hemen boyun eğişimi belki doğru bulmayabilirsiniz. Ama hepimizin kusuru var. Bu işin başından sonuna kadar iyi niyetle hareket ettiğime emin olabilirsiniz. Amacım bütün ailenizin çıkarını gereği gibi göz önünde tutarak kendime sevimli bir hayat arkadaşı bulmaktı; eğer ayıplanacak herhangi bir kusur işlemişsem şimdi burada özür dilerim."

XXI

Bay Collins'in teklifinin sözü artık kapanmış sayılırdı. Elizabeth sadece arada sırada bu konuyu düşündükçe kendi içinde uyanan tatsız duygulara ve annesinin rahatsız edici ters laflarına katlanmak zorundaydı.

Söz konusu olan beyefendiye gelince duygularını, üzüntüye kapılarak ya da Elizabeth'ten kaçmaya çalışarak değil; surat asarak, sitem dolu bir sessizlikle ifade ediyordu. Elizabeth'le neredeyse hiç konuşmadı. Bu zamana kadar Elizabeth'e yükselttiği övgülerle ilgiyi, günün geri kalan kısmında Charlotte Lucas'a çevirdi. Charlotte'un Bay Collins'i dinleme nezaketini göstermesi herkese, özellikle de arkadaşı Elizabeth'e rahat bir nefes aldırmıştı.

Ertesi gün Bayan Bennet'ın ne huysuzluğu ne de sinirliliği azalmıştı. Bay Collins de aynı öfkeli ve gururlu tavrını koruyordu. Elizabeth onun gücenince misafirliğini kısa keseceğini ummuştu ama bunun Collins'in planına en küçük bir etki bile yapmadığını görüyordu. İlk geldiğinde cumartesi günü hareket edeceğini söylemişti ve hâlâ ertesi cumartesiye kadar kalmak niyetindeydi.

Kahvaltıdan sonra kızlar, Bay Wickham'ın dönüp dönmediğini öğrenmek ve kendisine Netherfield balosuna gelemeyişine ne kadar üzüldüklerini bildirmek için Meryton'a kadar yürüdüler. Daha kasabaya girerlerken Wickham onlara katıldı ve teyzelerine kadar eşlik etti. Orada baloya gelemeyişinin kendisini ve herkesi nasıl üzdüğü uzun uzun konuşuldu. Hepsi de ilgisini adamakıllı belirtti. Wickham, baloya gelmesini engelleyen nedeni kendisinin yarattığını Elizabeth'e itiraf etti.

"Balo gecesi yaklaştıkça Bay Darcy ile karşılaşmamanın benim için daha iyi olacağını, onunla aynı baloda, aynı salonda saatlerce bir arada bulunmaya belki de dayanamayacağımı, bunun yalnız benim için değil, başkaları için de hoşa gitmeyecek şeylere yol açabileceğini anladım."

Elizabeth onun gösterdiği bu irade gücünü çok beğendi. Wickham ve bir subay arkadaşı, kızlarla beraber Longbourn'a kadar yürüdükleri için bu konu üzerinde ayrıntılı konuşmaya ve birbirlerini övmeye yetecek kadar zamanları oldu. Yürüyüş sırasında Wickham özellikle Elizabeth'le ilgilendi. Wickham'ın onlara evlerine kadar eşlik etmesinin Elizabeth açısından iki hoş tarafı vardı: Genç kız bunun kendisine yöneltilmiş büyük bir iltifat olduğunu hissediyor, aynı zamanda bu subayı babasına ve annesine tanıtmak için eline de güzel bir fırsat geçmiş oluyordu.

Eve dönüşlerinden kısa bir süre sonra Jane'e bir mektup geldi; Netherfield'dan gönderilen bu mektup hemen açıldı. Zarfın içinde bir bayanın özenli, güzel el yazısı olan küçük, şık bir kâğıt vardı. Elizabeth, mektubu okurken ablasının renkten renge girdiğini ve kimi bölümleri üst üste okuduğunu gördü. Gerçi Jane hemen kendini topladı ve mektubu bir kenara kaldırarak her zamanki neşesiyle konuşulanlara katılmaya çalıştı. Ama Elizabeth, Wickham'a karşı bile ilgi gösteremeyecek kadar endişelendi ve Wickham arkadaşıyla beraber gider gitmez, Jane bir bakışıyla onu yukarı çağırdı.

Odalarına vardıklarında Jane mektubu çıkararak, "Caroline Bingley'den. Okuyunca çok şaşırdım doğrusu. Bütün aile şu anda Netherfield'dan ayrılmış, Londra'ya doğru yola çıkmış durumda. Hem de geri dönmeye hiç niyetleri yokmuş. Dinle bak ne diyor..." dedi.

Bundan sonra Jane, Carolinelerin hemen kardeşlerinin ardından Londra'ya gitmeye karar verdiklerini, o gün öğle yemeğini Bay Hurst'ün evinin bulunduğu Grosvenor Caddesi'nde yiyeceklerini bildiren ilk cümleyi yüksek sesle okudu. İkinci cümle şöyle idi: *"Hertfordshire'dan ayrılırken yalnız sizin arkadaşlığınızdan uzaklaşacağım için üzülüyorum, çok sevgili arkadaşım ama tattığımız bu zevkli toplantıların gelecekte birçok kez yeniden tekrarlanacağını ümit edebilir; o zamana kadar da birbirimize sık sık ve samimi mektuplar yollayarak ayrılığın acısını azaltabiliriz. Bu konuda size güveniyorum."*

Bu ağdalı sözleri Elizabeth inanmaz bir kayıtsızlıkla dinledi. Carolinelerin ansızın Londra'ya taşınması onu şaşırtıyorsa da, bunda gerçekten üzülecek bir taraf göremiyordu. Netherfield'da olmayışlarının Bingley'i buraya gelmekten alıkoyacağını sanıyorlardı. Arkadaşlıklarından yoksun kalmaya gelince, herhâlde Jane, Bingley'in yanında olmanın tadını çıkartırken onları özlemeye zaman bulamayacaktı.

Kısa bir sessizlikten sonra ablasına, "Arkadaşlarını buradan ayrılmadan görememen çok yazık..." dedi. "Ama umarım Bayan Caroline Bingley'in de ümitle beklediği mutluluk dönemi onun sandığından daha çabuk gelir ve arkadaş olarak tattığınız tatlı günleri kardeş olarak daha memnun edici şekilde yeniden canlandırırsınız. Bay Bingley onlar yüzünden Londra'da kalacak değil ya!"

"Caroline aralarından hiç kimsenin bu kış Hertfordshire'a dönmeyeceğini kesin olarak söylüyor. Bak okuyayım:

'Kardeşim dün bizden ayrılırken kendisini Londra'ya götüren işin üç dört günde bitebileceğini düşünüyordu ama biz öyle olmayacağından eminiz. Aynı zamanda, Charles'in bir kez Londra'ya gidince artık dönmekte çok acele etmeyeceğine de inanıyoruz. Boş zamanlarını rahatsız otellerde geçirmek zorunda kalmaması için hepimiz

peşinden gitmeye karar verdik. Tanıdıklarımdan çoğu, kışı geçirmek üzere şimdiden Londra'da bulunuyor ve sizin de onların arasına katılmak niyetinde olduğunuzu işitebilirsem çok sevineceğim sevgili kardeşim ama ne yazık ki hiç ümidim yok. Noeli Hertfordshire'da bu mevsimin her zaman getirdiği neşelerden nasibinizi bol bol alarak geçirmenizi ve bizim ayrılmamız üzerine kaybettiğiniz üç arkadaşı aratmayacak kadar çok arkadaşın etrafınızı çevirmesini yürekten dilerim.'"

Jane, "Bay Bingley'in artık bu kış buraya dönmeyeceği açıkça anlaşılıyor..." diye ekledi.

"Açıkça anlaşılan bir şey varsa o da Bayan Caroline Bingley'in böyle istediğidir."

"Neden böyle düşünüyorsun? Bu kararı Bay Bingley vermiştir. O kendi başına buyruk değil mi? Sonra sen her şeyi bilmiyorsun. Beni özellikle inciten bölümü sana okuyayım. Senden bir şey saklayacak değilim.

'Bay Darcy, kız kardeşi Georgiana Darcy'yi de görmek için sabırsızlanıyor; doğrusunu söylemek gerekirse, onunla tekrar bir arada olmayı biz de en az Bay Darcy kadar özledik. Gerçekten Georgiana Darcy'nin güzellikte, incelikte ve beceriklilikte bir eşi yoktur sanıyorum. Onun bende ve Louisa'da uyandırdığı sevgi, bundan sonra kardeşimiz olması konusunda besleme cesaretini gösterdiğimiz ümitlerden ötürü daha ilgi çekici bir hâl almaktadır. Bu konudaki duygularımdan size hiç söz açmış mıydım, bilmiyorum ama buradan ayrılırken size açılıyor, bu duygularımı anlamsız bulmayacağınızı umuyorum. Kardeşim Charles da onu çok beğeniyor, artık onunla çok samimi olarak görüşmeye sık sık fırsat bulacak. Akrabalarımız kadar, Georgiana Darcy'nin ailesi de bu birleşmeyi istiyor. Charles'in hemen hemen her kadının kalbini kazanabilecek bir adam olduğunu söyleyerek bir kız kardeş olarak taraf tuttuğumu sanmıyorum. Her şeyin bu birleşme lehinde olduğuna ve buna hiçbir engel bu-

lunmadığına göre, hepimizi mutlu edecek olayı ümitle beklemekte haksız mıyım, sevgili Janeciğim?'"

Jane bu satırları okuduktan sonra kız kardeşine:

"Lizzyciğim, bu cümleye ne dersin, yeterince açık değil mi?" diye sordu. "Caroline'in beni kardeşliğe kabul etmeyi hem beklemediğini hem de istemediğini kesin olarak göstermiyor mu? Kardeşinin bana karşı kayıtsızlığını bildiğini, benim Bay Bingley'e karşı beslediğim duygulardan kuşku duyuyorsa, beni uyarmak niyetini beslediğini göstermiyor mu? Bu konuda başka türlü düşünmek mümkün mü?"

"Evet, mümkün; çünkü benim düşüncem bambaşka. Dinlemek ister misin?"

"Hay hay!"

"Birkaç kelime ile söyleyeyim: Bayan Caroline Bingley kardeşinin seni sevdiğini görüyor ve onun Georgiana Darcy ile evlenmesini istiyor. Kardeşini Londra'da tutacağını umarak arkasından Londra'ya gidiyor ve seni de, onun sana ilgi duymadığına inandırmaya çalışıyor."

Jane başını hayır anlamında salladı.

Elizabeth devam etti: "Gerçekten Jane, inan bana. Sizi bir arada gören hiç kimse Bay Bingley'in sevgisinden kuşkulanamaz. Herhâlde Caroline Bingley de kuşku duymaz. O kadar aptal değil. Bay Darcy'de kendine karşı bu sevginin yarısını görse düğün elbiselerini ısmarlardı. Ama asıl konu şu: Biz onların gözüne girecek kadar zengin veya soylu değiliz. Caroline'in, Georgiana Darcy'yi daha çok istemesinin nedeni iki aile arasında bir evlenme olduktan sonra ikinci bir evlenmeyi daha kolaylıkla sağlayacağını düşünmesidir. Kuşkusuz biraz akıllıca bir düşünce; ortada Bayan de Bourgh olmasa belki de bu düşüncesi başarıyla gerçekleşirdi. Ama, canım Jane, Caroline Bingley kardeşinin Georgiana Darcy'yi çok beğendiğini söylüyor diye, senin yeteneklerine karşı hayranlığının salı günü seninle vedalaştığı andan sonra en ufak bir kayba uğradığına ciddi olarak inanamazsın. Sonra kardeşini, senin yerine kendi arkadaşını sevdiğine inandırmak Caroline'in elinde olabilir mi?"

"Caroline Bingley hakkındaki düşüncelerimiz aynı olsa, senin bu yorumun yüreğime su serperdi. Ama aslında haksızlık ettiğini biliyorum. Caroline'in elinden kimseyi bilerek ve isteyerek aldatmak gelmez. Bu konuda ancak onun kendi kendini aldattığını ümit edebilirim."

"Pekâlâ. Benim fikrimi kabul etmeyeceğine göre bu söylediğinden daha memnun edici bir fikir olamaz. Caroline'in aldandığına inan. Buna hiç itirazım yok. Ona karşı görevini yaptığına göre artık kendini üzme."

"Ama, sevgili kardeşim, en iyiyi tahmin etsek bile kız kardeşlerinin ve dostlarının başkasıyla evlendirmek istediği bir adamı kabul ederek mutlu olabilir miyim?"

"Bu senin bileceğin bir şey..." dedi Elizabeth "Eğer iyice düşündükten sonra Bay Bingley'in iki kız kardeşini hoşnut etmemekten duyacağın ızdırabın, onun karısı olma mutluluğunu çok geride bırakacağını düşünüyorsan, sana tavsiyem, Bay Bingley'i şüphesiz reddetmendir."

Jane hafifçe gülümseyerek, "Nasıl böyle konuşabilirsin!" dedi. "Onların rızaları olmamasına çok üzülmekle birlikte gözümü bile kırpmadan onunla evleneceğimi bilmen gerekir."

"Tereddüt etmeyeceğini ben de biliyorum. İş böyle olduktan sonra durumunda pek acınacak bir şey göremiyorum."

"Ama Bay Bingley bu kış buraya hiç dönmezse o zaman kimse benim kararımı sormayacak. Bu altı ay içinde her şey olabilir."

Bingley'in bir daha dönmeyeceği düşüncesine Elizabeth hiç olasılık vermiyordu. Ona göre bu, Caroline'in kendi çıkarını düşünerek ortaya attığı, ne kadar açık ve ustalıklı belirtilirse belirtilsin herkesten bağımsız bir gence etki edebileceğini bir an için bile aklına getiremediği bir fikirden başka bir şey değildi.

Bu duygularını var gücüyle belirtti ve çok geçmeden bunun mutlu sonucunu görerek sevindi. Jane umutsuzluğa kapılacak bir kız değildi; sevilmediği kuşkusu arada sırada ümitlerini bastırsa da, Bingley'in Netherfield'a dönerek kalbinin bütün dileklerine karşılık vereceğine yönelik güveni yavaş yavaş arttı.

Bayan Bennet'a yalnızca Bingley Ailesi'nin ayrıldığını duyurmaya, onu, Bay Bingley konusunda endişelendirmemeye karar verdiler ama bu kadarı bile Bayan Bennet'ı bir hayli endişeye düşürdü. Tam sıkı fıkı olmaya başladıkları sırada oradan uzaklaşmalarını çok talihsiz bularak üzüldü. Fakat epeyce sızlandıktan sonra, Bay Bingley'in yakında tekrar Netherfield'a ineceğini ve Longbourn'a yemeğe geleceğini düşünerek kendi kendini avuttu. Sonunda şöyle bir karara vardı: Her ne kadar Bay Bingley her günkü aile sofrasına çağırılmış olsa da Bayan Bennet onun için iki türlü et yemeği hazırlatacaktı.

XXII

Bennetlar, Lucaslara yemeğe davetliydiler ve yine Charlotte Lucas, günün büyük bir kısmında Bay Collins'in söyledikleri-ni dinleme nezaketini gösterdi. Elizabeth fırsatını bulunca ona teşekkür ederek, "Böyle yapmakla onu yatıştırıyorsun..." dedi. "Sana ne kadar minnettar olduğumu anlatamam." Charlotte arkadaşına yararlı olabildiği için sevinç duyduğunu, bu uğurda seve seve birkaç saatini harcayabileceğini söyledi. Bunlar tatlı sözlerdi ama Charlotte'un inceliğinde Elizabeth'in düşündüğünden farklı şeyler gizliydi. Bay Collins'in ilgisini kendi üzerine çekerek bir daha Elizabeth'e dönmemesini sağlamayı amaçlıyordu. Charlotte Lucas'ın tasarısı işte buydu; belirtiler de o kadar ümit vericiydi ki, Bay Collins, Hertfordshire'dan bu kadar kısa bir sürede ayrılacak olmasaydı, o gecenin sonunda Charlotte başarısına kesin gözüyle bakabilecekti. Ama bu noktada genç papazın ateşli ve bağımsız karakterine haksızlık ediyordu. Çünkü bu karakteri sayesinde, ertesi sabah Longbourn'dan imrenilecek bir ustalıkla sıvışıp kendini Charlotte'un ayaklarına atmak için Lucasların evine koşmuştu. Kuzenlerinin dikkatini çekmekten sakınmıştı; çünkü evden çıktığını görürlerse niyetini kesinlikle sezeceklerini sanıyordu. Bu girişimin, ancak başarıyla sonuçlandığı takdirde duyulmasını istiyordu. Bu sonuçtan âdeta emin olmakla birlikte -Charlotte hoşgörüyle karşılanacak kadar cesaret vermişti- çarşamba günü başından geçenlerden sonra oldukça korkuyordu. Neyse ki gittiği yerde iyi karşılandı. Geldiğini üst kattaki pencereden gören Charlotte Lucas onunla patikada tesadüfen karşılaşmak için hemen aşağı koştu. Gene de kendisini, ummaya cesaret edebildiğinden çok daha büyük bir aşk ve çok daha güzel sözler bekliyordu.

Bay Collins'in uzun nutuklarının izin verdiği ölçüde her şey, her iki tarafı da hoşnut bırakacak şekilde kararlaştırıldı; eve girerlerken Bay Collins, Charlotte'dan kendini dünyanın en mutlu adamı yapacak olan günü bildirmesini heyecanla diledi. Bu dileğin şimdilik bir kenara bırakılması gerektiği hâlde, genç kız onun mutluluğuyla oynamak istemedi. Bay Collins'in doğuştan aptallığı yüzünden, kur yapması bile çok soğuktu, hiçbir kadın bunun sürüp gitmesini istemezdi. Onu yalnız ve yalnız bir ev bark sahibi olmak istediği için kabul eden Charlotte Lucas da, bu ev barka ne kadar çabuk kavuşacağına artık aldırmıyordu.

Hemen onayları sorulan Sör William ile Leydi Lucas da büyük bir sevinçle razı olduklarını bildirdiler. Bay Collins'in varlık durumu, az çeyiz verebilecekleri kızları için bu evliliği çok uygun kılıyordu; ileride zengin olma olasılığı da pek güçlüydü. Leydi Lucas şimdiye kadar bu konuya karşı hiç duymadığı bir ilgi ile Bay Bennet'ın daha kaç yıl yaşayabileceğini hesaplamaya başladı; Sör William da Bay Collins'e, Longbourn mülkünün sahibi olunca hemen hem kendisinin hem de karısının saraya takdim edilmeleri gerektiği fikrinde olduğunu belirtti.

Sözün kısası, bütün aile bu işe çok sevinmişti. Küçük kızlar beklediklerinden de bir iki yıl önce sıraya gireceklerini ummaya başlamışlar, oğlanlar da Charlotte'un ihtiyar bir kız olarak öleceği korkusundan kurtulmuşlardı. Charlotte oldukça sakindi. İstediği olmuştu. Düşünceleri genel olarak memnunluk vericiydi. Gerçi Bay Collins ne akıllı ne de hoş bir adamdı. Arkadaşlığı sıkıcı, kendine olan bağlılığı da herhâlde hayal ürünüydü. Ama ne de olsa kocası olacaktı. Ne erkeklerden ne de evlilikten çok fazla bir şey beklememekle birlikte, evlenmek öteden beri amacıydı. İyi eğitim görmüş, az gelirli genç kızlar için evlilik, tek şerefli geçim yoluydu. Her ne kadar mutluluk getireceği kesin değilse de, ihtiyaçlarını karşılamanın ve korunmanın en hoş yolu buydu. Charlotte işte bu korunmayı sağlamıştı. Hiç güzel olmadığını ve yirmi yedi yaşına geldiğini göz önünde tutarak bunun kendisi için çok iyi bir talih olduğunu kabul ediyordu.

Bu durumda hiç hoşa gitmeyen bir şey varsa o da arkadaşlığına her şeyden çok değer verdiği Elizabeth Bennet'ın duyacağı şaşkınlıktı. Evet, Elizabeth şaşıracak ve belki de onu ayıplayacaktı; gerçi kararından dönecek değildi ama arkadaşının dudak büküşü karşısında kesinlikle incinecekti. Haberi Elizabeth'e kendisi vermeye karar verdi, bunun için Bay Collins'e, Longbourn'a yemeğe gittiği zaman aileden hiç kimseye olup bitenleri sezdirmemesini söyledi.

Bay Collins bu sırrı saklayacağına söz verdi ama yerine getirmesi o kadar kolay olmadı. Çünkü uzun zaman ortalarda görünmemesinin uyandırdığı merak, Longbourn'a dönünce kendisine bir yığın soru sorulmasına yol açtı. Bunlara cevap vermek gerçekten ustalık istiyordu. İlan etmek için sabırsızlık duyduğu mutlu aşkının kazandığı başarıyı ancak kendini çok zorlayarak gizli tutabiliyordu.

Bay Collins ertesi sabah çok erken yola çıkacağından ev sahipleriyle görüşemeyecekti; bu nedenle bayanlar odalarına çekilirken veda töreni yapıldı. Bayan Bennet, büyük bir nezaket ve samimiyetle misafirini başka işlerinden fırsat bulabildikçe tekrar Longbourn'da görmekten mutluluk duyacağını söyledi.

Bay Collins, "Sayın hanımefendiciğim, davetinize özellikle teşekkür etmeliyim..." diye cevap verdi. "Çünkü benim dileğim de budur. Bu davetinizi mümkün olan en kısa zamanda yerine getireceğime güvenebilirsiniz."

Herkes şaşırmıştı. Misafirliğinin bu kadar çabuk yenilenmesini hiç istemeyen Bay Bennet hemen söze karıştı:

"Ama sevgili beyefendi, Leydi Catherine'in canının sıkılması tehlikesi yok mu? Koruyucunuzu gücendirme tehlikesini göze almaktansa akrabalarınızı ihmal ediverin daha iyi."

Bay Collins, "Sayın bay, bu dostça öğüdünüz için size özellikle minnet borçluyum..." diye cevap verdi. "Böyle bir adımı sayın leydinin onayı olmaksızın atmayacağıma güvenebilirsiniz."

"Ne kadar çekingen davranırsanız o kadar iyi olur. Leydinin canını sıkmaktansa başka her şeyi feda etmeyi göze alın. Bize bir daha misafirliğe gelmenin böyle bir tehlike doğurabileceğini anlarsanız -ki bence bu çok muhtemeldir- rahatça evinizde oturun, içiniz ferah olsun, biz gücenmeyiz."

"Sayın bayım, inanın ki bu sıcak ilgi, şükran duygularımı uyandırdı. Gerek bunun için gerekse Hertfordshire'da kaldığım sürece gösterdiğiniz yakınlık için size teşekkürlerimi bildiren bir mektubumu yakında alacaksınız. Buradan uzakta geçireceğim zaman bu kadar uzun vadeli dilekleri gerektirmeyecek kadar kısa olacaksa da, Bayan Elizabeth de dâhil olmak üzere, güzel kuzenlerimin hepsine sağlık ve mutluluk dilemek isterim."

Bayanlar nezaketle çekildiler. Bay Collins'in yakında tekrar gelmeyi düşünmesi hepsini şaşırtmıştı. Bayan Bennet bundan, Bay Collins'in küçük kızlarından birine teklif yapmayı düşündüğü anlamını çıkarmak istedi. Belki Mary onu kabul etmeye razı olurdu. Genç adamın yeteneklerini kardeşlerinin hepsinden çok sayıp döken o idi. Bay Collins'in düşüncelerindeki sağlamlık çoğu zaman Mary'yi etkilemişti. Genç kız onu kendisi kadar zeki bulmamakla birlikte, okuyup kültürünü artırmaya özendirilirse, teşvik edilirse, hele önünde kendi gibi bir örnek bulununca çok hoş bir arkadaş olacağını düşünüyordu. Ama ertesi sabah bu umutların hepsi suya düştü. Kahvaltıdan biraz sonra Charlotte Lucas geldi ve Elizabeth ile yalnız görüşerek bir gün önce olup bitenleri anlattı.

Bay Collins'in kendini Charlotte'a âşık sanması olasılığı son bir iki gün içinde Elizabeth'in aklına gelmişti ama Charlotte'un ona cesaret vermesini, kendisinin cesaret vermesi kadar uzak bir olasılık olarak görmüştü. Duyduğu şaşkınlık o kadar büyüktü ki görgü sınırlarını aşarak bağırdı: "Bay Collins ile nişanlandın mı? Charlottecuğum, olamaz bu!"

Charlotte Lucas'ın olup bitenleri anlatırken takındığı serinkanlılık bu apaçık saldırı karşısında sarsıldı ama bu beklemediği bir şey olmadığı için hemen kendini topladı ve soğukkanlılıkla:

"Neden şaşıyorsun Elizacığım?" dedi. "Senin gözüne girme mutluluğuna eremedi diye Bay Collins'i hiçbir kadının beğeneceğine inanmıyor musun?"

Elizabeth de kendine gelmişti; büyük bir çaba harcayarak akraba olacaklarına çok sevindiğini ve mutluluklar dilediğini söyledi.

"Duygularını anlıyorum..." dedi Charlotte. "Daha bir iki gün önce Bay Collins seninle evlenmek istediği için herhâlde şimdi şaşırmış, hem de çok şaşırmışsındır. Ama bunu iyice düşünmeye zaman bulunca umarım ki yaptığım iş seni de memnun edecektir. Biliyorsun, romantik değilimdir; hiçbir zaman da olmadım. Tek istediğim yalnızca rahat bir yuva. Bay Collins'in karakteri, çevresi ve konumunu göz önüne alınca şuna inanıyorum ki mutlu olmam için gereken imkânlar birçok insanın evlenirken övünmesine neden olacak imkânlar kadar çok."

Elizabeth sakince, "Kuşkusuz!" diye cevap verdi ve tatsız bir sessizlikten sonra gidip diğerlerine katıldılar.

Charlotte çok oturmadı, o gidince Elizabeth de duyduklarını iyice kafasında tartmaya zaman buldu. Ama bu kadar uygunsuz bir birleşmeyi içine sindirmesi uzun zaman aldı. Bay Collins'in üç gün içinde iki evlenme teklifi yapmasındaki tuhaflık, şimdi teklifinin kabul edilmesi yanında hiç kalıyordu. Charlotte'un evlilik hakkındaki düşüncelerinin kendininkilere uymadığını her zaman hissetmişti ama iş karar vermeye gelince bütün güzel duyguları maddi çıkar uğruna göz ardı edebileceğine ihtimal vermemişti. Charlotte, Bay Collins'in eşi olsun, utanç verici bir tabloydu bu. Bir arkadaşının kendi kendini küçültmesinden, gözünden düşmesinden duyduğu acıya, bir de bu arkadaşın, seçtiği yolda mutluluğu bulamayacağını düşünmenin verdiği tasa eklenmiş oluyordu.

XXIII

Elizabeth annesi ve kardeşleriyle oturmuş, duyduklarını kafasında tartar, bundan söz açmanın doğru olup olmadığını düşünürken kızı tarafından nişanlandığını Bennet Ailesi'ne haber vermesi için gönderilen Sör William Lucas çıkageldi. Bennetlara birçok iltifatlar yağdırdıktan ve iki aile arasında kurulacak bağdan ötürü kendi kendini bir hayli kutladıktan sonra konuyu açıkladı. Ev sahipleri yalnız şaşırmakla kalmamış, aynı zamanda bu haberi inanılmaz da bulmuşlardı. Bayan Bennet ise inceliği filan unutarak Sör Lucas'ın kesinlikle bir yanlışı olduğunu söyledi. Her zaman patavatsız ve çoğu zaman kaba olan Lydia da bağıra bağıra, "Aman tanrım, Sör William!" dedi, "böyle bir masalı nasıl uydurabiliyorsunuz? Bay Collins'in Lizzy ile evlenmek istediğini bilmiyor musunuz?"

Böyle bir davranış karşısında bir saraylı hoşgörüsüne sahip olmayan hiç kimse öfkelenmezlik edemezdi ama Sör William iyi terbiyesi sayesinde bütün bunları başarıyla atlatmayı sağladı. Verdiği haberin doğruluğunu izin isteyerek belirtmekle beraber, ev sahibinin bütün küstahlıklarını büyük bir sabırla ve nezaketle dinledi.

Elizabeth, hiç de hoş olmayan bu durumdan misafirini kurtarmayı bir borç sayarak ortaya atıldı ve Charlotte'dan bu haberi kendisinin de duyduğunu söyleyerek verilen haberi doğruladı. Sonra da annesi ile kardeşlerinin çığlıklarına bir son verme çabasıyla Sör William'ı yürekten kutladı ve Elizabeth'in bu çabasına Jane de hemen katılarak bu birleşmenin getireceği mutlulukları sayıp döktü, Bay Collins'in mükemmel karakterini övdü, Hunsford ile Londra'nın yakın oluşundan dem vurdu.

Bayan Bennet, çok afalladığından Sör William oturduğu sürece gerçekten fazla bir şey söyleyememişti ama o gider gitmez hemencecik duygularını boşaltmaya başladı. İlk olarak konuya bütünüyle inanmamakta direndi, sonra Bay Collins'in kafese konulmuş olduğundan emin olduğunu söyledi, üçüncü olarak da hiçbir zaman mutlu olmayacaklarını kesin bir dille belirtti ve sonunda bu işin bozulacağını umduğunu ekledi. Ancak bütün bunlardan açıkça şu iki sonuç çıkarılıyordu: Birincisi bütün bu rezaletin nedeni Elizabeth'ti; ikincisi hepsi de kendisine çok acı çektiriyordu; artık o gün hep bu iki nokta üstünde durdu. Onu hiçbir şey avutamıyor, yatıştıramıyordu. Hatta bütün bir gün dargınlığını gidermeye bile yetmedi. Elizabeth'i görüp de azarlamadan durabilmesi için aradan ancak bir hafta geçmesi gerekti. Sör William ya da Leydi Lucas ile kabalık etmeden konuşabilmesi için bir ay geçmesi gerekti; Charlotte'u da ancak aylar sonra bağışlayabildi.

Bu konuda Bay Bennet'ın duyguları çok daha rahat ve söylediğine göre öfkeden çok uzaktı. Çünkü oldukça aklı başında biri olarak tanıdığı Söz William'ın en az karısı kadar ve kızından daha büyük bir aptal olduğunu öğrenmenin hoşuna gittiğini söylüyordu!

Jane bu birleşmeye biraz şaştığını itiraf etti ama şaşkınlığını belirtmekten çok, mutlulukları için hararetli dileklerde bulundu. Elizabeth mutlu olmalarına imkân olmadığını Jane'e bir türlü kabul ettiremedi. Bay Collins alt tarafı bir papaz olduğundan, Kitty ile Lydia, Charlotte Lucas'ı kıskanmayı akıllarına bile getirmediler. Bu haber onlar için Meryton'a yayacak bir haber konusu olmaktan ileri gitmedi. Leydi Lucas, bir kızını iyi kocaya vermenin yarattığı iç rahatlığını Bayan Bennet'a söyleyerek kendine atılan taşı gediğine koymaktan geri durmuyordu. Bayan

Bennet'ın asık suratı ve hırçın sözleri bu mutluluğu yok etmeye yetip de arttığı hâlde Leydi Lucas ne kadar mutlu olduğunu söylemek için Longbourn'a her zamankinden daha sık uğramaya başladı.

Elizabeth ile Charlotte arasında bu konuyu açmalarına engel olan bir gerilim vardı. Elizabeth, artık aralarında bir daha hiç gerçek bir güven duygusunun kurulamayacağına inanmıştı. Charlotte konusunda uğradığı hayal kırıklığı onu ablasına daha şefkatli bir saygı ile yaklaştırdı. Jane'in doğruluğuna, inceliğine olan inancının hiçbir zaman sarsılmayacağından emindi. Bingley gideli bir hafta olduğu, dönüşüne dair de hiçbir haber alınamadığı için onun mutluluğu üzerine her gün biraz daha endişe duymaya başlamıştı.

Jane, Caroline'in mektubuna hemen cevap vermiş, tekrar ne zaman mektup alabileceğini hesaplamaya başlamıştı. Bay Collins'in söz verdiği teşekkür mektubu salı günü gelmişti. Babalarına hitaben yazılan bu mektup ailede on iki aydır misafirmiş gibi ciddi teşekkürlerle doluydu. Bay Collins vicdanının emrettiği görevi yerine getirdikten sonra, bir yığın coşku dolu sözlerle sevimli komşuları Charlotte Lucas'ın sevgisini kazanmaktan doğan mutluluğunu belirtiyor, kendisini tekrar Longbourn'da görme dileğinde bulunma lütfunu gösterdikleri için yapılan daveti sadece Charlotte Lucas'ın yanında olma düşüncesiyle kabul ettiğini, iki hafta sonraki pazartesiye tekrar Longbourn'a gelmeyi umduğunu yazıyordu. Bay Collins daha sonra, Leydi Catherine'in bu evliliği çok yürekten desteklediğini, düğününün mümkün olan en kısa sürede yapılmasını istediğini, bunun üzerine sevimli Charlotte'un kendini dünyanın en mutlu adamı yapacak günü kararlaştıracağına inandığını bildiriyordu.

Bay Collins'in Hertfordshire'a dönmesi artık Bayan Bennet için sevindirici bir olay değildi. Tam tersine bundan en az kocası kadar şikâyetçiydi. Lucas Köşkü yerine Longbourn'a gelmesi tuhaftı; ayrıca hem çok uygunsuz hem de fazlasıyla rahatsızlık vericiydi. Sağlık durumu bu kadar kötüyken doğrusu evin içinde misafirden nefret ederdi; en çok da âşıklardan! Bayan Bennet'ın kendi kendine mırıldandığı şikâyetler işte bunlardı; ancak Bay Bingley'in bir türlü dönmeyişinden doğan üzüntü bu şikâyetlere bazen ara verdiriyordu.

Bingley konusunda Jane ile Elizabeth'in de içleri hiç rahat değildi. Günler, kısa bir zamanda Meryton'da yayılan ve Bay Bingley'in o kış Netherfield'a dönmeyeceğini bildiren habere yeni bir şey katmadan birbirini kovalıyordu. Bu habere çok kızan Bayan Bennet, bunun çirkin bir yalan olduğunu ileri sürerek yalanlamaktan geri kalmıyordu.

Elizabeth bile endişelenmeye başlamıştı. Bingley'in kayıtsızlığından değil, kız kardeşlerinin onu Meryton'dan uzakta tutma konusunda başarılı olmalarından. Jane'in mutluluğuna gölge düşürecek ve sevgilisinin vefakârlığına leke sürecek böyle bir fikri kabul etmek istememekle birlikte, bu fikrin sık sık aklına gelmesini önleyemiyordu. İki duygusuz kız kardeşiyle birlikte genç adam üzerinde güçlü bir etkisi olan arkadaşının iş birliği, Georgina Darcy'nin çekiciliği ve Londra eğlencelerinin yardımıyla Bingley'in ablasına olan bağlılığının sarsılacağından korkuyordu.

Jane'e gelince bu gecikmeden onun duyduğu endişe Elizabeth'inkinden daha büyüktü ama duyguları ne olursa olsun dışa vurmak istemiyor, bu yüzden de Elizabeth ile aralarında bu konudan hiç söz açılmıyordu. Ancak böyle bir inceliğe sahip olmayan annesi, saat geçmiyordu ki Bingley'in sözünü etmesin, gelmesi için duyduğu sabırsızlığı anlatmasın. Hatta Jane'i de sıkıştırıyor, eğer bu genç adam geri dönmezse kendisini aldatılmış sayacağını genç kıza itiraf ettirmeye çalışıyordu. Bütün bu saldırılara dayanabilmek Jane'in serinkanlı yumuşaklığını kullanmasını gerektiriyordu.

Bay Collins tam dediği günde, yani mektubundan on beş gün sonra Longbourn'a döndü. Ama ilk gelişindeki kadar candan karşılanmadı. Zaten genç adam pek fazla yakınlık beklemeyecek kadar mutluydu. Ev halkının şansına genç papaz çoğu zamanını nişanlısıyla geçirdiğinden, hep bir arada olma yükünden kurtuluyorlardı. Bay Collins günlerinin çoğunu Lucas Köşkü'nde geçiriyor, bazen Longbourn'a döndüğü zaman ancak ev sahipleri yatmadan önce özür dileyecek kadar zaman bulabiliyordu.

Bayan Bennet gerçekten çok acınacak hâldeydi. Bu birleşmeye dair duyduğu her söz onu huysuzluğa sürüklüyordu ve nereye giderse gitsin sanki hep bundan söz edildiğini duyduğunu sanıyordu. Charlotte Lucas'ı görmekten nefret ediyordu. Günün birinde Longbourn'da kendi yerine geçeceğini düşündükçe kıza karşı kıskançlıkla dolu bir kin duyuyordu. Bayan Bennet, Charlotte ne zaman misafirliğe gelse Longbourn'a yerleşeceği günü hesapladığını ve ne zaman nişanlısıyla alçak sesle konuşsa kesinlikle Longbourn mülkünden söz ettiğini, Bay Bennet ölür ölmez kendisiyle kızlarını hemen kovmayı kararlaştırdığını düşünüyordu. Bütün bunlardan kocasına acı acı dert yanarak:

"Gerçekten, Bay Bennet..." dedi, "Charlotte Lucas'ın bu evin hanımı olacağını, benim burasını ona bırakmak zorunda kalacağımı, benim yerime geçtiğini gözlerimle göreceğimi düşünmek çok zor!"

"Şekerim, kendinizi böyle gamlı düşüncelere kaptırmayın. Daha iyi şeyler umalım. Benim sizden sonra öleceğimi düşünerek sevinelim."

Bu, Bayan Bennet'ı pek avutacak bir fikir değildi. Onun için cevap verecek yerde sözlerine devam etti:

"Bütün bu mülkün onlara kalacağını düşünmeye bile dayanamıyorum. Bu miras işi olmasa aldırmazdım."

"Neye aldırmazdınız?"

"Hiçbir şeye aldırmazdım."

"Bu sorun sizi böyle bir duygusuzluktan koruduğu için şükredelim."

"Bu miras konusunda şükredebileceğim hiçbir yan yok, Bay Bennet. Bir insanın malını kızlarından başkasına bağışlaması nasıl bir vicdana sığabilir, anlamıyorum. Hem de bütün bunlar Bay Collins'in yararına oluyor! Bunu herkesten fazla niye o hak ediyormuş?"

Bay Bennet, "Orasını artık sen kendin bul çıkar..." dedi.

XXIV

Bayan Caroline Bingley'in beklenen mektubu en sonunda geldi ve bütün kuşkuları sildi. Genç kız daha ilk cümlesinde Londra'da bütün kış kalacaklarını kesin olarak bildiriyor ve Bay Bingley'in Hertfordshire'dan ayrılmadan önce dostlarına saygılarını sunmaya zaman bulamadığı için duyduğu üzüntüyü belirterek son veriyordu.

Ümit kalmamıştı, hem de hiç. Jane mektubun geri kalan kısmını okuyabilecek hâle geldiğinde Caroline Bingley'in sevgilerini sunan cümlelerinden başka bir avuntu bulamadı. Mektubun önemli bölümü Georgiana Darcy'yi övmeye ayrılmıştı. Yine bu genç kızın birçok çekici yönü üzerinde durulmuştu. Caroline aralarında artan yakınlığa sevinçle böbürleniyor; bir önceki mektubunda sözünü ettiği dileklerinin gerçekleşeceğini ve aynı zamanda kardeşinin Bay Darcy'nin evinde kaldığını, Bay Darcy'nin yeni mobilya alma tasarılarını âdeta kendinden geçercesine anlatıyordu.

Elizabeth, az sonra mektubun özetini kendisine anlatan Jane'i sessiz bir öfkeyle dinledi. Kalbi, ablası için duyduğu endişe ve diğerlerine karşı beslediği öfke arasında bölünüyordu.

Caroline'in, kardeşinin Georgiana Darcy'ye eğilimi olduğu konusunda ileri sürdüğü fikirlere hiç aldırmıyordu. Onun Jane'e gerçekten tutkun olduğundan her zamanki gibi şimdi de kuşkusu yoktu ve Bay Bingley'e karşı sevgi duymayı çok istemekle birlikte, onu düzenbaz arkadaşlarının esiri eden, onların keyif ve kaprisleri uğruna kendi mutluluğunu çiğneten yumuşaklığına ve kararsızlığına öfkelenmekten ve hatta bu yüzden onu küçük görmekten kendini alamıyordu. Çünkü Bingley çevresindeki sahtekârların esiri olmuş, onların keyifleri ve kaprisleri uğruna kendi mutluluğunu çiğnemişti. Çiğnediği yalnız kendi mutluluğu olsa istediği gibi oynanmasına belki izin verilebilirdi ama buna ablasının mutluluğu da dâhildi, Bingley'in bu konuda hassas davranması gerekirdi. Kısacası bu, insanı boş yere uzun uzun düşündüren bir konuydu. Elizabeth'in kafası hep bu konuyla doluydu. Bingley'in ilgisi gerçekten sönmüş müydü, yoksa arkadaşının baskısı altında sindirilmiş miydi; Jane'in sevgisinin farkında mıydı, yoksa değil miydi? Ne olursa olsun, bu düşünceler Elizabeth'in Bingley hakkındaki olumlu fikirlerine etki edecekti. Jane'in durumu da aynıydı, kalbi son derece kırılmıştı.

Jane'in, duygularını Elizabeth'e açmaya cesaret edebilmesi için aradan birkaç gün geçmesi gerekti. Bir gün Bayan Bennet, Netherfield ve sahibinden her zamankinden daha uzun ve daha öfkeli sözler ettikten sonra iki kızını odada bırakarak dışarı çıkınca Jane kendini tutamadı:

"Anneciğim..." dedi, "biraz kendini tutabilseydi! Durmadan ondan söz açmakla bana ne çok acı verdiğinin farkında değil. Ama üzülmeyeceğim. Bu uzun süremez. Onu unutacağım ve hepimiz gene eski günlerimize döneceğiz."

Elizabeth ablasına inanılmaz bir kaygıyla baktı ama bir şey söylemedi.

Jane hafifçe kızararak heyecanlı bir sesle, "Bana inanmıyorsun!" dedi. "Bana inanmıyorsun! O, tanıdığım en sevimli erkek olarak anılarımda yaşayacak belki ama o kadar. Ne korkum ne ümidim ne de onu suçlu bulmam için bir neden var. Tanrı'ya şükür hiç olmazsa beni bu acıdan korudu. Onun için biraz zaman... Kuşkusuz çalışarak daha iyi..."

Sonra daha kuvvetli bir ses tonuyla devam etti: "Şu avuntu hemen imdadıma yetişiyor: Her şey yarattığım bir yanılsamadan kaynaklandı ve neyse ki benden başka kimse zarar görmedi."

Elizabeth heyecanla, "Sevgili Jane..." dedi, "aşırı iyisin, tatlılığın ve bencillikten uzak oluşunla, sen gerçekten bir meleksin. Ne söyleyeceğimi bilemiyorum. Kendimi, senin hakkını hiçbir zaman verememişim, seni hak ettiğin kadar sevememişim gibi hissediyorum."

Jane Bennet, olağanüstü iyi olduğu fikrini reddetti ve bütün bu övgüleri kardeşinin sıcak sevgisinden geldiğini ileri sürdü.

Elizabeth, "Hayır, bu doğru değil..." dedi. "Sen bütün dünyayı dürüst sanmak istiyorsun ve benim birini yermem seni kırıyor. Ben ise yalnız senin kusursuz olduğunu düşünmek istiyorum. Sen buna da karşı çıkıyorsun. Benim aşırı bir şey yapacağımdan, bütün dünyaya karşı duyduğun iyi niyeti sarsacağımdan korkma. Korkmana gerek yok. Sevdiğim pek az kimse var, beğendiklerim ise daha da az. Dünyayı daha iyi tanıdıkça hoşnutsuzluğum artıyor ve her geçen gün, insan karakterinin kararsızlığına ve insanların görünüşlerine ne kadar az bel bağlanabileceğine olan inancımı doğruluyor. Son günlerde bunun iki örneğiyle karşılaştım: Birincisinden bahsetmeyeceğim, söylemeyeyim. Öbürü Charlotte'un evliliği! Böyle bir şeyi hiçbir bakımdan aklım almıyor."

"Lizzyciğim, kendini bu tür duygulara kaptırma. Bunlar mutluluğunu yıkar. Mevki ve karakter farklarına yeterli hoşgörüyü göstermiyorsun. Bay Collins'in saygın tavrını; Charlotte'un ölçülü, değişmez karakterini düşün. Charlotte'un kalabalık bir ailenin kızı olduğunu ve bu birleşmenin maddi bakımdan da çok iyi sayılacağını hatırla. Sonra herkesin hatırı için şuna da inanmaya çalış; Charlotte, kuzenimize karşı saygı ve beğeniye benzer bir şey de duymuş olabilir."

"Seni hoşnut etmek için neredeyse her şeye inanmaya razıyım ama buna inanmamın kimseye bir yararı olmaz. Çünkü Charlotte'un Bay Collins'e karşı biraz olsun sevgi duyduğuna inanabilsem, şimdi kalbine karşı duyduğum küçümsemeyi, o zaman aklına karşı, hem de daha şiddetle duyardım. Sevgili Jane, Bay Collins kibirli, kendini beğenmiş, dar görüşlü, aptal adamın teki; bunu sen de benim kadar biliyorsun. Onunla evlenen kadının kesinlikle sağlıklı düşünemeyeceğini, benim gibi herhâlde sen de hissediyorsun. Bu Charlotte Lucas da olsa onu savunamazsın. Bir tek kişi için, ilkenin ve şerefin anlamını değiştiremez, bencilliğin hesap demek olduğuna, tehlikeyi duymazlığın mutluluk sağladığına da ne beni ne de kendini inandıramazsın."

"Onlardan bahsederken kullandığın dil çok ağır..." diye cevap verdi Jane. "Umarım onları mutlu görerek düşünceni değiştireceksin. Ama şimdi bunu bir tarafa bırakalım. Bir şey daha ima etmiştin. İki örnek var demiştin. Seni yanlış anlamış olamam ama yalvarırım Lizzyciğim, ona kabahat bularak, onun gözünden düştüğünü söyleyerek bana acı verme. Bizi bilerek ve isteyerek kırdığı yolunda bir kuruntuya kapılmakta acele etmeyelim. Hayat dolu, genç bir adamın sürekli çok hesaplı ve art niyetli olmasını bekleyemeyiz. Çoğu zaman bizi aldatan, kendi gururumuzdan başka bir şey değildir. Kadınlar beğenmenin, olduğundan fazla bir anlam taşıdığı hayaline kapılırlar."

"Erkekler de böyle olmasını sağlamaya dikkat ederler."

"Tasarlanarak yapılırsa haklı görülecek bir tarafı elbette olamaz ama dünyada bazı kişilerin hayal ettikleri kadar çok komplo düzenlediğini sanmıyorum."

"Bay Bingley'in hiçbir hareketinin özel bir tasarı sonucu olduğunu söylemiyorum..." dedi Elizabeth. "Ama hata yapmayı veya başkalarını mutsuz etmeyi tasarlamadan da hata yapmak ve acıya yol açmak mümkün. Düşüncesizlik, başkalarının duygularına karşı ilgisizlik ve kararsızlık yapabilir."

"Mutsuzluğunu bunlardan birine mi bağlıyorsun?"

"Evet. Sonuncusuna. Ama devam edersem, saygı beslediğin kişiler hakkında düşündüklerimi söyleyerek canını sıkacağım. Vakit varken beni sustur."

"Şu hâlde kız kardeşlerinin onu etkilediğinde ısrar ediyorsun."

"Evet, arkadaşıyla da beraber..."

"Buna inanamam. Neden uğraşsınlar? Onlar Bay Bingley'in ancak mutlu olmasını dileyebilirler; eğer beni seviyorsa, onun sevgisini başka hiçbir kadın kazanamaz."

"İlk inancın yanlış... Onun mutluluğundan başka birçok şey daha dileyebilirler: Servetinin ve mevkisinin artmasını; paralı, yüksek sosyeteden, tanınmış bir ailenin kızıyla evlenmesini..."

"Kuşkusuz Georgiana Darcy ile evlenmesini istiyorlar..." dedi Jane. "Ama bu konudaki düşünceleri senin sandığından daha iyi olabilir. Ne de olsa onu benden çok daha önceden tanıyorlar; onu daha çok sevmelerine şaşmamalı. Ama istekleri ne olursa olsun; kardeşlerinin isteklerine karşı gelmeleri pek mümkün değil. Çünkü ortada çok uygunsuz bir durum olmadıkça, hangi kız kardeş kendinde böyle bir hak bulabilir? Onun beni sevdiğine inansalardı, bizi ayırmaya çalışmazlardı; eğer bağlı olsaydı zaten ayıramazlardı. Böyle bir sevginin varlığını hayal etmekle, herkesin hareketlerine aykırı ve yanlış bir anlam veriyor, beni de çok mutsuz ediyorsun. Yanılmış olmaktan utanmıyorum ya da en azından utansam da pek az, onun veya kardeşlerinin kötü insanlar olduklarına inanmanın yanında bu hiç kalır. Bırak bunu iyi yönden, aklımın alabileceği açıdan göreyim."

Elizabeth böyle bir isteğe karşı gelemezdi. Bundan sonra Bay Bingley'in adını aralarında hemen hemen hiç anmaz oldular.

Bayan Bennet genç adamın dönmemesine hâlâ şaşmaya ve sızlanmaya devam ediyordu; Elizabeth'in buna açıkça tanık olmadığı bir gün hemen hemen hiç geçmiyorsa da, annesinin bu konuyu daha az bir endişe ile düşünme olasılığı az görünüyordu. Elizabeth onu kendinin de inanmadığı bir şeye ikna etmeye çalışıyor; Bay Bingley'in Jane'e duyduğu ilginin genel, geçici bir beğenmeden başka bir şey olmadığını, kızı görmeyince bu ilginin de söndüğünü söylüyordu. Fakat bu sözlerin akla yakınlığı kabul edilse de aynı sızlanmalar her gün yineleniyordu. Bayan Bennet'ın en büyük avuntusu, Bay Bingley'in yazın kesinlikle yeniden geleceği düşüncesiydi.

Bay Bennet ise konuyu bambaşka bir açıdan ele alıyordu. Bir gün Elizabeth'e, "Demek ablan aşkta hayal kırıklığına uğradı..." dedi. "Onu kutlarım. Bir kızın evlilikten sonra en çok hoşuna giden şey, arada sırada aşkta hayal kırıklığına uğramaktır. İnsana düşünecek şey çıkar ve bir kıza arkadaşları arasında bir tür ayrıcalık kazandırır. Sana ne zaman sıra gelecek? Uzun zaman Jane'den geri kalmaya dayanamazsın sanırım. Şimdi sıra sende; ayrıca Meryton'da ülkedeki bütün genç kızları hayal kırıklığına uğratmaya yetecek kadar da subay varken. Gel sen Wickham'ı seç. Hoş adam ve seni pek güzel yaralayacaktır."

"Teşekkür ederim efendim, daha az sevimli birine de razıyım. Hepimiz Jane kadar talihli olamayız ya."

"Doğru..." dedi Bay Bennet, "ancak kısmetine nasıl biri düşerse düşsün, çok şükür bunu büyütüp sorun yapmaya her zaman hazır olan bir anneniz var."

Bay Wickham'ın dostluğu, son günlerde ters giden olayların Longbourn Ailesi'nden birçoğunun üzerine çöken üzüntüyü dağıtmakta gerçekten yararlı oluyordu. Bennetlar onu sık sık görüyorlardı ve birçok üstünlüğüne şimdi açık sözlülüğü de eklenmişti. Elizabeth'in önceden duydukları, yani Bay Wickham'ın Bay Darcy'den gördüğü haksızlık ve çektiği ızdıraplar artık açıkça konuşuluyor, üzerinde dedikodu yapılıyordu. Bu konu hakkında hiçbir şey bilmeden önce bile Bay Darcy'den sürekli ne kadar nefret ettiklerini düşünmek bütün Merytonluları sevindiriyordu.

Bu konunun Hertfordshire halkınca bilinmeyen, hafifletici bir tarafı olabileceği yalnız Jane'in aklına geliyordu. Onun uysallığı ve her zaman temiz olan kalbi, sürekli bir mazeret arıyor, yanlışlık olma olasılığı üzerinde duruyordu. Ama ondan başka herkes Bay Darcy'ye 'insanların en kötüsü' damgasını vurmuştu.

XXV

Aşk itirafları ve mutluluk planları ile geçen bir haftadan sonra cumartesinin gelişiyle Bay Collins sevimli Charlotte'undan ayrılmak durumundaydı. Ayrılık acısını, Collins'in düğün hazırlıkları hafifletebilirdi. Çünkü Hertfordshire'a ikinci dönüşünden kısa süre sonra, onu dünyanın en mutlu adamı yapacak günün kararlaştırılacağına inanıyordu. Longbourn'daki akrabalarıyla geçen seferki kadar ciddi bir şekilde vedalaştı; güzel kuzenlerine sağlık ve mutluluk diledi ve babalarına da bir teşekkür mektubu daha yollamaya söz verdi.

Pazartesi günü Bayan Bennet her zamanki gibi Noel'i Longbourn'da geçirmeye gelen kardeşi ile karısını sevinçle karşıladı. Bay Gardiner aklı başında, kibar, gerek huy gerek eğitim bakımından kız kardeşinden çok üstün bir adamdı. Ticaretle geçinen, kendi mağazaları olan bir adamın bu kadar hoş, bu kadar terbiyeli olabileceğine Netherfield hanımları inanmakta güçlük çekiyorlardı. Bayan Bennet'tan ve Bayan Philips'ten bir hayli genç olan Bayan Gardiner sevimli, akıllı, zarif bir kadındı ve Longbourn'daki yeğenleri arasında pek sevilirdi. Hele iki büyük yeğeni ile arasında çok özel bir yakınlık vardı. İki genç kız, sık sık Londra'da ona misafir olurlardı.

Bayan Gardiner'ın gelir gelmez ilk işi hediyelerini dağıtmak ve en son modayı anlatmak oldu. Bu iş bitince daha az etkin bir rolü kalmış, dinleme sırası ona gelmişti. Bayan Bennet'ın anlatacak birçok derdi, sayıp dökecek çok sıkıntısı vardı. Son görüşmelerinden bu yana başlarına neler gelmişti neler... Kızlarından ikisinin evlenmesine ramak kalmışken, sonunda işler bozuluvermişti.

"Jane'i suçlamıyorum..." diye devam etti, konuşmasına Bayan Bennet, "çünkü elinde olsaydı Bay Bingley'le evlenecekti. Ama Lizzy! Ah kardeşim! Terslik etmeseydi şu anda belki de Bay Collins'in karısı olabilirdi, bunu düşünmek gücüme gidiyor. Adam ona tam bu odada teklifte bulundu ama Lizzy kabul etmedi. Bunun sonucu olarak Leydi Lucas benden önce bir kız evlendirecek ve Longbourn mülkü de tabii gene başkasına kalacak. Lucaslar çok becerikli insanlar, gerçekten kardeşim, ne kapabilirlerse kapmaya bakıyorlar. Onlar hakkında böyle konuşmak beni üzüyor ama işin doğrusu bu. Kendi ailemin içinde sözümün geçmemesi, komşularımın herkesten önce kendilerini düşünmesi beni çok yıpratıyor ve sinirlerimi bozuyor. Neyse, tam bu sırada gelmeniz içimi rahatlattı. Uzun modası konusunda anlattıklarınız beni çok sevindirdi."

Bu haberlerin büyük kısmını Jane ve Elizabeth'in mektuplarından önceden öğrenmiş bulunan Bayan Gardiner, görümcesine kısaca cevap verdi ve yeğenlerine üzüldüğü için sözü başka konuya çevirdi.

Daha sonra Elizabeth ile yalnız kalınca bu konu üzerinde daha çok konuştu. "Öyle görünüyor ki, bu Jane için çok iyi bir evlilik olacaktı..." dedi. "Bozulduğuna üzüldüm. Ama böyle şeyler o kadar çok yaşanıyor ki! Anlattıklarınızdan çıkarabildiğim kadarıyla Bay Bingley tipindeki adamlar güzel bir kıza birkaç hafta için kolayca âşık olur, sonra bir kaza onları ayırınca onu çok kolaylıkla unuturlar. Bu tür uçarılıklara çok rastlanıyor."

"Bu bir bakıma çok güzel bir avuntu..." dedi Elizabeth, "ama bizi avutamaz. Bağımsız ve zengin bir gencin, çevresinin etkisiyle, daha birkaç gün öncesine kadar deliler gibi sevdiği bir kızı unutması pek sık rastlanan bir olay olmasa gerek."

"Ama şu 'deliler gibi sevme' deyimi o kadar beylik, o kadar ortada bir söz ki, bana çok da bir şey ifade etmiyor. Gerçekte bu deyim güçlü bağlar için kullanıldığı gibi, bir saatlik tanışıklıktan doğan duygular için de çok sık kullanılıyor. Sahi, Bay Bingley'in sevgisi ne derece deli gibiydi?"

"Bundan daha derin bir sevgi görmedim desem yeridir; gözü kimseyi görmüyor gibiydi ve hep Jane ile ilgileniyordu. Her karşılaşmalarında bu daha kesin, daha göze çarpar bir durum alıyordu. Kendi verdiği baloda iki veya üç genç leydiyi dansa kaldırmayarak gücendirdi; iki kez de benim sözlerimi cevapsız bıraktı. Bunlardan güzel belirti olabilir mi? Etrafa aldırış etmemek, aşkın ta kendisi değil midir?"

"Evet, bu gencin duyduğunu tahmin ettiğim, aşkın ta kendisidir. Zavallı Jane! Ona acıyorum, çünkü onun yaradılışında bir kız bunu hemen atlatamayabilir. Keşke böyle bir şey senin başına gelseydi Lizzy, her şeyi alaya alıp gülerek bu derdi çok daha çabuk unuturdun. Acaba Jane bizimle Londra'ya gelmeye razı olur mu dersin? Belki değişiklik iyi gelir ve evden biraz uzaklaşmak çok büyük yarar sağlar."

Elizabeth bu teklife çok sevindi ve ablasının da kabul edeceğini hissetti.

"Umarım..." diye ekledi Bayan Gardiner, "bu gencin de Londra'da olması, Jane'in kararını etkilemez. Biz şehrin ayrı bir semtinde oturuyoruz, çevrelerimiz o kadar ayrı ve senin de çok iyi bildiğin gibi, o kadar az dışarı çıkıyoruz ki Bay Bingley özel olarak Jane'i görmeye gelmezse karşılaşmaları olası değil."

"Ki bu da olacak iş değil; çünkü şu anda arkadaşının gözetimi altında. Bay Darcy onun Jane'i görmek için Londra'nın böyle bir semtine gitmesine izin vermez. Yengeciğim, böyle bir şeyi nasıl düşünebildiniz? Bay Darcy, Grace Church Caddesi diye bir yerin adını duymuş olabilir ama oraya ayak basacak olsa, pisliğinin bir aydan önce temizleneceğine hayatta inanmaz. Ayrıca inanın, Bay Bingley'in onsuz surdan şuraya adım atmayacağından kuşkunuz olmasın!"

"Böyle olması daha iyi... Umarım hiç karşılaşmazlar. Ama Jane, Bay Bingley'in kız kardeşiyle mektuplaşmıyor mu? O, Jane'i görmeye gelmezlik edemez."

"Jane'i tanıdığını unutacaktır."

Ama Elizabeth bu noktayı vurgulamak ve özellikle Bingley'in Jane'i görmekten alıkonduğunu belirtirken çok kesin bir dil kullandığı hâlde, bu duyguyu analiz edince tamamıyla ümidini kesmiş olmadığını görerek sevindi.

Bay Bingley'in sevgisinin, Jane'in çekiciliğinin doğal etkisinin, arkadaşlarının etkisini ortadan kaldırmasının mümkün, hatta olası olduğunu düşünüyordu.

Jane Bennet, yengesinin davetini sevinçle kabul etti ve Caroline, kardeşi ile aynı evde oturmadığı için Bay Bingley ile karşılaşma tehlikesi olmaksızın, arada bir sabahları ona uğrayabileceğini de düşündü.

Gardinerlar Longbourn'da bir hafta kaldılar ve Philipsler, Lucaslar ve subaylar sayesinde bir günleri bile boş geçmedi. Bayan Bennet kardeşini ve gelinini eğlendirmek için öyle bir program hazırlamıştı ki bir kere bile ailecek baş başa yemek yiyemediler. Evde yedikleri zamanlar aralarında kesinlikle Wickham'ın da bulunduğu subaylar geliyordu ve böyle günlerde Bayan Gardiner, Elizabeth'in hararetli övgülerinden kuşkuya kapıldığı için ikisini de adamakıllı inceleme imkânı buluyordu. Gördüklerinden çıkardığı kadarıyla bu iki gencin çok ciddi bir aşka tutuldukların sanmamakla birlikte, onların birbirlerini herkese tercih ettikleri Bayan Gardiner'ın rahatını kaçıracak kadar ortadaydı. Hertfordshire'dan ayrılmadan önce bu konuda Elizabeth ile konuşup böyle bir bağı sürdürmenin düşüncesizce olacağını ona anlatmaya karar verdi.

Wickham, Bayan Gardiner'a, genel özellikleriyle hiç ilgisi olmayan bir eğlence sunuyordu. Bayan Gardiner, evlenmeden önce on on iki yıl, Derbyshire'da Wickham'ın büyüdüğü bölgede uzun süre oturmuştu. Bu yüzden, birçok ortak tanıdıkları vardı. Wickham, beş yıl önce Darcy'nin babası öldüğünden beri oraya pek az gitmişse de, eski arkadaşları Bayan Gardiner'a Wickham'la ilgili onun edinebildiğinden daha taze haberler verebiliyordu. Bayan Gardiner, Pemberley'i görmüştü ve rahmetli Bay Darcy'yi de iyi bir insan olarak tanırdı. Bu da Bayan Gardiner ile Wickham arasında bitmez tükenmez bir konuşma konusu oluyordu. Pemberley'in kendisinde kalan anılarıyla, Wickham'ın yaptığı ayrıntılı tanımları karşılaştırmak ve köşkün rahmetli sahibini bol bol övmekle hem kendini hem de Wickham'ı eğlendiriyordu. Artık babasının yerini alan Bay Darcy'nin Wickham'a yaptıklarını öğrenince bu gencin henüz bir delikanlıyken çevrede nasıl tanındığını hatırlamaya çalışarak, ondan böyle bir hareketin beklenip beklenmeyeceğini düşündü. Sonunda Bay Fitzwilliam'ın, Darcy'den çok gururlu, huysuz bir çocuk diye söz ettiğini hatırladı.

XXVI

Bayan Gardiner, Elizabeth ile baş başa kaldığı ilk fırsatta, hiç zaman kaybetmeden, şefkatli bir dille öğüt verdi. Düşüncelerini dürüstçe anlattıktan sonra şöyle devam etti:

"Yapma dediler diye inadına âşık olmayacak kadar aklı başında bir kızsın, Lizzy; onun için seninle açık açık konuşmaktan korkmuyorum. Ciddi söylüyorum, dikkatli ol. Ne sen kendini ona kaptır ne de onun sana bağlanmasına fırsat ver; çünkü bu maddi açıdan çok hesapsız bir hareket olur.

Onun kişiliğine diyecek bir şeyim yok; çok ilgi çekici bir çocuk ve eğer konması gereken mirasa konsaydı, ondan daha iyisini bulamazdın. Ama durum böyleyken, hayal peşinde sürüklenmemelisin. Akıllı bir kızsın ve hepimiz senden aklını kullanmanı bekliyoruz. Eminim baban senin kararlarına ve iyi ahlakına güvenecektir. Onu hayal kırıklığına uğratmamalısın."

"Yengeciğim, gerçekten de ciddi konuşuyorsunuz."

"Evet, senin de bu işe benim gibi ciddi bakmanı umuyorum."

"Peki, öyleyse korkmanıza hiç gerek yok. Ben başımın çaresine bakarım, hatta Wickham'ın da. Elimden gelirse bana âşık olmasını önleyeceğim."

"Elizabeth, ciddi konuşmuyorsun."

"Özür dilerim; baştan başlayayım. Şu an Bay Wickham'a âşık değilim, evet, kesinlikle değilim. Ama bugüne kadar gördüklerim ile kıyaslanamayacak kadar hoş bir genç -eğer bana gerçekten bağlanırsa- ama bağlanmasa daha iyi, çünkü bunun akıllıca olmayacağını anlıyorum. Ah, şu suratsız Bay Darcy! Babamın bana güvenmesi benim için büyük bir şereftir, gözünden düşersem yıkılırım ama babam Bay Wickham'dan hoşlanıyor. Kısacası yengeciğim, içinizden birinin benim yüzümden mutsuz olmasına neden olursam çok üzülürüm. Ancak sevgi olunca parasızlığın gençleri birbirlerini sevmeyi engellemeyeceğini her gün görüyoruz. Hislerim kamçılanırsa, benzerlerimden daha akıllıca hareket edeceğime nasıl söz verebilirim! Hatta bu duygulara karşı durmanın akıllılık olacağını nasıl bilebilirim? Onun için size ancak acele etmeyeceğime dair söz verebilirim. Bay Wickham'ın gözdesi olduğuma inanmakta acele etmeyeceğim, onunla birlikteyken hayal kurmayacağım. Kısacası elimden geleni yapacağım."

"Belki de ona buraya bu kadar sık gelme cesaretini vermezsen iyi edersin; hiç olmazsa annene onu davet etmesini hatırlatmasan."

Elizabeth ne denmek istendiğini anladığını gösterir gibi gülümsedi.

"Geçen gün yaptığım gibi. Çok doğru, bundan kaçınmak akıllıca bir iş olur. Ama bize her zaman bu kadar sık geldiğini sanmayın. Bu hafta sizin hatırınız için böyle sık sık çağrıldı. Bilirsiniz, annem misafirleri için durmadan eş dost çağırmayı görev sayar. Gerçekten, en akıllıca olduğunu sandığım şeyi yapacağıma şerefim üzerine söz veriyorum. Umarım içiniz rahat etmiştir."

Yengesi içinin rahat ettiğini söyledi ve Elizabeth öğütleri için ona teşekkür ettikten sonra ayrıldılar. Böyle nazik bir konuda genç kızı gücendirmeden çok yerinde öğüt vermişti.

Gardinerlar ve Jane gittikten çok kısa bir süre sonra Bay Collins, Hertfordshire'a döndü, ama Lucaslarda kaldığı için gelişi Bayan Bennet'ı fazla rahatsız etmedi. Evlilik tarihi hızla yaklaşıyordu; Bayan Bennet de artık buna kaçınılmaz gözüyle bakmaya başlayarak inattan vazgeçmiş, sık sık, "Umarım mutlu olurlar..." demeye başlamıştı. Düğün perşembe günü yapılacaktı. Charlotte Lucas, çarşamba günü veda ziyaretlerini yaptı ve gitmek için kalktığı zaman annesinin iyi dileklerini söylerken gösterdiği nezaketsizlikten ve isteksizlikten utanan ve samimi olarak üzülen Elizabeth, arkadaşıyla beraber odadan çıktı. Merdivenlerden inerlerken Charlotte:

"Senden sık sık mektup alacağımı umuyorum, Eliza..." dedi.

"Elbette umabilirsin."

"Bir şey daha rica edeceğim. Beni görmeye gelir misin?"

"Ben senin sık sık buraya geleceğini umuyorum."

"Bir süre şehirden ayrılmama ihtimal yok. Onun için Hunsford'a geleceğine söz ver."

Elizabeth bu misafirlikten zevk alacağını hiç ummamasına rağmen, gelmem diyemedi.

"Babamla Mana martta bize gelecekler..." dedi arkadaşı. "Senin de onlara katılacağını umarım. Gerçekten Eliza, onların gelişine nasıl sevindiysem, senin gelişine de en az o kadar sevineceğim."

Nikâh kıyıldı ve gelinle damat kiliseden çıkar çıkmaz yolcu edildiler. Herkes bu konuda söylenmesi gelenek olan şeyleri dinledi ve söyledi. Elizabeth çok geçmeden arkadaşından mektup aldı. Birbirlerine her zaman yaptıkları gibi sık sık ve düzenli yazdılar; ancak bunların eski mektupları kadar samimi olmasına imkân yoktu. Elizabeth, Charlotte'la olan samimiyetlerinin getirdiği bütün rahatlığın artık bittiğini hissetmeden yazamıyor ve cevaplarını geciktirmemeye karar vermiş olmasına rağmen, bunu bugünden çok, geçmişin hatırı için yapıyordu. Charlotte'un ilk mektupları bir hayli merakla karşılanmıştı. Yeni evinden nasıl söz edeceğini, Leydi Catherine'i nasıl bulacağını, ne dereceye kadar mutlu olduğunu iddia edebileceğini merak etmemek elde değildi. Ama mektuplar okunduğunda Elizabeth, Charlotte'un kendini her konuda tam önceden beklediği gibi bir dille ifade ettiğini hissetti. Neşeli bir ifade kullanıyor, rahatlık içindeymişe benziyor ve övemeyeceği hiçbir şeyden söz açmıyordu. Ev, eşya, muhit ve yollar... her şey tam beğendiği gibiymiş ve Leydi Catherine de ona karşı çok arkadaşça ve nazik davranıyormuş. Bu, Hunsford'un ve Rosings'in Bay Collins tarafından çizilen tablosunun akıllıca yumuşatılmış bir kopyasıydı ve Elizabeth, anlatılmayanları öğrenmek için misafirliğe gideceği zamanı beklemesi gerektiğini düşünüyordu.

Jane kardeşine Londra'ya sağ salim vardıklarını bildiren birkaç satırlık bir mektup yazmıştı. Bundan sonraki mektubunda, Elizabeth, onun Bingleylerden de bir haber verebilecek durumda olmasını diliyordu.

Elizabeth, Jane'in ikinci mektubunu sabırsızlıkla bekledi ve her zaman olduğu gibi aldığı mektup bu sabırsızlığa değmedi. Jane Londra'ya gideli bir hafta olduğu hâlde Caroline'i ne görmüş ne de ondan haber almıştı. Yine de arkadaşına Longbourn'dan yolladığı son mektubun bir kazaya uğrayarak kaybolduğuna karar vermiş ve mektubuna şöyle devam etmişti: "Yengem yarın Londra'nın onların oturduğu bölgesine gidecek. Ben de bu fırsattan yararlanarak Grosvenor Caddesi'ne uğrayacağım."

Bu ziyareti gerçekleştirdikten ve Caroline Bingley'i gördükten sonra bir mektup daha yazdı. Bunda da diyordu ki: *"Caroline'in pek keyfi yoktu. Ama beni gördüğüne çok memnun oldu ve Londra'ya geleceğimi kendisine haber vermediğim için bana sitem etti. Demek ki mektubumun eline geçmediğini düşünmekte haklıymışım, ağabeyinin de hatırını sordum tabii. İyiymiş ama vaktinin çoğunu Bay Darcy'ye ayırdığı için yüzünü bile görmüyorlarmış. Georgiana Darcy'yi yemeğe beklediklerini anladım. Onu görmeyi çok isterdim! Caroline ile Bayan Hurst dışarı çıkacakları için misafirliğim pek uzun olamadı. Sanırım yakında bize gelecekler."*

Elizabeth bunları okuyunca başını acıyla salladı. Ablasının Londra'da olduğunu Bay Bingley'in ancak bir rastlantıyla öğrenebileceğine inanıyordu.

Aradan dört hafta geçtiği hâlde, Jane hâlâ Bingley'i görmemişti. Buna üzülmediğine kendi kendini inandırmaya çalışıyordu. Ama Caroline Bingley'in kayıtsızlığını artık görmemezlik edemiyordu. Tam iki hafta her sabah evde bekledikten, her akşam da onun adına yeni bir özür bulduktan sonra beklediği ziyaretçi gelebildi. Ama çok kısa oturması ve özellikle tavırlarındaki değişiklik Jane'in kendi kendini daha fazla aldatmasına izin vermedi. Bunun üzerine kız kardeşine yazdığı mektup neler hissettiğini gösteriyordu:

"Caroline Bingley'in bana karşı olan duygularında tamamıyla yanıldığımı itiraf edersem sevgili Lizzyciğimin, doğru yargıda bulunduğu için sevinmeyeceğine eminim. Ama canım kardeşim, olaylar seni haklı çıkardıysa da, onun bana karşı davranışlarına bakarak duyduğum güvenin, senin kuşkun kadar doğal olduğunu ileri sürersem inatçı olduğumu düşünme. Benimle ne diye arkadaş olmak istemiş, hiç anlamıyorum. Ama aynı durum bugün tekrarlansa eminim gene aldanırım. Caroline düne kadar ziyaretime karşılık vermedi ve arada geçen sürede ise ne bir satır mektup ne de bir haber çıktı ondan. Geldiğinde, bundan keyif almadığı çok belliydi. Daha önce gelemediği için üstünkörü bir özür diledi, beni tekrar görmek istediğine dair bir tek söz söylemedi ve her açıdan o kadar bambaşka bir kızdı ki, kalkıp gittiği zaman bu dostluğu artık burada kesmeye, daha fazla devam ettirmemeye karar vermiştim. Elimden onu suçlu bulmamak gelmese de, ona acıyorum. Herkesin içinden bir tek beni seçip arkadaş olmakla büyük bir hata işlemiş olduğunu düşündüğünü sanıyorum. Bir zamanlar arkadaş olmamızı istemişti. Ona acıyorum, çünkü yaptığının doğru olmadığını hissediyordur ve bunun nedeninin kardeşi için duyduğu endişe olduğuna kuşku duymadığımdan ona acıyorum. Bir konuya daha fazla değinmeme gerek yok. Bu endişenin hiç de yerinde olmadığını biz biliyoruz ama eğer o her şeye rağmen endişe duyuyorsa, bana

karşı neden böyle davrandığı anlaşılır. Kardeşinin üstüne haklı olarak o kadar titriyor ki onun için duyduğu her endişe doğaldır ve kardeşlikten kaynaklanıyordur. Ama Caroline'in hâlâ bu gibi korkular taşımasına şaşmamak elimden gelmiyor, çünkü Bay Bingley'in bana karşı biraz olsun ilgisi olsaydı çoktan, çok önceden karşılaşmamız gerekirdi. Caroline'in söylediği bir sözden çıkardığım kadarıyla, Londra'da olduğumdan haberi var. Yine de konuşurken büründüğü tavırdan kardeşinin Georgiana Darcy'ye eğilimi olduğuna kendi kendini inandırmaya çalıştığı sonucu çıkıyor. Bunu anlayamıyorum. Günah almaktan korkmasam bu işte büyük bir ikiyüzlülük sezebilirim. Ama bundan sonra kaygılı bütün düşünceleri silmeye ve yalnız beni mutlu edecek şeyleri düşünmeye çalışacağım. Senin şefkatini, dayıcığımın ve yengeciğimin bitmez tükenmez iyiliklerini hatırlayacağım. Ne olur bana hemen mektup yaz. Caroline Bingley onun Netherfield'a bir daha dönmeyeceği, köşkü elden çıkaracağı gibi bir şeyler söyledi ama kesin konuşmadı. Artık bunun üstünde durmamak daha iyi. Hunsford'daki arkadaşlarımızdan güzel haberler veren mektuplar almana çok sevindim. Sör William ve Maria ile beraber ziyaretlerine gitmeni isterim. Orada çok rahat edeceğine kuşkum yok. Sevgiler..."

Bu mektup Elizabeth'i çok üzdü ama Jane'in artık hiç olmazsa Caroline'in ikiyüzlülüğüne aldanmayacağını düşününce keyfi yerine geldi, artık Bay Bingley'den hiçbir şey beklenemezdi. Zaten Elizabeth onun, Jane'e olan ilgisinin yeniden canlanmasını bile dileyemiyordu. Olup bitenleri düşündükçe Bay Bingley gözünden düşüyordu; hem ona ceza olması hem de belki böylesi Jane için daha iyi olur diye onun gerçekten yakında Georgiana Darcy ile evlenmesini diledi. Wickham'ın anlattığına bakılırsa, bu kız Bay Bingley'i, Jane'i elinden kaçırdığı için bin pişman edecek türdendi.

Öte yandan Bayan Gardiner, Elizabeth'e Wickham hakkında

verdiği sözü hatırlatarak ondan bilgi istedi ve Elizabeth kendinden çok, yengesinin hoşuna gidecek şeyler yazma gereğini duydu. Bay Wickham'ın görünürdeki eğilimi azalmış, ilgisi sönmüştü; şimdi artık bir başkasını beğeniyordu. Elizabeth olup bitenleri görebiliyordu. Ama bunu görmek de, yazmak da ona acı vermiyordu. Maddi durumları elverse, Bay Wickham'ın yalnız onu seçeceğine inanmak, gururunu okşuyordu. Wickham'ın şimdi hoşuna gitmeye çalıştığı genç bayanın en göze çarpan çekiciliği, ansızın on bin sterlinlik bir servete konmuş olmasıydı! Elizabeth, Wickham'a karşı arkadaşı Charlotte'a davrandığından daha hoş görülü davranıyor, onun para için evlenmek istemesini kınamıyordu. Tersine, bundan daha doğal ne olabilirdi? Ondan vazgeçmek için genç adamın duygularıyla savaştığını tahmin edebilmekle beraber, bunun her ikisi için de akıllıca ve uygun bir karar olduğunu kabul etmeye hazırdı ve ona gerçekten yürekten mutluluklar dileyebilirdi.

Elizabeth bütün bunları Bayan Gardiner'a anlattı; durumu da ayrıntılı olarak bildirdikten sonra şöyle devam etti: "Çok da âşık olmadığıma artık inandım yengeciğim; çünkü bu temiz ve yüksek tutkuyu duymuş olsaydım, şu anda onun adından bile nefret edecek ve onun için her türlü kötülüğü dileyecektim. Oysa şimdi ona karşı yalnızca dostluk duymakla kalmıyor, aynı zamanda Bayan King'e karşı da tarafsız davranabiliyorum. Ondan nefret ettiğimi, onun çok iyi bir kız olduğunu düşünmekte isteksizlik duyduğumu gösteren bir şey hissetmiyorum. Bütün bunlar aşk olamaz. Olup bitenleri görebilmem çok yararlı sonuç verdi; gerçi ona çılgınca bağlansaydım, tanıdıklarım için çok daha ilgi çekici bir konu olurdum, silik kaldığıma üzüldüğümü söyleyemem. Bu bazen çok pahalıya mal oluyor. Kitty ile Lydia onun bu vazgeçişine benden fazla kederleniyorlar. Onlar henüz dünyayı anlamak için yakışıklı gençlerin de, çirkin erkekler gibi para kazanmaları gerektiği görüşünü tatsız bulurlar, kabul edemezler."

XXVII

Ocak ve şubat ayları Longbourn Ailesi için bunlardan daha önemli olaylar ve Meryton'a yapılan yürüyüşlerden başka bir değişiklik getirmeden geçip gitti. Mart ayında Elizabeth, Hunsford'a gidiyordu. Önceleri oraya gitmeyi pek ciddiye almamıştı ama çok geçmeden Charlotte'un onun gelmesine bel bağladığını anladı ve sonra kendisi de yavaş yavaş bu misafirliği daha büyük bir zevkle ve kesinlikle düşünmeye başladı. Charlotte'un yokluğu onu tekrar görme isteğini artırmış, Bay Collins'e duyduğu tiksintiyi azaltmıştı. Hem bu tasarı, içinde bir soyluluk da barındırıyordu. Annesi ve uyuşamadığı kız kardeşleriyle evdeki yaşantısı kusursuz sayılmazdı ve genç kızın herhangi bir değişikliğe hiç olmazsa, yalnızca değişiklik olduğu için gereksinimi vardı. Kaldı ki bu yolculuk, Jane'i de kısa bir süre için olsun görmesini sağlayacaktı ve sözün kısası yolculuk vakti yaklaştıkça gidemezse üzüleceğini bile hissetmeye başladı. Neyse ki hiçbir aksilik çıkmadı ve her şey Charlotte'un ilk çizdiği programa göre ilerledi. Yolculuğa Sör William ve küçük kızıyla bir gece Londra'da kalmaları da eklenince program adamakıllı mükemmelleşti.

Elizabeth'in tek üzüldüğü şey babasından ayrılmaktı. Kızını özleyeceği kesin olan Bay Bennet, iş ciddiye binince Elizabeth'in gitmesine o kadar üzüldü ki ona, mektup yazmasını söyledi ve kendisinin de karşılık yazacağına dair söz verdi.

Elizabeth'le Bay Wickham'ın vedalaşmaları dostça oldu; hatta Wickham, Elizabeth'ten bile dostça davrandı. Bugün başkasının peşinde olsa bile bu ona, ilk ilgisini çeken ve hak eden, ilk onu dinleyen ve ilk acıyan, ilk beğendiği kızın Elizabeth olduğunu unutturamazdı. Onu uğurlayıp, iyi eğlenceler dilerken, Leydi Catherine de Bourgh'dan neler beklemesi gerektiğini anlatırken, gerek bu leydi, gerekse göreceği diğer insanlar hakkındaki düşüncelerinin birbirlerini tutmasını dilerken, tavrında öyle bir incelik ve öyle bir ilgi vardı ki; Elizabeth bunların kendini bu genç adama her zaman çok içten bir sevgiyle bağlayacağını hissetti. Ondan ayrılırken, ister evli, ister bekâr olsun, onu her zaman sevimli ve hoş bir erkek olarak göreceğini düşündü.

Ertesi gün Elizabeth'e yol arkadaşlığı edenler de Bay Wickham hakkındaki olumlu izlenimlerinden bir şey kaybettirmediler. Ne Sör William Lucas ne de iyi huylu fakat babası kadar boş kafalı bir kız olan Maria dinlenmeye değer bir şey söyleyemiyordu. Elizabeth onları ancak arabanın tıkırtısından duyduğu kadar bir zevkle dinliyordu. Gerçi Elizabeth gülünç konulara bayılırdı, ama Sör William'ı saçmalıklarından sıkılacak kadar uzun süredir tanıyordu. Ne krala takdim edilişinin ne de şövalyeliğinin anlatılmadık tarafı kalmıştı, nezaketi de anlattıkları kadar bayat, ezbere bilinen bir şeydi.

Yolculukları yalnızca yirmi dört mil sürecekti. O kadar erken yola koyulmuşlardı ki öğleyin Gracechurch Caddesi'ne vardılar. Araba, Bay Gardiner'ın kapısına geldiği zaman Jane salonun penceresinde gelmelerini bekliyordu. Kapıdan girdikleri zaman da onları karşılamaya koşmuştu ve merakla ablasını süzen Elizabeth, onu her zamanki kadar güzel ve sağlıklı gördüğüne sevindi. Merdivenlerde sıra sıra kız ve erkek çocuğu dizilmiş bekliyordu. Gardiner'ın çocukları Elizabeth'i görmek için salonda bekleyemeyecek kadar sabırsızlanmışlardı ama onu bir senedir görmedikleri için duydukları utangaçlık da aşağı inmelerine engel olmuştu. Herkes şen, herkes memnundu; o gün çok hoş, sabahleyin telaşla ve alışverişle; gece de tiyatrolardan birinde geçti.

Tiyatroda Elizabeth yengesinin yanında oturdu. İlk söz açtıkları konu Jane oldu. İnceden inceye sorduğu sorulara, Jane'in moralini yüksek tutmak için çok uğraştığı hâlde arada sırada ümitsizliğe kapıldığı cevabını alınca şaşkınlıktan çok, üzüntü duydu. Gene de bunun uzun sürmeyeceğini ummak akla yakındı. Bayan Gardiner, Bayan Caroline Bingley'in, Gracechurch Caddesi'ne yaptığı ziyaret hakkında da ayrıntılı bilgi verdi. Jane ile kendisi arasında farklı zamanlarda geçen ve Jane'in bu dostluğun devam etmesini artık gerçekten istemediğini gösteren konuşmaları aktardı.

Daha sonra Bayan Gardiner yeğenine Bay Wickham'ın uçarılığından ötürü takıldı ve bu duruma bu derece iyi katlandığı için genç kızı kutladı.

"Ama Elizabeth..." dedi, "şu Bayan King nasıl bir kız? Dostumuzun kendisini para için sattığını düşünmek beni üzer."

"Rica ederim yengeciğim, evlenme işlerinde satılmakla akıllıca hareket etmenin arasında ne fark var? Sağduyu nerede biter, para hırsı nerede başlar? Geçen Noel'de onun benimle evlenmesinden korkuyor, çünkü bunun akıllıca olmayacağını düşünüyordunuz; şimdi de on bin sterlini olan bir kızla evlenmeye kalkıştı diye kendini para için satıyor mu, satmıyor mu diye anlamak istiyorsunuz?"

"Sen bana Bayan King'in nasıl bir kız olduğunu söylersen ben de bu konuda ne düşüneceğimi bilirim!"

"Bence çok iyi bir kız; bir kötülüğünü duymuş değilim."

"Ama büyükbabası ölüp de kız bu servete konuncaya kadar Bay Wickham ona metelik vermemişti."

"Vermemişti, niye versin? Param olmadığı için benim sevgimi kazanması nasıl uygun görülmüyorsa, ilgi duymadığı, üstelik benim kadar da yoksul olan bir kıza ilgi göstermesinde ne anlam olabilirdi ki?"

"Ama kıza bu olaydan hemen sonra ilgi göstermesi incelikten uzak görünüyor."

"Darda olan bir adamın, başkalarının uyabileceği kibarlıkları yerine getirecek zamanı yoktur. Kızın buna bir itirazı yoksa, bize ne?"

"Kızın itiraz etmemesi Bay Wickham'ı haklı gösteremez. Bu ancak kızda bir eksiklik -ya aklının ya da duygusunun kıt- olduğunu gösterir."

"Pekâlâ..." dedi Elizabeth, "istediğiniz gibi olsun. Adamı çıkarcı, kızı da aptal olarak bilin."

"Hayır, Lizzy, benim istediğim bu değil. Biliyorsun ki Derbyshire'da bu kadar uzun zaman yaşamış olan bir genç için kötü düşünmek beni üzer."

"Haa, eğer bütün sorun bu ise; ben Derbyshire'da oturan gençler hakkında kötü düşünüyorum; Hertfordshire'da oturan dostlarının da onlardan aşağı kalır yanı yok. Hepsinden bıktım. Çok şükür, yarın tek bir hoş tarafı olmayan, ne tavrında ne de zekâsında beğenilecek hiçbir özellik bulunmayan bir adamın oturduğu yere gidiyorum. Aslında yakından tanımaya değer olan yalnızca aptal erkeklerdir."

"Dikkat et, Lizzy; bu sözlerde sevda yarası almış genç kızların hayal kırıklığı seziliyor."

Oyunun bitmesiyle birbirlerinden ayrılmadan önce Elizabeth, dayısı ile yengesinin o yaz yapmayı tasarladıkları bir geziye katılma daveti alma gibi beklenmedik bir mutluluğa erdi.

"Bu yolculuğun nereye kadar uzanacağını kararlaştırmadık..." dedi Bayan Gardiner, "ama belki göller bölgesine kadar uzanırız."

Elizabeth için bundan daha hoş bir plan olamazdı, daveti hemen büyük bir mutlulukla kabul etti. "Benim canım, canım yengeciğim..." dedi coşkuyla. "Ne sevinç, ne mutluluk; canıma can kattınız, bana kuvvet verdiniz. Hayal kırıklığına ve hüzne elveda! Kayaların ve dağların yanında erkekler nedir ki! Ah, ne sevinçli saatler yaşayacağız. Döndüğümüz zaman gezip gördükleri yerlere dair herhangi bir izlenimleri olmayan yolcular gibi olmayacağız.

Nereye gittiğimizi bileceğiz. Ne gördüğümüzü hatırlayacağız; göller, dağlar ve nehirler hayalimizde birbirine karışmayacak ne de belirli bir manzarayı anlatırken onun yeri şurasıdır, burasıdır diye kavga edeceğiz. Bizim övgülerimiz diğer yolcularınki gibi bıktırıcı olmayacak."

XXVIII

Ertesi gün yolculukta gördüğü her şey Elizabeth için yeni ve ilgi uyandırıcıydı. Keyfi de pek yerindeydi. Çünkü ablasını çok iyi görmüş; sağlığı hakkında hiçbir endişeye neden olmadığını anlamıştı. Kuzeye yapacağı yolculuğun düşüncesi de kendisi için sonsuz bir sevinç kaynağıydı.

Ana yoldan ayrılıp da Hunsford'a giden patikaya saptıklarında bütün gözler papaz lojmanını aramaya ve herkes, her dönemecin ardından karşılarına bu evin çıkmasını beklemeye başladı. Yolun bir yanını Rosings Park'ın parmaklıkları sınırlıyordu. Elizabeth, burada oturanlar hakkında duyduğu şeyleri düşünerek gülümsedi.

Sonunda ev göründü. Hafif bir bayırla yola inen, bahçenin ortasında, yeşil tahta parmaklıklı ve taştan bir ev vardı. Her şey eve vardıklarını gösteriyordu. Bay Collins ve Charlotte kapıda göründüler ve araba küçük bahçe kapısının önünde durdu. Konuklar çakıllı yolda kısa bir yürüyüşle eve giderken herkes birbirine başıyla selam veriyor, gülümsüyordu. Misafirlerle ev sahipleri birbirlerini görmenin verdiği sevinç içindeydiler. Bayan Collins arkadaşını çok candan bir sevinçle karşıladı; bu kadar samimi karşılanmak Elizabeth'i geldiği için gittikçe daha çok sevindiriyordu. Evlenmenin kuzeninin tavırlarında hiçbir değişiklik yapmadığını fark etti. Aynı resmî nezaketini koruyordu ve ailesinin sağlık durumunu sormak ve memnuniyet verici cevaplar almak için genç kızı birkaç dakika kapıda tuttu. Bundan sonra Bay Collins'in girişteki holün güzelliğini övmesi için bir süre oyalanmasını saymazsak, vakit kaybetmeden içeri girdiler. Salona gelir gelmez Bay Collins ağdalı bir resmiyetle hepsine bir kez daha hoş geldiniz diyerek fakirhanesine şeref verdiklerini belirtti, sonra da karısının içecek bir şey almaları konusunda yaptığı bütün teklifleri yineledi.

Elizabeth, kendini kuzeninin caka satmasını görmeye hazırlamıştı. Bay Collins odanın genişliği, manzarası ve mobilyaları üzerinde dururken genç kız Bay Collins'in bunları özellikle kendisine göstermek istediği duygusuna kapılıyordu. Bay Collins, Elizabeth'in kendini reddetmekle neler kaybettiğini ona anlatmak ister gibiydi. Fakat her şey rahat, derli toplu görünse de, genç kız herhangi bir pişmanlık belirtisi göstererek kuzenini memnun edemedi. Tersine, böyle bir hayat arkadaşı ile bir arada olduğu hâlde hâlâ neşeli olabilen arkadaşına şaşkınlıkla bakıyordu. Bay Collins, karısının utanacağı bir şey söyleyince ki bu sık sık oluyordu, Elizabeth gözlerini istemeden Charlotte'a çeviriyordu. Bir iki kez arkadaşının hafifçe kızardığını fark etti ama genelde Charlotte akıllılık ediyor, her şeyi duymuyordu. Büfeden şöminenin önündeki parmaklığa kadar odadaki her mobilya parçasını beğenip övmeye, Londra'da olup bitenleri anlatmaya yetecek kadar oturduktan sonra, Bay Collins misafirlerini bahçede dolaşmaları için çağırdı. Geniş ve iyi düzenlenmiş bahçenin bakımı ile kendisi ilgileniyordu. Bahçesinde çalışmak en çok övündüğü zevklerinden biriydi ve Charlotte'un, bahçeyle uğraşmanın çok yararlı bir spor olduğunu ve kocasını buna elinden geldiği kadar özendirdiğini ciddiyetle söylemesine Elizabeth hayranlık duydu. Gerek yollarda, gerek yol dönemeçlerinde hep önden giden Bay Collins, onlardan beklediğini hissettirdiği övücü sözlerin söylenmesine güç bela fırsat verirken geride bıraktıkları manzaraların güzelliğine de işaret ediyordu.

Dört bir yanda uzanan tarlaların ve çok uzak koruluktaki ağaçların sayısını bile ezbere biliyordu. Ama papaz evinin karşısına düşen ağaçların arasından görünen Rosings, ne kendi bahçesiyle ne civardaki ne de ülkedeki hiçbir manzarayla kıyaslanamazdı. Bu köşk, bir yamaca yapılmış, güzel ve modern bir binaydı.

Bay Collins misafirlere bahçeden sonra, kendine ait olan iki tarlayı da gösterecekti. Fakat bayanlar sabahki kırağının ıslaklığına dayanacak türden pabuçlar giymemiş olduklarından geri döndüler ve Sör William, Bay Collins'e eşlik ederken Charlotte da kardeşi ile Elizabeth'i diğer odaları gezmeleri için eve götürdü. Belki de burasını kocasının yardımı olmaksızın kendisi gezdirip göstereceği için çok seviniyor olsa gerekti. Ev biraz küçüktü ama iyi inşa edilmişti. Her şey güzel, temiz ve kullanışlı bir şekilde yerleştirilmişti; Elizabeth bunun Charlotte'un becerisi olduğu sonucunu çıkardı. Bay Collins'i unutabilse, etrafta gerçekten huzur hissediliyordu. Bundan Charlotte'un da açıkça memnun olduğunu gören Elizabeth, onun Bay Collins'i sık sık unutabilmeyi başardığını düşündü.

Elizabeth, Leydi Catherine'in hâlâ köyde olduğunu öğrenmişti. Yemekteyken bundan gene söz açılınca Bay Collins söze karıştı:

"Evet, Bayan Eliza, Leydi Catherine de Bourgh'u gelecek pazar kilisede görme şerefine ereceksiniz ve kendilerini çok beğeneceğinizi söylememe gerek yok. Çok hatır sayan, çok alçakgönüllü bir leydidir. Tören bittikten sonra sizinle biraz ilgilenme alçakgönüllülüğünde bulunacaklarından ve böylece size büyük bir şeref bağışlayacaklarından kuşkum yok. Burada bulunduğunuz süre boyunca bize bağışlayacakları her davet şerefinde, siz ve Maria kardeşimi de unutmayacağımı hiç çekinmeden söyleyebilirim. Charlottecuğuma karşı pek tatlı davranıyorlar. Haftada iki defa Rosings'te yemeğe kalıyoruz, dönüşte de yürümemize izin vermezler. Sayın leydinin arabası tam zamanında bizim için hazırlatılır. Arabalarından biri demek daha doğru olur, çünkü çok arabası var."

Charlotte, "Leydi Catherine gerçekten çok saygı değer, aklı başında bir kadın ve çok iyi bir komşu..." diye ekledi.

"Çok doğru hayatım. Benim demek istediğim de bu. Ona ne kadar saygı duyulsa azdır."

O gecenin büyük kısmı, Hertfordshire ile ilgili haberlerden bahsedilmesiyle ve mektuplarda bildirilenlerin tekrarlanmasıyla geçti. Elizabeth odasında yalnız kalınca Charlotte'un ne dereceye kadar memnun olduğunu düşünmeye, kocasına yol göstermek ve onu idare etme işini ne dereceye kadar başarabildiğini anlamaya çalıştı. Arkadaşının bunda çok başarılı olduğunu kabul etmek zorundaydı. Misafirliğinin nasıl geçeceği de şimdiden belliydi: Alışıldık eğlenceler, Bay Collins'in müdahaleleri, Rosings'e yapılacak ziyaretlerin neşesi... Çok geçmeden gördüğü rüyalar bu düşüncelerin hepsini sildi.

Elizabeth ertesi gün öğleye doğru, yürüyüşe çıkmak için odasında hazırlanırken bütün evi karmaşaya boğan bir gürültü duydu. Bir an kulak kabarttıktan sonra, birinin müthiş bir acele ile yukarı koştuğunu, bağırarak onu çağırdığını duydu. Kapıyı açınca sahanlıkta Maria ile karşılaştı. Maria heyecandan nefes nefese:

"Ah Elizacığım..." dedi, "lütfen acele yemek odasına gel. Görmen gereken bir şey var! Ne olduğunu söylemeyeceğim ki hemen aşağıya inebilesin."

Elizabeth boşuna soru sordu, çünkü Maria hiçbir şey söylemiyordu. Bu olağanüstü manzarayı görmek için koşarak, yolun karşısına düşen yemek odasına indiler. Bahçe kapısındaki alçak bir faytonda iki bayan vardı.

"Hepsi bu mu?" diye bağırdı Elizabeth, "Ben en azından domuzlar bahçeye saldırmıştır diye düşünmüştüm. Oysa Leydi Catherine ile kızından başka bir şey göremiyorum."

"Yanılıyorsun şekerim..." dedi Maria, bu yanlışlık karşısında biraz şaşırmıştı. "O Leydi Catherine değil. İhtiyar kadın, onlarla yaşayan Bayan Jenkinson, diğeri de küçük Bayan de Bourgh. Şuna bir bak. Ne ufacık bir yaratık... Bu kadar sıska, bu kadar ufak tefek olacağı kimin aklına gelirdi!"

"Bu rüzgârda Charlotte'u dışarıda tutmakla büyük bir kabalık ediyor. Neden içeri girmiyor?"

"Charlotte'un söylediğine göre içeri girmeleri lütufların en büyüğü imiş ve bu lütfü çok ender bağışlarmış."

Kafası bambaşka fikirlerle dolu olan Elizabeth, "Görünüşü hoşuma gitti..." dedi. "Hasta ve huysuz bir hâli var. Evet, ona çok uygun. Tam ona göre bir eş."

Bay Collins ile Charlotte bahçe kapısında bayanlarla konuşuyorlardı. Sör William ise kapının eşiğinde, yaşanan olayın büyüklüğünü kavramaya çalışan bir tavırla duruyor, Bayan de Bourgh ne zaman o tarafa baksa hemen yerlere kadar eğiliyordu. Bu durum, Elizabeth'i çok eğlendirdi.

Sonunda söylenecek başka söz kalmamış olacak ki bayanlar arabayı sürdüler, ev sahipleri de eve girdiler. Bay Collins, Elizabeth ile Maria'yı görür görmez onları talihli oldukları için kutlamaya başladı. Charlotte hepsinin ertesi gün Rosings'te yemeğe çağrıldığını söyleyerek kocasının tebriklerinin nedenini açıkladı.

XXIX

Bu davet Bay Collins'in zaferini tamamlamıştı. Koruyucusu olan hanımefendinin görkemini göstererek misafirlerini şaşırtmak; onun kendine ve karısına gösterdiği nezaketi görmelerini sağlamak tam dilediği şeylerdi. Leydi Catherine'in kendisine bunu yapabilme fırsatını bu kadar çabuk vermesi alçakgönüllülüğünün öyle güzel bir belirtisiydi ki genç papaz bu lütuf karşısında duyduğu mutluluğu nasıl anlatacağını bilemiyordu.

"Doğrusu..." dedi. "Sayın leydi pazar günü bizi çaya çağırsa ve pazar akşamını Rosings'te geçirmemizi istese hiç şaşmazdım. Onun yüce gönüllü olduğunu bildiğim için böyle bir şeyi bekliyordum. Ama bu kadar yakın bir ilgi göstereceğini kim umardı! Gelişinizden hemen sonra ziyafete çağrılacağımız -hem de hepimiz birden- kimin aklına gelirdi."

Sör William, "Hayatta konumunun sağladığı imkânlar sayesinde yüksek tabakadakilerin tavır ve hareketleri hakkında edindiğim bilgi, bu davet karşısında şaşkınlık duymamı engelliyor," diye karşılık verdi. "Bu seçkin terbiye, saray çevrelerinde pek görülmeyen şey değil."

Bütün gün ve ertesi sabah Rosings'e yapılacak ziyaretten başka hiçbir şeyden söz açılmadı. Bay Collins, nelerle karşılaşacaklarını onlara dikkatle anlatarak, odaların manzarası, hizmetçilerin çokluğu ve yemeğin görkemi karşısında şaşırıp kalmalarını önlemeye çalışıyordu.

Bayanlar giyinmek için odalarına çekilirken de Elizabeth'e, "Görünüşünüz konusunda kendinizi üzmeyin sevgili kuzenim..." dedi. "Leydi Catherine kendine ve kızına uygun zarif elbiseleri bizden beklemekten çok uzaktır. Size tavsiyem, en iyi elbisenizi giyivermenizdir, daha fazla özenmenize gerek yok. Basit giyindiniz diye Leydi Catherine sizi küçük görmez. Sınıf farkının gözetilmesi hoşuna gider."

Giyinirlerken de Bay Collins iki üç kez her birinin kapısına giderek çabuk olmalarını, Leydi Catherine'in yemeğe geç kalınmasından hiç hoşlanmadığını söyledi. Sayın leydi ve yaşayış tarzı hakkında anlatılan bu debdebeli şeyler, kalabalığa girmeye pek alışık olmayan Maria Lucas'ı adamakıllı korkutmuştu ve Rosings'e takdim edilmek, ona babasının saraya takdim edilirken duyduğu korkuyu yaşatıyordu.

Hava güzel olduğu için parkın içinden yarım mil kadar bir mesafeyi yürüyerek geçtiler. Her park güzeldir ve kendine göre bir manzarası vardır. Elizabeth bu manzaradan Bay Collins'in umduğu kadar sarhoşluk duymamakla ve evin ön cephesindeki pencerelerin sayısı, bunların Sör Lewis de Bourgh'a kaça mal olduğu hakkında verilen bilgilere pek az aldırış etmekle beraber, gözünü okşayacak bir hayli şey buldu.

Köşkün merdivenlerini çıkıp hole geldiklerinde Maria'nın heyecanı da her an artıyordu, hatta Sör William bile soğukkanlılığını kaybetmişti. Elizabeth'in cesareti kendisini yarı yolda bırakmadı. Leydi Catherine'in olağanüstü yetenekli veya mucizevî denebilecek kadar erdemli, üstün bir insan olduğuna dair bir şey duymamıştı Elizabeth ve onun parasıyla sağladığı mevkinin verdiği üstünlüğü de sarsılmadan seyredebilecek güçteydi.

Bay Collins'in coşarak büyüklüğünü ve süslemelerinin güzelliğini belirttiği holden Leydi Catherine, kızı ve Bayan Jenkinson'un oturdukları salona açılan bekleme odasına geldiler. Sayın Leydi büyük bir alçakgönüllülükle onları karşılamak için ayağa kalktı. Bayan Collins kocasıyla önceden anlaşmış, takdim etme işini kendi üzerine almıştı; bu nedenle bu iş, Bay Collins'in gerekli göreceği özür dilemelerden ve teşekkürlerden uzak, sade bir şekilde yapıldı.

St. James'i gördüğü hâlde Sör William, etrafını saran ihtişam karşısında o kadar şaşırmıştı ki kendinde ancak hafif bir reverans yapacak kadar cesaret bulabildi, sonra da tek bir söz söylemeden yerine oturdu. Korkusundan neredeyse aklını kaçırmış olan kızı da nereye bakacağını kestiremeyen bir hâlde iskemlesinin kenarına ilişmişti. Elizabeth durumu hiç yadırgamadı, karşısındaki bayanları telaşlanmadan inceleyebiliyordu. Leydi Catherine uzun boylu, iri bir kadındı. Bir zamanlar güzel olduğu belli olan yüz hatları keskindi. Tavrı dostça olmadığı gibi, misafirlerini karşılarken takındığı tavırlar da onlara aşağı tabakadan olduklarını unutturmaktan uzaktı. Sessiz durarak çevresindekilerin cesaretini kırmıyordu ama her sözü kendini çok önemli bir kişilik saydığını gösteren oldukça otoriter bir tavırla söylüyordu. Bu, Elizabeth'e hemen Bay Wickham'ı hatırlattı. Elizabeth, o gün gördüklerinden, Leydi Catherine'in tıpkı Wickham'ın anlattığı gibi bir kadın olduğu kanısına vardı.

Elizabeth, leydiyi süzerek gerek çehresinde gerek tavırlarında Bay Darcy'yi andıran yanlar bulduktan sonra gözlerini kıza çevirdi.

Onun bu kadar sıska, bu kadar ufak tefek oluşuna şaşmakta olan Maria'ya nerdeyse hak verecekti. Ne vücut ne de çehre bakımından iki leydi arasında hiçbir benzerlik yoktu. Genç de Bourgh, soluk ve çelimsizdi. Hatları basit değilse de silikti. Bayan Jenkinson'a alçak sesle söyledikleri hesaba katılmazsa pek az konuşuyordu. Bayan Jenkinson'un görünüşünde de dikkati çekecek bir şey yoktu. Bütün işi gücü Bayan de Bourgh'un söylediklerini dinlemek, genç leydinin gözü rahatsız olmasın diye hiç durmadan ışık gelmesini önleyen paravanayı ayarlamaktı.

Birkaç dakika oturduktan sonra hepsi güzel manzarayı övmeleri için pencerelerden birine gönderildiler. Manzaranın güzelliklerine işaret etmek üzere Bay Collins de onlarla beraber kalktı ve Leydi Catherine ise özellikle yazın görülmeye değer olduğunu belirtme iyiliğinde bulundu. Yemek son derece güzeldi, Bay Collins'in söylemiş olduğu gibi bütün uşaklar ve bütün güzel tabak takımları ortaya çıkmıştı. Gene önceden bahsettiği gibi Bay Collins, sayın leydinin isteği üzerine, masanın öbür yanına oturdu. Hâlinden, hayatta bundan daha büyük bir şeref olamayacağını düşündüğü anlaşılıyordu. Önündeki eti usulü ile kesiyor, yiyor, yemekleri büyük mutluluk ve sevinçle övüyordu. Her yemek, önce Bay Collins, onun ardından da, damadının söylediklerini yankı gibi tekrarlayacak kadar kendini toparlamış olan Sör William tarafından övülüyordu. Leydi Catherine de onların bu aşırı hayranlıklarından memnun görünüyor; hele gelen yemek, misafirlerin o zamana kadar görmedikleri bir çeşit ise onları lütufkâr gülümsemelere boğuyordu. Yemekte pek konuşma olmadı. Elizabeth fırsatını bulsa konuşmaya hazırdı ama Charlotte ile Bayan de Bourgh'un arasına oturmuştu. Charlotte, Leydi Catherine'i dinlemekle meşguldü, genç de Bourgh ise yemekten kalkıncaya kadar tek kelime etmedi. Bayan Jenkinson'un işi gücü genç kızın ne kadar az yediğini söylemek, onu yeni gelen yemekten tatmaya zorlamak ve acaba hasta mı diye endişe duymaktı. Maria konuşmayı aklına bile getirmiyordu, baylar ise yemekten ve yediklerini övmekten başka bir şey yapmıyorlardı.

Bayanlar salona döndüklerinde, kahve gelinceye kadar hiç aralıksız konuşan Leydi Catherine'i dinlemekten başka yapacak pek bir şey bulamadılar. Leydi, her konuda düşüncelerini o kadar kesin bir dille söylüyordu ki görüşlerinin reddedilmesine alışık olmadığı belliydi. Charlotte'a ev işleriyle ilgili ayrıntılı, hatta özel sorular sordu ve genç kadına her konuda uzun uzun öğüt verdi. Bu gibi küçük bir ailede her şeyin nasıl ayarlanması gerektiğini, ineklerine ve kümes hayvanlarına nasıl bakacağını anlattı. Elizabeth, bu büyük leydinin başkalarına emretme fırsatı veren en küçük şeyle bile ilgilendiğini anlıyordu. Bayan Collins ile konuşurken arada bir de Maria ve Elizabeth'e çeşitli sorular soruyordu ama özellikle kimin nesi olduğunu pek az bildiği ve Bayan Collins'e belirttiği gibi çok terbiyeli ve şirin bulduğu Elizabeth'e ilgi gösterdi. Kaç kız kardeşi olduğunu, bunların Elizabeth'ten büyük mü yoksa küçük mü olduklarını, içlerinden birinin evlenme olasılığı olup olmadığını, güzel olup olmadıklarını, nerede eğitim gördüklerini, babalarının ne tür araba kullandığını, annesinin kızlık adını sorup durmuştu. Genç kız bu sorulardaki küstahlığı hissediyor, fakat hepsine soğukkanlılıkla cevap veriyordu. En sonunda Leydi Catherine, "Sanırım babanızın mülkü Bay Collins'e miras kalacakmış..." dedikten sonra Charlotte'a döndü. "Sizin adınıza seviniyorum. Ama gerçekte mülkün evlattan evlada geçmemesi için bir neden görmüyorum. Sör Lewis de Bourgh'un ailesinde buna gerek duyulmamıştı. Piyano çalar, şarkı söyler misiniz Bayan Bennet?"

"Biraz."

"İyi! O zaman bir başka gün sizi dinlemekten mutluluk duyarız. Piyanomuz çok mükemmeldir. Belki de şeyden daha üstündür... Neyse bir gün denersiniz. Kız kardeşleriniz de piyano çalıp,şarkı söylüyorlar mı?"

"Biri."

"Neden hepiniz öğrenmediniz? Hepinizin öğrenmesi gerekirdi. Webb Ailesi'nin bütün kızları bilir; hem de babalarının sizin babanızınki kadar iyi bir geliri yok. Resim yapanınız var mı?"

"Hayır, hiçbirimiz."

"Ne? Hiçbiriniz mi?"

"Hiçbirimiz."

"Bu çok tuhaf... Ama herhâlde fırsat bulamamışsınızdır. Anneniz sizi her baharda Londra'ya götürerek büyük sanatçılardan yararlanmanızı sağlamalıydı."

"Annemin buna bir itirazı olmazdı ama babam Londra'dan nefret eder."

"Mürebbiyeniz yanınızdan ayrıldı mı?"

"Hiç mürebbiyemiz olmadı."

"Mürebbiyeniz yok muydu; bu nasıl olur? Beş kız evde mürebbiyesiz yetişsin! Hiç böyle şey duymadım. Anneniz herhâlde eğitiminiz için kendini parçalamıştır."

Elizabeth leydiye bunun hiç de böyle olmadığını bildirirken az daha kendini tutamayarak gülecekti.

"O hâlde sizi kim okuttu? Kim yetiştirdi? Mürebbiyeniz olmadığından sanırım eğitimde geri kalmışsınızdır."

"Kimi ailelerle kıyaslanınca öyle olduğunu sanıyorum ama öğrenmek isteyenlerimiz için her zaman imkân vardı. Okumaya özendiriliyorduk ve kitaplığımızda gerekli bütün büyük yazarların kitapları vardı. Tembellikten hoşlananlarımız da tabii tembellik ettiler."

"Kuşkusuz ama mürebbiye de işte bu tembelliği önlemek için gereklidir. Annenizi tanımış olsaydım bir mürebbiye tutması için ona canla başla önerilerde bulunurdum. Düzenli öğretim olmadıkça eğitim yapılamayacağını hep söylemişimdir. Bunu da ancak bir mürebbiye verebilir. Bu konuda kaç aileye yardım ettiğimi bilseniz şaşarsınız. Genç kızları, iyi ailelerin yanına yerleştirmekten hep mutluluk duymuşumdur. Bayan Jenkinson'un dört yeğeni de benim aracılığımla çok iyi yerlere yerleştiler. Daha geçen gün, rastlantı eseri duyduğum bir genci tavsiye ettim. Onu alan aile de çok memnun. Bayan Collins, size Leydi Metcalf'in dün gelerek bana teşekkür ettiğini söylemiş miydim? Bayan Pope'dan çok çok memnun. 'Leydi Catherine, siz bana bir hazine verdiniz,' diyor. Kız kardeşlerinizden sosyeteye tanıştırılan oldu mu, Bayan Elizabeth Bennet?"

"Evet, efendim, hepsi."

"Hepsi mi! Nasıl, beşi birden mi? Çok garip! Siz en büyükleri bile değilsiniz. Büyükler evlenmeden küçükler sosyeteye karışsın ha! Küçük kardeşleriniz epey genç olsa gerek."

"Evet, en küçüğümüz daha on altısında yok. Sosyeteye karışmak için belki henüz çok küçük sayılır ama büyükler çabuk evlenmiyor veya evlenemiyor diye küçüklerin sosyeteden ve eğlenceden paylarını almamaları bence haksızlık, efendim. Gençliğinin tadını çıkartmaya en büyük kız kadar en küçük kızın da hakkı var. Sırf ablaları evlenmedi diye küçükleri eve kapatmak! Bence bunun ne kardeş sevgisine ne de duyguların gelişimine bir faydası olur."

Leydi, "Bu kadar genç bir insan için fazla kesin konuşuyorsunuz..." dedi. "Kaç yaşındasınız Tanrı aşkına?"

Elizabeth gülümseyerek, "Kendimden küçük, üç yetişmiş kız kardeşim olduğu düşünülürse, sayın leydi yaşımı açıklamamı herhâlde beklemezler..." dedi.

Leydi Catherine doğrudan bir cevap alamadığı için adamakıllı şaşırmışa benziyordu. Elizabeth bu kadar büyük bir cüret göstermeye cesaret eden ilk kişinin kendisi olduğunu düşündü.

Leydi, "Yirmiden fazla olamazsınız..." dedi. "Buna eminim. Onun için yaşınızı gizlemenize gerek yok."

"Yirmi bir yaşma daha basmadım."

Baylar da onlara katılıp çay içildikten sonra oyun masaları çıkarıldı. Leydi Catherine, Sör William, Bayan ve Bay Collins kadril oyununa oturdular, genç de Bourgh kasino oynamak istediği için iki genç kız da Bayan Jenkinson'un kadroyu tamamlamasına yardım etme şerefini kazandılar. Ama bu masada müthiş bir aptallık hâkimdi. Arada sırada Bayan Jenkinson'un genç Bayan de Bourgh'un üşümesinden, ateşi olmasından, ışığın gözlerine fazla kuvvetli yahut fazla zayıf gelmesinden endişelenmesi dışında, ağızlarından oyunla ilgisi olmayan tek bir söz bile çıkmıyordu. Öbür masa çok daha hareketliydi. Leydi Catherine hemen hiç durmadan konuşuyor; diğer üçünün hatalarını söylüyor veya bir anısını anlatıyordu. Bay Collins'in işi gücü sayın leydinin her söylediğini onaylamak, kazandığı her fiş için ona teşekkürlerini sunmak, çok kazandığını düşününce özür dilemekti. Sör William fazla konuşmuyor, leydinin anılarını ve soyluların isimlerini belleğine kaydediyordu.

Leydi Catherine ile kızının keyiflerinin istediği kadar oynandıktan sonra masalar kaldırıldı. Bayan Collins'e yapılan araba önerisi teşekkürlerle karşılanınca arabanın hemen hazırlanması emredildi. Bundan sonra herkes Leydi Catherine'in ertesi gün havanın nasıl olacağı hakkında yaptığı yorumu dinlemek için şöminenin çevresine toplandı. Ama araba gelince bu konuşma yarım kaldı ve Bay Collins birçok teşekkür nutukları verdikten, Sör William da sayısız reverans yaptıktan sonra ayrıldılar. Araba kapıdan biraz uzaklaşır uzaklaşmaz Bay Collins, Elizabeth'e Rosings'te gördükleri hakkında fikirlerini sordu. Genç kız Charlotte'un hatırı için izlenimlerini aslında olduğundan daha olumlu gösterdi. Fakat kendini zorlama pahasına yaptığı bu övgüler, Bay Collins'i kesinlikle tatmin etmedi ve bu yüzden sayın leydiyi övme işini hemen kendisi üzerine aldı.

XXX

Sör William, Hunsford'da yalnızca bir hafta kaldı; fakat bu kısa misafirliği, onu kızının çok rahat bir yuva kurduğuna, herkese kolay kolay nasip olmayan bir kocası ve bir komşusu olduğuna inandırmaya yetmişti. Sör William orada kaldığı süre boyunca Bay Collins sabahlarını, onu arabasıyla etrafta gezdirmeye ayırmıştı ama o gidince bütün aile sıradan işlerine koyuldular. Bu değişiklik üzerine Bay Collins ile birlikte geçen saatlerinin azalmasından Elizabeth memnundu; çünkü Bay Collins şimdi kahvaltı ile öğle yemeği arasındaki zamanının çoğunu ya bahçede çalışmak veya okuyup yazmakla ya da yola bakan çalışma odasından dışarıyı seyretmekle geçiriyordu. Bayanların oturduğu oda arka taraftaydı. Charlotte'un yemek salonunun, oturma odası olarak kullanılmayışına Elizabeth önce şaşmıştı; çünkü burası hem daha geniş, hem de manzaralı bir odaydı. Ama çok geçmeden bunun çok geçerli bir nedeni olduğunu anladı. Bay Collins'in çalışma odası kadar ferah bir odada oturulsa, o zaman genç adam kendi çalışma odasında daha az kalacaktı. Elizabeth aldığı bu önlemden ötürü Charlotte'u takdir etti.

Bayanlar, bu salondan bahçe yolunu göremiyordu ancak holden hangi arabaların geçtiğini, özellikle genç de Bourgh'un faytonu ile kaç kere çıktığını ve bu hemen hemen her gün tekrarlanan bir şey olduğu hâlde bildirmeyi hiç ihmal etmeyen Bay Collins'ten öğreniyorlardı. Genç de Bourgh, sık sık papaz evinin önünde durur ve Charlotte ile birkaç dakika konuşurdu, fakat o kadar çok ısrar edildiği hâlde arabadan hiç inmezdi.

Bay Collins'in Rosings'e gitmediği günler pek azdı ve eşinin de leydiyi görmeye gitmeyi ihmal ettiği gün yok gibiydi. Elizabeth, başka bir papazlık ödeneğinin daha kazanılabileceği olasılığını aklına getirmeden, karı kocanın bu kadar uzun saatler harcamalarına bir anlam verememişti. Arada sırada sayın leydi onlara misafirliğe gelme şerefini bağışlıyor ve bu misafirlikler sırasında odada olan hiçbir şey gözünden kaçmıyordu. Neyle uğraştıklarını inceler, işlerine bakar, bunları başka türlü yapmalarını önerir, eşyanın yerleştirilmesinde kusur bulur, hizmetçiyi tembellik ederken yakalardı. Arada sırada yemek ikramını kabul ettiğinde bunu Bayan Collins'in rostolarının ailesine göre fazla büyük olup olmadığını ölçmek amacıyla yapıyor gibiydi.

Elizabeth, bu büyük leydinin, suç işleyenlere bakan yargıçlar komisyonunda olmamakla beraber, kendi mahallesinde çok etkin bir yargıç olduğunu kısa zamanda gördü. Bu mahallenin en ufak dertlerini bile Bay Collins ona anlatır, kulübelerde kavga çıkarsa, hoşnutsuzluk veya yoksulluk baş gösterirse leydi hemen oraya koşar, anlaşmazlıkları çözer, şikâyetleri dindirir, onları azarlayarak barıştırır veya parasızlıktan kurtarırdı.

Rosings'te yemek daveti haftada iki defa tekrarlanıyordu ve Sör William gittikten sonra yalnızca bir oyun masası kurulması bir yana, her toplantı bir öncekinin aynıydı. Çevredeki insanların yaşama biçimi Collinslerin erişemediği düzeyde olduğu için bu toplantıların dışındaki eğlenceleri pek yok sayılıydı. Ama böyle olması Elizabeth'i sıkmıyordu. Genellikle hoş vakit geçiriyor, Charlotte ile tatlı sohbetler ediyordu. Sonra havalar da yılın o zamanına göre çok iyi gidiyor, genç kız da parkta dolaşarak eğlenebiliyordu. Güzel, gölgeli bir patikası da olan ve parkı çevreleyen açık koru boyunca uzanan yolu çok beğeniyordu. Başka hiç kimsenin rağbet etmediği anlaşılan bu yolda Elizabeth, evdekiler Leydi Catherine'i ziyarete gittikleri zaman geziniyor, burada kendini Leydi Catherine'in meraklı gözlerinden uzak hissediyordu.

Ziyaretinin ilk on beş günü böyle sakin şekilde, çabucak geçiverdi. Paskalya yaklaşıyordu; bu yortudan bir hafta önce Rosings'e gelecek akrabalarla aile kalabalıklaşacaktı ve bu kadar küçük bir çevrede kuşkusuz bunun önemi büyüktü. Elizabeth geldikten kısa bir süre sonra, Bay Darcy'nin birkaç haftaya kadar Rosings'te beklendiğini duymuştu. Genç kızın Bay Darcy'ye tercih etmediği tanıdıkları pek az olmakla beraber, onun gelişiyle Rosings'teki toplantılarda hiç olmazsa yeni bir yüz bulunacağı için memnundu. Ayrıca Elizabeth genç adamın kuzenine olan davranışına bakarak Bayan Caroline Bingley'in kurduğu hayallerin ne kadar ümitsiz olduğunu da görerek eğlenecekti. Çünkü Bay Darcy'nin gelecek olmasından büyük bir memnunluk duyduğunu belirten, ondan çok büyük hayranlıkla söz eden ve Maria Lucas ile Elizabeth'in onu sık sık görmüş bulunmalarına âdeta öfkelenen Leydi Catherine'in, kızını Darcy'ye vermeyi kararlaştırdığı belliydi.

Bay Darcy'nin gelişi papaz evinde hemen duyuldu. Çünkü Bay Collins o gün sabahtan öğleye kadar Hunsford Lane'e bakan evleri görebilecek şekilde yürüyüp duruyordu ve dolayısıyla misafirin geldiğini en erken ve kesin olarak o öğrendi. Araba parka girerken yerlere kadar eğilip misafiri selamladıktan sonra hemen eve koşarak büyük haberi verdi. Ertesi sabah da saygılarını sunmak için acele Rosings'e gitti. Bu saygıların Leydi Catherine'in iki yeğeni arasında bölüşülmesi gerekiyordu. Çünkü Bay Darcy beraberinde, Lord olan dayısının küçük oğlu Albay Fitzwilliam adında birini de getirmişti. İşin en şaşırtıcı tarafı Bay Collins'in bu misafir baylarla beraber dönmesiydi. Charlotte, kocasının odasından onları görmüştü. Hemen öbür odaya koşarak kızlara kendilerini bekleyen büyük şerefi müjdeledi:

"Bu şeref için sana teşekkür etmeliyim, Eliza..." dedi. "Çünkü Bay Darcy benim ziyaretime asla bu kadar çabuk gelmezdi."

Elizabeth bu iltifatı hiç hak etmediğini söylemeye zaman bulamadan, kapının zili misafirlerin geldiklerini haber verdi ve az sonra da üç bay odaya girdi. En önde yürüyen Albay Fitzwilliam otuz yaşlarında, yakışıklı olmasa da hâli ve tavrıyla tam bir beyefendiydi. Bay Darcy, Hertfordshire'da nasılsa gene öyleydi. Bayan Collins'i her zamanki gibi duygularını hiç belli etmeyen bir tavırla selamladı. Elizabeth'e karşı duyguları ne olursa olsun, onu da sakince selamladı. Genç kız tek kelime söylemeden sadece selam verdi.

Albay Fitzwilliam iyi terbiye görmüş kişilere özgü bir rahatlıkla hemen konuşmaya başladı. Çok hoş konuşuyordu. Ama kuzeni Bay Darcy, Bayan Collins'e ev ve bahçe hakkında birkaç kelime söyledikten sonra bir süre kimse ile konuşmadan oturdu. Yine de sonunda Elizabeth'e ailesinin sağlığını soracak kadar nazik davrandı. Genç kız her zamanki tavrıyla ona cevap verdi ve bir dakikalık bir sessizlikten sonra:

"Ablam üç aydan beri Londra'da... Onunla hiç karşılaşmadınız mı?" diye ekledi.

Karşılaşmadıklarını çok iyi biliyordu ama Bingleyler ile Jane arasında geçenlerden haberi olduğunu belli edip etmeyeceğini görmek istiyordu. Elizabeth'e sanki Bayan Jane Bennet'a rastlama mutluluğuna eremediğini söylerken Bay Darcy, biraz şaşırmış gibi geldi. Bu konuda daha fazla konuşulmadı, biraz sonra da misafirler gittiler.

XXXI

Evdekiler Albay Fitzwilliam'ın tavırlarını çok beğenmişlerdi ve bayanlar, Rosings'teki toplantıların bu genç sayesinde çok daha hoş olacağını hissediyorlardı. Ama köşke ancak birkaç gün sonra çağrıldılar; çünkü misafirler varken onların arkadaşlığı pek aranmıyordu. Misafirler geldikten bir hafta sonra, paskalya günü böyle bir ilgiyle onurlandırıldılar, o da, kiliseden çıkarken, akşama oraya gitmeleri söylendiğinde! Hafta içinde Leydi Catherine'i ve kızını pek az görmüşlerdi. Bu süre içinde Albay Fitzwilliam papaz evini bir iki defa ziyaret etmişti. Ama Bay Darcy sadece kilisede ortaya çıkmıştı.

Davet elbette ki kabul edilmiş ve söylenen saatte Leydi Catherine'in salonundaki topluluğa katılmışlardı. Sayın leydi onları nezaketle karşıladı, fakat bunun kimseyi bulamadığı zamanlardaki kadar istekle olmadığı belliydi. Gerçekten Leydi Catherine hemen hemen hep yeğenleriyle ilgileniyordu; odada herkesten çok onlarla, özellikle Darcy ile konuşuyordu. Albay Fitzwilliam misafirlerin geldiğine gerçekten sevinmişe benziyordu; Rosings'te herhangi bir yeniliğe susamıştı. Bayan Collins'in şirin arkadaşı da çok hoşuna gidiyordu. Onun yanına oturmuş; kentten ve Hertfordshire'dan, seyahate çıkmaktan, evde oturmaktan, yeni kitaplardan ve müzikten tatlı tatlı konuşmuştu. Elizabeth bu odada o zamana kadar bu akşam eğlendiğinin yarısı kadar eğlenememişti. O kadar canlı ve uzun konuştular ki Bay Darcy'nin yanı sıra Leydi Catherine'in de ilgisini çektiler. Darcy'nin meraklı bakışları sık sık onlara çevriliyordu, biraz sonra sayın leydinin de aynı şekilde merak ettiği belli oldu. Çünkü leydi hiç çekinmeden:

"Neler anlatıyorsun, Fitzwilliam?" dedi yüksek sesle. "Nelerden konuşuyorsunuz? Bayan Elizabeth Bennet'a neler söylüyorsun? Ben de duyayım."

Cevap vermek zorunda kalan Fitzwilliam, "Müzikten konuşuyoruz, efendim..." dedi.

"Müzikten mi? O hâlde rica ederim, yüksek sesle konuşun. En hoşlandığım konudur bu. Eğer müzikten söz ediyorsanız, sohbetten ben de payımı almalıyım. Sanırım İngiltere'de benim kadar gerçek bir müzik zevki veya doğuştan zevk sahibi olan çok az kişi vardır. Eğer bir şey çalmayı öğrenseydim, kesinlikle büyük bir yetenek olurdum. Sağlık durumu izin verse de kendini müziğe verebilse eminim Anne de çok güzel çalardı... Georgiana nasıl bu konuda, Darcy?"

Bay Darcy, kız kardeşinin yeteneğini sevgi dolu bir dille övdü.

Leydi Catherine, "İşte buna çok sevindim..." dedi. "Lütfen benim adıma ona, çok çalışmazsa piyanoyu ilerletemeyeceğini söyle."

Darcy, "Georgiana'nın..." dedi, "böyle bir öğüde ihtiyacı olmadığından emin olabilirsiniz. Zaten devamlı çalışıyor."

"Ne kadar çalışırsa o kadar iyi. Çalışmanın fazlası yoktur. Bir dahaki mektubumda piyano derslerini hiçbir şekilde asmamasını öğütleyeceğim. Genç bayanlara her zaman, sürekli çalışmadıkça ustalığa erişilemeyeceğini söylemişimdir. Bayan Elizabeth Bennet'a da daha çok çalışmazsa gerçekten iyi çalamayacağını birçok kez söyledim. Bayan Collins'in piyanosu yoksa da, ona sık sık söylediğim gibi, her gün Rosings'e gelebilir ve Bayan Jenkinson'un odasındaki küçük piyanoda çalışabilir. Evin o tarafında kimseyi de rahatsız etmez."

Bay Darcy, teyzesinin kabalığı yüzünden biraz utanmış gibi görünüyordu ve cevap vermedi.

Kahveler içildikten sonra Albay Fitzwilliam, Elizabeth'e, kendisine piyano çalmaya söz verdiğini hatırlattı ve genç kız hemen piyanoya geçti. Fitzwilliam da bir iskemle çekerek onun yanına oturdu. Leydi Catherine bir şarkının yarısına kadar dinledikten sonra, gene eskisi gibi öbür yeğeniyle konuşmaya başladı. Sonunda Bay Darcy onu bırakıp kalktı ve her zamanki ölçülü tavrıyla piyanoya doğru yürüdükten sonra, çalanın güzel yüzünü iyice görebileceği bir yere oturdu. Elizabeth onun ne yaptığını gördü ve uygun olan ilk anda durarak alaylı bir gülümseyişle:

"Beni dinlemeye böyle açıkça gelerek beni korkutmak mı istiyorsunuz Bay Darcy?" dedi. "Ama kardeşinizin çok güzel çaldığını bildiğim hâlde yılmayacağım. Başkalarının keyfi olsun diye korkmayacak kadar inatçıyımdır. Beni korkutmak için yapılan her girişim karşısında cesaretim artar."

Bay Darcy, "Yanılıyorsunuz demeyeceğim..." cevabını verdi. "Sizi gerçekten yıldırma niyetinde olduğuma inanmış olamazsınız. Aslında sizin olmayan fikirleri ara sıra ileri sürmekten çok zevk aldığınızı öğrenebilecek kadar bir süredir sizi tanıma şerefine ermiş bulunuyorum."

Elizabeth kendini anlatan bu sözlere candan güldü, sonra Albay Fitzwilliam'a dönerek, "Kuzeniniz, size hakkımda çok güzel fikirler verecek ve söylediklerimin bir kelimesine bile inanmamanızı tavsiye edecek..." dedi. "Kendimi az çok beğendirebileceğimi umduğum dünyanın bu köşesinde, gerçek karakterimi tamamıyla ortaya dökebilecek birisiyle karşılaşmış olmak benim için gerçekten büyük talihsizlik. Bay Darcy, Hertfordshire'daki bütün kusurlarımı sayıp dökmeniz büyük bir insafsızlık olur; ayrıca iyi bir taktik olmadığını söylememe de izin verin. Çünkü misilleme yapmam için beni kışkırtabilir ve akrabalarınızın üzerinde ağır bir darbe etkisi yapacağı kesin şeyler söyleyebilirim."

Genç adam gülümseyerek, "Sizden korkmuyorum..." cevabını verdi.

Albay Fitzwilliam heyecanlanmıştı. "Rica ederim..." dedi. "Onu neyle suçladığınızı bilmek istiyorum. Yabancılar arasında nasıl davrandığını bileyim."

"O hâlde dinleyin ama kendinizi korkunç şeylere hazırlayın. Bay Darcy'yi ilk defa Hertfordshire'daki baloda gördüm. Ve bu baloda ne yaptı dersiniz? Yalnızca dört defa dans etti. Size acı verdiğim için üzgünüm ama doğrusu bu. Erkek sayısı çok az olduğu, birçok genç bayan kavalyesizlikten oturmak zorunda kaldığı hâlde -evet bunu çok iyi hatırlıyorum- yalnız dört defa dansa kalktı. Bay Darcy, bu gerçeği inkâr edemezsiniz."

"O baloda, beraber gelmiş olduğum gruptakilerden başka hiçbir bayanla tanışma şerefini kazanmamıştım."

"Doğru ve bir baloda da kimse kimseye tanıştırılamaz, öyle değil mi? Evet Albay Fitzwilliam, bundan sonra ne çalayım? Parmaklarım emirlerinizi bekliyor."

Bay Darcy, "Tanıştırılmak istesem belki de daha iyi ederdim..." dedi, "ama kendimi yabancılara sevdirme konusunda başarılı değilimdir."

Elizabeth gene Albay Fitzwilliam'a, "Bunun nedenini kuzeninize soralım mı?" dedi, "Aklı başında, eğitimli, dünyayı görmüş bir adamın kendini yabancılara neden sevdiremediğini ondan öğrenmek isteyelim mi?"

Fitzwilliam, Darcy'ye bakmaksızın, "Sorunuza cevap verebilirim. Bunun nedeni, kendini hoşa gitme zahmetine sokmak istememesi..." dedi.

Darcy, "Kuşkusuz..." karşılığını verdi, "daha önce hiç görmediğim insanlarla hemen rahatça konuşmaya girişme konusunda bazılarında gördüğüm yetenek bende yok. Ne onlar gibi konuşabilirim ne de birçok kez tanık olduğum şekilde konuştuklarıyla ilgilenmiş gibi görünebilirim."

Elizabeth, "Parmaklarım..." dedi, "piyanonun üzerinde birçok kadınınki kadar ustalıkla kaymıyor. Aynı hızla gidemiyor, aynı ifade ile çalamıyor. Ama bunun suçunu her zaman kendimde aradım çünkü çok çalışma zahmetine girmedim. Yoksa benim parmaklarımın da benden çok daha iyi çalan kadınlarınki kadar yetenekli olduğuna inanmadığımdan değil."

Darcy gülümseyerek, "Çok haklısınız..." dedi. "Siz zamanınızı çok daha yararlı şekilde geçirdiniz. Sizi dinleme şerefini kazanan hiç kimse çalışınızda bir kusur görmez. Esasen ne siz ne de ben, becerilerimizi yabancıların önünde sergilemekten hoşlanmıyoruz."

Tam bu sırada Leydi Catherine, ne konuştuklarını sorarak sözlerini kesti. Elizabeth hemen tekrar çalmaya başladı. Leydi Catherine yaklaştı, birkaç dakika dinledikten sonra Darcy'ye, "Bayan Elizabeth..." dedi, "biraz daha çalışsa, Londra'da bir hocadan da yararlansa hiç de fena çalmayacak. Zevki Anne kadar iyi olmasa da, parmaklarını çok güzel kullanıyor. Sağlığı öğrenmesine izin verseydi Anne çok güzel çalabilirdi."

Elizabeth, Darcy'nin kuzeni hakkındaki bu övgüleri ne dereceye kadar içtenlikle desteklediğini görmek için genç adama baktı ama ne o anda ne de daha başka bir zamanda hiçbir belirti göremedi. Bay Darcy'nin Bayan de Bourgh'a davranışına bakarak Caroline Bingley adına içi ferahladı. Çünkü akraba olsalar, Bay Darcy ile onun evlenme olasılığı da Anne de Bourgh kadar kuvvetli olurdu.

Leydi Catherine, Elizabeth'in çalışı hakkında görüşlerini sayıp dökmeye devam etti. Bunlara, sanat ve zevk konusunda birçok ders de karıştırıyordu. Genç kız bütün bunları nezaket gereği büyük bir sabırla dinledi ve sayın leydinin arabası onları götürmek üzere hazır oluncaya kadar beyefendilerin ricasıyla piyanonun başından hiç kalkmadı.

XXXII

Bayan Collins ile Maria bir iş için köye gittiklerinden, Elizabeth ertesi sabah yalnız başına oturmuş, Jane'e mektup yazıyordu. Birdenbire kapının zili çaldı. Bir misafir geldiği kesindi. Bir araba sesi duymadığı için genç kız bunun Leydi Catherine olabileceği endişesi ve saldırgan sorulardan kurtulmak isteğiyle yarım kalmış mektubunu kaldırırken kapı açıldı. Elizabeth şaşırıp kaldı. Çünkü gelen Bay Darcy'ydi ve yanında başka hiç kimse yoktu.

O da Elizabeth'i yalnız bulmuş olmasına şaşırmış gibiydi. Bütün bayanları evde sanarak geldiğini söyleyerek genç kızı rahatsız ettiği için özür diledi.

Oturdular ve Elizabeth, Rosings'tekilerin nasıl olduklarını sorduktan sonra tam bir sessizliğe gömülme tehlikesiyle karşı karşıya kaldılar, kesinlikle konuşacak bir şey düşünmek gerekiyordu. Bunun telaşıyla Hertfordshire'da birbirlerini son gördükleri zamanı hatırlayarak aceleyle Londra'ya gitmeleri hakkında genç adamın ne söyleyeceğini merak eden Elizabeth:

"Geçen kasımda..." dedi, "Netherfield'dan ne kadar acele ayrılmıştınız, Bay Darcy. Böyle hemen ardından geldiğinizi görmek Bay Bingley için herhâlde hoş bir sürpriz olmuştur, çünkü hatırladığım kadarıyla o sadece bir gün önce gitmişti. Londra'dan ayrıldığınızda umarım hepsi iyi durumdaydı."

"Çok iyiydiler, teşekkür ederim."

Genç kız bundan başka bir cevap alamayacağını anladı ve kısa bir sessizlikten sonra:

"Duyduğuma göre..." diye ekledi, "Bay Bingley tekrar Netherfield'a dönmeye pek niyetli değilmiş."

"Böyle bir şey söylediğini hatırlamıyorum ama bundan böyle orada pek az zaman geçirirse hiç şaşmam. Çok dostu var. Dost sayısının durmadan arttığı yaşlara gelmiş bulunuyor."

"Eğer Netherfield'da pek seyrek kalma niyetindeyse orasını tamamıyla boşaltması komşuları için daha iyi olur; çünkü o zaman belki de bizler orada sürekli oturacak bir komşu kazanırız. Ama ne var ki Bay Bingley bu köşkü komşularını değil, kendini düşünerek tutmuştur. Burasını tutmaya devam ederken veya boşaltırken de aynı ilkelerle hareket etmesi beklenebilir."

Darcy, "Uygun bir öneri alır almaz, orasını boşaltırsa hiç şaşmam..." dedi.

Elizabeth cevap vermedi. Ondan, daha uzun söz etmekten korkuyordu. Söylemek istediği başka bir şey de olmadığı için konu bulma zahmetini karşısındakine bırakmaya karar verdi.

Bay Darcy bunu anladı ve hemen söze başladı: "Burası çok rahat bir eve benziyor. Bay Collins, Hunsford'a ilk geldiği zaman Leydi Catherine bu evi düzenlemek için bir hayli uğraştı sanırım."

"Eminim öyledir ve eminim leydi, lütuflarından daha çok minnet duyacak birisini bulamazdı."

"Bay Collins açısından çok şanslı görünüyor."

"Evet, gerçekten öyle... Bay Collins'i kabul edebilecek veya ettikten sonra mutlu edebilecek aklı başında ancak bir iki kadın bulunabilirdi. Onun bunlardan biriyle karşılaşma imkânını bulmasına dostları çok sevinse gerek. Arkadaşım çok akıllıdır. Hoş Bay Collins ile evlenmesini şimdiye kadar yaptığı en akıllıca hareket saymıyorum ya! Ama çok mutlu görünüyor. Mantıklı bakılırsa, kuşkusuz bu, onun için çok iyi bir evlilik."

"Ailesine ve dostlarına bu kadar yakın bir yerde oturuyor olmak da onun adına herhâlde hoş bir şey."

"Siz buna yakın mı diyorsunuz? Neredeyse elli mil..."

"Yol iyi olduktan sonra elli mil nedir ki? Yarım günden biraz daha uzun bir yolculuk! Evet, bence oldukça yakın sayılır."

Elizabeth, oldukça heyecanlandı. "Bayan Collins ailesine yakın bir yerde oturuyor demek aklımdan geçmedi."

"Bu sizin Hertfordshire'a ne kadar bağlı olduğunuzun kanıtı. Öyle sanıyorum ki Longbourn çevresinin dışında kalan her yer size uzak görünüyor."

Bunları söylerken yüzünde beliren anlamlı gülümsemeden genç kız, Bay Darcy'nin Jane'i ve Netherfield Köşkü'nü ima ettiği anlamını çıkardı. Elizabeth cevap verirken kızardı:

"Bir kadın ailesine pek yakın bir yerde oturmamalıdır, demek istemiyorum. Uzak ve yakın görecelidir ve birçok değişen koşula bağlıdır. Yolculuk masrafını önemsiz kılacak kadar zengin olanlar için mesafe, sorun olmaktan çıkar. Ama Charlotte o durumda değil. Bay ve Bayan Collins'in rahat yaşayacak kadar gelirleri var ama bu para sık sık yolculuk yapmalarına yetmez. Bence, arkadaşım ailesine burasının yarı yolu kadar bir mesafede otursaydı bile gene kendini yakın sayamazdı."

Bay Darcy iskemlesini biraz ona yaklaştırarak, "Yerinize bu kadar bağlı olmaya hakkınız yok..." dedi. "Her zaman Longbourn'da kalamazsınız."

Elizabeth şaşırdı. Genç adam duygularında bir değişiklik hissedince iskemlesini geri çekti, masanın üzerinden bir gazete aldı ve gözlerini satırlarda gezdirerek daha soğuk bir ses tonuyla, "Kent'ten hoşlandınız mı?" dedi.

Kent hakkında başlayan ve iki tarafın da sakin ve kısa cümleleriyle devam eden konuşma, yürüyüşten henüz dönen Charlotte ile kız kardeşinin içeri girmesiyle kesildi. Elizabeth ile Darcy'yi baş başa bulmak onları şaşırtmıştı. Bay Darcy, Bayan Elizabeth Bennet'ı rahatsız etmesiyle sonuçlanan hatasını anlattı; kimse ile fazla bir şey konuşmadan birkaç dakika daha oturduktan sonra çıkıp gitti.

O gider gitmez Charlotte, "Bu ne anlama geliyor? Elizacığım, herhâlde sana âşık; yoksa bizi ziyarete böyle habersiz gelmezdi."

Ama Elizabeth onun ne kadar az konuştuğunu anlatınca, Charlotte'un bütün dileklerine rağmen, bunun aşk işi olmadığı anlaşılmıştı. Bir sürü olasılık ileri sürüldükten sonra genç adamın yapacak başka bir şey bulamadığı için geldiğinde karar kıldılar. Yılın bu mevsiminde gerçekten yapılacak çok az şey vardı. Açık hava sporlarının mevsimi geçmişti. Evde Leydi Catherine, kitaplar ve bilardo ile de zaman geçirebilirdi ama erkeklerin sürekli evde kalmaları beklenemezdi. Papaz evinin yakınlığı veya oraya giden yolun güzelliği ya da içinde oturanlar, iki kuzeni hemen her gün oraya çekiyordu. Sabahın çeşitli saatlerinde bazen ayrı ayrı, bazen birlikte, arada sırada da teyzelerinin eşliğinde misafirliğe geliyorlardı. Albay Fitzwilliam'ın dostluğundan hoşlandığı için geldiği ortada olduğundan, genç adam daha çok güven veriyordu. Onunla beraber olmaktan duyduğu memnuniyet, aynı zamanda genç adamın açıkça görülen hayranlığı, Elizabeth'e eski gözdesi George Wickham'ı hatırlatıyordu. Onları kıyaslarken Albay Fitzwilliam'ın tavırlarını Wickham'ınkinden daha az çekici bir yumuşaklıkta bulmasına rağmen kültür yönünden albayı, düşünce bakımından onu daha üstün buluyordu.

Bay Darcy'nin papaz evine neden sık sık misafirliğe geldiğini anlamak daha zordu. Herhâlde sohbet etmeye gelmiyordu, çünkü bazen on dakika hiç ağzını açmadan oturduğu oluyordu. Konuştuğu zaman da istediği için değil de, gerektiği için konuşuyormuş gibiydi, sanki zevk almıyor, âdetlerin gereğine uyuyordu. Gerçekten samimi göründüğü zamanlar enderdi. Bayan Collins ona nasıl davranacağını kestiremiyordu. Albay Fitzwilliam'ın onun bu aptallığına gülmesi, Darcy'nin genelde böyle olmadığını gösteriyordu ki Charlotte onu az tanıdığından, bunun nedenini kendiliğinden bilemezdi. Bu değişikliğin aşktan kaynaklandığına, bu aşkın arkadaşı Eliza'ya yöneldiğine inanmak istediği için bu konuyu halletmeyi kendine iş edindi.

Rosings'e her gittiklerinde veya o Hunsford'a her geldiğinde Charlotte, Bay Darcy'yi gözetliyor ama bir sonuca ulaşamıyordu. Arkadaşına sık sık baktığı kesindi ama bu bakışların ne anlama geldiği tartışılırdı. Bu derin, sabit bakışlarda büyük bir hayranlık olduğundan genç kadın çoğu kez kuşkulansa da, bazen dalgınlıktan başka bir şey okunamıyordu.

Birkaç kez Elizabeth'e, Darcy'nin ona eğilim duyması olasılığından söz etti ama genç kız bu fikre hep gülüyordu. Bayan Collins de hayal kırıklığı ile bitebilecek ümitler uyandırma tehlikesine karşı bunun üstünde fazla durmayı doğru bulmadı. Çünkü Charlotte, Bay Darcy'nin kendine âşık olduğuna inandığı anda Elizabeth'in ona karşı duyduğu bütün soğukluğu kesinlikle unutacağı kanısını edinmişti.

Elizabeth için kurduğu tatlı hayaller arasında, onun Albay Fitzwilliam ile evlenmesi de vardı. Bu genç, eşsiz derecede hoş bir adamdı. Kuşkusuz Elizabeth'i beğeniyordu ve konumu da çok elverişliydi. Ama bütün bunlara rağmen Bay Darcy'nin kilisedeki önemli nüfuzuna karşılık kuzeninin hiçbir nüfuzu yoktu.

XXXIII

Elizabeth parkta dolaşırken birkaç kez hiç beklemediği anda Bay Darcy ile karşılaştı. Başka kimsenin gelmediği bu yerlere onu sürükleyen rastlantının tersliğine sıkılarak ve bunun tekrarlanmasını önlemek niyetiyle, kendisinin bu yolu sevdiğini özellikle belirtti. Bu nedenle ikinci kez rastlaşmaları çok tuhaftı. Bu da yetmedi, üçüncü kez de karşılaştılar. Bunu ya bile bile Elizabeth'i kızdırmak ya da kendi kendine işkence etmek için yapıyor olmalıydı. Çünkü bu karşılaşmalarda yalnız resmî bir şekilde hâl hatır sorulup, sıkıcı bir duraklamadan sonra ayrılıp gidilmiyordu; Bay Darcy geri dönüp Elizabeth ile yürümeyi gerekli görüyordu. Genç adam asla fazla konuşmuyordu. Böylelikle Elizabeth ne konuşma ne de onu dinleme sıkıntısına giriyordu. Bay Darcy'nin bazı tuhaf ve birbirini tutmayan sorular sorduğunu ancak üçüncü karşılaşmalarında fark etti. Hunsford'da olmaktan memnun muymuş, yalnız yürümeyi seviyor muymuş, Bay ve Bayan Collins'in mutlu olduklarını düşünüyor muymuş ve sonra Rosings'ten ve Elizabeth'in köşkü iyice tanıyamamasından da söz açmış ve genç kız bir daha kente geldiği zaman Rosings'te kalmasını ister gibi konuşmuştu. Sözlerinden bu anlam çıkıyordu. Acaba bunları Albay Fitzwilliam'ı düşünerek mi söylüyordu? Elizabeth'e, eğer Bay Darcy bir şey ima etmek istiyorsa, herhâlde albay ile evleneceğini ima etmek istiyormuş gibi geldi. Buna biraz üzüldü ve yürüye yürüye papaz evine geldiklerini görünce âdeta sevindi.

Bir gün gene böyle dolaşırken Jane'in son mektubunu bir daha gözden geçiriyor, ablasının bu mektubu yazarken pek de mutlu olmadığını gösteren bazı bölümler üzerinde duruyordu ki bu kez karşısına Bay Darcy değil, Bay Fitzwilliam çıktı. Elizabeth hemen mektubu kaldırdı, gülümsemeye çalışarak:

"Sizin bu taraflarda dolaştığınızı bilmiyordum..." dedi.

"Her yıl yaptığım gibi bu kez de parkın her yanını gezdim ve gezintimi papaz evine bir ziyaretle tamamlama niyetindeydim. Siz daha yürüyecek misiniz?"

"Hayır, ben de dönmek üzereydim."

Bunun üzerine döndü ve ikisi birlikte eve doğru yürümeye başladılar.

Elizabeth, "Cumartesi kentten ayrılacağınız kesin mi?" diye sordu.

"Evet, eğer Darcy gene ertelemezse. Ben ona bağlıyım. O dilediği gibi karar veriyor."

"Yaptığı düzenlemeden hoşlanmasa bile, hiç olmazsa dilediğini yapma gücü ona büyük bir zevk verir. Keyfine göre hareket edebilme gücünün tadını Bay Darcy'den daha güzel çıkartan kimse görmedim."

Albay Fitzwilliam, "Evet..." diye cevap verdi, "istediği gibi hareket etmekten hoşlanır ama hepimiz öyleyiz. Ama o bunu yapmak için birçoklarından daha elverişli bir durumda çünkü o zengin, birçokları ise yoksul. Bu sözleri samimiyetle söylüyorum. Biliyorsunuz ailenin küçük oğlu olarak özveriye ve başkalarına bağımlı olmaya kendimi alıştırmalıyım."

"Bence bir unvan sahibi babanın küçük oğlu, bunların hiçbirini bilmez. Gerçekten, siz özveri nedir, başkasına bağımlı olmak nedir biliyor musunuz? Parasızlık ne zaman sizi istediğiniz yere gitmekten veya imrendiğiniz bir şeyi almaktan alıkoydu?"

"Bunlar ölçüye göre değişen sorular. Bu türden çok zorluk çektiğimi söyleyemem belki ama daha ağır basan sorunlarda parasızlığın sıkıntısını çekmiş olabilirim. Örneğin, küçük oğullar istedikleri zaman evlenemezler."

"Zengin bir kadını beğenmediği sürece, sanırım çoğu zaman öyle oluyor."

"Para harcama alışkanlıklarımız bizi yeterince özgür davranmaktan yoksun bırakır. Hayatta benim mevkimde olanlar arasında paraya hiç aldırmadan evlenebilenlerin sayısı çok değil."

"Bana bir şey ima etmeye mi çalışıyor," diye düşündü Elizabeth ve bu düşünceyle yüzü renkten renge girdi. Ama kendini toplayarak, canlı bir tavırla, "Küçük oğulların piyasa fiyatı nedir?" diye sordu. "Yalvarırım söyleyin. Ağabey pek hastalıklı olmadıkça elli bin sterlinden fazla istemezsiniz umarım?"

Genç adam da ona aynı şakacılıkla cevap verdi ve bu konu böylece kapandı. Konuşmalarının etkisi altında kaldığı sanısını uyandırabilecek bir sessizliği önlemek için Elizabeth hemen:

"Herhâlde..." dedi, "kuzeniniz sizi buraya sadece yanında buyruk verebileceği birisi bulunsun diye getirdi. Neden evlenip de buyruğu altında sürekli birisini bulundurmayı sağlamadığına şaşıyorum. Ama belki şimdilik bu amaca kız kardeşi hizmet ediyordur. Sonra ona bakan da yalnızca kendisi olduğu için kızı istediği gibi idare ediyordur."

"Hayır, bu benimle paylaşmak zorunda olduğu bir avantaj... Çünkü Bayan Darcy'nin ortak velileriyiz."

"Gerçekten öyle misiniz? Ne tür bir vasilik, lütfen söyler misiniz? Ona bakmak size çok zahmet veriyor mu? O yaşta genç bayanların yönetimi bazen güç olur ve eğer onda da gerçek bir Darcy ruhu varsa, keyfinin istediğini yapmaktan herhâlde hoşlanıyordur."

Bu sözleri söylerken genç adamın kendisine dikkatle baktığını fark etti. Georgiana Darcy'nin onların rahatını kaçırdığını sanmasına neyin neden olduğunu sorarken genç adamın takındığı tavır, Elizabeth't e şu veya bu bakımdan gerçeğe pek yaklaştığı kanısını uyandırdı. Hemen cevap verdi:

"Korkmanıza gerek yok. Georgiana Darcy'nin aleyhinde hiçbir şey duymadım. Belki de dünyanın en söz dinleyen varlıklarından birisidir. Tanıdığım bazı leydiler, Bayan Hurst ve Bayan Caroline Bingley, kendisini pek beğeniyorlar. Sanırım onları tanıdığınızı söylemiştiniz."

"Biraz. Kardeşleri de hoş ve beyefendi bir adam. Darcy'nin çok iyi arkadaşı."

Elizabeth kuru bir sesle, "A, evet..." dedi. "Bay Darcy, Bay Bingley'e karşı eşsiz ve sevecen bir dost, ona çok büyük bir özen gösteriyor."

"Özen mi? Evet, Darcy'nin, Bingley'in en çok ihtiyaç duyduğu zamanlarda ona özen gösterdiğini sanıyorum. Buraya gelirken bana söylediklerinden anladığıma göre Bingley bu bakımdan ona çok şey borçlu. Fakat bunu söylemem ne kadar doğru bilmiyorum ama kastettiği kişinin Bingley olduğunu sanmıyorum. Bu yalnızca bir tahmin..."

"Ne demek istiyorsunuz?"

"Bu Darcy'nin doğal olarak duyulmasını istemediği öyle bir durum, çünkü bayanın ailesi duyarsa hoş olmaz."

"Bunu kimseye söylemeyeceğime güvenebilirsiniz."

"Ama söz konusu kişinin Bingley olduğunu sanmam için fazla bir neden olmadığını unutmayın. Darcy'nin bana söylediği sadece şu: Son günlerde bir arkadaşını çok düşüncesizce bir evliliğin doğurabileceği uygunsuzluklardan kurtardığı için kendi kendini kutluyormuş. Ancak ne bir isim verdi ne de başka bir ayrıntı. Başını bu gibi dertlere sokacak türden bir genç olduğuna inandığım için ben Bingley olmasından şüphelendim. Sonra bütün yazı da birlikte geçirdiklerini biliyorum."

"Bay Darcy bu işe niçin karıştığını size söyledi mi?"

"Anladığıma göre karşı çıkması için kızın aleyhine birçok neden vardı."

"Onları birbirinden ayırmak için ne gibi beceriler göstermiş?"

Fitzwilliam gülerek, "Bana kendi becerilerinden söz etmedi..." dedi. "Sadece şimdi size anlattıklarımı söyledi."

Elizabeth cevap vermedi ve kalbi öfkeden sıkışarak yürümeye devam etti. Onu biraz süzdükten sonra Fitzwilliam neden bu kadar düşünceli olduğunu sordu.

Genç kız, "Bana söylediklerinizi düşünüyorum..." dedi. "Kuzeninizin hareketi duygularımla uyuşmuyor. Neden bu kararı vermek ona düşmüş?"

"Sanırım onun bu işe karışmasına burnunu sokma türünden bir işe karışma gözüyle bakıyorsunuz."

"Bay Darcy arkadaşının eğilimlerinin yerinde olup olmadığı konusunda bir karar verme hakkını kendinde nasıl görüyor veya bu arkadaşın nasıl mutlu olacağına, yalnızca kendi kafasına göre nasıl karar verebiliyor! Anlamıyorum ama..." diye devam etti genç kız kendini toparlayarak. "İşin iç yüzünü hiç bilmediğimiz için yargılamamız doğru değil. Demek ki ortada büyük bir sevgi yokmuş."

"Yerinde bir kuşku... Yalnız ortada sevgi yoksa, Darcy'nin rolü de çok önemli sayılmaz."

Bu sözler şaka edasıyla söylenmişti ama genç kıza göre bunlar, Bay Darcy'nin gerçek bir portresini çiziyordu. Kendine güvenip cevap veremedi, bu nedenle hemen sözü değiştirerek eve gelinceye kadar çeşitli konulardan konuştu. Misafirleri gider gitmez odasına kapandı ve bütün duyduklarını hiç durmadan zihninde tekrarladı. Söz konusu iki insanın, tanıdığı bu iki insandan başkası olması düşünülemezdi. Dünyada Bay Darcy'nin sözünü bu kadar çok geçirebileceği iki insan bulunamazdı. Bay Bingley ile Jane'i birbirinden ayırmak için alınan önlemlerde Bay Darcy'nin de payı olduğundan zaten kuşkusu yoktu ama bu önlemlerin uygulamaya konma işini Bayan Caroline Bingley'in yaptığını sanıyordu. Oysa Jane'in çektiği ve hâlâ da çekmekte olduğu bütün ızdıraplara neden Darcy'ydi; Darcy'nin gururu ve kaprisi. Dünyanın en şefkatli, en içten insanının bütün mutluluk ümitlerini hiç değilse bir süre için mahvetmişti ve yaptığı kötülüğün etkisinin ne kadar süreceğini kimse söyleyemezdi.

Albay Fitzwilliam, "Karşı çıkması için kızın aleyhinde birçok neden vardı!" demişti ve belki de bu güçlü karşı çıkma nedenleri kasaba noteri olan bir eniştesi ve Londra'da tüccar olan bir dayısı olmasıydı.

Elizabeth, "Jane'in kişiliğinde..." diye düşündü, "hiçbir kusur bulunamaz. Güzellik ve iyilik timsali... Anlama yeteneği mükemmel, kafası işler, hâli ve tavrı çekicidir. Babam aleyhine de bir şey söylenemez. Kendine has bazı huyları varsa da Bay Darcy'nin bile küçümseyemeyeceği yeteneklere ve onun belki de hiç erişemeyeceği üstün niteliklere sahip." Ama annesini düşününce az da olsa güveni sarsıldı ancak Bay Darcy'nin bu konudaki itirazlarının ağır basabileceğini sanmıyordu. Çünkü genç kıza göre arkadaşının yakınlarının önemli kimseler olmaması, bu adamın gururunda kafalı kimseler olmamasından daha derin bir yara açardı. Sonunda Elizabeth, Bay Darcy'nin kısmen kötü kibrinin etkisi altında, kısmen de Bay Bingley'e kendi kız kardeşini verme adına böyle davrandığı kararına vardı. Bu konunun neden olduğu üzüntü ve gözyaşlarından Elizabeth'in başı ağrımaya başlamıştı; bu ağrı akşama doğru iyice arttı ve Bay Darcy'yi görmeme isteği de buna katılınca o gün Rosings'te çaya davetli olan Collinslerle beraber çıkmamaya karar verdi. Bayan Collins onun gerçekten rahatsız olduğunu görerek gelmesi için zorlamadı, kocasının ısrarına da elinden geldiği kadar engel oldu. Ama Bay Collins,

Elizabeth'in evde kalışına Leydi Catherine'in canı sıkılacağından endişe ettiğini gizleyemedi.

XXXIV

Onlar gidince Elizabeth, Bay Darcy'ye olan öfkesini mümkün olduğu kadar artırmak istiyormuş gibi kente geldiğinden beri Jane'den aldığı mektupları incelemeye koyuldu. Bunlarda doğrudan doğruya hiçbir yakınma olmadığı gibi, ne geçmişten ne de şimdiki üzüntülerden söz ediliyordu. Ama mektupların tamamında ve neredeyse her satırında Jane'in üslubuna özgü, huzur içinde olmaktan ve herkesin iyiliğini düşünmekten doğan berrak neşenin eksikliği hissediliyordu. Elizabeth, huzursuzluk belirten her cümlenin üzerinde ilk okuyuşunda göstermediği bir dikkatle durdu. Bay Darcy'nin yarattığı, gücü yettiği için utanmadan böbürlendiği mutsuzluk, genç kızı ablasının ızdırabına karşı daha da hassaslaştırıyordu. Darcy'nin Rosings'teki misafirliğinin iki gün sonra sona ereceğini, ayrıca iki haftadan kısa bir süre içinde kendisinin de Jane ile beraber olacağını düşünmek büyük bir avuntuydu. Bu sayede neşesi yerine geldi. Sevecenlik duygusunun gücü nelere yetiyordu.

Gerçi Darcy'nin kentten ayrılacağını düşünürken kuzeninin de beraber gideceğini hatırlamamak elinden gelmiyordu. Ama Albay Fitzwilliam evlenmeye niyeti olmadığını açıkça söylemişti. Gerçi hoş bir adamdı ama genç kız bu yüzden kendini üzecek değildi.

Genç kız kendi kendine böyle sonuçlara varırken ansızın kapının zili onu hayallerinden ayırdı ve gelenin Fitzwilliam olması olasılığını düşünerek heyecanlandı. Bir kere daha böyle akşam üzeri bir ziyarete gelmiş olan genç adam, belki de şimdi özellikle hatırını sormak için geliyordu. Ama bu fikir hemen silindi ve büyük bir şaşkınlıkla Bay Darcy'nin odaya girdiğini görünce bambaşka duygulara kapıldı. Bay Darcy aceleci bir tavırla genç kızın rahatsızlığını sordu. Elizabeth'in daha iyi olduğunu öğrenme dileğiyle geldiğini ima etti. Genç kız soğuk bir nezaketle karşılık verdi. Bay Darcy birkaç dakika oturdu, sonra ayağa kalkarak odada dolaşmaya başladı. Elizabeth şaşırmıştı ama bir kelime bile söylemedi. Birkaç dakika süren bir sessizlikten sonra Darcy heyecanlı bir tavırla genç kıza doğru eğildi:

"Boşuna mücadele ettim. Faydası yok. Duygularım baskı tanımıyor. Size ne kadar hayran olduğumu, sizi ne kadar sevdiğimi söylememe izin verin..." dedi.

Elizabeth'in şaşkınlığı kelimelerle ifade edilemezdi. Gözlerini açıp genç adama dik dik baktı; kızarıyor, duyduklarına inanamıyor ve hiçbir şey söyleyemiyordu. Bunu yeterli bir yüreklendirme olarak kabul eden Bay Darcy hemen genç kıza karşı beslediği ve uzun süredir beslemekte olduğu bütün duyguları saydı. Güzel konuşuyordu ama dudaklarından dökülenlerin dışındaki duyguları da göze çarpıyordu; sonra gurur konusunda, hisleri konusunda olduğundan daha akıcı konuşuyordu. Genç kızın kendinden aşağı seviyede oluşu, onunla evlenince konumunun düşeceği, önceleri mantığının aşkına karşı koymaya çalıştığı üzerinde içtenlikle durdu. Varmak istediği sonuç ile ilgili olduğu görülen bu sözler, yaptığı teklifin iyi karşılanmasına yardım edeceğe benzemiyordu.

Elizabeth bu adama karşı duyduğu büyük nefrete rağmen, onun gibi bir adamın sevgisini kazanmasının ne büyük bir şeref olduğu düşüncesinden kendini alamıyordu. Hisleri bir an bile değişmemiş; önce karşısındakinin ızdırap duyacak olmasına üzülmüş, fakat daha sonra Darcy'nin kullandığı dilin uyandırdığı öfke her türlü merhamet duygusunu yok etmişti. Yine de cevap verirken soğukkanlı ve sakin olmaya çalıştı. Bay Darcy, bütün çabalarına rağmen yenemediği sevgisinin gücünü belirterek ve yaptığı teklifin kabul edilerek ödüllendirileceğini umduğunu söyleyerek sözlerini bitirdi. Genç kız onun teklifinin olumlu karşılanacağına dair hiç kuşkusu olmadığını rahatlıkla görüyordu. Korktuğunu ve endişe duyduğunu söylediği hâlde, yüzünden tam bir güven okunuyordu. Böyle bir durum ancak öfkeyi artırabilirdi, Bay Darcy susunca yüzü kıpkırmızı kesilen Elizabeth:

"Öyle sanıyorum ki..." dedi, "bu gibi hâllerde, belirtilen hislere her ne kadar aynı şekilde karşılık verilmese de, gönül borcu belirtmek yerleşmiş bir kuraldır. Minnettarlık duyulması normaldir ve eğer minnettarlık duyabilseydim, şimdi size teşekkür ederdim. Ama bunu yapamıyorum. Sizin gözünüze girmeyi hiçbir zaman istemedim ve herhâlde siz de hiç istemeden bana açıldınız. Kim olursa olsun, birine acı vermek beni üzer. Yine de bu bilerek ve isteyerek olmamıştır ve umarım kısa sürecektir. Bana karşı olan ilginizi itiraf etmenize uzun zaman engel olduğunu söylediğiniz duygular, bu açıklamadan sonra, bu acıyı yenmekte herhâlde büyük bir zorluk çekmeyecektir."

Bu sözlerin şömineye yaslanmış, gözlerini genç kızın yüzüne dikmiş olarak duran Bay Darcy'de gücenmişlik kadar şaşkınlık da uyandırdığı görülüyordu. Yüzü öfkeden sararmıştı, aklının karıştığı, yüzünün her çizgisinden okunabiliyordu. Sakin görünmek için mücadele ediyordu ve sakinleştiğinden emin olmadan ağzını açmadı. Bu sessizliği Elizabeth'e işkence gibi gelmişti. Sonunda zoraki bir sakinlikle:

"Alma şerefini kazandığım cevap bu kadar mı?" dedi. "Biraz nazik olmak için hiçbir gayret gösterilmeden böyle reddedilişimin nedenini öğrenmek sanırım hakkımdır. Ama değmez, önemi yok."

Elizabeth, "Öyleyse benim de sormak hakkımdır..." cevabını verdi. "Beni kıracağınızı gücüme gideceğini bile bile, neden beni sevmemek için iradenizle, mantığınızla, üstelik kendi kişiliğinizle mücadele ettiğinizi söylediniz? Eğer size karşı kaba davrandımsa, bu yeterli bir neden değil mi? Ama ortada beni kışkırtan başka nedenler de var. Bunu siz de biliyorsunuz! Duygularım olumsuz değil de tarafsız, hatta olumlu bile olsaydı, gene de hiçbir düşünce beni, çok sevgili kardeşimin mutluluğunun belki de sonsuza kadar yıkılmasına neden olan bir adamı kabul etmeye heveslendiremezdi."

Elizabeth bu sözleri söylerken Bay Darcy'nin rengi değişti ama bu heyecan kısa sürdü ve genç kızı sözünü kesmeden dinledi.

Elizabeth, "Hakkınızda kötü düşünmem için çok neden var..." dedi. "O konuda oynadığınız, haksız ve acımasız rolü hiçbir hareket haklı gösteremez. Onları ayıran tek değilse de başlıca rolü oynadığınızı yadsımaya cesaret edemezsiniz. Birini kaprisli ve kararsız, öbürünü de ümitleri kırılmış bir zavallı olarak alay konusu ettiniz. Her ikisini de çok büyük acıya boğdunuz."

Genç kız durakladı. Bay Darcy'nin hiçbir pişmanlık duymadığını gösteren bir tavırla kendini dinlediğini görünce öfkesi büsbütün arttı. Hatta Bay Darcy ona inanamıyormuş gibi bir gülümseme ile bakıyordu.

"Bunu yaptığınızı inkâr edebilir misiniz?" diye sorusunu tekrarladı Elizabeth.

Genç adam bundan sonra zoraki bir soğukkanlılıkla şu cevabı verdi: "Arkadaşımı kardeşinizden ayırmak için ne elimden gelen her şeyi yaptığımı ne de başarımdan dolayı sevindiğimi inkâr etmek gibi bir niyetim yok. Ona yaptığım bu iyiliği yazık ki kendime yapamadım."

Elizabeth ince (!) sözlere aldırış etmez göründü ama adamın ne demek istediği dikkatinden kaçmamıştı, hem böyle sözler onu yumuşatmaya yetmezdi.

"Size olan nefretim yalnızca bu olaydan kaynaklanmıyor..." dedi. "Hakkınızdaki görüşüm bundan çok önce kesinleşmişti. Bay Wickham'ın aylarca önce bana anlattıkları sizin karakterinizi açığa vurmuştu. Bu konuda söyleyecek bir şeyiniz var mı? Kendinizi hangi hayali dostluk hareketiyle savunabilir veya başkalarına hangi uydurma suçlan yükleyebilirsiniz?"

Darcy kızararak cevap verdi: "Görüyorum ki bu gencin çıkarlarına derin ilgi gösteriyorsunuz."

"Başına gelen kötülükleri öğrenen hangi insan ona karşı ilgisiz kalabilir?"

Darcy hakaret edercesine tekrarladı: "Kötülükmüş! Evet, çok büyük kötülük, doğrusu!"

Elizabeth de öfkeyle bağırdı: "Hem de hepsi sizin işiniz! Onu bugünkü fakir duruma siz düşürdünüz. Onun için hazırlandığını bildiğiniz fırsatları elinden aldınız. Ömrünün en güzel yıllarını arzu ettiği ve hak ettiği bağımsızlıktan yoksun bıraktınız. Siz bütün bunları yaptınız! Böyle olduğu hâlde talihsizliğinden söz açılınca bunu hakaret ve alayla karşılayabiliyorsunuz."

Darcy odada acele adımlarla dolaşarak bağırdı: "Demek hakkımdaki düşünceniz bu! Ben sizin gözünüzde demek böyle bir adamım! Bunu bu kadar açıkça anlattığınız için size teşekkür ederim. Bu hesaba göre kusurlarım gerçekten büyük!" Durup Elizabeth'e dönerek, "Ama ciddi bir girişime kalkıştığımda, beni uzun zaman engelleyen endişeleri samimi olarak itiraf ederek gururunuzu incitmeseydim bu kusurlarıma belki de göz yumulurdu. Eğer yaptığım mücadeleleri daha ustaca bir politika ile gizlemiş ve sizi, şahsınıza aklımla, fikrimle, her şeyimle eşsiz ve tertemiz bir eğilim besleyerek bağlandığıma inandıracak övgülere boğmuş olsaydım belki bu ağır suçlamalar açıkça söylenmezdi. Fakat ben her türlü yapmacıklıktan nefret ederim. Anlattığım hisler için de utanç duymuyorum. Bunlar doğal ve haklı duygulardır. Akrabalarınızın alt tabakadan olmasından mutluluk duymamı ve durumları benden o kadar belirgin biçimde aşağı düzeyde olan akrabalar kazanacağım için kendimi tebrik etmemi bekleyebilir misiniz?"

Elizabeth öfkesinin gitgide arttığını hissediyordu. Ama büyük bir çaba harcayarak sakin konuşmaya çalıştı:

"Daha kibar davransaydınız, sizi reddederken biraz üzülecektim. İfade tarzınızın bende bundan daha başka bir etki yaptığını sanıyorsanız aldanıyorsunuz."

Bu sözler üzerine Bay Darcy'nin irkildiğini gören Elizabeth, onun bir şey söylememesi üzerine devam etti:

"Teklifinizi nasıl yaparsanız yapın, hiçbir zaman olumlu karşılayamazdım."

Genç adamın şaşırdığı apaçık ortadaydı. Elizabeth'e inanamazlık ve öfkeyle karışık bir ifadeyle bakıyordu.

"Diyebilirim ki, ta en başından..." dedi Elizabeth, "sizinle tanıştığım ilk andan itibaren tavırlarınızdan kibirli, herkese tepeden bakan ve başkalarının duygularını hakir gören bencil biri olduğunuzu anladım. İşte bu, sonraki olayların yarattığı sarsılmaz nefrete bir temel oldu. Sizi tanıyalı bir ayı geçmeden, dünyada evlenmeye razı olacağım son erkek olduğunuzu hissettim."

"Yeterince anlattınız, sayın bayan. Duygularınızı iyice kavrıyorum ve benim için kendi duygularımdan utanmaktan başka yapacak şey kalmadı. Bu kadar çok zamanınızı aldığım için beni affetmenizi ve sağlığınız ve mutluluğunuz konusunda en iyi dileklerimi kabul etmenizi rica ederim."

Bu sözleri söyleyerek odadan çıktı ve Elizabeth bir dakika sonra onun sokak kapısını açıp evden çıktığını duydu. Ayakta duracak gücü kalmamıştı. Hâlsizlikten oturup yarım saat ağladı. Olup bitenleri düşünürken duyduğu şaşkınlık, her defasında biraz daha artıyordu. Bay Darcy'nin ona evlenme teklifinde bulunması, aylardan beri kendisini sevmesi, hem de bu sevginin, ablasıyla arkadaşının evlenmesine engel diye ileri sürdüğü ve kendisi için de hiç olmazsa aynı derecede var olan engellere rağmen onunla evlenmek isteyecek kadar güçlü olması, âdeta inanılmaz bir şeydi! Farkında olmadan bu kadar büyük bir sevginin esin kaynağı olmak elbette ki gurur vericiydi. Ama Bay Darcy'nin gururu... O, iğrençlik derecesindeki gururu, Jane'e yaptıklarını hayâsızca anlatışı, reva gördüğü zalimce davranışı inkâr etmeye kalkışmadan Bay Wickham'dan söz ederken gösterdiği duygusuzluk, bütün bunlar, Darcy'nin kendisine âşık olmasının Elizabeth'te bir an için uyandırdığı acımayı hemen yenmişti.

Bu heyecanlı düşünceler, Leydi Catherine'in arabasının sesi ile kendine gelip de Charlotte'un karşısına çıkacak hâlde olmadığını hatırladığı ana kadar devam etti. Hemen odasına koştu.

XXXV

Elizabeth ertesi sabah uyandığı zaman aklında, bir akşam önce gözlerini kapayıncaya kadar aklını dolduran aynı düşünceler vardı. Olup bitenlerin şaşkınlığından hâlâ kendini kurtaramamıştı; başka bir şey düşünebilmesine de imkân yoktu. Hiçbir iş yapacak hâlde olmadığı için kahvaltıdan hemen sonra açık havaya çıkmaya karar verdi. Doğruca en sevdiği yürüyüş yoluna gidiyordu ki Bay Darcy'nin bazen oraya geldiğini hatırlayarak durdu, parka gireceği yerde patikadan yukarı doğru giderek parmaklığın dışındaki yoldan yürümeye başladı. Tahta parmaklıklar hâlâ bir sınır oluşturuyordu ve genç kız parmaklıklı kapılardan birinden açık alana çıktı.

Buradaki patika boyunca üç dört kere yürüdükten sonra, sabahın güzelliği onu öylesine etkilemişti parmaklıklı kapılardan birinin önünde durup parkın içine baktı. Kentte geçirdiği beş hafta, çevrede büyük değişikliklere yol açmıştı; her yeni gün, fidanların yapraklarını biraz daha sıklaştırıyordu. Tam yürüyüşüne devam etmek üzereyken, parkın kenarındaki koruya benzer ağaçlıkta kendine doğru gelen bir erkek görür gibi oldu ve bunun Darcy olmasından endişelenerek, geri dönmeye yeltenmişken; gelen kişinin artık onu görecek kadar yaklaştığını fark etti. Bu genç heyecanla ileri atılarak ona adıyla seslenmişti. Elizabeth arkasını dönmüştü ama adını duyunca, çağıranın Bay Darcy olmasına rağmen tekrar kapıya doğru yürüdü. O sırada genç adam da o kapıya varmıştı. Bir zarf uzatarak, "Sizinle karşılaşma ümidiyle bir süredir koruda dolaşıyordum. Bu mektubu okuma şerefini bana bağışlar mısınız?" dedi. Elizabeth zarfı iradesi dışında almıştı. Genç adam sözlerini bitirdikten sonra hafif bir reverans yaparak tekrar fidanlığa döndü ve hemen gözden kayboldu.

Hiçbir keyif ummamakla beraber büyük bir merak duyan Elizabeth zarfı açtı. İçinden sık satırlarla doldurulmuş iki kâğıt çıkınca merakı daha çok arttı. Elizabeth patikada yoluna devam ederek mektubu okumaya başladı. Rosings'te, sabah sekizde yazılan mektup şöyleydi:

"Bu mektubu alınca sayın bayan, dün akşam size pek itici gelen o duyguların bir daha tekrarlanacağından veya o tekliflerin yenileneceğinden korkmayın. Her ikimizin mutluluğu için de hemen unutulması gereken dilekler üzerinde durarak size ızdırap vermek veya kendimi küçültmek istemem. Karakterim bu mektubun yazılmasını ve okunmasını gerektirmeseydi, ne kendimi ne de sizi böyle bir sıkıntıya sokardım. Onun için sizden bu sıkıntıyı yüklenmenizi istediğim için beni bağışlamalısınız. Duygularınızın böyle bir şeyi yapmayı istemeyeceğini biliyorsam da bağışlamanızı adalet duygunuzdan bekliyorum.

Dün akşam bana birbirinden farklı ve hiçbir zaman aynı ağırlıkta olmayan iki suç yüklediniz. Birincisi, ikisinin de duygularına aldırmayarak Bay Bingley ile kardeşinizi birbirlerinden ayırdığım; öbürü de onu ve insanlık kavramlarını hiçe sayarak Bay Wickham'ı hızlı bir refahtan yoksun bıraktığım ve geleceğini mahvettiğimdir. Çocukluk arkadaşımı, babamın sevgisini kazandığını bildiğim bir genci, himayemizden başka bir desteği olmayan ve bu himayenin faydalarını göreceğine inanarak yetişen bir adamı bilerek ve isteyerek silkip atmak, sevgileri ancak birkaç haftalık ömre sahip olan iki insanı ayırmakla kıyaslanamayacak bir ahlaksızlıktır. Hareket-

lerimi ve bunların nedenlerini anlatan şu satırları okuduktan sonra, dün akşam o kadar bol keseden yağdırılan suçların şiddetinden, gelecekte korunmuş olacağımı umarım. Eğer bana ait olan bu hareketleri açıklarken sizi gücendirebilecek duygular dile getirmem gerekirse buna ancak üzüldüğümü söyleyebilirim. Gereken ne ise yapılmalıdır, gereğinden fazla özür dilemek saçmadır. Hertfordshire'a gelişimden kısa bir süre sonra, başkaları gibi ben de Bay Bingley'in ablanızı etraftaki bütün genç kızlardan üstün tuttuğunu fark ettim. Ama Netherfield'daki dansın olduğu akşama kadar duygularının ciddi bir hâl aldığından endişe etmemiştim. Arkadaşımın daha önce de sık sık âşık olduğunu gördüm. O baloda, sizinle dans etme şerefini kazandığım sırada, Sör William'ın rastlantı eseri verdiği bilgiden, Bingley'in ablanıza karşı gösterdiği ilginin, herkeste, onların evlenmeleri yönünde bir beklentiye yol açtığını anladım. Sör William bundan, çok kesin, yalnızca zamanı kararlaştırılacak bir olay diye söz etmişti. O andan sonra arkadaşımın hareketlerini dikkatle izledim ve Bayan Jane Bennet'a duyduğu eğilimin onda şimdiye kadar gördüklerimin en kuvvetlisi olduğunu anladım. Kardeşinizi de inceledim. Görünüşü, hareketleri sade, neşeli ve çok çekiciydi ama arkadaşıma özel bir eğilim belirtisi göstermiyordu. O geceki incelemeden edindiğim kanıya göre, ablanız arkadaşımın ilgisini memnunlukla karşılamakla beraber onun duygularına ortak olmuyor, onun ilgisini davet etmiyordu. Eğer bu noktada siz yanılmamışsanız ben bir hataya düşmüş olmalıyım. Kardeşinizi benden daha iyi tanımanız, ikinci olasılığı kesinlikle güçlendiriyor. Eğer durum böyle ise, eğer ben böyle bir yanılgı sonucu onun acı çekmesine neden olmuşsam, kızmakta haksız değilsiniz. Yalnız şunu çekinmeden belirtmek isterim, ablanızın yüzündeki ve tavırlarındaki tasasızlık, en keskin bir gözlemcide bile, huyu ne kadar uysal olursa olsun, kalbine kolay kolay etki edilemeyeceği kanısını uyandırıyordu. Onun arkadaşıma karşı kayıtsız olduğuna inanmaya kuşkusuz istekliydim. Ancak incelemeler yaparken ve kararlar verirken, genellikle dileklerimin ve korkularımın etkisi altında kalmadığımı söylemek isterim. Ablanızın kayıtsızlığına, öyle olmasını istediğim için değil; tarafsız bir kanıya dayanarak inandım. Mantığımla bunu ne kadar açık olarak istemişsem, edindiğim kanı da o kadar açık. Benim bu olayda karşı çıktığım noktalar, dün akşam, benim durumumda, üstesinden gelmenin çok büyük bir çaba gerektirdiğini söyleyerek saydıklarım değildir. Akrabalarınızın yüksek mevkide olmamasının arkadaşım için olduğu gibi, benim için de zararı yok. Ama karşı çıkmak için başka nedenler de vardı. Bu nedenler hâlâ var. Hâlâ iki evlilik için de aynı derecede sakıncalı olmakla birlikte ben, bu engelleri sizinle evlenmeyi isteyebilecek kadar unutabildiysem bu, engeller ortadan kalktığı için değil onlarla hemen karşılaşmayacağım içindir. Kısaca da olsa bunları saymak gerekir. Annenizin ailesinin durumu, gerek kendisinin, gerek üç küçük kardeşinizin saygı ve görgü kurallarına hemen hemen hiç aldırış etmemeleri, hatta arada sırada babanızın da aynı şekilde davranması bunların yanında hiç kalıyordu. Beni bağışlayın. Sizi gücendirmek bana acı veriyor. Ama en yakın akrabalarınızın kusurlarının uyandırdığı üzüntüye, bunların böyle göz önüne dökülmesinin yarattığı sıkıntıya rağmen, aynı eleştirilere uğramayacak biçimde davrandığınızı düşünmek sizin için büyük bir teselli olsun. Sizin de, ablanızın da saygın bir görgüye ve ruha sahip olduğunuz her zaman kabul ediliyor. O gece olup bitenlerin iki taraf hakkındaki düşüncelerimi doğruladığını da söylemek isterim. Çok bahtsız saydığım bir birleşmeden arkadaşımı uzaklaştırmak için önceden duyduğum istekler güçlenmişti. Kuşkusuz anımsadığınız gibi, Bingley ertesi günü Londra'ya gitmişti. Benim bu işteki rolümün ne olduğunu şimdi anlata-

cağım. Bay Bingley'in kız kardeşleri de benim kadar endişeye düşmüşlerdi ve duygularımızın ortak olduğu çok geçmeden ortaya çıktı. Kardeşlerini uzaklaştırmak için kaybedecek zaman olmadığı konusunda hepimiz aynı görüşte olduğumuz için bir an önce Londra'da ona katılmaya karar verdik. Hemen gittik; ben de ona evlenmenin doğuracağı belirli kötülükleri anlatmaya koyuldum. Ama bu sakıncaların sayılıp dökülüşü arkadaşımın azmini ne kadar sarsıp geciktirse de sonunda evlenmesine engel olmayacaktı, sanıyorum. Bu işin bozulmasına asıl neden, bu sakıncaların, kardeşinizin Bingley'e karşı kayıtsız olduğunun alçakgönüllü sözlerle güçlendirilmesiydi. Bunu hiç tereddüt etmeden yaptım. Arkadaşım sevgisine, ablanızın aynı güçle değilse de samimiyetle karşılık verdiğine inanıyordu. Ama çok alçakgönüllü olduğu ve kendininkilerden çok, benim yargılarıma güvendiği için aklandığına onu inandırmak pek güç olmadı. Bu kanıyı ona aşıladıktan sonra, Hertfordshire'a dönmekten vazgeçirmek bir anlık bir mesele bile değildi. Buraya kadar yaptıklarım için kendimi suçlu göremiyorum. Bu olayda yalnızca bir hareketimi iç rahatlığıyla düşünemiyorum; o da, ablanızın Londra'da olduğunu ondan gizlemek için hilelere başvuracak kadar alçalmamdır. Bayan Jane Bennet'ın geldiğinden haberim vardı. Bayan Bingley'den öğrenmiştim ama kardeşi hâlâ bilmiyor. Karşılaşmalarından kötü bir sonuç çıkmaması olasıydı ama Bingley'in ablanıza duyduğu aşk, onunla karşılaşmasını tehlikesiz kılacak kadar sönmemiş gibi görünüyordu. Belki bu gizleyiş, bu yalan bana yakışmazdı. Ama oldu bir kere ve iyi niyetle oldu. Bu konuda daha fazla söyleyeceğim söz, dileyeceğim daha fazla özür de yok. Eğer kız kardeşinizin kalbini yaralamışsam bunu bilmeyerek yaptım; bu hareketimin nedenleri size doğal olarak yetersiz görünebilirse de bence bunlar hâlâ haklı nedenlerdir. Daha ağır olan öbür suçlamaya, Bay Wickham'a kötülük ettiğim savına gelince... Bu suçlamayı çürütmenin tek yolu Bay Wickham'ın ailem ile ilişkisini olduğu gibi önünüze sermektir. Onun beni aslında ne ile suçladığını bilmiyorum ama size anlatacaklarımın doğruluğuna, gerçeği söylediklerinden kuşku duyulmayacak birden çok tanık gösterebilirim. Bay Wickham, uzun yıllar bütün Pemberley mülkünün yönetimiyle ilgilenmiş çok saygın bir adamın oğludur. Bu adamın görevini yaparken gösterdiği dürüstlük üzerine kuşkusuz babamda ona yardım isteği uyandı ve isim babası olduğu George Wickham'ı bunun için iyiliklere, lütuflara boğdu. Ona önce okulda, daha sonra da Cambridge'de destek oldu. Bu yardım çok önemli, çünkü kendi babası, savurganlığı yüzünden her zaman parasız olduğu için, ona iyi bir eğitim sağlayamayacaktı. Babam, tavırları çok çekici olan bu gencin yalnız sohbetinden hoşlanmakla kalmıyor, aynı zamanda ona çok değer veriyordu ve papazlık yapacağı yeri umduğundan çok önce hazırladı. Bana gelince Bay George Wickham hakkındaki olumlu fikirlerimin değişmesinin üstünden uzun yıllar geçti. En iyi dostundan bile gizlemeye dikkat ettiği çapkınlığı ve ilkesizliği, kendisi ile hemen hemen aynı yaşta ve onu düşünceli davranmadığı anlarda da görme fırsatlarına sahip olan bir gencin gözünden kaçamazdı. Ama babam Bay Darcy'nin, bunları bilmesine imkân yoktu. Burada da gene size acı vereceğim, bunun derecesini ancak siz bilebilirsiniz. Bay Wickham'ın uyandırdığı duygular ne olursa olsun bu duyguların iç yüzünden kuşkulanmak benim bu gencin gerçek karakterini açığa vurmamı engelleyemez, aksine beni böyle davranmaya iter. Mükemmel bir insan olan babam beş yıl kadar önce öldü. Bay Wickham'a olan bağlılığı son dakikaya kadar hâlâ çok güçlüydü, vasiyetnamesinde bu gencin papazlık rütbesini aldığı takdirde ilk boşalan papazlığa atanmasını bana vasiyet ediyor, aynı zamanda ona bin sterlin bırakıyordu. Onun babası da çok yaşamadı. Bu olaylardan son-

ra altı ay geçmeden Bay Wickham bana bir mektup yazarak, sonunda papazlık rütbesi almaktan vazgeçtiğini bildirdi ve yararlanamayacağı papazlık ödentisine karşılık, daha erken bir parasal yarar görme ümidini akılcı bulacağımı umduğunu belirtti. Bay Wickham mektubunda, hukuk eğitimi alacağını ekliyor, bin sterlinin faizinin bu eğitim için yetmeyeceğine dikkatimi çekiyordu. Samimi olduğuna inanmadımsa da inanmak istedim ve teklifini kabul ettim. Bay Wickham'ın papaz olmaması gerektiğini biliyordum. Bu nedenle sorun hemen çözüldü. Kilisede her türlü hak iddiasından vazgeçti ve buna karşılık üç bin sterlin aldı. Böylece aramızdaki bütün bağlar koptu. Hakkında edindiğim fikirler o kadar kötüydü ki onu hiç Pemberley'e çağırmadım ve Londra'da da kendisiyle arkadaşlık etmedim. Öyle sanıyorum ki çoğunlukla Londra'da kalıyordu ama hukuk eğitimi aldığı, uydurmacadan başka bir şey değildi. Artık her türlü sınırlamadan uzak olduğu için tam bir serseri ve zampara hayatı sürüyordu. Üç yıl kadar ondan pek az haber aldım. Ama daha önce yerine onun geçmesini düşündüğümüz köy papazının ölmesi üzerine bana mektupla başvurarak kendisini tavsiye etmemi diledi, beni durumunun çok kötü olduğuna inandırmaya çalışıyordu, buna inanmak benim için zor değildi. Bay Wickham mektubunda yazdığına göre hukuk eğitimini pek yararsız bulmuş, kendisini adı geçen papazlığa önerirsem papaz olmaya kesin karar vermiş. Buraya atanacak başka birisini bulamayacağımdan, bu nedenle dileğini yerine getireceğimden pek az kuşkusu varmış, sonra sevgili babamın vasiyetini herhâlde unutmuş olamazmışım. Bu dileği reddettiğim ve tekrarlanmasını önlediğim için beni suçlayamazsınız. Bay Wickham'ın durumunun darlığı oranında saldırganlığı da artıyordu ve bana ne kadar şiddetli sitemlerde bulunuyorsa etrafa da aleyhimde o kadar şiddetli bir dil kullanıyordu. İş bu dereceye geldikten sonra artık birbirimizle bağı-

mızı kopardık. Nasıl yaşadığını bilmiyordum. Ama geçen yaz, gene çok acı verici bir şekilde onunla uğraşmak zorunda kaldım. Şimdi size benim bile unutmak istediğim bir şeyi, bugünkü durum olmasaydı mümkün değil kimseye açmayacağım bir durumu anlatacağım. Bu kadarını söyledikten sonra artık size güvenebileceğime kuşkum yok. Benden on yaştan fazla küçük olan kız kardeşim, annemin yeğeni Fitzwilliam'ın ve benim vasiliğimize bırakılmıştı. Bir yıl kadar önce onu okuldan aldık ve Londra'da kendisi için bir apartman katı tuttuk. Geçen yaz kardeşim, bu katın yönetimiyle ilgilenecek olan bayan ile birlikte Ramsgate'e gitti. Bay Wickham da oraya gitti ki bunun planlı bir hareket olduğuna kuşku yok, çünkü sonradan ortaya çıktığına göre karakterinde pek acıklı bir şekilde aldandığımız Bayan Younge ile aralarında bir tanışıklık vardı. Bu bayanın göz yumması ve yardımı ile Bay Wickham, şefkatli kalbinde, çocukluğu sırasında ona iyi davranan bu gencin kuvvetle anısını saklayan kardeşimi aldattı; kendisine âşık olduğuna inandırarak beraber kaçmaları için onu ikna etti. Kardeşim o zaman on beş yaşındaydı; bu, onun mazur görülmesine yeter. Onun bu duşuncesizliğini anlattıktan sonra bu tasarıyı ben gene onun ağzından duyduğumu eklemekten mutluluk duyacağım. Kaçmayı kararlaştırdıkları tarihten bir iki gün önce, sürpriz bir şekilde ansızın Londra'ya gitmiştim. Georgiana, âdeta bir baba bildiği ağabeyini kederlendirmeyi aklına bile getirmeyerek bana her şeyi anlattı. Neler hissettiğimi ve nasıl hareket ettiğimi hayalinize getirebilirsiniz. Kardeşimin şerefini ve hislerini düşünerek bu işi gizli tuttum ama oradan hemen kaçan Bay Wickham'a bir mektup yazdım ve tabii Bayan Younge'a da yol verdim. Bay Wickham'ın başlıca hedefi kuşkusuz kız kardeşimin otuz bin sterlinlik servetiydi ama benden intikam alma ümidinin de bunda kuvvetli bir etkisi olduğunu sanmamak elimden gelmiyor. Gerçekten bu, tam anlamıyla bir intikam olacaktı.

İşte, sayın bayan, ikimizi de ilgilendiren bütün olayların gerçek hikâyesi budur. Eğer bunu yalan diyerek silkip atmazsanız, umarım, bundan böyle beni, Bay Wickham'a karşı zalimce davranarak işlediğim suçla ilgili olarak bağışlayacaksınız. Size ne yolla, nasıl yalanlarla etki ettiğini bilmiyorum ama başarı kazanmış olmasına şaşmıyorum, çünkü ikimiz hakkında daha önceleri hiçbir şey bilmiyordunuz. Soruşturmaya girişmek gücünüzün dışındaydı, kesinlikle kuşkulanmak da istememiştiniz. Belki bütün bunların size neden dün akşam söylenmediğine şaşıyorsunuzdur. Ama o sırada nelerin söylenip nelerin söylenmemesi gerektiğini kestirecek kadar kendime hâkim değildim. Burada anlattıklarımın hepsinin doğruluğuna özellikle Albay Fitzwilliam'ı şahit gösterebilirim. Yakın akrabalığımız, sıkı ve candan dostluğumuzdan ve bunların hepsinden önemlisi, babamın vasiyetnamesinin yerine getirilmesiyle uğraşanlardan biri olduğundan, bu işleri ister istemez bütün incelikleriyle bilmektedir. Eğer bana karşı nefretiniz söylediklerimin değerini sıfıra indiriyorsa, kuzenimin bilgisine başvurmanızda sakınca söz konusu olamaz. Onun fikrini almaya imkân bulabilmeniz için bu mektubu size öğleden önce verme fırsatını arayacağım. Sözlerime ekleyeceğim tek bir şey var: Tanrı sizi korusun.

Fitzwilliam Darcy"

XXXVI

Bay Darcy ona mektubu verdiği zaman Elizabeth evlenme teklifinin yenileneceğini ummamış ama bu çeşit açıklamalarla karşılaşacağı da hiç aklına gelmemişti. Durum böyle olunca bunları nasıl bir merakla okuduğu, nasıl birbirleriyle çelişkili duygulara kapıldığı tahmin edilebilir. Gözleri satırlarda dolaşırken duyduğu hisler tam olarak tarif edilemezdi. Elizabeth, Bay Darcy'nin özür dilemeyi istemiş olmasına hayret ediyordu. Genç adamın yapacağı açıklamanın, biraz olsun utanma nedir bilen bir kimsenin gizlemek isteyeceği türden olacağına kesinlikle inanmıştı. Netherfield'da olanları anlatan satırları okumaya başlarken işte böyle kuvvetli bir ön yargının etkisi altındaydı. Öyle bir heyecanla okuyordu ki okuduklarını anlayamıyor, bir sonraki cümlede ne olduğunu öğrenmek için gösterdiği sabırsızlıktan gözlerinin önündeki cümleye bakamıyordu. Bay Darcy'nin ablasının tasasızlığı hakkındaki kanısına Elizabeth hemen yanlış damgasını vurdu ve Bingley ile Jane'in evlenmesindeki gerçek ve kötü bir ifadeyle karşı çıkma nedenlerini anlatışı, genç kızı içinde ona karşı adil davranmak için herhangi bir istek bırakmayacak kadar çok öfkelendirdi. Darcy, yaptıkları için pişmanlık duyduğunu söylemiyordu ki bu da Elizabeth'in ondan beklediği tutumdu. Üslubuna pişmanlık değil, küstahlık hâkimdi. Mektup baştan aşağı kibirli ve küstah bir ifade taşıyordu.

Ama Netherfield konusu bitip de sıra Bay Wickham'la ilgili anlattıklarına gelince, Bay Wickham hakkındaki bütün iyi düşüncelerini bir kenara bırakmasını gerektiren olayları biraz daha dikkatle okuyunca, duyguları daha acı verici ve anlatılmaz bir hâl aldı. Bu satırlarla, Wickham'ın hayatı hakkında kendi ağzından dinledikleri arasında korkunç bir fark vardı. Şaşkınlık, korku ve hatta dehşet duygularıyla ezildi. Hepsini yalanlamak isteğiyle tekrar tekrar, "Yalan olmalı bu! Olamaz! Küstahça uydurulmuş bir yalan!" diye bağırdı. Bütün mektubu okuyup bitirince son sayfalardan hiçbir şey anlamaksızın mektubu acele katlayıp çantasına koydu; bu mektuba önem vermeyecek, bir daha açıp okumayacaktı.

Bu kafa karışıklığıyla ve doğru dürüst bir şey düşünemeden yürümeye devam etti. Fakat olmadı. Yarım dakika geçmeden mektup yine açılmış ve genç kız elinden geldiğince kendini toplayarak Wickham hakkındaki satırları tekrar okumaya başlamıştı. Kendisi için pek üzücü olan bu işi yaparken her cümlenin anlamını incelemeye kendini zorlayacak kadar kuvvet buldu. Pemberley Ailesi'yle olan ilişkisi, baba Darcy'nin yaptığı iyilikler -bu derece büyük olduğunu bilmemekle birlikte- Wickham'ın daha önce anlattıklarıyla uyuşuyordu. Ama sıra vasiyete gelince büyük bir fark ortaya çıkıyordu. Wickham'ın papazlık hakkındaki sözleri hafızasında çok canlıydı ve bu sözleri hatırladıkça iki taraftan birinin büyük bir ikiyüzlülük ettiğini hissetmemek mümkün değildi. Birkaç dakika için dileklerinde yanılmadığını düşünerek sevindi ama mektubu tekrar tekrar ve büyük bir dikkatle okudu; Wickham'ın kiliseyle ilgili her türlü hakkından vazgeçmesine karşılık üç bin sterlin gibi önemli bir para almasını izleyen olayların ayrıntılı anlatımı genç kızın ister istemez kuşkuya düşmesine yol açtı. Mektubu kapadı, durumu tarafsız olmaya çalışarak tarttı, iki gencin sözlerini ayrı ayrı düşündü ama gene de işin içinden çıkamadı. Her iki taraf da sadece iddialarda bulunuyordu. Mektubu gene okudu. Bay Darcy'nin hareketinin çok utanılır niteliğinden hiçbir şekilde kurtulmasının mümkün olmadığına inandığı bu konu, ne tuhaf ki onun tamamıyla suçsuz olabileceği bir şekil alabiliyordu.

Bay Darcy'nin Wickham'ı hiç duraksamadan suçladığı serserilik ve çapkınlık, kızın havsalasına sığmıyor; bu suçların haksız yere yöneltildiğine dair bir kanıt bulamamak onu büsbütün şaşırtıyordu. Bay Wickham'ın alaya katılmadan önceki hayatı hakkında bu alaya, Londra'da tesadüfen karşılaşıp şöyle böyle arkadaş olduğu genç bir adamın tavsiyesiyle girdiği dışında da hiçbir şey bilmiyordu. Ondan önceki hayatına dair Hertfordshire'da, kendi anlattıkları dışında da hiçbir şey bilmiyordu. Gerçek karakterini anlamak için araştırma yapabilecek durumda olsaydı bile bunu yapma gereğini duymayacaktı. Yüzü, sesi ve tavırları her türlü meziyete sahip bir genç diye tanınmasına yetmişti. Onu, Bay Darcy'nin saldırılarından koruyacak herhangi bir yüce gönüllülüğünü veya hiç değilse Bay Darcy'nin yıllarca süren kötülük ve avarelik yılları diye tanımladığı, fakat Bay Wickham'ın gelip geçici hatalar sınıfına sokmaya çalıştığı zamanların kefareti sayılabilecek üstün bir meziyetini hatırlamaya çalıştı. Fakat başaramadı. Onu tavır ve hareketlerindeki bütün çekiciliğiyle gözünün önünde canlandırabiliyor, fakat çevrenin genellikle edindiği iyi fikirden, karargâhta hoşsohbetliğinin kazandırdığı itibardan başka bir şey hatırlayamıyordu. Bu nokta üzerinde bir hayli durduktan sonra okumaya devam etti. Ne yazık ki Bay Wickham'ın Georgiana Darcy için kurduğu tuzağın hikâyesi, daha bir gün önce sabahleyin Albay Fitzwilliam ile arasında geçen konuşma ile doğrulanmış sayılabilirdi. Sonunda her konuda bizzat Albay Fitzwilliam'dan açıklama istemeye davet ediliyordu, kuzeninin bütün olaylarıyla yakından ilgilendiğini kendi ağzından duyduğu ve karakterinden kuşkulanmasına bir neden olmayan albaydan. Bir an ona başvurmaya karar verdi ama bunun çok tuhaf kaçacağını düşünerek duraksadı. Bay Darcy kuzeninin doğrulayacağından emin olmasaydı zaten böyle bir teklif yapmazdı. Bu düşünce Elizabeth'i, Albay Fitzwilliam ile görüşmekten büsbütün vazgeçirdi.

Bay Philipslerde görüştükleri ilk gece Bay Wickham ile arasında geçen her şeyi çok iyi hatırlıyordu. Kullandığı deyimlerin birçoğu hâlâ aklındaydı. Bu sözlerin bir yabancıya anlatılmasındaki uygunsuzluğun ancak şimdi farkına varıyor, bunun daha önce dikkatinden kaçmış olmasına şaşıyordu. Özel işlerini böyle ortaya dökmesindeki kabalığı ve sözleriyle hareketlerinin birbirini tutmadığını da görüyordu. Bay Wickham'ın, Bay Darcy'yle karşılaşmaktan korkmadığını, onun isterse ülkeden çıkıp gidebileceğini ama kendisinin ondan bir adım bile uzaklaşma gereğini duymadığını söyleyerek böbürlendiğini ama böyle olduğu hâlde daha bir hafta sonra Netherfield balosuna gitmekten kaçındığını hatırlıyordu. Ayrıca Netherfield Ailesi Londra'ya gitmeden önce Bay Wickham'ın hayatını kendisinden başka kimseye anlatmadığını, fakat onlar gittikten sonra bu konunun her yerde konuşulmaya başlandığını da hatırladı. Babasına karşı duyduğu saygının kendisini Bay Darcy'yi herkesin önünde küçültmekten alıkoyduğunu Elizabeth'e kesin olarak söylediği hâlde aradan fazla zaman geçmeden aynı Bay Darcy'yi hiç duraksamadan, hiç çekinmeden yerin dibine sokmuştu.

Onunla ilgili her şey şimdi nasıl bambaşka bir anlama bürünüyordu! Bayan King'e gösterdiği ilgiye de sadece ve sadece iğrenç para sevgisinden başka bir ad verilemezdi. Bu kızın servetinin az oluşu da Wickham'ın isteklerinin ölçülü olmasından değildi, ne bulursa onu kapmak isteyişinin kanıtıydı. Kendisine karşı davranışında da hoş görülür bir yan olamazdı: Ya serveti hakkında yanlış bilgi edinmişti yahut da Elizabeth onu beğendiğini çok düşüncesizce belli etmiş ve hiç düşünüp taşınmadan gösterdiği yakınlığı körükleyerek kendi gururunu tatmin etmişti. Genç kızın aklındaki düşünceler Bay Wickham'ı temize çıkarmak için şimdi daha az mücadele etmeye başlamıştı. Sonra Jane aylarca önce bu işten Bay Bingley'e söz ettiği zaman, Bay Darcy'nin hiçbir suçu olmadığı cevabını almıştı. Elizabeth bunu Darcy'nin lehine bir nokta olarak hatırladı. Elizabeth onları bir araya getiren ve böylece kendisinin Bay Darcy'nin bazı özelliklerini öğrenmesine fırsat veren tanışıklıkları süresince bu genç adamın ilkesiz, adaletsiz veya ahlaksızlık sayılacak tarafları bulunduğuna dair bir şey görmemişti. Bay Darcy kendi yakınları arasında sayılıyor, ona değer veriliyordu. İyi bir ağabey olduğunu Wickham da kabul etmişti. Kız kardeşinden büyük bir sevecenlikle söz ettiğini Elizabeth birçok kez kendi kulağıyla duymuştu ve bu, onun sevme yeteneğinin kanıtıydı; duyguları da Wickham'ın anlattığı gibi olsa, hakkının bu kadar açıkça çiğnenmesi kimsenin gözünden kaçamaz, Darcy bu kadar kötü biri olsa her şeyden önce Bay Bingley gibi sevimli bir adamla dostluk edemezdi. Evet, bütün bunlar birer gerçekti.

Genç kız kendi kendinden tam anlamıyla utanıyordu. Darcy'yi ve Wickham'ı her düşündüğünde gözü kör, taraflı, ön yargılı ve saçma sapan davrandığını hissediyordu.

"Ne alçakça hareket etmişim!" diye hayıflandı. "Ben ki hep iyi ile kötüyü birbirinden ayırma yeteneğimle gururlanırdım! Ben ki çoğu kez ablamın yüce gönüllülüğünü ve açık sözlülüğünü küçümser, kendi bilgiçliğimle yararsız ve ayıplanacak bir güvensizlikle övünmekten memnunluk duyardım! Ne küçültücü bir keşif! Ama bu küçülmeyi hak ettim ben. Âşık olsaydım bu kadar kör olamazdım. Fakat benim budalalığım aşktan değil, kendimi beğenmişlikten. Daha yeni tanıştığım birinin beni başkalarına tercih etmesinden duyduğum memnunlukla, diğerinin reddetmesine karşı hissettiğim güceniklikle bu iki genç konusunda hislerimle hareket ettim, cahillik yapmakta inat ettim, mantıktan uzaklaştım. Bu ana kadar ben kendi kendimi bile tanımıyormuşum."

Düşünceleri kendinden Jane'e, Jane'den Bingley'e gidip geliyordu. Çok geçmeden Bay Darcy'nin bu konuda anlattıklarını yeterli bulmadığından mektubu bir daha okudu. Bu ikinci okuyuş bambaşka bir etki yaratmıştı. Wickham konusunda doğruluğunu kabul etme zorunluluğunu hissettiği iddiaları Jane konusunda nasıl reddederdi? Bay Darcy ablasının bağlılığından kuşkulandığını söylüyordu; Charlotte'un da aynı düşüncede olduğunu Elizabeth ister istemez hatırladı. Darcy'nin, Jane'in duygularını tanımlarken haklı olduğunu da yadsımıyordu. Öyle hissediyordu ki Jane, duyguları çok ateşli olduğu hâlde bunları pek az gösteriyordu. Havasında ve tavırlarında çoğu zaman derin bir duygusallık ile uyuşmayan bir serinkanlılık vardı.

Ailesinin pek can sıkıcı ama haklı bir küçümsemeyle tanımlandığı kısma gelince şiddetli bir utanç duydu. Darcy'nin ileri sürdüğü kusurlar, inkâr edemeyeceği bir kuvvetle yüzüne çarpıyordu. Hem Netherfield balosunda yaşanan ve Bay Darcy'nin Jane ile Bingley'in evlenmesine karşı çıkma nedenlerini kuvvetlendirdiğini ima ettiği olaylar, genç adamın kafasında Elizabeth'inkinden daha güçlü bir etki yapamazdı.

Genç kız bu arada kendine ve ablasına yöneltilen övgülerden çok hoşlanmıştı. Gene de bu övgüler ailenin diğer aile fertlerinin uyandırdığı aşağılık duygusundan ötürü duyduğu sıkıntıyı biraz olsun yatıştırmasına rağmen gideremedi. Jane'in uğradığı hayal kırıklığına aslında en yakın akrabalarının neden olduğunu, bunların ölçüsüz hareketlerinin hem ablasına hem de kendine itibarlarından çok şey kaybettireceğini düşündükçe -o zamana kadar- hiç hissetmediği derin bir karamsarlığa kapıldı.

Yolda iki saat kadar bir aşağı bir yukarı dolaştıktan, her türlü düşünceyi denedikten, olayları tekrar değerlendirdikten, olasılıkların üzerinde durduktan ve bu kadar ani, bu kadar önemli bir değişikliğe kendini mümkün olduğu kadar alıştırmaya çalıştıktan sonra hissettiği yorgunluk yüzünden ve evden çıkalı çok olduğunu hatırlayınca nihayet eve dönmesi gerektiğini düşündü. Her zamanki gibi neşeli görünme isteği ve konuşma hevesini kıracak sıkıntılı düşünceleri dağıtma kararıyla içeri girdi.

Rosings Köşkü'nden iki beyefendinin de kendisi evde yokken

misafirliğe geldiğini hemen haber verdiler. Bay Darcy veda etmek için sadece birkaç dakika durmuş ama Fitzwilliam en az bir saat oturup Elizabeth'in dönmesini beklemişti; az daha onu buluncaya kadar çıkıp parkta dolaşacaktı. Elizabeth, onunla vedalaşamadığına üzülmüş gibi görünse de aslında buna sevinmişti. Artık Albay Fitzwilliam umurunda değildi, yalnızca mektubu düşünüyordu.

XXXVII

İki kuzen ertesi sabah Rosings'ten ayrıldılar. Onlara son bir kez veda etmek için bekçi kulübelerinin yakınlarında bekleyen Bay Collins, her ikisinin de çok sağlıklı ve Rosings'te yaşanan kederli ayrılık sahnesinden sonra olabileceği kadar neşeli oldukları müjdesini evdekilere getirdi ve sonra da Leydi Catherine ile kızını teselli etmek için hemen Rosings'e koştu. Dönüşünde sayın leydiden, iletmekten büyük bir memnunluk duyduğu bir haber getirmiş, leydinin çok sıkıldığı için hepsinin o gece yemeği Rosings'te yemelerini istediğini bildirmişti.

Elizabeth, Leydi Catherine'i görünce ister istemez eğer Bay Darcy'yi reddetmeseydi şimdi ona gelecekteki yeğeni diye tanıtılacağını düşündü. Buna sayın leydinin ne kadar öfkeleneceğini düşünürken de gülümsemekten kendini alamıyordu. Kendi kendine, "Acaba bu işe ne derdi? Bana karşı nasıl davranırdı?" diye sorup duruyordu.

İlk konuşma Rosings'in tenhalaştığı konusunda oldu. Leydi Catherine, "İnanın bana, çok kötü oldum..." dedi. "Öyle zannediyorum ki dostlarının yokluğu kimseye bana olduğu kadar dokunmaz. Üstelik bu iki gence çok düşkünüm ve onların da bana çok düşkün olduklarını biliyorum! Giderken pek kederliydiler! Hep böyle olurlar. Albaycığım son dakikaya kadar neşesini koruyabildi ama Darcy ayrılık acısını geçen yıldan daha derin duymuşa benziyordu. Rosings'e bağlılığı kuşkusuz giderek artıyor."

Burada Bay Collins, anne ile kızın gülümseyerek karşılık verme lütfunu gösterdikleri bir iltifat ve bir nükte savurdu.

Yemekten sonra Leydi Catherine, Elizabeth Bennet'ın neşesiz göründüğüne işaret etti ve hemen bunu genç kızın bu kadar kısa zamanda Longbourn'a dönmek istemediği şeklinde yorumlayarak:

"Eğer neden bu ise, annenize yazarak biraz daha kalmak için izin istemelisiniz. Bayan Charlotte Collins arkadaşlığınızdan eminim çok memnun olacaktır..." dedi.

Elizabeth, "Nazik davetiniz için size çok minnettarım sayın leydim..." diye cevap verdi. "Fakat bunu kabul etmeme imkân yok. Gelecek cumartesiye Londra'da bulunmalıyım."

"Ama o zaman burada yalnızca altı hafta kalmış olacaksınız. Ben iki ay kalacağınızı umuyordum. Siz daha gelmeden önce Bayan Collins'e söylemiştim. Bu kadar çabuk gitmeniz için herhangi bir neden olamaz. Kuşkusuz Bayan Bennet sizsiz on beş gün daha yapabilir."

"Ama babam yapamaz. Geçen haftaki mektubunda bir an önce dönmemi söylüyordu."

"Anneniz izin verdikten sonra babanız da kesinlikle izin verir. Kız çocukları baba için hiçbir zaman o kadar önemli değildir. Eğer burada bir ay daha kalırsanız, haziranın başında bir haftalığına Londra'ya gideceğimden ikinizden birini götürebilirim. Dawson kupa arabayla gidilmesine itiraz etmediği için birinizi alabilecek yer olacak. Hatta hava serin olursa, ikinizi birden almakta sakınca görmem, çünkü ikiniz de şişman olmadığınızdan sığabilirsiniz."

"Çok iyisiniz, efendim, fakat asıl programımıza bağlı kalmak zorunda olduğumuzu sanıyorum."

Leydi Catherine ısrar etmekten vazgeçmiş görünüyordu. "Bayan Collins, giderken yanlarında bir uşak göndermelisiniz. Biliyorsunuz, her zaman düşündüğümü açıkça söylerim; iki genç kızın yalnız başlarına posta arabasıyla yolculuk etmeleri dünyada en çok nefret ettiğim şeydir. Çok yakışıksız bir şey... Ne yapıp edip yanlarına birini vermelisiniz. Genç kızlar daima seviyelerine göre iyi korunmalı ve iyi bakılmalıdır. Geçen yaz yeğenim Georgiana, Ramsgate'e gittiği zaman, beraberinde iki erkek uşağın bulunması için üsteledim. Pemberley Köşkü'nün sahipleri Bay Darcy ve Leydi Anne'in kızı Bayan Georgiana Darcy'nin başka türlü yolculuk yapması yakışık almazdı. Ben bu gibi şeylere çok dikkat ederim. Bayan Collins, John'u bu genç bayanlarla yollamalısınız. Bunu söylemeyi akıl etmeme sevindim; çünkü onları yalnız göndermek gerçekten sizin şanınıza yaraşmaz."

Elizabeth, "Dayım bizim için bir uşak gönderecek..." dedi.

"Ah! Dayınız! Bir uşağı var öyle mi! Bu gibi şeyleri düşünen bir kimseniz olduğuna sevindim. Atları nerede değiştireceksiniz? Ah! Bromley'de tabii ki. Bell'de benden söz ederseniz, size çok iyi bakarlar."

Leydi Catherine yolculuk hakkında daha başka birçok soru sordu ve bunların hepsinin cevabını yalnızca kendisi vermediği için onu dikkatle dinlemek gerekiyordu. Bu Elizabeth için bir şanstı; çünkü kafası o kadar doluydu ki kendini böyle zorlamak durumunda olmasa belki de nerede olduğunu unutacaktı. Ama düşünmeyi yalnız olduğu saatlere saklamak gerekti. Elizabeth ne zaman yalnız kalsa rahat bir nefes alarak düşüncelere dalardı. Böylece tek bir gün geçmezdi ki yalnız başına yürüyüşe çıkıp da tatsız anılara dalarak kendinden geçmesin.

Bay Darcy'nin mektubunu neredeyse ezberlemiş, her cümleyi incelemişti ve mektubun yazarına karşı duyguları her okuyuşta değişiyordu. Konuşurken takındığı tavrı hatırlayınca hâlâ şiddetli bir öfke duyuyordu ama ona ne kadar haksız yere hakaret ettiğini ve suç yüklediğini düşündükçe öfkesi kendine yöneliyordu ve genç adamın hayal kırıklığına uğrayan duyguları, Elizabeth'in şefkat hislerini uyandırıyordu. Bay Darcy'nin aşkı, minnettarlık ve saygı uyandırıyordu ama genç kız onu her açıdan haklı bulmuyor, ne onu reddettiği için pişmanlık duyuyor ne de onu görmeye en ufak bir eğilim hissediyordu. Ancak kendi yaptıklarını düşününce hep can sıkıntısı ve pişmanlık duyuyor, ailesinin üzücü hataları da ayrı bir acı veriyordu. Çünkü onları düzeltebileceğinden hiç umudu yoktu. Onlara ancak gülerek katlanabilen babaları küçük kızlarının çılgınca hafifliklerini kontrol altına almaya uğraşacağa benzemiyor ve tavırları aslında ölçüsüz olan annesi de bunun kötülüğünün farkına varamıyordu. Elizabeth, Jane ile birlikte çoğu zaman Catherine ve Lydia'nın düşüncesizliklerine gem vurmaya çalışmıştı ama annelerinden yüz bulan bu küçük kızları yola getirme konusunda şansları olabilir miydi? Zayıf karakterli, alıngan ve baştan aşağıya Lydia'nın etkisi altında olan Catherine ablasının öğütlerine hiç aldırış etmezdi. Dediğim dedik ve hoppa bir kız olan Lydia da onları hiç dinlemezdi. İkisi de cahil, tembel ve kendilerini beğenmiş kızlardı. Meryton'da subaylar oldukça bu iki genç kız hep onlarla flört edeceklerdi ve Meryton da Longbourn'a bu kadar yakın oldukça oraya her vakit yürüyüş yapacaklardı.

Jane için duyduğu endişe ayrı bir dertti ve Bay Darcy'nin anlattıkları Bingley'i gözünde gene eskisi gibi yükselttikten sonra Jane'in ne değerli bir insan kaybettiğini daha acı hissetmeye başlamıştı. Bingley'in sevgisinde samimi olduğu kanıtlanmış; hareketleri, arkadaşına karşı beslediği güven kusur sayılmazsa, her türlü suçtan aklanmıştı. Her bakımdan bu kadar çok istenen, bu kadar uygun olan ve bu kadar mutluluk vaat eden bir durum varken Jane'in kendi ailesinin saçmalıkları, yol yordam bilmezliği yüzünden bunlardan yoksun kalması ne acıydı!

Bu düşüncelere Wickham'ın karakteri hakkında öğrendikleri de katılınca Elizabeth'in hemen hemen hiç sönmeyen neşesinin kaçtığına ve şen görünmeye bile imkân olmadığına inanmak kolaydı.

Elizabeth'in misafirliğinin son haftasında Rosings'e ilk haftadaki kadar sık davet edildiler. Son geceyi de orada geçirdiler; sayın leydi yolculukları hakkında gene inceden inceye sorular sordu, valiz hazırlamanın en iyi yollarını öğretti ve elbiseleri usulünce yerleştirme konusunda o kadar sıkı sıkı tembihlerde bulundu ki eve gelince Maria kendini, bütün sabah hazırlamakla uğraştığı valizlerini açarak elbiselerini yeniden yerleştirmek zorunda hissetti. Ayrılırken Leydi Catherine, iki genç kıza büyük bir alçakgönüllülük göstererek iyi yolculuklar diledi ve onları ertesi yıl tekrar Hunsford'a davet etti; kızı ise reverans yapma ve onlara elini uzatma zahmetine katlandı.

XXXVIII

Cumartesi sabahı Elizabeth ile Bay Collins kahvaltıya herkesten biraz önce inmişlerdi ve genç adam, fırsattan yararlanarak vedalaşırken söylenmesini gerekli saydığı nazik cümleleri sıralamaya başladı:

"Bize gelmekle gösterdiğiniz lütfa karşı hissettiklerini Bayan Collins size ifade etme şansını buldu mu bilmiyorum, Bayan Elizabeth fakat ayrılmadan önce bu teşekkürleri kendisinden duyacağınızdan eminim. İnanın, arkadaşlığınız bize büyük zevk verdi. Yoksul yuvamızın kimseyi heveslendirecek tarafı olmadığını biliyoruz. Sade yaşayışımız, küçük odalarımız, sayısı birkaç taneyi aşmayan hizmetçi ve uşaklarımız, pek az gezip dolaşmamız, Hunsford'u sizin gibi genç bir bayanın gözünde herhâlde sıkıcı hâle getirmiştir. Fakat gösterdiğiniz alçakgönüllülük için size minnet duyduğumuza ve zamanınızı tatsız geçirmenizi önlemek adına elimizden geleni yaptığımıza inanacağınızı umarız."

Elizabeth de ona candan teşekkür etti ve misafirliğinden çok memnun olduğunu söyledi. Altı haftayı büyük bir zevkle geçirdiğini, Charlotte ile bir arada bulunmanın verdiği haz ve gördüğü yakınlık dolayısıyla asıl kendisinin minnet duyduğunu belirtti. Bu sözlerden çok hoşlanan Bay Collins daha geniş gülümsemeler saçan bir ciddiyetle cevap verdi:

"Zamanınızı tatsız geçirmediğinizi duymak bana büyük bir zevk veriyor. Kuşkusuz elimizden geleni yaptık ve şans eseri sizi pek yüksek bir çevreye sokacak durumda bulunduğumuz ve Rosings ile ilişkilerimiz sayesinde yoksul evimizin birbirine benzeyen günlerinde sık sık değişiklikler yapabildiğimiz için Hunsford'daki misafirliğinizin bütünüyle sıkıcı geçmediğine inanarak övünebiliriz. Leydi Catherine'in ailesiyle ilişkimiz pek az kimseye nasip olabilen, eşsiz bir nimettir. Bize nasıl itibar edildiğini, Rosings'e nasıl sürekli çağırıldığımızı görüyorsunuz. Aslında bu gösterişsiz papaz evinin bütün elverişsizliklerine rağmen içinde oturanlar Rosings Köşkü ile bizim gibi içli dışlı oldukça, acınacak durumda sayılamazlar kanısındayım."

Genç adamın övünmesi kelimelere sığamıyordu. Bu nedenle Elizabeth nezaketle gerçeği birkaç kısa cümle içinde birleştirmeye çalışırken Bay Collins konuşmasına odada dolaşarak devam etti.

"Gerçekten, Hertfordshire'da durumumuz hakkında olumlu bir rapor verebileceksiniz, sevgili kuzenim. En azından bunu yapabileceğinizi düşünerek seviniyorum. Leydi Catherine'in Bayan Collins'e gösterdiği ilgiye günbegün tanık oldunuz ve toptan düşünülünce arkadaşınızın evlenmekte pek talihsiz bir karar verme... Fakat bu konuda bir şey söylememek belki de daha iyi. Yalnız izninizle, sevgili Bayan Elizabeth, evlilikte sizin de aynı mutluluğa kavuşmanızı yürekten dilediğime inanın. Charlottecuğumla benim fikirlerimiz ve düşüncelerimiz bir, aramızda her bakımdan şaşılacak bir karakter ve kafa benzerliği var. Belli ki birbirimiz için yaratılmışız."

Elizabeth, bu şekilde anlaşabilmenin büyük bir mutluluk olduğunu belirtirken yalan söylemiyordu ve evlerini de pek rahat bulduğunu aynı içtenlikle ekledi. Yine de bütün bu mutluluğun kaynağı olan bayanın içeri girmesi üzerine sözünün kesilmesine üzüldüğü söylenemezdi. Zavallı Charlotte! Onu böyle insanlar arasında bırakmak ne acıklıydı! Ama bunu kendisi bile bile istemişti şimdi de misafirlerinin gideceğine üzüldüğü ortada olsa da, kendini acındırmaya çalışır gibi bir hâli yoktu. Evi, ev işleri, cemaat sorunları, kümes hayvanlarıyla uğraşmak henüz çekiciliklerini kaybetmemişti.

Sonunda araba geldi, valizler bağlandı, paketler yerleştirildi ve her şeyin hazır olduğu bildirildi. Arkadaşlar birbirinden, sevgi gösterileri ile ayrıldıktan sonra Bay Collins, Elizabeth'i arabaya kadar geçirdi ve bahçe yolunda arabaya doğru yürürlerken genç kızın bütün ailesine selamlarını götürmesini rica etti. Kışın Longbourn'da gördüğü iyilikleri unutmadığını belirtti ve Bay ve Bayan Gardiner'a da, kendilerini tanımamakla beraber, saygılarını iletmesini diledi. Sonra elinden tutarak Elizabeth'in arabaya çıkmasına yardım etti, onun ardından da Maria bindi ve kapı tam kapanmak üzereydi ki genç adam misafirlerine, az da olsa dehşete düştüğünü gösteren bir ifade ile Rosings'teki leydilere iletilecek bir şey söylemediklerini hatırlattı ve:

"Ama elbette ki kendilerine..." diye ekledi, "saygılarınızı ve burada bulunduğunuz sürece gördüğünüz alçakgönüllü yakınlık için derin şükranlarınızı sunmak istediğinizi belirtmemi diliyorsunuzdur."

Elizabeth itirazda bulunmadı; bunun üzerine kapının kapanmasına izin verildi ve araba hareket etti.

Birkaç dakika süren bir sessizlikten sonra Maria heyecanla, "Aman tanrım!" dedi. "Sanki daha dün gelmiştik. Oysa ne çok şey oldu."

Arkadaşı içini çekerek, "Gerçekten, ne çok şey!" dedi.

"Rosings'te iki kez çay içmekten başka, dokuz defa da yemek yedik! Eve gidince anlatacak ne çok şeyim var!"

Elizabeth içinden, "Benim de gizleyecek ne çok şeyim var!" diye ekledi.

Yolculuk pek konuşmadan olaysız geçti. Hunsford'dan ayrılmalarının üzerinden dört saat geçmeden Bay Gardiner'ın evine vardılar. Birkaç gün orada kalacaklardı.

Jane iyi görünüyordu; gerçi yengelerinin kendileri için hazırlamış olduğu çok sayıda ziyaret ve gezmeler arasında Elizabeth ablasını incelemeye pek fazla fırsat bulamamıştı. Fakat Jane de kendisiyle beraber eve dönecekti ve artık Longbourn'da onunla yeterince ilgilenmek için bol bol zaman olacaktı.

Bu arada Bay Darcy'nin teklifinden ablasına söz etmek için Longbourn'a gitmeyi beklemek ona çok zor geliyordu. Jane'i çok şaşırtacağını bildiği bir haberi olması, bir türlü kurtulamadığı gururunun okşanması, Elizabeth'i öyle heyecanlandırıyordu ki bu konuda olanların ne kadarını söyleyeceğini kararlaştıramadığı için kendini tutabiliyordu. Bir defa bu konuyu açtıktan sonra Bingley hakkında öğrendiklerinden bazılarını olsun tekrarlama korkusu da hevesine gem vuruyordu; çünkü bu, Jane'i daha fazla üzmekten başka bir sonuç vermeyecekti.

XXXIX

Üç genç kız mayısın ikinci haftasında Gracechurch Caddesi'nden Hertford'daki kasabalarına gitmek üzere yola çıktılar; Bay Bennet'ın arabasının onları karşılayacağı hana yaklaştıklarında üst kattaki yemek salonunun penceresinden dışarı bakan Kitty ile Lydia'yı görerek arabacının zamanında geldiğini anladılar. İki kız bir saatten uzun zamandır buradaydılar ve karşıdaki şapkacıya uğrayarak, muhafız askerleri seyrederek ve salata hazırlatarak çok hoş zaman geçirmişlerdi.

Ablalarına hoş geldiniz dedikten sonra çoğu han kilerinde bulunan türden soğuk etlerle bezenmiş sofrayı göğüsleri kabararak gösterip, "Ne hoş, değil mi?" dediler. "Güzel bir sürpriz olmadı mı?"

"Hepinize istediğinizi ısmarlayacağız ama bize borç vermeniz gerekiyor. Çünkü bütün paramızı şu karşıki dükkânda harcadık..." dedi. Sonra da aldıklarını göstererek, "Bakın..." dedi, "bu şapkayı aldım. Çok da beğenmedim ama almak, almamaktan iyidir diye düşündüm. Eve gider gitmez bunu sökerim, bakalım daha güzel bir şekle sokabilecek miyim?"

Ablaları şapkanın hiç de güzel olmadığını söyleyince o hiç oralı olmadan devam etti: "Ama dükkânda bundan da kötü iki üç şapka daha vardı. Rengi güzel, saten alıp süslersem fena olmaz sanıyorum. Hem alay, on beş gün içinde Meryton'dan ayrılıyor olduktan sonra bu yaz ne giyilse fark etmez."

Elizabeth bu haberden son derece hoşnut olarak, "Sahiden gidiyorlar mı?" dedi.

"Brighton'ın yakınında kamp kuracaklarmış. Babamın bu yaz bizi oraya götürmesini öyle istiyorum ki! Çok güzel bir program olur ve diyebilirim ki çok masraflı da olmaz. Annem de gitmeyi çok istiyor! Aksi takdirde burada ne kötü bir yaz geçireceğimizi düşünsenize!"

Elizabeth, "Evet, çok hoş bir program. Hepimize de pek uygun. Aman tanrım! Brighton ve bir kamp dolusu asker! Oysa zavallı bir alay ve Meryton'da ayda bir verilen balolar bile başımızı döndürmüştü," diye düşündü.

Masaya otururlarken Lydia, "Size verecek haberlerim var..." dedi. "Bakalım ne diyeceksiniz? Çok güzel bir haber, olağanüstü bir haber, hepimizin beğendiği biri hakkında!"

Jane ile Elizabeth birbirlerine baktılar. Garsona beklemesine gerek olmadığı söylendi. Lydia gülerek, "Ah sizin bu resmiyetiniz, bu çekingenliğiniz yok mu!" dedi. "Garsonun duyması doğru olmaz diye düşündünüz, sanki garsonun umurundaymış gibi. Size söyleyeceklerimden kat kat beterlerini her gün duyuyordur herhâlde. Ama çirkin bir adam, gittiğine sevindim! Hayatımda böyle uzun çene görmedim. Ha, gelelim haberime: Wickham hakkında. Garsonun kulaklarına bayram ettirecek bir haber, değil mi? Artık Wickham'ın Bayan King ile evlenmesi diye bir tehlike yok. İşte size haber! Bayan King, Liverpool'daki amcasının yanına gitti. Wickham da kurtuldu."

Elizabeth, "Asıl Mary King kurtuldu..." diye ekledi. "Para bakımından denk olmayacak bir evlilikten kurtuldu."

"Eğer Wickham'dan hoşlandıysa gitmesi büyük aptallık."

Jane, "Umarım ikisinin de duyguları güçlü değildir..." dedi.

"Adamınkilerin öyle olmadığına eminim. Wickham ona hiçbir zaman metelik vermedi. O pis çilliye zaten kim metelik verir?"

Elizabeth böyle kaba bir terim kullanmamakla beraber, daha önce kendisinin de buna yakın duygular hissettiğini düşünerek hayret etti.

Hepsi yemeklerini yedikten, büyük kızlar da hesabı ödedikten sonra araba çağrıldı ve biraz uğraşıp kutular, iş çantaları, paketler ve Kitty ile Lydia'nın yeni aldıkları fakat hiç de hoş karşılanmayan eşyalarla arabaya yerleşmenin bir yolunu buldular.

Lydia, "Hepimiz ne güzel tıklım tıkış yerleştik..." dedi. "Bu şapkayı aldığıma memnunum. Hiç olmazsa sağlam bir kutum daha oldu! Haydi, hepimiz şöyle rahatça yaslanalım; eve kadar hep konuşup gülelim. Her şeyden önce sizi dinleyelim. Gittiğinizden beri neler oldu, anlatın. Hoş erkekler gördünüz mü? Biriyle flört ettiniz mi? Birinizden birinizin dönmeden önce bir koca bulacağını ummuştum. Jane'in neredeyse artık yaşı geçecek. Yirmi üç yaşında oldu! Aman tanrım, yirmi üç yaşına evlenmeden girsem ne utanırım! Philips teyzem koca bulmanızı ne kadar istiyor bir bilseniz. Keşke Lizzy, Collins ile evlenseydi diyor ama bence bu pek hoş olmazdı. Tanrım, hepinizden önce evlenmeyi öyle istiyorum ki! O zaman sizi bütün balolara götürürüm. Aman tanrım! Geçen gün Albay Forsterlarda öyle eğlendik ki. Kitty ile ben o gün oraya davetliydik ve Bayan Forster da akşama küçük bir dans partisi düzenleyeceğine söz vermişti. Sırası gelmişken söyleyeyim: Bayan Forster'la çok iyi arkadaş olduk. Bu yüzden Harrington kız kardeşleri de çağırdı ama Harriet hastaymış. Sonra ne yaptık bilin bakalım. Chamberlayne'e elbise giydirerek onu kadın kılığına soktuk. Düşünün ne komik! Bundan kimsenin haberi yoktu. Yalnız Albay ve Bayan Forster, bir de Kitty ile ben biliyorduk. Ha, teyzeme de söyledik, çünkü onun elbiselerinden birini ödünç almak zorunda kalmıştık. Ne hoş göründüğünü bilemezsiniz! Denny, Wickham, Pratt ve diğer üç genç içeri girdikleri zaman onu tanımadılar. Tanrım! Ne güldüm! Bayan Forster da öyle. Gülmekten katılacağımı sandım. Bu da bir şeylerden kuşkulanmalarına neden oldu ve çok geçmeden ne olduğunu anladılar."

Lydia toplantıları hakkında bu gibi hikâyeler ve güzel şakalarla ta Longbourn'a kadar yolcuları eğlendirmeye çalıştı. Kitty de unuttuğu yerleri hatırlatarak eksikleri tamamlıyor, ona yardım ediyordu. Elizabeth elinden geldiği kadar az dinliyordu, ama Wickham'ın adını sık sık duymaktan kaçınamıyordu.

Evde çok güzel karşılandılar. Bayan Bennet, Jane'i her zamanki güzelliğiyle gördüğüne sevindi. Yemekte Bay Bennet özellikle Elizabeth'e birkaç defa dönerek, "Döndüğüne sevindim, Lizzy..." dedi.

Sofra kalabalıktı; çünkü Maria'yı karşılamak ve vereceği haberleri dinlemek için neredeyse bütün Lucas Ailesi gelmişti. Onları ilgilendiren konular daha farklıydı. Leydi Lucas masada karşısında oturan Maria'ya büyük kızının hâlinin vaktinin ve kümes hayvanlarının nasıl olduğunu soruyordu. Bayan Bennet iki taraflı meşguldü. Bir yandan birkaç iskemle ötede oturan Jane'den son moda hakkındaki haberleri dinliyor, bir yandan da bunları Lucasların küçük kızlarına aktarıyordu. Lydia ise herkesten yüksek sesle o sabahki eğlencelerini, dinleyene dinlemeyene sayıp döküyordu.

Bir ara Mary'ye dönerek, "Keşke sen de bizimle gelseydin..." dedi. "Öyle eğlendik ki! Giderken Kitty ile bütün perdeleri indirdik ve arabanın içinde kimse yokmuş gibi yaptık. Kitty'nin midesi bulanmasa bütün yolu böyle giderdim. George'a vardığımız zaman bize çok kibar davrandılar, çünkü üç yolcumuza soğuk etlerle dünyanın en güzel ziyafetini verdik. Sen de gelseydin, sana da ikram ederdik. Handan çıkınca da öyle eğlenceli oldu ki! Arabaya imkânı yok sığamayacağız sandım. Gülmekten bayılmaya hazırdım. Eve kadar bütün yolda pek neşeliydik! Öyle kahkahalar attık, öyle yüksek sesle konuştuk ki herhâlde sesimiz on mil öteden duyulmuştur."

Bu sözlere Mary son derece ciddi bir tavırla cevap verdi: "Bu gibi eğlenceleri küçümsemek istemem! Hiç şüphe yok ki bunlar, kadın aklına pek uygun. Ama itiraf edeyim, beni çeken tarafları olamaz. Ben kitap okumayı bu çeşit gezintilere tercih ederim."

Ama Lydia bu cevabın bir kelimesini bile duymadı. Birisini yarım dakikadan fazla dinlediği enderdi. Mary'ye ise hiç aldırış etmiyordu. Öğleden sonra Lydia bütün kızlarla birlikte Meryton'a kadar bir yürüyüş yaparak askerlerin ne âlemde olduklarını görmek için ısrar etti ama Elizabeth bu teklife itiraz etti. Genç Bennetlar evlerine döndükten sonra yarım gün bile bekleyemeden subayların arkasından koştular dedirtmemeliydi. Genç kızın itiraz etmesi için başka bir neden daha vardı. Wickham'ı tekrar görmekten korkuyordu ve bundan mümkün olduğunca uzun bir süre kaçınmaya karar vermişti. Alayın yakında Meryton'dan gidecek olması onun için anlatılamaz derecede ferahlatıcı bir haberdi. ---shire Alayı iki haftaya kadar gidiyordu, artık ondan sonra bu genç adam yüzünden rahatını kaçıracak bir şey olmayacağını umuyordu.

Eve dönüşünden birkaç saat sonra Elizabeth, Lydia'nın handa çıtlattığı Brighton'a gitme sorununun annesi ile babası arasında sık sık tartışma konusu olduğunu anladı. Babasının fikrinden dönmeye hiç niyeti olmadığını gördü ama Bay Bennet'ın cevapları o kadar yuvarlak, o kadar esnekti ki Bayan Bennet sık sık üzüntüye kapılsa bile sonunda başaracağından ümidini kesmemişti.

XL

Elizabeth, olup bitenleri Jane'e anlatma konusundaki sabırsızlığını daha fazla yenemedi ve sonunda, ablasıyla ilgili bütün noktaları bir kenara bırakmaya ve onu, şaşıracağı bir şey dinlemeye hazırlamaya karar vererek ertesi sabah Bay Darcy ile arasında geçen sahnenin önemli yerlerini ona anlattı.

Ama Elizabeth'i herkesin beğenmesini çok doğal gören derin kardeş sevgisi, Jane'in şaşkınlığını hafifletti ve çok geçmeden başka duygular bu hayreti büsbütün silip götürdü. Bay Darcy'nin, duygularını hiç de iyi karşılanmayacak bir şekilde göstermesine üzülmüştü ama kardeşinin ret cevabı üzerine genç adamın duyacağı mutsuzluk onu daha çok üzüyordu.

"Başarısından bu kadar emin olması hataydı..." dedi. "Kuşkusuz bunu belli etmemesi gerekirdi. Ama kendine duyduğu bu kadar kuvvetli güvenin, hayal kırıklığının şiddetini ne kadar artıracağını bir düşün."

Elizabeth, "Bunun için gerçekten yürekten üzülüyorum..." cevabını verdi. "Ama bana karşı ilgisini, belki de çok geçmeden dağıtacak başka duyguları da var. Yine de onu reddettiğim için beni suçlamıyorsun, değil mi?"

"Suçlamak mı? Hayır, hayır."

"Fakat Wickham'ı bu kadar yürekten savunduğum için beni ayıplıyorsundur."

"Hayır, öyle konuşmakta haksız olduğunu sanmıyorum ki."

"Ama ertesi gün olanları anlattığımda hata olduğunu anlayacaksın."

Sonra Elizabeth mektuptan söz etti ve George Wickham'ı ilgilendiren kısımları baştan sona anlattı. Ömrünü, tek bir insanda toplanan böyle kötülüklerin bütün bir insan soyunda bile bulunduğuna inanmadan geçirmeye memnuniyetle razı olan Jane için bu, pek büyük bir darbeydi. Darcy'nin suçsuz olduğunun anlaşılması onu çok memnun etmekle beraber bu memnuniyet, darbenin etkisini azaltamadı. Bir yanlışlık olma olasılığını kanıtlamak, birini suçlamadan öbürünü suçsuz göstermek için uğraştı durdu.

Elizabeth, "Boşuna yoruluyorsun..." dedi. "Ne yaparsan yap ikisini birden temize çıkaramazsın. Seçimi yap ama yalnız birine razı olmalısın. Ortada sadece birini iyi adam yapmaya yetecek kadar meziyet var. Son zamanlarda bu meziyetler ikisi arasında bir hayli mekik dokudu. Ben kendi adıma bunların hepsinin Bay Darcy'de olduğuna inanma taraftarıyım,ama sen istediğin gibi düşünebilirsin."

Jane'in yüzünde gülümseme belirinceye kadar bir hayli zaman geçti.

"Hiç bu kadar şaşırdığımı hatırlamıyorum. Wickham bu kadar kötü olsun, aklım almıyor. Zavallı Bay Darcy! Lizzyciğim, düşün bir kere ne kadar acı çekmiştir. Ne büyük bir hayal kırıklığı! Hem de senin gözünde kendisinin kötü bir adam olduğunu bilerek! Kız kardeşi hakkındaki olayları da anlatmak zorunda kalmış! Gerçekten çok üzücü; eminim sen de benim gibi üzgünsündür."

"Ah, hayır. Seni bu kadar üzüntülü ve merhametli görünce bütün hissettiklerimi unuttum. Ona bol keseden adil davranacağını bildiğim için her an biraz daha ilgisiz ve umursamaz olup çıkıyorum. Sen duygularını böyle cömertçe harcadıkça ben, benimkileri kendime saklayabiliyorum. Onun için biraz daha üzülürsen, kalbim bir tüy kadar hafifleyecek."

"Zavallı Wickham! Yüzünde öyle iyi bir ifade, hareketlerinde öyle bir sadelik ve incelik vardı ki!"

"Bu iki gencin yetişmesinde kesinlikle önemli bir karışıklık olmuş. Birisi iyiliğin ta kendisi, diğeri ise sadece görünüşte."

"Bay Darcy'nin sadece görünüşte öyle olduğu hakkında seninle aynı düşüncede değilim."

"Oysa, hiçbir neden olmadığı hâlde, ondan nefret ettiğim için kendimi çok akıllı sayıyordum. Bu çeşit bir nefret duygusu insanın zekâsını öyle kamçılıyor, zihnini öyle açıyor ki! İnsan haklı olarak ağzını bozabilir. Ama bir başkasıyla arada sırada zekice bir şeylere dayanmadan sürekli alay edilmiyor."

"Lizzy, şu mektubu ilk okuduğun zaman eminim ki konuyu şimdiki gibi değerlendirmedin."

"Doğru, değerlendiremedim. Zaten içim hiç ama hiç rahat değildi. Hatta mutsuzdum diyebilirim. Hissettiklerimi anlatabileceğim bir kişi, beni avutacak, çok zayıf olmadığımı, boş gurura kapılmadığımı, saçmalık yapmadığımı bana söyleyecek bir Jane yoktu ve bütün bu kusurları işlediğimi de biliyordum. Ah, seni ne çok aradım!"

"Bay Wickham'dan söz ederken Bay Darcy'ye karşı bu kadar acı konuşmana üzüldüm. Çünkü Bay Darcy'nin bunu hiç de hak etmediği görülüyor."

"Kuşkusuz. Fakat bu acı, beslediğim ön yargının çok doğal bir sonucuydu. Bana öğüt vermeni istediğim bir konu var. Tanıdıklarımıza Bay Wickham'ın gerçek karakterini anlatmalı mıyım, anlatmamalı mıyım?"

Jane biraz durdu, sonra, "Kuşkusuz onu bu derece karalamanın anlamı yok. Senin fikrin ne?" diye sordu.

"Bence anlatmamak. Bay Darcy, bana yazdığı şeyleri herkese açıklamam için izin vermedi. Aksine, kız kardeşini ilgilendiren şeyleri mümkün olduğu kadar yalnız benim bilmemi istiyor. Hem onun gerçek karakterini herkese anlatmaya kalkışsam bana kim inanır? Bay Darcy'yle ilgili herkesin ön yargısı o kadar kuvvetli ki Meryton halkının yarısı ölür de gene onu iyi bir insan diye tanımaz. Onların fikirlerini değiştiremem. Zaten Wickham yakında gidiyor, dolayısıyla gerçekte nasıl biri olduğu artık burada kimseyi ilgilendirmez. İleride her şey ortaya çıktığı zaman daha önce bilmeyenlerin saflıklarına gülebiliriz. Şimdilik bir şey söylemeyeceğim."

"Haklısın. Sonra onu böyle herkesin karşısında küçük düşürmekle bütün hayatını mahvedebilirsin. Belki de şu anda, yaptıklarına pişmandır ve tekrar iyi bir insan olmaya karar vermiştir. Onu ümitsiz bir duruma düşürmemeliyiz."

Elizabeth'in kafasındaki fırtına bu konuşma ile yatışmıştı. On beş günden beri taşıdığı sırların ikisinin yükünden kurtulmuştu ve bunların hangisinden bir daha ne zaman söz açacak olsa Jane'in kendisini istekle dinleyeceğinden emindi. Ama hâlâ dışarı vurmadığı gizli bir şey vardı ve ihtiyatlı olma duygusu bunu açığa vurmasına engel oluyordu. Bay Darcy'nin mektubunun öbür yarısını açıklamaya ve Bay Bingley'in ona ne kadar büyük bir değer verdiğini anlatmaya cesaret edemedi. Bu konuyu kimseye açamayacaktı. Bu son sırrın yükünden ancak iki taraf arasında tam bir anlaşma sağlandıktan sonra kurtulacağını biliyordu. Kendi kendine, "Eğer hiç ummadığım bu olay gerçekleşirse o zaman ben, Bingley'in çok daha hoş bir şekilde anlatabileceği şeyleri önceden söylemekten başka bir şey yapmış olmayacağım. Bu haber bütün değerini kaybetmeden ona söz edemeyeceğim!" diyordu.

Şimdi artık dönüşlerinin ilk heyecanı geçtiği için ablasının moralinin ne durumda olduğunu inceleyecek zamanı vardı. Jane mutsuzdu. Hâlâ Bingley'e karşı çok derin bir sevgi besliyordu. O zamana kadar gönlünü başka kimseye kaptırmış olmadığından bu gence karşı duygularında ilk aşkın bütün sıcaklığı vardı. Yaşı ve ruhsal durumu göz önünde tutulursa bu duygulara, ilk aşklarda az rastlanan bir sağlamlık katıyordu. Jane, Bingley'in anısına öyle değer veriyor, onu bütün diğer erkeklerden o kadar üstün tutuyordu ki kendi sağlığına ve çevresindekilerin huzuruna zararı dokunacak bir üzüntüye kendini kaptırmamayı, ancak bütün sağduyusunu kullanarak ve çevresine elinden gelen ilgiyi göstererek başarıyordu.

Bayan Bennet, Elizabeth'e, "Söyle bakalım Lizzy..." dedi. "Jane'in başına gelen bu acıklı şeylere ne diyorsun? Ben kendi hesabıma bundan artık kimseye söz açmamaya karar verdim. Geçen gün kardeşim Philips'e de aynı şeyi söyledim. Ama Jane'in Londra'da Bingley ile görüşüp görüşmediğini öğrenemedim. Meğer çok nankör bir gençmiş. Artık Jane'in onu elde etmesi için en ufak bir ümit yok bence. Yazın tekrar Netherfield'a geleceğini gösteren bir şey de yok. Bu konuda bilgisi olabilecek herkese sordum."

"Bundan sonra Netherfield'da oturacağını hiç sanmıyorum."

"Pekâlâ. Keyfi bilir. Gelmesini isteyen yok. Ama kızıma karşı çok çirkin davrandığını hep söyleyeceğim ve ben Jane'in yerinde olsaydım, buna dayanamazdım. Tek tesellim, kızım bu acıdan öldüğünde Bingley'in de yaptıklarına bin pişman olacağından emin olmam."

Elizabeth böyle bir düşünceyle teselli bulamayacağı için cevap vermedi.

Annesi sözlerine, "Demek Collinsler çok rahatlar, öyle mi?" diye devam etti. "İyi, iyi. Umarım böyle devam eder. Mutfak düzenleri nasıl? Charlotte çok hesaplıdır. Annesinin yarısı kadar sıkı ise gene bir hayli para biriktiriyor demektir. Tahminime göre yaşayışlarında lüks bir taraf yok."

"Hayır, hiç yok."

"İnan bana bir hayli idareli davranıyorlardır. Evet, evet. Onlar kazançlarının hepsini harcamamaya dikkat ederler; hiçbir zaman para sıkıntısı çekmezler. Neyse hayırlısı! Eh, baban ölünce Longbourn'a konacaklarından da herhâlde sık sık söz ediyorlardır. Belki de buraya şimdiden kendilerinin gözüyle bakıyorlardır."

"Bu, benim yanımda konuşabilecekleri bir konu değil."

"Evet. Konuşsalar tuhaf kaçardı. Ama kendi aralarında sık sık bundan söz açtıklarına kuşkum yok. Eh, kanunen kendilerinin olmayan bir mülke gönül rahatlığıyla yerleşebilirlerse ne iyi... Ben olsam, yalnızca mirasla bana kalan bir mülkü almaya utanırdım."

XLI

Eve döneli bir hafta olmuştu. İkinci haftanın içindeydiler. Alayın Meryton'daki son haftasıydı; o yöredeki bütün genç kızlar günden güne sararıp soluyordu. Her yanı bir keyifsizlik kaplamıştı. Hâlâ yiyip içip uyuyabilen ve her zamanki işlerini görebilen bir tek Elizabeth ile Jane'di. Sonsuz bir keder içinde bulunan ve ailelerinde bu kadar katı yürekli insanların olmasını akıllarına sığdıramayan Kitty ile Lydia, bu duygusuzlukları için ablalarına durmadan sitem ediyorlardı.

İki küçük kız, bu kederin verdiği acı ile sürekli, "Aman tanrım! Bize ne olacak? Ne yapacağız şimdi?" diye dert yanıyorlardı. "Nasıl gülebiliyorsun Lizzy?"

Şefkatli anneleri onların bütün dertlerine ortaktı; yirmi beş yıl önce kendisinin de buna benzer bir durumda neler çektiğini hatırlıyordu:

"Albay Miller'in alayı gittiği zaman iki gün hiç durmadan ağladığımı bilirim. Kalbim parçalanacak sanmıştım."

Lydia, "Benim kalbim kesinlikle parçalanacak..." dedi.

Anneleri, "Hiç olmazsa Brighton'a bir gidebilsek..." diye sızlandı.

"Evet, Brighton'a bir gidebilsek! Ama babam o kadar aksi ki."

"Biraz deniz banyosu ne kadar iyi gelir."

Kitty, "Philips teyzem deniz banyosunun bana da çok iyi geleceğinden emin..." diye ekledi.

Longbourn'da durmadan tekrarlanan dertleşmeler işte bunlardı. Elizabeth de bu konuşmalara katılarak düşüncelerini unutmaya çalışıyor ama duyduğu pişmanlık, oyalanmasına engel oluyordu. Bay Darcy'nin eleştirilerinde ne kadar haklı olduğunu bir kez daha hissetti. Genç adamın Bay Bingley'in işine karışmasını hiçbir zaman bugünkü kadar affetmeye eğilim duymamıştı.

Fakat Lydia'nın mutluluğunu gölgeleyen karanlık çok geçmeden ortadan kalkmış, alayın albayı Bay Forster'ın karısı, onu Brighton'a giderken kendisine eşlik etmesi için davet etmişti. Bu değerli arkadaş, yeni evli çok genç bir kadındı. İyi huylu ve neşeli olma konusundaki benzerlikleri onu ve Lydia'yı birbirlerine yaklaştırmış, üç aylık tanışıklık ikisinin samimi olmasına yetmişti.

Bu davet üzerine Lydia'nın hissettiği büyük sevinci ve Bayan Forster'a duyduğu hayranlığı, Bayan Bennet'ın memnuniyetini ve Kitty'nin kederini anlatmak zor. Lydia kardeşinin duygularına hiç aldırmayarak içi içine sığmadan evde âdeta uçuyor, herkesi kendini kutlamaya davet ediyor, her zamankinden daha gürültülü konuşuyor ve gülüyordu. Öte yandan bahtsız Kitty, bozuk aksanı kadar ters kaçan mantıksız sözleriyle talihsizliğine sızlanıyordu:

"Bayan Forster'ın Lydia ile beraber niye beni de davet etmediğini anlamıyorum. Gerçi fazla bir ahbaplığımız yok ama davet edilmeye Lydia kadar benim de hakkım var, hatta daha çok! Öyle ya, ben ondan iki yaş daha büyüğüm."

Elizabeth kardeşini anlayışlı olmaya davet ediyor, Jane de talihine razı olması için çalışıyordu ama boşuna. Elizabeth kendi hesabına bu davete annesi ve Lydia gibi sevinmekten çok uzaktı. Sanki bu davet kız kardeşinin artık bir daha aklının başına gelmeyeceğinin kara bir habercisiydi ve evdekilerin düşmanlıklarını kazanma tehlikesini göze alarak, gizlice babasına Lydia'nın gitmesine izin vermemesini rica etmekten kendini alamadı. Lydia'nın tavırlarındaki uygunsuzlukları, Bayan Forster gibi bir kadının arkadaşlığından ona herhangi bir fayda gelmeyeceğini, Brighton'da böyle bir arkadaşın yanında büsbütün düşüncesiz davranma olasılığının yüksek olduğunu, çünkü orada buradakinden daha çok hevesini uyandıracak koşulların olacağını anlattı. Babası onu dikkatle dinledikten sonra:

"Lydia..." dedi, "şu veya bu toplulukta kendini göstermedikçe rahat durmayacak. Bunu da bu şartlar altında gerek kendisi gerek ailesi için en uygun ve en elverişli şekilde ancak Brighton'a giderek yapabilir."

Elizabeth, "Lydia'nın ölçüsüz ve düşüncesiz tavırlarının herkesin gözüne çarpması yüzünden hepimize ne büyük zararlar geleceğini -hatta geldiğini- bir bilseydiniz, bu konuda eminim bambaşka bir yargıya varırdınız..." diye cevap verdi babasına.

"Geldiğini mi, dedin? Ne? Âşıklarınızdan birkaçını korkutup kaçırdı mı yoksa? Zavallı, küçük Lizzy. Canını sıkma. Saçma sapan kişilerle yakınlığı olmasına dayanamayacak kadar mızmız erkeklerin ardından üzülmeye değmez. Lydia'nın aptallıkları yüzünden sizden uzak duran zavallı adamların listesini bir göreyim bakalım."

"Yanılıyorsunuz. Ben böyle bir zarara uğramaktan şikâyetçi değilim. İtiraz etmem kendim için değil, herkes için. Lydia'nın karakterindeki çılgınlık, uçarılık ve başına buyrukluk gibi aşağılık yanlar yüzünden şerefimiz ve insanlar arasındaki itibarımız azalacak. Açık konuşmak zorunda olduğum için affınızı dilerim. Eğer siz, sevgili babacığım, onun taşkın neşesine gem vurmak ve bütün ömrünün bugünkü gibi geçemeyeceğini anlatmak zahmetine katlanmazsanız çok sürmez iş işten geçmiş ve Lydia artık düzeltilemez hatalar işlemiş olacak ve karakteri böyle kalacak ve bu kız, on altı yaşında hem kendini hem de ailesini gülünç duruma düşüren, müthiş bir yosma olarak tanınacak. Hem de yosmanın en kötü, en aşağılık türünden. Çünkü gençliğinden ve zararsız görünüşünden başka çekici bir tarafı olmadığı gibi aynı zamanda etrafındakilere kendini beğendirmeye çalışırken gülünç olmaktan sakınamayacak kadar cahil ve boş kafalı. Aynı tehlike Kitty için de geçerli. Lydia ne yola saparsa o da ardından gidecek. O da Lydia gibi kendini beğenmiş, cahil ve tam anlamıyla başı boş! Ah, babacığım, tanındıkları her yerde ayıplanmalarının ve küçümsenmelerinin ve bu lekenin diğer kardeşlerine bulaşmasının önlenmesinin mümkün olmadığını düşünebilir misiniz?"

Bay Bennet, Elizabeth'in bütün kalbiyle kendini bu konuya verdiğini görüyordu. Kızının elini şefkatle kendi elleri arasına alarak, "Kendini üzme sevgili yavrum..." dedi. "Seni ve Jane'i her tanıyan kesinlikle sever ve sayar. Çok aptal iki, hatta diyebilirim ki üç kardeşinizin olması sizin değerinizi düşürmez. Lydia, Brighton'a gitmezse Longbourn'da rahatımız kalmayacak. Onun için bırak gitsin. Albay Forster aklı başında bir adamdır ve Lydia'nın başının derde girmesine izin vermez. Ayrıca, zengin kızı olmadığı için onu tavlamaya kalkışan olmayacaktır. Brighton'da herkesle flört etmesi buradaki kadar dikkati çekmez. Subaylar ondan daha çekici kadınlar bulacaklardır. Bu durumda oraya gitmesinin Lydia'ya kendi hiçliğini öğretmesini umalım. Ne olursa olsun, şimdikinden daha kötü olamaz. Hem olursa da o zaman ömrünün geri kalan kısmında onu kilit altında tutmamız için bize davetiye çıkarmış olur."

Elizabeth bu cevaba boyun eğmek zorundaydı ama fikri değişmedi ve babasının yanından hayal kırıklığına uğramış, üzüntülü olarak ayrıldı. Ancak canını sıkan bir şeyin üzerinde çok fazla durarak üzüntüsünü büsbütün artırmak gibi bir huyu yoktu. Görevini yaptığına inanıyordu ve kaçınılmaz kötülüklere surat asarak veya meraklanarak bunları büsbütün artırmak ona göre değildi.

Lydia ile Bayan Bennet, Elizabeth'in babası ile ne konuştuğunu bir bilselerdi, duydukları öfkeyi ifade edecek söz bulamazlardı. Lydia'nın hayalinde Brighton'a bir ziyaret yapmak dünyanın bütün mutluluklarını sağlayacaktı. Hayal gücünün yaratıcı gözüyle, bu şen plaj şehrinin caddelerinin subaylarla dolu olduğunu, on beş yirmi subayın da kendi etrafında pervane gibi döndüğünü görüyordu. Kamp bütün görkemiyle gözünde canlanıyordu; gönül çalan bir düzen içinde sıralanıp giden çadırlar, bunları dolduran genç, şen ve göz kamaştırıcı kırmızı ceketler giymiş subaylar... Bu manzarayı tamamlamak için de kendini bir çadırın altında oturmuş, aynı zamanda en az altı subayla tatlı tatlı flört ederken hayal ediyordu.

Ablasının onu bu imkânlardan ve gerçek olabilecek bu hayallerden çekip ayırmaya çalıştığını bilseydi acaba ne hissederdi? Bunu ancak annesi bilebilirdi; çünkü o da aşağı yukarı aynı şeyleri hissederdi. Kocasının Brighton'a gitmeye hiç de niyeti olmadığına inandıktan sonra karamsar duygulara kapıldığı şu sırada kızının Brighton'a gitmesi onun tek tesellisiydi.

Ama ana kız, Elizabeth ile babası arasındaki konuşmadan tamamıyla habersizdiler. Sevinç sarhoşlukları Lydia'nın yola çıkacağı güne kadar sürdü.

Elizabeth, Bay Wickham'ı son kez görecekti. Longbourn'a döndüğünden beri genç adamla birçok kez bir arada bulunduğu için bundan artık sıkıntı duymuyordu, geçmiş heyecanlarının sıkıntısı ise hiç kalmamıştı. Hatta bu gencin önceleri hoşuna giden kibarlığının bile iğrendirici, sıkıcı bir yapmacıklık ve sürekli bir tekrardan doğan usandırıcı bir özenti olduğunu keşfetti. Sonra onun şimdilerde kendisine karşı davranışı da ayrı bir sıkıntı kaynağıydı; ilk tanıştıkları zamanki ilgisini yenileme eğilimini göstermesi, o zamandan beri yaşananlardan sonra Elizabeth'i ancak öfkelendiriyordu. Böyle avare ve saçma sapan bir ilgiye hedef olarak seçilmek genç kızın Wickham'a olan bütün ilgisini söndürüyordu. Bu duygusunu zorla baskı altında tutarken, bu gencin hangi nedenle ve ne kadar uzun zaman için olursa olsun kayıtsız davrandıktan sonra, ilgisini tazelemesinden Elizabeth'in gurur duyacağın ve kendisine o eski yakınlığı göstereceğini umması, genç kızı öfkelendiriyordu.

Alayın, Meryton'dan ayrılacağı gün diğer birkaç subayla birlikte Wickham da Longbourn'da yemek yedi. Elizabeth ondan güler yüzle ayrılmaya o kadar isteksizdi ki Hunsford'daki misafirliğinin nasıl geçtiğini sorduğunda Albay Fitzwilliam ve Bay Darcy'den, onların Rosings'te üç hafta kaldıklarından söz etti ve Albay Fitzwilliam'ı tanıyıp tanımadığını sordu.

Bay Wickham şaşırmış, canı sıkılmış ve endişelenmiş gibiydi ama kendini hemen toplayarak ve tekrar gülümseyerek albayla eskiden sık sık görüştüğünü, pek kibar bir adam olduğunu söyledikten sonra genç kızın onu beğenip beğenmediğini sordu. Genç kız albayı övdü. Bay Wickham biraz sonra kayıtsız bir tavır takınarak sordu: "Rosings'te ne kadar kaldığını söylemiştiniz?"

"Üç haftaya yakın."

"Ve siz kendisini sık sık gördünüz?"

"Evet, hemen her gün."

"Tavırları kuzeninkine hiç benzemez."

"Evet, hiç benzemiyor. Ama bence insan Bay Darcy'yi yakından tanıdıkça daha iyi bir insan olduğunu anlıyor."

Wickham, Elizabeth'in gözünden kaçmayan bir heyecanla, "Ya! Sormamda bir sakınca yoksa..." diye atılmışken, kendini tutarak, daha neşeli bir tavırla ekledi: "Konuşmasında mı bir iyileşme var? Her zamanki hâline biraz nezaket katma lütfunda mı bulunuyor?" Sonra daha ciddi bir ses tonuyla devam etti: "Çünkü onun gerçekten değiştiğini ummaya cesaret edemiyorum."

Elizabeth, "Hayır, aslında temelde neyse sanıyorum gene o..." diye cevap verdi.

Wickham bu sözlere sevinmek mi yoksa gizli bir anlam mı aramak gerektiğini kestiremeden öylece bakıyordu. Genç kız sözlerine devam ederken yüzünde, karşısındakini korku ve endişeyle dinlemeye zorlayan bir şey vardı:

"Yakından tanıdıkça daha iyi bir insan olduğu anlaşılıyor derken onun ne düşüncelerinde ne de tavırlarında bir düzelme olduğunu ima etmek istedim. Demek istediğim, onu daha iyi tanıdıkça karakteri de daha iyi anlaşılıyor."

Wickham'ın yüz hatlarının gerilmesinden ve bakışlarındaki endişeden büyük bir dehşete düştüğü görülüyordu. Birkaç dakika sessiz durdu; şaşkınlığını üzerinden atabildiğinde tekrar genç kıza döndü ve en tatlı ses tonuyla konuştu:

"Benim Bay Darcy'ye olan duygularımı çok iyi bilen siz, onun hiç değilse dürüst görünebilecek kadar akıllıca davranması karşısında ne büyük bir sevinç duyduğumu kolayca anlayabilirsiniz. Bu yolda gururunun, kendine değilse de, başkalarına hizmeti dokunabilir; çünkü bu, kötü davranışlarda bulunmasını engelleyecektir. Yalnız tek korktuğum şey, sizin ima ettiğiniz ihtiyatlılığı, gözünden düşmekten çok korktuğu teyzesinde misafirken takınmasıdır. Bay Darcy teyzesiyle bir arada olduğu zaman daima çekingendir, biliyorum. Bunda genç de Bourgh ile evlenmek isteyişinin büyük bir payı olabilir. Darcy'nin bu evliliği çok istediğinden kuşkum yok."

Elizabeth bu sözlere gülümsemekten kendini alamadı ama sadece hafifçe başını eğerek cevap vermekle yetindi. Bay Wickham'ın gene eskiden olduğu gibi ona dert yanmak istediğini görüyordu; fakat onun bu keyfine hizmet etmek hiç de içinden gelmiyordu. O gecenin geri kalanında genç adam her zamanki gibi neşeli görünmeye çalıştı ama Elizabeth'e sokulmak için hiçbir girişimde bulunmadı. Sonunda karşılıklı bir nezaketle ve belki de birbirlerini bir daha görmemeyi yürekten dileyerek ayrıldılar.

Misafirler dağılınca Lydia da ertesi sabah erken saatte oradan yola çıkacakları için Bayan Forster'la birlikte Meryton'a döndü. Kızın ailesinden ayrılması hüzünden çok, gürültülü bir sahne oldu. Yalnız Kitty gözyaşı döktü; fakat o da öfke ve kıskançlıktan ağlıyordu.

Bayan Bennet kızına uzun uzadıya mutluluklar diledi, mümkün olduğu kadar eğlenmek için hiçbir fırsatı kaçırmamasını sıkı sıkı tembih etti. Kızının bu öğüdü tutacağına hiç kuşku yoktu. Lydia'nın mutluluktan öyle gürültülü bir "hoşça kalın" deyişi vardı ki, ablalarının "hoşça kal" dedikleri duyulmadı bile.

XLII

Elizabeth evlilikte mutluluğu ya da aile birliği hakkındaki bütün fikirlerini kendi ailesinde gördüklerinden edinseydi, pek de hoş bir sonuca varamazdı. Gençliğe, güzelliğe ve genellikle gençlikle güzelliğin verdiği sözde iyi huylu birine tutulan babasının, anlayışsız ve dar kafalı bir kadınla evlendiğini çok geçmeden anlaması, eşine olan bütün sevgisini kaybetmesine neden olmuştu. Aralarında saygı ve güven diye bir şey kalmamış, Bay Bennet'ın aile mutluluğu hakkındaki bütün hayalleri yıkılmıştı. Ancak Bay Bennet kendi düşüncesizliğinin neden olduğu bu hayal kırıklığını, kendi hataları veya kötülükleri yüzünden mutsuz olan birçok kişinin yaptığı gibi, bazı zevklere dalarak teselli arayacak yaradılışta bir adam değildi. Doğaya ve kitaplara düşkündü; işte bu zevklerini doyurmak onun başlıca eğlencesi oldu. Cahilliği ve aptallığıyla arada sırada eğlenmesi dışında karısına pek az şey borçluydu. Gerçi bu, genelde bir erkeğin karısından beklediği türden bir mutluluk değildi, fakat başka eğlence imkânı bulunmayınca, gerçek bir filozof, elde bulunanlardan yararlanır.

Yine de babasının bir kocaya yakışmayacak hareketleri Elizabeth'in gözünden kaçmıyordu. Genç kız bunun her zaman acıyla farkına varmış; fakat babasının yeteneklerine saygı gösterdiğinden ve kendisine gösterdiği şefkatin uyandırdığı minnetin etkisiyle görmezlik edemediklerini unutmaya çalışmıştı. Karısını kendi çocukları önünde küçük düşürerek, kocalık görevlerine ne kadar ters hareket ettiğini düşüncelerinden silmek istiyordu. Fakat bu kadar uygunsuz bir evliliğin çocuklar için ne büyük zararlar doğurabileceğini o ana kadar hiç bu kadar kuvvetle hissetmemiş; yeteneklerin yanlış amaçlarla kullanılmasından doğabilecek kötülükleri de kavrayamamıştı. Bu yetenekler yerinde kullanılsa karısının düşünce ufkunu genişletmese bile hiç olmazsa kızlarının şerefini korurdu.

Elizabeth, Wickham'ın ayrılmasına sevinmekle beraber, alayın yokluğundan, mutlu olmak için başka bir neden göremedi. Dost toplantıları eskisinden daha az renkli oluyordu. Evde ise annesiyle Kitty, çevrelerindeki her şeyin sıkıcılığından sürekli şikâyet ede ede aile ortamına gerçekten bir kasvet çökmesine neden olmuşlardı. Kafasını rahatsız eden bir şey kalmadığı için Kitty zamanla doğal hâline dönüp aklını başına toplayabilirdi ama durumundan daha büyük kötülükler doğmasından korkulan Lydia'nın plaj ve kamp gibi iki tehlikeyi birleştiren bir yerde çılgınlıklarını ve kendine güvenini artırması, daha da pişkinleşmesi beklenirdi. Bu nedenle Elizabeth, kendinden öncekiler gibi beklediği bir olayın olup bittikten sonra umduğu gibi mutluluk vermediğini anladı. Gerçek mutluluğun başlaması için başka bir zamanı beklemesi, dileklerini ve ümitlerini bağlayacak başka bir nokta bulması, şimdilik tahminler yürütme zevkini tekrar tadarak avunması ve yeni bir hayal kırıklığı için hazırlıklı olması gerekiyordu. En mutlu düşüncelerinin konusu Göller Bölgesi'ne yapacağı gezintiydi. Annesiyle Kitty'nin sızlanmalarıyla geçen sıkıcı saatlerin en güzel tesellisi buydu. Bu tasarıya Jane'i de katabilse çok mükemmel olacaktı.

Kendi kendine şöyle düşünüyordu: "Çok şükür, beklediğim bir şey var. Yoksa her şey tamam olsa, kesinlikle hayal kırıklığına uğrardım. Ama Jane'in yokluğu benim için sürekli bir üzüntü kaynağı oldukça beklediğim bütün zevklerin gerçekleşmesini nasıl umabilirim? Her yönden kusursuz olan bir program hiçbir zaman başarılı olamaz ve hepten bir hayal kırıklığına uğramamak ancak küçük, kişisel bir iç sıkıntısını dağıtmakla önlenebilir."

Lydia giderken annesiyle Kitty'ye sık sık ve ayrıntılı mektuplar yazacağına söz vermişti; oysa uzun bekleyişlerden sonra alınan mektupları hep kısacıktı. Annesine yazdıklarında kütüphaneden henüz döndüklerinden, orada filan ve falan subayların kendilerine eşlik ettiğinden, gördüğü giysilerin güzelliği karşısında âdeta çılgına döndüğünden, yeni bir elbise veya yeni bir şemsiye aldığından, bunları daha uzun anlatmak istediğinden, fakat Bayan Forster'la kampa gidecekleri için kısa kesmek zorunda olduğundan, Bayan Forster'ın onu çok acele olarak çağırdığından söz ediyordu. Kız kardeşine yolladığı mektuplar biraz daha uzun olmakla beraber verdiği bilgi daha da azdı. Çünkü kelimelerin altı açıkça okunmalarına izin vermeyecek kadar çok çizgilerle doluydu.

Lydia gittikten iki üç hafta sonra Longbourn yeniden dirlik, düzenlik ve neşeye kavuşmaya başladı. Her şey daha mutlu bir hâl alıyordu. Kış için Londra'ya inen aileler geri gelmiş ve yaz giysileri, yaz etkinlikleri kendini göstermeye başlamıştı. Bayan Bennet gene eski tasasız dırdırlarına girişmişti ve haziran ortasında Kitty, gözyaşı dökmeden Meryton'a gidebilecek kadar kendini toplamış bulunuyordu. Bu Elizabeth'i hem mutlu etti hem de ümitlendirdi. Savaş Bakanlığı'nda zalimce kötü bir düzenleme yapılıp da Meryton'a başka bir alay gönderilmezse Kitty'nin Noel'e kadar günde bir kereden fazla bir subaydan söz açmayacak kadar akıllanacağını umuyordu.

Elizabeth'in dayısı ve yengesiyle yapacağı Göller Bölgesi gezisine çıkmaları için kararlaştırılan gün hızla yaklaşıyordu. Seyahate yalnızca iki hafta kala Bayan Gardiner'dan gelen bir mektup, hem yolculuğu ileri bir tarihe attı hem de süresini kısalttı. Bay Gardiner işlerinden ötürü ancak temmuzun on beşinde yola çıkabilecekti ve bir ay içinde tekrar Londra'ya dönmek zorundaydı. Böylece kararlaştırdıkları gibi uzaklara gitmelerine ve dolaşmalarına zaman olmadığından, daha doğrusu düşündükleri gibi dolaşarak rahat rahat gezmelerine imkân kalmadığından Göller Bölgesi'nden vazgeçmeleri ve onun yerine daha kısa bir gezinti düzenlemeleri gerekmişti ve bu yeni programa göre Derbyshire'dan daha kuzeye gitmeyeceklerdi. Bu ilde de onları üç hafta oyalamaya yetecek kadar çok görülecek şey vardı ve Bayan Gardiner için burasının kendine özgü ve güçlü bir çekiciliği vardı. Daha önce birkaç yıl geçirdiği, şimdi de birkaç gün kalacağı bu kasaba, onun için güzellikleriyle ünlü Matlock, Chatsworth, Dovedale veya Peak kadar büyük bir merak konusuydu.

Elizabeth, çok büyük bir hayal kırıklığına uğramıştı; kendini gölleri görmeye hazırlamıştı ve hâlâ da oraya gitmek için yeterli zamanları olduğuna inanıyordu. Ama mutlu görünmesi gerekiyordu, çünkü yaradılışı öyleydi. Çok geçmeden üzüntüsünü unuttu.

Derbsyhire'ın sözü edilince kafasında orayla ilgili birçok fikir canlandı. Elizabeth için bu kelimeyi duyup da Pemberley'i veya sahibini hatırlamamak elde değildi. Kendi kendine, "Kuşkusuz, Bay Darcy'nin yaşadığı bölgeye cezaya uğramadan girebilir, ona görünmeden ünlü taşlarından birkaç tane çalabilirim..." diye düşünüyordu.

Bekleyiş süresi şimdi iki katına çıkmıştı. Dayısıyla yengesinin gelmesine daha dört hafta vardı. Ama dört hafta da geçti ve Bay ve Bayan Gardiner sonunda dört çocuklarıyla Longbourn'a geldiler. Biri altı, biri sekiz yaşında iki kız ve daha küçük iki oğlan, çok sevdikleri kuzenleri Jane'e emanet edileceklerdi.

Genç kızın derin şefkati ve tatlı huyu, çocuklara bakması için çok elverişliydi. Onlara bir şeyler öğretir, onlarla oynar ve onları severdi.

Gardinerlar Longbourn'da yalnız bir gece kaldılar ve ertesi sabah Elizabeth ile birlikte yenilikler ve eğlenceler vaat eden yolculuğa çıktılar. Bir bakımdan eğlenecekleri kuşkusuzdu: Arkadaş olarak çok uyumluydular. Rahatsızlıklara dayanacak yaradılışta ve sağlıklıydılar; her zevki artıracak kadar neşeliydiler; herhangi bir nedenle hayal kırıklığına uğradıklarında kendi aralarında eğlenecek kadar sevgi dolu ve zekiydiler.

Bu kitabın amacı Derbyshire'ı tarif etmek veya yolları üzerindeki Oxford, Blenheim, Warwick, Kenihvorth, Birmingham gibi dikkate değer ve yeterince bilinen yerleri anlatmak değildir. Bizi ilgilendiren, sadece Derbyshire'ın küçük bir kısmı. Bu ilin bütün görülmeye değer yerlerini gezdikten sonra Bayan Gardiner'ın eskiden oturduğu ve tanıdıklarından birkaçının hâlâ da orada olduğunu öğrendiği küçük Lambton kasabasına doğru yol aldılar. Elizabeth'in yengesinden öğrendiğine göre Pemberley, Lambton'dan beş mil ötedeydi. Belki bu malikâne yollarının üstünde değildi ama bir iki milden uzak da değildi. Bir gece önce gidecekleri yolu görüşürlerken Bayan Gardiner orasını tekrar görmek istediğini söyledi. Bay Gardiner da buna istekliydi ve Elizabeth'e bu ziyareti onaylayıp onaylamadığını sordular.

"Şekerim, hakkında bu kadar çok şey işittiğin bir yeri görmek istemez misin?" dedi yengesi. "Birçok tanıdığımızın yakından bildiği bir yer. Wickham orada büyümüş, biliyorsun."

Elizabeth'in neşesi kaçmıştı. Pemberley'de hiç işi yoktu ve orasını görmeye hevesli de görünmemeliydi. Büyük evler görmekten bıktığını, güzel halılar veya saten perdelerin artık ona gerçekten zevk vermediğini ileri sürdü.

Bayan Gardiner onun aptallığıyla alay etti: "Eğer Pemberley sadece zengin döşenmiş güzel bir ev olsaydı, ben de gezip görmeye aldırış etmezdim. Fakat etrafını çevreleyen arazi enfes... Ülkenin en güzel korularının bazıları oradadır."

Elizabeth daha fazla bir şey söylemedi. Ama içi bir türlü bu işe razı gelmiyordu. Ansızın aklına, orasını gezerken Bay Darcy ile karşılaşma olasılığı geldi. Bu korkunç bir şey olurdu! Bunu düşünmek bile kıpkırmızı kesilmesine neden oldu. Böyle bir tehlikeyi göze almaktansa yengesiyle açık açık konuşmanın daha iyi olacağını düşündü. Ama bunun da sakıncaları vardı ve sonunda Pemberley sahiplerinin orada olmadıkları ümidi boşa çıkarsa son çare olarak buna başvurmaya karar verdi.

Bunun üzerine gece odasına çekildiğinde oda hizmetçisine Pemberley'in çok güzel bir yer olup olmadığını, sahibinin adını ve -büyük bir korku ile- ailenin yaz için dönüp dönmediğini sordu. Bu soruya hayır cevabını alınca çok sevindi. Artık korkusu kalmadığından bu evi görmek için bir hayli merak duymakta özgürdü. Ertesi sabah bu konu tekrar açıldığı ve tekrar fikri sorulduğu zaman bu programa bir itirazı olmadığını serinkanlı ve ilgisiz bir tavırla söyleyebilecek durumdaydı.

Böylece Pemberley'e gitmeye karar verdiler.

XLIII

Araba Pemberley'e doğru giderken Elizabeth, Pemberley korularını gitgide artan bir heyecanla bekledi. Sonunda bekçi evinden malikânenin içine saptıkları zaman ruhu, fırtınaya tutulmuş gibi çalkalanıyordu.

Çok büyük olan parka giden yol inişli çıkışlıydı. Parka en alçak noktalarından birinden girdiler ve bir süre uzayıp giden geniş bir koru boyunca ilerlediler.

Elizabeth'in kafası, konuşmasına imkân bırakmayacak kadar doluydu ama her güzel şeyi görüp hayranlık duyuyordu. Yarım mil boyunca yol yavaş yavaş yükseldi ve kendilerini bir hayli yüksek bir bayırın üzerinde buldular. Koru burada bitiyor ve hemen vadinin karşı yamacında yolun sarp kıvrımlarla ulaştığı yerde yükselen Pemberley Köşkü dikkati çekiyordu. Büyük, güzel, taş bir yapı olan ve tepeye doğru yükselen arazinin üzerinde kurulu Pemberley'in arkasında bir sıra yüksek ağaçlarla dolu tepeler görünüyor; bir ırmak, evin önünde doğal bir şekilde genişleyip akıyordu.

Irmağın kıyıları ne dümdüz ne de yapmacık bir şekilde süslüydü. Elizabeth hayran olmuştu. Doğanın bu kadar cömert davrandığı ve zevksiz bir müdahaleden bu derece korunduğu bir yer görmemişti. Herkes bu manzara karşısında yürekten bir hayranlık duymuştu ve o anda, Pemberley Köşkü'nün hanımı olmanın önemini hissetti.

Tepeyi indiler, köprüden geçtiler ve kapıya geldiler. Evin görünüşünü daha yakından incelerken genç kız, buranın sahibi ile karşılaşma endişesini yeniden duydu. Oda hizmetçisinin yanılmış olmasından korkuyordu. Köşkü gezmek için izin istediklerinde salona alındılar; kâhya kadını beklerlerken Elizabeth, Pemberley'e nasıl geldiğine şaşmaktan kendini alamıyordu.

Kâhya kadın geldi. Elizabeth'in tahmin ettiği kadar hoş olmasa da beklediğinden çok daha kibar, yaşlıca bir kadındı. Onun ardından yemek salonuna gittiler. Burası geniş, güzel döşenmiş, ferah bir odaydı. Elizabeth gözlerini etrafta bir süre dolaştırdıktan sonra manzarayı seyretmek için pencerelerden birine yaklaştı. Biraz önce indikleri ormanla taçlanmış tepe, uzaktan daha sarp görünüyor ve çok güzel bir manzara oluşturuyordu. Elizabeth bütün bu güzel manzarayı gözleriyle kucakladı. Irmak ve iki kıyısında serpilen ağaçlar, vadinin büklümü... Gözünün görebildiği her şey nefisti. Öbür odalara geçtikçe manzarayı başka açılardan görüyorlardı ama her pencerenin manzarası ayrı bir güzeldi. Hepsi zengin ve göz alıcı olan odalar, sahibinin servetine yakışır bir şekilde döşenmişti. Elizabeth bu eşyaların ne çok gösterişli ne de aşırı derecede süslü olduğunu; Rosings'teki eşyalardan daha az gösterişli, fakat onlardan daha zarif olduklarını görerek sahibinin zevkini takdir etti.

Genç kız kendi kendine, "Ben bu yerin hanımı olabilirdim!" diye düşündü. "Burası benim evim, bu odalar benim odalarım olacaktı! Bunları bir yabancı gibi seyredecek yerde onlar benimdir diye sevinebilir ve dayımla yengemi misafirim olarak karşılayabilirdim." Fakat hemen kendini topladı: "Hayır, hayır, bunu hiçbir zaman yapamazdım. Çünkü dayımla yengemi sonsuza kadar kaybedecektim. Onları davet etmeme izin verilmeyecekti."

İyi ki işin bu yönü aklına gelmiş, bu da onu pişmanlığa benzer bir şey hissetmekten kurtarmıştı.

Kâhya kadına, köşk sahibinin gerçekten orada olup olmadığını sormak için sabırsızlanıyor ama cesaret edemiyordu. Sonunda bu soruyu dayısı sordu. Bayan Reynolds cevap verirken Elizabeth korkusundan başını öte yana çevirmişti. Kâhya kadın, efendisinin orada olmadığını söyledikten sonra, "Ama yarın arkadaşlarıyla beraber gelmesini bekliyoruz..." diye ekledi. Elizabeth, kendi yolculuklarının kazara bir gün gecikmediğine öyle sevinmişti ki!

Tam o sırada yengesi ona seslenerek bir resim gösterdi. Genç kız yaklaştı ve şöminenin üzerinde diğer birçok minyatür resim arasında Bay Wickham'ın da resminin asılı olduğunu gördü. Yengesi gülümseyerek resmi nasıl bulduğunu sordu. Kâhya kadın da onlara doğru gelerek bunun rahmetli efendisinin kâhyasının oğlu olan ve efendisi tarafından yetiştirilen gencin resmi olduğunu söyledikten sonra, "Şimdi asker olmuş ama yazık pek havaileşmiş..." dedi.

Bayan Gardiner yeğenine gülümseyerek baktı, ama Elizabeth'te gülümseyecek hâl kalmamıştı.

Bayan Reynolds bir başka minyatüre işaret ederek, "Bu da efendimdir..." dedi. "Kendisine çok benziyor. Öbürü ile aynı zamanda, aşağı yukarı sekiz yıl kadar önce yapılmış."

Bayan Gardiner minyatüre hayranlıkla bakarak, "Efendinizin ne kadar hoş biri olduğunu çok duydum. Güzel bir yüz..." dedi. Ardından, "Lizzy, ona benzeyip benzemediğini bize sen söyleyebilirsin..." dedi.

Elizabeth'in efendisini tanıdığını anlatan bu sözler üzerine Bayan Reynolds'un bu genç kıza karşı saygısı artmış gibiydi:

"Bu genç bayan Bay Darcy'yi tanıyor mu?" diye sordu.

Elizabeth kızararak, "Biraz..." dedi.

"Onun çok yakışıklı bir beyefendi olduğunu düşünmüyor musunuz efendim?"

"Evet, gerçekten çok yakışıklı..."

"Ben daha yakışıklısını görmediğime eminim. Fakat yukarıdaki galeride bundan daha büyük, daha güzel bir resmini göreceksiniz. Burası rahmetli efendimin en sevdiği odaydı. Minyatürler de o zamanki yerlerinde duruyor. Rahmetli efendim onları pek severdi. Ölümünden sonra odayı hiç değiştirmedik."

Elizabeth, Wickham'ın resminin hâlâ burada oluşunun nedenini şimdi anlamıştı.

Bayan Reynolds bundan sonra dikkatlerini, Bayan Georgiana Darcy'nin sekiz yaşındayken yapılmış bir resmine çekti.

Bay Gardiner, "Bayan Darcy de kardeşi kadar hoş mu?" diye sordu.

"Evet, gelmiş geçmiş en güzel genç bayan, o kadar da yetenekli ki! Bütün gün piyano çalıp şarkı söylüyor. Bitişik odada onun için yeni alınmış bir piyano var. Efendimin hediyesi. Yarın o da ağabeyi ile beraber gelecek."

Tavırları rahat ve hoş olan Bay Gardiner'ın soruları ve yorumları kâhya kadını konuşmaya yöneltiyordu; Bayan Reynolds'un artık gururdan mı, övünçten mi bilinmez, efendisi ile kız kardeşinden söz etmekten büyük keyif aldığı belliydi.

"Efendiniz yılın büyük bir kısmını Pemberley'de mi geçiriyor?"

"İstediğim kadar değil, efendim. Ama zamanının yarısını burada geçiriyor diyebilirim. Bayan Georgiana Darcy de yaz aylarında hep buradadır."

Elizabeth kendi kendine, "Ramsgate'e gittiği zamanların dışında!" diye düşündü.

"Eğer efendiniz evlenirse onu belki daha çok görebilirsiniz."

"Evet, efendim ama ne zaman evlenecek bilmiyorum, ona layık olacak kadar iyi bir kadın var mı?"

Bay ve Bayan Gardiner gülümsediler. Elizabeth kendini tutamayarak, "Böyle düşünmekle onun saygınlığını artırdığınız kesin..." dedi.

Kâhya kadın, "Ben yalnızca gerçeği ve onu tanıyan herkesin söylediğini söylüyorum..." diye cevap verdi. Elizabeth bunda biraz abartı olduğu görüşündeydi ve Bayan Reynolds'un bunu izleyen sözlerini artan bir şaşkınlıkla dinledi: "Ömrümde ters bir sözünü duymadım ve onu, dört yaşından beri de tanıyorum."

Bu olağanüstü övgü aynı zamanda Elizabeth'in fikirlerine en aykırı olanıydı. Bay Darcy'nin iyi huylu bir adam olmadığına öyle inanmıştı ki. Genç kız büsbütün dikkat kesilmişti; daha çok şey duymak için sabırsızlanıyordu ve konuşmayı devam ettirdiği için dayısına şükran duydu.

Bay Gardiner, "Hakkında böyle sözler söylenebilecek pek az kimse var. Böyle bir efendiniz olduğu için şanslısınız..." dedi.

"Evet, efendim, bunu ben de biliyorum. Bütün dünyayı dolaşsam daha iyisini bulamam. Fakat çocukken iyi huylu olanların, büyüyünce de iyi huylu oldukları hep dikkatimi çekmiştir. Bay Darcy de dünyanın en tatlı huylu, en iyi kalpli çocuğuydu."

Elizabeth gözlerini kâhya kadından alamıyor, kendi kendine, "Bu, Bay Darcy olabilir mi!" diye düşünüyordu.

Bayan Gardiner, "Sanırım babası mükemmel bir insandı..." dedi.

"Evet, efendim, gerçekten öyleydi. Oğlu da tıpkı ona benziyor. O da babası gibi yoksulların gönlünü kazanıyor."

Elizabeth dinledi, şaşırdı, kuşkulandı, daha çok bilgi edinmek için sabırsızlandı. Bayan Reynolds başka hiçbir açıdan onun ilgisini çekemezdi. Tabloların konularını, odaların büyüklüğünü, eşyaların fiyatlarını kâhya kadın boşuna sayıp döküyordu. Bay Gardiner, onun efendisini bu kadar çok övmesini Darcy Ailesi'ne karşı duyduğu bağlılığın bir kanıtı sayarak ve bundan memnun olarak sözü tekrar bu konuya getirdi. Hep beraber büyük merdivenden çıkarlarken Bayan Reynolds efendisinin birçok erdemi üzerinde hararetle durarak, "O, mülk sahiplerinin ve efendilerin en iyisidir..." diyordu. "Kendilerinden başka hiçbir şey düşünmeyen, serseri zamane gençleri gibi değildir. Kiracıları ve hizmetkârları arasında onu iyilikle anmayacak tek bir kişi yoktur. Bazıları ona mağrur diyor ama ben onun mağrur bir yanını görmedim. Bana kalırsa Bay Darcy diğer gençler gibi gevezeliği sevmediği için ona mağrur diyorlar."

Elizabeth, "Bu, Bay Darcy'yi ne kadar sevimli bir insan yapıyor!" diye düşündü.

Yürürken yengesi, genç kıza fısıldadı: "Onun hakkında anlatılan bu güzel şeylerle onun zavallı Wickham'a ettikleri birbirini tutmuyor."

"Belki yanılmışızdır."

"Bu pek akla yakın değil; ne de olsa Wickham'ın kendi ağzından duyduk."

Sonra üst kattaki geniş sofadan, çok şirin bir oturma odasına geçtiler. Aşağıdakilerden daha zarif ve daha az eşyayla döşenmiş bu odanın, Pemberley'e geldiğinde Bayan Georgiana Darcy'yi sevindirmek için döşendiğini öğrendiler.

Elizabeth pencerelerden birine doğru yürürken, "Bay Darcy kuşkusuz iyi bir ağabey..." dedi.

Bayan Reynolds, Bayan Georgina Darcy'nin bu odaya girince duyacağı sevinç üzerinde tahminler yürüttükten sonra, "Bay Darcy her zaman böyledir..." diye ekledi. "Kız kardeşini memnun edebilecek bir şey hemen yapılır. Kardeşi için yapmayacağı şey yoktur."

Yalnız resim galerisi ile yatak odalarından birkaçını görmemişlerdi. Galeride birçok güzel yağlıboya resim vardı ama Elizabeth resimden pek anlamazdı. Aşağıda benzerlerini gördüğünden bakmadı ve Bayan Darcy'nin konuları genellikle daha ilgi çekici olan ve daha iyi anlaşılan karakalem resimlerini seyre koyuldu.

Galeride birçok aile portresi vardı ama bunlarda, bir yabancının ilgisini çekecek hiçbir yan yoktu. Elizabeth, hatlarını tanıyabileceği tek yüzü arayarak yürüdü. Sonunda o yüzü görerek durdu. Bay Darcy'nin aslına şaşılacak kadar benzeyen resmini görmüştü. Bu yüzde, bazen kendine bakarken gördüğünü hatırladığı bir gülümseme vardı. Genç kız dakikalarca resmin önünde durarak derin derin düşündü ve galeriden çıkmadan önce de gidip son bir defa daha baktı. Bayan Reynolds bu resmin Bay Darcy'nin babasının sağlığında çizilmiş olduğunu bildirdi.

O anda kuşkusuz Elizabeth, bunun modelini tanışıklıkları süresince hiç duymadığı ince duygularla hatırlıyordu. Bayan Reynolds'un onu öven sözlerinin önemi azımsanamazdı. Zeki bir hizmetçinin övgüsünden daha değerli bir övgü olabilir miydi? Bir ağabey, bir mülk sahibi, bir efendi olarak kaç kişinin mutluluğunun ona bağlı olduğunu, istediği anda kaç kişiyi ne kadar sevindirebilecek ve ne kadar ızdıraba sürükleyebilecek bir durumda bulunduğunu, ne kadar çok iyilik ve kötülük yapma gücü taşıdığını düşündü. Kâhya kadının öne sürdüğü her fikir Bay Darcy'nin lehineydi. Resim de sanki gözlerini dikmiş Elizabeth'e bakıyordu. Elizabeth onun ilgisine karşı o zamana kadar hissetmediği derin bir şükran duydu. Bu ilginin samimiyetini hatırlayınca bunun dile getirilişindeki uygunsuzluk etkisini kaybetmeye başlamıştı.

Köşkün ziyarete açık kısımlarını gezip dolaştıktan sonra aşağı indiler ve kâhya kadına veda ettiler. Kendilerini salonun kapısında karşılayan bahçıvan, onlara bahçeyi gezdirecekti.

Çimenlerin üzerinden nehre doğru yürürlerken Elizabeth binayı bir daha görmek için arkasını döndü; dayısı ile yengesi de durmuşlardı ve Bay Gardiner binanın yapıldığı tarihi kestirmeye çalışırken, evin arkasındaki ahırlara giden yoldan birdenbire köşkün sahibi beliriverdi.

Aralarında yirmi metre kadar bir mesafe ancak vardı ve Bay Darcy o kadar beklenmedik bir şekilde ortaya çıkmıştı ki artık karşılaşmamalarının yolu yoktu. İki genç hemen göz göze geldiler ve her ikisinin de yanakları anında kıpkırmızı kesildi. Genç adam tam anlamıyla irkilmiş ve bir an için şaşkınlıktan kıpırdayamamıştı ama hemen kendini toplayarak onlara doğru ilerledi ve soğukkanlılıkla olmasa bile tam bir nezaketle Elizabeth'e hâl hatır sordu.

Genç kız elinde olmadan başını çevirmişti ama Bay Darcy'nin yaklaşması üzerine durarak onun övgülerini, üstesinden gelemediği bir şaşkınlıkla karşıladı. Bay Gardiner ile eşine, bu gencin kılığı kıyafeti ve az önce gördükleri resme benzerliği, Bay Darcy olduğunu anlatmaya yetmeseydi bile bahçıvanın, efendisini görünce duyduğu şaşkınlık bunu hemen anlamaya yeterliydi. Bay Darcy yeğenleriyle konuşurken karı koca biraz uzakta durdular. Elizabeth şaşırmış, âdeta altüst olmuştu ve gözlerini kaldırıp genç adamın yüzüne bakmaya cesaret edemiyor, ailesi hakkında sorduğu nazik sorulara bile ne cevap verdiğini bilmiyordu. Son görüştükleri zamandan bu yana genç adamın tutumu çok değişmişti. Elizabeth'in hayreti, karşısındakinin söylediği her yeni cümle ile artıyordu ve kendisinin orada bulunmasındaki uygunsuzluğu düşünmekten, karşı karşıya geçen bu birkaç dakika ona ömrünün en sıkıntılı anları gibi geliyordu. Öte yandan Bay Darcy'nin de öyle pek rahat bir hâli yoktu; konuşurken sesinde her zamanki ağırlıktan eser kalmamıştı. Longbourn'dan ne zaman ayrıldığını, Derbyshire'da ne kadar kalacağını tekrar tekrar aceleyle soruşundan, fikirlerinin darmadağınık olduğu açıkça görülüyordu.

Sonunda kafası boşalır gibi oldu ve birkaç dakika tek kelime bile söylemeden durduktan sonra ansızın kendini toparlayıp veda etti.

Dayısı ile yengesi Elizabeth'in yanına geldiler ve Bay Darcy'yi beğendiklerini söylediler. Ama Elizabeth söylediklerinin tek kelimesini bile duymuyordu. Tamamıyla duygularına gömülmüş olarak, sessizce onları izledi. Utançtan ve can sıkıntısından eziliyordu. Buraya gelmesi dünyanın en ters, en yersiz işiydi. Kim bilir Bay Darcy bunu nasıl tuhaf karşılayacaktı. Bu kadar gururlu bir erkek kim bilir onu ne kadar ayıplamıştı! Onun kendi peşinden koştuğunu sanacaktı. Ah! Buraya neden gelmişti ki? O da ne demeye böyle beklendiğinden bir gün önce dönmüştü? On dakika önce çıkmış olsalardı karşılaşmayacaklardı; çünkü tam o an geldiği, atından veya arabasından o anda indiği belliydi.

Bu rastlantının tersliğini düşündükçe her tarafını ateş basıyordu. Sonra Bay Darcy'nin tavırlarının bu kadar değişmiş olması! Bunun anlamı ne olabilirdi; kendisiyle konuşması bile şaşılacak şeydi. Üstelik ne kadar kibar konuşmuş, ailesinin hatırını bile sormuştu. Genç adamın tavırlarının bu kadar mütevazı olduğunu görmemiş, Bay Darcy hiçbir zaman kendisiyle bu beklenmedik karşılaşmada olduğu kadar nezaketle konuşmamıştı. Rosings parkında, mektubunu eline sıkıştırdığı zamanki tavrıyla ne zıt! Ne düşüneceğini, buna ne anlam vereceğini bilmiyordu.

Elizabeth bunları düşünürken yürüye yürüye su kenarında güzel bir yola geldiler. Her adım, önlerinde eşsiz bir manzara veya yaklaştıkları koruluğun daha da güzel bir yolunu açıyordu ama Elizabeth ancak bir süre sonra bunların farkına varmaya başladı. Dayısı ile yengesinin arka arkaya sordukları sorulara bir makine gibi cevap vermekle ve onların gösterdiği yana gözlerini çevirmekle beraber hiçbir şeyi ayırt edemiyordu. Düşünceleri Pemberley Köşkü'nde Bay Darcy'nin bulunduğu noktadaydı; bu nokta köşkün her neresi ise. O anda genç adamın kafasından neler geçtiğini, kendisi hakkında ne düşündüğünü, her şeye rağmen hâlâ kendisine karşı bir sevgi besleyip beslemediğini bilmeyi öyle istiyordu ki! Belki de kendi evinde olmanın verdiği rahatlık ile nazik davranmıştı ama sesinde, hiç de rahat olmadığını ele veren bir şey vardı. Bu ani karşılaşmanın ona acı mı yoksa zevk mi verdiğini kestiremiyordu ama kesin olan bir şey varsa, o da kendisiyle konuşurken genç adamın hiç de serinkanlı olmadığıydı.

Sonunda yanındakilerin onun dalgınlığından yakınmaları üzerine kendine geldi ve biraz daha toparlanma gereği duydu.

Koruya girdiler, bir ara nehirden ayrılarak bir yokuş çıktılar, ağaçların seyrek olduğu ve etrafı seyredebilme imkânı olan bu noktadan vadinin, karşı tepelerin, bu tepelerden birçoğunu kaplayan ormanın ve bazen de nehrin bir kısmının güzel manzarası görülüyordu. Bay Gardiner bütün parkın etrafını dolaşmak istediğini söyledi ama bunun bir yürüşüye sığmamasından korkuyordu. Bahçıvan övünme dolu bir gülümsemeyle parkın çevresinin on mil uzunlukta olduğunu söyleyince sorun çözüldü ve onlar da bütün ziyaretçiler gibi bu geziyle yetinmeye karar verdiler. Tuttukları yol onları bir süre sonra ağaçlarla kaplı yamaçtan aşağı indirerek en dar noktasında suyun kenarına getirdi. Manzaranın genel havasına uygun, sade bir köprüden karşıya geçtiler. Şimdiye kadar gördükleri yerler içinde en çok kendi hâline bırakılmış olanı bu noktaydı. Vadi burada, küçük bir dere ile bu dere boyunca uzanan ve eski ağaç gövdeleri üzerinde süren yeni filizlerden oluşan koru arasında ancak incecik bir yol geçmesine izin verecek kadar daralıyordu. Elizabeth bu yolun kıvrımlarının ötelerine gitmek isteğiyle yanıyordu. Ama köprüyü geçtikleri ve evden ne kadar uzakta olduklarını gördükleri zaman, yürümekle arası pek hoş olmayan Bayan Gardiner daha ileriye gitmek istemedi. Bir an önce arabaya dönmekten başka bir şey düşünecek hâlde değildi. Yeğeni de ona uymak zorunda kaldı. En kısa yoldan nehrin karşı kıyısındaki eve doğru gitmeye başladılar ama çok yavaş ilerliyorlardı, çünkü Bay Gardiner, bu zevkini ancak pek seyrek tatmin edebiliyorsa da balık avlamaya meraklı olduğu için arada sırada suda görünen alabalıkları seyrediyor, bahçıvanla da bu konu hakkında konuşuyordu. Böyle ağır ağır ilerlerken gene onları şaşırtan bir şey oldu. Bay Darcy'nin onlara doğru geldiğini, hem de aralarında büyük bir mesafe olmadığını gören Elizabeth ilk karşılaştıkları andaki kadar büyük bir şaşkınlık duydu. Burada yol öbür yandakinden daha az korunaklı olduğu için Bay Darcy'yi önce görebilmişlerdi. Elizabeth şaşırmıştı gerçi ama hiç olmazsa konuşmaya biraz öncekinden daha hazırlıklıydı. Genç adam gerçekten kendileriyle görüşmeye niyetleniyorsa daha sakin görünmeye ve soğukkanlılıkla konuşmaya karar verdi.

Aslında Elizabeth birkaç dakika için onun başka bir yola sapacağını sanmıştı. Yolun bir kıvrımı genç adamı onların bakış açısından engellediği sürece genç kız böyle düşünmeyi sürdürdü ama köşeyi dönünce karşı karşıya geldiler. Biraz önceki nezaketinden hiçbir şey kaybetmediğini Elizabeth bir bakışta anladı ve kendisi de aynı nezaketi göstermek için Pemberley'in güzelliğini övmeye başladı. Fakat "nefis" ve "şahane" sözleri daha ağzından çıkarken kötü bir anı kafasını karıştırdı ve köşkü övmesinin başka bir anlama çekilebileceğini düşündü. Benzi solarak sustu.

Bayan Gardiner biraz geriden geliyordu ve onun duraksadığını gören Bay Darcy, Elizabeth'ten kendisini arkadaşlarına tanıştırma iyiliğinde bulunmasını rica etti. Bu, genç kızın hazırlıksız olduğu bir nezaket gösterisiydi. Bay Darcy'nin kendine evlilik teklifinde bulunmasına bu akrabaları yüzünden gururu isyan etmişti ve şimdi onlarla tanışmak istemesine gülümsememek Elizabeth'in elinden gelmiyordu. Kendi kendine, "Kim olduklarını öğrenince ne kadar şaşıracak! Onları yüksek tabakadan sanıyor..." diye düşündü.

Yine de onları hemen tanıştırdı. Akrabalıklarını söylerken bunu nasıl karşılayacağını görmek için yan gözle genç adama bakıyor ve onun böyle sıradan ve "avamdan" kişilerin yanından hemen son hızla kaçmaya kalkışmasını bekliyordu. Bay Darcy'nin, bu akrabalığa şaşırdığı belliydi ama soğukkanlılıkla karşıladı ve kaçmak şöyle dursun, onların yanına katılarak

Bay Gardiner ile konuşmaya başladı. Elizabeth'in sevinmemek, üstelik bir zafer duygusuna kapılmamak elinde değildi. Yüz kızartmayan akrabaları olduğunu Bay Darcy'nin öğrenmesi teselli ediciydi. Konuşmalarını can kulağıyla dinliyor, dayısının zekâsını, zevkini ve kibarlığını gösteren her ifadeden ve her cümleden övünç duyuyordu.

Söz döndü dolaştı, balık avına geldi. Genç kız, Bay Darcy'nin, büyük bir nezaketle dayısını bu yörede kaldığı sürece istediği an avlanmaya davet ettiğini, aynı zamanda ona av takımını ödünç vermeyi de teklif ettiğini, ırmağın en çok balık bulunan yerlerini gösterdiğini duydu. Elizabeth ile kol kola yürümekte olan Bayan Gardiner genç kıza şaşkınlığını belli eden bir bakışla baktı. Elizabeth bir şey söylemedi ama bu durumdan memnundu, bütün bu iltifat kendine yapılıyor demekti. Yine de çok şaşırmıştı ve kendi kendine durmadan sordu: "Neden böyle değişmiş? Bunun nedeni ne olabilir? Herhâlde ben olamam. Tavırlarının benim için böyle yumuşamasına imkân var mı? Hunsford'daki ettiğim sitemler bu kadar büyük bir değişim yaratamaz. Beni hâlâ sevmesine imkân yok..." deyip duruyordu.

Böylece kadınlar önde, erkekler arkada bir süre yürüdükten sonra ırmağın kenarına indiler. Burada, suda yetişen tuhaf bir bitkiyi daha iyi görmek için eğilip baktıktan sonra yerlerinde ufak bir değişiklik oldu. Bütün sabah yürümekten yorulan Bayan Gardiner, Elizabeth'in kolunu yeterince güçlü bulmayarak kocasınınkini tercih etti. Bunun üzerine Bay Darcy de Elizabeth'in yanına geçti ve böylece birlikte yürümeye başladılar. Kısa bir sessizlikten sonra önce genç kız konuştu. Onun burada olmadığını sandıkları için konağa geldiğini anlatmak istiyordu. Bunun için söze başlarken gelişinin çok ani olduğunu söyleyerek, "Kâhyanız yarından önce gelmeyeceğinizi kesin olarak bildirmişti. Aslında biz Bakewell'den ayrılmadan önce de sizi bugün beklemediklerini duymuştuk..." dedi.

Bay Darcy bunun doğru olduğunu, kâhyasıyla görüşülecek bir işi olduğu için beraber yolculuk ettiği arkadaşlarından ayrılarak onlardan birkaç saat önce gelmek zorunda kaldığını söyledi. "Yarın sabah erkenden onlar da burada olacaklar..." diye ekledi. "Aralarında sizi tanıyanlar da var: Bay Bingley ile kız kardeşleri!"

Elizabeth yalnızca başını hafifçe eğerek karşılık verdi. Bay Bingley'in adını son konuşmalarında andıkları zamanı hatırlamıştı ve genç adamın yüzündeki ifadeden anladığı kadarıyla onun kafasındaki düşünce de kendininkinden farklı değildi.

Bay Darcy kısa süren bir sessizlikten sonra devam etti: "Aralarında size tanıştırılmayı özellikle isteyen biri daha var. Lambton'da bulunduğunuz sırada kardeşimi size tanıştırmama izin verir misiniz, yoksa çok şey mi istemiş oluyorum?"

Bu ricanın uyandırdığı şaşkınlık gerçekten büyüktü; o kadar büyüktü ki bunu ne şekilde kabul ettiğini bilmiyordu. Bayan Georgiana, Darcy'nin kendisiyle görüşme isteğinin ağabeyinin işi olduğunu hemen hissetmişti. Bu düşünce sevindiriciydi, üzerinde daha fazla durmaya gerek yoktu. Genç adamın ona gücenip hakkında gerçekten kötü düşünmemesi sevinilecek bir şeydi.

Şimdi ikisi de sessizce yürüyorlardı, ikisi de ayrı ayrı derin düşüncelere dalmışlardı. Elizabeth rahat değildi; rahat olamazdı da ama gene de gururu okşanmıştı ve mutluydu. Bay Darcy'nin ona kız kardeşini tanıtmak istemesi çok büyük bir iltifattı. Biraz sonra ötekilerin önüne geçtiler ve onlar arabaya vardıkları zaman Bay Gardiner ve eşi çeyrek mil arkada kalmışlardı.

Bunun üzerine genç adam onu dinlenmesi için eve davet etti, fakat Elizabeth yorgun olmadığını söyledi ve birlikte çimenlerin üzerinde beklemeye başladılar. Böyle bir zamanda çok şey söylenebilirdi ve sessizlik pek aykırı kaçıyordu. Genç kız konuşmak istiyordu fakat bütün konulara sanki bir yasak konmuştu. En sonunda aklına yapmakta olduğu yolculuk geldi, Matlock ve

Dovedale'den uzun uzun söz ettiler. Zaman da yengesi de çok ağır ilerliyordu ve genç kızın sabrı da sözleri de tükenmek üzereydi. Bay ve Bayan Gardiner da gelince Bay Darcy hepsinin eve girerek bir şey yemelerini ısrarla rica etti ama bu teklifi kabul edilmedi ve iki taraf da birbirinden büyük bir nezaketle ayrıldı. Bay Darcy bayanların arabaya binmelerine yardım etti.

Sonunda araba hareket edince Elizabeth onun yavaş yavaş, düşünceli adımlarla eve doğru yürüdüğünü gördü.

Şimdi de dayısı ile yengesi Pemberley'in sahibi konusundaki görüşlerini anlatmaya başlamışlardı. Her ikisi de bu genci umduklarından çok daha üstün bulduklarını belirtiyorlardı. Dayısı, "Çok terbiyeli, nazik ve kibirsiz bir genç..." dedi. Yengesi, "Kuşkusuz biraz gururlu..." diye karşılık verdi. "Ama bu, yalnız görünüşte... Sonra ona yakışmıyor da değil. Kâhya kadın gibi ben de diyebilirim ki bazı kimseler ona mağrur diyorlarsa da ben bundan eser görmedim."

"Daha önce hiçbir şeye bize karşı davranışına şaştığım kadar şaşmadım. Nezaketin ötesindeydi, âdeta özen derecesini buldu. Oysa buna gerek yoktu. Çünkü Elizabeth ile dostlukları bir tanışıklıktan ibaretti."

Yengesi, "Lizzy, gerçi Bay Darcy, Bay Wickham kadar yakışıklı değil, daha doğrusu Bay Wickham'ınki kadar güzel bir yüzü yok, fakat hatları adamakıllı hoş. Neden onu bize sevimsiz diye tanıttın?" diye sordu.

Elizabeth elinden geldiği kadar kendince özür bulmaya çalıştı. Darcy'nin yakından tanındıkça daha iyi anlaşılan bir tip olduğunu ileri sürdü.

Dayısı, "Belki de günü gününe uymayan bir adamdır. Bu soylu aileler çoğu zaman böyledir. Onun için balık avı davetine kulak asmayacağım; yarına belki de fikrini değiştirir, beni parkından kovar..." diye cevap verdi.

Elizabeth onun karakterini tümüyle yanlış anladıklarını hissetti, fakat bir şey söylemedi.

"Gördüğüm kadarıyla bu genç..." diye sözlerini sürdürdü Bayan Gardiner, "Wickham'ın söylediği kötülüğü yapacak türden bir insan değil. Kötü bir insana benzemiyor, tam tersine konuşmasında hoşa giden bir taraf, yüzünde de kalbinde kötülük olmadığını gösteren bir ifade var. Doğrusu bize evi gezdiren kadıncağız da onu biraz aşırı övdü! Arada sırada kahkahalarla gülmemek için kendimi zor tuttum. Ama cömert bir efendi olduğunu sanıyorum ki bu da bir hizmetçinin gözünde bütün üstün nitelikleri içerir."

Elizabeth burada Bay Darcy'nin Wickham'a davranışını savunacak bir şeyler söyleme gereğini duydu. Elinden geldiği kadar üstü kapalı bir dille, kentteki akrabalarından öğrendiğine göre Bay Darcy'nin hareketlerine bambaşka bir anlam verebileceğini; onun o kadar suçlu sayılamayacağını, Wickham'ın da Hertfordshire'da iken sandıkları kadar temiz olmadığını söyledi. Sözlerini doğrulamak için de iki gencin arasında geçen para meselesini, kaynak vermeden, fakat güvenilir bir yerden öğrendiğini anlattı.

Bayan Gardiner şaşırmış ve endişelenmişti ama eskiden güzel günler geçirdiği yerlere yaklaştıkları için bütün düşünceler yerlerini çekici anılara bıraktı ve buralardaki ilgi çekici yerleri kocasına gösterirken başka bir şey düşünecek hâli kalmadı. Sabahki yürüyüşten yorulduğu hâlde yemek yer yemez eski tanıdıklarını aramaya koyuldu ve o akşam, yıllarca ara verildikten sonra tazelenen sohbetlerin lezzetiyle geçti.

O gün olup bitenler Elizabeth'i bu yeni dostlara karşı ilgi duyamayacak kadar sarsmıştı. Bay Darcy'nin kibarlığını ve her şeyden öte, kardeşini kendisiyle tanıştırmak istemesini unutamıyor, bundan başka bir şey düşünemiyordu.

XLIV

Elizabeth, Bay Darcy'nin kardeşinin Pemberley'e geldiğinin ertesi günü, kendisini ziyaret edeceklerini hesaplamış, bu nedenle o gün öğleden önce handan uzaklaşmamaya karar vermişti. Ama düşündüğü doğru çıkmadı çünkü Georgiana Darcy, Lambton'a vardığı sabah Elizabeth'i ziyarete geldi. Genç kız, dayısı ve yengesi ile birlikte yeni arkadaşlarıyla civarda bir gezinti yapmıştı. Aynı aileyle yemek yemek üzere kıyafetlerini değiştirmek için henüz hana dönmüşlerken bir araba sesi dikkatlerini çekti. Pencereden bakınca bir bayla bir bayanın faytonda caddenin yukarısına doğru geldiğini gördüler. Elizabeth sürücüyü derhâl tanıyarak faytonda kimler olduğunu anladı ve şaşkınlığını gizleyerek dayısı ve yengesine biraz sonra kendilerine yapılacak ziyaret konusunda bilgi verdi. Dayısı ile yengesi de hayretler içindeydiler. Elizabeth'in konuşurken şaşkınlığı, Bay Darcy ile kız kardeşinin böyle gelişleri, bir gün önce olanlar, bu işe bambaşka bir gözle bakmalarına neden oluyordu. Daha önce böyle bir şey hiç akıllarına gelmemişti fakat şimdi bu kadar yüksek bir yerden gösterilen bu kadar büyük bir özene, Bay Darcy'nin yeğenlerine eğilimi olduğundan başka bir anlam veremiyorlardı. Onların kafasında bu yeni fikirler dolaşırken Elizabeth'in duyguları da her an biraz daha altüst oluyordu. Kendi telaşına kendisi de şaşıyordu; huzursuzluğun nedenlerinden biri de Bay Darcy'nin eğilimi yüzünden kız kardeşine onu abartılı övmüş olması korkusuydu. Karşısındakinin kendinden hoşlanması için olağanüstü bir istek duyduğundan doğal olamayacağını ve hoşa gitmeyeceğini hissediyordu.

Görülmekten korkarak pencereden çekildi. Kendini toparlamaya çalışarak odada bir aşağı bir yukarı dolaşırken dayısı ile yengesinin yüzünde okuduğu hayret ve merak, her şeyi bir kat daha güçleştiriyordu.

Georgiana Darcy ile ağabeyi gelince doğal olarak tanıştırma töreni yapıldı. Elizabeth yeni tanıdığı bu genç kızın da en az kendisi kadar şaşırmış olduğunu görerek hayret etti. Lambton'a geldiğinden beri hep Georgiana Darcy'den çok mağrur diye söz edildiğini duymuştu ama birkaç dakikalık gözlem onun sadece utangaç olduğunu anlamasına yetmişti. Elizabeth bu genç kıza "evet" ve "hayır"dan başka tek bir kelime söyletemedi.

Georgiana Darcy uzun boylu, Elizabeth'ten daha iri yapılıydı; henüz on altı yaşında olduğu hâlde gelişmiş ve serpilmişti. Ağabeyi kadar güzel değildi, fakat yüzünden duygusal ve uysal yaradılışlı olduğu okunuyordu ve tavırları tam anlamıyla iddiasız ve kibardı. Bay Darcy gibi keskin ve soğukkanlı birisini göreceğini sanan Elizabeth, karşısında böyle bambaşka birini bulunca rahat bir nefes aldı.

Hana gelişlerinin üzerinden çok geçmemişti ki Bay Darcy, Bingley'in de genç kızı ziyaret edeceğini haber verdi. Elizabeth bundan duyduğu memnunluğu ifade edecek ve bu misafiri karşılamaya hazırlanacak vakit bulamadan Bingley'in hızla merdivenleri çıktığı duyuldu ve bir dakika sonra da odaya girdi. Elizabeth'in ona olan öfkesi çoktan geçmişti ama öyle olmasaydı bile onun genç kızı tekrar görmekten duyduğu memnunluğu ifade ederken gösterdiği samimiyet karşısında bütün öfkesi gidecekti. Bay Bingley, genel olmakla beraber dostça bir şekilde ailesinin hatırını sordu; her zamanki şen ve rahat tavrıyla konuşuyordu.

Bay ve Bayan Gardiner da Bay Bingley'e karşı Elizabeth kadar ilgi duymuşlardı. Onu görmeyi çoktan beri istiyorlardı. Konukların hepsi onlarda heyecanlı bir ilgi uyandırmıştı. Bay Darcy ve yeğenleriyle ilgili kuşkuları onları bu iki genci ihtiyatlı, fakat heyecanlı bir merakla süzmeye yöneltmişti ve bu incelemelerin sonucunda içlerinden hiç değilse birinin aşkın ne demek olduğunu bildiği kanısına vardılar. Genç kızın duygularından biraz kuşkuluydular ama genç adamın hayranlıkla dolup taştığı ortadaydı.

Elizabeth'e gelince onun kafası da dopdoluydu. Misafirlerinin her birinin duygularını anlamak, soğukkanlılığını korumak ve herkese hoş görünmek istiyordu. En çok korktuğu şey, sonuncu isteğini yerine getirememekti; oysa bunu başaracağına şüphe yoktu. Çünkü hoşlarına gitmeye çalıştığı kimselerin ona karşı tutumları zaten olumluydu. Bingley ondan hoşlanmaya hazırdı. Georgiana buna can atıyordu ve Darcy de kararlıydı.

Bay Bingley'i görünce genç kızın düşünceleri ister istemez ablasına gitti ve genç adamın da aynı şekilde Jane'i düşünüp düşünmediğini öğrenmeyi çok istedi! Bazen onun eskisinden daha az konuştuğu kanısına kapılıyordu ve bir iki kez Bingley yüzüne bakarken sanki genç kıza, yüzünde ablasıyla bir benzerlik arıyor gibi geldi ve çok sevindi. Fakat bu hayal olsa bile Bay Bingley'in, Jane'e rakip diye ileri sürülen Georgiana Darcy'ye karşı nasıl davrandığı hakkında yanılmış olamazdı. İkisinde de birbirlerine karşı özel bir duygu beslediklerini gösteren bir belirti sezilmiyordu. Aralarında Caroline Bingley'in ümitlerini güçlendirecek hiçbir şey göremiyordu. Bu konuda çok geçmeden Elizabeth'in içi rahatladı ve misafirler gitmeden önce yaşanan bir iki olayı da genç kız, Jane'in ince bir duygu ile hatırlandığı ve Bay Bingley'in kendinde cesaret bulsa onun adının anılmasına sebep olabilecek bir şeyler söylemek istediği şeklinde yorumlamaktan memnunluk duydu. Odadakiler birbirleriyle konuşurken Bay Bingley üzüntü dolu bir ses tonuyla genç kıza, "Çoktandır sizi görme zevkinden yoksun kalmıştık..." demiş ve Elizabeth cevap vermeye zaman bulamadan, "Sekiz aydan fazla oldu. Netherfield'da hep birlikte dans ettiğimiz 26 Kasım gecesinden beri görüşemedik..." diye de eklemişti.

Elizabeth onun belleğinin bu kadar güçlü olmasına sevindi. Bay Bingley daha sonra, diğerlerinin kulak vermediği bir sırada, gene bir fırsatını bulup genç kıza, kardeşlerinin hepsinin Longbourn'da olup olmadığını sormuştu. Ne bu soruda ne de daha önceki sözlerde bir olağanüstülük görülmeyebilirdi ama genç adamın bunları söylerken bakışları ve tavrı bir anlam kazandırıyordu.

Elizabeth, Bay Darcy'ye ancak arada sırada bakıyordu. Ama ne zaman o yana baksa tam bir sevinç gözüne çarpıyor, Bay Darcy'nin kibirden ve çevresindekileri küçümsemekten çok uzak bir tavırla konuştuğunu görüyordu. Bundan, genç adamın tavırlarında dün gördüğü iyiye doğru gelişmenin, geçici bile olsa, hiç değilse bir gün sürdüğü kanısına vardı. Bir iki ay önce görüşmeyi hor gördüğü kişilerle şimdi ahbaplık etmeye, onlara hoş görünmeye çalıştığına; yalnız kendisine karşı değil, aynı zamanda açık açık küçümsediği akrabalarına karşı da nazik davrandığına tanık olduktan sonra Hunsford'daki papaz evinde aralarında geçen sahneyi bütün canlılığıyla hatırladı. Fark ve değişim o kadar büyüktü ve genç kızın kafasında etkisini o kadar güçlü gösteriyordu ki şaşkınlığını oradakilere hissettirmemek için kendini zorluyordu. Elizabeth onu ne Netherfield'daki sevgili dostları ne de Rosings'teki soylu akrabaları arasında bu kadar çevresindekileri memnun etmeye istekli, bu kadar kendine önem vermekten uzak, bu kadar sokulgan görmemişti. Oysa şimdi kendini beğendirme çabalarının başarılı olmasının hiçbir önemi yoktu. Zaten bu odada ilgi gösterdiği kişiler gerek Netherfield, gerekse Rosings'teki hanımefendiler için alay ve hakaret konusu olmaktan ileri gidemezlerdi.

Misafirler yarım saatten fazla oturdular ve gitmek için kalktıklarında Bay Darcy, Bay ve Bayan Gardiner ile Bayan Elizabeth Bennet'ı ayrılmadan bir gün önce Pemberley'de yemeğe davet etti ve kız kardeşinden de bu daveti desteklemesini istedi. Georgiana Darcy, misafir çağırmaya pek az alışık olduğunu gösteren bir çekingenlikle, fakat hiç vakit geçirmeden ağabeyine destek verdi. Bayan Gardiner yeğenine baktı, davetin en çok onu ilgilendirdiğini düşündüğü için gitmeyi isteyip istemediğini anlamaya çalıştı ama Elizabeth başını öteye çevirmişti. Bayan Gardiner bu kasıtlı kaçamağın teklifi beğenmemekten çok, bir anlık şaşkınlıktan doğduğu kanısına varıp, toplantıları seven kocasının da bunu kabul etmeye pek istekli olduğunu görerek kendinde olumlu cevap verme cesaretini buldu ve bir gün sonra Pemberley'e gitmeleri kararlaştırıldı.

Bay Bingley, Elizabeth'e söyleyecek ve Hertfordshire'daki dostları hakkında da soracak pek çok şeyi olduğu için genç kızı tekrar göreceğine pek sevindiğini belirtti. Elizabeth bütün bunlara, onun Jane'den söz açılmasını istediği anlamını vererek sevindi. Misafirleri gittiği zaman, geçen yarım saati hem bu hem de başka bazı nedenlerle memnuniyet verici buldu. Oysa ziyaret sırasında pek o kadar eğlenmemişti. Yalnız kalmak için sabırsızlanarak ve dayısı ile yengesinin soruları ya da şüpheleriyle karşılaşmaktan korkarak, Bingley'i beğendiklerini belirten düşüncelerini dinleyecek kadar orada kaldıktan sonra hemen giyinmeye gitti.

Oysa Bay ve Bayan Gardiner'ın meraklarından korkmasına neden yoktu; çünkü yeğenlerini zorla konuşturma niyetinde değillerdi. Elizabeth'in, Bay Darcy'yi sandıklarından çok daha fazla tanıdığı ve genç adamın, yeğenlerine karşı büyük bir aşk beslediği ortadaydı. Yorumlayacak pek çok şey gördüler ama kendilerinde Elizabeth'i sorgulama hakkını bulmuyorlardı.

Artık Bay Darcy'yi beğenmeye büyük bir istek duyuyorlardı. Tanıdıkları kadarıyla herhangi bir kusurunu görmemişlerdi. Kibarlığından duygulanmamak olanaksızdı ve genç adamın karakteri hakkında anlatılanlara aldırmadan kendi duygularına ve hizmetçisinin söylediklerine dayanarak hüküm verecek olsalar Hertfordshire'da onu tanıyanlar bu kişinin Bay Darcy olduğunu anlayamazlardı. İçlerinden kâhya kadına inanmak geliyordu ve çok geçmeden Bay Darcy'yi dört yaşından beri tanıyan ve tavırlarıyla, hareketleriyle saygı hissi uyandıran bir hizmetçinin sözlerinin yabana atılamayacağını fark ettiler. Lambton'daki arkadaşlarından edindikleri bilgi ile hizmetçinin sözleri arasında bir çelişki yoktu.

Genç adamda gururdan başka bir kusur bulamıyorlardı; belki gerçekten gururluydu ama olmasa da ailesinin görüşmediği küçük bir kasabada halk böyle bir sıfatı uyduruverirdi. Yine de Bay Darcy'nin cömert bir adam olduğu ve yoksullara çok iyiliği dokunduğu herkesçe kabul ediliyordu.

Wickham'a gelince Gardinerlar çok geçmeden Lambton'da bu gence pek saygı duyulmadığını anladılar. Efendisinin oğlu ile arasındaki sorunlar tam olarak bilinmemekle beraber Derbyshire'dan giderken bir hayli borç bıraktığı ve bu borçları sonradan Bay Darcy'nin kapattığı herkesçe bilinen bir gerçekti.

Bu akşam Elizabeth'in aklı fikri, dün akşamkinden daha çok Pemberley Köşkü'ndeydi. O gece geçmek bilmez gibi uzun geldiği hâlde köşkteki birisine karşı beslediği duyguları anlamaya yetmedi. Bunların ne olduğunu anlamak için iki saat hiç gözlerini kırpmadan yattı. Ondan nefret etmediği kuşkusuzdu. Evet; nefret çoktan silinmiş, genç kız ona karşı böyle bir duygu beslemiş olmaktan utanç duymaya başlayalı çok olmuştu. Önceleri istemeye istemeye kabul etmekle beraber, onun değerli niteliklere sahip olduğu kanısının uyandırdığı saygı, bir süredir duygularına aykırı gelmiyordu. Dün olup bitenler, genç adamın lehinde kanıtlar oluşturmuş ve karakterini çok güzel bir ışık altında göstermişti. Bunun üzerine genç kızın ona duyduğu saygı daha da artmış ve buna dostça bir nitelik karışmıştı. Ama her şeyden, saygıdan ve beğeniden çok, Elizabeth ona iyi dileklerde bulunma isteğini bastıramıyordu. Bu şükran duygusuydu. Sadece bir zamanlar kendisini sevdiği için değil, fakat onu reddedişindeki terslik ve hırçınlığı, ret cevabı ile birlikte yönelttiği bütün haksız suçlamaları bağışlayacak kadar çok sevmekte olduğu için duyduğu şükran. Bay Darcy'nin kendisinden en büyük düşmanıymış gibi uzak duracağını sanırken, genç adam bu beklenmedik karşılaşma üzerine tanışıklıklarını sürdürmek için olağanüstü bir çaba göstermiş, ikisinin söz konusu olduğu durumlarda ilgisini açığa vururken incelikten hiç ayrılmadan ve göze batacak bir tavır takınmadan genç kızın yakınlarına hoş görünmeye çalışmış, Elizabeth'i kardeşiyle tanıştırmak istemişti. Bu kadar mağrur bir insanın bu kadar değişmesi yalnız hayret değil; şükran duygusu da uyandırıyordu. Çünkü bu, yalnızca aşktan hem de ateşli bir aşktan kaynaklanabilirdi. Bu nedenle genç kızın üzerinde yarattığı etki, tam anlamıyla anlaşılamasa da, cesaret vericiydi. Elizabeth, Darcy'ye saygı ve gönül borcu duyuyor; onun iyiliğini istiyordu. Genç adamın iyi durumda olmasını dilerken acaba bunun ne dereceye kadar kendine bağlı olmasını istiyordu? Hayal gücü kendisine hâlâ Bay Darcy'ye teklifini tekrarlatacak güçte olduğunu söylüyordu. Eğer bu gücü kullanır ve genç adama bir daha evlenme teklifi yaptırırsa ikisinin mutluluğuna ne derece hizmet ederdi? İşte bunları bilmek istiyordu.

O akşam yenge ile yeğen aralarında karar verdiler: Georgiana Darcy, Pemberley'e geldiği sabah hemen onları ziyaret etmekle çok büyük bir incelik göstermişti. Ancak geç kahvaltı edebileceği bir saatte oraya vardığı hâlde bu ziyareti yaptığı için doğrusu kendisine ne kadar kibarlık gösterilse azdı. Ama hiç olmazsa buna karşılık vermeye çalışmak ve bu nedenle ertesi sabah Pemberley'e giderek Georgiana Darcy'yi ziyaret etmek gerekiyordu. Böylece Pemberley'e gitmeyi kararlaştırdılar. Elizabeth kendi kendine nedenini sorduğunda pek cevap verememekle beraber bundan memnundu.

Bay Gardiner kahvaltıdan sonra gitmişti. Çünkü balık avlama teklifi bir gün önce yenilenmiş ve öğleden önce Pemberley'den birkaç bayla buluşması kesin olarak kararlaştırılmıştı.

XLV

Elizabeth, Caroline Bingley'in kendine karşı duyduğu nefretin kıskançlıktan doğduğunu anladıktan sonra Pemberley'e gitmesinin bu kız için ne kadar can sıkıcı olacağını hissediyor, aralarındaki tanışıklık yenilenirken onun ne dereceye kadar nezaket gösterebileceğini öğrenmek için sabırsızlanıyordu.

Konağa varınca holden geçerek yazın manzarası çok güzel olan, kuzeyde bulunan bir salona alındılar. Bahçeye açılan pencerelerden evin ardındaki yüksek, ağaçlarla kaplı tepeler görünüyor; bu tepelerle ev arasındaki çimenliğe serpiştirilmiş güzel meşelerle İspanyol kestanelerinin iç açıcı serinliği salona doluyordu.

Georgiana Darcy onları salonda karşıladı. Bayan Hurst, Caroline Bingley ve Londra'da Georgiana'yla birlikte yaşayan bayan da oradaydı. Georgiana misafirlerini çok nazik karşıladı. Bu kibarlığa, utangaçlıktan ve yanlış bir şey yapma korkusundan kaynaklanan; fakat kendilerini ondan alt sınıftan hissedenlere genç kızın mağrur ve kendini beğenmiş biri olduğu hissini uyandırabilecek bir şaşkınlık karışmıştı. Yine de Bayan Gardiner ile yeğeni haksızlık etmeyerek ona acıdılar.

Bayan Hurst ve Caroline Bingley gelenleri yalnızca birer diz kırarak selamladılar. Herkes oturduktan sonra bütün sessizlikler gibi sıkıcı bir sessizlik başladı ve birkaç dakika sürdü. İlk sözü açarak bu sessizliği bozan Georgiana Darcy'nin nedimesi Bayan Annesley oldu. Bu kibar ve sevimli kadın, bir konu açarak iki kız kardeşten daha terbiyeli olduğunu gösterdi ve Bayan Gardiner'la arasındaki sohbet, zaman zaman Elizabeth'in de yardımıyla sürdü. Bayan Georgiana Darcy, söze karışmak için cesaretlendirilmeye ihtiyacı varmış gibi görünüyordu. Birkaç kez duyulma tehlikesinin en az olduğu bir sırada bir cümle söylemeye cesaret etti.

Elizabeth, çok geçmeden Caroline Bingley'in kendisini göz hapsine almış olduğunu; onun dikkatini çekmeden özellikle Georgiana Darcy ile tek kelime bile konuşamayacağını anladı. Birbirlerinden uzakta olmasalar, bu gözlem onu Georgina Darcy ile konuşmaktan alıkoyamazdı ama yine de Elizabeth çok konuşmak zorunda olmadığına üzülmüyordu çünkü düşünceleri onu oyalıyordu.

Her an baylardan birinin odaya girmesini bekliyordu. Evin efendisinin de onlar arasında olacağını umuyor ve bundan korkuyordu. Umudunun mu, yoksa korkusunun mu üstün geldiğini kestiremiyordu. Caroline Bingley'in sesini hiç duymadan bir çeyrek saat kadar böyle oturduktan sonra Elizabeth, onun ailesinin sağlığı hakkındaki soğuk sorusunu duyarak silkindi. Bu soruya aynı kayıtsızlıkla, aynı şekilde kısaca cevap verdi. Caroline Bingley de başka bir şey söylemedi.

Soğuk et, kek ve mevsimin en güzel meyvelerini getiren uşakların içeri girmesi bu misafirlikte bir değişiklik yaptı. Bayan Annesley çok anlamlı bakış ve gülümsemelerden sonra Georgiana Darcy'ye ev sahipliği görevini biraz zorlukla da olsa hatırlatmayı başarınca herkes için yapması gereken bir iş çıkmıştı. Çünkü hepsi bir arada konuşamıyorlarsa da yiyebiliyorlardı ve güzel üzüm salkımları, cins cins şeftaliler çok geçmeden onları masanın etrafına toplamıştı.

Bu arada Elizabeth, Bay Darcy'nin gelmesinden korktuğuna mı, yoksa bunu istediğine mi karar vermek için güzel bir fırsat buldu. Çünkü Darcy bu sırada içeri girmişti ve Elizabeth bir dakika önce isteğinin daha güçlü olduğunu sanıyorduysa da şimdi onun gelmesine üzülmeye başlamıştı.

Bay Darcy, bir süre Pemberley'den birkaç arkadaşı ile birlikte nehirde balık tutan Bay Gardiner'ın yanında kaldıktan sonra bayanların o sabah Georgiana'ya misafirliğe geleceklerini öğrenince içeri gelmişti. Odaya girer girmez Elizabeth büyük bir rahatlıkla ve hiç şaşırmadan oturmak gibi akıllıca bir karar verdi, ancak bu, verilmesi kolay ama uygulanması zor bir karardı; çünkü genç kız herkesin merakla kendilerine baktığını ve bütün gözlerin Darcy'nin ilk hareketini beklediğini fark etti. Bu meraklı ilgi hiçbir yüzde Caroline Bingley'inki kadar güçlü değildi. Kıskançlık henüz onu ümitsizliğe sürüklememiş ve Bay Darcy ile ilgilenmekten hiçbir şekilde vazgeçmemiş olduğu için konuşurken bütün yüzünü kaplayan gülümsemeye rağmen duygularını gene de gizleyemiyordu. Ağabeyinin gelişiyle Georgiana Darcy konuşmaya katılmak için daha çok çaba harcamaya başlamıştı ve Elizabeth genç adamın kardeşiyle kendisinin birbirlerini daha iyi tanımalarını istediğini ve iki taraftan hangisi konuşmaya başlarsa onu mümkün olduğu kadar özendirmeye çalıştığını fark etti. Caroline Bingley de bütün bunların farkındaydı ve öfkenin yarattığı bir düşüncesizlikle ilk fırsatta alaycı bir nezaketle, "Bayan Eliza..." dedi, "Alay, Meryton'dan ayrılmış öyle mi? Bu durum sizin aileniz için büyük bir boşluk yaratmıştır."

Darcy'nin yanında Wickham'ın adını anmaya cesaret edememişti ama Elizabeth onun bu sözleri özellikle kendisini düşünerek söylediğini hissetti. Bu gençle ilgili şeyleri hatırlamak bir an için karamsarlığa düşürdü, fakat bu hırçın saldırıyı geri püskürtmek için büyük çaba harcayarak oldukça kayıtsız bir ses tonuyla hemen cevap verdi.

Konuşurken istemeden Darcy'ye ve kardeşine bakmıştı. Genç adamın kızardığını ve heyecanla kendisine baktığını, kız kardeşinin de şaşkınlıktan gözlerini kaldırmaya cesaret edemediğini gördü. Caroline Bingley sevgili arkadaşına ne büyük bir acı vermekte olduğunu bilseydi böyle bir imada bulunmaktan kesinlikle kaçınırdı, fakat farkında değildi. Niyeti, Elizabeth'in eğilim duyduğuna inandığı bir erkeği öne sürerek duygularını kendisini Bay Darcy'nin gözünden düşürecek şekilde ortaya koyacak bir duruma sokmak ve belki de Darcy'ye, Elizabeth'in yakınlarının bu alayla olan budalaca ve taşkın ilişkilerini hatırlatmaktı. Georgiana Darcy'nin Wickham'la kaçma girişimine dair hiçbir şey bilmiyordu. Bu gizlenebilecek herkesten gizlenmiş; yalnız Elizabeth'e açılmış bir sırdı ve Bay Darcy bunu, Bay Bingley'in bütün akrabalarından gizli tutmaya özellikle dikkat etmişti. Elizabeth'in çok önceden düşündüğü gibi bunda Bingley'in akrabalarının, ileride kız kardeşinin de akrabası olması dileği rol oynamıştı. Genç adamın böyle bir tasarı kurduğu kesindi. Bay Bingley'i Jane'den ayırmaya çalışmasında bunun etkisi altında kalmamaya dikkat etmişse de arkadaşının iyiliği uğruna bu kadar candan uğraşmasının nedeni, belki bu dilek göz önünde tutulunca daha iyi anlaşılabilirdi.

Neyse ki Elizabeth'in serinkanlı tavrı Bay Darcy'nin kaygılarını çok geçmeden yatıştırdı. Canı sıkılan ve hayal kırıklığına uğrayan Caroline Bingley de Wickham konusunu daha fazla deşmeye cesaret edemedi. Georgiana da tam zamanında kendini toplamışsa da hâlâ tekrar konuşacak cesareti toplayamamıştı. Ağabeyiyle göz göze gelmekten korkuyordu ama Bay Darcy onun bu olayla ilgisini unutmuş gibiydi. Onu Elizabeth'ten soğutmak için düzenlenen bir oyun, tersine Elizabeth'e büsbütün hayran olmasını sağlamıştı.

Bu konuşmadan az sonra misafirler gitmek için ayağa kalktılar. Bay Darcy onları arabaya bindirirken Caroline Bingley, Elizabeth'in kişiliğini, tavırlarını ve kılığını kıyafetini çekiştirmeye başlamıştı bile. Ama Georgiana ona katılmadı. Ağabeyinin övgüleri onu beğenmesi için yeterliydi. Ağabeyi yanılmış olamazdı ve Elizabeth'ten öyle söz etmişti ki Georgiana'nın onu sevimli ve cana yakın bulmamasına imkân yoktu. Bay Darcy salona döndüğünde Caroline Bingley, kız kardeşine söylediklerinin bir kısmını ona da tekrarlamaktan kendini alamadı.

"Eliza Bennet bu sabah ne kadar kötü görünüyordu, değil mi Bay Darcy? Bu kıştan beri öyle değişmiş ki inanılır şey değil. O kadar yanmış, o kadar kabalaşmış ki! Louisa ile ben onu neredeyse tanıyamayacaktık."

Bu sözlerden hiç hoşlanmadığı hâlde Bay Darcy soğuk bir cevap vererek genç kızda biraz yanmış olmasından başka bir değişiklik görmediğini, yazın yolculuk yapan bir insanın yanmasının da olağandışı sayılamayacağını söyledi.

Caroline Bingley, "Ben kendi hesabıma onda hiçbir güzellik bulamadığımı itiraf etmeliyim..." dedi. "Yüzü çok zayıf, teni parlak değil, hatları da güzel sayılmaz. Burnunun rötuşa ihtiyacı var, fark edilir hiçbir yönü yok. Dişleri kötü sayılmaz ama inci gibi de değil. Bazen çok güzel diye söz edilen gözlerine gelince ben bunlarda da olağanüstü bir şey göremiyorum. Hiç hoşuma gitmeyen, keskin, ters bakışları var. Genelde bütün tavırlarında kibarlıktan uzak bir küstahlık var ki dayanılır şey değil."

Bay Darcy'nin Elizabeth'i çok beğendiği kanısını edinmiş olan Caroline Bingley, genç adamın gözüne bu sözlerle giremezdi. Fakat insanlar öfkeliyken hep akıllı hareket etmezler. Sonunda Bay Darcy'nin biraz sıkıldığını görünce umduğu başarıyı elde ettiğini sandı. Yine de Darcy inadına susuyordu. Caroline ona bir şey söyletmek amacıyla devam etti:

"Onunla Hertfordshire'da ilk karşılaştığımız zaman, güzel diye adının çıkmış olmasına hepimizin ne kadar şaşırdığını hatırlıyorum. Bunlar, bir akşam Netherfield'da yemek yedikten sonra, hiç unutmam, siz 'O mu güzel! O güzelse annesi de bilgin sayılır,' demiştiniz. Ama öyle görülüyor ki sonradan onu daha iyi bulmaya başladınız. Sanırım bir ara kendisini oldukça şirin bile buluyordunuz."

Kendini daha fazla tutamayan Darcy, "Evet..." diye cevap verdi, "ama bu onu ilk tanıdığım sıralardaydı. Şimdi ise aylardır, Bayan Elizabeth Bennet'ı, tanıdığım en güzel kadınlar arasında sayıyorum."

Daha sonra genç adam dışarı çıktı ve Caroline Bingley de kendinden başka kimseyi üzmeyen bu sözleri ona söyletmenin üzüntüsüyle baş başa kaldı.

Bayan Gardiner ile Elizabeth, Pemberley'den dönerlerken misafirlikleri sırasında olup biten her şeyden söz ettikleri hâlde ilgilerinin asıl merkezi olan kişiden söz açmadılar. Ondan başka herkesin görünüşü ve tavırları hakkında fikir yürüttüler. Kardeşinden, dostlarından, evinden, meyvelerinden, her şeyden -onun dışında- konuştular. Buna rağmen Elizabeth, yengesinin Bay Darcy hakkında ne düşündüğünü bilmek için sabırsızlanıyor, Bayan Gardiner da yeğeni konuyu açarsa çok sevineceğini hissediyordu.

XLVI

Elizabeth, Lambton'a vardıkları sabah Jane'den gelen bir mektup bulacağını sanmış, bulamayınca da bir hayli hayal kırıklığına uğramıştı ve burada kaldığı süre içinde bu hayal kırıklığı her sabah tazeleniyordu. Fakat üçüncü gün hayal kırıklığı yaşamadı, çünkü ablasından iki mektup birden gelmişti; birinin üzerindeki işaretlerden yanlışlıkla başka bir yere gönderilmiş olduğu belliydi ve Jane'in kabahatli olmadığı anlaşılıyordu. Ancak Jane zarfın üstünü bir hayli okunaksız yazdığından, Elizabeth önce başka yere gönderilmesine şaşmadı.

Mektuplar geldiğinde yürüyüşe çıkmak üzereydiler. Dayısı ile yengesi, genç kızın mektupları rahat rahat okuması için onu yalnız bırakarak dışarı çıktılar. Önce yanlış yere giden mektubu okumalıydı. Beş gün önce yazılmış olan bu mektubun başlarında küçük toplantılar ve eğlenceler de anlatılıyor; bir köyden verilebileceği kadar haber veriliyordu. Ama bir gün sonraki tarihli ve besbelli çok heyecanlı bir ruh hâliyle yazılan mektubun ikinci yarısında çok önemli bir haber vardı:

"Lizzyciğim, yukarıdaki satırları yazdığımdan beri hiç beklenmedik, çok önemli bir şey oldu ama seni telaşlandırmaktan korkuyorum. Emin ol, hepimiz iyiyiz. Söyleyeceğim şey zavallı Lydia ile ilgili. Dün akşam saat on ikide hepimiz yatmak üzereyken Albay Forster'dan ulakla gelen bir mektup, Lydia'nin subaylardan biriyle, daha doğrusu Wickham ile İskoçya'ya kaçtığını bildiriyordu! Ne kadar şaşırdık tahmin et. Ama Kitty

buna pek de şaşırmış görünmedi. Çok, çok üzülüyorum. Her iki taraf için de o kadar uygunsuz bir birleşme ki! Fakat ben en iyisini ummak istiyor, bu gencin karakterinin yanlış anlaşılmış olması için dua ediyorum. Onun düşüncesiz ve uçarı olduğuna kolayca inanabilirim ama bu son hareketinde (neyse ki) kalbinde bir kötülük beslediğini gösterir bir şey yok. Hiç olmazsa seçtiği kızdan bir çıkar bekleyemez; çünkü babamın Lydia'ya hiçbir şey veremeyeceğini herhâlde biliyordur. Zavallı annem üzüntüden bitkin bir hâlde... Babam daha serinkanlı davranıyor. Bay Wickham hakkında bildiklerimizi onlara anlatmadığımıza ne seviniyorum bir bilsen. Bu söylenenleri biz de unutmalıyız. Tahminlere göre cumartesi akşamı saat on iki sularında kaçmışlar ama dün sabah saat sekize kadar yokluklarının farkına varılmamış. Albay Forster, bu iş ortaya çıkar çıkmaz hemen ulağı göndermiş. Lizzyciğim, demek on mil yakınımızdan geçtiler. Albay Forster'ın yazdıklarından biri iki güne kadar buraya geleceği anlaşılıyor. Lydia, albayın karısına durumu bildiren kısa bir not bırakmış. Zavallı annemi uzun zaman yalnız bırakamayacağım için burada kesmeliyim. Korkarım bu mektuptan hiçbir şey anlayamayacaksın, çünkü ben de ne yazdığımı pek bilmiyorum."

Elizabeth düşünmek için bir dakika bile kaybetmeden ve duygularını tartmadan, birinci mektubu bitirerek hemen ikincisini açtı ve onu da büyük bir sabırsızlıkla okudu. Birincisi tamamlandıktan iki gün sonra yazılan bu mektupta da şöyle deniyordu:

"Canım kardeşim, çok acele yazdığım mektubu herhâlde şimdiye kadar almışsındır; umarım bu kez anlaşılacak şekilde yazarım. Fakat zamanım dar olmasa da kafam o kadar karışık ki mantıklı davranacağıma söz veremem. Canım Lizzyciğim, ne yazmam gerektiğini bilemiyorum ama haber-

lerim var, hem de geciktirilmeden bildirilmesi gereken kötü haberler. Bay Wickham ile zavallı Lydia'mızın evlenmeleri uygunsuz bir birleşme gibi görünüyorsa da biz evlendikleri müjdesini almak için heyecanla bekliyoruz, çünkü İskoçya'ya gitmedikleri konusunda endişelenmek için birçok neden var. Albay Forster önceki gün, ulakla mektubu yolladıktan kısa bir süre sonra Brighton'dan yola çıkıp dün buraya geldi. Lydia'nın Bayan Forster'a bıraktığı kısa nottan, Gretna Green'e gidecekleri sonucu çıkıyormuş ama Denny'nin ağzından kaçırdığı birkaç söz Albay Forster'ı telaşlandırmış. Denny'ye göre, Wickham ne Gretna Green'e gitmek ne de Lydia ile evlenmek niyetindeymiş. Bunu duyunca Albay Forster izlerini bulmak için hemen yola çıkmış. Bunu yapmak, Clapham'a kadar kolay olmuş ama ondan öteye geçememiş. Çünkü bizimkiler buraya gelince kiralık bir arabaya binerek kendilerini Epsom'dan getiren faytonu savmışlar. Bu noktadan sonraki yolculukları hakkında bilinen tek şey, Londra yoluna devam ettikleriymiş. Ne düşüneceğimi bilemiyorum. Londra'nın o taraflarında mümkün olan araştırmaları yaptıktan sonra Albay Forster, Barnet ve Hatfield'da yol ve köprü başlarında geçiş ücreti alan herkesten onları görüp görmediklerini sıkı sıkı sorup, hanlarda da araştırma yaparak, ama başarıya ulaşamayarak Hertfordshire'a varmış. Eksik olmasın Longbourn'a da geldi, bize uğradı ve endişelerini anlattı. Ona ve Bayan Forster'a duydukları üzüntü için yürekten acıyorum. Kimse onları suçlayamaz. Lizzyciğim üzüntümüz çok büyük. Annemle babam, Lydia'nın işi artık bitmiştir diyorlar ama ben Bay Wickham'ın bu kadar alçalabileceğini sanmıyorum. Gelişen olaylar, Londra'da kendi aralarında evlenmelerini ilk planlarına göre hareket etmekten daha elverişli kılabilir. Bay Wickham, Lydia gibi iyi bir aile kızına karşı böyle bir tuzak kurabilecek biri olsa bile, ki sanmıyorum, kardeşimiz her şeyi hiçe sayabilir mi? İmkânı yok! Ancak Albay Forster'ın evleneceklerine inanmak istemediğini üzülerek görüyorum. Ben umutlu olduğumu belirtince Wickham'ın güvenilecek bir adam olmamasından korktuğunu söyledi. Zavallı annem gerçekten hasta ve odasından çıkmıyor. Biraz çaba gösterse daha iyi olacak ama bunu yapması beklenemez. Babama gelince hiçbir şeyin ona bu kadar dokunduğunu hatırlamıyorum. Zavallı Kitty, Lydia ile Wickham'ın birbirlerine âşık olduklarını bildiği hâlde bunu gizlediği için kendine kızıyor. Ama bu bir güven meselesi olduğu için ben şaşmıyorum. Bu acıklı sahneleri görmediğine gerçekten seviniyorum Lizzyciğim. Fakat ilk darbenin etkisi artık geçtiğine göre dönmeni dört gözle beklediğimi itiraf edebilir miyim? Yine de programınızı altüst etmenizi isteyecek kadar bencil değilim. Sevgiler.

Sana yapmayacağım dediğim bir şeyi yapmak için tekrar kalemi elime alıyorum. Hepinizin mümkün olan en kısa zamanda buraya gelmenizi ısrarla rica etmekten kendimi alamadım. Sevgili dayımla yengemi çok iyi tanıdığım için bu ricada bulunmaktan korkmuyorum. Dayımdan bir dileğim daha var. Babam, Lydia'yı bulmak için Albay Forster ile beraber hemen Londra'ya gidiyor. Ne yapmak niyetinde olduğunu emin ol bilmiyorum, ancak duyduğu derin acı en iyi ve en tehlikesiz yoldan herhangi bir tedbir almasına izin vermeyecek. Albay Forster da yarın akşam Brighton'a dönmek zorunda. Böyle bir durumda dayımın tavsiyesi ve yardımları dünyaya bedel olacaktır. Duygularımı hemen anlayacağından eminim ve yüreğinin iyiliğine güveniyorum."

Elizabeth mektubu bitirince yerinden fırladı ve son derece değerli olan zamandan bir an bile kaybetmeden dayısına yetişmek için, "Dayım! Dayım nerede?" diye sabırsızlıkla bağırarak kapıya doğru ilerledi. Fakat kapıya vardığında kapı bir uşak tarafından açılmış ve Bay Darcy görünmüştü. Kızın sararmış yüzü, telaşlı tavırları karşısında irkildi ve o konuşabilecek kadar kendine gelinceye kadar kafasında Lydia'nm durumundan başka bütün fikirler silinen Elizabeth acele ve heyecanlı bir sesle, "Bağışlayın..." dedi. "Fakat sizi yalnız bırakmak zorundayım. Hemen şimdi, şu anda, çok acele bir iş için Bay Gardiner'ı görmeliyim; kaybedecek bir saniyem bile yok."

Bay Darcy, onun bu durumu karşısında kaygıya kapılıp resmiyeti unutarak, "Aman tanrım! Ne oldu?" diye sordu. Sonra kendini toplayarak ekledi: "Sizi bir dakika bile alıkoyacak değilim ama izin verin Bay ve Bayan Gardiner'ı çağırmaya ben gideyim yahut uşak gitsin. Siz iyi değilsiniz. Bu durumda gidemezsiniz."

Elizabeth duraksadı, fakat dizleri titriyordu. Dayısı ile yengesinin ardından gitmeye kalkışmakla bir şey kazanamayacağını anladı. Bunun için uşağı çağırarak ne söylediği âdeta anlaşılmayacak kadar nefes nefese hemen Bay ve Bayan Gardiner'ı çağırmasını söyledi.

Uşak odadan çıkınca ayakta duracak hâli olmadığından hemen oturdu. O kadar bitkin ve hasta bir hâli vardı ki Darcy onu yalnız bırakamazdı. Genç adam engel olamadığı büyük bir yumuşaklık ve şefkatle, "Oda hizmetçinizi çağırayım..." dedi. "Sizi rahatlatacak bir şeyler içseniz! Bir bardak şarap getireyim mi? Çok hâlsizsiniz."

Elizabeth kendini toparlamaya çalışarak cevap verdi: "Hayır, teşekkür ederim. Bir şeyim yok, iyiyim. Yalnız Longbourn'dan şimdi aldığım kötü haberlere üzüldüm."

Bunu söylerken gözlerinden yaşlar boşanmaya başladı ve bir süre, ağlamaktan tek kelime bile konuşamadı. Üzüntü ve merak içinde kalan Darcy, anlaşılmaz bir sesle endişelerini mırıldanmaktan ve genç kızı şefkatli bir sessizlikle seyretmekten başka bir şey yapamadı. Sonunda Elizabeth tekrar söze başladı: "Jane'den şimdi bir mektup aldım; haberler o kadar kötü ki. Kimseden gizlenecek gibi değil. En küçük kardeşim bütün yakınlarını terk etti, kaçtı; hem de... hem de... Bay Wickham'a kaçtı. Brighton'dan ikisi birlikte gizlice kaçmışlar. Onu bundan sonrasını kestirebilecek kadar iyi tanıyorsunuz. Lydia'nın bu adamın göz koyabileceği ne parası ne yüksek mevkide akrabaları var. Zavallı kız artık elden gitti!"

Darcy şaşkınlıktan donakalmıştı. Genç kız daha da heyecanlı ve endişeli bir ses tonuyla devam etti: "Düşünüyorum da bunu önlemek benim elimdeydi! Bu adamın ne olduğunu ben biliyordum. Bunun bir kısmını, öğrendiklerimin yalnız bir kısmını aileme anlatmış olsaydım! Karakteri bilinmiş olsa bunlar başımıza gelmeyecekti. Ama her şey bitti, artık çok geç."

Darcy, "Gerçekten çok üzüldüm..." dedi. "Beynimden vurulmuş gibiyim. Fakat kesin mi? Kesin olduğundan emin misiniz?"

"Tabii. Brighton'dan pazar gecesi beraber kaçmışlar; izleri hemen hemen Londra'ya kadar sürüldü. Ama ondan ötesi bilinmiyor; İskoçya'ya gitmedikleri kesin."

"Peki kız kardeşinizi bulmak için ne yapılmış, ne girişimlerde bulunulmuş?"

"Babam Londra'ya gitmiş. Jane de mektubunda dayımın acele yardımını rica ediyor. Sanırım biz de yarım saate kadar gideceğiz. Ama bir şey yapılamaz, bunu çok iyi biliyorum. Öyle bir adam nasıl yola getirilebilir? Hatta nerede olduklarını nereden bileceğiz? En küçük bir ümidim yok. Her açıdan korkunç bir şey!"

Darcy sessizce onaylar anlamında başını salladı.

"Onun gerçek yüzünü gördüğüm zaman... Ah! Bilseydim! Neler yapabilirdim! Ama bilmiyordum, fazla ileri gitmekten korkuyordum. Ne aptallık, ne aptalca bir hata!"

Darcy karşılık vermiyordu. Genç kızı duymuyor gibiydi; kaşları çatık, üzgün bir tavırla ve derin düşünceler içinde odada aşağı yukarı dolaşıyordu. Elizabeth bunun farkına vardı ve derhâl anladı. Darcy üzerindeki etkisini kaybediyordu. Ailesini ilgilendiren böyle bir rezalet karşısında yalnız Darcy'nin değil herkesin gözünden düşecekleri su götürmezdi. Bundan dolayı genç adama ne şaşıyor ne de onu kınıyordu ama onun bu kişisel galibiyeti de yüreğini ferahlatamıyor, üzüntüsünü yatıştıramıyordu. Tam tersine bu hareket, kendi duygularını anlamasına yaramıştı. Elizabeth onu sevebileceğini hiç bu anki kadar hissetmemişti. Böyle bir anda, aşkın bütün ümidi sönmüştü.

Gençliğiyle ilgili düşünceler araya girse bile şu anda kafasını yoramazdı. Lydia ve onun yüzünden bütün ailenin yaşayacağı utanç hemen bütün özel endişelerini sildi. Mendiliyle yüzünü kapayarak başka bir şey düşünmeden kendinden geçer gibi oldu. Dakikalarca süren bir sessizlikten sonra erkeğin kendisine seslenmesiyle tekrar kendine geldi. Genç adam şefkatli, fakat aynı zamanda çekingenlik de içeren bir tavırla, "Korkarım, çoktan buradan gitmemi istemişsinizdir..." dedi. "Yararı olmayan fakat gerçek bir endişeden başka, burada kalmamı mazur gösterecek bir neden de yok. Böyle bir kederi teselli edebilecek bir şey yapacak veya söyleyecek durumda olmayı candan dilerdim! Sizden teşekkür koparmak için söylenmiş gibi boş ümitlerle sizi hırpalamak istemem. Bu uğursuz iş, korkarım ki kardeşimi bugün sizi Pemberley'de görme zevkinden yoksun bırakacak."

"A, evet, Lütfen Bayan Georgiana Darcy'den bizim adımıza özür dileyin. Acele bir iş yüzünden eve dönmek zorunda kaldığımızı söyleyin. Tatsız gerçeği mümkün olduğu kadar uzun bir süre gizleyin... Biliyorum, çok uzun süre gizlenemeyecek."

Genç adam bunu gizli tutacağına söz verdi. İşlerin, şimdi ümit vermeyen nedenlere rağmen sanıldığından daha mutlu bir şekilde sonuçlanmasını diledi. Kızın ailesine selamlar yolladıktan sonra endişe dolu bir bakışla veda ederek çıkıp gitti.

O, odadan çıkarken Elizabeth; Derbyshire'daki bu son görüşmelerindeki samimi ortamı bir daha hiç yakalayamayacaklarını hissediyordu. Böylesine çelişkili ve olaylı ilişkilerini gözden geçirdi ve şimdi bu tanışıklığın sürmesini isteyen, oysa eskiden sona ermesini özleyen duygularının zıtlığını düşünerek iç geçirdi.

Eğer minnet ve saygı, sevgiye iyi bir temel olursa Elizabeth'in duygularının değişmesi, ne imkânsız ne de hatalı sayılırdı. Ama böyle değilse eğer bu gibi olaylardan doğan ilgi, ilk karşılaşmada daha iki kelime bile konuşmadan duyulan hisle kıyaslanınca mantıksız ve olağandışıysa genç kızı savunmak için söylenecek bir şey yoktu. Ancak ikinci yolu Wickham'a eğilim göstererek denediği, bu başarılı olmayınca, bağlanmak için daha az ilgi çekici bir yol aramakta haklı olduğu ileri sürülebilirdi. Nedeni ne olursa olsun Elizabeth, Darcy'nin gidişini acıyla seyretti. Lydia'nın alçaklığının nelere yol açacağını daha ilk günde ispatlayan bu örnek, acısını artırıyordu.

Jane'in mektubunu okuduğundan beri Wickham'ın Lydia ile evlenmeye niyetli olduğu ümidini beslememişti. Böyle bir ümitle, Jane'den başka kimsenin kendini avutmayacağını düşündü. Bu gelişmede en az duyduğu his şaşkınlıktı. İlk mektubun içeriği kafasında yalnız şaşkınlık ve utanç bırakmıştı. Wickham'ın para için evlenemeyeceği bir kızı kaçırmaya kalkışmasına şaşmış kalmış ve Lydia'nın onu nasıl kendine bağladığını anlayamamıştı. Ama şimdi her şey doğal görünüyordu. Çünkü böyle bir bağlanma için Lydia'nın yeterince çekici tarafları vardı. Her ne kadar evlenme niyeti olmadan böyle bir kaçış macerasına bilerek atılacağını sanmıyorsa da ne niteliklerinin ne de aklının onu bu alanda kolay bir av olmaktan koruyamayacağına inanmakta zorluk çekmiyordu.

Alay, Hertfordshire'da iken Elizabeth, Lydia'nın bu gence karşı bir eğilim duyduğunu hiç fark etmemişti ama Lydia'nın birisine bağlanmak için ufak bir teşvik beklediğine inanıyordu. Hangi subay ona karşı fazla ilgi gösterirse en fazla o gözüne giriyor; bugün ondan, yarın bir başkasından, kim yüz verirse ondan hoşlanıyordu. Sevgi duygusu bir azalıyor bir çoğalıyor ama hiçbir zaman bir hedef bulamıyordu. Ah, böyle bir kızı ihmal etmek, istediği gibi eğlenmekte serbest bırakmakla ona ne büyük kötülük edilmişti! Bunun için şimdi ne kadar acı duyuyordu!

Bir an önce eve ulaşmak, her şeyi gözleriyle görmek, kulaklarıyla duymak istiyordu. Babası çıkıp gitmişti, annesi ise hiçbir şey yapamayacak hâldeydi; Elizabeth, altüst olmuş bir ailede Jane'e düşen yükleri paylaşmak için çırpınıyordu. Lydia'ya bir şey yapılamayacağı kanısını edinse de dayısının yardımı son derece önemli olacak gibi geliyordu. Bunun içindir ki Bay Gardiner gelinceye kadar duyduğu sabırsızlık çok şiddetliydi. Uşağın anlattıklarından, yeğenlerinin ansızın hastalandığını sanan Bay ve Bayan Gardiner aceleyle geri döndüler. Elizabeth bu bakımdan korkacak bir şey olmadığını söyleyerek endişelerini yatıştırdıktan sonra onları niçin çağırdığını sabırsızlıkla anlatmaya koyuldu. İki mektubu da yüksek sesle okudu ve Lydia'yı hiçbir zaman çok sevmedikleri hâlde son mektuptaki ricanın üzerinde zoraki bir gayretle durdu. Bay ve Bayan Gardiner doğal olarak derin bir üzüntü duydular. Bu olay yalnız Lydia'yı değil, hepsini ilgilendiriyordu ve ilk şaşkınlık ve dehşetin etkisi geçtikten sonra Bay Gardiner, elinden gelen her türlü yardımı yapacağına söz verdi. Elizabeth, dayısından aslında bunu beklediği hâlde gene de teşekkür ederken gözleri minnet yaşlarıyla dolmuştu. Üçü de aynı duygularla hareket ettikleri için yolculukları ile ilgili her şey hemen hazırlandı. derhâl yola çıkacaklardı. Bayan Gardiner telaşla sordu: "Fakat Pemberley daveti ne olacak? John, bizi çağırttığın zaman Bay Darcy'nin burada olduğunu söyledi. Doğru mu?"

"Evet. Davete gidemeyeceğimizi kendisine söyledim. Bu iş çözümlendi."

Bayan Gardiner hazırlanmak için odasına koşarken, "Çözümlenen nedir?" diye kendi kendine sordu. "Aralarındaki ilişki Elizabeth'in Bay Darcy'ye gerçeği açıklayabileceği kadar yakın mı? Ah, bunu bir bilsem..."

Ama bu dilek boşunaydı; sadece bir saatlik telaşlı yol hazırlığı sırasında onu oyalamaya yaradı. Elizabeth'in yapacak işi olmasa ve boş oturmak zorunda kalsaydı, bu kadar ızdırap içindeki bir insanın kolunu bile kıpırdatmasına imkân yok sanırdı ama onun da yengesi gibi yapacak işleri vardı. Bu arada Lambton'daki dostlarına, böyle ansızın ayrılmalarını haklı gösterecek uydurma nedenler ileri süren mektuplar yazılacaktı. Yine de bir saatte hepsi tamamlandı. Bu arada Bay Gardiner da handaki hesaplarını kapattığı için gitmekten başka yapılacak şey kalmamıştı. Sabahın bütün üzüntülerinden sonra Elizabeth, umduğundan daha kısa bir sürede kendini arabaya oturmuş, Longbourn'a giden yolda buldu.

XLVII

Kasabadan çıkarlarken dayısı Elizabeth'e, "Bu işi bir daha iyice düşündüm; ciddi olarak incelenince bu konuda ablanın görüşüne gitgide daha çok aklım yatıyor..." dedi. "Hiç de korunmasız ve kimsesiz olmayan, üstelik albayının evinde misafir bulunan bir kıza karşı bir gencin böyle bir tuzak kurmaya kalkışması bana imkânsız gibi görünüyor. Bu bakımdan, sonuçtan ümidi kesmek istemiyorum. Kızın ailesinin ondan hesap sormayacağını mı sandı? Albay Forster'a karşı böyle bir saygısızlık yaptıktan sonra alayda kimsenin yüzüne bakamayacağını bilmiyor mu? Hevesini kabartan etken, bu tehlikeleri göze almasına değmez."

Elizabeth bir an için neşelenerek, "Gerçekten böyle mi düşünüyorsunuz?" diye sordu.

Bayan Gardiner da söze karıştı: "Doğrusu ben de dayının fikrine katılmaya başlıyorum. Wickham, böyle bir suçu işlemekle namusunu, şerefini, çıkarını ayakları altında çiğnemiş olur. Wickham'ın bu derece kötü olacağını sanmıyorum. Sen ondan, bu kadar kötülük bekleyecek kadar ümidini kestin mi Lizzy?"

"Hayır, belki kendi çıkarı açısından bunu yapmaz. Ama bütün diğer kavramları hiçe sayabilecek bir adam. Ah, keşke söylediğiniz gibi olsa! Ama hiç sanmıyorum. Evleneceklerse neden İskoçya'ya gitmediler?"

Bay Gardiner, "Öncelikle İskoçya'ya gitmediklerini gösterecek kesin kanıt yok..." dedi.

"Doğru ama faytondan kiralık bir arabaya aktarma yapmaları bir kanıt sayılabilir! Kaldı ki Barnet Yolu'nda onlardan bir iz bulunamadı."

"Peki öyleyse; diyelim ki Londra'dalar; gizlenmek için oraya gitseler bile bunda kötü bir maksat yok. Sanıyorum ikisinde de fazla para yok. Belki de Londra'da, İskoçya'daki kadar çabuk değilse bile, daha az masrafla evlenebileceklerini düşünmüşlerdir."

"Ama bütün bu gizlilik niye? İzlerinin bulunmasından ne diye korkuyorlar? Neden gizlice evleniyorlar? Hayır, hayır, dediğiniz gibi olamaz. Jane'in anlattıkları da gösteriyor ki en yakın dostu bile onun Lydia ile evlenmeye niyeti olmadığı kanısında. Wickham parasız kadınla asla evlenmez. Evlenecek durumda değil. Lydia'da gençlik, sağlık ve neşeden başka Wickham'a paralı bir kadınla evlenmenin yararını bir kenara bıraktıracak ne var? Kardeşimi böyle şerefsizce kaçırmaktan ötürü orduda lekelenme korkusundan ne dereceye kadar çekineceğini de bilmiyorum; çünkü böyle bir hareketin doğuracağı sonuçlar hakkında da bir fikrim yok. Ama ileri sürdüğünüz diğer noktalar korkarım ki çürük. Lydia'nın ortaya atılacak erkek kardeşleri yok ve babamın davranışlarından, ilgisizliği ve ailesinde olup bitenlere aldırış etmiyor görünmesinden de onun böyle bir durumda kılını kıpırdatmayacağını sanmıştır belki."

"Peki ama Lydia'nın bu adama, onunla evlenmeden yaşamaya razı olacak kadar âşık olduğunu düşünebilir misin?"

Elizabeth gözlerinde yaşlarla cevap verdi: "Bu gibi bir durumda kardeşimin, namus ve erdemi konusunda kuşkuya düşmem gerçekten çok acı. Ama gerçekten ne diyeceğimi bilemiyorum. Belki de ona haksızlık ediyorum. Ama Lydia çok genç; ciddi konulara kafasını yormayı da kimse ona öğretmedi. Son altı aydır, hayır bir yıldır, eğlenceden ve süslenmekten başka bir şeyle uğraşmadı. Zamanını en avare ve en başına buyruk bir şekilde geçirmesine, rastgele fikirler edinmesine göz yumuldu. ---shire Alayı, Meryton'a geldiğinden beri kafasına aşk, flört ve subaylardan başka bir düşünce girmedi. Zaten yaradılıştan hayat dolu olan duygularına daha büyük bir duyarlılık katmak için elinden gelen her şeyi yapıyor, bu konuda durmadan konuşuyor, hep bunu düşünüyordu. Wickham'ın da bir kadını büyüleyecek kadar çekici ve alımlı bir kişiliği olduğunu hepimiz biliyoruz."

"Ama görüyorsun ki..." dedi yengesi, "Jane, Wickham'ın böyle bir şeye kalkışacak kadar kötü biri olduğuna inanmıyor..." dedi.

"Jane'in kötü dediği kimse var mı ki? Eski davranışları nasıl olursa olsun, aksini göstererek kesin bir kanıt yoksa kimsenin kötü olduğunu kabul etmez o. Ama Wickham'ın iç yüzünü benim kadar Jane de biliyor. Onun, kelimenin tam anlamıyla serseri; dürüstlük, şeref tanımayan ve tatlı dilli olduğu kadar yalancı ve hilekâr bir adam olduğunu ikimiz de biliyoruz."

Elizabeth'in bunları nereden öğrendiğini çok merak eden Bayan Gardiner, "Gerçekten bütün bunları kesinlikle biliyor musun?" diye sordu.

Elizabeth yüzüne kan hücum ederek cevap verdi: "Evet, biliyorum. Geçen gün size Bay Darcy'ye karşı nasıl ayıp bir harekette bulunduğunu anlattım. Kendisine karşı bu kadar sabırlı ve cömert davranan bu kişiden nasıl söz ettiğini Longbourn'da kendi kulaklarınızla duydunuz. Söylemekte özgür olmadığım, söylemeye değer olmayan başka durumlar da var; ancak Bay Wickham'ın bütün Pemberley Ailesi hakkında söylediği yalanların haddi hesabı yok. Georgiana Darcy için söylediklerinden karşımda mağrur, soğuk, burnu havada bir kız görmeye hazırlanmıştım. Oysa aslında bunun tam tersi olduğunu kendisi de biliyordu. Georgiana Darcy'nin bizim gördüğümüz gibi cana yakın, sessiz sedasız olduğunu o nasıl bilmez."

"Peki ama Lydia'nın bundan hiç haberi yok mu? Seninle Jane'in bu kadar iyi bildiğiniz bir şeyden tamamıyla habersiz olabilir mi?"

"Evet! İşin en kötü tarafı da bu. Kente gidip de Bay Darcy ve akrabası Bay Fitzwilliam ile sık sık görüşmeden önce ben de işin doğrusunu bilmiyordum. Eve döndüğüm zaman da alay, Meryton'dan bir iki haftaya kadar gidiyordu. Hâl böyle olunca ne ben ne de her şeyi kendisine anlattığım Jane öğrendiklerimizi başkalarına anlatmaya gerek gördük. Bütün Meryton'un bu genç hakkında edindiği iyi fikri kötüye çevirmekte ne gibi bir yarar olabilirdi? Lydia'nın Bayan Forster'la birlikte gitmesi kararlaştırıldığı zaman bile Bay Wickham'ın iç yüzünü ona anlatmaya gerek görmedim. Lydia'nın bu adamın ikiyüzlülüğüne kurban olacağı hiç aklıma gelmedi. Böyle bir şeyin olacağını hiç aklıma getirmediğime inanabilirsiniz."

"Yani bunlar Brighton'a gittikleri zaman Lydia ile Wickham'ın birbirlerini sevdiklerini düşünmeniz için herhangi bir neden yoktu."

"En küçük bir neden bile yoktu. İkisinde de açık bir tavır gördüğümü hatırlamıyorum. Böyle bir şey olsaydı, siz de takdir edersiniz, bizim ailede pek gözden kaçmazdı. Bay Wickham alaya ilk geldiği zaman Lydia ona hemen hayran olmuştu ama hepimiz hayran olmuştuk. İlk iki ay, Meryton ve çevresindeki bütün kızlar ona deli oluyorlardı ama bu genç, Lydia'ya özel bir ilgi göstermedi. Bunun üzerine taşkın ve coşkun bir hayranlık devresinden sonra Lydia'nın ona olan ilgisi kayboldu ve kendine daha çok değer veren diğer subaylardan hoşlanmaya başladı."

Bu konuyu tekrar tekrar konuşmak endişelerine, ümitlerine ve tahminlerine ne kadar az yenilik getirirse getirsin, yolculukları sırasında başka hiçbir şey üzerinde fazlaca duramayarak hep bu konuya dönmelerine şaşmamak gerek. Bu düşünce Elizabeth'in aklından hiç çıkmıyordu. Acıların en büyüğü olan suçluluk duygusu, bu düşünceyi kafasına öyle bir saplamıştı ki ne rahat bir nefes alabiliyor ne de kendini affedebiliyordu.

Mümkün olduğu kadar hızlı gidiyorlardı ve bir gece yolda konakladıktan sonra ertesi gün öğle yemeği vaktinde Longbourn'a ulaştılar. Jane'in uzun uzun beklemek zorunda kalıp sıkılmayacağını düşünmek Elizabeth'in içini ferahlatıyordu.

Arabanın geldiğini görünce hepsi birden koşuşan küçük Gardinerlar, araba avludaki çimenlere girerken kapının merdivenlerine sıralanmışlardı. Araba kapıya geldiğinde çocukların yüzlerinin aydınlanması ve sevinç içinde zıplamaları gelenler için "hoş geldiniz" dileğinin ilk güzel başlangıcı oldu.

Elizabeth hemen arabadan atladı, çocukları birer birer, aceleyle öptükten sonra içeri koştu. Annesinin odasından koşarak gelen Jane hemen onu holde karşıladı.

Elizabeth ablasını sevgi ile kucaklarken ikisinin de gözlerinde yaşlar vardı. Kaçaklardan bir haber olup olmadığını hiç vakit kaybetmeden sordu.

"Henüz yok..." diye cevap verdi Jane. "Ama artık dayıcığım geldiğine göre her şey düzelecektir umarım."

"Babam Londra'da mı?"

"Evet, sana o mektubu yazdığım salı günü gitti."

"Ondan sık sık haber alıyor musunuz?"

"Yalnız bir defa aldık. Çarşamba günü bana gönderdiği birkaç satırlık bir mektupta sağ salim vardığını ve adresini bildirdi. Bunu kendisinden özellikle rica etmiştim. Bildirecek önemli bir şey olmadıkça mektup yollamayacağını da eklemiş."

"Ya annem... Annem nasıl? Sizler nasılsınız?"

"Annem, sanıyorum daha iyice. Ama morali çok bozuk!.. Şimdi yukarıda, sizleri görünce çok sevinecek. Hâlâ odasından çıkmıyor. Mary ile Kitty de, çok şükür, iyiler."

"Peki, ama sen... Sen nasılsın? Solgun görünüyorsun. Neler çektin kim bilir!"

Jane, kız kardeşini, çok iyi olduğuna inandırdı. Bay ve Bayan Gardiner çocuklarıyla kucaklaşırken yaptıkları konuşmayı, onların gelişiyle noktaladılar. Jane dayısı ile yengesine koştu. Gözyaşlarına karışan gülümsemelerle ikisine de, "Hoş geldiniz," dedi ve teşekkür etti. Salonda otururlarken Elizabeth'in biraz önce sorduğu soruları dayısı ile yengesi bir daha bir kez daha sordular ve Jane verecek bir haberi olmadığını söyledi. Yine de iyi kalpliliğinden kaynaklanan iyimser ümitleri henüz dağılmamıştı ve hâlâ her şeyin iyi bir sonuca varacağını umuyor; babasından veya Lydia'dan gelecek ve işlerin ne yolda geliştiğini bildirecek, hatta evlendiklerini haber verecek mektubu beklemeye devam ediyordu.

Birkaç dakika konuştuktan sonra hep beraber yukarıya çıktıklarında Bayan Bennet onları tam beklendiği gibi karşıladı: Gözyaşları içinde üzüntü ile sızlanıyor, Wickham'ın alçakça hareketine lanetler ediyor, çektiği acılardan, başına gelen kötülüklerden yakınıyordu. Kızının uygunsuz eğlencelere dalmasının asıl sorumlusu dışında herkese suç buluyordu.

"Eğer sözümü dinletip bütün çocuklarımla Brighton'a gidebilseydim bu başıma gelmezdi. Zavallı Lydia'mla ilgilenecek kimse yoktu, Forsterlar da niye onu gözlerinin önünden ayırdılar ki? Eminim ki onların bu işte büyük bir ihmali var; yoksa göz kulak olunsa Lydia böyle bir şey yapacak kız değil. Başından beri Forsterların kızımı emanet edecek insanlar olmadığını düşündüm. Ama her zamanki gibi bu konuda da sözüm geçmedi. Zavallı yavrucuğum! Şimdi de Bay Bennet, Londra'ya gitti. Bay Wickham'ı görünce onunla düelloya tutuşacak, biliyorum ve sonra da ölecek. O zaman bizim hâlimiz ne olacak? O daha mezarında soğumadan Collinsler bizi kapı dışarı edecekler ve eğer sen bize acımazsan sevgili kardeşim, hâlimiz ne olur, bilmiyorum."

Herkes bu acıklı sözlere itiraz etti. Bay Gardiner, Bayan Bennet'a ve bütün ailesine karşı beslediği sevgi hakkında güvence verdikten sonra, hemen ertesi gün Londra'ya gideceğini ve Bay Bennet'a Lydia'yı bulması için her tür yardımı yapacağını söyleyerek şunları ekledi:

"Boş yere telaşa kapılma. En kötü sonuca hazırlıklı olmak doğruysa da bunun gerçekleşeceğine kesin gözüyle bakmak için neden yok. Onlar Brighton'dan kaçalı daha bir hafta olmadı. Birkaç güne kadar belki bir haber alırız, evlenmediklerini ve evlenmeyi tasarlamadıklarını öğreninceye kadar da bu işe bitmiş gözüyle bakmayalım. Londra'ya varır varmaz eniştemi alıp onu bizim eve götüreceğim. Ne yapmak gerektiğine orada düşünüp karar veririz."

"Ah, kardeşim..." dedi Bayan Bennet, "benim de en büyük isteğim bu! Şimdi Londra'ya gider gitmez nerede iseler ara bul, eğer hâlâ evlenmemişlerse onları evlendir. Gelinliğe gelince, bununla zaman kaybetmesinler. Lydia'ya söyle, evlendikten sonra istediği elbiseyi yaptırmak için istediği kadar parası olacak. Asıl, her şeyden önce, Bay Bennet'ın düello yapmasını engelle. Ne kadar kötü bir hâlde olduğumu, korkudan aklımın başımdan gittiğini, her tarafımın müthiş ürpermeler ve titremelerle sarsıldığını, spazmlara tutulduğumu, başımdaki ağrılardan ve kalbimin çarpıntısından ne gece ne de gündüz rahatım olmadığını ona anlat. Lydiacığıma da söyle, beni görmeden elbise ısmarlamasın, çünkü en iyi mağazalar hangileridir bilmez. Ah, kardeşim, ne iyisin. Her şeyi yoluna koyacağını biliyorum."

Bay Gardiner bu konuda elinden geleni esirgemeyeceğini ona bir kez daha söylemekle beraber, kardeşine korkularında olduğu gibi ümitlerinde de aşırıya gitmemesini öğütlemekten kendini alamadı. Yemek hazırlanıncaya kadar bu konuları konuştuktan sonra Bayan Bennet'ın dertlerini dinlemeyi kızları yokken ona bakan kâhya kadına bıraktılar.

Kardeşi ile karısı, Bayan Bennet'ın böyle herkesten ayrı bir odaya kapanması için bir neden olmadığı kanısında olsalar da bu duruma itiraz etmeye kalkışmadılar. Çünkü hizmetçiler sofrada hizmet ederken dilini tutacak kadar düşünceli davranmayacağını biliyorlardı. Annenin bu konudaki bütün endişe ve dileklerini, evin çalışanlarından yalnız birinin, en çok güvendikleri kâhya kadının bilmesi daha iyi olur diye düşündüler.

Daha önce işleri yüzünden odalarından çıkamayan Mary ile Kitty de yemek salonunda onlara katıldı. Birisi kitaplarından, öbürü de tuvalet masasından ayrılarak gelmişti. Her ikisinin de yüzleri oldukça sakindi, hiçbirinde bir değişiklik yoktu. Yalnızca en sevgili kardeşini kaybetmek veya bu işe karışmaktan dolayı duyduğu öfke, Kitty'yi her zamankinden daha huysuz yapmıştı. Mary ise masaya oturduktan hemen sonra ciddi düşünceler yansıtan bir yüz ifadesi ile Elizabeth'e şu sözleri fısıldayacak kadar serinkanlıydı:

"Gerçekten çok üzücü bir konu ve büyük olasılıkla birçok dedikoduya neden olacak. Fakat biz zehirli dilleri susturmalı, birbirimizin yaralı kalplerine kardeşçe tesellinin merhemini sürmeliyiz."

Elizabeth'in cevap vermeye niyeti olmadığını görerek devam etti: "Bu olay Lydia için çok acıklı olmakla beraber bundan şu yararlı dersi çıkarabiliriz: Bir kadın erdemini bir defa kaybetti mi ona bir daha kavuşamaz; attığı yanlış bir adım, onu sonsuza kadar mahvedebilir. Kadınlık şerefi güzel olduğu kadar kırılgandır da. Kadın, değersiz erkek cinsine karşı ne kadar dikkatli davranırsa o kadar iyi eder."

Elizabeth gözlerini hayretle ona çevirdi ama cevap veremeyecek kadar üzüntü içindeydi. Ama Mary, önlerindeki kötü örnekten böyle ahlak dersleri çıkararak kendi kendine avunmayı sürdürdü.

Öğleden sonra iki büyük kız yarım saat baş başa kalabildi; Elizabeth hemen bu fırsattan yararlanarak konu hakkında bazı sorular sordu. Jane bunları cevaplandırırken en az kardeşi kadar hevesliydi. Elizabeth'e göre felaket olduğu kesin olan, Jane'in fikrince de büsbütün ümitsiz görünmeyen olayı Elizabeth lanetle andıktan sonra bu konuya şu sözlerle devam etti: "Her şeyi ayrıntılarıyla bana anlat. Daha çok ayrıntı ver. Albay Forster ne dedi? Kaçmalarından önce hiç kuşkulanmamışlar mı? Onları sürekli bir arada görmüş olmalılar."

"Albay Forster, özellikle Lydia'nın az da olsa eğilimi olduğundan kuşkulandığını itiraf etti; fakat endişelenecek kadar değil. Onun adına öyle üzülüyorum ki. Tavırları son derece kibardı, bu konuyla ne kadar ilgili olduğu anlaşılıyordu. Lydia ile Wickham'ın İskoçya'ya gitmedikleri hakkında hiçbir bilgisi olmadığı hâlde bizi endişelerinden haberdar etmek ve hizmetimizde olduğunu belirtmek için Longbourn'a gelmeyi kararlaştırmış. Bu korkusunun gerçekleşme olasılığı, yolculuğunu hızlandırmış."

"Denny, Wickham'ın evlenmeyeceğine mi inanıyor? Onların kaçacağını biliyor muymuş? Albay Forster, Denny ile görüşmüş mü?"

"Evet. Ama albay onu sorguya çektiğinde Denny, Wickham ile Lydia'nın tasarılarından haberdar olduğunu yalanlamış ve bu konuda gerçek düşüncesini bildirmemekte ısrar etmiş. Evlenmeyeceklerі kanısında olduğunu söylememiş. İşte bundan ümitlenerek başlangıçta sözlerinin yanlış anlaşıldığına inanmak istiyorum."

"Albay Forster gelene kadar gerçekten evlenmeyeceklerinden kuşkulanmak hiçbirinizin aklına gelmedi, öyle mi?"

"Böyle bir şeyi nasıl düşünebilirdik? Wickham'ın her zaman doğru şeyler yapmadığını bildiğim için kardeşimin bu adamla evlenince mutlu olamayacağından biraz endişe ve huzursuzluk duymuştum. Babamla annemin bundan hiç haberleri yoktu, sadece bunun yakışıksız bir evlilik olacağını hissediyorlardı. Sonra Kitty konu hakkında bizden daha çok bilgisi olduğunu, Lydia'nın son mektubunda onu böyle bir olaya hazırladığını itiraf etti. Öyle görülüyor ki bunların birbirlerini sevdiklerini haftalardır bilmekteydi."

"Ama buradayken aralarında bir şey yoktu, değil mi?"

"Hayır, sanmıyorum."

"Albay Forster da Wickham hakkında kötü düşünüyor mu? Onun gerçek yüzünü biliyor mu?"

"Hakkında eskisi kadar iyi konuşmadığını itiraf etmeliyim. Başına buyruk ve ölçüsüz olduğunu söylüyor. Bu acı olaydan sonra duyduğumuza göre Wickham, Meryton'dan ayrılırken çok borç bırakmış. Ama umarım yalandır."

"Ah Jane, bu kadar sır tutmasaydık, bu adam hakkında bildiklerimizi söyleseydik, bütün bunlar yaşanmayacaktı."

"Belki daha iyi olurdu..." diye yanıtladı kız kardeşi. "Ama bir kimsenin şimdiki duygularını bilmeden eski suçlarını ortaya dökmeyi doğru bulmamıştık. Biz iyi niyetle hareket ettik."

"Albay Forster, Lydia'nın Bayan Forster'a bıraktığı mektupta yazdıklarını hatırlayabildi mi?"

"Mektubu görmemiz için yanında getirdi."

Bu sözleri söyledikten sonra Jane mektubu çıkararak Elizabeth'e verdi. Mektupta şunlar yazılıydı:

"Harrietçiğim,

Nereye gittiğimi öğrenince güleceksin; yarın sabah beni ortalıklarda göremeyince duyacağınız hayreti düşündükçe ben de gülmekten kendimi alamıyorum. Gretna Green'e gidiyorum. Eğer kiminle olduğunu tahmin edemezsen aptal olduğunu düşüneceğim, çünkü dünyada sevdiğim bir tek erkek var ve o da bir melek. Onsuz asla mutlu olamam, bu nedenle onunla gitmekte bir sakınca görmüyorum. Buradan ayrıldığımı isterseniz Longbourn'a haber vermeyin, çünkü onlara mektup yazıp da altına Lydia Wickham diye imza atınca daha büyük bir sürpriz olur. Bu ne hoş bir şaka olacak! Gülmekten yaza-

mıyorum. Bu akşam Pratt ile dans edeceğime söz vermiştim; bu sözümü tutamayacağım için benim adıma ondan özür dilemeni rica ederim. Ona her şeyi öğrenince beni bağışlayacağını umduğumu ve bir daha buluştuğumuz zaman balo da onunla dansa kalkmaktan büyük bir memnuniyet duyacağımı söyle. Longbourn'a vardığım zaman elbiselerimi aldırtırım. Yalnız Sally'ye söyleyip de işli muslin elbisemdeki yırtığı eşyalarımı toplamadan onartabilir misin? Hoşça kal! Albay Forster'a sevgilerimi ilet. Umarım, güzel yolculuğumuz şerefine içersiniz bu gece.

Sevgili arkadaşın,

Lydia Bennet."

Elizabeth mektubu bitirince heyecanlı bir sesle, "Ah düşüncesiz... Düşüncesiz Lydia!" dedi. "Öyle bir anda yazılacak mektup mu bu? Ama hiç olmazsa onun yolculuğa ciddi bir hedefle çıktığını gösteriyor. Bay Wickham onu nasıl kandırmış olursa olsun, Lydia tarafından alçakça bir plan hazırlanmış değil. Zavallı babam! Kim bilir neler hissetmiştir bunu duyunca!"

"Ömrümde kimsenin bu kadar şaşırdığını görmedim. Tam on dakika tek bir kelime söyleyemedi. Annem dersen hemen fenalaştı. Bütün ev öyle bir karıştı ki!"

"Ah Jane..." dedi Elizabeth, "o gün akşama kadar konuyu detaylarıyla öğrenmeyen tek bir hizmetçi kaldı mı?"

"Bilmiyorum, umarım kalmıştır. Fakat öyle bir durumda dikkatli hareket etmek çok zor... Annem sinir krizleri geçiriyordu; ona elimden geldiğince yardım etmeye çalıştımsa da, korkarım yapmam gerekenin hepsini yapamadım. Olan bitenin dehşeti benim de aklımı başımdan almıştı."

"Anneme bakmak seni çok yormuş. İyi görünmüyorsun. Ah, keşke seninle beraber olsaydım! Bütün düşünceleri, endişeleri yalnız başına çektin."

"Mary ile Kitty çok iyi davrandılar. Eminim bana yardım etmek için ellerinden geleni yaparlardı ama hiçbirinin hırpalanmasını doğru bulmadım. Kitty zayıf ve çelimsiz; Mary de o kadar çok çalışıyor ki dinlenme saatlerinde onu rahatsız etmek doğru değil. Babam Londra'ya gittikten sonra salı günü, Philips teyzem Longbourn'a geldi, perşembeye kadar benimle kalma iyiliğini gösterdi. Hepimize çok yardımı oldu; bizi teselli etti. Leydi Lucas'ın da iyiliğini gördük. Çarşamba günü bizi teselli etmek için buraya kadar yürüyerek geldi ve eğer bir yardımda bulunabilirlerse, gerek kendinin gerek kızlarının hizmetlerimize hazır olduklarını söyledi."

Elizabeth, "Evinde otursa daha iyi ederdi..." dedi. "Belki iyi niyetliydi ama bu gibi durumlarda insan komşularını ne kadar az görürse o kadar iyi. Yardım etmeleri imkânsız. Teselli edilmek de hiç çekilmez. Uzaktan zaferin tadını çıkartıp memnun olsunlar."

Elizabeth daha sonra babasının Lydia'yı bulmak için Londra'da hangi yollara başvurmaya niyetlendiğini sordu.

Jane, "Sanırım, son at değiştirdikleri yer olan Epsom'a giderek arabacıları görecek, onlardan bir şeyler öğrenmeye çalışacak..." diye cevap verdi. "Asıl amacı onları Clapham'dan getiren kiralık arabanın numarasını bulmak. Bu araba Londra'dan bir müşteri ile gelmişti. Babam, iyi giyinmiş bir kadınla bir erkeğin bir arabadan öbürüne aktarma yapmalarının göze çarpacağını düşünüyor ve bu yüzden Clapham'da soruşturmalar yapacak. Eğer arabacının, bizimkiler binmeden önceki yolcusunu hangi eve bıraktığını öğrenebilirse oradan da araştırma yapmayı tasarlıyor ve böylece arabanın gittiği yönü ve numarasını öğrenmeyi umuyordu. Başka ne niyeti vardı bilmiyorum ama gitmekte öyle acele ediyordu, aklı da öyle karışıktı ki bu kadarını bile zor öğrenebildim."

XLVIII

Ertesi gün bütün ev halkı Bay Bennet'tan mektup bekledi ama postadan tek bir satır bile çıkmadı. Ailesi onun olağan durumlarda mektup yazmayı hep ihmal edip geciktirdiğini biliyordu ama böyle bir zamanda yazmak için çaba göstereceğini ummuşlardı. Sonunda, bildireceği sevindirici bir haber olmadığı için yazmadığı sonucuna varmak zorunda kaldılar, aslında böyle bir şey olsa bile kesin olarak bilmekten mutlu olurlardı. Bay Gardiner yola çıkmak için mektubun gelmesini beklemişti.

O Londra'ya gidince neler olup bittiğinden sürekli haberdar olacaklarından emindiler. Dayıları ayrılırken Bay Bennet'ı en kısa sürede Longbourn'a dönmeye ikna etmeye çalışacağına söz verdi. Kardeşinin bu sözleri, Bayan Bennet'ı bir hayli yatıştırdı, çünkü kocasının düelloda öldürülmesinin önüne ancak böyle geçilebileceğini düşünüyordu.

Bayan Gardiner belki yanlarında olmanın yeğenlerine bir yardımı olur düşüncesiyle çocuklarıyla birkaç gün daha Longbourn'da kalacaktı. Bayan Bennet'ın bakımını yeğenleriyle paylaşıyor, boş zamanlarında onlar için büyük bir teselli oluyordu. Teyzeleri de sık sık ziyaretlerine geliyordu ve bu ziyaretlerini kızları neşelendirmek, onlara güç vermek niyetiyle yaptığını söylese de Wickham'ın hesapsızlığı ve serseriliği üstüne yeni bir haber getirmeden geldiği gün yoktu. Giderken yeğenlerini moralleri daha da bozulmuş olarak bırakmadığı zamanlar çok azdı.

Daha üç ay önce baş tacı ettiği adamı karalamak için sanki bütün Meryton iş birliği yapmıştı. Kasabadaki bütün tüccarlara borçlu olduğu söyleniyor, cazibesinin yardımıyla yaptığı dalaverelere her tüccar ailesinde rastlanıyordu. Herkes ondan, dünyanın en alçak genci diye bahsediyor, zaten onun taşıdığı iyilik maskesine hiçbir zaman güvenmediklerini ileri sürüyorlardı. Elizabeth söylenenlerin yarısına bile inanmamakla beraber inandıkları, kız kardeşinin başına gelen felaketle ilgili kanısını bir kat daha güçlendirmeye yetiyordu. Söylenenlere Elizabeth'ten de az inanan Jane'in bile, o zamana kadar tamamen olanaksız olarak görmediği İskoçya'ya gitselerdi şimdiye kadar onlardan kesinlikle bir haber almaları gerektiğini düşündükçe ümitleri kırılıyordu.

Bay Gardiner, Longbourn'dan pazar günü ayrılmıştı ve salı günü karısı ondan bir mektup aldı. Londra'ya varır varmaz eniştesini bulduğunu ve onu kendisiyle birlikte Gracechurch Caddesi'ne gelmeye ikna ettiğini söylüyordu. Bay Bennet'ın Londra'ya gelmeden önce Epsom ile Clapham'a gittiğini ama doyurucu bir bilgi edinemediğini, Lydia ile Wickham'ın Londra'da kalacak bir yer buluncaya kadar otellerden birinde kalmaları olasılığını düşünen Bay Bennet'ın şehirdeki başlıca otellerin hepsini dolaşmak niyetinde olduğunu yazıyor, kendisinin bundan bir başarı elde edebileceğini ummadığını ama eniştesi aklına koyduğu için ona yardım edeceğini, Bay Bennet'ın şimdilik Londra'dan gitmeye hiç niyeti olmadığını da ekliyor; çok yakında tekrar yazacağına söz veriyordu. Mektupta şöyle bir de not vardı:

"Albay Forster'a mektup yazarak mümkünse bu gencin alaydaki samimi olduğu arkadaşlarından Londra'nın hangi semtinde gizlenebileceği hakkında bir fikir verebilecek akraba ve yakınlarının olup olmadığını öğrenmesini rica ettim. Böyle bir ipucu verebilecek durumda birisi varsa ona başvurmakla çok yararlı sonuçlar alabiliriz. Şimdiki durumda bize yol gösterecek hiçbir şey yok. Albay Forster'ın elinden geleni yapacağına inanıyorum. Ama sonradan düşündüm

de Wickham'ın yaşayan akrabaları olup olmadığı konusunda en iyi bilgiyi belki de Lizzy bize verebilir."

Elizabeth, kendi bilgisine başvurulmasının nedenini anlamakta gecikmedi ama ne yazık ki genç kızın hiçbir bildiği yoktu.

Wickham'ın öleli yıllar olan annesi ile babasından başka bir akrabasından söz açtığını duymamıştı. Yine de ---shire Alayı'ndaki arkadaşları arasında daha iyi bilgi verebilecek birileri çıkabilirdi. Bu konuda pek iyimser olmamakla beraber, dayısının başvurusu, bir ümit kapısı açmıştı.

Longbourn'da her gün endişe ile geçiyordu ama günün en endişeli anları posta gelmeden önceki saatlerdi. Her sabah duyulan sabırsızlığın en büyük nedeni mektupların gelişiydi. Söylenecek iyi kötü ne varsa mektuplarla iletiliyor; doğan her yeni günün önemli haberler getirmesi bekleniyordu.

Fakat Bay Gardiner'dan yeni bir mektup almadan başka yerden -Bay Collins'ten- Bay Bennet'a bir mektup geldi. Babası, Jane'e kendisi yokken adına gelen mektupları açmasını söylediği için genç kız mektubu açtı. Bu adamın mektuplarının her zaman ne kadar tuhaf olduğunu bilen Elizabeth de uzanıp ablasıyla beraber okudu:

"Sayın bayım,

Akrabalığımız ve toplumsal durumum bakımından, dün Herifordshire'dan aldığımız bir mektupla öğrendiğimize göre başınıza gelen acıklı felaket konusunda sizi teselli etmek borcumdur. Sayın bayım, benim ve Bayan Collins'in zamanın silemeyeceği bir nedenden doğduğu için, çok acı olduğu kuşkusuz olan böyle bir kederi sizinle ve sayın ailenizle paylaştığımızdan emin olun. Bu kadar büyük bir felaketi hafifletebilecek, bir baba için en büyük kederi doğuran böyle bir durumda sizi teselli edebilecek bir söz bulamıyorum. Bu başınıza gelene kıyasla kızınızın ölümü bir nimet olurdu. Charlottecuğumun bana bildirdiğine göre kızınızın bu hafifliğinin, hata sayılacak derecede özgür bırakılmaktan kaynaklanması bir kat daha hayıflanmaya yol açıyor. Ama ben kendi hesabıma bu kızın yaradılıştan kötü olduğuna inanma eğilimindeyim; aksi takdirde bu kadar küçük yaşta bu derece ayıp bir şey yapamazdı. Bu düşünce Bayan Bennet ve sizin için bir teselli olabilir. Ancak hangi açıdan ele alınırsa alınsın, yürekler paralayıcı bir durumdasınız ki bu konuda yalnız Bayan Collins değil, konuyu kendilerine anlattığım Leydi Catherine ile kızları da benimle aynı düşüncedeler. Lydia'nın attığı bu yanlış adımın diğer kızların kısmetini de baltalayacağı konusundaki fikrime de katılıyorlar. Leydi Catherine'in alçakgönüllülük göstererek söylediği gibi böyle bir aile ile kim akraba olur? Bu düşünce, geçen kasımda yaşanan bir olayı gittikçe artan bir memnuniyetle hatırlamama neden oluyor, çünkü bu iş başka türlü sonuçlansaydı bugün düştüğünüz kederden ve rezaletten ben de payıma düşeni alacaktım. Şu hâlde, sayın bayım, size önerim kendinizi mümkün olduğu kadar teselli etmeniz; bu değersiz evladı kalbinizden sonsuza kadar atmanızdır. Varsın işlediği kötü suçun cezasını kendi başına çeksin. Saygılarımla vesaire vesaire diyor."

Bay Gardiner, Albay Forster'dan cevap alıncaya kadar mektup göndermedi ve cevabı aldıktan sonra da iyi bir şeyler yazamadı. Wickham'ın herhangi bir yakın akrabası yoktu. Eskiden sayısız tanıdıkları vardı ama askere yazıldığından beri bu kişilerle de özel bir ahbaplığı kalmadığı görülüyordu. Bu nedenle, ondan haber verebilir diye gösterilebilecek kimse yoktu. Lydia'nın akrabaları tarafından bulunma korkusundan başka, mali durumunun kötü olması da gizlenmesine neden olabilirdi çünkü yeni yeni yayılmaya başlayan bir habere göre arkasında bir hayli kumar borcu bırakmıştı. Albay Forster, Wickham'ın Brighton'da bıraktığı borçları temizlemek için bin sterlinden fazla para gerektiğini tahmin ediyordu. Londra'da da bir hayli borç yapmıştı ama kumar borçları hepsinden yüklüydü. Bay Gardiner bu konuları Longbourn Ailesi'nden gizlemiyordu. Jane yazılanları dehşet içinde dinledikten sonra, "Bir kumarbaz! Bu hiç hesapta yoktu! Hiç aklıma gelmemişti..." dedi.

Ayrıca Bay Gardiner mektubunda Bay Bennet'ın ertesi gün, yani cumartesi günü Longbourn'a döneceğini de bildiriyordu. Çabalarının boşa çıkmasından ötürü morali bozuk olduğundan, kayınbiraderinin ısrarları karşısında boyun eğerek ailesinin yanına dönmeye ve Lydia ile Wickham'ı durumun gerektirdiği şekilde arama işini ona bırakmaya ikna olmuştu. Önceleri kocasının hayatından endişe duyan Bayan Bennet, bu haberi duyunca çocuklarının beklediği sevinci göstermedi.

"Ne! Eve mi dönüyor?" diye bağırdı. "Zavallı Lydia'yı beraberinde getirmeden mi? Onları bulmadan Londra'dan ayrılmasına imkân yok. Eğer o dönerse Wickham ile kim düello edip onu Lydia ile evlenmeye zorlayacak?"

Bayan Gardiner da artık evine dönmek istediği için Bay Bennet, Londra'dan gelirken onun da çocuklarıyla gitmesi kararlaştırıldı. Bu nedenle araba onları ilk durağa kadar götürdü, oradan da efendisini alarak Longbourn'a getirdi.

Bayan Gardiner Longbourn'dan Elizabeth ile Derbyshire'daki arkadaşı hakkındaki merak ve kuşkularını gideremeden gidiyordu. Yeğeni bu gencin adını onların önünde bir kez bile anmamıştı. Longbourn'a ondan mektup gelmesini az da olsa beklemiş ama bu beklentisi de gerçekleşmemişti. Elizabeth, evine döndüğünden bu yana Pemberley'den tek bir mektup almamıştı.

Genç kızın moralinin bozuk olmasına bakarak bir karar vermek de doğru değildi, çünkü ailenin içinde bulunduğu acıklı durum,

Elizabeth'in moral bozukluğuna başka bir mazeret aranmasına gerek bırakmıyordu. Her şeye rağmen o zamana kadar kendi duygularını çok iyi anlayan Elizabeth, Darcy'yi tanımamış olsa Lydia'nın kaçmasının yarattığı rezaletin acısına daha iyi dayanabileceğini hissediyordu. Genç kız, eğer onu tanımamış olsaydı, iki geceden birini uykusuz geçirmekten kurtulacağını düşünüyordu.

Bay Bennet geldiği zaman her zamanki filozofça sakinliğine bürünmüştü. Her zamankinden daha az konuşuyor, onu Londra'ya sürükleyen konudan hiç söz etmiyordu. Kızları da bu konudan söz açma cesaretini buluncaya kadar bir hayli zaman geçti.

Öğleden sonra, Bay Bennet çay için onlara katıldığında Elizabeth konuyu açma cesaretini gösterdi. Babasının çok acı çektiğini, çok üzüldüğünü kısaca ifade eden Elizabeth'e, Bay Bennet şu cevabı verdi: "Bu konudan söz etme. Ben acı çekmeyeceğim de kim çekecek? Hepsi benim hatam, cezasını da ben çekeceğim."

Elizabeth, "Kendinize karşı bu kadar katı olmamalısınız..." dedi.

"Böyle bir kötülüğe karşı beni sen bile uyardın. İnsan doğası kötü yola sapmaya o kadar yatkın ki! Hayır, Lizzy. Bırak ömrümde bir kez ne kadar suçlu olduğumu tam anlamıyla hissedip kabul edeyim. Bu duyguların altında ezilmekten korkmuyorum, nasılsa çabucak geçecektir."

"Londra'da olduklarını mı düşünüyorsunuz?"

"Evet. Başka nerede bunca zaman iyi gizlenebilirlerdi?"

"Lydia, Londra'ya gitmeyi hep isterdi..." diye söze karıştı Kitty.

Babası kuru bir ses tonuyla, "O hâlde şimdi mutludur. Belki de orada uzun zaman kalır..." dedi.

Kısa süren bir sessizlikten sonra konuşmaya devam etti:

"Geçen mayısta bana yaptığın önerilerde haklı olduğun için sana kızmıyorum Lizzy. Bu olayı düşününce çok yerinde olduğu ortaya çıkıyor."

Annesinin çayını almaya gelen Jane'in içeri girmesi üzerine konuşmalarını kestiler.

Bay Bennet öfkeli bir ses tonuyla, "Amma da iç açıcı bir görüntü ha!" diye söylendi. "Doğrusu kibar kişilerin üzüntüsü bile bir başka oluyor! Bir gün ben de aynı şeyi yapacağım. Kitaplığımda, başımda takke, sırtımda gecelikle oturup çevremdekilere elimden geldiği kadar zahmet vereceğim. Ama belki de böyle bir şeyi Kitty kaçınca yaparım."

Kitty ağlamaklı bir sesle, "Ben kaçacak falan değilim, baba..." dedi. "Brighton'a ben gitseydim, Lydia'dan daha uslu dururdum."

"Seni Brighton'a göndermek ha! Bana üste elli sterlin verseler sana güvenip de Eastbourne'a kadar bile göndermem. Hayır, Kitty, artık aklımı başıma devşirdim, bunu çok iyi anlayacaksın. Hiçbir subay artık evime giremez, hatta bu köyden bile geçemez. Kız kardeşlerinden biriyle dans etmediğin takdirde balolar kesinlikle yasak. Her gün on dakikanı aklı başında geçirdiğini kanıtlamadan kapıdan dışarı çıkamayacaksın."

Kitty, bütün bu tehditleri ciddiye alarak ağlamaya başladı.

"Hadi, hadi..." dedi Bay Bennet. "Kendini üzme. Eğer önümüzdeki on yıl uslu durursan bu sürenin sonunda seni tiyatroya götüreceğime söz veriyorum."

XLIX

Bay Bennet döndükten iki gün sonra Jane ile Elizabeth evin arkasındaki fidanlıkta dolaşırlarken kâhya kadının kendilerine doğru geldiğini gördüler. Annelerinin kendilerini çağırttığını sanarak kadına doğru yürümeye başladılar. Ama yaklaştıklarında, kâhya kadın bekledikleri gibi onları çağıracak yerde Jane'e, "Sizi rahatsız ettiğim için özür dilerim, efendim..." dedi. "Fakat Londra'dan iyi haberler aldığınızı umarak, gelip sorma cesaretini gösterdim."

"Ne demek istiyorsun, Hill? Londra'dan hiçbir haber almadık."

Bayan Hill büyük bir hayretle, "Sayın Bayan..." dedi. "efendime Bay Gardiner'dan bir ulak geldiğini bilmiyor musunuz? Ulak geleli ve efendim mektubu alalı yarım saat oluyor."

Kızlar içeri girmek için o kadar sabırsızlandılar ki konuşmaya zaman bulamadan eve koştular. Holden kahvaltı odasına, oradan da kitaplığa koştular. Ama ikisinde de yoktu. Onu yukarıda annelerinin yanında aramak üzereydiler ki karşılarına çıkan uşak:

"Eğer efendimi arıyorsanız, koruya doğru yürüyorlar, efendim..." dedi.

Bu haberi aldıktan hemen sonra tekrar holden geçip çimenlik boyunca babalarına doğru koştular. Bay Bennet koruya doğru gidiyordu.

Elizabeth kadar çevik ve koşmaya alışık olmayan Jane çok geçmeden geride kaldı. Elizabeth ise soluk soluğa babasına yetişti ve merakla sordu: "Babacığım, haberler nasıl? Haberler nasıl? Mektup dayımdan mı?"

"Evet, ondan, ulakla bir mektup geldi."

"Peki, verdiği haber iyi mi yoksa kötü mü?"

Bay Bennet mektubu cebinden çıkararak Elizabeth'e uzattı: "Bu durumda hangi haber iyi sayılabilir ki? Ama belki okumak istersiniz."

Elizabeth mektubu sabırsızlıkla babasının elinden kaptı. O arada Jane de onlara yetişmişti.

Bay Bennet, "Yüksek sesle oku. Çünkü ne yazdığını ben de doğru dürüst bilmiyorum..." dedi.

Gracechurch Caddesi, Pazartesi, 2 Ağustos

"Sevgili ağabeyim,

En sonunda size yeğenim hakkında biraz haber verebilecek durumdayım. Her şey hesaba katılırsa, bu haberlerin sizi memnun edeceğini umuyorum. Cumartesi günü siz gittikten az sonra bulundukları yeri öğrenme şansına erdim. Ayrıntıları, görüştüğümüz zaman veririm. Bulunduklarını bilmeniz yeter. İkisini de gördüm..."

Jane heyecanla atıldı:

"O hâlde benim umduğum gibi evlendiler!"

Elizabeth okumaya devam etti:

"İkisini de gördüm. Evlenmemişler, böyle bir şeye niyetlendiklerini gösteren bir belirti de göremiyorum. Gene de ben sizin adınıza birtakım sözler vermekten çekinmedim. Bunları siz de kabul ederseniz nikâhı yakın zamanda kıyabileceğiz. Sizden tek istedikleri, sizinle kız kardeşimin ölümünden sonra çocuklara kalacak olan beş bin sterlinden Lydia'ya eşit pay

verilmesini senetle teminat altına almanız ve hayatta olduğunuz sürece de ona yılda yüz sterlin vermeyi üstlenmeniz. Her şeyi göz önünde tutarak yerine getirileceğine dair sizin hesabınıza hiç tereddüt etmeden söz verme yetkisini kendimde gördüğüm koşullar bunlar. Cevabınızı zaman kaybetmeden alabilmek için mektubu ulakla gönderiyorum. Bu ayrıntılardan Bay Wickham'ın durumunun genelde sanıldığı kadar kötü olmadığını anlayacaksınız. Bu konuda herkes yanıldı; Wickham'ın bütün borçları ödendikten sonra, yeğenimin çeyiz parasına ilaveten biraz daha katabilecek bir durumda olacağını bildirmekten sevinç duyuyorum. Eğer bana, tahmin ettiğim gibi bu işte başından sonuna kadar adınıza hareket etmem için tam yetki verirseniz hemen Haggerston'a talimat vererek usulüne göre bir senet hazırlatacağım. Sizin tekrar Londra'ya gelmenize hiç gerek olmayacak; bu yüzden Longbourn'da rahatça oturun, benim çabalarıma ve gösterdiğim özene güvenin. Cevabınızı mümkün olduğu kadar erken göndermeye ve açık açık yazmaya dikkat edin. Yeğenimin bizim evden gelin gitmesini doğru bulduk. Bunu sizin de onaylayacağınızı umuyorum. Bugün Lydia bize geliyor. Yeni bir şey kararlaştırılırsa hemen size yazarım. Saygılar.

E. Gardiner."

Mektubu bitirince Elizabeth, "Bu mümkün mü?" diye sordu. "Bay Wickham, Lydia ile evleniyor olabilir mi?"

Ablası, "Şu hâlde Wickham sandığımız kadar değersiz biri değilmiş. Kutlarım, babacığım..." dedi.

Elizabeth, "Mektuba cevap verdiniz mi?" diye sordu.

"Hayır ama hemen vermek gerekiyor."

Genç kız daha fazla zaman kaybetmeden yazmasını ısrarla rica etti.

"Ah, babacığım, hadi dönüp hemen yazın. Böyle durumlarda her anın ne kadar önemli olduğunu düşünün."

Jane de, "Eğer yazmak istemiyorsanız sizin adınıza ben yazarım..." dedi.

Bay Bennet, "Hiç istemiyorum ama yazmalıyım..." diye cevap verdi.

Bu sözleri söyledikten sonra kızlarıyla beraber geri döndü ve eve doğru yürüdüler.

Elizabeth, "Koşulları kabul etmeliyiz, öyle değil mi?" dedi.

"Kabul etmek de söz mü? Ben Wickham'ın bu kadar az şey isteyişinden utanıyorum."

"Kesinlikle evlenmeliler. Oysa Wickham öyle bir adam ki..."

"Evet, evet. Evlenmeliler. Yapılacak başka bir şey yok. Ama bilmek istediğim iki şey var: Biri, dayınız bu sonucu elde etmek için acaba ne kadar para döktü, ikincisi bu borcumu ona nasıl ödeyeceğim?"

Jane, "Para mı! Dayım mı! Ne demek istiyorsunuz, efendim?" diye sordu.

"Demek istediğim şu, sağlığımda yılda yüz sterlin ve ben öldükten sonra da elli sterlin gibi önemsiz bir para için aklı başında hiçbir adam Lydia ile evlenmeye razı olmaz."

"Gerçi bunu daha önce düşünmemiştim ama..." dedi Elizabeth, "çok doğru. Borçları ödenecek ve hâlâ geriye bir miktar para kalacak! Ah, bu dayımın işi olmalı! Cömert, iyiliksever adam, korkarım çok sıkıntıya girdi. Bütün bunlar az paraya mal olmaz."

Babası, "Doğru..." dedi. "Az para ile olamaz. Wickham, Lydia'yı on bin sterlinden bir kuruş aşağıya kabul ederse aptaldır. Akrabalığımız daha henüz başlarken onun hakkında bu kadar kötü düşündüğüm için şimdi üzülmem gerekiyor."

"On bin sterlin ha! Tanrı korusun! Yarısını bile ödeyemeyiz."

Bay Bennet cevap vermedi. Hepsi derin düşünceler içinde eve varıncaya kadar sessizce yürüdüler. Bundan sonra babaları mektup yazmak için kitaplığa, kızlar da kahvaltı odasına gitti.

Ablasıyla yalnız kalır kalmaz Elizabeth, "Demek gerçekten evleniyorlar!" dedi. "Ne tuhaf! Buna sevinmemiz gerekiyor. Mutlu olmaları olasılığı az, üstelik Wickham'ın karakteri de berbat ama yine de sevinmek zorundayız. Ah Lydia!"

"Wickham, acaba Lydia'dan gerçekten hoşlanıyor mu..." diye cevap verdi Jane. "Onunla evleneceği düşüncesiyle teselli buluyorum. Her ne kadar iyi kalpli dayımız onun borçlarını temizlemek için bir miktar para harcamışsa da on bin sterlin veya ona yakın bir paranın söz konusu olduğunu sanmıyorum. Onun da kendi çocukları var, belki daha da olacak. Yarısını bile veremez bu işe."

"Wickham'ın borçları ne kadardı..." dedi Elizabeth. "Onun adına Lydia için ayrılan para ne kadar tutuyor bir öğrenebilsek, dayımın ne verdiğini öğrenmiş oluruz. Çünkü Wickham'ın cebinde beş parası yok. Dayımla yengemin iyiliklerini ödeyemeyiz. Lydia'yı evlerine almaları, onu korumaları, ona yüz vermeleri büyük özveri, yıllarca minnet duyulsa gene de yetmez. Şu anda Lydia onlarla beraber. Bu iyilik ona vicdan azabı vermiyorsa, mutlu olmaya layık değil demektir! Acaba yengemin yüzüne nasıl bakabilecek?"

Jane, "Her iki tarafın da yaşadıklarını unutmaya çalışalım..." dedi. "Her şeye rağmen mutlu olacaklarını umuyor ve buna güveniyorum. Bay Wickham'ın Lydia ile evlenmeye razı olması bence doğru düşünmeye başladığının bir belirtisidir. Karşılıklı sevgileri onları adam edecektir ve umuyorum ki geçmişteki hatalarını unutturacak kadar sakin ve mantık çerçevesinde yaşayacaklar."

"Hareketleri ne senin ne benim ne de başka birinin hiçbir zaman unutabileceği gibi değil. Bundan söz etmek boşuna..."

Akıllarına annelerinin olanlardan belki de hiç haberi olmadığı geldi. Bunun üzerine kitaplığa giderek babalarından bu müjdeyi annelerine bildirmelerini isteyip istemediğini sordular. Bay Bennet mektup yazıyordu, başını kaldırmadan soğuk bir ses tonuyla cevap verdi:

"Nasıl isterseniz."

"Dayımın mektubunu götürüp ona okuyabilir miyiz?"

"Ne isterseniz alın ve buradan gidin."

Elizabeth mektubu babasının yazı masasından aldı ve ablasıyla beraber yukarı çıktılar. Mary ile Kitty de Bayan Bennet'ın yanındaydılar, böylece bu haber bir seferde bütün aileye bildirilmiş olacaktı. Verecekleri müjde için ufak bir ön hazırlıktan sonra mektubu yüksek sesle okudular. Bayan Bennet kendini tutamıyordu. Jane, Bay Gardiner'ın Lydia'nın yakında evleneceği ümidini belirten sözlerini okuyunca sevinci doruğa çıktı, bundan sonra gelen her cümle bu taşkınlığı bir kat daha artırdı. Dehşetten ve sıkıntı yüzünden nasıl deli gibiyse şimdi de sevinçten aynı hâldeydi. Kızının evleneceğini öğrenmek yeterdi. Onun mutlu olamayacağı korkusuyla huzursuz olmuyor, ahlaksızlığını hatırlayarak utanç duymuyordu.

Heyecanla, "Lydiacığım, Lydiacığım..." diyordu. "Bu gerçekten sevindirici! Evleniyor! Onu tekrar göreceğim! On altı yaşında evleniyor! İyi yürekli, büyük gönüllü kardeşim! Bunun böyle olacağını, kardeşimin bir yolunu bulacağını biliyordum. Lydia öylesine burnumda tütüyor ki! Wickham da! Ya gelinlikle çeyiz ne olacak? Derhâl gelinime bu konuda yazayım. Lizzy, canım, hemen babana koş, Lydia'ya düğün için ne kadar para vereceğini sor. Dur, dur! Ben gideyim. Kitty, zili çal da Hill gelsin. Bir dakikada giyinirim. Canım Lydiacığım! Karşılaştığımız zaman ne sevineceğiz!"

Büyük kızı, Bay Gardiner'ın bu işteki hareketiyle kendilerini ne kadar borç altında bıraktığını belirterek annesinin bu taşkınlığını azaltmaya çalışıyordu:

"Bu mutlu sonuçta dayımın iyiliklerinin büyük payı var. Bay Wickham'a paraca yardım ettiğinden eminiz."

Annesi, "İyi ya!" dedi. "Pek iyi yapmış. Dayısı yardım etmeyecek de kim edecek? Biliyorsun ki eğer aile sahibi olmasaydı bütün parası benimle çocuklarımın olacaktı. Birkaç hediyeyi hesaba katmazsak, ilk kez ondan bir şey görüyorsunuz. Ah! Çok mutluyum. Yakında kızlarımdan birini evlendirmiş olacağım. Bayan Wickham! Kulağa ne hoş geliyor! Daha geçen haziranda on altısını doldurdu. Janeciğim, öyle heyecanlıyım ki yazacak hâlim yok. Ben söyleyeyim, sen de yaz. Para işini babanla sonra kararlaştırırız. Ama çeyiz hemen ısmarlanmak..."

Bundan sonra Bayan Bennet basma, muslin, patiska ayrıntılarına girişti. Jane, bir hayli güçlükle de olsa onu babasının fikri soruluncaya kadar beklemesi için ikna etmeseydi, kızına bunlardan bol bol alınmasını isteyecekti. Genç kız, bir günlük gecikmenin büyük bir önemi olmadığını belirtti. Bayan Bennet her zamanki inatçılığı gösteremeyecek kadar mutluydu. Kafasında başka tasarılar vardı.

"Giyinir giyinmez Meryton'a gidip bu müjdeyi kardeşim Philips'e vereceğim. Dönüşte de Leydi Lucas ile Bayan Long'a uğrarım. Kitty, aşağı koş, arabayı hazırlat. Biraz hava almak eminim bana çok iyi gelecek. Meryton'dan bir istediğiniz var mı çocuklar? Ha, işte Hill de geldi. Hillciğim, müjdeli haberi duydun mu? Bayan Lydia evleniyor. Düğünün şerefine hepiniz birer bardak punç içersiniz!"

Bayan Hill hemen sevincini ifade etmeye başladı. Herkesle beraber Elizabeth de kâhya kadının kutlamalarını kabul etti. Sonra bu saçmalıktan tiksinerek rahatça düşünebilmek için odasına sığındı. Zavallı Lydia'nın durumu, en iyi durumdan bile kötüydü. Ama daha kötü olmadığına şükretmek gerekiyordu. Genç kız böyle hissediyordu; ilerisini düşününce Lydia için ne mantıklı bir mutluluk ne de maddi bolluk umulmasını haklı gösterecek herhangi bir neden yoksa da, daha iki saat önceki korkularını hatırlayınca elde ettikleri kazancın ne kadar değerli olduğunu hissetti.

Bay Bennet, bu yaşına gelene kadar birçok kez, bütün gelirini harcamayarak her yıl biraz para ayırmayı, böylece kızlarına -ve eğer kendinden daha uzun ömürlü olursa karısına- daha iyi bir geçim sağlamayı düşünmüştü. Şimdi böyle bir şey yapmadığına her zamankinden çok üzülüyordu. Bu görevi yerine getirseydi, Lydia şimdi şeref ve saygınlığını satın almasını dayısına borçlu olmayacaktı. Büyük Britanya'nın en değersiz gençlerinden birini kocası olmaya razı etme mutluluğu o zaman kendisine ait olurdu.

Hemen hemen hiç kimseye yararı olmayan bir konunun bütün masrafının yalnız kayınbiraderinin sırtına binmesine cidden üzülüyordu ve Bay Gardiner'ın yardımının derecesini mümkünse öğrenmeye ve gücü yeter yetmez bu borcunu ödemeye karar verdi.

Bay Bennet evliliğinin başlarında para artırmayı tam anlamıyla gereksiz görüyordu; çünkü kesinlikle bir erkek çocukları olacağını düşünüyorlardı. O zaman olgunluk çağına girer girmez mülkün vakıftan çıkarılmasında o da birlik olacak; böylece dul anne ile küçük kardeşler için bir geçim sağlanacaktı. Ama arka arkaya beş kız çocukları oldu. Bayan Bennet, Lydia'dan sonra yıllarca bir erkek çocuğu olacağına inanarak bekledi. En sonunda ümit kesildi ama artık para artırmaya başlamak için çok geçti. Bayan Bennet tutumlu bir ev hanımı değildi. Eğer ayaklarını yorganlarına göre uzatabilmişlerse bu gene kocasının tutumlu idaresi sayesinde olmuştu. Çünkü Bay Bennet kendi yağıyla kavrulmayı ister, borçlanmaktan ödü kopardı.

Evlilik sözleşmesine göre Bayan Bennet ile çocuklarına beş bin sterlin ayrılmıştı. Bu paranın çocuklar arasında nasıl bölüneceği ise anne ile babanın vasiyetine bağlıydı. Şimdi, hiç olmazsa Lydia için, kararlaştırılması gereken nokta buydu ve Bay Bennet kendine yapılan teklifi kabul etmezlik edemezdi. Kayınbiraderinin iyiliklerine karşı duyduğu minnet ve teşekkürü özetle belirttikten sonra, yapılan her şeyi tümüyle onayladığını ve kendisi adına verilen sözleri yerine getirmeye hazır olduğunu yazdı. Wickham kızı ile evlenmeye razı edilebilse bile, bunun şimdiki gibi Bay Bennet için elverişsiz sayılamayacak koşullarla olabileceğini daha önce hiç aklına getirmemişti. Kızına yılda yüz sterlin vermekle Bay Bennet yılda ancak on sterlin zararlı çıkacaktı. Çünkü kızının yemesi içmesi, cep harçlığı, annesinin aracılığıyla sızdırdığı paralar neredeyse bu miktara çok yaklaşıyordu.

Bu işin kendine bu kadar az yorgunluk vermesini de gene tatlı bir hayretle karşılıyordu. Çünkü şu an başlıca isteği bu konuda mümkün olduğu kadar az üzülmekti. Kızını ararken duyduğu öfkenin ilk şiddeti geçince Bay Bennet elbette eski tembelliğine döndü. Mektubu hemen yolladı, çünkü bir işe başlamayı geciktirdiğinde başladıktan sonra hızla yapardı. Bay Bennet kayınbiraderine daha neler borçlu olduğunun ayrıntılı olarak bildirilmesini rica etti ama Lydia'ya bir selam bile yollamayacak kadar çok kızgındı.

Müjde hemen bütün evde ve aynı hızla çevrede duyuldu. Konu komşu bu konu üzerine bir hayli fikir yürüttü. Bayan Lydia Bennet'ın Londra'da kalması veya gözden uzak bir çiftlik evinde dünyadan soyutlanması daha iyi bir konuşma konusu olurdu ama evlenmesi de gene bir hayli dedikoduya yol açtı. Meryton'un kıskanç kocakarılarının daha önce Lydia için bulundukları iyi dilekler, durumun değişmesi üzerine pek de farklı olmadı. Çünkü böyle bir koca ile genç kızın mutsuz olacağına kesin gözüyle bakılıyordu.

Bayan Bennet odasından aşağı inmeyeli iki hafta olmuştu ama bu mutlu günde tekrar masanın başındaki yerine oturdu. Çevresindekileri sıkacak kadar neşeliydi. Zaferini hiçbir utanç duygusu gölgelemiyordu. Jane on altı yaşına girdiğinden beri bir kızını evlendirmeye yönelik dilekleri artık gerçekleşmek üzereydi. Bütün düşünceleri ve sözleri, evlenme töreninde hizmet edecek zarif kılıklı uşaklarda, güzel muslinlerde ve yeni faytonlarda dolaşıyordu. Harıl harıl o yakınlarda kızının oturabileceği uygun bir yer arıyordu. Gelirlerinin ne olacağını bilmeden ve düşünmeden birçok evi büyüklüğüne ve gösterişli olup olmadığına göre değerlendiriyordu:

"Gouldingsler çıksa Haye Park fena değil. Stoke'daki büyük ev de iyi ama salonu biraz küçük. Ashworth desen çok uzak. Lydia'nın benden on mil uzakta oturmasına dayanamam. Pulvis Köşkü'nün de çatı odaları pek kötü!"

Hizmetçiler oradayken kocası böyle konuşmasına izin verdi, sözünü kesmedi. Ama hizmetçiler çekilince, "Bayan Bennet, bu evlerden birini veya hepsini oğlunuz ve kızınız için tutmadan önce konuyu netleştirelim..." dedi. "Bu yörede bir eve hiçbir zaman giremeyecekler. Onları Longbourn'a kabul ederek ihtiyatsızlıklarını cesaretlendirecek değilim."

Bu sözleri uzun bir çatışma izledi ama Bay Bennet kararlıydı. Çok geçmeden bu kavga başka bir kavgaya yol açtı. Bayan Bennet kocasının, kızına elbise alınması için tek bir kuruş bile harcamayacağını şaşkınlıkla ve dehşetle anladı. Bay Bennet, Lydia'ya bu konuda, en ufak bir sevgi belirtisi bile göstermemeye karar vermişti. Bayan Bennet bunu anlayamazdı. Kocasının Lydia'ya böyle davranarak onun evlenmesinin saygıyla karşılanmasına engel olacak kadar öfkelenmesinin mümkün olduğuna inanamıyordu. Ona göre Lydia'nın evlenmeden iki hafta önce Wickham ile kaçıp beraber yaşamasından değil de, evlenme töreninde yeni elbiseler giyememesinden utanç duymak gerekiyordu.

L

Elizabeth o anın üzüntüsü içinde Bay Darcy'ye Lydia hakkındaki endişelerini söylediğine şimdi yürekten üzülüyordu. Çünkü bu kadar kısa bir zamanda evlenmesi kaçışının ayıbını sileceği için bu uygunsuz başlangıcı elden geldiği kadar gizlemek daha iyi olurdu.

Bay Darcy'nin bu haberi çevreye yayacağından korkmuyordu. Ondan daha iyi sır tutacağına inandığı pek az insan vardı ama kız kardeşinin hafifliğini öğrenmesinden daha büyük azap duyacağı da pek az insan vardı. Ancak bu, kendine zarar gelebileceği korkusundan değildi, çünkü hangi açıdan bakılırsa bakılsın, artık aralarında aşılmaz bir uçurum olduğu görülüyordu. Lydia'nın evlenmesi en şerefli koşullarda bile olsaydı Bay Darcy'nin eleştirdiği birçok şey bulunan bir aileyle, hem de çok haklı olarak aşağılayarak baktığı bir adamın en yakın akrabalığını kabul ederek yakınlaşmayı göze alacağı düşünülemezdi.

Elizabeth genç adamın böyle bir akrabalıktan kaçınmasını son derece doğal buluyor ve ona hak veriyordu. Gerçi Derbyshire'da iken Bay Darcy onun sevgisini kazanmaya, gözüne girmeye çalışmıştı ama bu duyguların böyle bir rezaletten sonra hâlâ yaşamasını beklemek akla aykırı olurdu. Elizabeth kederli olduğu kadar kendini küçülmüş de hissediyordu; nedenini bilmediği bir şekilde pişmanlık duyuyordu. Artık hiç ümidi kalmadığı hâlde Bay Darcy'nin yakınlık gösterdiği insanları kıskanıyor, bir haber almasına hemen hemen hiç imkân olmadığı hâlde onun ne durumda bulunduğunu öğrenmek istiyor; bir daha karşılaşmayacaklarını bildiği şu anda onunla mutlu olabileceğine inanıyordu.

Daha dört ay önce gururla bir tekme vurduğu teklifi şimdi sevinçle kabul edeceğini Bay Darcy bilse, kim bilir onun için ne büyük bir zafer olurdu! Onun yüce gönüllü, hatta erkeklerin en yüce gönüllüsü olduğuna kuşkusu yoktu. Sonuçta o da insandı ve her insan zaferden sevinç duyardı.

Elizabeth, Bay Darcy'nin huy ve yetenek bakımından kendine en uygun kişi olduğunu şimdi anlıyordu. Onun anlayışı ve karakteri genç kızınkine benzememekle beraber arzularına cevap verebilecek, her ikisinin de kesinlikle yararına bir birleşme olacaktı. Genç kız rahatlığı ve canlılığı ile onu yumuşatıp tavırlarını iyileştirebilir; kendisi de Bay Darcy'nin akıllıca kararlarından, bilgisinden ve görgüsünden önemli ölçüde yararlanabilirdi.

Herkese mutluluk örneği olacak böyle bir evlilik artık söz konusu bile olamazdı. Ailelerinde, yakında kurulacak olan bir başka yuva, böyle mutlu bir evlilik olasılığını ortadan kaldırıyordu.

Wickham ile Lydia'nın nasıl geçineceklerini hiç aklı almıyor; fakat yalnız ve yalnız ihtiraslarının erdemlerine üstün gelmesiyle evlenen bir çiftin mutluluktan ne kadar az pay alabileceğini tahmin ediyordu.

Bay Gardiner çok geçmeden eniştesine bir mektup daha yolladı. Bay Bennet'ın teşekkürlerine, ailesinden herkesin huzuru için çalışmaya her zaman hazır olduğunu belirterek kısa cevap veriyor, bu konudan kendisine bir daha söz açılmamasını rica ediyordu. Mektubun başlıca amacı Bay Wickham'ın alayından ayrılmaya karar verdiğini bildirmekti. Bay Gardiner şöyle devam ediyordu:

"Evlenmesi kararlaştırılır kararlaştırılmaz böyle yapması benim en büyük dileğimdi. Bu kolordudan ayrılmasının gerek kendisi gerek yeğenim açısından hayırlı olacağını düşünmekte bana hak vereceğinizi sanıyorum. Bay Wickham şimdi orduya

girmek niyetinde. Eski arkadaşları arasında alayda hâlâ ona yardım etmekte istekli olanlar var. Kendisine General ...'in hâlen kuzeyde karargâh kurmuş bulunan alayında ona bir asteğmenlik sözü verdiler. Buralardan bir süre için uzaklaşmaları da iyi bir şey. Wickham'ın geleceği fena görünmüyor. Bambaşka insanlar arasında bulunmak umarım her ikisinin de daha ölçülü hareket etmelerine neden olur. Şimdiki önlemlerimizi Albay Forster'a bir mektupla bildirdim ve Brighton ve civarındaki alacaklılara Bay Wickham'ın borçlarının yakında ödeneceğini haber vermesini rica ederek, buna ben kefil olacağımı söyledim. Lütfen siz de Meryton'daki alacaklılarına aynı şekilde güvence veriniz. Bay Wickham'ın verdiği bilgiye göre hazırlanan listeyi ekli olarak gönderiyorum. Bütün borçlarını söyledi. Umarım bizi aldatmamıştır. Haggerston'a talimat verdim, bir hafta içinde her şey tamam olacak. Bundan sonra Wickham ile Lydia eğer Longbourn'a davet edilmezlerse kuzeydeki alaya katılmak üzere yola çıkacaklar. Bayan Gardiner'dan öğrendiğime göre yeğenim Güney İngiltere'den ayrılmadan önce hepinizi görmek istiyor. Kendisi iyi ve saygılarını gerek sizin gerek annesinin kabul etmesini dilemekte.

Saygılar.

E. Gardiner."

Bay Bennet ile kızları, Bay Wickham'ın ---shire Alayı'ndan ayrılmasının yararlarını Bay Gardiner kadar açık olarak görüyorlardı. Ama Bayan Bennet bundan pek hoşlanmamıştı. Yanında bulunmasından büyük haz ve gurur duymaya hazırlandığı bu sırada -çünkü kızıyla damadının Hertfordshire'da yerleşmelerinden ümidini hiç kesmemişti- Lydia'nın Kuzey İngiltere'ye gitmesi onun için şiddetli bir hayal kırıklığı oldu. Ayrıca Lydia'nın herkesi tanıdığı ve hoşlandığı birçok kişinin bulunduğu bir alaydan uzaklaştırılması da kötüydü.

"Bayan Forster'ı öyle seviyor ki ondan ayrılması güç olacak. Ayrıca alayda beğendiği birçok genç var. Generalin alayındaki subaylar o kadar hoş olmayabilir..." diye sızlanıyordu.

Lydia'nın Kuzey İngiltere'ye gitmek üzere yola çıkmadan önce ailesi tarafından tekrar kabul edilmesi için yaptığı rica -Bay Gardiner'ın mektubundan bu anlam çıkıyordu- başlangıçta Bay Bennet tarafından kesin olarak reddedildi. Ama kardeşlerinin kırılmasını ve herkesin gözünde küçük düşmesini istemeyen Jane ile Elizabeth, Lydia'nın evlenir evlenmez kocasıyla birlikte annesi ve babası tarafından Longbourn'a kabul edilmesi ve böylece bu evliliğin onaylanması konusunda babalarına o kadar kuvvetle ama aynı zamanda o kadar makul ve yumuşak bir dille ısrarda bulundular ki Bay Bennet kızlarının düşüncelerini kabul etti ve onların istedikleri gibi davranmaya karar verdi. Anneleri de evli kızı kuzeye gitmeden önce onu komşulara gösterebileceğini öğrenmekten büyük bir memnuniyet duydu. Bu nedenle Bay Bennet kayınbiraderine tekrar mektup yazdığında kızı ile damadının eve gelmelerine izin verdiğini de bildirdi. Evlenme töreni biter bitmez genç çiftin Longbourn'a gelmeleri kararlaştırıldı. Ancak Elizabeth, Wickham'ın bu tasarıya razı olmasına şaştı. Kendine kalsa onunla yüz yüze gelmeyi dünyada istemezdi.

LI

Lydia'nın düğün günü geldi çattı. Jane ile Elizabeth'in, Lydia hesabına hissettikleri, büyük ihtimalle onun kendisi için hissettiklerinden daha derindi. Gelinle damadı karşılamak üzere araba gönderildi. Yemek zamanında Longbourn'a gelmiş olacaklardı. Jane ile Elizabeth, gelişlerini endişe içinde bekliyorlardı. Hele Jane, kendini Lydia'nın yerine koyarak o anda neler hissedeceğini düşünüyor, kardeşinin çektiğini düşündüğü acılar karşısında keder duyuyordu.

Sonunda geldiler. Ev halkı onları karşılamak için kahvaltı odasında toplanmıştı. Araba kapıya vardığı zaman Bayan Bennet'ın yüzünü büyük bir gülümseme kapladı. Kocası çok ciddi görünüyordu. Kızlar da telaşlı, kaygılı ve ürkektiler.

Lydia'nın sesi sofada duyuldu. Kapı hızla açıldı ve genç kız içeri koştu. Annesi de koşup onu kucakladı ve sarhoş bir sevinçle, "Hoş geldin..." dedi ve şefkatli bir gülümsemeyle elini, karısının arkasından yürüyen Wickham'a uzatıp her ikisine de mutluluklar diledi. Sesinde öyle bir sevinç seziliyordu ki genç çiftin mutluluğundan hiç kuşku duymadığı belliydi.

Bay Bennet'ın onları karşılayışı, annelerininki kadar içten olmadı. Yüz hatlarındaki gerginlik biraz daha artmıştı ve ağzını bıçak açmıyordu. İşin aslı, genç çiftin böylesine rahat tavrı onu öfkelendirmeye yetmişti. Elizabeth bundan tiksinti duymuş, Jane

Bennet bile şaşırmıştı. Lydia hâlâ o eski çılgın, utanma nedir bilmez, gürültücü ve pervasız Lydia'ydı. Bir kardeşinden öbürüne gidiyor, kendisini kutlamalarını istiyordu. Sonunda hepsi oturdukları zaman odayı gözden geçirdi, gözüne çarpan ufak bir değişiklik üstüne düşüncesini söyledi ve bir hayli zamandır buradan uzak olduğunu gülerek belirtti.

Wickham karısından da rahattı; ancak tavırları her zaman o kadar hoştu ki karakteri ve evlenme şekli istedikleri gibi olsaydı, Bennet ailesine karıştığını söylerken gülümseyişi ve rahatlığı gerçekten hepsine keyif verecekti. Elizabeth onun bu kadar yüzsüz olabileceğini hiç aklına getirmemişti. Oturduğu yerde, bu adamın küstahlığının sınır tanımayacağını fark edince kızardı. Jane de kızardı. Fakat onların böyle şaşırmasına asıl neden olan iki insanın renkleri hiç değişmedi.

Konuşacak konu bulmakta güçlük çekilmedi. Gelin ve annesi hızlı hızlı konuştukları hâlde söyleyeceklerini gene de yetiştiremiyorlardı ve Elizabeth'in yanında oturan Wickham rahat bir tavırla yöredeki tanıdıkları hakkında genç kıza sorular soruyordu ama Elizabeth cevap verirken onun kadar rahat davranamıyordu. Yeni evliler dünyanın en mutlu anılarını taşıyor gibiydiler. Geçmişteki hiçbir şey, acı ile anılmıyordu. Lydia, ablalarının, dünyayı verseler açmaya cesaret edemeyecekleri konuyu kendiliğinden açtı.

"Düşünün ben gideli üç ay olmuş!" dedi. "İnanamıyorum, bana on beş gün gibi geliyor ama bu arada o kadar çok şey oldu ki. Aman tanrım! Giderken döndüğümde evlenmiş olacağımı rüyamda görsem inanmazdım! Fakat evlenirsem pek hoş olur diye de düşünmüştüm."

Babası bakışlarını yerden kaldırıp ona dikti, Jane üzüntüden kıvranıyordu. Elizabeth kardeşine anlamlı anlamlı baktı ama aldırış etmemeye karar verdiği şeyleri görmek ve duymak gibi bir âdeti olmayan Lydia neşeyle anlatmaya devam ediyordu: "Anne, köydekilerin benim bugün evlendiğimden haberleri var mı? Belki yoktur diye korkuyordum. Yolda William Goulding'in faytonuna yetiştiğimiz zaman, evlendiğimi öğrenmesi için ondan yana olan camı indirdim, eldivenimi çıkardım, alyansımı görmesi için elimi pencerenin kenarına dayadım. Sonra da büyük bir nezaketle gülümseyerek selam verdim."

Elizabeth daha fazla dayanamadı ve kalkıp odadan çıktı. Salondan yemek odasına geçtiklerini duyuncaya kadar da yanlarına dönmedi. Onlara yemekte katıldı. Lydia kendini gösterme hevesine engel olamayarak annesinin sağ tarafında gidiyordu ve büyük ablasına şöyle dedi:

"Eh, Jane, artık senin yerini ben alıyorum. Sen daha geriden yürümelisin; çünkü ben artık evli bir kadınım!"

Lydia'nın ilk bakışta hiç duymadığı sıkılganlığı zamanla hissedeceği düşünülemezdi. Tavırları gittikçe daha rahat bir hâl alıyor, neşesi artıyordu. Teyzesi Bayan Philips'i, Lucasları ve bütün diğer komşularını görmek, her birinin ona Bayan Wickham diye hitap ettiğini duymak için sabırsızlanıyordu. Ama bu arada yemekten sonra Bayan Hill ile iki hizmetçi kıza alyansını göstermeye ve evlendiğini böbürlenerek haber vermeye gitti.

Hepsi kahvaltı odasına döndükleri zaman annesine, "Söyle bakalım anne, kocamı nasıl buldun?" diye sordu. "Çok alımlı bir erkek değil mi? Eminim bütün kardeşlerim beni kıskanıyorlardır. Bari benim güzel talihimin yarısına konabilseler. Hepsi Brighton'a gitmeli. Tam koca bulunacak bir yer. Oraya hep beraber gitmemiş olmamız çok kötü."

"Çok doğru. Eğer benim dediğim olsaydı gidecektik. Ama Lydiacığım, senin o kadar uzaklara gidecek olmana üzüldüm. İlle de gitmeniz şart mı?"

"Ah, evet. Ama bunda ne var? Orasını çok seveceğimden eminim. Siz, babam ve kardeşlerim gelip beni görürsünüz. Bütün kış

Newcastle'dayız. Herhâlde çok şık balolar yapılır. Kardeşlerimin hepsine iyi kavalyeler bulmaya dikkat edeceğim."

Annesi, "İşte buna her şeyden çok sevinirim!" diye cevap verdi.

"Sonra siz dönerken kardeşlerimin bir ikisini bırakırsınız; kış çıkmadan onlara birer koca bulurum."

Elizabeth, "Bu iyiliğin benim payıma düşen kısmı için teşekkür ederim fakat senin koca bulma yöntemin hoşuma gitmiyor..." dedi.

Misafirler Longbourn'da on günden fazla kalacak değillerdi. Bay Wickham, Londra'dan ayrılmadan önce atanma emrini almıştı ve on beş güne kadar alayına katılmak zorundaydı. Misafirliklerinin bu kadar kısa süreceğine Bayan Bennet'tan başka kimse üzülmüyordu. Kızı ile ziyaretler yaparak ve evde de bir sürü toplantı düzenleyerek bu zamandan elinden geldiğince yararlandı. Bu toplantılar hepsinin de işine geliyordu. Bir aile sohbetinden kaçınmak, bunu düşünebilenler için düşünemeyenlerden daha çok istenilir bir şeydi.

Wickham'ın Lydia'ya karşı sevgisi tam Elizabeth'in tahmin ettiği gibiydi; yani Lydia'nın ona olan sevgisine hiç de eşit değildi. Kaçmalarına genç adamınkinden çok, Lydia'nın sevgisinin etkisi olduğuna inanmak için onları yakından gözlemeye bile gerek yoktu. Elizabeth'in, Wickham'ı Brighton'dan uzaklaşmak zorunda bırakan bir durum olduğundan kuşkusu yoktu. Yoksa şiddetli bir ilgi beslemediği bir kızla kaçmaya kalkışması akla sığdırılamazdı. Bu hüküm doğru ise Wickham kaçarken yanında bir arkadaş olmasına itiraz edecek türden bir genç değildi.

Lydia ona fazlasıyla düşkündü. Her dakika, "Wickhamcığım," diyor ve onunla kimsenin boy ölçüşemeyeceğini düşünüyordu. Her şeyi en iyi o yapıyordu. Eylül başında kocasının ülkedeki herkesten çok kuş avlayacağından emindi.

Geldiklerinden hemen sonra bir sabah Lydia iki büyük ablasıyla otururken Elizabeth'e:

"Lizzy, galiba sana evlilik törenimden bahsetmedim..." dedi. "Annemle diğerlerine her şeyi anlatırken yanımda değildin. Nasıl olduğunu merak etmiyor musun?"

"Hayır, etmiyorum..." dedi Elizabeth. "Bence bu konuda ne kadar az şey söylenirse o kadar iyi."

"Öyle tuhafsın ki! Ama nasıl olduğunu sana anlatmalıyım. Wickham'ın oturduğu yer St. Clements papazlığı bölgesinde olduğu için o kilisede evlendik. Saat on bir gibi hepimizin oraya gelmesini kararlaştırmıştık. Dayım, yengem ve ben hep beraber gidecektik. Öbürleri de bizimle kilisede buluşacaklardı. Pazartesi sabahı öyle telaşlıydım ki! Bilirsin, bir şey çıkacak da evlenmeme engel olacak diye korkuyordum; işte o zaman tam çılgına dönerdim. Yengem de ben giyinirken durmadan öğüt verdi. Sanki karşımda vaiz vardı. Ama ben on kelimeden ancak birini duyuyordum, çünkü tahmin edeceğin gibi, Wickhamcığımı düşünüyordum. Evlenirken mavi ceketini mi giyecek diye meraktan bitiyordum.

Neyse her zamanki gibi saat onda kahvaltı ettik. Bana kahvaltı hiç bitmeyecekmiş gibi geldi. Ha, sırası gelmişken söyleyeyim, dayımla yengem beni hiç el üstünde tutmadılar. İnanır mısın, orada on beş gün kaldığım hâlde bir kez bile kapıdan dışarı adım atamadım. Ne bir toplantı ne de başka bir gezme, hiçbir şey! Doğru, Londra biraz durgundu ama ne de olsa Küçük Tiyatro açıktı. Evet, işte tam araba kapıya geldiği sırada dayımı iş için şu Bay Stone denen korkunç herif çağırttı. Sonra biliyorsun, bunlar bir araya geldiler mi artık bekle dur. Ah, öyle korktum ki ne yapacağımı bilmiyordum. Çünkü kiliseye dayımın kolunda gidecektim ve eğer zamanında gidemezsek o gün evlenemeyecektik. Ama şükür ki on dakikada geri döndü de hepimiz hazırlanıp çıktık. Fakat sonradan hatırladım, eğer dayım gelmeseydi evlenme töreninin ertelenmesi kesinlikle gerekmezdi. Bay Darcy onun yerini pekâlâ tutabilirdi!"

Elizabeth şaşırıp kalmıştı. İstemeden ismi tekrarladı: "Bay Darcy!"

"A, tabii. O da Wickham'la gelecekti, biliyorsun. Aman tanrım ben ne yaptım! Unuttum gitti! Bu konu hakkında tek kelime bile etmemeliydim. Onlara o kadar sıkı sıkı söz verdim ki! Wickham şimdi ne diyecek? Bu bir sır olarak kalacaktı!"

"Eğer bir sır olarak kalacaktıysa..." dedi Jane, "artık bu konuda daha fazla bir şey söyleme. Benim bunun üzerinde durmayacağıma güvenebilirsin..." dedi.

Elizabeth de meraktan kıvrandığı hâlde ablası gibi davrandı: "A, tabii! Seni sorulara boğacak değiliz."

"Teşekkür ederim. Çünkü eğer bunu yapsaydınız kesinlikle her şeyi anlatırdım ve Wickham bana çok kızardı."

Bu cesaretlendirme üzerine Elizabeth soru sormamak için oradan kaçtı ama bu nokta aydınlanmadan duramazdı; bilgi edinmeye çalışmaması imkânsızdı. Bay Darcy, kız kardeşinin nikâhında hazır bulunmuştu. Tören de törene katılanlar da Bay Darcy'yi hiç heveslendirecek nitelikte değildi ve bu işle hiçbir ilgisi de olamazdı. Buna ne anlam verilebilirdi? Birbirini çılgınca kovalayan tahminler kafasına hücum ediyor ama hiçbiri Elizabeth'i tatmin etmiyordu. En çok hoşuna giden fikirler genç adamın karakterini asil bir ışık altında gösterdiği için akla yakın görünmüyordu. Bu merakı bastıramayacaktı. Acele bir kâğıt bularak yengesine kısa bir mektup yazdı. Lydia'nın ağzından kaçırdığı bu sözleri eğer saklamaya niyetlendikleri sırra aykırı düşmezse, kendisine anlatmasını dileyerek şöyle devam etti:

"Hiçbirimizle bir bağı olmayan ve ailemizin yabancısı sayılabilecek bir kimsenin böyle bir zamanda aranızda bulunduğunu öğrenince ne kadar merak içinde kaldığımı anlamak zor değil. Ne olur, bana hemen yazın da anlayayım. Fakat Lydia'nın sandığı gibi önemli nedenler yüzünden bunun gizli kalması gerekiyorsa o zaman öğrenmeden durmak zorunda kalacağım."

Ama içinden, "Hoş öğrenmeden duramam ya..." dedi. Sonra mektubunu şöyle bitirdi:

"Yengeciğim, eğer bana bunu açıkça anlatmazsanız, ben de kuşkusuz, anlamak için hilelere, dalaverelere başvurmak zorunda kalacağım."

Jane'in inceliği Elizabeth'le bu konuyu konuşmasına engeldi. Elizabeth bundan memnundu. Merakını yatıştıracak bir cevap alıp alamayacağını anlayıncaya kadar sır ortağı olmaması daha iyiydi.

LII

Elizabeth'in mektubuna hemen cevap gelmesi onu çok memnun etti. Zarfı eline alır almaz koruya koştu, rahatsız edilme tehlikesinin en az olduğu yer orasıydı. Tahta sıralardan birine oturdu; mektubun uzunluğundan yanıtın olumlu olduğunu anladığı için kendini sevinmeye hazırlamıştı.

Gracechurch Caddesi, 6 Eylül

"Sevgili yeğenim,

Mektubunu şimdi aldım, sana anlatacaklarımın birkaç satıra sığamayacağını tahmin ettiğim için bütün sabahımı bu işe ayıracağım. İtiraf edeyim ki isteğin beni şaşırttı; bunu senden beklemiyordum. Kızdım sanma. Demek istediğim şu ki senin bu gibi soruları sormaya gerek duyacağını sanmamıştım. Eğer beni anlamak istemiyorsan cüretimi affet. Dayın da benim kadar şaşırdı. Senin de konuyla ilgili olduğuna inanmasaydı dayın bu türlü bir çözüm yolu seçmezdi. Ama mademki bu konudan habersiz ve bilgisizsin daha açık yazmalıyım. Longbourn'dan ayrıldığım gün dayına hiç beklemediği biri ziyarete gelmiş: Bay Darcy! Saatlerce bir odaya kapanıp konuşmuşlar. Ben geldiğim zaman her şey olup bitmişti Bu yüzden senin gibi uzun süre merak içinde beklemedim. Bay Darcy, Bay Gardiner'a Lydia ile Wickham'ın nerede olduklarını öğrendiğini, Wickham ile birçok kez, Lydia ile yalnız bir kez konuştuğunu haber vermeye gelmiş. Anladığım kadarıyla bizden bir gün sonra o da Derbyshire'dan ayrılmış, bizimkileri arayıp bulmak amacıyla Londra'ya gelmiş. Bu hareketine neden olarak Wickham'ın değersizliğinin herkesçe bilinmesi ve böylece karakter sahibi hiçbir genç kızın onu sevmesine ve ona güvenmesine imkân olmaması gerektiğini, olayların böyle gelişmesinden kendini suçlu gördüğünü öne sürmüş. Büyüklük göstererek her şeyi yersiz gururuna yüklüyor, Bay Wickham'ın özel bazı olaylarını dünyaya ilan etmeyi bundan önce bir küçüklük saydığını, nasıl olsa tavırları onun ne mal olduğunu ortaya çıkarır diye düşündüğünü itiraf ediyormuş. İşte bu nedenleri ileri sürerek kendisinin yol açtığı bir kötülüğe çare bulmayı boynuna borç bilmiş. Eğer böyle hareket etmesine bir başka neden daha varsa eminim ki gene küçülmezdi. Lydia ile Wickham'ı Londra'ya geldikten ancak birkaç gün sonra bulabilmiş. Araştırmalarında onun başarması imkânı bizden daha çokmuş; ardımızdan gelmeye karar vermesinin bir başka nedeni de bunu bilmesiymiş. Bir süre önce Bayan Georgiana Darcy'ye mürebbiye olarak tutulan, fakat sonra ne olduğunu söylemediği bir münasebetsizlik yüzünden kovulan Younge adında bir bayan varmış. Bayan Younge kovulduktan sonra Edward Street'te büyük bir ev tutmuş, oda kiralayarak geçiniyormuş. Bay Darcy bu bayanın Bay Wickham ile sıkı fıkı olduğunu biliyormuş. Bunun için Londra'ya varır varmaz genç adam hakkında bilgi edinmek için doğrudan bu bayana gitmiş. Ama ondan istediğini öğreninceye kadar birkaç gün geçmiş. Bayan Younge anlaşılan, rüşvet almadan kendine emanet edilen sırrı açığa vurmamakta ayak diremiş çünkü aslında arkadaşının nerede olduğunu biliyormuş. Gerçekten de Londra'ya vardıkları gün Wickham ona gitmiş. Bayan Younge onları evine alabilse Lydia ile Wickham hemen oraya yerleşeceklermiş. Ama sonunda iyi kalpli dostumuz istediği adresi öğrenmiş. Bizimkiler --- Caddesi'ndeymişler. Bay Wickham'ı görmüş, daha sonra

Lydia'yı da görmekte ısrar etmiş. Bay Darcy önce Lydia'yı bu utanç verici durumdan kaçmaya ve ailesi onu kabul etmeye razı olur olmaz oraya dönmesi için ikna etmeye çalışmış ve kıza elinden gelen bütün yardımı yapma sözü vermiş. Ama Lydia'nın olduğu yerden kımıldamaya zerre kadar gönlü yokmuş. Ailesinden kimse umurunda değilmiş, kendisinin yardımını da istemiyor ve Wickham'ı bırakıp gitmenin lafını bile ettirmiyormuş! Genç adamın er geç kendisiyle evleneceğinden eminmiş, böyle olunca da bunun ne zaman olduğunun önemi yokmuş. Kızın duygularının böyle olduğunu görünce Bay Darcy tek yapılacak şeyin onları acele evlendirmek olduğunu düşünmüş. Ancak Wickham ile daha ilk konuşmasında onun hiç de böyle bir niyeti olmadığını kolayca anlamış. Wickham, alayını, yüklü kumar borçları yüzünden terk etmek zorunda kaldığını itiraf etmiş ve Lydia'nın kendisiyle kaçmasından doğacak bütün kötü sonuçların suçunu kızın aptallığına yüklemekten çekinmemiş. Görevinden hemen ayrılmak niyetindeymiş, gelecekte ne olacağı hakkında pek az bir tahminde bulunabiliyormuş. Bir yere gitmeliymiş ama nereye gideceğini ve neyle geçineceğini bilmiyormuş. Bay Darcy kardeşinle neden hemen evlenmediğini sormuş. Bay Bennet'ın çok zengin olduğunu sanmadığını fakat gene de ona yararı dokunabileceğini, evlenmekle durumunun bir hayli düzelebileceğini söylemiş. Ama aldığı cevaptan Wickham'ın hâlâ başka bir ülkede evlenerek istediği zenginliğe kavuşmayı umut ettiğini anlamış. Yine de bu sıkıntılı durumdan hemen kurtulma hevesine de aldırış etmeyecek bir adam olmadığı için birçok kez çeşitli şeyler kararlaştırmak için buluşmuşlar. Wickham elbette elde edebileceğinden fazlasını istemiş ama sonunda yola gelmiş. Aralarında anlaşmaya vardıklarında Bay Darcy ilk iş olarak bunu dayına bildirmek istemiş, ben gelmeden bir gece önce Gracechurch Caddesi'ne gelmiş. Ama Bay Gardiner'ı görememiş; biraz daha soruşturunca babanın da hâlâ bizde olduğunu, fakat ertesi sabah Londra'dan ayrılacağını öğrenmiş. Babanla, dayınla olduğu gibi ayrıntılı bir görüşme yapamayacağını düşündüğünden, Bay Gardiner'ı görmeyi, babanın gidişinden sonraya bırakmış. İsmini vermediği için ertesi güne kadar yalnızca bir bayın bir iş hakkında görüşmek üzere geldiği bilmiyormuş. Cumartesi tekrar geldiğinde, baban gittiğinden, dayın da evde olduğundan yukarıda da söylediğim gibi uzun uzun görüşmüşler. Pazar günü gene buluştular. O zaman onu ben de gördüm. Her şeyin çözümlenmesi pazartesiyi buldu ve çözümlenir çözümlenmez de Longbourn'a ulakla bir mektup gönderildi. Ama misafirimiz çok inatçıydı. Onun karakterindeki gerçek kusurun inatçılık olduğunu sanıyorum Lizzy. Değişik zamanlarda ona türlü kusurlar yüklendi ama doğrusu budur. Her şeyi kendisi yapmakta ayak diredi, oysa eminim, dayın her şeyi halledebilirdi. (Bunu teşekkür edesin diye yazmıyorum, onun için bir şey söyleme.) Uzun uzun çekiştiler. Olayın kahramanlarını düşününce bu emeklerine acıdım. Sonunda dayın boyun eğmek zorunda kaldı, yeğenine yararlı olmasına izin verilmediği gibi üstüne üstlük bu yardımın şerefini taşımak zorunda bırakıldı. Böyle bir hareket karakterine çok ters... Bu yüzden, bu sabahki mektubunun onu çok sevindirdiğine gerçekten inanıyorum. Çünkü bu konuda verilmesini istediğin bilgi sayesinde bu yalancı şerefin yükünden kurtulacak ve minnettarlığın esas sahibine karşı duyulması mümkün olacak. Yalnız Lizzy, bunu şimdilik senden ve belki de Jane'den başkası bilmemeli. Genç çift için yapılanları aşağı yukarı biliyorsun sanıyorum. Wickham'ın borçları temizlenecek. Bin sterlini bir hayli aşan bu borçlar ödendiği gibi Lydia'ya verilecek paraya da bin sterlin eklenecek ve Wickham'ın yeni görevi satın alınacak. Dediğim gibi bunu Bay Darcy tümüyle kendi üzerine aldı; çünkü ailemizin uğradığı felaketin suçunu kendi ilgisizliğinde buldu.

Wickham'ın karakterinin bu kadar yanlış anlaşılmasına, bunun sonucu olarak iyi insan ve aileler arasına karışabilmesine neden olan, kendisinin çekingenliği ve düşüncesizliğiymiş. Belki bunda biraz gerçek payı var; fakat ben bu olayın ne onun ne de bir başkasının çekingenliğiyle açıklanabileceğinden kuşku duyuyorum. Lizzyciğim, emin ol, bütün bu güzel sözlere rağmen dayın, Bay Darcy'nin bu işle bir başka şekilde ilgili olduğuna inanmasaydı ona asla izin vermezdi. Bütün bu işler çözüldükten sonra Bay Darcy, Pemberley'de bırakmış olduğu dostlarının yanına döndü. Fakat nikâh töreni sırasında gene Londra'ya geleceğine ve para sorunlarını bir sonuca bağlayacağına söz verdi. Sanırım sana her şeyi anlattım. Mektubuna bakılırsa bunlara şaşıracaksın ama umarım canın sıkılmaz. Lydia bizde kalmaya başladı, Wickham da ne zaman isterse gelip gidiyordu. Wickham tıpkı Hertfordshire'da tanıdığım gibiydi; fakat kardeşinin bizde kaldığı süre içinde tavırlarını hiç mi hiç beğenmediğimi sana söylemeliyim. Jane'in geçen çarşamba yolladığı mektuptan, eve geldiği zaman da aynı şekilde davrandığını anlıyorum. Bu nedenle sana bunu söylemekle yeni bir keder vermiş olmayacağımı düşünüyorum. Ona tekrar tekrar çok ciddi bir şekilde öğüt verdim, yaptığı işin ne kadar kötü olduğunu, bütün ailesini ne kadar üzdüğünü anlattım. Ama söylediklerimi duyduysa bile rastlantı eseri duymuştur, çünkü dinlemediğine eminim. Bazen adamakıllı sinirleniyordum; fakat Jane'i ve Elizabeth'i hatırlayarak onların hatırı için dişimi sıkıyordum. Bay Darcy, kararlaştırılan tarihte Londra'ya döndü; Lydia'nın da söylediği gibi nikâh töreninde hazır bulundu. Ertesi gün yemeği bizimle yedi, çarşamba veya perşembe günü Londra'dan ayrılacaktı. Lizzyciğim bu fırsattan yararlanarak şimdiye kadar söylemeye cesaret edemediğim bir şeyi, ondan ne kadar hoşlandığımı söylersem bana kızar mısın? Bize, her bakımdan Derbyshire'da olduğumuz zamanki kadar nazik davrandı. Anlayışı ve fikirleri pek hoşuma gidiyor. Biraz daha hayat dolu olsa bir eksiği kalmayacak. Ama eğer akıllıca bir evlilik yaparsa onu da belki karısından öğrenir. Bence çok kurnaz; senin adını bir kez bile anmadı. Ama bu kurnazlık galiba moda... Çok ileri gittiysem beni lütfen bağışla veya hiç olmazsa bana, beni Pemberley'e sokmama gibi bir ceza verme. Parkın her tarafını gezmezsem gözlerim açık gidecek. Bir çift güzel tay ile alçak bir fayton işimi pek güzel görür. Daha fazla uzatmamalıyım. Çocuklar yarım saattir beni çağırıyor.

Sevgiler.

Bayan Gardiner."

Mektupta yazılanlar Elizabeth'in duygularını altüst etti. Bunda sevincin mi yoksa ızdırabın mı daha büyük payı olduğunu kestirmek zordu. Lydia'nın evlenmesini kolaylaştırmak için Bay Darcy'nin, Lydia'nın evliliği hakkında ne yapacağı konusunda tereddütleri vardı. Ve Elizabeth, böyle bir iyiliğin, yapılması mümkün olmayacak kadar büyük bir iyilik olduğunu düşünerek korkmuş, aynı zamanda bu kuşkuları doğru çıktığı takdirde duyacağı minnettarlıktan ürkmüştü. İşte şimdi bunların doğruluğu büyük ölçüde kanıtlanmıştı! Bay Darcy, arkalarından özellikle Londra'ya gitmiş; tiksindiği ve nefret ettiği bir kadına yalvarmak da dâhil bütün zahmetleriyle böyle bir araştırma işini üzerine almış; karşılaşmaktan şiddetle kaçındığı, adını anmayı bile en büyük ceza saydığı bir adam ile -hem de birçok kez- görüşmek, tartışmak, onu ikna etmeye çalışmak ve nihayet para ile yola getirmek zorunda kalmıştı. Bütün bunları ne saygı ne de beğeni duyamayacağı bir kız uğruna yapmıştı. Gerçi kalbi, genç adamın bunu kendisi için yaptığını fısıldıyordu ama başka düşünceler bu ümide hemen gem vurdu. Kendisini reddettiği hâlde Bay Darcy'nin onu hâlâ sevdiğine ve bu sevginin Wickham ile akraba olmak gibi doğal olarak nefretle karşılamayacağı bir duyguyu yenecek kadar güçlü olduğuna inanmak için boş gururu bile ona yetmiyordu. Wickham'ın bacanağı! Bu akrabalığa hangi gurur isyan etmezdi! Kesinlikle büyük, genç kızın düşünmekten utanç duyacağı kadar büyük bir iyilik yapmıştı. Ama bu müdahalesi için öne sürdüğü neden pek de akla sığacak gibi değildi. Hata ettiğini düşünmesi akla uygundu. Cömert bir adamdı, bu cömertliğini gösterecek niteliklere de sahipti. Genç kız, Bay Darcy'nin bu hareketinin başlıca nedeni olarak kendisini görmemekle beraber onu üzüntüden kurtararak huzura kavuşturacak bir konu için uğraşmasında, genç adamın kalbinde kendisine karşı kalan duyguların rolü olacağına inanma eğilimindeydi. Karşılığını almayı asla kabul etmeyecek bir adama karşı borçlu olduklarını bilmek çok acı verici bir şeydi. Lydia'nın adının ve namusunun kurtarılmasını, her şeyi ona borçluydular. Ah, bu gence karşı beslediği bütün kötü duygular ve ona söylediği bütün iğneli sözler için şimdi ne kadar üzülüyordu! Kendi onurunun zedelendiği bu anda Darcy'nin merhamet ve şeref söz konusu olunca iyi taraflarını ortaya dökebilmesinden gurur duyuyordu. Yengesinin onu öven sözlerini tekrar tekrar okudu. Bu sözler yeterli sayılamazdı ama hoşuna gidiyordu. Bay Darcy'yle birbirlerine sevgi ve güven duyguları beslediklerine gerek yengesinin gerek dayısının inandığını görmekten, üzüntüyle karışık olmakla beraber, az da olsa keyif duyduğunu hissediyordu.

Ayak sesi duyunca düşüncelerinden sıyrıldı ve oturduğu sıradan kalktı. Başka bir yola sapmaya zaman bulamadan Wickham ona yetişmiş bulunuyordu.

Genç adam Elizabeth'in yanına gelince, "Korkarım ki sizi rahatsız ettim sevgili kardeşim..." dedi.

Elizabeth gülümseyerek, "Kesinlikle öyle..." diye cevap verdi. "Ama bunun mutlaka can sıkması gerekmez."

"Eğer sizi rahatsız etseydim gerçekten üzülürdüm. Biz sizinle her zaman iyi dosttuk, şimdi de kardeş olduk."

"Doğru. Evdekiler de geliyor mu?"

"Bilmiyorum. Bayan Bennet ile Lydia, arabayla Meryton'a gidiyorlar. Sevgili kardeşim, dayımızla yengemizden duyduğuma göre Pemberley'i gerçekten gezip görmüşsünüz."

Elizabeth doğru olduğunu söyledi.

"Sizi âdeta kıskanıyorum. Fazla yorulmayacağımı bilsem Newcastle'a giderken ben de uğrardım. Yaşlı kâhya kadını gördünüz herhâlde. Zavallı Reynolds, beni hep çok sevmiştir. Ama tabii size benden söz etmedi."

"Etti."

"Ne dedi?"

"Askere yazıldığınızı ve hayırsız çıkmanızdan korktuğunu... Kimi olaylar uzaktan yanlış yansıtılıyor, sanırım."

Wickham dudaklarını ısırarak, "Kuşkusuz..." diye cevap verdi.

Elizabeth onu böylelikle susturduğunu ummuştu. Ama biraz sonra Wickham gene söze başladı:

"Geçen ay Darcy'yi Londra'da görünce şaşırmıştım. Birçok kez karşılaştık. Acaba Londra'da ne yapıyordu?"

Elizabeth, "Belki de Anne de Bourgh ile evlilik hazırlığıdır. Yılın bu zamanında onu Londra'ya çeken özel bir neden olması gerekir..." dedi.

"Kuşkusuz. Lambton'da iken kendisini gördünüz mü? Gardinerlardan öğrendiğime göre görüşmüşsünüz."

"Evet. Bizi kız kardeşiyle tanıştırdı."

"Ondan hoşlandınız mı?"

"Çok."

"Son bir iki yılda bir hayli düzeldiğini ben de duydum. Kendisini son gördüğüm zaman bir şeye benzemiyordu. Ondan hoşlanmanıza çok sevindim. Umarım iyi bir kız olur."

"Bence olacak. En tehlikeli yaşı atlattı."

"Kympton Köyü yoluyla mı gittiniz?"

"Oradan geçtiğimizi hatırlamıyorum."

"Papazlığını alacağım yer oradaydı da onun için söylüyorum. Çok güzel bir yer! Papaz lojmanı da çok güzeldir. Benim için her bakımdan çok iyi olacaktı."

"Vaaz vermek de hoşunuza gidecek miydi?"

"Hem de çok. Bunu görevimin bir parçası sayacaktım ve kısa bir süre sonra bu benim için bir yorgunluk olmaktan çıkacaktı. İnsan hâlinden şikâyet etmemeli ama bu papazlık kesinlikle tam bana göreydi! O gürültüden uzak, sessiz hayat benim mutlulukla ilgili bütün hayallerime cevap verecekti! Ama olmadı. Kentteyken Darcy'nin bu konudan söz açtığını hiç duydunuz mu?"

"Onun ağzından dinlemiş sayılacak kadar iyi bir kaynaktan öğrendiğime göre bu papazlık size ancak koşullu olarak ve şimdiki koruyucusunun arzusuyla verilmek üzere bırakılmış."

"Demek öyle! Evet, tamamıyla yalan değil; ilk konuştuğumuzda bu noktanın üzerinde durmuştum, herhâlde hatırlarsınız."

"Gene duyduğum kadarıyla vaaz vermek bir zamanlar size şimdiki gibi zevkli görünmemiş. Papazlığa hiç girmemek kararında olduğunuzu bildirmiş, her şeyi buna göre ayarlamışsınız."

"Demek böyle duydunuz! Bu da büsbütün yanlış değil. Bundan ilk söz açtığımız zaman bu noktayı size söylediğimi hatırlayacaksınız."

Elizabeth ondan kurtulmak için hızlı hızlı yürüdüğünden evin kapısına yaklaşmışlardı. Kız kardeşinin hatırı için onu kışkırtmak istemeyen genç kız, uysal bir gülümseme ile şu cevabı verdi:

"Bay Wickham, biliyorsunuz, biz artık kardeşiz! Geçmiş için kavga etmeyelim. Gelecekte umarım hep aynı düşüncede oluruz."

Bu sözleri söyledikten sonra elini uzattı. Genç adam bu eli sevgi ve nezaketle öptü. Ama birlikte içeri girerlerken nasıl bir tavır takınması gerektiğini bilemiyordu.

LIII

Bay Wickham bu konuşmadan yeterince tatmin olmuş olsa gerek ki bu konudan bir daha söz açıp da sevgili baldızını üzmedi. Elizabeth de onun çenesini kapatabildiği için seviniyordu.

Wickham ve Lydia'nın gidecekleri gün gelip çattı. Ancak hep birlikte Newcastle'a gitme planlarına kocası hiçbir şekilde sıcak bakmadığı için Bayan Bennet on iki ay sürmesi beklenen olası bir ayrılığa boyun eğmek zorunda kaldı.

"Ah Lydiacığım!" diye sızlandı, "bir daha ne zaman görüşeceğiz?"

"Ah, tanrım! Bilmiyorum. Belki de iki üç yıl sonra."

"Bana sık sık yaz, canım."

"Elimden geldiği kadar sık yazarım. Ama evli kadınların mektup yazmaya pek zamanları kalmayacağını siz de bilirsiniz. Kardeşlerim bana yazsın. Zaten başka yapacak işleri olmayacak."

Bay Wickham'ın vedalaşması karısınınkinden daha sevgi doluydu. Gülümsüyor ve yakışıklı görünüyordu. Birçok da güzel söz söyledi.

Damadı ile kızı evden çıkar çıkmaz Bay Bennet, "Wickham bugüne kadar gördüğüm en hoş adamlardan biri..." dedi. "Alık alık gülüyor, sırıtıyor; sanki hepimizle flört ediyor. Onunla ne kadar övünsem az. Sör William Lucas'ın damadı bile benimki kadar paha biçilmez değildir."

Kızının yokluğu Bayan Bennet'ın günlerce keyfini kaçırdı.

"Çoğu zaman düşünüyorum da insanın sevdiklerinden ayrılması kadar zor bir şey yok. İnsan onlarsız öyle garipleşiyor ki..." diyordu.

"Görüyorsunuz, kız evlendirmenin sonu bu. Diğer dört kızınızın bekâr oluşu sizi sevindirmeli..." diye cevap verdi Elizabeth.

"Öyle değil. Lydia evlendiği için değil, kocasının alayı uzakta olduğu için gidiyor; eğer daha yakında olsaydı, bu kadar erken gitmezdi."

Ancak bu ayrılığın yarattığı keyifsizlik kısa bir süre sonra dağıldı ve Bayan Bennet ortalarda dolaşmaya başlayan bir haber yüzünden yine ümitlenerek canlandı. Netherfield'daki kâhya kadına bir iki güne kadar efendisinin geleceği bildirilmiş ve haftalarca burada kalarak, ava çıkacak olan Bay Bingley için hazırlıklar yapması emri verilmişti. Bayan Bennet âdeta yerinde duramıyordu. Jane'e bakıp gülümsüyor, arada sırada da başını anlamlı anlamlı sallıyordu.

Bu haberi getiren kız kardeşi Bayan Philips'ti. Bayan Bennet:

"İyi, iyi. Demek Bay Bingley geliyor kardeşim..." diyordu. "Eh, pekâlâ. Aldırış ettiğim yok. Ama biliyorsun, o bizim gözümüzde bir hiç ve onu bir daha görmek istemediğimden eminim. Ama keyfi isterse Netherfield'a hoş geldi, safa geldi. Ne olacağını kim bilebilir? Ama bize ne? Biliyorsun ki kardeşim, bunun lafını etmemeye çoktan karar vermiştik. Pekâlâ, geleceği kesin mi?"

Bayan Philips, "Emin olabilirsiniz, çünkü kâhya kadın Bayan Nichols, dün akşam Meryton'daydı..." diye cevap verdi. "Kapının önünden geçtiğini gördüm ve bu haberin doğru olup olmadığını öğrenmek için sokağa çıktım. Bana kesinlikle doğru olduğunu söyledi. En geç perşembe günü geliyor, aslında çarşamba günü de gelmesi bekleniyor. Bayan Nichols çarşamba günü et yollamasını söylemek için kasaba gittiğini söyledi. Evde kesmek üzere üç çift de besili kaz aldı."

Jane Bennet, Bingley'in geleceğini haber aldığında renkten renge girdi. Elizabeth'e onun adını anmayalı aylar geçmişti ama şimdi kardeşi ile yalnız kalır kalmaz, "Teyzem bize son haberleri verirken bana baktığını gördüm, Lizzy..." dedi. "Biliyorum gerçi heyecanlandım ama bunun herhangi bir saçma nedenden kaynaklandığını sanma. Bana bakılacağını hissettiğim için bir an şaşırdım. Fakat emin ol, bu haber beni ne sevindirdi ne de üzdü. Yalnız bir şeye memnunum: O da yalnız başına gelecek olması. Çünkü böylelikle onu daha az göreceğiz. Kendimden korktuğum için değil, dedikodulardan çekindiğimden."

Elizabeth buna ne anlam vereceğini bilmiyordu. Bay Bingley'i Derbyshire'da görmemiş olsaydı şimdi söylendiği gibi avlanmak niyetiyle geleceğine inanırdı ama Jane'e karşı hâlâ bir eğilim duyduğu kanısındaydı. Acaba genç adam, arkadaşının izniyle mi geliyordu, yoksa onun iznini almadan hareket edecek kadar cesur muydu?

Bazen şöyle düşünüyordu: "Zavallı adam, kendi parasıyla kiraladığı eve, ortalığı velveleye veren bir dedikoduya neden olmadan gelemiyor! Bence adamcağızı kendi hâline bırakmalı."

Ablası gerçek duygularını ifade ettiğini sanıyordu ama Elizabeth, Bingley'in geleceği haberiyle Jane'in duygularının altüst olduğunu fark ediyordu. Jane'i bu kadar tedirgin, bu kadar tasalı görmemişti.

On iki ay kadar önce anneleriyle babaları arasında hararetli bir tartışmaya yol açan konu tekrar ortaya çıkmıştı.

Bayan Bennet, "Bay Bingley gelir gelmez, doğal olarak ziyaretine gideceksiniz, hayatım..." diyordu.

"Hayır, hayır. Geçen yıl da beni zorla yolladınız; eğer gidersem kızlarımdan biriyle evleneceğini söyledin. Sonunda bir şey çıkmadı. Bir daha böyle enayilik edip gitmem."

Karısı, Bay Bingley'in Netherfield'a dönmesi üzerine Longbourn'daki bütün beyefendilerin onu ziyarete gitmelerinin ne kadar gerekli olduğunu anlattı.

Bay Bennet, "Bu âdete çok kızıyorum..." dedi. "Bizimle görüşmek istiyorsa buyursun o gelsin. Nerede oturduğumuzu biliyor. Komşularımın her gidiş gelişlerinde arkalarından koşmak için zaman harcayamam."

"Eh, bildiğim bir şey varsa gitmemekle korkunç bir kabalık edeceğinizdir. Ama bu benim onu yemeğe davet etmeme engel olamaz. Ayrıca bunu yapmakta kararlıyım. Bayan Long ile Gouldingleri bir an önce çağırmamız gerekiyor. Bizimle beraber on üç kişi oluyoruz. Bu durumda masada Bay Bingley için de bir yer kalıyor."

Bütün komşularının genç adamı kendilerinden önce görmeleri olasılığının böyle güçlenmesi Bayan Bennet'ın çok ağrına gidiyorsa da kocasının kabalığını unutmak zorundaydı.

Bay Bingley'in geliş günü yaklaşınca Jane, kardeşine, "Keşke gelmeseydi diyeceğim geliyor..." dedi. "Böyle sürekli lafı edilmese hiç önemi olmazdı; onunla tamamıyla kayıtsızca konuşabilirdim. Ama hep ondan söz açılmasına dayanacak gücüm kalmadı. Annem iyi niyetle davranıyor; fakat söylediklerinin beni nasıl üzdüğünü bilmiyor. Bunu kimse bilemez. Bay Bingley, Netherfield'dan çekip gittiği zaman çok mutlu olacağım."

Elizabeth, "Keşke seni teselli edecek bir şey söyleyebilseydim..." dedi. "Ama ne diyebilirim ki? Sana sabır bile dilemiyorum, çünkü sen zaten yeterince sabırlısın."

Sonunda Bay Bingley geldi. Bayan Bennet hizmetkârların yardımıyla bu haberi önceden aldı. Böylelikle endişe ve huzursuzluk devresini elinden geldiği kadar uzatmış oluyordu. Genç adamı daha önce görmekten ümidi olmadığı için onu davet etmeden kaç gün beklemesi gerektiğini hesaplıyordu. Ama Bay Bingley'in Hertfordshire'a geldiğinin üçüncü günü sabahı, onun at üstünde avluya girdiğini ve eve doğru geldiğini giyinme odasının penceresinden gördü.

Heyecanla kızlarını bu sevinci paylaşmaya çağırdı. Jane inadına masadan kalkmadı ama Elizabeth, annesini memnun etmek için pencereye gitti ve Bay Bingley ile beraber Bay Darcy'nin de geldiğini gördü. Genç kız tekrar gelip ablasının yanına oturdu.

Kitty, "Yanında biri daha var anne. Kim olabilir?" diye sordu.

"Herhâlde bir tanıdığıdır yavrum. Emin ol bilmiyorum."

"Hayır..." diye karşılık verdi Kitty, "Daha önce de yanında olan adama benziyor. Tıpkı Bay... Adı neydi? Şu uzun boylu, mağrur adam."

"Aman tanrım! Tabii ki Bay Darcy! Evet, o geliyor. Eh, madem Bay Bingley'in arkadaşıdır, evimize hoş geldi, sefa geldi. Ama Bay Bingley'in hatırı olmasa suratına bile bakmam."

Jane hayret ve endişeyle Elizabeth'e baktı. Derbyshire'daki buluşmaları hakkında pek az şey biliyordu ve bu yüzden Elizabeth'e ayrıntılı bilgi veren mektubu uzattığı günden sonra hemen hemen ilk kez karşılaşacaklarını sandığından kız kardeşinin içine düştüğü bu zor durumdan dolayı üzülüyordu. Her iki kardeş de bir hayli heyecanlıydı. Hem birbirlerini hem de doğal olarak kendilerini düşünüyorlardı. Anneleri de durmadan Bay Darcy'den nefret ettiğini, ancak Bay Bingley'in hatırı için ona nazik davranacağını söyleyip duruyordu. İki büyük kız da dinlemiyordu. Elizabeth, Bayan Gardiner'ın mektubunu ablasına göstermeye ve Bay Darcy'ye karşı duygularının değiştiğini anlatmaya cesaret edememişti. Bu nedenle şimdi duyduğu huzursuzluğun nedeninden Jane'in hiç haberi yoktu. Onun gözünde Bay Darcy, kız kardeşi tarafından değeri bilinmemiş ve reddedilmiş bir adamdan başka bir şey olamazdı. Ama Elizabeth edindiği ayrıntılı bilgi sayesinde Bay Darcy'nin bütün ailenin büyük minnet borcu duyduğu biri olduğunu biliyor ve Jane'in, Bingley'e karşı duyduğu ilgi kadar ince olmasa bile, en az o kadar akla yakın ve haklı bir ilgi ile ona bağlandığını hissediyordu. Genç adamın Netherfield'a, hele

Longbourn'a kadar gelmesi ve kendisini tekrar araması karşısında Elizabeth'in duyduğu şaşkınlık, Derbyshire'da onun tavırlarının tamamıyla değiştiğini gördüğü zaman duyduğu şaşkınlıktan aşağı kalmıyordu.

Yüzündeki bütün kan çekilmişti ama Bay Darcy'nin kendisine beslediği sevgi ve umutların sarsılmış olamayacağını düşününce yanaklarına eskisinden daha parlak bir renk, yüzüne sevinçli bir gülümseme ve gözlerine ayrı bir pırıltı geldi. Ama yine de emin olamıyordu.

Kendi kendine şöyle düşündü: "Önce nasıl davranıyor bir göreyim. Umutlanmayı ondan sonra düşünürüm."

Soğukkanlılığını korumaya çalışarak kendini nakışına verdi ve hizmetçi kapıya yaklaşırken endişeli gözleri merakla ablasına kayıncaya kadar da nakışıyla oyalanmaya devam etti. Jane her zamankinden biraz daha solgun ama Elizabeth'in beklediğinden daha soğukkanlı görünüyordu. Erkekler görününce yüzündeki kırmızılık arttı. Bununla birlikte onları oldukça rahat ve kırgınlık belirtisi göstermeden ve gereksiz övgülerden uzak, ağırbaşlı bir tavırla karşıladı.

Elizabeth her iki misafirle de nezaket kurallarının elverdiğince az konuşarak pek sık olmasını istemediği bir hevesle tekrar işine koyuldu. Bay Darcy'ye yalnız bir kez bakmaya cesaret etmişti. Genç adam her zamanki gibi ciddi görünüyordu; hatta Elizabeth onu, Pemberley'de gördüğünden daha da ciddi buldu. Ama belki de Bay Darcy, annesinin karşısında dayısıyla yengesinin karşısındaki gibi davranamazdı. Bu acı fakat akla yakın bir tahmindi.

Bingley'e de aynı şekilde şöyle bir baktı ve onun hem memnun hem de şaşkın olduğunu fark etti. Bayan Bennet genç adamı iki büyük kızını utandıracak kadar büyük bir yaltaklıkla karşılamıştı. Ayrıca yanındaki arkadaşına gösterdiği nezaketin soğuk ve zoraki olduğu ise son derece açıktı.

Lydia'yı tamiri olanaksız bir şekilde lekelenmekten Bay Darcy'nin kurtardığını bilen Elizabeth'e, sevgili kızına bu kadar iyilik etmiş bir adama karşı annesinin bu yanlış tavrı çok acı verici gelmişti.

Bay Darcy, Elizabeth'e Bay ve Bayan Gardiner'ın nasıl olduğunu sorduktan sonra hemen hemen hiç konuşmadı. Elizabeth de bu soruya cevap verirken şaşırmadan edemedi. Yan yana oturmamışlardı. Genç adamın sessiz durmasının nedeni belki de buydu ama Derbyshire'da öyle olmamıştı. Orada Bay Darcy kendisiyle konuşmadığı zamanlar akrabalarıyla konuşmuştu. Şimdi dakikalar geçiyor, onun sesi duyulmuyordu. Genç kız arada sırada merakını yenemeyerek bakışlarını onun yüzüne kaydırdığında kendisi kadar Jane'i de süzdüğünü, hatta bazen gözlerini yere diktiğini görüyordu. Bay Darcy'nin davranışlarından, son karşılaşmalarına oranla çok daha düşünceli ve kendini beğendirmeye daha az hevesli olduğu okunuyordu. Elizabeth hayal kırıklığına uğramıştı; bunun için de kendine kızıyordu. "Başka türlü olmasını bekleyebilir miydim?" dedi kendi kendine ve sonra, "Öyleyse buraya niye geldi?" diye düşündü.

Canı Bay Darcy'den başkasıyla konuşmak istemiyordu ama onunla konuşmaya da cesareti yoktu.

Kız kardeşinin hatırını sordu ama daha fazla bir şey söyleyemedi.

"Sizi görmeyeli uzun zaman oldu Bay Bingley..." dedi Bayan Bennet.

Genç adam bu sözleri hemen doğruladı. Bayan Bennet devam etti: "Bir daha gelmeyeceğinizden korkmaya başlamıştım. Michaelmas Yortusu'nda burasını tamamen boşaltacağınızı da söyleyenler oldu ama umarım öyle bir niyetiniz yoktur. Siz gideli bizim buralarda bir hayli değişiklik oldu. Charlotte Lucas evlenip gitti. Benim kızlarımdan biri de evlendi. Herhâlde duymuş, gazetelerde görmüş olmalısınız. Times ve Courier'de çıktığını biliyorum;

fakat iyi yazılmamış. Ne kızın babası ne nerede oturduğu ne de hakkında herhangi bir şey yazmadan, sadece 'Geçenlerde Bay George Wickham ile Bayan Lydia Bennet evlendiler' denmiş. İlanı veren de erkek kardeşim Gardiner. Nasıl oldu da böyle yarım yamalak bir iş yaptı anlayamıyorum. Siz de gördünüz mü?"

Bingley gördüğünü söyleyerek Bayan Bennet'ı kutladı. Elizabeth'in gözlerini kaldırmaya cesareti yoktu. Onun için, Bay Darcy'nin bu sözleri nasıl karşıladığını göremedi.

Annesi, "İnsanın bir kızını iyi bir kocaya vermesi kuşkusuz çok hoş bir şey..." diye devam etti konuşmasına, "fakat aynı zamanda uzaklara gitmesi de pek zoruma gitti Bay Bingley. Newcastle'a, ta kuzeyde bir yere gittiler ve orada kim bilir ne kadar kalacaklar. Wickham'ın alayı orada. Wickham'ın alayından ayrılıp orduya girdiğini duymuşsunuzdur herhâlde. Tanrı'ya şükür, layık olduğu kadar çok dostu yoksa da büsbütün dostsuz değil."

Bu sözlerin Bay Darcy'yi hedef aldığını bilen Elizabeth, utancından yerin dibine geçeceğini sandı. Ama annesinin bu yersiz konuşması şimdiye kadar hiçbir şeyin yapamadığını yapmış, genç kıza konuşma gayreti vermişti. Bay Bingley'e şimdilik köyde kalıp kalmayacağını sordu. Bay Bingley birkaç hafta kalmayı umduğu cevabını verdi.

Annesi gene söze karıştı: "Bay Bingley, kendi koruluğunuzdaki kuşların hepsini vurduktan sonra buraya gelerek Bay Bennet'ın arazisinde de istediğiniz kadar avlanabilirsiniz. Eminim Bay Bennet sizi memnun etmekten büyük mutluluk duyacak ve en iyi av bulunan vadileri size ayıracaktır."

Bu gereksiz, bu aşırı yaltaklık karşısında Elizabeth için için kıvranıyordu. Genç kız, bir yıl önce hepsini umutlandıran güzel olasılıklar bugün gene belirseydi, her şeyin hızla, gene aynı sıkıcı sonuca doğru gideceğinden emindi. O anda böyle acı dolu dakikaların acısını ne Jane'in kalbinden ne de kendi kalbinden silmeye, yıllarca sürecek bir mutluluğun bile yetmeyeceğini hissetti.

Kendi kendine, "Kalbimin en büyük dileği..." dedi, "ne Darcy'yi ne de Bingley'i bir daha ömür boyu görmemek. Dostlukları şimdi duyduğumuz azabı giderecek kadar büyük bir zevk veremez. Umarım hiçbirini bir daha görmem!"

Yine de yıllarca sürecek bir mutluluğun bile gideremeyeceği mutsuzluk ve ablasının, güzelliği ile eski âşığının hayranlığını yeniden alevlendirdiğini görünce adamakıllı hafifledi. Bay Bingley odaya ilk girdiği zaman Jane ile pek az konuşmuştu ama giderek daha çok ilgileniyordu. Eskisi kadar konuşkan olmasa da onu geçen yılki kadar güzel, bir o kadar cana yakın, bir o kadar doğal bulmuştu. Oysa genç kız her zamankinden farklı davranmamaya çok dikkat etmiş, kendini her zamanki kadar konuştuğuna inandırmıştı. Ama kafası öyle doluydu ki sessiz oturduğunu kendisi de bilmiyordu.

Misafirler gitmek için kalktıklarında Bayan Bennet niyetlendiği daveti unutmadı ve iki genç birkaç gün içinde gerçekleştirilmek üzere Longbourn'da bir yemek daveti aldılar.

Bayan Bennet bu davet kabul edildikten sonra, "Bana bir ziyaret borcunuz vardı Bay Bingley..." diye devam etti. "Çünkü geçen kış Londra'ya giderken döner dönmez bizimle yemek yiyeceğinize söz vermiştiniz. Görüyorsunuz, unutmadım. İnanın, Londra'dan dönmediğinizi ve sözünüzü yerine getirmediğinizi görünce büyük bir hayal kırıklığına uğramıştım."

Bingley bu sözler üzerine biraz bocalar gibi oldu ve işleri nedeniyle erken dönemediğini, bunun için üzüldüğünü belirten bir şeyler söyledi. Bu konuşmadan sonra da iki arkadaş izin isteyip ayrıldı.

Bayan Bennet onları o gün yemeğe alıkoymayı pek istemişti ama evinde her zaman iyi yemekler olmasına rağmen son derece ciddi niyetler beslediği bir adam için iki ana yemekten aşağısına razı olamazdı. Yılda on bin sterlin gelirli bir gencin iştahı ve gururu da ancak bu kadarıyla doyurulabilirdi.

LIV

Misafirler gider gitmez Elizabeth heyecanını yatıştırmak, daha doğrusu rahatsız edilmeden duygularını köreltecek konular üzerinde durmak için bahçeye çıktı. Bay Darcy'nin tavrı onu şaşırtmış ve sıkmıştı.

"Sessiz oturmayı, ciddi ve kayıtsız davranmayı kararlaştırdıysa niye geldi?" diye düşünüyordu.

Bu soruya kendisini rahatlatacak bir yanıt bulamadı.

Genç kız, "Londra'dayken dayıma ve yengeme karşı hâlâ sokulgan davranabiliyor, onların hoşuna gitmeye çalışabiliyor da..." diye düşünüyordu. "Niye bana gelince böyle olmuyor? Benden korkuyorsa buraya neden geldi? Artık bana aldırmıyorsa neden susup oturuyor? Sıkıcı, hain adam! Bundan sonra onu düşünmeyeceğim."

Jane'in misafirlerin gelişine kız kardeşinden daha çok memnun olduğunu gösteren neşeli bir ifadeyle yanına gelmesi üzerine Elizabeth, ister istemez bu düşüncelerine ara verdi.

Ablası, "Bu ilk karşılaşmayı atlattıktan sonra adamakıllı rahatladığımı hissediyorum. Kendi gücümün derecesini biliyorum ve onun buraya gelmesi artık beni şaşırtamaz. Salı günü bizde yemek yiyeceğine de memnunum çünkü herkes, iki tarafın da birbirlerine sıradan ve kayıtsız iki tanıdık gibi davrandığını görecek..." diyordu.

Elizabeth gülerek cevap verdi: "Evet, gerçekten çok kayıtsız. Janeciğim, dikkat et!"

"Lizzyciğim, beni tehlikede sayılacak kadar zayıf bulmuyorsun herhâlde."

"Sanırım onu kendine her zamankinden daha çok âşık etmek gibi büyük bir tehlike karşısındasın."

Salı gününe kadar iki genci görmediler. Bu süre içinde Bayan Bennet kendini, Bay Bingley'in yarım saatlik misafirliği sırasında gösterdiği neşe ve kibarlığın uyandırdığı mutlu hayallere kaptırmıştı.

Salı günü Longbourn'da bir hayli davetli vardı. Gelmeleri dört gözle beklenen iki misafir de tam zamanında gelerek sözlerinin eri olduklarını gösterdiler. Yemek odasına geçtiklerinde Elizabeth, Bay Bingley'in daha önce burada yemek yediği zamanlardaki gibi Jane'in yanındaki yerine mi oturacağını merakla gözledi. Aynı şeyi düşünen annesi tedbirli davrandı ve genç adamı kendi yanında oturmaya davet etmedi. Bay Bingley odaya girdiğinde bir an tereddüt eder gibi oldu ama nedense Jane bir rastlantı eseriymiş gibi o sırada ona bakıp gülümsedi. Bingley kararını verdi ve Jane'in yanına oturdu.

Elizabeth zafer kazanmış gibi bir duyguyla genç adamın arkadaşına baktı. Bay Darcy bunu soylu bir kayıtsızlıkla karşılamıştı. Genç kız, Bay Bingley'in hafifçe gülümseyerek bakışlarını ona çevirdiğini görmeseydi, mutlu olmak için arkadaşından izin aldığını düşünecekti.

Bay Bingley'in yemek boyunca Jane'e olan tavırları tam bir hayranlık ifade ediyordu. Eskisinden daha ölçülü de olsa bu ilgi, Elizabeth'te genç adam tamamıyla kendi hâline bırakılsa hem onun hem de Jane'in çok kısa bir süre içinde mutlu olacakları kanısını uyandırdı. Sonuçta henüz güvenme cesaretini gösteremese de genç adamı izlemekten memnuniyet duymaya başlamıştı. Keyfi yerinde olmadığından bu durum, ona duygularının izin verdiği kadarıyla en büyük neşeyi vermişti. Bay Darcy ile bir masanın iki insanı ayırabileceği kadar uzak oturmuşlardı. Genç adam, annesinin yanındaydı. Böyle bir durumun her ikisini de ne kadar az hoşnut edebileceğini, onları birbirlerine ne kadar az yaklaştıracağını biliyordu. Ne konuştuklarını duyabilecek kadar yakınlarında değildi. Ama birbirleriyle ne kadar az konuştuklarını ve konuştukları zaman da ne kadar soğuk ve resmî davrandıklarını görebiliyordu. Annesinin kabalığı karşısında Elizabeth bu gence karşı olan minnet borçlarının yükünü bir kat daha acıtıcı bir şekilde hissediyordu. Zaman zaman Bay Darcy'ye, yaptığı iyiliklerden ailede herkesin habersiz olmadığını ve bunun değerini bilenlerin de bulunduğunu söylememek için kendini zor tutuyordu.

Akşam üzeri çay servisi yapılmak üzere diğer odaya geçtiklerinde birbirlerine yaklaşmak için bir fırsat çıkacağını, bütün konuşmalarının yalnızca gelişlerindeki selamlaşmalarıyla sınırlı kalmayacağını umuyordu. Erkekler gelinceye kadar duyduğu sabırsızlık ve huzursuzluk, Elizabeth'e öyle sıkıcı ve öyle bunaltıcı gelmişti ki onu âdeta kabalaştırmıştı. O akşam üzeri, hoş vakit geçirme şansı onların odaya girmesine bağlıymış gibi merakla bekliyordu.

Kendi kendine, "O odaya girdiğinde yanıma gelmezse artık ondan sonsuza kadar ümidimi keseceğim..." diyordu.

Erkekler geldiler. Elizabeth bir anlığına, Bay Darcy umduğu gibi yanına gelecekmiş ümidine kapıldı. Ama ne yazık ki hayır! Jane'in çay hazırladığı masayı kadınlar çevrelemişlerdi. Kahve dağıtan Elizabeth'in yanı da kalabalıktı, bir iskemle bile koyacak boş yer yoktu. Erkeklerden birinin yaklaşması üzerine bir kız Elizabeth'in yanına sokularak, "Erkeklerin gelip bizi ayırmalarına izin vermeyelim. Onları istemiyoruz, değil mi?" diye fısıldadı.

Darcy odanın başka bir tarafına gitmişti. Genç kız onu gözleriyle izliyor, konuştuğu herkesi kıskanıyor, kimseye kahve dağıtmaya sabrı kalmadığını hissediyor ve aptallığına kızıyordu.

"Bir defa reddedilmiş bir adam! Aşkının yeniden canlanmasını beklemek ne aptallık? Aynı kadına ikinci defa evlenme teklifi yapmak gibi bir zayıflığa isyan etmeyecek erkek var mı? Erkeklik duygularına bu kadar aykırı kaçan bir onursuzluk olamaz!"

Yine de Bay Darcy'nin kahve fincanını kendisi getirmesi onu biraz ferahlatmıştı ve bu fırsattan yararlanarak, "Kız kardeşiniz hâlâ Pemberley'de mi?" diye sordu.

"Evet. Noel'e kadar orada kalacak."

"Yalnız başına mı? Arkadaşları gittiler mi?"

"Bayan Annesley yanında. Öbürleri üç hafta önce Scarborough'a gittiler."

Elizabeth'in aklına söyleyecek başka bir şey gelmiyordu ama Bay Darcy kendisiyle konuşmak isteseydi daha başarılı olabilirdi. Fakat genç adam onun yanında birkaç dakika hiçbir şey söylemeden öylece durdu. Sonunda az önceki genç kızın Elizabeth'e tekrar bir şeyler fısıldaması üzerine uzaklaştı.

Çay servisi bittikten ve oyun masaları hazırlandıktan sonra bütün kadınlar yerlerinden kalktı. Elizabeth, Bay Darcy'nin hemen yanına geleceğini umuyordu ama genç adamın, annesinin Vist oyunu hırsına kurban gittiğini görerek bütün ümitleri kırıldı. Bir iki dakika içinde o da diğer oyuncularla birlikte oyun masasına oturmuştu. Elizabeth artık o gün eğlenmekten ümidini kesmişti. Ayrı masalarda oturmak zorundaydılar. Elizabeth'i umutlandıran tek şey, Bay Darcy'nin gözlerinin sık sık onun bulunduğu tarafa kayması, bu nedenle de genç adamın da en az kendisi kadar berbat oyun oynamasıydı.

Bayan Bennet, Netherfieldlı iki genci akşam yemeğine de alıkoymayı tasarlamıştı ama ne yazık ki onların arabası herkesinkinden önce gelmiş ve ev sahibi bu niyetini gerçekleştirme fırsatını bulamamıştı.

Yalnız başlarına kalır kalmaz Bayan Bennet, "Evet kızlar, bugün yaşananlar hakkında ne düşünüyorsunuz?" dedi. "İnanın bana, bence her şey çok iyiydi. Ziyafet eşsiz denecek kadar güzeldi. Geyik kebabı nefisti, herkes bu kadar semiz but görmediğini söylüyordu. Çorba ise geçen hafta Lucaslarda içtiğimizden elli kat daha iyiydi; kekliklerin tadının eşsiz olduğunu Bay Darcy bile kabul etti. Sanırım evinde en az iki üç Fransız aşçısı var. Sevgili Jane, seni de hiç bu akşamki kadar güzel görmedim, Bayan Long'a da güzel görünüp görünmediğini sordum. Bana hak verdi. Sonra ne dedi bilin bakalım? 'Ah, Bayan Bennet sonunda onu Netherfield'a vereceğiz.' Gerçekten böyle söyledi. Bence Bayan Long çok iyi bir insan! Yeğenleri de terbiyeli kızlar, pek güzel değiller, ama onları pek seviyorum."

Kısacası Bayan Bennet'ın keyfine diyecek yoktu. Bingley'in hareketleri Jane'in en sonunda onu elde edeceği kanısını edinmesine yetmişti. Mutlu zamanlarında ailesinin yararına olan konularda öylesine umut dolu oluyordu ki Bay Bingley'in ertesi gün gelip Jane'e evlenme teklif etmemesi onu adamakıllı hayal kırıklığına uğratmıştı.

Jane de Elizabeth'e, "Davetliler o kadar iyi seçilmiş, birbirlerine öyle uygundu ki! Umarım sık sık bir araya geliriz..." dedi.

Elizabeth gülümsedi.

"Lizzy, böyle yapmamalısın. Benden kuşkulanmamalısın. Bu bana acı veriyor. İnan, ona hoş, aklı başında bir genç olarak bakmasını ve başka bir niyet beslemeden onu keyifle dinlemesini artık öğrendim. Şimdiki hâline bakınca hiçbir zaman benim sevgimi kazanmayı hedeflemediğini anlıyorum. Yalnız şu var, diğer erkeklerin hepsinden daha tatlı konuşuyor ve yanındakilere hoş görünmek istiyor."

"Çok zalimsin..." dedi kız kardeşi. "Hem gülmeme izin vermiyorsun hem de beni güldürecek şeyler söylüyorsun."

"Bazı durumlarda insanın karşısındakini kendine inandırması ne kadar zor!"

"Başka durumlarda da ne kadar imkânsız!"

"Neden beni söylediğimden daha fazlasını hissettiğime inandırmak istiyorsun ki?"

"Bu soruyu nasıl cevaplandıracağımı bilmiyorum. Hepimiz, bilinmesinde bir değeri olmayan şeyleri öğretebildiğimiz takdirde ders vermeyi severiz. Kusuruma bakma eğer ona ille de âşık olmadığını ileri süreceksen kendine başka dert ortağı bul. Çünkü ben buna hiç inanmıyorum."

LV

Bu ziyaretten birkaç gün sonra Bay Bingley gene geldi, hem de yalnız başına. Arkadaşı o sabah Londra'ya gitmiş ama on gün içinde dönecekmiş. Bennetlarla bir saat kadar oturdu ve göze çarpacak kadar neşeliydi. Bayan Bennet yemeği beraber yemelerini teklif etti; fakat genç adam üzüntüyle başka bir yere söz verdiğini söyledi.

Bayan Bennet, "Bir dahaki ziyaretinizde umarım talihimiz daha açık olur..." dedi.

Bay Bingley başka bir gün onlarda yemek yemekten özellikle memnun olacağını, izin verirlerse yakın bir gelecekte böyle bir fırsattan yararlanmak istediğini söyledi.

Bayan Bennet, "Yarın gelebilir misiniz?" diye sordu.

Evet, genç adam ertesi gün boştu ve Bayan Bennet'ın davetini sevinçle kabul etti.

Ertesi gün Bay Bingley o kadar erken geldi ki bayanların hiçbiri henüz giyinmemişlerdi. Bayan Bennet sabahlıkla ve saçları yarı yapılmış bir hâlde, aceleyle kızlarının odasına koştu. Heyecanla:

"Janeciğim, acele et ve hemen aşağı koş. Geldi, Bay Bingley geldi. Gerçekten geldi. Çabuk ol, çabuk ol. Bana bak Sarah, derhâl Bayan Jane Bennet'ın yardımına koş ve elbisesini giydir; Bayan Lizzy'nin saçını yapmayı da bırak."

Jane, "Hazırlanır hazırlanmaz ineriz. Ama sanırım Kitty bizden önce giyinmeye başladı. Çünkü yarım saat önce odasına çıkmıştı..." dedi.

"Bırak şimdi Kitty'yi, Kitty'nin bununla ne ilgisi var? Hadi, çabuk ol, çabuk! Kuşağın nerede hayatım?"

Annesi gittikten sonra Jane yanında kardeşlerinden biri olmadan aşağı inmemekte ayak diredi.

Onları baş başa bırakma telaşı o gün akşam üzeri gene ortaya çıktı. Çaydan sonra Bay Bennet âdeti olduğu üzere kitaplığına çekildi, Mary de piyano çalışmak için yukarı çıktı. Beş engelden ikisi böylece ortadan kalktıktan sonra Bayan Bennet epey bir süre Elizabeth ile Catherine'e göz kırpıp durdu ama bir faydası olmadı. Elizabeth görmezlikten geliyordu. Sonunda Kitty farkına vardığında pek masum bir tavırla sordu:

"Ne oluyor anne? Niye durmadan bana göz kırpıyorsunuz? Ne yapmamı istiyorsunuz?"

"Hiç çocuğum, hiç. Sana göz kırpmadım." Bunun üzerine Bayan Bennet beş dakika daha oturdu ama böyle değerli bir fırsatı kaçırmak elinden gelmediği için birdenbire kalktı ve Kitty'ye:

"Gel, canım, sana söyleyeceklerim var..." diyerek onu dışarı çıkardı. Jane hemen Elizabeth'e baktı. Bu bakışta, annesinin niyeti karşısında duyduğu üzüntü ve Elizabeth'in buna alet olmaması ricası okunuyordu.

Bir iki dakika sonra Bayan Bennet kapıyı aralayarak içeri seslendi:

"Lizzyciğim, sana söyleyeceklerim var."

Elizabeth gitmek zorunda kaldı.

Annesi, "Onları yalnız bıraksak daha iyi ederiz. Kitty ile ben yukarı çıkıyoruz. Odamda oturacağız..." dedi.

Elizabeth, annesiyle tartışmaya kalkışmadı. Onlar gidinceye kadar holde bekledi ve sonra tekrar salona döndü.

Bayan Bennet'ın o günkü planı etkili olmamıştı. Bingley çok hoş, çok cana yakındı ama kızına ilan-ı aşk etmemişti. Doğal davranışları ve neşesi ile o akşamki toplulukta güzel bir değişiklik yaratmıştı. Annesinin yersiz ikramlarına, daha önce de olduğu gibi o aptalca düşüncelerine sabırla ve kendine hâkim bir tavırla dayanmıştı elbette, özellikle Jane'in hatırı için.

Bay Bingley akşam yemeğine kalmak için davet beklememişti denebilir; ayrılmadan önce hem kendi isteği hem de Bayan Bennet'ın ısrarıyla ertesi sabah Bay Bennet ile ava çıkmaları kararlaştırıldı.

O günden sonra artık Jane ona yalnızca arkadaş gözüyle bakmaktan dem vurmaz oldu. Kardeşler arasında Bingley'e dair bir kelime bile geçmedi. Ama Elizabeth o akşam yatağa, Bay Darcy söylendiği tarihe kadar gelmezse her şeyin çabucak yoluna gireceğinin mutluluk veren inancıyla girdi. Yine de bütün bunların beyefendinin rızasıyla olduğu kanısındaydı.

Bingley ertesi sabah tam zamanında geldi. Sabahı, kararlaştırıldığı gibi Bay Bennet ile birlikte geçirdiler. Genç adam, ev sahibini tahmin ettiğinden çok daha hoş buldu. Bingley'de, onun alaycı duygularını kamçılayacak veya itici bulup sessiz durmasına neden olacak bir yüzsüzlük yoktu. Bu nedenle misafirine her zamankinden daha konuşkan, daha doğal davrandı. Bingley tabii ki yemeğe onunla beraber döndü ve gece Bayan Bennet herkesi Bay Bingley ile kızından uzaklaştırma çabalarını gene uygulamaya koydu. Bir mektup yazması gereken Elizabeth, çaydan hemen sonra bu amaçla kahvaltı odasına gitti; çünkü herkes kâğıt oyununa oturacağı için genç kızın, annesinin programlarına karşı gelmesi istenemezdi.

Mektubunu bitirip salona döndüğünde annesinin ince zekâsını kabul etmek zorunda olduğunu hayretle gördü. Kapıyı açtığında ablasıyla Bingley'i şöminenin önünde çok hararetli bir şeyler konuşur hâlde buldu. Bu kuşku uyandırmasa bile aceleyle dönüp birbirlerinden uzaklaşırken yüzlerindeki bakış her şeyi anlamaya yeterdi. Onların durumu yeterince tuhaftı ama kendi durumu daha da kötüydü. Ne Jane ne de Bingley ağızlarını açıp tek kelime söylemediler ve tam Elizabeth geri dönmek üzereyken Bingley ansızın kalktı ve genç kıza bir şeyler fısıldadıktan sonra koşarak odadan çıktı.

Sırlarını Elizabeth'e açmaktan keyif duyan Jane'in ondan gizleyeceği bir şey olamazdı ve hemen kardeşini kucaklayarak büyük bir heyecanla dünyanın en mutlu varlığı olduğunu söyledi. "Bu kadarı fazla..." diye de ekledi. "Çok fazla. Ben, buna layık değilim. Ah, neden herkes benim kadar mutlu değil?"

Elizabeth, kelimelerin ifade etmekte yetersiz kaldığı içtenlik, coşku ve sevinçle ablasını kutladı. Kız kardeşinin iyi niyetli her cümlesi Jane için yeni bir mutluluk kaynağı oldu. Ama kardeşiyle uzun uzadıya kalmayı veya söylenecek şeylerin yarısını bile söylemeye zamanı yoktu. Heyecanlı bir ses tonuyla, "Hemen anneme gitmeliyim..." dedi. "Onun şefkatli merak duygularını göz ardı edemem. Bu haberi benden başkasından duymasına da izin veremem. Bingley, babamın yanına gitti bile. Ah Lizzy! Söyleyeceklerimin bütün aileme büyük bir sevinç vereceğini bilmek ne güzel şey! Bu kadar mutluluğa nasıl dayanacağım!"

Sonra kâğıt oyununu yarıda keserek yukarıda Kitty ile oturmakta olan annesine koştu.

Yalnız kalan Elizabeth onlara aylarca üzüntü ve sıkıntı veren bir işin, sonunda bu kadar hızla ve bu kadar kolay çözülmesi karşısında gülümsedi.

Kendi kendine, "Demek arkadaşının bütün o titiz sakınma önlemlerinin kız kardeşinin sahtekârlığının ve hilelerinin sonucu bu! En mutlu, en akıllıca, en akla yakın sonuç..." dedi.

Bay Bennet ile görüşmesi kısa süren ve amaca uygun sonuçlanan Bay Bingley birkaç dakika sonra Elizabeth'in yanına gelmişti.

Daha kapıyı açarken aceleyle sordu: "Ablanız nerede?"

"Yukarıda, annemin yanında... Sanırım birkaç dakikaya kadar gelir."

Genç adam kapıyı kapattı ve Elizabeth'e yaklaşarak ondan bir kız kardeş sıfatıyla iyi dileklerini ve sevgisini sunmasını beklediğini söyledi. Elizabeth akraba olacaklarına sevindiğini candan bir içtenlikle belirtti. Büyük bir nezaketle birbirlerinin elini sıktılar ve daha sonra ablası gelinceye kadar genç kız, Bingley'in, duyduğu mutluluk ve Jane'in eşsizliği hakkında söylediklerini dinledi. Elizabeth, adamın, âşık olmakla birlikte, mutluluk hakkındaki ümitlerinin akılcı bir temele dayandığına gerçekten inanıyordu. Çünkü bu mutluluk, Jane'in mükemmel derecede olan anlayışından ve mükemmel ötesi güzel huyundan, iki gencin duygu ve zevk bakımından genel benzerliklerinden doğacaktı.

O akşam hepsi için olağanüstü sevinçli bir akşamdı. Jane Bennet'ın mutluluğu yüzüne tatlı bir canlılık vermişti ve genç kız her zamankinden daha güzel görünüyordu. Kitty alık alık sırıtıyor, gülümsüyor ve yakında sıranın kendisine geleceğini umuyordu. Bayan Bennet bu birleşmeye ne kadar taraftar olduğunu, bunu nasıl candan onayladığını Bingley'e uzun uzun anlatırken, duygularını yansıtacak kadar coşkulu sözler bulamadığına üzülüyordu. Bay Bennet akşam yemeğinde onlara katıldığında sesi ve tavırları ile ne kadar mutlu olduğunu açıkça gösteriyordu.

Yine de misafir gidinceye kadar buna dair ağzından tek kelime bile çıkmadı. Ama Bay Bingley gider gitmez, kızına dönerek:

"Jane, seni kutlarım. Çok mutlu bir kadın olacaksın..." dedi.

Jane hemen babasına koştu, onu öptü ve iyi niyeti için teşekkür etti.

Babası, "Sen iyi bir kızsın..." dedi. "Güzel bir yuva kuracağını düşündükçe içim rahat ediyor. İyi anlaşacağınızdan kuşkum yok. Huylarınız birbirine hiç de aykırı değil. İkiniz de o kadar uysalsınız ki hiçbir şeyin üzerinde bir karara varamayacaksınız; o kadar yumuşaksınız ki bütün hizmetçiler sizi aldatacak; o kadar cömertsiniz ki iki yakanız hiç bir araya gelmeyecek."

"Umarım öyle olmaz babacığım, para işlerinde hesapsızlık veya düşüncesizlik etmek benim için bağışlanmaz bir suç olur."

Bayan Bennet heyecanla söze karıştı: "Gelirlerini aşmak mı? Bay Bennet siz neler söylüyorsunuz? Bay Bingley'in yılda dört beş bin sterlin, belki daha da fazla geliri var." Sonra kızına dönerek, "Ah, Janeciğim, öyle mutluyum ki eminim bu akşam gözüme bir damla bile uyku girmeyecek..." dedi. "Bunun böyle olacağını biliyordum. Kesinlikle böyle olması gerektiğini hep söyledim. Bu güzelliğin boşa gitmeyeceğinden emindim. Geçen yıl Hertfordshire'a ilk geldiği zaman onu görür görmez, ikinizin bir araya gelmesini ne kadar akla yakın bulduğumu hatırlıyorum. Ah! O, bugüne kadar gördüğünü en yakışıklı genç!"

Wickham ve Lydia unutulmuştu bile. En sevgili çocuğu Jane'di. O anda başka hiçbir kızı umurunda değildi. Jane'in küçük kardeşleri, şimdiden ablalarının gelecekteki mutluluğundan kendi paylarına ne düşebileceğini konuşuyorlardı.

Mary, Netherfield'daki kitaplıktan yararlanmak; Kitty de her kış birkaç balo vermesi için yalvarıyordu.

Bingley bundan sonra doğal olarak Longbourn'a her gün gelip gider oldu. Çoğu zaman kahvaltıdan önce geliyor ve reddedemeyeceği bir komşu onu yemeğe çağırmadığı sürece akşam yemeğinden sonraya kadar kalıyordu. Böyle zamanlarda bu daveti yapanın ne barbarlığı ne de başka kötülükleri kalıyordu.

Elizabeth'in artık ablasıyla konuşacak pek az zamanı oluyordu. Çünkü Bay Bingley onlardayken Jane başka kimseyle ilgilenmiyordu ama arada sırada ister istemez ayrı kalmalarının her ikisine de yararı dokunuyordu. Jane yokken Bay Bingley hep Elizabeth'in yanında kalıp ona Jane'den söz ediyor; Bingley gittiği zaman Jane de aynı şeyi yapıyordu.

Bir akşam iki kız kardeş baş başayken, Jane, "Geçen bahar Londra'da olduğumdan hiç haberi olmadığını söylemesine o kadar sevindim ki! Buna ihtimal vermiyordum..." dedi.

"Ben kuşkulanmıştım. Peki, bunu nasıl açıklıyor?"

"Herhâlde kız kardeşlerinin işi. Kuşkusuz Bingley'in bana yaklaşmasına taraftar değillerdi ki buna şaşmıyorum; çünkü birçok açıdan çok daha uygun birini seçebilirdi. Ama kardeşlerini benimle mutlu gördükleri zaman, ki öyle olacağını umuyorum, bununla yetinmeyi öğrenecekler. O zaman aramız artık bir daha eskisi gibi olmasa da tekrar düzelecek."

"Bu senin ağzından duyduğum en kinci söz. Aferin sana! Seni Caroline Bingley'in yalancı övgülerine kanmış görmek gerçekten çok canımı sıkacaktı!"

"Buna inanır mısın Lizzy, geçen kasımda Londra'ya gittiğinde beni gerçekten seviyormuş ve ona karşı kayıtsız olduğumu sanmasa buraya dönmekten onu hiçbir şey alıkoyamayacakmış!"

"Kuşkusuz bu konuda biraz yanılmış ama bu da ne kadar alçakgönüllü olduğunu gösterir."

Bunun üzerine Jane, doğal olarak nişanlısının çekingenliğini ve iyi taraflarına yeterince önem vermediğini anlatarak onu bir hayli övdü.

Elizabeth, Bay Bingley'in, arkadaşının işe karıştığını açığa vurmadığına sevindi; çünkü Jane dünyanın en iyi kalpli ve en kolay bağışlayan insanı da olsa bu durumun Bay Darcy'ye karşı az da olsa kin duymasına neden olacağını biliyordu.

"Kuşkusuz, dünyanın en şanslı insanı benim!" diye haykırdı Jane. "Ah Lizzy, ailemin içinden nasıl böyle seçildim ve en büyük nimete kondum! Ah, seni de kendim kadar mutlu görebilsem!

Senin için de böyle bir erkek olsa!"

"Bana böyle kırk erkek bulsan, yine de senin hissettiğin mutluluğun yarısını hissederim. Senin karakterine, senin iyiliğine sahip olmadıkça senin mutluluğuna da sahip olamam. Hayır, hayır, beni kendi hâlime bırak. Şansım yaver giderse günün birinde karşıma bir Bay Collins daha çıkar."

Longbourn Ailesi'nde yaşanan olaylar uzun zaman herkesten gizli kalamazdı. Bayan Bennet kendine bu haberi Bayan Philips'in kulağına fısıldama izni verdi ve Bayan Philips de hiç izin almaksızın Meryton'daki bütün komşularına fısıldadı.

Birkaç hafta önce Lydia ilk kaçtığında talihsizlik örneği diye gösterildikleri hâlde Bennetların artık dünyanın en talihli ailesi oldukları söyleniyordu.

LVI

Bingley, Jane ile nişanlandıktan bir hafta sonra bir sabah genç adam Longbournlu bayanlarla yemek odasında otururken bir araba sesi dikkatlerini pencereye çekti; dört atlı bir arabanın geldiğini gördüler. Misafir gelmesi için çok erken bir saatti, ayrıca araba da komşulardan hiçbirininkine benzemiyordu. Atlar menzil atıydı; ne araba ne de önde yürüyen uşağın kıyafeti tanıdıktı. Yine de birinin geldiği kesin olduğu için Bingley, hemen Jane Bennet'ı böyle rahatsız edici bir misafir yüzünden kapanıp kalmamaları için, birlikte fidanlığa yürümeye ikna etti ve ikisi de gittiler. Odada kalan üç kadın, kendilerini bile tatmin etmeyen tahminler yürütmeye devam ettiler. Sonunda kapı ardına kadar açıldı ve misafir içeri girdi. Misafir, Leydi Catherine de Bourgh idi.

Bennetlar beklemedikleri birisiyle karşılaşacaklarını tahmin etmişlerse de leydinin içeri girmesiyle duydukları şaşkınlık beklediklerinden de büyük oldu. Bayan Bennet ile Kitty, Leydi Catherine'i hiç tanımadıkları hâlde onların hayreti de Elizabeth'inkinden az değildi.

Leydi Catherine her zamankinden daha burnu havada bir tavırla odaya girdi, Elizabeth'in selamına hafifçe başını eğmek dışında karşılık vermedi ve tek bir kelime söylemeden oturdu. Her ne kadar tanıştırılma isteği göstermediyse de sayın leydi içeri girince Elizabeth annesine onun adını söylemişti.

Bu kadar önemli birini misafir etmek gururunu okşuyordu ama büyük bir şaşkınlık içinde olan Bayan Bennet, leydiyi çok büyük bir kibarlıkla karşıladı. Bir dakika hiçbir şey söylemeden oturduktan sonra Leydi Catherine sert bir tavırla Elizabeth'e:

"Umarım hepiniz iyisinizdir, Bayan Elizabeth. Bu bayan da, sanırım anneniz..." dedi.

Elizabeth kısaca öyle olduğunu söyledi.

"Bu da, sanırım kardeşlerinizden biri." Bir leydiyle konuşma fırsatı doğduğu için keyif içinde olan Bayan Bennet, "Evet, efendim..." dedi. "En küçüğün bir büyüğü... En küçük kızım geçenlerde evlendi; büyük kızım da yakında ailemize katılacağına inandığımız gençle dışarıda dolaşıyor."

Leydi Catherine kısa süren bir sessizlikten sonra, "Bahçeniz ve koruluğunuz çok küçük..." diye karşılık verdi.

"Sayın leydi, Rosings ile kıyaslanınca bahçemiz bir hiçtir, ama Sör William Lucas'ınkinden çok daha büyük olduğundan emin olabilirsiniz."

"Burası yaz akşamları için uygun bir oturma odası olmasa gerek. Pencereler tam batıya bakıyor."

Bayan Bennet, yemekten sonra bu odada hiç oturmadıkları güvencesini verdi ve ekledi: "Bay ve Bayan Collins umarım iyilerdir sayın leydi."

"Evet, çok iyiler. Kendilerini önceki gece gördüm."

Elizabeth, Leydi Catherine'in kendisine Charlotte'dan bir mektup vermesini bekliyordu. Leydinin misafirliğinin nedeni ancak bu olabilirdi. Ama mektup çıkmadı ve genç kız tam anlamıyla şaşırmıştı.

Bayan Bennet son derece büyük bir kibarlıkla sayın leydiye içecek bir şeyler ikram etmeyi önerdi; fakat Leydi Catherine çok kesin ve oldukça kaba bir tavırla hiçbir şey almayacağını söyledi ve sonra da yerinden kalkarak Elizabeth'e:

"Bayan Elizabeth..." dedi. "Gelirken çimliğinizin bir yanında küçük, kendi hâline bırakılmış güzelce bir ağaçlık gözüme çarptı. Bana eşlik etmek inceliğinde bulunursanız orada biraz dolaşmak istiyorum."

Annesi heyecanla atıldı: "Haydi, kızım, sayın leydiye bahçemizi gezdir. Sanırım kulübeyi beğenecekler."

Elizabeth söz dinledi. Koşarak odasından güneş şemsiyesini aldıktan sonra soylu misafirini aşağı indirdi. Holden geçerlerken Leydi Catherine yemek odasının ve salonun kapılarını açtı, kısaca içeri bir göz attıktan sonra fena olmadıklarını söyledi ve yürüdü.

Araba kapıda duruyordu ve Elizabeth, Leydi Catherine'in oda hizmetçisinin arabada oturduğunu gördü. Küçük fidanlığa giden çakıl döşeli yoldan yürüyorlardı. Elizabeth şu anda her zamankinden daha kaba ve sert olan bu kadınla konuşmak için hiçbir çaba harcamamaya karar verdi.

Onun yüzüne bakarken, "Nasıl oldu da onu yeğenine benzettim!" dedi.

Fidanlığa girer girmez Leydi Catherine söze başladı:

"Buraya kadar gelmemin nedenini anlamamış olamazsınız, Bayan Elizabeth. Kendi kalbiniz, kendi vicdanınız niçin geldiğimi size kesinlikle söylemiştir."

Elizabeth çok doğal bir hayretle baktı:

"Gerçekten yanılıyorsunuz, efendim. Sizi burada görme şerefinin nedenini anlayabilmiş değilim."

Sayın leydi öfkeli bir tavırla karşılık verdi:

"Bayan Elizabeth Bennet, benim oyuna gelemeyeceğimi bilmeniz gerekir. Ama siz içtenlikten ne kadar uzak davranmak isterseniz isteyin bana aynı şeyi yaptıramazsınız. Karakterim, içtenliği ve dürüstlüğü ile ün salmıştır ve şu sırada da karakterime aykırı davranacak değilim. İki gün önce çok kaygılandırıcı bir haber işittim. Sadece ablanızın çok parlak bir evlilik yapmakla kalmadığı, aynı zamanda sizin de, Bayan Elizabeth Bennet, çok yakında yeğenimle, benim öz yeğenimle, Bay Darcy ile evlenmeniz söz konusuymuş. Her ne kadar bunun rezil bir yalan olduğunu biliyor, doğruluğuna ihtimal vererek Darcy'ye hakaret etmeyi aklımdan bile geçirmiyorsam da duygularımı size bildirmek için hemen buraya gelmeye karar verdim."

Şaşkınlık ve nefretle kızaran Elizabeth, "Madem işittiklerinizin doğru olmasına ihtimal vermiyorsunuz, o zaman neden bu kadar uzak bir yere gelme zahmetine katlandınız? Sayın leydinin buraya gelmekteki amacı ne olabilir?" diye sordu.

"Böyle bir haberin hemen açıkça yalanlanmasında ısrar etmek..."

Elizabeth sakin bir tavırla, "Sizin beni ve ailemi görmek için Longbourn'a gelmeniz, böyle bir durum varsa, bunu az da olsa doğrulamış olacaktır..." dedi.

"Varsa ha? Yani bundan haberiniz yok gibi mi davranacaksınız? Bunu siz kasten uydurup yaymadınız mı? Böyle bir haberin her tarafa yayıldığını bilmiyor musunuz?"

"Hiç duymadım."

"Şu hâlde bunun aslı olmadığını da söyleyebilir misiniz?"

"Sayın leydi kadar dürüst olacağımı iddia etmiyorum. Elbette cevap vermek istemeyeceğim sorular sormaya hakkınız var."

"Bu kadarına katlanamam! Bayan Elizabeth Bennet, ben tatmin olmak isteğimde ısrar ediyorum! Yeğenim, Darcy, size evlenme teklifinde bulundu mu?"

"Sayın leydi bunun mümkün olmadığını söylediler."

"Mümkün olmaması gerekir. Eğer yeğenim aklını peynir ekmekle yemediyse öyledir. Ama sizin hileleriniz ve cilveleriniz, aklının başından gittiği bir anda, ona kendi nefsine ve ailesine karşı görevlerini unutturabilir. Onu ayartmış olabilirsiniz."

"Böyle yapmış olsaydım, bunu itiraf edecek son insan ben olurdum."

"Bayan Elizabeth Bennet, siz benim kim olduğumu biliyor musunuz? Ben böyle konuşulmaya alışık değilim. Ben onun dünyadaki en yakın akrabası sayılırım, en gizli işlerini bilmeye hakkım var."

"Ama benimkiler için aynı şey söz konusu değil. Bu şekilde davranmakla da beni açık konuşmaya razı edemezsiniz."

"Şunu iyi bilin, gerçekleşmesini amaçlama küstahlığını gösterdiğiniz bu evlilik asla olmayacak. Evet, asla. Bay Darcy benim kızımla sözlüdür. Ya buna ne diyeceksiniz?"

"Yalnız şunu diyeceğim: eğer böyle ise onun bana böyle bir teklifte bulunduğunu sanmanız için bir neden olamaz."

Leydi Catherine bir an duraksadı ve sonra cevap verdi:

"Aralarındaki sözün bir özelliği var. Çocukluklarından beri birbirleri için yetiştirildiler. Her ikisinin annesinin de en büyük dileği buydu. Biz bu birleşmeyi onlar daha beşikteyken kararlaştırmıştık. Şimdi onların evlenmesiyle iki kardeşin dileklerinin tam yerine geleceği bir sırada aşağı tabakadan, hiçbir mevkisi olmayan, aile ile hiçbir bağı bulunmayan bir genç kadın buna engel oluyor! Darcy'nin akrabalarının arzularına önem vermiyor. Anne de Bourgh ile kelimelere dökülmeden kararlaştırılan nişana aldırmıyor musunuz? Dürüstlüğünüzü ve inceliğinizi hepten mi kaybettiniz? Ta bebekliğinden beri yeğenim ile evlenmesinin kararlaştırıldığını söylüyorum. İşitmiyor musunuz?"

"Evet, daha önce de işitmiştim. Ama bana ne? Eğer yeğeninizle evlenmeme başka bir engel yoksa, annesiyle teyzesinin onu Anne de Bourgh ile evlendirmeye niyetlendiklerini öğrenince bundan vazgeçecek değilim. Her ikiniz de bu evliliği tasarlamak adına elinizden geldiği kadar çalıştınız. Bunun gerçekleşmesi artık başkalarına bağlıdır. Eğer Bay Darcy'nin şeref ve duygu olarak kuzenine bir bağlılığı yoksa, neden başka birini seçemesin? Eğer seçtiği kişi de ben isem onu neden kabul etmeyeyim?"

"Çünkü buna şeref, gelenekler, görenekler ve çıkarlar engel. Evet, Bayan Elizabeth Bennet, çıkarlar; çünkü bütün akraba ve dostlarının duygularına aykırı hareket ederseniz onların sizi tanımalarını bekleyemezsiniz. Darcy ile ilgisi olan herkes sizi eleştirecek, küçük görecek, size hakaretle bakacak. Sizinle evlenmek onun için bir leke olacak, adınız hiçbirimiz tarafından anılmayacak."

"Bunlar büyük talihsizlikler..." diye karşılık verdi Elizabeth, "Ama Bay Darcy'nin eşi, doğal olarak hâlinden şikâyet etmeyecek kadar olağanüstü mutluluk kaynaklarına erişmiş olacaktır."

"İnatçı, dik kafalı kız! Sizden utanıyorum! Geçen baharda gösterdiğim yakınlığa karşı duyduğunuz gönül borcu bu mu? Bana hiç mi borcunuz yok? Hadi, oturalım. Bayan Elizabeth, buraya niyetimi gerçekleştirmeye kararlı olarak geldiğimi anlamanız gerekir. Bu kararımdan dönecek değilim. Kimsenin kaprisine boyun eğmeye alışık değilim. Hayal kırıklığına uğramak âdetim değildir."

"Bu, sayın leydinin şu anki durumunu daha acıklı bir hâle de soksa beni etkilemez."

"Sözümü kesmeyin! Susun da dinleyin. Kızımla yeğenim birbiri için yaratılmışlardır. İkisi de anne tarafından aynı soylu kanı taşıyor ve baba taraflarından da unvan sahibi olmamakla beraber, saygın, şerefli ve eski ailelerden geliyorlar. İki tarafın da serveti mükemmel... Her ikisinin de ailelerindeki her birey onları birbirine yakıştırıyor; soysuz sopsuz, parasız pulsuz bir genç kadının türemesi mi onları birbirinden ayıracak? Buna göz yumulabilir mi! Ama bu olmamalı ve olmayacak da! Kendi iyiliğinizi düşünüyorsanız, yetiştiğiniz çevreyi bırakmayı istememelisiniz."

"Yeğeninizle evlenmekle kendimi bu çevreyi bırakmış saymayacağım. Bay Darcy kibar bir adam, ben de kibar bir adamın kızıyım. Bu bakımdan birbirimize dengiz."

"Doğru. Kibar bir adamın kızısınız. Ama anneniz kimmiş? Dayınız, eniştеniz, yengeniz, teyzeniz kimler? Onların durumlarından haberim yok sanmayın."

"Akrabalarım kim olursa olsun, yeğeniniz aldırmadıktan sonra size ne?"

"Bana kesin olarak söyleyin. Onunla nişanlı mısınız?"

Elizabeth, hiç yoksa Leydi Catherine'i memnun etmemek için bu soruya cevap vermek istemezdi, ama bir dakika düşündükten sonra, "Nişanlı değilim..." demekten başka bir şey yapamadı.

Leydi Catherine memnun görünüyordu. "Onunla asla nişanlanmayacağınıza dair söz verir misiniz?"

"Böyle bir söz veremem."

"Bayan Elizabeth! Şaşırdım kaldım. Daha aklı başında genç bir kadınla karşılaşacağımı umuyordum. Ama beni yıldıracağınızı sanarak aldanmayın. İstediğim güvenceyi almadan buradan gitmeyeceğim."

"Ben de kesinlikle böyle bir güvence vermeyeceğim. Beni korkutarak bu kadar akla sığmaz bir şeyi kabul ettiremezsiniz. Sayın leydimiz kızlarını Bay Darcy ile evlendirmek istiyorlar ama istediğiniz sözü vermem onların evlenme ihtimallerini artıracak mı? Bay Darcy'nin bana tutkun olduğunu varsayarsak benim onu reddetmem kuzenine teklifte bulunmasını sağlar mı? Leydi Catherine, izninizle şunu söyleyeyim, bu olağanüstü isteğinizi desteklemek için ileri sürdüğünüz düşünceler, yersiz olduğu oranda saçma da. Bu gibi yöntemlerle beni yola getireceğinizi sanıyorsanız beni tamamıyla yanlış tanımışsınız. İşine karışmanızı yeğeniniz ne dereceye kadar onaylayacak bilmiyorum ama benim işime karışmaya kesinlikle hakkınız yok. Bu nedenle bu konuda daha fazla rahatsız edilmek istemiyorum."

"İsterseniz o kadar acele etmeyin. Söyleyeceklerim daha bitmedi. Israrla belirttiğim engellere ekleyeceğim bir şey daha var. Küçük kardeşinizin rezil kaçışını bilmiyor değilim. Her şeyden haberim var; genç adam onu zor bela, babanızla dayınızın bir hayli özveri göstermesi pahasına almış. Böyle bir kız, yeğenimin baldızı; onun kocası, yani Darcy'nin babasının kâhyasının oğlu da bacanağı mı olacak? Tanrı'm, sen beni koru! Neler düşünüyorsunuz? Pemberley'deki anılar böyle kirlenecek mi?"

Elizabeth yorgun bir tavırla cevap verdi: "Artık söyleyecek daha fazla bir şeyiniz olamaz. Elinizden gelen her şekilde bana hakaret ettiniz. Eve dönmeyi istemek zorundayım."

Bu sözleri söylerken kalktı. Leydi Catherine de kalktı ve geri döndüler. Sayın leydi son derece öfkeliydi:

"Şu hâlde yeğenimin şerefine ve saygınlığına hiç saygı göstermiyorsunuz! Duygusuz, bencil kız! Size bağlanmasının, onu herkesin gözünde küçülteceğini düşünemiyor musunuz?"

"Leydi Catherine, söyleyecek başka sözüm yok. Duygularımı biliyorsunuz."

"Demek onu elde etmeye karar verdiniz?"

"Böyle bir şey demedim. Yalnızca kendi fikrime göre, sizi ve sizin gibi benimle hiçbir ilgisi olmayan kimseleri hesaba katmadan, mutluluğuma hizmet edecek şekilde davranma kararındayım."

"Güzel. Demek beni memnun etmeyi reddediyorsunuz. Şerefin ve gönül borcunun gereklerini yadsıyorsunuz. Onu bütün dostlarının gözünde mahvetmeye ve dünyaya karşı gülünç düşürmeye kararlısınız."

"Bu konuda beni herhangi bir kimseye bağlayan ne görev ne şeref ne de gönül borcu var..." dedi Elizabeth. "Bay Darcy ile evlenmem bu ilkelerden hiçbirini çiğnemeyecek. Akrabalarının öfkelenmesi veya dünyanın gözünden düşmesine gelince... Mademki ailesi, onun benimle evlenmesine karşı, ben de onların kızmasına bir an bile üzülmem. Çevremiz de genel olarak böyle bir hakaret duygusuna katılmayacak kadar sağduyulu zaten."

"Demek gerçek fikriniz bu! Demek bu son kararınız! Pekâlâ. Artık nasıl davranmam gerektiğini biliyorum. Bayan Elizabeth, hırslarınızın gerçekleşeceğini sanmayın. Sizi sınamak için geldim. Sizi mantıklı bulacağımı ummuştum. Fakat iyi bilin ki ben inadımı sürdürürüm."

Arabanın kapısına gelinceye kadar Leydi Catherine bu şekilde konuşmaya devam etti. Arabaya varınca da acele dönerek ekledi:

"Size hoşça kalın demiyorum, Bayan Elizabeth, annenize selam da yollamıyorum. Böyle bir ilgiye layık değilsiniz. Gerçekten hiç, hiç memnun kalmadım."

Elizabeth karşılık vermedi ve sayın leydiyi eve gelmesi için ikna etmeye çalışmadan sessizce içeri girdi. Yukarı çıkarken arabanın uzaklaştığını duydu. Annesi genç kızı tuvalet odasının kapısında sabırsızlıkla karşılayarak Leydi Catherine'in neden içeri gelip dinlenmediğini sordu:

"Keyfi istemedi, gitmekte ısrar etti."

"Çok hoş bir kadın! Buraya gelmekle çok büyük bir nezaket gösterdi! Anladığıma göre Collinslerin iyi olduklarını haber vermek için uğradı. Herhâlde bir yere gidiyordu, Meryton'dan geçerken de seni ziyaret etmeyi düşünmüştür. Sana özellikle söyleyeceği bir şey yoktu değil mi Lizzy?"

Elizabeth bu noktada biraz yalan söylemek zorunda kaldı; çünkü ne konuştuklarını anlatması imkânsızdı.

LVII

Bu olağandışı ziyaretin Elizabeth'in ruhunda yarattığı fırtınanın üstesinden gelmek kolay değildi. Genç kız saatlerce bundan başka bir şey düşünememişti. Öyle görünüyordu ki Leydi Catherine, Rosings'ten buraya kadar yolculuk yapma zahmetine sadece ve sadece Bay Darcy ile aralarında olduğu sanılan nişanı bozmak için gelmişti. Kuşkusuz, akıllıca yapılmış bir plandı. Ama Elizabeth nişanlandıkları haberinin nereden çıktığını tahmin edemiyordu. Sonunda buldu: Bay Darcy'nin, Bingley'in yakın arkadaşı, kendisinin de Jane'in kardeşi olması yeterliydi. Bir düğün yapılacak olması herkesin aklına ikinci bir düğünü getirmişti. Ablasının evliliğinin Bay Darcy ile daha sık karşılaşmasını gerektireceğini kendisi de düşünmemiş değildi. Lucas Köşkü'ndeki komşuları da genç kızın, ileride belki de olur gözüyle baktığı bu işi hemen olmuş gibi kabul etmişler; Collinsler ile mektuplaştıkları için de bu fikir Leydi Catherine'in kulağına kadar gitmişti.

Yine de Leydi Catherine'in sözlerini hatırladıkça bu işe karışmaktaki ısrarından doğabilecek sonuçlardan endişe duymuyor değildi. Ayrıca leydinin evlenmelerini önlemede kesin kararlı olduğunu söylemesinden onun, yeğeni Darcy'yle de konuşacağı anlamını çıkarmıştı. Bu birleşmenin kötülüklerinin, aynı şekilde kendisine de birer birer sayılmasını Darcy'nin nasıl karşılayacağını düşünmeye cesaret bile edemiyordu. Elizabeth, ne Bay Darcy'nin teyzesine karşı sevgisinin gerçek derecesini ne de onun düşüncelerine ne kadar önem verdiğini biliyordu. Ancak onun, teyzesinin saygınlığını, kendisinden daha çok düşüneceğini tahmin ediyordu. Leydi Catherine, genç adama bu kadar alt sınıftan bir kızla evlenmesinin kötü sonuçlarını saymakla yakın akrabası Darcy'nin kuşkusuz en zayıf yanına parmak basmış olacaktı. Genç adamın şeref anlayışı bambaşka olabilir; Leydi Catherine'in Elizabeth'e söylediği zayıf ve saçma görünen iddialarını, o akla uygun ve sağlam bir akıl yürütme olarak kabul edebilirdi.

Bay Darcy eğer Elizabeth'in çoğunlukla ihtimal verdiği gibi ne yapacağı konusunda kararsızsa, bu kadar yakın bir akrabanın öğüt ve ricaları bütün kuşkuları giderebilir ve genç adam lekesiz bir şerefin sağlayabileceği kadar mutlu olmaya karar verebilirdi. Leydi Catherine'in onu Londra'dan geçerken görmesi olasıydı ve eğer böyle olursa Bingley'e verdiği sözü tutamayacak, Netherfield'a gelemeyecekti.

Genç kız, "Eğer birkaç güne kadar sözünde duramayacağını arkadaşına bildirerek özür dilerse bunun ne demek olduğunu anlayacağım..." diye düşünüyordu. "Bütün ümitlerimi keser, beni sevmesini dilemekten vazgeçerim. Sevgimi ve beni elde edebileceği bir sırada benden vazgeçerse o zaman ben de onu içimden atarım."

Kimin misafir geldiğini öğrenince ailenin geri kalan bireylerinin duyduğu şaşkınlık çok büyüktü. Fakat Bayan Bennet'ın merakını yatıştıran tahminleri diğerleri de tatmin ettiği için Elizabeth bu konuda daha fazla rahatsız edilmekten kurtuldu.

Ertesi sabah genç kız aşağı inerken elinde bir mektupla kitaplığından çıkmakta olan babasıyla karşılaştı:

"Lizzy, ben de seni bulmaya geliyordum, odama gel."

Babasının ardından gitti ve kendisine söyleyeceklerinin bir şekilde elindeki mektupla ilgisi olduğunu anlayınca merakı arttı. Birden mektubun Leydi Catherine'den gelmiş olabileceğini düşündü; eğer öyle ise açıklama yapmak zorunda kalacağını hesaplayarak üzüldü.

Babasının arkasından şöminenin yanına geldi, ikisi de oturdular. Bay Bennet:

"Bu sabah beni çok şaşırtan bir mektup aldım..." dedi. "Temelde seni ilgilendirdiği için nelerden söz ettiğini bilmen gerekiyor. Yakında iki kızımı birden evlendireceğimi bilmiyordum. Kazandığın bu önemli başarı için seni kutlamama izin ver."

Elizabeth bir an için mektubun sandığı gibi teyzeden değil, yeğeni Bay Darcy'den geldiğini düşünüp kıpkırmızı kesildi. Bay Darcy duygularını anlattığı için sevinmeli mi yoksa mektubun kendine yazılmadığına gücenmeli miydi, karar veremiyordu.

"Konudan haberin var gibi görünüyorsun..." diye devam etti babası. "Bu gibi işlerde genç kızların sezgileri çoktur ama hayranının kim olduğunu senin ince zekânın bile bulamayacağına bahse girerim. Mektup Bay Collins'ten geliyor!"

"Bay Collins'ten mi! Bay Collins benimle ilgili ne yazabilir?"

"Tabii amaca hizmet edecek birçok şey yazabilir. Büyük kızımın yaklaşan düğünü için tebriklerini bildirerek başlıyor. Anlaşılan bu haberi iyi yürekli, dedikoducu Lucaslardan duymuş. Bu konuda söylediklerini okuyarak sabrını zorlayacak değilim. Seninle ilgili olan satırlar şunlar:

"Bu mutlu olay için Bayan Collins'in ve benim içten kutlamalarımızı böylece sunduktan sonra, aynı kaynaktan öğrendiğimiz bir başka habere de kısaca değineceğim. Ablasının ardından kızınız Elizabeth'in de Bennet adını uzun zaman taşımayacağı tahmin edilmekte. Kader yoldaşı olarak seçilen kimse ülkenin en parlak kişiliklerinden biri olarak anılabilir."

"Kimi kastettiğini tahmin edebilir misin Lizzy?"

"Bu genç adam, bir ölümlünün en çok isteyebileceği her

şeye, mükemmel mülke, soylu akrabalara, büyük saygınlığa sahip... Ama bütün bu heveslendirici niteliklere rağmen bu gencin teklifini hemen kabul etmeye karar vermekle -tabii ki bu fırsatı kaçırmak istemeyeceksinizdir- ne gibi kötülüklerle karşılaşabileceğiniz konusunda sizi ve kuzenim Elizabeth'i uyarmama izin verin."

"Bu gencin kim olduğu hakkında bir fikrin var mı Lizzy? Ama işte şimdi meydana çıkıyor."

"Böyle bir uyarıda bulunmamın nedeni, genç adamın teyzesi Leydi Catherine de Bourgh'un bu birleşmeye iyi gözle bakmadığını tahmin etmemizdir."

"Görüyorsun ya, adam Bay Darcy'miş. İşte buna şaştın değil mi Lizzy? Ne Collins ne de Lucaslar anlattıklarının yalan olduğunu avaz avaz haykırmamız için tanıdıklarımız arasında Bay Darcy'den daha uygun birini seçemezlerdi. Bay Darcy bir kadına ancak bir ayıbını bulmak için bakar; sana da belki ömründe hiç bakmamıştır! Doğrusu harika!"

Elizabeth babasının neşesine katılmak istedi ama ancak zorla gülümseyebildi. Babası daha önce hiç bu kadar az hoşuna giden bir şaka yapmamıştı.

"Hoşuna gitmedi mi yoksa?"

"A, tabii! Lütfen devam edin."

"Dün akşam sayın leydiye bu evlenme ihtimalinden söz edilince kendileri, her zamanki gibi alçakgönüllülük göstererek bu konudaki duygularını hemen belirttiler. Kuzenimin ailesinin karşı çıkılacak yanları olmasından ötürü, sayın leydinin utandırıcı diye nitelendirdikleri böyle bir birleşmeye hiçbir zaman razı olmaya-

cakları anlaşılınca, kuzenimle soylu sevgilisi neye kalkıştıklarını bilsinler ve uygun bir yöntemle tarafların onayını almadan acele edip evlenmesinler diye düşündüğümden bu bilgiyi en erken bir zamanda Bayan Elizabeth'e iletmeyi görev bildim."

"Bay Collins şunları da ekliyor:"

"Kuzenim Lydia'nın acıklı meselesinin bu kadar iyi örtbas edildiğine gerçekten sevindim; ancak tek üzüldüğüm, evlenmeden önce birlikte yaşadıklarının herkesçe bilinmesi. Böyle olmakla beraber kendi durumumun yüklediği görevleri unutmayacak, genç çifti evlenir evlenmez evinize kabul etmeniz karşısında duyduğum şaşkınlığı gizlemeye kalkışmayacağım. Böylelikle günahı onaylamış oldunuz ve Longbourn papazı ben olsaydım buna şiddetle karşı çıkardım. Kuşkusuz bir Hristiyan olarak suçlarını bağışlamanız gerekirdi ama onları yanınıza sokmamalı; adlarının huzurunuzda anılmasına izin vermemeliydiniz."

"İşte Bay Collins'in din ve insanlık anlayışı da bu kadarmış, Elizabeth! Mektubunun bundan sonrasını Charlottecuğunun durumunu ve bir bebek beklediğini anlatmaya ayırmış. Lizzy, bu mektup seni eğlendirmedi galiba. Herhâlde yalan bir haberden gücenmiş gibi davranacak, kendini üzecek değilsin. Komşularımızla eğlenmekten, sırası gelince bizim de onlara gülmekten başka ne işimiz var ki?"

Elizabeth, "Çok hoşuma gitti ama o kadar tuhaf ki!" dedi.

"Evet, işte eğlenceli tarafı da burada... Başka bir adam seçselerdi önemi olmazdı ama onun sana karşı tamamıyla kayıtsız olması, senin de ondan tüm gücünle nefret edişin durumu o kadar gülünç derecede saçmalaştırıyor ki! Yazmaktan ne kadar nefret edersem edeyim, hiçbir düşünce beni Bay Collins ile mektuplaşmaktan alıkoyamaz. Wickham'ın küstahlığını ve ikiyüzlülüğünü yabana atamam ama Bay Collins'in bu mektubunu okuyunca onu damadımın üstünde tutamam. Lizzy ne olur söyle, Leydi Catherine bu habere ne dedi? Razı olmayacağını bildirmeye mi gelmiş?"

Bu soruya Elizabeth yalnızca bir kahkahayla karşılık verdi ve hiç kuşku duyulmadan sorulduğu için sorunun tekrarlanması da onu üzmedi. Genç kız duygularını olduğundan başka türlü göstermeyi hiçbir zaman şimdiki kadar zor bulmamıştı. Ağlamak istediği hâlde gülmesi gerekiyordu. Babası, Bay Darcy'nin kayıtsızlığı hakkındaki sözleriyle içini dağlamıştı. Elizabeth, babasının bu ilgisizliğine şaşmaktan kendini alamıyordu. Yoksa babasının görüşü çok dar değildi de kendi hayal gücü mü çok fazlaydı? Elizabeth bundan da korkuyordu.

LVIII

Bay Bingley, Elizabeth'in ihtimal olarak az da olsa beklediği gibi, Darcy'den gelemeyeceğini belirten bir özür mektubu alacağına, Leydi Catherine'in ziyaretinden bir hafta bile geçmeden Darcy'yi beraberinde Longbourn'a getirmeyi başardı. Bayan Bennet'ın, Bay Darcy'ye teyzesiyle görüştüklerini söyleyecek olması korkusuyla oturan Elizabeth'i bu durumdan kurtaran şey, Jane ile yalnız kalmak isteyen Bay Bingley'in yürüyüş teklifinde bulunması ve bu teklifin kabul edilmesiydi. Bayan Bennet'ın yürümeyi sevdiği söylenemezdi. Mary de buna zaman ayıramazdı ama geri kalan beş kişi birlikte çıktılar. Bingley ile Jane biraz sonra diğerlerinin öne geçmesine izin vererek yavaş yavaş arkadan geldiler. Elizabeth, Kitty ve Darcy'nin birbirlerini oyalamaları gerekiyordu ama pek az konuşuyorlardı. Kitty, Darcy'den yanında konuşamayacak kadar korkuyor, Elizabeth gizliden gizliye ve son gücünü harcayarak cüretkâr bir karar veriyordu. Belki Bay Darcy de aynı şeyi yapıyordu.

Kitty, Maria'yı ziyaret etmek istediği için Lucaslara doğru yürüdüler ve Elizabeth, bu misafirliğin Darcy'nin hoşuna gitmeyeceğini bildiği için beraber gitmek gibi bir teklifte bulunmadı ve kardeşi onlardan ayrıldıktan sonra cesaretini kaybetmeden Bay Darcy ile yürümeye devam etti. Verdiği kararı yerine getireceği an, bu andı ve cesareti de varken hemen söze başladı:

"Bay Darcy, ben çok bencil bir varlığım, kendi kalbimi ferahlatırken sizinkini ne kadar yaralayabileceğime aldırmıyorum. Zavallı kardeşime yaptığınız eşsiz iyilik için size teşekkür etmemek artık elimde değil. Bunu öğrendiğim andan beri, ne kadar büyük bir minnet duyduğumu size bildirmek için sabırsızlanıyorum. Ailemde benden başkalarının da bundan haberleri olsa şimdi yalnız kendi minnettarlığımı değil, onlarınkini de ifade ederdim."

Darcy, şaşkınlık ve heyecan dolu bir ses tonuyla, "Yanlış bir anlam verildiğinde..." diye karşılık verdi, "sizi üzebilecek bir şeyi öğrendiğinize çok, pek çok üzüldüm. Bayan Gardiner'a bu kadar az güvenebileceğimi düşünmemiştim."

"Yengemi suçlamayın. Olayla ilginiz olduğunu önce Lydia'nın boşboğazlığından anladım ve tabii ondan sonra da olayı ayrıntılarıyla öğrenmeden duramadım. Bay Wickham ile kardeşimi bulmak için size bunca zahmete katlanmayı, bunca azaplar çekmeyi göze aldıran yüksek merhamet duygunuz için bütün ailem adına tekrar tekrar teşekkür etmeme izin verin."

Genç adam, bu açıklama üzerine, "Eğer bana mutlaka teşekkür etmek istiyorsanız, bunu yalnız kendi adınıza yapınız. Benim böyle davranmama neden olan en önemli etkenin sizi sevindirmek olduğunu inkâr etmeye kalkışacak değilim. Ama aileniz bana hiçbir şey borçlu değil. Hepsine çok saygım varsa da, ben yalnızca sizi düşünerek hareket ettim..." yanıtını verdi.

Elizabeth tek bir kelime söyleyemeyecek kadar şaşırmıştı. Kısa süren bir sessizlikten sonra Bay Darcy, konuşmasını, "Benim duygularımla oynamayacak kadar iyisiniz. Eğer hisleriniz hâlâ geçen nisandakinin aynı ise bana hemen şimdi söyleyin. Benim sevgim ve dileklerim değişmedi ama tek sözünüzle bu konuyu sonsuza kadar kapatırım..." diye sürdürdü.

Genç adamın olağanüstü sıkıntılı ve endişeli olduğunu hisseden Elizabeth, kendini konuşmaya zorladı ve aslında duygularının o zamandan beri değiştiğini, bunun için şimdi verilen güvenceyi teşekkürle karşıladığını biraz tutuk bir ifade ile de olsa hiç zaman kaybetmeden anlattı. Genç adam, bu cevabın verdiği mutluluğu belki de şimdiye kadar hiç duymamıştı ve bu duygusunu, çılgıncasına âşık bir erkekten beklenebilecek bir coşkuyla açıkladı. Elizabeth onun gözlerine bakabilseydi, yürekten sevinmenin yüzüne verdiği ifadenin genç adama ne kadar yakıştığını görebilirdi. Ama genç kız her ne kadar bakamıyorsa da dinleyebiliyordu ve Bay Darcy, Elizabeth'in kendisi için taşıdığı önemi belirten duygularını anlatırken onun kendisine karşı duyduğu sevginin Elizabeth'in gözündeki değeri her an biraz daha artıyordu.

Ne yöne gittiklerini bilmeden yürümeye devam ettiler. Başka hiçbir şeyin farkında olmayacak kadar çok düşünecek, hissedecek ve söyleyecek şeyleri vardı. Genç kız çok geçmeden, şu an yürekten anlaşmalarını Bay Darcy'nin teyzesine borçlu olduklarını öğrendi. Leydi Catherine dönüşte Londra'dan geçerken yeğenine uğramış, Longbourn'a yaptığı yolculuğu, bu yolculuğun nedenini Elizabeth ile aralarında geçen konuşmanın özünü anlatmış ve genç kızın vermeyi ısrarla reddettiği sözü yeğeninden koparabilir ümidiyle kendi aklınca Elizabeth'in aksiliğini ve küstahlığını özellikle belirten her sözü vurgulamıştı. Ama leydinin emeklerine yazık olmuş, çabaları tam tersine sonuç vermişti.

Genç adam bunları anlattıktan sonra, "Teyzemin bu hareketi sayesinde daha önce kendimi kaptırmaktan zorla kaçındığım ümitleri yeniden besleme cesaretini duydum..." dedi. "Sizi, beni kabul etmemeye kararlı olsaydınız bunu Leydi Catherine'e içtenlikle ve açık açık söyleyeceğinizi bilecek kadar tanımıştım."

Elizabeth kızararak gülümsedi: "Evet, bunu yapabilecek kadar dürüst olduğumu biliyorsunuz. Yüzünüze karşı size o kadar kötü davrandıktan sonra bütün akrabalarınızın yanında da kötülemekten çekinmezdim."

"Bana söylediklerinizden hangisini hak etmemiştim ki! Gerçi beni yanlış temellere ve yanlış bir geçmişe dayanarak suçlamıştınız ama o sıralarda size karşı davranışlarımla ağır bir cezayı hak ediyordum. Bu hareketim bağışlanamazdı. Bunu nefret duymadan düşünemiyorum."

"O akşam işlenen suçların çoğu hangimize aittir diye kavga etmeyelim. İyice incelenirse ikimizin hareketinde de yanlış taraflar var. Ama o zamandan beri her ikimiz de, umuyorum ki nezaket yolunda bir hayli ilerledik."

"Ben kendimi bu kadar kolay bağışlamam. O akşam söylediklerimi hatırlamak; hareketlerimi, davranışlarımı, sözlerimi düşünmek aylarca bana anlatılmaz acılar çektirdi. Hâlâ da çektiriyor. Pek yerinde olan hakaretinizi hiç unutmayacağım: 'Daha kibarca davransaydınız...' Aynen bu sözleri kullanmıştınız. Bu sözlerin bana ne kadar acı verdiğini bilmiyorsunuz, bunu anlayamazsınız. Yine de itiraf etmeliyim ki bu hakaretin yerinde olduğunu kabul etmem için bir hayli zaman geçmesi gerekti."

"Tabii ben sözlerimin bu kadar güçlü olacağını, size bu kadar dokunacağını hiç beklememiş; hiç aklıma getirmemiştim."

"İnanırım. O zamanlar duygusuz olduğumu düşünüyordunuz, böyle düşündüğünüzden eminim. 'Teklifinizi nasıl yaparsanız yapın, beni imkânı yok heveslendiremezsiniz,' derken yüzünüzün aldığı ifadeyi hiç unutmayacağım."

"Ne olursunuz, o zaman söylediklerimi tekrarlamayın. Bunları hatırlamanın hiçbir yararı yok. İnanın, o akşamki hareketimden dolayı uzun zamandır gerçekten utanıyorum."

Darcy mektubundan söz açarak, "Yazdıklarım..." diye sordu, "hakkımda daha iyi şeyler düşünmenize yaradı mı? Mektupta yazanlara inandınız mı?"

Genç kız mektubun üzerinde uyandırdığı etkiyi, eski ön yargılarının nasıl yavaş yavaş kaybolduğunu anlattı.

Bay Darcy, "Yazdıklarımın size kesinlikle acı vereceğini biliyordum..." dedi. "Ama bu gerekliydi. Umarım o mektubu yok etmişsinizdir. Bir yerini, özellikle başlangıç kısmını tekrar okuma cesaretini göstermenizden müthiş korkuyorum. Bana karşı sizde haklı bir nefret uyandıracak bazı sözleri olduğunu hatırlayabiliyorum."

"Sevgimin devamı için mektubun yakılmasını kesinlikle gerekli görüyorsanız, kuşkusuz yakarım. Fakat fikirlerimin kayıtsız şartsız değişmez olmadığına her ikimizi de inandıracak nedenler varsa da o kadar da dönek olmadığımı umuyorum."

Darcy, "O mektubu yazarken tamamıyla sakin ve soğukkanlı olduğuma inanıyordum..." dedi. "Ama sonradan korkunç derecede acı duyguların etkisinde olduğumu düşündüm."

"Mektup belki acı başlamıştı ama öyle bitmedi. Veda kısmı tam bir sevecenlik içeriyordu. Fakat artık bunu düşünmeyin. Onu yazanın da, alanın da duyguları o kadar çok değişti ki bununla ilgili tatsız her durum unutulmalı. Benim bu konudaki felsefemi öğrenmelisiniz. Yalnızca iyi anılan, size keyif veren geçmişi düşünün."

"Bu felsefenizi pek beğenmedim. Sizin geçmişe bakışınızda herhâlde fazla sitem yok, bunlardan doğan yetinme duygusu felsefe değil, daha iyi bir şey: cehalet. Ama benim için böyle değil. Savuşturulamayan, savuşturulmaması gereken acı anılar beni rahatsız eder. İlke olarak değilse de aslında pratikte bütün ömrüm boyunca bencil bir varlık olmuşumdur. Çocukken bana doğru nedir öğretilmiş ama huylarımı düzeltmek öğretilmemişti. Bana iyi ilkeler kazandırılmıştı, fakat bunları gurur ve kibir ile uygulamaya bırakılmıştım. Ne yazık ki ailenin yıllarca tek çocuğu, ayrıca biricik oğlu olduğum için annemle babam, kendileri iyi insanlar olmakla beraber -hele babam çok iyiliksever, çok nazikti- beni şımartmışlar ve bencil davranmaya, ailem dışında kimseye aldırış etmemeye, benden başka herkesi küçük görmeye, hiç olmazsa benimkine kıyasla onların duygu ve değerlerini aşağılık saymaya alıştırılmış, cesaretlendirilmiştim. Sekiz yaşımdan yirmi sekiz yaşıma kadar işte ben böyleydim ve siz olmasanız sevgili, güzel Elizabeth, hâlâ da öyle olacaktım! Size neler borçlu değilim ki... Bana gerçekten acı, fakat çok yararlı bir ders verdiniz. Beni hak ettiğim şekilde küçülttünüz. Size, kabul edileceğinden hiç kuşku duymadan elimi uzatmıştım. Siz bana değerli, övgüye layık bir kadına hoş görünebilmekten ne kadar uzak olduğumu öğrettiniz."

"O zamanlar böyle bir tekliften kesinlikle hoşlanacağıma inanıyor muydunuz?"

"Evet inanıyordum. Bu kendimi beğenmişliğime ne dersiniz? Sizin teklifimi arzu ettiğinize, beklediğinize inanmıştım."

"Davranışlarımı iyi kontrol edemedim herhâlde ama inanın, böyle bir kanı uyandırma niyeti beslememiştim. Hiçbir zaman sizi aldatmak istemedim ama duygularım çoğu zaman beni yanlış yollara sürüklemiş olabilir. O akşamdan sonra kim bilir benden ne kadar nefret ettiniz!"

"Sizden nefret etmek mi! Önceleri belki öfkelendim, fakat çok geçmeden bu duygum bile doğru yola saptı."

"Pemberley'de karşılaştığımızda benim için ne düşündüğünüzü sormaya âdeta korkuyorum. Geldiğim için beni ayıpladınız mı?"

"Hayır, hayır. Şaşkınlıktan başka bir şey hissetmedim."

"Sizin bana sırt çevirmemenize ben daha çok şaştım. Olağanüstü bir kibarlıkla karşılanmıştım ve vicdanım bana bunu hak etmediğimi söylüyordu. Layık olduğumdan fazlasını görmeyi hiç ummadığımı da itiraf edeyim."

Darcy, "O zamanki amacım, bütün kibarlığımı ortaya dökerek, geçmişteki şeyler için hiç de alınmadığımı size göstermekti..." dedi. "Size azarlarınızı ciddiye aldığımı göstermek istiyor ve böylelikle beni bağışlamanızı, hakkımdaki kötü fikirlerinizi hafifletmenizi umuyordum. Diğer dileklerin ne zaman belirdiğini kestiremiyorum ama sanırım sizi gördükten yarım saat kadar sonra."

Genç adam daha sonra Georgiana'nın Elizabeth ile karşılaşmaktan ne kadar sevinç duyduğunu, bu tanışıklığın ansızın yarıda kalmasına da çok üzüldüğünü söyledi ve doğal olarak söz, bu tanışıklığı yarıda bırakan nedene geldi. Genç kız çok geçmeden Bay Darcy'nin, Lydia'yı aramak için Elizabethlerin ardından Derbyshire'dan ayrılmaya daha handan çıkmadan karar verdiğini, oradayken hâlindeki ciddiyetin de bu uğurda yapılması gereken şeyleri düşünerek kendi kendisi ile yaptığı mücadelelerden doğduğunu öğrendi.

Elizabeth minnettarlığını bir kez daha tekrarladı. Ama bu konu her ikisine de acı veriyordu.

Ne kadar yürüdüklerinin farkında olmayarak dalgın dalgın epeyce yürüdüler. Sonunda saatlerine bakınca eve dönme zamanının geldiğini gördüler.

Acaba Bay Bingley ile Jane nerelerde, diye düşünürken onların durumunu da konuştular. Arkadaşı nişanlandıklarını kendisine haber verdiğinde Darcy çok sevinmişti.

Elizabeth, "Bu haberin sizi şaşırtıp şaşırtmadığını sorabilir miyim?" dedi.

"Çok değil. Buradan giderken bu işin yakında olacağını hissetmiştim."

"Yani olmasına izin vermiştiniz. Ben de öyle tahmin etmiştim." Bay Darcy bu değerlendirmeye itiraz ettiyse de genç kız bunun aşağı yukarı böyle olduğunu anlamıştı.

Bay Darcy, "Londra'ya gitmeden önceki akşam arkadaşıma, çok önceden yapmam gereken bir itirafta bulundum..." dedi. "Bir zamanlar yaptığım gülünç ve küstah sayılacak müdahaleleri ona anlattım. Çok şaşırdı. En ufak bir kuşku bile duymamıştı. Hatta ablanızın ona karşı kayıtsız olduğuna inanmakla hata ettiğimi düşündüğümü de söyledim. Bayan Jane Bennet'a olan aşkının hiç azalmadığını gördüğüm için birlikte mutlu olacaklarına dair en ufak bir şüphem yoktu."

Elizabeth genç adamın arkadaşını bu kadar kolaylıkla yönetebilmesi karşısında gülümsemekten kendini alamamıştı:

"Ablamın onu sevdiğini söylerken kendi görüşünüze mi dayanıyorsunuz, yoksa sadece benim geçen baharda verdiğim bilgiye mi?"

"Kendi görüşüme. Buraya yaptığımız son iki ziyaret sırasında Bayan Jane Bennet'ı yakından izledim, sevgisine inandım."

"Demek sizin verdiğiniz güvence, arkadaşınızı hemen ikna etti."

"Öyle oldu. Bingley'de çok saf bir alçakgönüllülük vardır. Bu kadar önemli bir konuda kendine güvenememişti ama benim fikirlerime güvenmesi her şeyi kolaylaştırdı. Bir ara onu, haklı olarak, gücendiren bir şeyi de itiraf etmek zorunda kaldım. Ablanızın geçen kış üç ay Londra'da olduğunu, benim bunu bildiğimi; fakat kendisinden bilerek sakladığımı daha fazla gizlemem doğru olmazdı. Arkadaşım bunu öğrenince kızdı. Ama ablanızın duygularına olan güveni geri gelince öfkesi geçti ve beni yürekten bağışladı."

Elizabeth, Bay Bingley'in çok hoş bir arkadaş olduğunu, bu kadar kolay yönetilebilmesinin kendisine ölçülmez değer kazandırdığını söylemek için sabırsızlanıyordu ama kendini tuttu. Darcy'nin alay edilmeye henüz alışık olmadığını, buna başlamak için daha erken olduğunu hatırladı. Bay Darcy, kendi mutluluğundan sonra en çok önem verdiği şeyin Bingley'in mutluluğu olduğu hakkındaki konuşmasına eve gelinceye kadar devam etti. Holde ayrıldılar.

LIX

Odaya girer girmez Elizabeth, Jane'in, "Lizzyciğim, nerelerde dolaştınız Tanrı aşkına?" sorusuyla karşılaştı ve masaya oturdukları zaman diğerleri de aynı şeyi sordu. Elizabeth farkında olmadan bir hayli yürüdükleri cevabını verdi. Konuşurken kızarmıştı ama ne bu ne de başka bir şey, kimsede bir kuşku uyandırmamıştı.

Gece olağanüstü hiçbir şey olmadan geçti. Sevgililer konuşup gülüştüler, sevgilerini gizli tutanlarsa susuyorlardı. Darcy mutluluğunu taşkın bir neşeyle gösterecek yaradılışta bir adam değildi; heyecanlı ve allak bullak bir durumda olan Elizabeth de kendini mutlu ve şaşkın hissediyordu. Çünkü içinde bulunduğu, şaşkınlıktan başka karşılaşacağı sıkıntılı durumlar da vardı. Durum öğrenilince ailesinin neler hissedeceğini hayal etmeye çalışıyor, Darcy'yi Jane'den başka kimsenin sevmediğini biliyordu, hatta Jane dışındakilerin ondan, bütün zenginliğinin ve yüksek mevkisinin gideremeyeceği kadar nefret etmelerinden korkuyordu.

O gece genç kız kalbini Jane'e açtı. Jane kuşkulanmak gibi bir alışkanlığı olmadığı hâlde Elizabeth'in söylediklerine inanamadı.

"Şaka ediyorsun, Lizzy! Bu olamaz! Bay Darcy ile nişanlandın ha! Hayır, hayır, beni kandıramazsın. Bunun imkânsız olduğunu biliyorum."

"Doğrusu hiç de cesaretlendirici bir başlangıç değil! Bir tek sana güveniyordum ve sen de bana inanmazsan başka kimse inanmaz. Ama gerçekten doğruyu söylüyorum. Beni hâlâ seviyor ve biz evlenmek için birbirimize söz vermiş bulunuyoruz."

Jane kız kardeşine kuşkuyla baktı. "Ah, Lizzy! Olamaz. Ondan ne kadar nefret ettiğini biliyorum."

"Bu konuda hiçbir şey bilmiyorsun. Bütün o eski nefretler unutulmalı. Belki onu hiçbir zaman şimdiki kadar sevmedim. Ama bu işlerde güçlü bir bellek bağışlanmaz bir şeydir. Ben kendi hesabıma bunu son defa hatırlıyorum."

Jane Bennet hâlâ şaşkın şaşkın bakıyordu. Elizabeth, bu kez daha ciddi olarak ona söylediklerinin doğruluğunu kesin bir dille anlattı.

"Aman tanrım! Bu gerçekten olabilir mi? Ama artık sana inanmak zorundayım..." dedi Jane. "Ah, sevgili Lizzyciğim, seni kutlamam gerekir... Seni kutlarım. Bu sorumu mazur gör ama onunla mutlu olacağından iyice emin misin?"

"Bundan hiç kuşkum yok. Dünyanın en mutlu çifti olmaya karar verdik bile. Fakat sen mutlu musun Jane? Böyle bir enişten olmasını ister misin?"

"Çok, çok mutluyum. Hiçbir şey ne Bingley'e ne de bana daha çok mutluluk veremez. Ama biz bunu düşünmüş, imkânsız olduğunda karar kılmıştık. Sen onu yeterince seviyor musun? Ah, Lizzyciğim! Sakın sevmeden evlenmeye kalkışayım deme. Duygularından iyice emin misin?"

"Ah! Tabii! Sana her şeyi anlattığım zaman onu ne kadar çok sevdiğimi anlayacaksın."

"Ne demek istiyorsun?"

"Onu Bingley'den daha çok sevdiğimi itiraf etmeliyim. Korkarım, kızacaksın."

"Canım kardeşim, artık ciddi ol. Çok ciddi konuşmanı istiyorum. Bana bilmem gereken her şeyi hiç zaman geçirmeden anlat. Onu ne kadar zamandan beri sevdiğini söyler misin?"

"Bu o kadar yavaş oldu ki ne zaman başladığını bilemiyorum.

Ama sanırım Pemberley'deki güzel parkını gördüğüm gün başladı."

Jane'in tekrar ciddi olmasını rica etmesi, istenen etkiyi yaptı. Genç kız Darcy'ye gerçekten âşık olduğuna ablasını tatmin edecek şekilde ciddi güvence verdi. Buna inanınca Jane'in artık söyleyeceği bir şey kalmamıştı:

"Şimdi tam anlamıyla mutluyum..." dedi. "Çünkü sen de benim kadar mutlu olacaksın. Ben Bay Darcy'ye her zaman değer vermiştim; başka hiçbir neden olmasa bile, seni sevmesi ona karşı saygı ve sevgi göstermeme yeterdi. Ama şimdi Bingley'in arkadaşı ve senin kocan olarak benim için ondan daha değerli sadece Bingley ile sen varsın. Ama Lizzy, bana karşı çok kurnazca, çok kapalı davrandın. Bana Pemberley'de ve Lambton'da olup bitenlerin çok azını anlattın! Bu konuda bütün bildiklerimi sana değil bir başkasına borçluyum."

Elizabeth bunları gizli tutmasının nedenlerini anlattı. Bingley'den söz etmek istememişti ve kendi duyguları da belirsiz olduğu için Bay Darcy'den söz açmaktan kaçınmıştı. Ama artık onun Lydia'nın evlenmesindeki rolünü ablasından gizleyemeyecekti. Her şeyi anlattı. O gecenin yarısı konuşmakla geçti.

Bayan Bennet ertesi sabah pencereden bakarken, "Aman tanrım!" diye öfkeli öfkeli söylendi. "Şu sevimsiz Bay Darcy gene Bingleyciğimizle birlikte geliyor! Sürekli böyle bize gelip sıkıntı vermekteki amacı nedir? Ben ya ava gider ya başka bir şey yapar da arkadaşını rahatsız etmez sanmıştım. Şimdi ne yapacağız? Lizzy, onu alıp gene dolaşıver de Bingley'i rahatsız etmesin."

Elizabeth, bu kadar işine gelen bir teklife gülmekten kendini alamadı ama annesinin ona sürekli böyle kötü sıfatlar yakıştırmasına da gerçekten canı sıkılmıştı.

İçeri girer girmez Bingley, Elizabeth'e o kadar anlamlı baktı, elini o kadar hararetle sıktı ki her şeyden haberi olduğuna kuşku yoktu ve genç adam biraz sonra herkesin duyacağı bir sesle sordu:

"Bayan Bennet, buralarda Lizzy'nin bugün de yolunu kaybedebileceği başka patikalar yok mu?"

"Bay Darcy, Lizzy ve Kitty'ye bu sabah Oakham Tepesi'ne çıkmalarını öneririm. Bir hayli uzun, güzel bir yol. Bay Darcy böyle bir manzara görmemiştir."

Bay Bingley, "Diğerleri için belki iyi ama Kitty'ye bu yol eminim çok uzun gelir. Değil mi, Kitty?" dedi.

Kitty evde kalmayı tercih ettiğini bildirdi. Darcy, tepedeki manzarayı görmek için büyük bir istek duyduğunu söyledi ve Elizabeth, sesini çıkarmadan razı oldu. Genç kız hazırlanmak için yukarı çıkarken annesi hemen arkasından gelerek:

"Bu suratsız adamla yalnız kalacak olmana üzülüyorum Lizzy ama umarım dert etmezsin..." dedi. "Biliyorsun bunlar hep Jane'in hatırı için, sonra Bay Darcy ile çok konuşmaya da gerek yok, arada sırada bir iki söz yeter, onun için kendini üzme."

Yürüyüş sırasında o akşam Bay Bennet'ın onayını almaya karar verdiler. Annesinin onayını alma işini Elizabeth üzerine aldı. Annesinin bunu nasıl karşılayacağını bir türlü kestiremiyordu. Bazen bütün zenginliğinin ve görkeminin, bu adama duyulan nefreti gidermeye yetmeyeceğinden kuşku duyuyordu. Ama bu evliliğe ister şiddetle karşı çıksın ister şiddetle destek olsun, aklı başında bir insana yakışmayacak tavırlar takınacağı kesindi. Annesinin ne ilk sevinç sarhoşluklarını ne de ilk karşı çıkışlarını Bay Darcy'nin görmesine dayanamazdı.

Akşam üzeri Bay Bennet kitaplığına gittikten biraz sonra, Bay Darcy de ayağa kalkıp arkasından gidince Elizabeth büyük bir heyecana kapıldı. Babasının karşı çıkacağından korkmuyordu ama en sevdiği çocuğunun seçtiği eş yüzünden üzüntü, mutsuzluk duyacağından endişeleniyor; kızından ayrılmaktan acı duyacağını düşünmek işkence gibi geliyordu: Bu düşünceler Bay Darcy tekrar görününceye kadar devam etti. Elizabeth ona bakıp da yüzünün güldüğünü görünce rahatladı. Birkaç dakika sonra genç adam Elizabeth'in Kitty ile beraber oturduğu masaya yaklaştı ve nakışını seyrediyor gibi yaparak ona, "Babanıza gidin, sizi kitaplıkta bekliyor..." diye fısıldadı. Elizabeth hemen gitti.

Babası ciddi ve endişeli bir tavırla odada dolaşıyordu: "Lizzy, sen ne yapıyorsun? Bu adamı kabul edecek kadar çıldırdın mı? Sen ondan hep nefret etmedin mi?"

Genç kız bundan önce fikirlerinde daha akılcı, ifadelerinde daha ılımlı olmadığına şimdi ne kadar pişmandı! Eğer böyle yapsaydı şimdi kendine çok zor gelen birçok açıklama ve itiraftan kurtulmuş olacaktı ama artık iş işten geçmişti. Elizabeth, biraz sıkıntıyla Bay Darcy'ye olan aşkı konusunda babasına güvence verdi.

"Ya da başka bir deyişle onu elde etmeye karar verdin!" dedi babası. "Kuşkusuz zengin bir adam, Jane'inkilerden çok daha güzel elbiselerin ve güzel arabaların olacak ama bunlar seni mutlu edecek mi?"

"Benim gerçekçi davranmadığımı sanmaktan başka bir itirazınız var mı?" dedi Elizabeth.

"Hayır, hiçbir itirazım yok. Hepimiz onu mağrur, suratsız bir adam olarak tanıyoruz. Ama ondan gerçekten hoşlanıyorsan bunun hiç önemi yok."

Elizabeth gözlerinde yaşlarla cevap verdi: "Ondan hoşlanıyorum, onu seviyorum! Yersiz bir gururu yok. Aslında nazik. Onun gerçekte nasıl biri olduğunu bilmiyorsunuz. Bu yüzden rica ederim hakkında böyle sözler söyleyerek beni üzmeyin."

"Lizzy..." dedi babası. "Ben ona onay verdiğimi söyledim. Gerçekten öyle bir adam ki alçakgönüllülük gösterip istediği hiçbir şeyi ondan esirgeyemem. Eğer sen de onunla evlenmeye karar verdinse ben razıyım. Ama sana önerim iyi düşünmen. Huyunu biliyorum Lizzy! Kocana karşı gerçek bir saygı beslemedikçe, ona senden üstün gözüyle bakmadıkça, ne mutlu olursun ne de çevrende saygı uyandıran bir insan! Çok canlı ve yetenekli bir insan olduğundan dengin olmayan birisiyle evlenmek senin için büyük bir tehlike oluşturur. Böyle bir evlilik yaparsan sefil ve perişan olursun. Kızım, bana hayat arkadaşına saygısız davrandığını görme üzüntüsünü yaşatma. Ne yaptığından emin misin?"

Daha da duygulanan Elizabeth, ciddi ve heyecanlı bir ifadeyle cevap verdi ve sonunda Bay Darcy'nin gerçekten istediği insan olduğunun tekrar tekrar güvencesini vererek ona karşı duygularının nasıl bir değişiklik geçirdiğini anlatıp, genç adamın sevgisinin bir günlük bir heves olmadığını, aylarca süren bir sınavdan geçtiğini söyleyerek; onun bütün iyi yönlerini coşkuyla saydıktan sonra babasının kuşkularını giderdi ve bu evliliğe olumlu bakması için onu ikna etti.

"Peki yavrum..." dedi babası onu dinledikten sonra, "söyleyecek başka sözüm yok. Eğer durum böyle ise sana layık demektir. Daha az değerli bir insan için senden ayrılmaya razı olmazdım Lizzy." Yarattığı bu olumlu havayı tamamlamak için Elizabeth, Bay Darcy'nin Lydia için kendi gönül rızasıyla neler yaptığını anlattı. Bay Bennet bunları şaşkınlıkla dinledi:

"Doğrusu bu gece sürprizler gecesi oldu! Demek her şeyi Darcy yaptı; evlenmelerini sağladı, parayı verdi, adamın borçlarını ödedi, onun atanmasını sağladı. Bu daha iyi... Beni bir sürü dertten ve borç ödemekten kurtarıyor. Bu iyilikleri dayın yapmış olsaydı bu parayı ödemem gerekirdi ve öderdim de. Ama bu delicesine âşık gençler her işi kendi istedikleri şekilde yapıyorlar. Yarın Bay Darcy'ye borcumu ödemeyi öneririm; o da sana olan aşkını yüksekten atarak coşarak anlatıp durur ve konu da bu şekilde kapanır."

Bundan sonra Bay Bennet, birkaç gün önce Bay Collins'in mektubunu okurken Elizabeth'in duyduğu şaşkınlığı hatırladı ve bir süre onunla alay ettikten sonra gitmesine izin verdi. Genç kız odadan çıkarken arkasından seslendi: "Mary ve Kitty için gelen gençler varsa onları da içeri yolla! Şu sıra işim yok."

Elizabeth artık çok ağır bir yükten kurtulmuştu ve odasında yarım saat sakin sakin kafasını dinledikten sonra oldukça soğukkanlı bir tavırla aşağıdakilere katılabildi. Her şey henüz kutlanamayacak kadar yeniydi, gece sessiz sedasız geçti; artık korkacak bir şey yoktu. Zamanla buna da alışılacak ve bu alışkanlığın rahatlığı hissedilecekti.

O gece annesi odasına çıktığı zaman Elizabeth de onu izledi ve önemli haberi verdi. Etkisi olağanüstüydü. Çünkü haberi ilk duyduğunda Bayan Bennet hiç kımıldamadan olduğu yerde donakaldı ve tek kelime edemedi. Duyduğunu kavrayıncaya kadar birkaç dakika geçmişti. Yine de ailesine yararlı olacak hiçbir şeyin değerini vermekte genellikle gecikmez, kızlarından birinin sevgilisi olarak ortaya çıkan kısmetlerin değerini iyi bilirdi. Bayan Bennet sonunda kendine gelmeye başladı; iskemlesinde kımıldıyor, ayağa kalkıp tekrar oturuyor, şaşırıyor, dualar ediyordu.

"Tanrı aklımı bağışlasın! Bir düşünün! Aman tanrım! Bay Darcy! Ah benim tatlı kızım, ne zengin ne büyük biri olacaksın! Ne çok cep harçlığın, ne çok takın, ne çok araban olacak! Jane'inkiler bunun yanında hiç kalıyor. Öyle memnunum, öyle mutluyum ki! Ah ne çekici adam! Öyle yakışıklı, boylu poslu! Ah Lizzyciğim! Daha önce o kadar nefret ettiğim için benim adıma ondan özür dile. Umarım, buna aldırmaz. Sevgili Lizzyciğim! Londra'da bir evin olacak. Her şeyin en güzeli... Üç kızım da evli olacak! Yılda on bin sterlin! Ah, benim hâlim ne olacak, çıldıracağım."

Bu evliliği kabul edeceğinden kuşku duyulmayacağını bu sözler yeterince anlatıyordu. Annesinin taşkınlığını yalnızca kendisi gördüğü için sevinen Elizabeth biraz sonra çekilip gitti. Ama o odasına gireli daha üç dakika olmamıştı ki annesi de arkasından geldi.

"Canım yavrum..." dedi, "başka hiçbir şey düşünemiyorum! Yılda on bin sterlin, belki de daha çok! Âdeta bir lord! Olağanüstü bir törenle evlenmelisiniz! Öyle evleneceksiniz. Ah, sevgili yavrum, Bay Darcy en çok hangi yemeği seviyor söyle de yarın onu pişirmelerini emredeyim."

Bu, annesinin genç adama nasıl davranacağının acıklı bir habercisiydi ve Elizabeth, Darcy tarafından coşkuyla sevildiğinden emin olduğu ailesinin onayını kesinlikle aldığı hâlde hâlâ üzüldüğü şeyler bulunduğunu fark etti. Ama ertesi gün, beklediğinden çok daha iyi geçti; çünkü Bayan Bennet, neyse ki, gelecekteki damadına çok çekingen davranıyor, onunla konuşmaya bile cesaret edemiyordu. Yalnızca ona ikramda bulunacak olduğu zamanlarda veya fikirlerini beğendiğini söylemek için ağzını açıyordu.

Elizabeth, babasının da Bay Darcy'yi daha yakından tanıma zahmetine katlandığını görerek sevindi. Bay Bennet çok geçmeden kızına, bu gencin her an biraz daha fazla gözüne girdiğinin güvencesini verdi.

"Bütün damatlarımı çok beğeniyorum. Gözdem Wickham olabilir ama sanırım senin kocanı da Jane'inki kadar seveceğim."

LX

Elizabeth çok geçmeden, eski neşeli ve şakacı hâline dönmüştü. Bay Darcy'den kendisine nasıl olup da âşık olduğunu anlatmasını istedi. "Bu iş nasıl başladı? Bir kez âşık olduktan sonra beni hâlâ sevmeye nasıl devam ettiğini anlayamıyorum!"

"Aşkımın temelini oluşturan saati, yeri, bakışı ya da sözü bilmiyorum. Aradan çok zaman geçti. Başladığının farkına varıncaya kadar çoktan ortasına gelmiştim."

"Önce beni hiç beğenmemiştiniz. Tavırlarıma ve hareketlerime gelince... Size karşı davranışım nerdeyse kabalık derecesindeydi. Hemen her sözümde sizi incitmek, iğnelemek istedim. Haydi dürüst olun, yoksa benim küstahlığımı mı beğendiniz?"

"Kafalı oluşunuzu, laf altında kalmayışınızı demek istiyorsanız, evet..."

"Buna küstahlık deyiversenize! Yaptığım bundan pek aşağı kalmıyordu. İşin doğrusu siz incelikten, saygıdan, aşırı ikram görmekten bıkmıştınız. Hep sizin fikrinize katılan, hep size hoş görünmeye çalışan, hep sizin kendilerini beğenmenizi isteyen kadınlardan bıkmıştınız. Ben onlara benzemediğim için ilginizi çektim. Gerçekten nazik olmasaydınız bu davranışım için benden nefret edecektiniz ama kendinizi saklamak için katlandığınız zahmetlere rağmen duygularınız her zaman soylu, her zaman adildi ve sizi nezakete ve ikramlara boğan kişileri içinizden tam anlamıyla küçük görüyordunuz. İşte gördünüz mü, sizi bütün bunları bana anlatma zahmetinden kurtardım. Evet, her şeyi ayrıntılı düşündükçe bu nedenleri adamakıllı mantıklı buluyorum. Yoksa benim iyi bir yanım olup olmadığını bilmiyordunuz. Hoş, âşık olurken bunu kimse düşünmez ya."

"Jane, Netherfield'da hasta yatarken ona şefkatle, içtenlikle davranmanızın iyi bir yanı yok muydu?"

"Canım Jane! Ona karşı ilgisiz davranmak kimin elinden gelir? Ama hareketimi bir erdem diye göstermekten çekinmeyin. İyi taraflarım sizin korumanız altında. Onları mümkün olduğu kadar şişirin ve buna karşılık bana da sık sık sizi iğnelemek ve sizinle kavga etmek için fırsat kollamak düşsün. Hatta bu işe hemen şu sorumla başlıyorum: Amacınızı söylemekte niye bu kadar isteksiz davrandınız? Bize ilk geldiğiniz, daha sonra bizde ilk yemek yediğiniz günler bana karşı niye o kadar utangaçtınız? Hele ilk misafirliğe geldiğiniz gün neden bana hiç aldırış etmiyor gibi göründünüz?"

"Çünkü çok ciddi, çok sessiz duruyor ve bana hiç cesaret vermiyordunuz."

"Ama şaşırmış durumdaydım."

"Ben de öyleydim."

"Yemeğe geldiğiniz gün benimle daha çok konuşabilirdiniz."

"Daha az âşık olan biri belki daha fazla konuşabilirdi."

"Ne yazık ki hep mantıklı cevaplar bulabiliyorsunuz, ben de bunları kabul edecek kadar mantıklı davranıyorum! Fakat kendi hâlinize bırakılsaydınız bu işi acaba ne kadar sürdürecektiniz? Ben sormasaydım, ne zaman açılacaktınız? Lydia'ya yaptığınız iyilikler için teşekkür etme kararımın kuşkusuz büyük etkisi oldu. Hatta korkarım ki biraz fazla etkisi oldu; çünkü verilen sözü tutmama pahasına içimizi ferahlatırsak ahlak kuralları nerede kalır? Bunlardan hiç söz etmemem gerekirdi ama olmuyor işte."

"Üzülmeniz yersiz. Ahlak kurallarının bir zarara uğradığı yok. Leydi Catherine'in bizi ayırmak için gösterdiği haksızca çabalar bütün kuşkularımı dağıtmaya yaradı. Ben bugünkü mutluluğumu sizin minnettarlığınızı bildirmekte gösterdiğiniz sabırsızlığa borçlu değilim. Açılışı sizin yapmanızı bekleyecek durumda değildim. Teyzemin topladığı bilgi bana ümit vermiş ve zaman kaybetmeden her şeyi öğrenmeye karar vermiştim."

"Leydi Catherine bu işte çok yararlı olmuş. Yararlı olmayı çok sevdiğinden, bundan mutluluk duyması gerekir. Ama söyleyin, Netherfield'a niye geldiniz? Longbourn'a atla gezinti yapmak ve sonra şaşırıp oturmak için mi? Yoksa daha ciddi işlere mi niyetlenmiştiniz?"

"Benim asıl niyetim sizi görmek, kendimi size sevdirmekte başarılı olup olamayacağımı anlamaya çalışmaktı. Sonra da ablanızın hâlâ Bingley'e bağlı olup olmadığını yakından görmek ve eğer bağlıysa arkadaşıma suçumu itiraf etmek istiyordum. Nitekim bunu yaptım da."

"Leydi Catherine'e başıma gelen felaketi haber vermeye cesaret edebilecek misiniz?"

"Bunu yapmak için cesaretten çok, zamana ihtiyacım var, Elizabeth. Ama yapılması gerekiyor ve bana bir kâğıt verirseniz, bu işi de hemen aradan çıkarırım."

"Benim de bir mektup yazmam gerekmeseydi, yanınızda otururur; bir zamanlar bir başka kadının yaptığı gibi el yazınızın düzgünlüğüne hayran olduğumu söylerdim. Ama benim de daha fazla habersiz bırakamayacağım bir yengem var."

Bay Darcy ile olan samimiyetinin ne kadar abartıldığını söylemek istemeyen Elizabeth, Bayan Gardiner'ın uzun mektubuna hâlâ yanıt vermemişti ama şimdi memnuniyetle karşılanacağını bildiği bir haberi olduğu için dayısı ile yengesine üç mutlu gün kaybettirdiğine âdeta utandı. Hemen oturup şu mektubu yazdı:

"Yengeciğim,

Verdiğiniz uzun, ayrıntılı ve doyurucu bilgi için size daha önce yazıp teşekkür etmem gerekirdi ama doğrusunu isterseniz yazamayacak kadar çok öfkelenmiştim. Aslında var olandan fazlasını hayal etmiştiniz. Fakat şimdi artık keyfinizin istediği kadar hayal edebilirsiniz. Hayalinizi özgür bırakın, konunun izin verdiği yönde kanat gerip uçsun ve gerçekten evlendiğime inanmadıkça tahminlerinizde pek az aldanmış olursunuz. Hemen bana bir mektup yazarak onu son mektubunuzdakinden daha çok övmelisiniz. Göller Bölgesi'ne gitmediğimiz için size tekrar tekrar teşekkür ederim. Oraya gitmeyi o kadar istemekle ne kadar aptallık etmişim! Midilliler hakkındaki fikriniz pek tatlı. Her gün parkın çevresini dolaşırız. Ben dünyanın en mutlu varlığıyım. Belki bu sözleri daha önce başkaları da söylemiştir, ama hiçbiri benim kadar haklı olarak değil. Jane'den bile çok daha mutluyum; o yalnızca gülümsüyor, ben ise kahkahalar atıyorum. Bay Darcy, benden kalabilen bütün sevgisini size yolluyor. Noel'de hepinizi Pemberley'e beklerim.

Sevgiler."

Bay Darcy'nin Leydi Catherine'e yolladığı mektupsa bambaşka bir havadaydı ama Bay Bennet'ın Bay Collins'in son mektubuna verdiği yanıt ikisine de benzemiyordu:

"Sayın bayım,

Sizi bir daha tebrik yazma zahmetine sokacağım. Elizabeth çok yakında Bay Darcy'nin karısı olacak. Leydi Catherine'i elinizden geldiği kadar teselli edin. Ama sizin yerinizde olsam yeğeninin tarafını tutardım. O daha varlıklı.

Saygılar."

Bayan Caroline Bingley'in ağabeyine yaklaşan evliliğini kutlamak için yolladığı mektup sevecen ama içtenlikten uzaktı. Caroline bu nedenle sevincini belirtmek, eskisi gibi ona beslediği sevgiden dem vurmak için Jane'e bile yazmıştı. Jane bu sözlere aldanmamakla beraber Caroline Bingley'in bu hareketi dokunmuştu. Görümcesine güvenmediği hâlde ona layık olduğundan çok daha hoş bir mektup yazmaktan kendini alamadı.

Bay Darcy nişanlandığını kız kardeşine ne kadar içten bir sevinçle haber verdiyse, Georgiana Darcy de bu haberi o kadar içten bir sevinçle karşılamıştı. Duygularını ve yengesinin kendisini sevmesi dileğini ifade etmesine dört sayfa yetmemişti.

Bay Collins'ten cevap veya eşinden Elizabeth'e tebrik gelmesine zaman kalmadan Longbourn Ailesi, Collinslerin Lucas Köşkü'ne misafir olacakları haberini duydular. Bu beklenmedik taşınmanın nedeni çok geçmeden anlaşıldı. Leydi Catherine, yeğeninin mektupta yazdıklarına o kadar öfkelenmişti ki bu birleşmeye gerçekten sevinen Charlotte, fırtına geçinceye kadar leydinin yanından uzaklaşmak için sabırsızlanmıştı. Arkadaşının tam bu sırada gelmesini Elizabeth içten bir sevinçle karşıladı. Ama buluşmaları sırasında Bay Darcy'nin Charlotte'un kocasının bütün yaltaklanmalarına ve saygı gösterilerine katlanmak zorunda kaldığını gördükçe bazen bu sevincin çok pahalıya mal olduğunu düşünüyordu. Yine de Bay Darcy bütün bunlara her türlü takdirin üstünde bir soğukkanlılıkla katlanıyordu. Sör William Lucas'ın, "Ülkemizin en parlak mücevherini alıp götürüyorsunuz...", "Umarım hepimiz sık sık St. James'te buluşuruz..." gibi övgülerini bile hiç bozuntuya vermeden dinliyordu. Arada bir omuzlarını silkse bile bunu ancak Sör William oradan uzaklaştıktan sonra yapıyordu.

Bayan Philips'in basitliği genç adamın sabrını sınayan bir başka etkendi. Her ne kadar kız kardeşi gibi Bayan Philips de Darcy'den çok çekindiği için Bingley'in iyi huyluluğundan cesaret alarak yaptığı gibi onunla senli benli konuşamıyorsa da konuştuğunda kesinlikle basitliğini gösteriyordu. Bu genç adama karşı duyduğu saygı, yanında daha az konuşmasına neden oluyordu da nedense daha ince olmasına yaramıyordu. Elizabeth, nişanlısını gerek teyzesi gerek Sör William ile sık sık karşılaştırmamak için elinden geleni yapıyor, onu yalnızca kendisine ve konuşmaktan üzüntü duymayacağı akrabalarına saklamaya çalışıyordu. Bütün bunların yarattığı tatsız duygular flört döneminin birçok zevklerine mal oluyorduysa da geleceğe ait ümitlerini artırıyordu. Genç kız, hem kendisinin hem de Bay Darcy'nin çok az hoşlandığı bu çevreden ayrılarak Pemberley'deki ince aile topluluğuna ve bunun rahatlığına kavuşacakları günü hazla düşünüyordu.

LXI

En değerli iki kızını evlendirdiği gün Bayan Bennet'ın annelik duygularının gururla okşandığı en mutlu gün oldu. Artık ne büyük bir keyif ve kıvançla Bayan Bingley'e misafirlik yaptığı ve Bayan Darcy'den söz açtığı tahmin edilebilir. Çocuklarını güzel yerlere yerleştirme konusundaki güçlü dileğinin üç kızını evlendirmekle yerine gelmesiyle, onun, ömrünün sonuna kadar aklı başında, nazik ve görgülü bir kadın olması gibi mutlu bir sonuç verdiğini ailesinin hatırı için söyleyebilmeyi çok isterdim. Yine de bu kadar olağanüstü bir yuva mutluluğunu belki de yadırgayacak olan kocası açısından Bayan Bennet'ın arada sırada sinirli ve her zaman aptal olması bir bakıma şans sayılır.

Bay Bennet, ikinci kızını çok derinden özlüyor, Elizabeth'e duyduğu sevgi onu sık sık evinden uzaklaştırıyordu. Pemberley'e, hiç beklenmediği zamanlarda gitmekten çok hoşlanıyordu.

Bay Bingley ile Jane, Netherfield'da yalnızca on iki ay kaldılar. Jane'in annesine ve Meryton'daki akrabalarına bu kadar yakın olmaya genç adam bütün uysallığına, genç kadın da bütün sevgisine rağmen daha fazla dayanamamışlardı. Sonunda Bay Bingley'in kız kardeşlerinin değerli dilekleri yerine getirilmiş, Derbyshire'a yakın bir yerde Bingley bir mülk satın almıştı. Jane ile Elizabeth, bütün diğer mutluluk nedenlerinden başka, birbirlerinden ancak otuz mil uzak iki komşu olmanın mutluluğunu da hissediyorlardı.

Kitty zamanının büyük bölümünü iki ablasının yanında geçiriyor, bundan birçok maddi yarar sağlıyordu. Aynı zamanda alışık olduğundan çok daha yüksek bir çevrede olması, gelişmesinde de çok yararlı oluyordu. Lydia gibi baş edilmesi zor bir kız değildi. Lydia'nın etkisi altında kalma ve onu örnek alma tehlikesinden uzakta, gördüğü özen ve gözetim sayesinde hırçınlığı, cehaleti ve yavanlığı hayli azalmıştı. Lydia'nın yeni zararlar vermesine de meydan verilmiyordu. Bayan Wickham onu sık sık evine, balolara çağırıyor birtakım genç adamlar ayarlamaya çalışıyorsa da babası gitmesine izin vermiyordu.

Mary evde kalan tek kızdı. Bayan Bennet yalnız oturamadığı için bu kızının hünerlerini geliştirmesini sık sık engelliyor, onu yanına alıp gezdiriyordu. Mary insanlarla daha çok kaynaşmak zorundaydı ama hâlâ her birinden ahlak dersi çıkarmaktan kendini alamıyordu ve babasına öyle geliyordu ki artık kız kardeşlerinin güzellikleriyle kıyaslanma azabından da kurtulduğu için bu değişikliğe kendini uydurmakta pek de isteksiz değildi.

Wickham ile Lydia'ya gelince, genç kadının ablalarının evlenmesi bu çiftin karakterinde herhangi bir değişiklik yapmamıştı. Wickham, artık Elizabeth'in nankörlüğünün ve yalancılığının bilinmeyen yanlarını da öğrendiğini düşünüyor, fakat her şeye rağmen Darcy'nin kendilerini geçindirmeye razı olabileceğinden ümidini büsbütün kesmiyordu. Elizabeth evlendiği zaman Lydia'nın yolladığı tebrik mektubundan da Wickham'ın değilse bile karısının böyle bir ümidi hâlâ beslediği anlaşılıyordu. Mektup şöyleydi:

"Lizzyciğim,

Sana mutluluklar dilerim. Eğer Bay Darcy'ye karşı benim Wickhamcığımı sevdiğimin yarısı kadar sevgi duyuyorsan çok mutlusun demektir. Sizin bu kadar zengin olmanız bize bü-

yük bir huzur veriyor ve yapacak başka işiniz olmadığı zamanlar bizi düşüneceğinizi umuyorum. Wickham sarayda bir iş bulabilse kuşkusuz çok sevinecek. Yardım görmezsek aldığımız paranın bizi geçindirebileceğini hiç sanmıyorum. Yılda üç dört yüz sterlin gelirli herhangi bir yere razıyız ama bulamazsan, bundan Bay Darcy'ye bahsetme.

Sevgiler."

Elizabeth bundan Bay Darcy'ye söz etmeyi doğru bulmadığı için yazdığı cevapta bu gibi her tür rica ve ümidi baştan önlemeye çalıştı. Fakat kendi harçlıklarından artırdıklarını sık sık onlara göndererek mümkün olan yardımda bulunuyordu. Wickham ile Lydia gibi lüks şeyler peşinde koşan, geleceği hiç düşünmeyen iki insanın ellerine geçen parayla geçinemeyeceklerini zaten çoktan anlamıştı. Her yer değiştirdiklerinde borçlarını temizlemek için ya Elizabeth'e ya Jane'e başvurarak yardım isterlerdi. Yeni bir ev bulup yerleştikten sonra bile yaşamaları bir düzene oturmuyordu. Ucuz bir yer bulmak için hep taşınıp dururlar, sürekli aşırı masraf yaparlardı. Wickham'ın karısına karşı sevgisi kısa zamanda söndü; Lydia'nın sevgisiyse biraz daha uzun sürdü. Gençliğine ve tavırlarının bayağılığına rağmen evliliğin kendisine sağladığı bütün hakları ve saygınlığı korudu.

Darcy, Wickham'ı Pemberley'e kabul etmemekle beraber, Elizabeth'in hatırı için, mesleğinde ilerlemesi için ona biraz daha yardım etti. Kocası Londra veya Bath'a eğlenmeye gittiği zamanlar Lydia da arada sırada Pemberley'e misafirliğe gelirdi. Bingleylere de o kadar sık gidiyorlar ve o kadar uzun zaman kalıyorlardı ki bu hareketleri, uysal Bingley'i bile karı kocaya artık gitmelerini istediğinden söz ettirecek kadar bıktırdı.

Bayan Caroline Bingley, Darcy'nin evlenmesine çok üzüldü ama Pemberley'e misafirliğe gitme hakkından vazgeçmek işine gelmediği için bütün dargınlığını bir kenara bıraktı ve

Georgiana'ya her zamankinden daha düşkün, Darcy'ye de her zamanki gibi yakın davranmaya başladı. Elizabeth'e olan nezaket borcunu da sonuna kadar ödüyordu.

Georgiana artık tamamıyla Pemberley'e yerleşmişti. Gelin görümcenin birbirlerine olan sevgileri tam Darcy'nin umduğu ve beklediği gibiydi. Birbirlerini sevmeye yalnız niyetlenmekle kalmamışlar, gerçekten sevmişlerdi de. Başlangıçta Elizabeth'in, ağabeyiyle canlı ve rahat bir şekilde konuşmasını çoğu zaman şaşkınlıkla ve biraz da dehşetle seyretmekle beraber, Georgiana için yengesi, dünyanın en beğenilecek insanıydı. Kendisinde sevgisini âdeta bastıracak kadar saygı uyandıran ağabeyinin, şimdi açıktan açığa şaka konusu olduğunu görüyordu. Daha önce hiç aklına gelmeyen şeyleri öğreniyordu. Örneğin bir ağabeyin kendinden on yaş küçük kız kardeşinde her zaman hoş göremeyeceği rahat tavırları, bir kadının kocasına karşı takınabileceğini Elizabeth'ten öğrenmişti.

Leydi Catherine, yeğeninin evlenmesine köpürmüştü. Bu evliliğin kararlaştırıldığını bildiren mektuba verdiği cevapta karakterini bütün çıplaklığıyla ortaya döktüğü, yeğenine ve özellikle Elizabeth'e karşı hakaret dolu bir dil kullandığı için bir süre aralarındaki her türlü ilişki kesildi. Ama sonunda Elizabeth'in ısrarı ile Bay Darcy bu hakareti unutmaya ve teyzesiyle barışmaya razı oldu. Leydi Catherine biraz direndikten sonra sonunda dargınlığını unuttu. Bunda yeğenine olan sevgisi ve eşinin evini nasıl idare ettiği konusundaki merakı büyük rol oynamıştı. Leydi Catherine, Pemberley'deki koruların havasının yalnız bu yeni hanımın varlığıyla değil, Londra'daki dayısı ve yengesinin ziyaretleriyle de kirlenmesine rağmen bu malikâneye misafirliğe gelme alçakgönüllülüğünü gösterdi.

Gardinerlarla her zaman çok samimi görüşüyorlardı. Yalnız Elizabeth değil, Darcy de onları gerçekten seviyordu ve genç kızı

Derbyshire'a getirerek birleşmelerini sağlamış olan karı kocaya, her ikisi de çok büyük bir gönül borcu duyuyorlardı.

- Son -

Etrafa
aldırış etmemek,
aşkın ta kendisi
değil midir?